Sabrina Železný

Kondorkinder

Das Spiegelbuch und die verlorenen Geschichten

art skript PHANTASTIK
»Verlag & Design«

Content Notes

Gewalt gegen Menschen und junge Erwachsene, Gewalt gegen Tiere (explizit), Krankheit, körperliche Misshandlung (Prügel), Rassismus gegen indigene Völker, Diskriminierung, Bürgerkrieg, Hinrichtung und Folter (erwähnt), Tod einer relevanten Figur, Gefangenschaft (vorübergehend)

Hinweis

Die Landkarten in diesem Buch sind so akkurat wie möglich gehalten, können jedoch Ungenauigkeiten enthalten.

Impressum

1. Auflage 2021 | Überarbeitete Neuauflage
Art Skript Phantastik Verlag | Salach

Lektorat » Melanie Vogltanz
» www.melanie-vogltanz.net

Komplette Gestaltung » Grit Richter | Art Skript Phantastik Verlag

Druck » BookPress
www.bookpress.eu

ISBN-Print » 978-3-945045-45-9 | ISBN-eBook: 978-3-945045-46-6

Der Verlag im Internet
» www.artskriptphantastik.de

Für meine Eltern, die schon immer verstanden haben, was Schreiben für mich bedeutet, und die mit mir glücklich waren, als die Geschichten zu mir zurückkehrten.

Peru

um ca. 1757

1.
Kuntur

Kondor

Am Anfang war das Licht, das mit der Kraft eines fauchenden Pumas in ihren Schlaf sprang. Yanakachi riss die Augen auf und starrte in die Dunkelheit. Dann zerriss Donnergrollen die Stille, vibrierte in ihrem Körper und ebbte schließlich ab in ein gleichmäßiges Prasseln.

Die Regenzeit hatte begonnen.

Für einen Moment lag Yanakachi unbeweglich da. Ihre Augen gewöhnten sich langsam an das Dunkel. Sie hörte das Rauschen, das die Hütte einhüllte, ein Vorhang aus Wasser, der sie von allem anderen trennte; aber mit den geschärften Ohren einer aufmerksamen Mutter nahm Yanakachi noch durch das Geräusch des Regens Yawars Atemzüge wahr. Als ein weiterer Blitz hereinflackerte, richtete sie sich vorsichtig auf und suchte den Klumpen aus Dunkelheit ab, der sich auf dem Lager neben ihr zu Yawars Silhouette verdichtete. Er hatte sich zusammengerollt, und im nächsten fahlen Blitzlicht konnte Yanakachi sehen, dass er den linken Daumen halb zwischen seine Lippen geschoben hatte.

Sie lächelte. Mit seinen acht Jahren war Yawar ein frühreifes, ernstes Kind. Das musste er sein, nach allem, was sie erlebt hatten. Aber im Schlaf, so kam es ihr vor, krabbelte wieder der kleine Junge an die Oberfläche, den er bei Tageslicht in sich verschlossen hielt.

»*Pumachay*, mein kleiner Berglöwe«, murmelte sie in die Finsternis, ein Wispern, das im Donnergrollen unterging. Sie beugte sich nach vorne und schob die schwere Alpakadecke zurecht, die Yawar von den Schultern gerutscht war. Die Nächte der Regenzeit waren beißend kalt.

Sie stand auf und glitt in Richtung des Fensters, um es mit Wolldecken zu verhängen. Noch immer hatte sie es nicht verlernt, sich lautlos zu bewegen, lautlos wie der Puma, der über die Bergflanken schlich. Nötig wäre es nicht gewesen – Yawar hatte einen gesegnet tiefen Schlaf, und weder Blitz noch Donner konnten ihn aus seinen Träumen reißen.

Yanakachi zupfte die Decken zurecht und kämpfte mit den Traumfetzen, die in ihrem Kopf wisperten und sich nun wie zornige Tierkinder darum balgten, vor ihrem inneren Auge Gestalt annehmen zu dürfen. Unwillkürlich ballte sie eine Faust, sodass die Nägel ihr ins Fleisch schnitten.

Nein. Denk nicht an Llanthu.

Er ist fort.

In diesem Moment hörte sie den Schrei – hell und wehklagend.

Unwillkürlich schloss sie die Augen, obwohl es ohnehin unmöglich war, durch die wollenen Vorhänge zu erkennen, was draußen geschah. Aber hatte sie so einen Schrei nicht schon einmal gehört?

Innerlich sah sie Llanthu vor sich. Llanthu und das gerinnende Blut, Llanthu und seine geweiteten Augen, und ihr wurde schwindlig.

Dann ertönte der Schrei ein zweites Mal. Yanakachi atmete tief durch, öffnete die Augen und nickte stumm in die Dunkelheit.

Nein, das war kein menschlicher Schrei, es war das Wehklagen eines verletzten Tieres. Und auch, wenn es widersinnig sein mochte, sie würde nach draußen gehen und sich dem Anblick stellen. Sie würde Llanthu sonst zu viel Raum in ihren Gedanken geben. Er war nicht in jedem Geräusch, nicht in jedem Wispern des Windes, das musste sie begreifen.

Vorsichtig schob sie die Tür auf.

Die Gewalt des eiskalten Regenschauers nahm Yanakachi für einen Moment den Atem, und die Wasserwand blendete sie. Trotzdem trat sie entschlossen nach draußen, die Zähne zusammengebissen. Sie stand in der vollkommenen Schwärze; kein einziger Stern drang durch die Wolkenwand, die sich über ihr ballen musste und den Regen wie eiskalte Pfeile auf sie niederprasseln ließ. Yanakachi schlang die Arme um ihren Oberkörper und versuchte, in der rauschenden Finsternis etwas auszumachen.

Ein erneuter Blitz zuckte, dann noch einer, und für einen Herzschlag nahm Yanakachi ein dunkles Bündel an der Wand der Hütte wahr, vielleicht auch nur Einbildung, aber ihr Herzschlag setzte für einen Moment aus.

Was liegt dort?

Mit kleinen Schritten bewegte sie sich auf die Wand zu. Ihre bloßen Füße stießen an rutschige Steine und versanken in kühler, aufgequollener Erde. Die Blitze schienen jetzt mit der gleichen Intensität auf sie niederzuregnen wie die Wassertropfen, aber der rasche Wechsel aus silbergrauem Licht und vollkommener Finsternis machte es ihr nicht unbedingt einfacher, ihren Weg zu finden. Donner krachte über ihr und ließ sie jedes Mal zusammenfahren.

Dann stieß ihr Fuß gegen etwas Kaltes, Nasses und Weiches, und sie blieb stehen und starrte nach unten. Ihre Haare hüllten sie mittlerweile ein wie ein Mantel aus Regenwasser, und sie atmete flach durch halb geöffnete Lippen, weil sie das Gefühl hatte, als würden die Wassermassen des Río Colca durch ihre Nase eindringen.

Der Blitz kam jetzt nahezu gleichzeitig mit dem Donner, Paukenschläge, die den Himmel auseinanderbrechen ließen.

Überall Wasser, doch ihr Mund war wie getrocknetes Leder. Fassungslos blickte sie auf das Bündel zu ihren Füßen. Schwarze Federn und Augen wie Obsidian, die sie vom Boden her anstarrten – furchtlos, aber schmerzerfüllt.

»*Kuntur*«, sagte Yanakachi. Sie sagte es mitten hinein in die Regenwand. Es war an die Gewitternacht gerichtet, die um sie her tobte, an die Götter, die in dieser wütenden Dunkelheit einen Kampf ausfechten mochten. Aber es galt auch dem Vogel zu ihren Füßen. Der Kondor, der heilige Vogel der *apus,* der Berggötter, die über ihr Leben wachten. Er durfte wissen, dass sie ihn erkannt hatte.

Yanakachi kniete nieder, und der Kondor gab erneut das Geräusch von sich, das sie aus der Hütte getrieben hatte; leiser diesmal. Vielleicht verließen ihn die Kräfte, vielleicht wusste er auch, dass kein lauter Schrei mehr nötig war, weil sie ihn jetzt gefunden hatte. Er lag da mit gespreizten Flügeln, halb versunken im Matsch, als hätte sich mitten im Flug der Himmel unter ihm in festen Boden verwandelt und ihn eingefangen.

Yanakachi streckte vorsichtig die Hand aus und zog sie wieder zurück. Der Kondor war groß, so groß wie Yawar und ganz gewiss genauso schwer. Sein gebogener Schnabel flößte ihr Respekt ein. Auch verletzt musste das Tier noch unglaubliche Kraft besitzen. Und wer konnte wissen, wie heftig es sich verteidigen würde, verwirrt durch den Schmerz?

Dennoch. Im Grunde, das wusste Yanakachi, gab es nichts zu überlegen. Der Kondor war ein Bote der Götter, der an guten Tagen seine Kreise über den Menschen zog und über sie wachte. Er war verletzt, und er hatte nach ihr gerufen. Sie musste ihm helfen. Und wenn er ihr das Fleisch in Stücken aus den Armen hackte.

»Kondor«, sagte sie erneut. Diesmal flüsterte sie die Worte fast direkt in das schwarze Gefieder. »Ruhig. Keine Angst. Ich werde dir helfen.«

Seine Augen musterten sie. Etwas in ihnen glomm hell auf, heller als die nächtlichen Blitze. Yanakachi murmelte weiter, murmelte mit der Stimme, mit der sie zu Yawar gesprochen hatte, als er einmal im Fieber gelegen hatte.

Behutsam breitete sie die Arme aus und fuhr unter den Bauch des Kondors.

Der Vogel gab ein Geräusch von sich, ein seltsam kleines Quietschen, und öffnete seinen Schnabel. Yanakachi hielt inne; sie redete weiter auf ihn ein, ließ den Singsang ihrer Worte auf ihn niederregnen, sanft, warm, ein Reigen aus heilenden Federsilben.

Der Kondor schnarrte leise und machte keine Anstalten, nach ihr zu hacken.

Yanakachi schob ihre Hände weiter unter ihn, bis sie das Gefühl hatte, ihn jetzt sicher greifen zu können.

»*Kunturchallay, sonqollay, ama waqaychu, ama manchaychu.* Mein kleiner Kondor, mein Herz, weine nicht, fürchte dich nicht.«

Die Worte perlten von ihren Lippen, während sie einen Fuß vorschob, um nicht den Halt zu verlieren, und den Kondor im gleichen Moment anhob, in dem sie sich aufrichtete. Für einen Augenblick glaubte sie, unter dem Gewicht zu straucheln und entzweizubrechen. Der Kondor bewegte seine Flügel, doch es war keine Kraft in dieser Bewegung. Yanakachi keuchte, dann stand sie gerade und straff und hielt den Kondor wie ein Kind in ihren Armen. Er war schwer, und sein Hals lag dicht an ihrem Gesicht. Jeden Moment hätte er den Kopf drehen und ihr seinen Schnabel in die Augen graben können, aber er tat nichts dergleichen, sondern hing wie resigniert in ihren Armen. Sie spürte seinen Brustkorb gegen ihre Handflächen vibrieren, hörte den Kondor leise schnarren. Die nassen Federn an ihrem Gesicht rochen nicht nur nach Regen, sondern auch nach der Weite des Himmels, aus dem er gestürzt sein musste.

»*Mamay?*«

Yawars Stimme kam aus der Dunkelheit, als Yanakachi wieder ins Haus trat. Für einen Moment blieb sie stehen und rang nach Luft.

»Mach Licht, Yawar. Und sei vorsichtig, stoß dich nirgends.«

Kurz darauf flackerte die kleine Talglampe auf, und im rötlich-gelben Widerschein sah Yanakachi Yawars große Augen.

»Was ist passiert?«, fragte er.

Sie trat ein paar Schritte nach vorne und ließ den tropfenden Kondor so behutsam wie möglich in der Zimmermitte zu Boden gleiten.

»Eine Decke«, sagte sie, und Yawar tappte davon. Yanakachi betastete vorsichtig die beiden Flügel des Kondors. Als sie mit den Fingern über die rechte Schwinge fuhr, zuckte der Vogel zusammen. Yawar reichte ihr schweigend eine Decke, und sie begann, den Vogelkörper damit abzutupfen. Der Kondor schnarrte.

»Er wird auf deinem Lager schlafen, und wir beide auf meinem«, erklärte sie Yawar. Der Junge nickte. Fasziniert betrachtete er den Kondor.

»Sein rechter Flügel ist verletzt«, erklärte sie.

»Ist er abgestürzt?«

Sie nickte. Sie war nicht ganz sicher, ob es der Blitz gewesen war oder ob eine Sturmböe ihn vielleicht gegen eine Felswand getrieben hatte.

Aber letztendlich spielte das keine Rolle. Sie hatten sich des Kondors anzunehmen.

Yanakachi hatte schon als Kind gelernt, verletzte Gliedmaßen zu verbinden und zu schienen. Ihre Finger wussten die Sprache gesplitterter Knochen zu deuten.

Doch noch nie hatte sie einen Vogelflügel verarztet.

Der Kondor regte sich nicht. Nur seine Augen funkelten, als sie mit zitternden Fingern, aber dennoch sicheren Handgriffen begann, den Flügel zu richten. Yawar schaute ihr schweigend zu, die Augen groß und rund.

Als sie fertig war, hob sie den Kondor erneut an. Sie trug ihn hinüber zu Yawars Lager und musste unwillkürlich lächeln, als sie sah, dass seine zerwühlte Decke bereits eine Art Nest bildete, in das sie den Kondor behutsam betten konnte. Sie ging zum Fenster und löste eine der Wolldecken, die als Vorhang dienten, um sie über den Kondor zu breiten. Der Vogel betrachtete sie unentwegt aus seinen hellwachen Augen.

»Wir werden ihn gesund pflegen, nicht wahr?«

Sie drehte sich zu Yawar um. Er strahlte sie an, und sie lächelte zurück.

»Natürlich werden wir das. Komm, leg dich hin. Morgen haben wir viel zu tun.«

Yawar nickte eifrig. Respektvoll machte er eine kleine Verbeugung in Richtung des Vogels auf seinem Schlaflager.

»Gute Nacht, Kondor. Schlaf gut, und fürchte dich nicht. Meine Mama macht dich wieder gesund, darauf kannst du dich verlassen.«

Zärtlichkeit brandete in Yanakachi hoch. Sie fuhr Yawar durch die Haare.

»Ins Bett mit dir«, sagte sie liebevoll.

Yawar kicherte. »Du machst mich ganz nass, Mama!«

Erst jetzt spürte sie wieder ihr Gewand, das ihr klatschnass am Körper klebte, und die kleinen Rinnsale, die von ihren Haaren aus zwischen ihren Schulterblättern hinab liefen. Kälte machte sich in ihr breit. Sie tastete nach der Decke, mit der sie den Kondor trocken gerieben hatte, und warf sie sich um die Schultern.

Als sie wenig später mit einem trockenen Kittel und leidlich ausgewrungenen Haaren auf ihr Schlaflager sank, war Yawar bereits wieder eingeschlafen. Sein stummes Lächeln leuchtete durch die Dunkelheit. Der Daumen war wieder in seinen Mundwinkel geschoben. Yanakachi legte sich so, dass ihr Körper einen schützenden Bogen um ihn formte. Bevor sie einschlief, spürte sie deutlich den wachsamen Blick des Kondors auf sich.

***

Gedämpftes Tageslicht drang zwischen den wollenen Vorhängen hindurch, als Yanakachi erwachte. Yawar schlief, zusammengerollt, eng an sie geschmiegt. Für einen Moment runzelte sie die Stirn. Warum lag er nicht auf seinem eigenen Lager? Dann kehrten die Bilder der Nacht mit neuer Klarheit zu ihr zurück. Sie fuhr sich mit einer Hand über den Kopf; ihr Haar fühlte sich noch immer klamm an.

Yanakachi setzte sich auf.

Der Kondor auf Yawars Schlaflager beobachtete sie, als hätte er die ganze Nacht damit verbracht. In dem provisorischen Nest aus braunen Decken wirkte er fehl am Platz und seltsam verletzlich.

»Guten Morgen«, sagte Yanakachi und nickte ihm zu. Der Vogel gab ein kurzes Schnarren von sich, als würde er ihren Gruß erwidern.

Sie stand auf und nahm die Decken vom Fenster. Braune Rinnsale bahnten sich ihren Weg die Dorfstraße hinab, und die Luft trug noch die Erinnerung an die vergangene Regennacht, aber der Himmel war makellos blau. Ein guter Tag, um mit dem Webstuhl ans Flussufer zu gehen; sie arbeitete gern mit dem Blick auf die ruhig dahinfließende Wasseroberfläche.

Yanakachi wandte sich vom Fenster ab und berührte Yawar sanft an der Schulter. Er krauste im Schlaf die Nase und versuchte, sich noch einmal umzudrehen, aber dann riss er die Augen auf und schien mit einem Schlag hellwach zu sein.

»*Mamay!* Und der Kondor?« Er setzte sich auf und spähte zu seinem Schlaflager hinüber. »Ich habe es ja doch nicht geträumt! Was geben wir ihm zu essen?«

Yanakachi zögerte. Kondore waren Aasfresser. Aber es war kein Festtag, und sie konnte weder ein Meerschweinchen noch ein Alpaka schlachten.

»*Ch'arki*«, antwortete sie darum, und Yawar nickte und huschte in die Vorratsnische, wo sie den Lederbeutel mit dem getrockneten und gesalzenen Fleisch aufbewahrten. Mit großer Ernsthaftigkeit hielt Yawar dem Kondor ein Stück *ch'arki* hin, und nach anfänglichem Argwohn nahm der Vogel es ihm mit erstaunlicher Behutsamkeit aus den Fingern.

»Sei vorsichtig, Yawar.«

Er schenkte ihr einen fast empörten Blick. »Er ist ein freundlicher Kondor. Und klug. Er weiß schon, dass er mich nicht beißen darf!«

Yanakachi lächelte, während sie das Feuer entfachte und den Rest Quinua-Brei aufwärmte, der noch von gestern übrig war. Yawar ließ sich erst zum Frühstück überreden, als der gesamte *ch'arki*-Vorrat im Schnabel des Kondors verschwunden war, und auch dann bestand er darauf, sich so hinzusetzen, dass er den Vogel auf seinem Schlaflager sehen konnte.

»Er ist wunderschön, *mamay.* Kann er nicht immer bei uns bleiben?«

Yanakachi schüttelte den Kopf.

»Nur so lange, bis sein Flügel geheilt ist. Du weißt, dass die Kondore den *apus* gehören. Sie sind die Botschafter der Götter. Und außerdem brauchen sie den weiten Himmel zum Leben, keine kleine Hütte.«

»Er könnte immer nachts kommen, und ich würde ihm mein Lager überlassen«, brummelte Yawar mehr an seinen Quinua-Brei gewandt als an sie.

Yanakachi schmunzelte.

»Und du wirst auf den Berg klettern und im Kondornest schlafen, ist es nicht so?« Sie gab ihrem Sohn einen liebevollen Klaps auf den

Hinterkopf und verwuschelte ihm mit der gleichen Handbewegung das Haar.

Yawar runzelte die Stirn. »Nein, aber ich würde tagsüber mit dem Kondor mitfliegen, damit er mir die Welt zeigt.«

Yanakachi ließ die Hand sinken, eine Spur zu schnell, wie sie an dem Aufblitzen von Verwirrung in seinen Augen merkte. Sie wusste, dass ihr Gesicht zu einer steinernen Maske geworden war, die sie schnellstens brechen musste, aber sie brachte kein Lächeln zustande.

»Die Welt? Da gibt es nichts zu sehen, *sonqollay,* mein Herz. Nur Felsen und Täler wie unseres hier.«

Bevor Yawar antworten konnte, hielt sie ihm auffordernd die leeren Breischalen hin.

»Hier. Wenn du etwas von der Welt sehen willst, dann geh an den Fluss und mach die Schalen sauber. Und auf dem Rückweg kannst du bei Mama Tullu ein neues Säckchen *ch'arki* holen. Ihren Kittel habe ich fast fertig, das kannst du ihr sagen.«

Yawar stand gehorsam auf, blieb aber wie zweifelnd stehen und schaute sie an.

»Beeil dich!«, sagte Yanakachi mit gespielter Strenge. »Ich will bald mit dem Webstuhl an den Fluss gehen. Und jemand muss auf den Kondor aufpassen, während ich arbeite, oder nicht?«

Das wirkte. Yawar strahlte sie an, nickte, wirbelte herum und rannte aus der Tür.

Mit einem kleinen Seufzer blickte Yanakachi ihm nach.

»Er ist ein guter Junge, weißt du?«, sagte sie zu dem Kondor, ohne nachzudenken. »So klug und aufgeweckt … Ganz wie sein Vater.« Sie hörte, wie ihre Stimme dünn wurde. »Das bricht mir das Herz, manchmal«, flüsterte sie und wandte sich ab.

Der Kondor gab ein Geräusch von sich wie ein heiseres Flüstern, aber noch bevor sie sich wieder zu ihm drehen konnte, klopfte eine Faust behutsam an die halb offene Tür.

Yanakachi unterdrückte ein weiteres Seufzen. Es gab nur einen Menschen in K'itakachun, der auf diese Art an anderer Leute Türen klopfte: Padre Valentín.

Normalerweise hätte sie den Dorfpriester hereingebeten, aber sie war nicht sicher, wie er auf den Anblick eines verwundeten Kondors reagieren würde, deswegen glitt sie zur Tür und schob sich nach draußen.

»Guten Tag, *padre*«, sagte sie. Die spanischen Wörter schmeckten ungewohnt in ihrem Mund. Noch immer war diese Sprache fremd und steif für sie, wie ein Kittel, der aus Holz statt Stoff gemacht war.

Padre Valentín lächelte. Das Lächeln war ein Dauerzustand seines Gesichts, es leuchtete immer aus seinen Augen, aber jetzt malte es sich in Kringeln um seine Mundwinkel. Er hatte sie nie anders als mit Freundlichkeit angesehen, dachte Yanakachi. Nicht einmal, als sie gerade im Dorf angekommen war; eine atemlose Fremde mit einem kleinen Jungen an der Hand.

Sie schob den Gedanken beiseite, als der Priester zu sprechen begann. Er mochte es, wenn sie ihn auf Spanisch begrüßte, aber er antwortete ihr in einem vorsichtigen und warmen Quechua, das für sie so klang, als hielte er die Worte wie zarte Vogelkinder zwischen seinen Fingern.

»Ich grüße dich, Yanakachi. Ich hoffe, der nächtliche Regen hat euch nicht das Schlaflager weggeschwemmt.«

Yanakachi lächelte. »Gott sei Dank nicht, *tayta.*« Auf Quechua kam ihr das Wort *Vater* leichter über die Lippen. Es passte besser zu ihm, fand sie. *Padre* war ein Wort aus zerknülltem grauen Papier, ebenso wie *Gott* ein Wort, das sie nur ihm gegenüber verwendete.

Padre Valentín verlagerte das Gewicht und stützte sich mit einer Hand gegen die Hauswand. »Ich habe Yawar zum Fluss laufen sehen. Er ist ein guter Junge, nicht wahr?«

Wie das Echo ihrer eigenen Worte. Yanakachi nickte stumm.

»Er hat eine schnelle Auffassungsgabe«, fuhr Padre Valentín fort.

Etwas in Yanakachi verkrampfte sich. Das Lächeln fiel ihr aus dem Gesicht.

»Gewiss«, sagte sie.

Der Priester musterte sie. »Yanakachi«, sagte er sanft und suchte ihren Blick. »Es gibt nun eine Schule in K'itakachun. Und es war viel Überzeugungsarbeit nötig, damit der *corregidor* einwilligt. Für mich ist es wichtig, dass die Kinder lernen.«

Yanakachi nickte knapp.

»Das ist sehr freundlich von Euch, *padre.*« Unbewusst wechselte sie zurück ins Spanische. »Aber ich brauche Yawar hier bei mir. Ich kann ihm genug beibringen. Alles, was er wissen muss. Auch Spanisch«, fügte sie eilig hinzu.

Padre Valentín schüttelte sacht den Kopf.

»Lesen und Schreiben, was meinst du dazu?«, fragte er behutsam. Vogelwörter, fremder Sinn im vertrauten Federkleid, erst zu spanischer Zeit ins Quechua gekommen.

Sie wandte den Blick ab. Warum brannten ihre Augen, kaum dass sie diese Worte hörte?

Lesen, Schreiben. Ñawinchay, qelqay.

Vor ihrem inneren Auge lächelte Llanthu ihr zu, über den Rand eines ledernen Bucheinbands hinweg.

»Nein«, sagte sie durch den Pelz auf ihrer Zunge und holte tief Luft. Dann schüttelte sie den Kopf, mehr um die Feuchtigkeit aus ihren Augen zu vertreiben und dem Blick des Priesters erneut begegnen zu können, als um ihre Antwort zu bekräftigen. »Nein, ich finde nicht, dass Yawar diese Dinge lernen sollte.«

Sie zog die spanischen Worte zu einem Schutzwall empor, hinter dem sie sich zusammenkauern konnte, umgeben von zitternden Quechua-Silben.

»Das würde ihm sehr helfen.« Padre Valentín und seine Vogelkinder waren unbeirrt.

Yanakachi schüttelte erneut den Kopf. »Nein. Diese Dinge sind gefährlich.« Jetzt fiel es ihr nicht mehr schwer, dem Blick des Priesters standzuhalten, denn jetzt wusste sie, dass sie recht hatte und dass die Wahrheit aus ihren Augen blitzte. Sie nahm die spanischen Worte, machte sie zu einer Klinge, glänzend und scharf.

»Sein Vater konnte lesen. Sein Vater konnte schreiben. Wofür?« Sie ballte beide Hände zu Fäusten. »Es hat ihm nicht geholfen.«

»Wenn Yawar Lesen und Schreiben lernt«, sagte Padre Valentín behutsam, »dann könnte er verstehen …«

»Und genau darum geht es, *tayta.*« Ihr Wortwall fiel in sich zusammen. Sie machte eine hilflose Handbewegung, und das Quechua sprudelte aus ihr heraus wie ein glasklarer Andenbach. »Wenn er lernt, wird er verstehen und fragen. Ich habe Angst, dass ihm das Gleiche passiert wie seinem Vater. Nur deshalb bin ich hier, *tayta:* Weil wir hier sicher sind. Aber wenn er Lesen und Schreiben lernt, wird er es nicht mehr sein. Begreift das doch. Ich flehe Euch an.«

Yanakachi lehnte sich gegen die Hauswand. Mit einem Mal fühlte sie sich sehr müde.

Die Kringel um Padre Valentíns Mund waren verschwunden. Er presste die Lippen zusammen und nickte langsam.

»Ich verstehe, Yanakachi«, sagte er auf Spanisch.

Sie verspürte das plötzliche Bedürfnis, sich bei ihm zu entschuldigen, aber sie brachte kein Wort mehr heraus. Stattdessen verschränkte sie die Arme vor der Brust.

Das Lächeln kehrte in die Augen des Priesters zurück und leuchtete ihr zu.

»Ich will dich nicht aufhalten«, sagte er, nun wieder auf Quechua. »Ich wünsche dir einen guten Tag.«

»Euch auch, *tayta*«, murmelte sie.

Padre Valentín wandte sich zum Gehen und winkte ihr noch einmal kurz zu. Sie sah ihm nach, wie er die Dorfstraße in Richtung Plaza hinaufging, aufrecht und mit ausgreifenden Schritten, zufrieden mit sich und der Welt. Nein, er sah nicht aus, als hätte er gerade eine Niederlage erlitten.

Er wird wiederkommen, dachte Yanakachi, und etwas in ihr zog sich zusammen. Er wird neue Gründe bringen, und ich habe nur den einen.

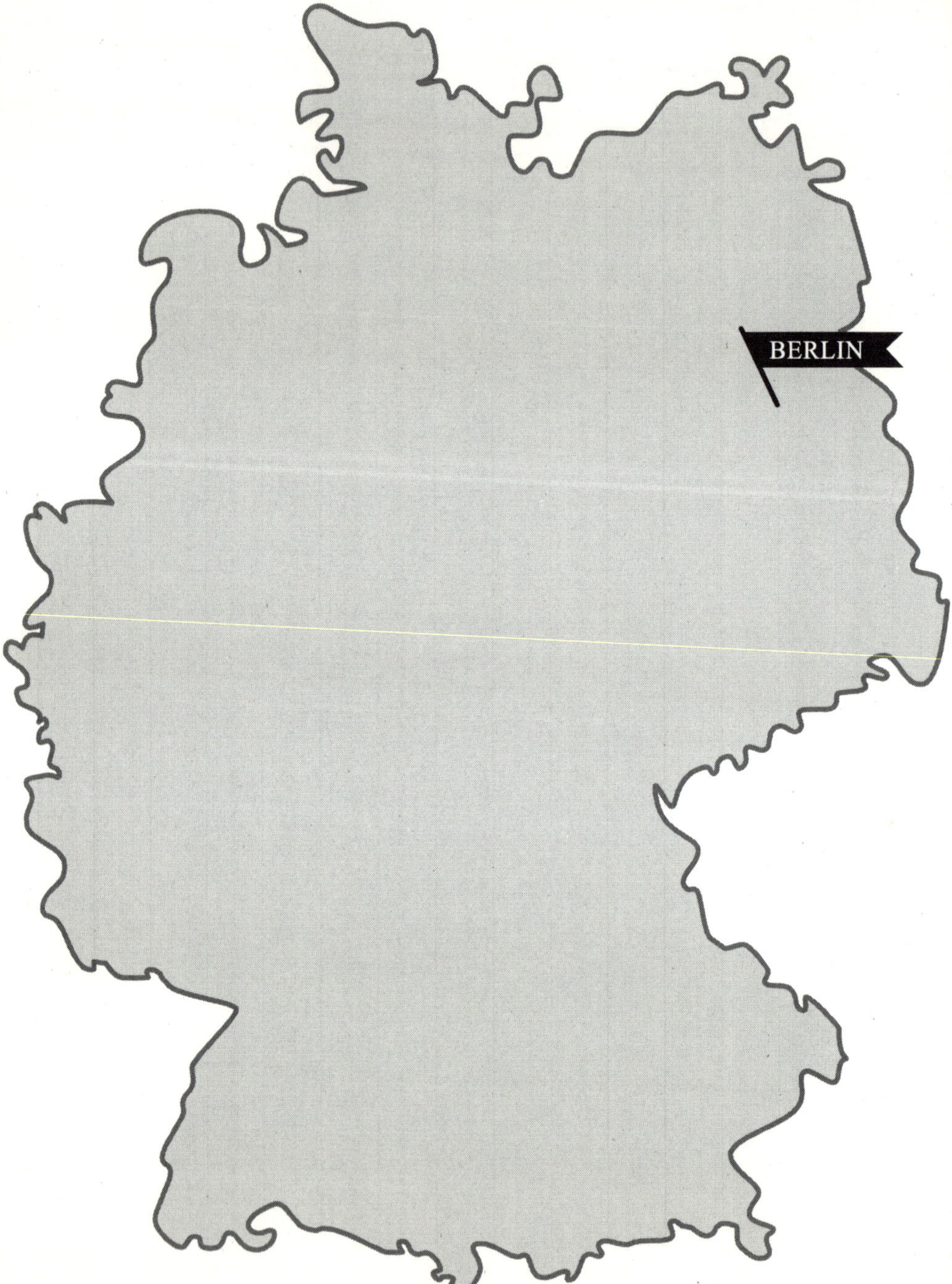
BERLIN

2.

Ein Buch und ein Fluch

Am Ende blieb ein Bücherstapel.

Gut ein Dutzend unhandliche Wälzer, die Matteo kaum alle auf einmal tragen konnte. Aber er tat es, denn nur diese Bücher türmten sich noch zwischen ihm und der Freiheit auf – die letzte Last, die er von sich werfen musste. Zumindest fühlte es sich so an, während er den Stapel durchs Bibliotheksfoyer schleppte. Der Mensch brauchte nun einmal Rituale, und das hier war jedenfalls eindrucksvoller als die drei kläglich dünnen Exemplare seiner Abschlussarbeit, die er am Vortag abgegeben hatte.

Zum letzten Mal lauschte Matteo bewusst auf das verstohlene Geflüster und die gedämpften Schritte, die aus dem Lesesaal herüberdrangen. Er grinste und knallte den Bücherstapel demonstrativ laut auf den Rückgabetresen.

Die Bibliotheksmitarbeiterin dahinter sah stirnrunzelnd von ihrem Rechner auf. »Hey«, zischte sie. Ihr tadelnder Blick glitt am Stapel empor, blieb an Matteo hängen – und verfinsterte sich weiter.

Matteo spürte selbst, wie das Grinsen aus seinem Gesicht verschwand. *Malinka Tagträumerin. Ausgerechnet.* Mit ihren albernen Texten hatte sie ihm damals in der YETI-Redaktion das Leben schwer gemacht. Selten hatte er eine so weltfremde Person kennengelernt. Und jetzt jobbte sie in der Bibliothek? Aber gut. Sie musste ja nur seine Bücher scannen. Einfache Aufgabe, da konnte sogar sie nichts ruinieren. Trotzdem ärgerte es ihn einmal mehr, dass die Bib nicht einfach über eine Bücherklappe verfügte. Das hätte die Bücherrückgabe so sehr vereinfacht.

Er presste für einen Moment die Lippen zusammen und schob den Stapel wortlos näher zu ihr. Dass Malinkas Blick auch nicht gerade von

Begeisterung zeugte, verschaffte Matteo immerhin ein wenig Genugtuung. »Na los«, sagte er und fühlte das Grinsen zurückkehren. »Nur einscannen, keine Geschichten erzählen.«

Malinka stand langsam auf. Ob sie das tat, um ihn zu ärgern, oder eher, weil sie selbst wütend war, konnte Matteo nicht mit Sicherheit sagen.

»Zufällig weiß ich, wie ich meinen Job zu machen habe«, gab sie leise zurück und nahm das oberste Buch vom Stapel.

Also doch wütend. Jetzt fiel das Grinsen ihm nicht länger schwer. Er verschränkte die Arme. »Ich hoffe, du weißt auch, wie du ihn *schnell* machst.«

Sie hielt in der Bewegung inne und warf ihm einen finsteren Blick zu, ehe sie das Buch aufklappte und Anstalten machte, den Code zu scannen.

»Malinka!« Eine weitere Bibliotheksmitarbeiterin schob sich in Matteos Blickfeld, beladen mit einem Bücherstapel, neben dem sein eigener sich ausgesprochen bescheiden ausnahm. Mit einem Ächzen lud sie ihn auf dem Tresen ab. Abgewetztes Leder, vergilbtes Papier – die Wälzer wirkten, als kämen sie geradewegs aus den tiefsten Winkeln des Magazins. Altpapier, das jemand wie Malinka bestimmt ganz mystisch und magisch fand, dachte Matteo gehässig.

Natürlich glitt prompt ein Leuchten über Malinkas Gesicht. Sie starrte den neuen Bücherstapel an, als habe sie noch nie im Leben etwas Schöneres gesehen.

»Aus der Falkenhayn-Sammlung. Alles Biester ohne Signatur«, erklärte die andere Mitarbeiterin und klopfte kurz auf das oberste Buch, das mit seinem Einband aus türkisblauem Leder seltsam fehl am Platz wirkte. »Schau das mal durch, wenn du Zeit hast. Wir haben da eine Anfrage von irgendeinem Kulturzentrum aus Peru, ich schick dir auch gleich die Mail weiter – die haben sogar nach dir gefragt!«

»Nach mir?« Malinka blinzelte überrascht. »Was ist das für eine Einrichtung?«

»Keine Ahnung.« Ihre Kollegin zuckte mit den Schultern. »Wie gesagt, ich leit's dir weiter, und du guckst die Bücher dann einfach mal durch.«

Sie nickte knapp und verschwand in dem Labyrinth aus Bücherregalen, das sich an den Rückgabebereich anschloss.

Malinka wandte ihre Aufmerksamkeit wieder dem Bücherstapel zu. Natürlich dem falschen. Matteo rollte mit den Augen und tippte demonstrativ auf das oberste Buch *seines* Stapels.

Allerdings schien er für Fräulein Tagtraum gerade gar nicht mehr zu existieren. Sie streckte eine Hand nach dem türkisblauen Buch auf dem anderen Stapel aus und strich nahezu andächtig mit den Fingerkuppen darüber, bevor sie es behutsam aufnahm und öffnete.

Matteo räusperte sich vernehmlich.

Malinka starrte in das türkisblaue Buch.

»Hey«, sagte er und klopfte noch einmal auf seinen Stapel. »Hier spielt die Musik. Job und so, hm?«

Er sah, dass ihre Augen sich leicht weiteten … und dann steckte sie die Nase noch tiefer in das verdammte Buch. Ihre Reaktion hatte offenbar nicht Matteo gegolten.

Tagträumerin. Das konnte doch nicht wahr sein! Er sah sich prüfend nach weiterem Bibliothekspersonal um, doch es war niemand zu entdecken. Und Malinka ignorierte ihn weiter.

»Also, das wird mir jetzt zu blöd«, knurrte Matteo, trat einen halben Schritt rückwärts und versetzte seinem Bücherstapel einen kräftigen Stoß. Mit grimmiger Zufriedenheit sah er zu, wie die aufgetürmten Bücher umkippten, dabei auch die vergilbten Ungetüme aus dem Magazin mit sich über die Tresenkante rissen und mit dumpfem Klatschen und Rascheln auf dem Boden aufschlugen.

Das immerhin riss Malinka aus ihrer Lesestarre. Sie zuckte zusammen, blickte erst verblüfft, dann empört auf den Bücherhaufen zu ihren Füßen und bedachte Matteo mit einem giftigen Blick. »Geht's noch?«

»Das fragt die Richtige«, schoss er zurück.

Malinka presste die Lippen aufeinander, legte das türkisblaue Buch vorsichtig neben sich ab und bückte sich nach den verstreuten Büchern.

Natürlich war es ein kindischer Impuls gewesen, die Stapel umzustoßen, das wusste Matteo selbst. Und mindestens ebenso kindisch war es, dass er jetzt nach dem blauen Buch griff und die Finger in den weichen Ledereinband grub. Flüchtig blätterte Matteo die ersten Seiten durch und stutzte – das Buch war nicht gedruckt, stattdessen leuchteten ihm geschwungene Handschriften in bräunlichem Rot entgegen. Eine schwarze Feder, etwas zerzaust, ragte wie ein provisorisches Lesezeichen zwischen den Seiten hervor. Das also fand Malinka so faszinierend, dass sie meinte, darüber seine Zeit verschwenden zu können? Mit einem Schulterzucken klappte Matteo das Buch wieder zu und warf einen grimmigen Blick auf den Papierkorb neben dem Rückgabetresen. Es brauchte nur eine geschmeidige Bewegung aus dem Handgelenk; kein Wurf, mehr ein Fallenlassen, denn der Korb stand nah genug.

Jetzt erfüllte Matteo doch Unbehagen, auf eine seltsam körperliche Art, als sei es direkt zwischen den brüchigen Seiten des Buchs herausgekrochen. Was für ein Unsinn! *Sogar Frau Tagtraum wird das Türkisblau im Altpapier nicht übersehen,* dachte Matteo und sah zu, wie Malinka einen ersten kleinen Stapel zurück auf den Rückgabetresen schob und direkt wieder abtauchte. *Ein kleiner Schreck und ein bisschen Sucherei, das geschieht ihr ganz recht.*

»Frohes Scannen dann noch«, murmelte er und wandte sich ab. Mochte leichtsinnig sein, auf den Rückgabebeleg zu verzichten, aber das war ihm jetzt auch egal. Er hatte Besseres zu tun, und die muffige Bibliotheksluft bereitete ihm langsam Übelkeit.

Zielstrebig marschierte er auf die Schließfächer zu, kramte mit der freien Hand nach seinem Schlüssel und öffnete sein Fach. Mit einer Hand zog er seinen Rucksack nach draußen, während er mit der anderen das Buch –

Das Buch?

Fassungslos starrte er auf seine Finger, die noch immer um das türkisblaue Mistding geschlossen waren.

Er hatte es doch in den Papierkorb plumpsen lassen! Oder nicht? War Tagträumen am Ende ansteckend?

Matteo schluckte. Wenn er den Sichtschutz der Schließfächer aufgab und zurück zum Rückgabebereich ging, würde Malinka ihn kommen sehen. Mit dem verdammten Buch in der Hand. Wie sah das denn aus? Zumal er auf weiteres Gezanke bestens verzichten konnte.

Kurz überlegte er, das Buch einfach in einem offenen Schließfach liegen zu lassen – dort würde es doch bestimmt jemand finden und zurückbringen.

Und wenn nicht? Was, wenn es tatsächlich geklaut wird? Auch wenn er selbst mit alten Büchern herzlich wenig anfangen konnte: Es war bestimmt wertvoll, und er wollte wirklich nicht schuld daran sein, dass es verloren ging.

Unruhig sah er sich um, hatte das Gefühl, dass er mit dem leuchtenden Türkisblau in seiner Hand doch alle Blicke auf sich ziehen musste. Tatsächlich war nicht einmal jemand in Sichtweite, auch Malinka nicht. Die Uhr über dem Haupteingang verriet ihm allerdings, dass er noch drei Minuten hatte, um seinen Bus zu erwischen – genug Zeit, wenn er jetzt gleich losging. Ihm war jetzt wirklich übel, aber das musste an der stickigen Luft hier drinnen liegen.

Matteo stieß die Luft aus und stopfte das Buch kurzerhand in seinen Rucksack.

Ich bringe es morgen zurück, sagte er sich, während er dem Ausgang zustrebte. *Morgen. In aller Ruhe. Bis dahin kann ich das auch erklären.*

***

Schwindel.

Matteo ringt nach Luft, doch sie ist so dünn, dass sie beim Atmen schmerzt. Kälte beißt durch seine Kleidung, trotzdem spürt er Schweiß auf der Stirn. Matteo steht am Fuß eines Bergs. Nur undeutlich zeichnen sich die Felsen vor ihm ab. Nebel umgibt ihn, es ist vollkommen still. Er taumelt ein paar Schritte voran, aber das Schwindelgefühl ist stärker, seine Kraft entrinnt ihm wie Sandkörner durch ein Sieb. Er bricht in die Knie, atmet schwer. Wenn nur die Luft nicht so dünn wäre. Und dann der Schmerz, so tief, so real, als würde ihm etwas mit eisernen Klauen aus den Eingeweiden gerissen. Eine Gestalt zeichnet sich durch Nebelschwaden ab, eine dunkle Silhouette, die auf ihn herabblickt; ein schwarzer Poncho, ein Hut, dazu ein Schal, dessen Weiß mit der Umgebung verschmilzt. Der Mann sagt etwas, das Matteo nicht versteht.

Matteo krallt die Finger in den Boden und spürt feuchte Erde, dabei ist es doch ein Traum, es muss ein Traum sein. Unmöglich, die Erde so wirklich zu fühlen. Ein Geräusch verliert sich im Nebel, wie Hufschläge, die sich entfernen. In Matteo ist ein Loch. Es schmerzt. Er spürt Tränen in seinen Augen brennen. Mit zitternden Händen tastet er sich voran. Die Stille, der Nebel, alles um ihn herum fühlt sich bedrohlich an und macht ihm Angst. Er muss fort.

Aufwachen, denkt er und versucht auf die Füße zu kommen. Aufwachen. Bitte.

Matteo schlug die Augen auf und starrte ins Zwielicht seines Zimmers. Für einen Moment umfing ihn die wohltuende Trägheit zwischen Schlaf und Erwachen. Befreit holte er Luft und spürte, wie seine Lungen sich ohne jeden Schmerz füllten.

Es war vorbei. Es war wirklich nur ein Traum gewesen.

Dann, wenige Sekunden später, setzte der Schmerz wieder ein, bohrend aus Matteos Innerem heraus. Genau so, wie es sich in seinem Traum angefühlt hatte.

Matteos Mund wurde trocken. Sollte er ausgerechnet jetzt krank werden? Jetzt, da er endlich die Abschlussarbeit vom Tisch hatte und die Reise mit Helena anstand? Er dachte an ihre gestrige Planung zurück, all die Fotos von Traumstränden und Dschungellandschaften, durch die sie sich gescrollt hatten. Das Reiseziel stand noch nicht fest, das würden sie nach Flugpreisen entscheiden oder auswürfeln und dann kurzfristig buchen – ein ungeplantes, spontanes Abenteuer, ein großes Durchatmen nach dem Studienabschluss. Helena freute sich so sehr darauf.

Er versuchte, den Schmerz zu lokalisieren. Der Magen war es nicht, auch der Blinddarm konnte es nicht sein. Je länger er in sich hineinhorchte, desto merkwürdiger kam es ihm vor. Es war, als sei es gar nicht sein Körper, der schmerzte. Es fühlte sich eher an wie eine Mischung aus Heimweh, Liebeskummer und Niedergeschlagenheit – aber von einer atemberaubenden Intensität.

Vielleicht war dies das Loch, in das man nach Beenden des Studiums stürzte. Na, davon würde er sich ja bald ablenken können. Matteo setzte sich auf. Das nagende Gefühl blieb, und als er aufstand, schwindelte ihm leicht. Er tappte quer durchs Zimmer zur Badezimmertür. Für einen kurzen Moment blitzte die Erinnerung an das Buch in ihm auf, das er auf seinen Nachttisch gelegt hatte. Er hatte am Abend noch versucht, darin zu lesen, aber weit war er nicht gekommen. Bilder und Zeichen verschwammen vor seinen Augen, je mehr Mühe er sich gab, sie zu entziffern – und was er doch lesen konnte, war keine Sprache, die er kannte.

Er schob die Tür auf und registrierte erleichtert die fast schmerzhafte Kälte der Fliesen unter den Füßen. Sie brachte ihn endgültig in die Wirklichkeit zurück. Er stützte sich auf dem Waschbeckenrand ab und blinzelte in den Spiegel.

Da war *etwas* ...

Er riss die Augen auf und kniff sie dann wieder zusammen.

Nein, genau genommen war da nichts. Und trotzdem hatte er das Gefühl, dass etwas ihn umgab, um ihn herumstrich ... Ein grauer Schatten, der sich jedes Mal auflöste, wenn Matteo genauer hinsah.

Er schüttelte den Kopf. Was war nur mit ihm los? Das war doch Unsinn. Es war wohl an der Zeit, den Spiegel wieder einmal zu putzen – oder aber endlich richtig wach zu werden.

Er streifte seinen Pyjama ab, trat entschlossen unter die Dusche und drehte das kalte Wasser voll auf.

***

Als er zwei Stunden später an der Bushaltestelle stand, war er zwar hellwach, doch der Schmerz blieb. Er fühlte sich nur dumpfer an als am Morgen.

Matteo fuhr mit der Hand über seinen Rucksack, sodass er durch den Stoff die Ecken des Buches spürte. In die Bibliothek fahren, hoffen, dass Malinka nicht am Rückgabetresen saß, erklären, dass das Buch versehentlich in den Stapel mit seinen Entleihungen gerutscht war, fertig. Wenn Matteo das aus dem Kopf hatte, würde es ihm wahrscheinlich gleich besser gehen.

Er warf einen Blick auf sein Handy. Eine Handvoll Benachrichtigungen verriet, dass Helena ihm gut ein Dutzend Links zu Reisezielen und Last-Minute-Angeboten geschickt hatte. Unschlüssig scrollte er darüber. Sollte er das jetzt lesen? Er hatte noch zwölf Minuten, bis der Bus kam.

Das mache ich später, dachte Matteo, *wenn es mir besser geht.*

Er stopfte das Handy in seinen Rucksack, spürte weiches Leder unter seinen Fingern und zögerte, bevor er das türkisblaue Buch doch hervorzog. Zeitverschwendung, noch einmal hineinzuspähen, nachdem er gestern so kläglich gescheitert war. Aber womöglich war er auch einfach zu müde gewesen?

Nachlässig blätterte er durch die Seiten und stellte einmal mehr fest, dass nur etwa die erste Hälfte des Buchs gefüllt war. Die schwarze Feder, die ihm gestern schon aufgefallen war, markierte das Ende der beschriebenen Seiten – sie steckte auf der ersten leeren Doppelseite.

Matteo schlug sie auf und stutzte. Da hatte er die Feder wohl versehentlich umgesteckt, denn die Seite war doch nicht leer. Eine geschwungene Handschrift aus roter Tinte bedeckte sie, ganz wie im Rest des Buchs. Doch diese Buchstaben waren klar, ließen sich lesen – und ergaben Sinn.

Du hast ihn bereits bemerkt, nicht wahr? Er hat zwischen diesen Seiten geschlummert wie ein Wächter. Als du das Buch an dich nahmst, hast du ihn geweckt, und er ist dir in die Seele gefahren. Du bist ein zerbrochener Krug, aus dem das Leben herausläuft.

Matteo fühlte seinen Mund trocken werden und lehnte sich unwillkürlich gegen die Seitenwand des Wartehäuschens. Kein Grund zur Panik, sagte er sich, er musste die Stelle gestern einfach überblättert haben, und es war reiner Zufall, dass der Text ihn anzusprechen schien. Die nächsten Worte würden es zeigen. Matteo biss die Zähne zusammen und las weiter.

Du hast ihn im Spiegel gesehen. Ein grauer Schemen, kaum wahrnehmbar.

»Unsinn«, krächzte er, bevor er sich selbst daran hindern konnte. Ein Teil von ihm wollte das Buch zuschlagen, wieder im Rucksack verstauen und sich nicht länger von ein bisschen Handschrift ins Bockshorn jagen lassen.

Und doch las er weiter.

Du hast ihn im Traum gesehen. Du hast gespürt, wie er ein Stück aus deiner Seele gebissen hat.

Er unterdrückte ein Zittern. Zufall. Das war doch alles Zufall. Wahrscheinlich auch selektive Wahrnehmung. Das alles musste da gestern auch schon gestanden haben, vor Matteos Albtraum und der Bewegung im Spiegel und allem, und er hatte es nur nicht gesehen. Dass das Rot frischer und kraftvoller wirkte als das der vorherigen Seiten, hatte nichts zu bedeuten.

Es ist der Fluch der verschwiegenen Geschichten. Und er wird dich von innen her auffressen, wenn du nichts unternimmst. Du hast die apus *erzürnt, und das ist keine Kleinigkeit.*

Ein Fluch. Matteo versuchte sich an einem trockenen Auflachen. Aber aus den Augenwinkeln meinte er einmal mehr, graues Huschen zu sehen, fast wie auf ein Stichwort, und sein Lachen blieb ihm im Hals stecken.

Nur noch wenige Zeilen waren übrig, und Matteo las weiter, obwohl er nichts weniger wollte.

Wenn du leben willst, musst du in die Heimat des Buchs reisen. Du musst der Geschichte des Fluchs auf die Spur gehen.

»Es gibt keine Flüche«, flüsterte er, wisperte es sich selbst und dem dummen, unnützen Buch zu.

Du wirst Hilfe brauchen, lautete die letzte Zeile.

Matteo schnaubte verächtlich, ließ das Buch sinken und versuchte sich einzureden, dass seine Hände nicht zitterten. Dass ihm nicht hundeelend war.

Der Bus bog um die Ecke.

Matteo warf einen letzten Blick in das Buch. Er klappte es bereits zu, als er noch etwas *sah.*

Er schnappte nach Luft und riss das Buch wieder auf, starrte fassungslos, während ihm kalter Schweiß ausbrach.

Vor ihm hielt der Bus, die Tür glitt auf, doch Matteo nahm das nur am Rande wahr. Er schüttelte den Kopf, wusste selbst nicht genau, wem die Geste galt.

Die Tür schloss sich wieder. Der Bus fuhr weiter.

Matteo blieb zitternd im Wartehäuschen stehen, das Buch viel zu schwer in seinen Händen, und starrte auf rot leuchtenden Tintenglanz.

Peru

um ca. 1757

3.

Chayamuq

Gast

Yawar hüpfte von Stein zu Stein. Mama mochte es nicht, wenn er so sorglos am Flussufer spielte. *Wer ausrutscht und ins Wasser fällt*, pflegte sie zu sagen, *den zieht das eigene Spiegelbild auf den Grund des Flusses*. Das hatte ihm lange Zeit gehörigen Respekt eingeflößt, aber Paqo hatte gesagt, dass das nicht stimmte und dass ihre Mütter nur Angst hatten, ihre Kinder würden mit klatschnassen Sachen nach Hause kommen. Denn das Spiegelbild kann in Wahrheit gar nicht zugreifen, wenn man auf die Wasseroberfläche stürzt, weil seine Hände dann in kleinen Wellen zerfließen. Und Paqo musste es wissen. Er war zwei Köpfe größer als Yawar und mehr als einmal in den Fluss geplumpst, ohne dass sein Spiegelbild ihm auch nur ein Haar gekrümmt hätte.

Yawar rutschte nicht. Er kannte jeden einzelnen der runden, glitschigen Steine. Bei jedem Satz ruderte er mit den Armen, um wieder ins Gleichgewicht zu finden.

Auf dem flachen Stein kurz vor der Biegung des Flusses hielt er inne und atmete durch.

Die Wolken hingen tief über den Berghängen, wie immer um diese Jahreszeit. Geregnet hatte es aber nicht mehr seit jener Nacht, in der Mama den Kondor aus dem Sturm gerettet hatte. Sechs Tage war der große Vogel bei ihnen geblieben, Yawar hatte sie gezählt. Und dann, am siebten Morgen, war der Kondor nicht mehr da gewesen – nur noch das zerwühlte Deckennest. Der Anblick hatte Yawar die Kehle seltsam eng gemacht, als ob da Tränen kommen wollten; und Mama war still gewesen, ihr Mund eine dünne Linie, während sie gemeinsam den schweren Stoff ausschüttelten.

»Ich wollte mich doch verabschieden«, hatte Yawar gemurmelt, und da hatte sie ihm durchs Haar gewuschelt und auf diese traurige Weise gelächelt, wie es sonst niemand tat. »Ja, *pumachay,* das wünscht man sich oft.«

Jetzt ballte Yawar die Fäuste und sog noch einmal die Luft ein, atmete die traurigen Gedanken weg, die ihn ganz schwer machen wollten, schwer genug vielleicht, um doch noch in den Fluss zu plumpsen. Und er wollte nicht traurig sein, wenn er heimkam, das sprang dann auf Mama über wie ein garstiger Floh.

Ein großer Schritt, und Yawar war zurück am Ufer, versank leicht im lehmigen Grund. Sein Blick wollte die Böschung hinaufhuschen, doch Yawar fing ihn auf halbem Weg ein, indem er die Augen zukniff.

Nicht hinsehen, sagte er sich, *sonst willst du nur näher heran ...*

Trotzdem sah er sie auch mit geschlossenen Lidern: die Dorfkirche mit ihren braunen Mauern, die hier an der Flussbiegung stand, als ob sie die Aussicht bewundern wollte. Der gedrungene Turm mit seiner Glocke.

Vor allem aber sah er das Fenster zur Flussseite. Dahinter lag ein Zimmer, das Paqo langweilig fand und Padre Valentín »Sakristei« nannte. Ein verbotenes Zimmer.

Und ein verlockendes. Denn es war mit Büchern gefüllt. Sie türmten sich auf dem Schreibtisch des Paters, und sie drängten sich in dunklen Holzregalen, als wollten sie einander Wärme spenden. Wenn sich Yawar vor dem Fenster auf die Zehenspitzen stellte, sich so lang machte, dass es schmerzte, meinte er, sie durch das staubige Glas flüstern zu hören: vielleicht seinen Namen, vielleicht ein Versprechen jener Geschichten, die auf ihren Seiten wohnten.

Geschichten, wie sie Padre Valentín oft erzählte. Alle Kinder im Dorf mochten ihn. Er sprach ein drolliges Quechua, fand Yawar, es stakste wie ein unbeholfenes Lamakind herum, aber trotzdem brachte Padre Valentín es eben fertig, damit Geschichten zu erzählen, ganz anders als jene, die Yawar sonst kannte. In Padre Valentíns Erzählungen gab es keine *apus,* nur einen einzigen großen *apu,* der aber nicht auf einem Berg saß, sondern direkt im Himmel, unsichtbar für die Menschen. Die Vorstellung hatte Yawar anfangs zum Lachen gebracht, aber Padre Valentín hatte weitererzählt: dass der *apu* seinen eigenen Sohn auf die Erde geschickt hatte, und dass die Menschen ihn umgebracht hatten. Das wiederum hatte Yawar traurig gemacht. Aber Padre Valentín kannte auch andere Geschichten, in denen es weniger düster zuging, und die Kinder lauschten ihm oft mit offenem Mund, bevor sie lachend nach Hause stoben, um ihren Eltern die Geschichten weiterzuerzählen.

Yawar öffnete die Augen wieder und sah nun doch hinauf zum verbotenen Fenster.

Ja, es war höchste Zeit, nach Hause zu gehen. Aber einen Blick in das Bücherzimmer konnte er sich vielleicht doch gestatten, nur einen kurzen. Einen Gruß an die flüsternden Bücher. Auch wenn Mama davon nichts wissen durfte.

Yawar seufzte, während er schon die Böschung emporhuschte. Mama mochte Bücher nicht, ihr Gesicht wurde hart, wenn er vom Wispern hinter dem Fenster erzählte. Oder davon, dass Paqo nun Lesen lernte.

Die Kälte in Mamas Augen war es, die das Bücherzimmer zu einem verbotenen Ort machte. Zum einzigen Geheimnis, das Yawar vor seiner Mutter hatte.

Er legte die Hände an kühles Mauerwerk, stellte sich auf die Zehenspitzen und blinzelte.

Im gleichen Moment schwang die schmale Holztür zur Sakristei auf, nur wenige Schritte neben ihm, und Yawar zuckte zusammen, taumelte hastig rückwärts und stolperte fast über seine eigenen Füße. Sein Herzschlag raste, dabei hatte er gar nichts Verbotenes getan.

Padre Valentín trat ins Freie, der Wind zupfte wie zur Begrüßung an seiner schwarzen Kutte. Und der Padre war nicht allein; ein fremder Mann folgte ihm nach draußen.

Er war älter, viel älter als Yawars Mutter, aber jünger als Padre Valentín, und sein erdbrauner Poncho war staubig. Yawar schaute ihn an und wusste, dass es jemand aus dem Hochland war, jemand wie er und seine Mutter, jemand, dessen Quechua nicht ungelenk herumstakste, sondern so majestätisch dahinglitt wie ein Kondor im Flug.

»Guten Tag, Yawar.« Der Priester schien weder verärgert noch überrascht, dass er Yawar an seinem Fenster ertappt hatte. »Das trifft sich ja gut.«

Der fremde Mann sog scharf die Luft ein. »*Du* bist Yawar?« Die Ahnung eines Lächelns malte sich auf seine müden Züge.

Yawar zögerte, bevor er scheu nickte.

Padre Valentín lächelte ihm zu. »Yawar, das ist Lurín. Er möchte gern deine Mutter begrüßen. Ich erklärte ihm gerade den Weg zu eurem Haus, aber vielleicht kannst du ihn einfach führen?«

Unwillkürlich atmete Yawar auf. Es kamen nicht oft Fremde ins Dorf, aber wenn dieser hier Mama kannte, war es nicht wirklich ein Fremder, und der Padre war auch freundlich zu ihm.

»Natürlich«, sagte Yawar und sah Erleichterung in Loríns Augen aufleuchten. Er ging voran, ein wenig unsicher, ob er nun etwas sagen sollte, aber als sie um die letzte Ecke bogen, konnte er die Frage doch nicht länger zurückhalten. »Du kennst meine Mutter?«

Lurín räusperte sich. »Und ich kannte auch deinen Vater.«

Um Yawar schien plötzlich die Luft zu sirren, der Boden sich zu neigen. Sie sprachen nie von seinem Vater. Es fühlte sich so verboten an wie das Bücherzimmer. Da konnte nicht einfach ein Fremder über ihn reden.

Yawar blieb vor der Hütte stehen, sah zu Lurín auf. »Mein Vater … Er ist nicht mehr da.«

Lurín neigte wortlos den Kopf.

Yawar schob die Tür auf und zuckte zurück.

Zwei Gestalten im Halbdunkel, die einander gegenübersaßen: Seine Mutter war nicht allein. *Noch ein Fremder.*

Beide wandten den Kopf, als sie ihn hörten. Mama lächelte, es wirkte fast schuldbewusst. Das Gesicht des Fremden blieb ruhig. Yawar konnte nicht anders, als ihn anzustarren. Der Mann war groß und breitschultrig, und er hielt die kleinen Hände von Yawars Mutter in den seinen. Sein Gesicht war schmal und kantig, mit einer geschwungenen Nase, und seine Augen … Seine Augen kamen Yawar bekannt vor. Sie waren dunkel, wachsam. Etwas leuchtete in ihnen.

»Yanakachi.« Lurín stand hinter ihm auf der Schwelle. »Es ist gut, dich zu sehen.«

»Lurín.« Mama erhob sich. Ihr Gesicht war hart geworden; sie konnte nicht Luríns Meinung sein.

»Und es ist gut«, murmelte Lurín nach einem Moment der Stille, »dass du nicht länger allein bist.«

Mama presste die Lippen zusammen. Aber der andere Fremde lächelte, als er nun ebenfalls aufstand.

»Ich grüße euch«, sagte er. »Mein Name ist Yanaphuru.«

Etwas in Yawar zuckte zusammen. *Yanaphuru,* schwarze Feder. Unwillkürlich lächelte er den Fremden an. Er hatte das Gefühl, genau verstanden zu haben, woher er ihn kannte, aber in seinem Kopf blieb dennoch alles dunkel.

Mama stieß die Luft aus und winkte Lurín nun endlich herein, auch wenn es unwillig aussah. Doch ihre Stimme wurde weicher, als sie Yawar einen Tonkrug reichte. »Lauf bitte zu Mama Tullu. Sie soll dir Chicha auffüllen. Morgen werde ich ihr gefärbte Wolle dafür bringen.«

Yawar nickte und eilte los, auch wenn er das unbestimmte Gefühl hatte, dass Mama ihn auch deshalb fortschickte, damit er nicht hörte, was sie Lurín zu sagen hatte.

Wer Chicha – vergorenes Maisbier –, getrocknetes Fleisch oder Maiskolben, Kartoffeln oder Quinua außerhalb der Markttage brauchte, der ging zu Mama Tullu. Yawar hatte noch nicht ganz durchschaut, wie sie es anstellte, aber ihr Haus war ein schier unerschöpfliches Lager kleiner Schätze. Die Händler aus dem Hochland übernachteten bei Mama Tullu und ließen als Gegenleistung ein Säckchen Erdnüsse oder Yuca zurück. Außerdem sammelte sie Kräuter, die zwischen den nackten Felsen und weiter unten am Flusslauf wuchsen und mit denen sie

Magenverstimmungen, Fieber und kleine Flüche kurierte, Gefälligkeiten, die ihr wiederum mit Portionen von *chuño* – in der Kälte getrocknete Kartoffeln – oder dunklem Mais vergolten wurden. Alle im Dorf wussten das, aber dennoch war die beeindruckende Auswahl Mama Tullus ein kleines Wunder. Padre Valentín sah großzügig darüber hinweg, dass die alte Frau weder ihren Kirchenzehnten noch den Tribut entrichtete, und Paqo hatte Yawar einmal zugeflüstert, dass der Pater selbst gern bei Mama Tullu einkehrte, um ihren *emoliente* zu trinken, einen heißen Aufguss aus Kräutern, Zitrone und Gerstenwasser.

Die Tür zu Mama Tullus Haus stand wie immer offen. Scheu pochte Yawar mit den Fingerknöcheln an den Holzrahmen und trat dann erst ein.

Die alte Frau dämmerte im Halbschatten vor sich hin, einen Krug neben sich. Ein Strahl von rotgoldenem Abendlicht ließ ihr weißes Haar aufleuchten und malte einen hellen Streifen auf ihre welken Wangen. Ihre Kiefer mahlten vor sich hin, die Augen hielt sie geschlossen. Sie spuckte in den Krug, dann erst öffnete sie die Augen.

»Wie kann ich dir helfen, Yawarchay?«

Yawar hielt ihr den leeren Krug entgegen. »Hast du Chicha, Mama Tullu? Wir haben Besuch.«

Mama Tullu nickte und rappelte sich mit einem leisen Ächzen auf. »Ich bereite gerade neue Chicha zu, aber hier habe ich noch etwas. Für einen Krug müsste das reichen, mein Herz. Guter Mais aus Cabanaconde ist darin. Das wird eurem Besuch schmecken.«

Sie schlurfte zu einer bauchigen *chomba* aus braunem Ton und griff nach der hölzernen Schöpfkelle.

»Meine Mutter bringt dir morgen Wolle«, sagte er schüchtern, während er ihr den Krug reichte und zusah, wie sie die trüb-gelbe Flüssigkeit aus der *chomba* hineinfüllte.

Mama Tullu lächelte und füllte den Krug bis zum Rand. »Es hat keine Eile, Yawarchay. Deine Mutter und du, ihr seid gute Menschen, ihr betrügt niemanden.«

»Danke, Mama Tullu.« Den Krug mit beiden Händen haltend machte Yawar sich auf den Heimweg. Er achtete peinlich darauf, nichts von der guten Chicha zu verschütten. Immer wieder drängte sich das Bild von Mama Tullu in seinen Kopf, wie sie auf dem Boden saß und Maisfladen kaute. Irgendwie stimmte es ihn traurig. Normalerweise trafen sich die Frauen des Dorfes vor Festen und Markttagen; der Mais für die Chicha wurde gemeinsam gekaut, bei Liedern und Geschichten.

Als er zu Hause ankam, saßen Mama und die zwei Männer scheinbar einträchtig zusammen und aßen, aber eine seltsame Stille schwebte über der Szene. Yawar hatte das Gefühl, dass seine Stimme wie eine schmale Klinge hineinschnitt.

»Hier ist die Chicha.«

Mama schenkte ihm ein erleichtertes Lächeln. Sie nahm ihm den Krug aus der Hand und füllte die zwei Tonbecher, die sie im Haus hatten; dann goss sie den Schluck Chicha auf den Boden, der Pachamama zustand, der Mutter Erde. Erst dann tranken die Männer. Mama selbst nahm einen Schluck aus dem Krug und reichte das Gefäß an Yawar weiter. Er spürte das säuerliche Prickeln auf seiner Zunge.

Während auch er sich über sein Abendessen hermachte – *chuño,* gerösteter Mais und ein wenig Alpakafleisch –, beobachtete er die Erwachsenen. Seine Mutter wirkte noch kleiner und zarter als sonst zwischen den beiden hochgewachsenen Männern, die einander unentwegt musterten: Lurín schien unsicher, auf Yanaphurus Gesicht lag die ganze Zeit ein leises Lächeln.

»Wo kommst du her?«

Yawar konnte die Frage nicht zurückhalten. Mit einem kühnen Satz bahnte sie sich den Weg ins Freie und sprang von seinen Lippen direkt zu Lurín. Der müde, staubige Mann kam ihm nicht so unheimlich vor wie Yanaphuru mit den leuchtenden Augen, Yanaphuru, der die Hand seiner Mutter gehalten hatte.

Lurín sah ihn an, und in seinem Gesicht zeichnete sich so etwas wie Erleichterung darüber ab, dass Yawar die Stille erneut gebrochen hatte.

»Aus Huamanga. Dort, wo auch ihr …«

Mamas Faust schlug auf den Lehmboden, und Lurín verstummte. Yawar sah, wie sich die Hand von Yanaphuru wieder auf Mamas Handrücken stahl; groß und doch sanft.

»Er war noch sehr klein«, sagte Mama mit seltsam dünner Stimme. »Er kann sich nicht daran erinnern.«

Yawar kniff die Augen zusammen. Bilder tanzten in seiner Seele, die er normalerweise dort verschlossen hielt.

»Es gibt dort auch einen Fluss, nicht wahr?«, fragte er. »Und das Tal ist breit und grün. Ich erinnere mich an die Kirche. Ihre Mauern waren grau wie die Regenwolken. Es gab Ginster, gelbe Blüten. *Taytay* …«

Er unterbrach sich, aber es war zu spät. Das Wort hing in der Zimmermitte, bedeutungsvoll leuchtend, und er spürte, wie sie alle den Blick senkten.

Taytay. Mein Vater.

Hilfesuchend schaute Yawar Mama an, aber sie hatte die Augen geschlossen, und obwohl ihre Miene unbewegt blieb, hatte er das Gefühl, dass ihr etwas große Schmerzen bereitete. *Sie soll mich ansehen*, dachte er.

»An mehr erinnere ich mich nicht«, sagte er entschuldigend.

Lurín nickte.

»Von dort komme ich. Es ist ein weiter Weg bis hierher. Ich war viele Tage unterwegs.« Er lächelte schief. »Glücklicherweise gibt es die Wege des Inka noch. Sonst hätte ich vielleicht noch länger gebraucht.«

»Ich denke, die *apus* haben deinen Weg beschützt«, sagte Yanaphuru freundlich. Seine Stimme war weich und dunkel. *Wie ein Meer aus schwarzen Federn*, ging es Yawar durch den Kopf.

»So muss es sein«, stimmte Lurín zu. »Ich habe einen Kondor seine Kreise über mir ziehen sehen, als ich näherkam. Er mag ein Bote des Mismi gewesen sein, nicht wahr?«

Yanaphuru neigte den Kopf. »Mismi ist ein mächtiger *apu,* aber ein gütiges Auge auf alle Reisenden hat Sabancaya. Sie ist die ewig grollende

Herrin dieses Tals, düster unter ihren Aschewolken, aber nicht böse gesinnt. Ihr Bote mag deinen Weg beschützt haben.«

Neben ihm sog Mama die Luft ein. »Ich frage mich, Lurín, warum du diesen langen Weg auf dich genommen hast.«

Lurín straffte sich und schob seinen leeren Teller beiseite.

»In Wahrheit habe ich nicht gewusst, dass er so lang werden würde, Yanakachi. Ich musste nach euch fragen, immer und immer wieder. Es ist nicht einfach gewesen. Deine Spur ist beinah verwischt. Aber es gibt überall Leute, die sich erinnern konnten, die dich damals gesehen haben auf deinem Weg nach Süden.« Er machte eine Pause, und Mama senkte erneut ihren Blick. Yawar wusste nicht, wieso, aber er sah auf einmal ein Bild vor seinem inneren Auge: seine Mutter, schmal und zierlich, wie sie ihn in einem bunt gewebten Tuch auf dem Rücken trug, die Enden vor ihrer Brust zusammengeknotet. Er sah, wie sie sich gegen den Wind stemmte, Schritt um Schritt, eine Hand um den Knoten, die andere zur Faust geballt, die Zähne zusammengebissen. Er sah sich selbst, wie er schlief, geschützt auf ihrem Rücken, und auf einmal empfand er den Drang, zu ihr hinüberzulaufen und sie zu umarmen.

Aber Lurín sprach weiter, und das Bild zerstob.

»Schritt für Schritt bin ich eurer Spur gefolgt. Ich komme im Auftrag der Kondorkinder und bringe dir dies.«

Seine Hand fuhr zu seiner Umhängetasche.

Doch Mamas Arm zuckte im gleichen Moment vor, ihre Finger packten Lurins Handgelenk, und in ihren Augen stand ein dunkles Glitzern. »*Nein.* Ich will es nicht sehen.«

»Yanakachi, die Kondorkinder –«

Mama zog ihre Hand wieder zurück, so als könnten Lurins Worte sie dann nicht erreichen. »Ich habe nichts mehr mit euch zu schaffen«, sagte sie gepresst. »Du hättest nicht herkommen sollen.«

»Doch«, erwiderte Lurín schlicht und nickte in Yawars Richtung. Yawar riss die Augen auf. Was hatte er denn damit zu tun? »Die Yuyaq liegt im Sterben, Yanakachi. Und sie hat keinen Zweifel, wer ihr Erbe antreten soll.«

Mama schüttelte stumm den Kopf.

»Erinnerst du dich nicht an die Nacht, in der Yawar geboren wurde?«, drängte Lurín. »Oder an den Tag, an dem er mit der Yuyaq über dem Spiegelbuch saß, den Geschichten lauschend, die ihm von dort aus zuflüsterten? Die Zeichen sind eindeutig.«

Yawars Herz pochte hart in seinem Brustkorb. *Das Flüstern der Geschichten.* Er suchte nach den Erinnerungen zu Lurins Worten, hoffte plötzlich schmerzhaft, sie irgendwo finden zu können. Zu verstehen, worum es hier ging.

Mama rückte an ihn heran und legte die Hände auf seine Schultern, sah zu Lurín hinüber. »Nein.« Ihre Stimme klang ruhig, doch in der Tiefe brodelte etwas so kraftvoll wie das Feuer in Sabancayas schneebedecktem Krater, jeden Moment zum Ausbruch bereit. »Du hast recht, wir haben einen weiten Weg zurückgelegt. Und das haben wir getan, um Frieden zu finden. Frieden, verstehst du? Ihr werdet mir meinen Sohn nicht auch noch nehmen. Verschwinde, Lurín, und nimm dein Spiegelbuch mit. Ich habe dir alle Gastfreundschaft erwiesen, die ich dir schuldig bin. Du hast unter meinem Dach gegessen und getrunken, und jetzt willst du Unfrieden in unser Leben bringen. Ich verbiete es dir! Verlass mein Haus.«

Yawar spürte den Funkenflug ihrer Worte: heiß und zornig, obwohl sie noch immer langsam sprach. Ihre Finger gruben sich in seine Schultern und drückten ihn gegen ihren Körper.

Lurín erhob sich.

»Yanakachi. Glaub mir, ich weiß, wie schwer es für dich gewesen sein muss. Llanthu …«

»Sprich nicht von ihm!«

Jetzt war das Feuer in ihrer Stimme und schoss zornig in die Dunkelheit. »Ich verbiete es dir! Du hast keine Ahnung, Lurín, nicht die geringste! Geh. Ich meine es ernst. Geh, und komm nie wieder zurück, du nicht und auch sonst niemand von euch. Ihr seid Vergangenheit. Ich gehöre nicht mehr zu euch, und ich will nie wieder zu euch gehören. Und auch Yawar«, ihre Finger drückten nun so fest zu, dass es weh tat, »soll nie etwas mit euch zu schaffen haben. Ich will, dass er lebt, begreift ihr das?«

Lurín öffnete den Mund, doch Mama stand auf, trat vor Yawar, als wolle sie ihn abschirmen. »Es ist genug, Lurín. Du hast mir nichts mehr zu sagen. Geh.«

Yawar konnte ihre Augen nicht sehen, aber Lurín musste es können, und der senkte seinen Blick.

»Ich werde dir zeigen, wo Mama Tullu lebt.« Nun war Mamas Stimme erkaltete Lava. »Sie wird verstehen, dass du einen Schlafplatz brauchst. Komm.«

Hocherhobenen Hauptes schritt sie zur Tür. Yawar schaute zu ihr und zu Lurín und fragte sich, warum seine Mutter ihm vorhin so klein vorgekommen war. Jetzt wirkte sie groß, größer als Lurín und auch größer als Yanaphuru. Sie war stark und schön.

Lurín nickte ihm im Vorbeigehen zu, als er nach draußen schritt, und Yawar blieb allein mit Yanaphuru zurück. Erneut spürte er den Blick auf sich, der ihm so vertraut vorkam.

»Woher kenne ich dich?« Die Worte kratzten in seiner Kehle, ehe sie nach draußen purzelten.

Yanaphuru lächelte. »Du erinnerst dich sehr genau an mich. Ich sollte dir die Welt zeigen, das war dein Wunsch.«

Er erhob sich und kam auf Yawar zu, griff nach seiner Hand. »Lurín hat ein Buch gebracht, weißt du. Du kannst Padre Valentín danach fragen. Bei ihm wird er es lassen.«

Yawar starrte ihn an. »Woher weißt du das?«

Yanaphuru lächelte erneut und drückte sanft Yawars Hand. »Ich habe gute Augen.«

Damit ließ er Yawar los und wandte sich ab. Eine schwarze Feder blieb zwischen Yawars Fingern zurück, glatt und seidig. Für einen Moment starrte Yawar sie einfach an, dann hob er den Kopf, um sich bei Yanaphuru zu bedanken.

Doch der Fremde war verschwunden.

BERLIN

4.

Schwarze Federn

Sterne werfen ihr kaltes Licht auf die schlafende Stadt, und Malinkas Hände berühren rauen Stein. Unter ihr dunkles Wasser, das Rauschen des Flusses tost in ihren Ohren. Sie kennt jede verwinkelte Altstadtgasse zu beiden Seiten der Brücke, auf der sie steht. Wäre Vollmond, könnte Malinka am Horizont die Umrisse der Vulkane erahnen.

Sie lehnt sich nach vorne und empfindet eine Mischung aus Wehmut und Glück darüber, an diesem Ort zu sein. Ein Teil ihres Bewusstseins weiß um die Unwirklichkeit.

Schritte klingen auf steinernem Boden.

Malinka erschrickt nicht. Sie dreht sich um, der Nachtwind streift ihr Haar, und sobald sie den Fremden sieht, erkennt sie ihn wieder. So oft hat er schon vor ihr gestanden. Ein Schlapphut verdeckt sein Gesicht, dennoch sieht sie dunkle Augen aus dem Schatten schimmern, wachsam und klug.

Sie kennt ihn. Sie erinnert sich an ihn. Und doch hat sie, wie jedes Mal, seinen Namen vergessen und auch das, was er ihr sagen wird.

»Malinka«, raunt der Fremde. »Komm zurück. Wenn du zurückkommst, dann frag nach mir.«

Sie schaut ihn an. Jedes Wort, das sie spricht, wird den Zauber seiner Anwesenheit brechen.

Er schiebt die Hutkrempe hoch, und im Licht der Sterne sieht sie ihn lächeln.

»Mein Name ist Garcilaso.«

Natürlich hatte Celia ihr die Mail aus Peru nicht weitergeleitet. Typisch. Malinka schüttelte den Kopf und nippte an ihrem Tee.

Andererseits, sagte sie sich, war immerhin auch keine Mail mit der Frage aufgeploppt, wo denn das türkisblaue Buch hingekommen war. Vielleicht hatte Celia sich den sortierten Stapel noch nicht so genau angeguckt – oder sie glaubte, dass Malinka das Buch mit nach Hause genommen hätte, und drückte ein Auge zu. Vielleicht fiel es auch überhaupt niemandem auf, dass da etwas abhandengekommen war …

Malinka atmete tief durch.

Ob es jemandem auffiel oder nicht: Früher oder später würde sie Bescheid geben müssen. Sie wusste genau, dass sie den Lederband auf den Tresen gelegt hatte, bevor sie sich nach den heruntergefallenen Büchern gebückt hatte – und danach war es nicht mehr da gewesen. Ebenso wenig wie Matteo. Aber so wenig Malinka den Kerl mochte, für einen Bücherdieb hielt sie ihn nicht. Schon gar nicht, wenn es um etwas offensichtlich Wertvolles ging. Bestimmt tauchte das blaue Buch wieder auf.

Hoffentlich.

Sie nahm noch einen Schluck und stellte den Tonbecher zurück aufs Fensterbrett – in sicherer Entfernung zu ihrem Laptop und den Bücherstapeln, die sie auf dem Küchentisch aufgetürmt hatte. Sie ließ den Blick über die Buchrücken gleiten und spürte ein Lächeln in ihren Mundwinkeln kribbeln bei der Erinnerung daran, dass es mehr gab als den Nebenjob in der Bibliothek.

Von der Küste in die Berge: Andine Archäologie und ihre Bildsprache. Ihr Titel. Ihr Kurs. Ihr Semester.

Der Gedanke daran erfüllte sie immer noch mit purem Glück. Allerdings auch mit dezenter Panik. Bald würde sie sich systematisch durch ihre Bücher arbeiten müssen, um die Lehrveranstaltung angemessen vorzubereiten. Nun gut, sie hätte auch jederzeit aus dem Stand einen Vortrag über die Ikonographie der vorspanischen Kulturen halten können, aber das hier musste gut werden. Richtig gut.

Sie zögerte, bevor sie ihr Postfach schloss und auf den Browsertab daneben klickte, den Blick über Flughafennamen, Uhrzeiten und Preise gleiten ließ. Mit dem Cursor malte sie unsichtbare Kreise um den *Buchen*-Button.

Peru.

Wann, wenn nicht jetzt? Den Bibliotheksjob setzte sie über die Semesterferien aus. Kursvorbereitung hin oder her, wann würde sie jemals wieder so viel Zeit am Stück haben, um nach Südamerika zu reisen? Allein bei dem Gedanken beschleunigte sich ihr Herzschlag.

Und die Flüge wären so günstig ...

Energisch schob sie den Cursor in die oberste Ecke ihres Bildschirms, wo er auf keinen Fall versehentlich auf *Buchen* klicken konnte.

Nein, dachte sie und starrte auf ihre Tastatur. *Ich kann nicht. Ich kann einfach nicht.*

Seit Tagen hatte sie diesen Browsertab geöffnet, aktualisierte ihn immer wieder, hoffte insgeheim auf eine Fehlermeldung, auf gestiegene Preise oder irgendetwas, das ihr die Entscheidung abnehmen würde. Ein Wink, dass es nicht ging und nicht sein sollte. Doch bislang waren immer noch Tickets verfügbar.

»Nein«, sagte sie laut, blickte wieder auf den Bildschirm und bugsierte den Cursor über das kleine Kreuz, um den Tab zu schließen.

Die Türklingel schrillte.

Malinka zuckte zusammen, und der Cursor klickte ins Nichts.

Für einen Moment blieb sie still sitzen. Sie erwartete niemanden, wahrscheinlich war es ein Klingelstreich oder ein verzweifelter Paketbote.

Es klingelte wieder.

»Meine Güte«, murmelte Malinka, stand auf und tappte über knarzige Holzdielen in Richtung Flur. Der Blick durch den Türspion ließ sie stutzen. Das konnte doch nicht sein, oder?

Als es zum dritten Mal klingelte, holte sie Luft und öffnete die Tür.

»Hey.« Matteo nickte ihr zu und verlagerte das Gewicht von einem Fuß auf den anderen. »Ich muss mit dir reden.«

»Was zum Teufel hast du hier zu suchen?«, schnappte sie noch eine Spur schärfer als ohnehin beabsichtigt. »Woher weißt du überhaupt, wo ich wohne?«

Er verzog kurz das Gesicht. »Du hast einen Blog voller Kurzgeschichten, und der Blog hat ein Impressum.«

»Und da kreuzt man dann einfach so auf?« Malinka schnaubte. Aber ein Gedanke schob sich mit Nachdruck in ihren Hinterkopf. »Was willst du? Ist es wegen des Buchs?«

Seine Augen weiteten sich leicht, und er senkte wie ertappt den Blick. Nur kurz, doch es erfüllte Malinka mit einer gewissen Genugtuung. Nicht, dass sie Matteo sonderlich gut kannte, doch bisher hatte sie ihn immer nur arrogant und kaltschnäuzig erlebt. Jetzt sah er zum ersten Mal unsicher aus. Und irgendwie müde, fiel ihr auf. Geschah ihm recht. Hoffentlich hatte das was mit seinem schlechten Gewissen zu tun.

Sie verschränkte die Arme. »Du hast das Buch wirklich.« Die Genugtuung schwand. Wut ballte sich als kalter Klumpen in ihrer Magengrube zusammen.

»Ich … kann das erklären«, sagte Matteo zögerlich und suchte wieder ihren Blick, während er an seinem Rucksack nestelte und tatsächlich das türkisblaue Buch zutage förderte.

»Ach ja? Darauf bin ich aber gespannt!«, fauchte Malinka und ließ ihre Hand vorschnellen. Matteo wehrte sich nicht, als sie ihm das Buch förmlich wegriss, sah nur wieder für einen Moment zur Seite. »Das ist Bibliothekseigentum! Was willst du da erklären, hm? Wolltest du mal gucken, ob ich meinen Job verliere, wenn so was in meiner Arbeitszeit wegkommt?«

Er fuhr zusammen. »Unsinn!«

»Wäre doch genau dein Stil«, sagte Malinka bitter und drückte das Buch an ihre Brust. »Eigentlich sollte ich dich anzeigen.«

»Hör mir doch erst mal zu.«

Sie schüttelte den Kopf. »Ich hab echt Besseres zu tun, weißt du? Verschwinde und wag es ja nicht, jemals wieder vor meiner Tür zu stehen!«

Sie warf ihm noch einen giftigen Blick zu, ehe sie einen Schritt rückwärts trat, um schwungvoll die Tür zuzuschlagen.

Aber in diesem Moment sah Matteo doch wieder auf, die Kiefermuskeln angespannt, die Lippen zu einem schmalen Strich zusammengepresst, und gab sich einen sichtbaren Ruck. »Garcilaso schickt mich«, sagte er rau.

***

Sie hatte ihn nicht hereingebeten. Sie war einfach nur in der Bewegung erstarrt, hatte sich an der Tür festgehalten und zugelassen, dass Matteo sich an ihr vorbeidrückte, die Schuhe abstreifte, den Rucksack abstellte, seine Jacke an einen freien Haken hängte und schließlich wortlos in ihre Küche marschierte. Als sei er ein ganz normaler Besucher.

Malinka musste mehrmals Luft holen, bis sie die Wohnungstür schließen und Matteo folgen konnte. *Garcilaso.* Die Silben pochten unablässig in ihr. *Er kann das nicht wissen. Er kann das doch wirklich nicht wissen.*

Sie hatte niemandem von den Träumen erzählt.

Als sie in die Küche trat, hatte Matteo sich auf dem freien Stuhl niedergelassen, einen Bücherstapel gerade weit genug von sich weggeschoben, dass er den Ellbogen auf dem Küchentisch abstützen konnte, und wartete wie ergeben.

Malinka presste die Lippen zusammen und sagte nichts. Sie legte das türkisblaue Buch neben ihrem Laptop ab – so weit entfernt von Matteo, wie es nur ging, wenn auch nicht ganz außer Reichweite –, dann hantierte sie stumpf mit Teekessel, Feuerzeug und der blauen Emailledose mit ihrem Earl-Grey-Vorrat. Wahrscheinlich wollte Matteo gar keinen Tee, und sie hatte im Grunde auch keine Lust, ihm welchen anzubieten. Aber sie brauchte das Ritual des Teekochens jetzt, eine Handvoll vertrauter Griffe, die ihr Sicherheit zurückgeben konnten.

»Es ist nicht so, wie du denkst«, sagte Matteo schließlich hinter ihrem Rücken, als Malinka gerade die Gasflamme entzündete.

Wieder schnaubte sie. »Dass ich diesen Satz mal im echten Leben höre. Was denke ich denn?«

»Dass ich das Buch gestohlen habe.« Er seufzte. »Okay, genau genommen habe ich das, aber … nicht absichtlich.«

Klar, dachte Malinka und starrte den Teekessel an. *Es ist dir nachgelaufen und in den Rucksack gesprungen. Man kennt das ja.* »Und Garcilaso?«, fragte sie halb über die Schulter. »Wie kommst du auf ihn?«

Matteo schwieg, während der Kessel zu pfeifen begann. Malinka füllte die Kanne, räumte mit einem Seufzer zwei Bücherstapel auf die Arbeitsplatte hinüber und platzierte Kanne, Stövchen und Teetassen auf dem Küchentisch, bevor sie ihren Laptop zuklappte und das blaue Buch auf ihren Schoß legte. Jetzt hatte sie nichts mehr, um sich vom Gespräch mit Matteo abzulenken. Sie biss die Zähne zusammen.

»Schau ins Buch«, sagte Matteo halblaut.

»Ich hab dir eine Frage gestellt.«

»Ja.« Er nickte in Richtung des türkisblauen Leders. »Und da drin ist die Antwort.«

Malinka runzelte die Stirn, doch sie schlug das Buch auf.

Wie gestern in der Bibliothek war es, als blicke sie geradewegs in eine Schatztruhe. Dicht gedrängte Handschriften füllten die Seiten, manche elegant geschwungen, manche unbeholfen und eckig, aber alle mit roter Tinte geschrieben. Es war nicht leicht, die Worte zu entziffern, aber …

Entfernt nahm sie wahr, dass Matteo sich vorbeugte. »Du wirst daraus schlau?«

»Ein bisschen«, sagte sie, ohne aufzublicken. Zu sehr nahm der Inhalt der Seiten ihren Blick gefangen; verschnörkelte Linien, die sich wie Dickicht vor ihr lichteten, als seien die Worte bereit, ihr Geheimnis preiszugeben. »Manches ist Spanisch … aber manches auch Quechua. Die alte Inkasprache, heute noch offizielle Landessprache in Peru.« Behutsam blätterte sie weiter, streichelte das spröde Papier mit den Fingerkuppen. Hier und da fanden sich Zeichnungen zwischen den Texten, und ihr Herz schlug höher. »Moche«, murmelte sie mit Blick auf die Figuren, die sich in feiner Linienführung auf einer Doppelseite drängten. »Eine Kultur von der Nordküste, lange vor den Inka. Mit Mustern wie diesen haben die ihre Keramik bemalt. Wahnsinnig schön. Und hier: Chavín. Diese Fangzahngestalt ist ganz typisch.« Dass Matteo gerade nicht sehen konnte, worauf sie zeigte, spielte keine Rolle. Das hier war zwischen dem Buch und ihr. Als müsse sie ihm zeigen, dass sie es verstand. Sie blätterte an den Anfang zurück, wo in roter Tinte ein schlichtes Bild gezeichnet war: ein Meer flacher Hausdächer, über dem sich ein von Wolken umkränzter Vulkankegel erhob. Ein Wesen wie aus lodernden Flammen galoppierte durch die angedeuteten Gassen, ein Poncho wehte hinter ihm her. Das Bild war merkwürdig, aber es war der Vulkan, der Malinkas Aufmerksamkeit auf sich zog.

»Das könnte der Misti sein«, hauchte sie und fuhr mit der Fingerspitze die Linien nach. »Der Vulkan, der über Arequipa wacht.« Arequipa. Die weiße Stadt im Süden. Malinkas Stadt.

Ein leises Räuspern ließ sie auffahren. Über den Tisch hinweg fing sie Matteos milde belustigten Blick auf. Jetzt hatte sie für einen Augenblick wirklich fast vergessen, dass der Kerl noch immer in ihrer Küche saß! Malinka funkelte ihn böse an und schenkte sich Tee ein, gleichgültig, dass ihr alter Becher noch immer halb voll auf dem Fensterbrett stand.

»Die wichtige Stelle ist weiter hinten«, sagte Matteo, während er ebenfalls nach der Kanne griff. »Etwa in der Mitte, da, wo die Feder rausguckt.«

Malinka zögerte, dann blätterte sie weiter, bis sie die richtige Stelle fand. Eine andere Schrift, deren Rot frischer und kräftiger wirkte als das auf den Seiten davor. Ihr Blick glitt an den Worten entlang, bis ihr Verstand deren Bedeutung aufnahm.

Es ist der Fluch der verschwiegenen Geschichten. Und er wird dich von innen her auffressen, wenn du nichts unternimmst.

Wieder sah sie auf und zu Matteo hinüber, der sie mit merkwürdigem Ernst musterte. Dass er müde wirkte, hatte sie bereits gesehen, doch erst jetzt fiel ihr auf, wie fahl er war.

Sie räusperte sich, fühlte sich albern, die Frage zu stellen – und dann auch noch ausgerechnet ihm! –, aber sie musste es tun. »Glaubst du das mit dem Fluch?« Ein Teil von ihr wollte zumindest die Ahnung eines spöttischen Auflachens in diese Worte legen. Am Ende tat sie es nicht.

Matteo sah sie unentwegt an.

»Nein«, gab er schließlich zurück und atmete so heftig durch, dass es ihm wehtun musste. »Aber ich weiß, dass es stimmt.«

Für einen Moment starrte Malinka ihn an, ließ ihre Gedanken wahllos wirbeln und beugte sich schließlich wieder über das Buch.

Du wirst Hilfe brauchen. Such Malinka auf. Sie hat etwas verloren, das ihr sehr kostbar ist; sie kann es wiederfinden, wenn sie dir hilft. Sag ihr, dass Garcilaso dich schickt.

Ihr Mund fühlte sich staubtrocken an. Sie klappte das Buch zu und legte es beiseite, bevor sie einen viel zu großen, viel zu heißen und viel zu bitteren Schluck Earl Grey nahm. »Das ist verrückt«, krächzte sie.

»Frag mich mal«, sagte Matteo spröde und neigte den Kopf. »Ich glaub nicht an so was. Aber ich hab jetzt ein paar Dinge gesehen …« Er blickte kurz auf seine Hände. »Wer ist Garcilaso?«

Jetzt stahl sich das Auflachen doch nach draußen. »Keine Ahnung.«

»Keine Ahnung?«

Malinka ahnte, dass ihr Lächeln schief ausfiel. Sie umfasste die Teetasse mit beiden Händen, drehte sie langsam hin und her, als würde das wirklich beim Gedankensortieren helfen. »Ich kenne ihn nicht. Aber ich träume seit einer Weile immer mal wieder von ihm.«

Matteo zog skeptisch die Brauen hoch, sagte aber nichts, sondern nippte nur an seinem Tee.

»Es ist immer Nacht. Und ich stehe auf einer Brücke in Peru.«

»Woher weißt du, dass es Peru ist?«

»Weil ich die Brücke kenne. Ich war dort. Ich stehe also im Traum auf dieser Brücke. Nur die Brücke und der Fluss, und es ist Nacht. Und dann steht er da. Hager, groß, mit einem schwarzen Mantel, einem Hut, einem weißen Schal.«

Matteo fuhr zusammen. »Und was tut er?«

»Nichts«, antwortete sie schulterzuckend. »Er steht nur da und guckt mich an. Ich will etwas sagen, aber mir fällt nichts ein. Und irgendwann meint er, ich soll zurückkommen. Ich frage ihn, warum, und er sagt: *Frag nach Garcilaso. Das bin ich*. Dann wache ich auf.« Mit einem Seufzen platzierte sie die Teetasse auf dem Fensterbrett – direkt neben dem alten Becher. »Ich hab ihn noch nie getroffen. Und ich habe auch niemandem von diesen Träumen erzählt.« Vorsichtig griff sie wieder nach dem Buch, öffnete es nicht, sondern legte nur die Hände auf den weichen Ledereinband. »Darum ist das hier … Das ist wirklich schräg.«

»Ich hab von dem Fluch geträumt«, sagte Matteo rau. »Ich hab auch den Schemen gesehen. So, wie's da drinsteht. Aber ich hab's erst danach gelesen.« Er räusperte sich. »Ich hab auch Garcilaso im Traum gesehen … glaub ich zumindest. Schwarzer Mantel, weißer Schal …«

Jetzt schwiegen sie beide und sahen einander nur über den Küchentisch hinweg an. Malinka suchte in sich nach der Wut, die da noch irgendwo glimmen musste, doch die Merkwürdigkeit der ganzen Situation schien sie einfach weggeschwemmt zu haben.

Schließlich räusperte Matteo sich wieder. »Und was sind *apus?*«

»Man könnte sagen, sie sind Berggötter.« Immerhin brachte diese Frage sie auf vertrautes Terrain zurück. »Oder die Geister der Berge. Das Konzept ist schwer zu übersetzen. Aber die Berge werden verehrt, und manche Berge sind *apus*.«

Matteo nickte knapp und fixierte sie wieder prüfend. »Und was hast du verloren?«

Ja, was *hatte* sie verloren? Sie betrachtete das Buch, fragte sich, ob Garcilaso das meinen konnte. Kostbar fand sie es ja schon irgendwie. Und hatte sie es nicht durch Matteo wiedergefunden?

Doch wirklich stimmig fühlte diese Erklärung sich nicht an.

Sie kann es wiederfinden, wenn sie dir hilft.

Wenn du leben willst, musst du in die Heimat des Buchs reisen.

Malinka, komm zurück.

Sie biss sich auf die Unterlippe. Hatte sie denn Peru *verloren*? Sie dachte an die Seite mit Flugverbindungen.

»Ich weiß nicht«, sagte sie langsam und hatte das Gefühl, dass sie log, ohne es zu wollen.

Matteo musterte sie. Schlagartig war da wieder der Blick, den sie aus der Zeit bei YETI kannte – prüfend, stechend, als ob er sie bis auf den Grund ihrer Seele durchschaute.

Durchschauen ist nicht verstehen.

Und noch immer schaffte sie es nicht, diesem Blick standzuhalten.

»Schreibst du denn noch?«, fragte Matteo schließlich. Etwas unsicher, aber mit einem lauernden Unterton, der Malinka missfiel. »Ich meine, dein Blog …«

»Hast du etwa darin gelesen?«, unterbrach sie ihn scharf und sah jetzt doch wieder auf. »Ist doch nur Zeitverschwendung. Weltfremdes Gefasel. Peinlicher Kinderkram. Hab ich noch was vergessen?«

Wieder hob er die Brauen. »Ich hab sicher nicht *Kinderkram* gesagt.«

Sie grub die Finger fester in türkisblaues Leder. »Doch. Und noch einiges mehr.«

»Wow.« Matteo seufzte vernehmlich. »Und du hast dir das alles gemerkt? Du hast es echt persönlich genommen.«

»Es hing für mich einiges dran«, sagte sie gepresst und verfluchte sich dafür, jetzt nicht kalt und stark klingen zu können. »Und du wusstest das.« Sie starrte auf ihre Hände und das blaue Buch, aber am Rand ihres Blickfelds sah sie Matteo ein bisschen den Kopf senken.

»Es gab 'nen politischen Anspruch auf dieser Plattform«, murmelte er. »Ein Konzept.«

»*Dein* Konzept.« Jetzt immerhin konnte sie wieder aufblicken. »Das du um jeden Preis durchdrücken musstest, obwohl das nicht die Absprache war.«

Er spannte sich merklich an. »Hey. Wie lang ist das jetzt her? Zwei, drei Jahre? Und du nimmst mir das immer noch krumm?«

»Du hast mich vielleicht um ein Stipendium gebracht.«

»Wie du selbst sagst: *vielleicht.*« Matteo schüttelte den Kopf. »Vielleicht hättest du's aber auch eh nicht bekommen und dafür den Rest der Seite ruiniert. Geschichten mit träumenden Nachtfaltern, ernsthaft?«

»Schmetterlinge. Es waren Schmetterlinge.«

Er schnaubte und schenkte sich Tee nach. »Meinetwegen. Ist vielleicht nicht ganz rund gelaufen damals, aber ich denke, du nimmst das zu schwer. Die Sache ist vorbei, okay? Mach deinen Frieden damit.« Vielsagend nickte er ihr zu. »Ich hab deinen Blog nicht gelesen. Nur auf das Datum des letzten Beitrags geguckt. Ist fast drei Jahre her. Tja ...«

»Ich denke«, sagte Malinka, »du gehst jetzt besser.«

Matteo betrachtete sie über den Rand seiner Teetasse hinweg. »Ich bin wahrscheinlich verflucht. Ich könnte sterben, wenn du mir nicht hilfst.« Ein Hauch von Spott schwang in seinen Worten, als müsse Matteo sich damit selbst überlisten, sie überhaupt auszusprechen.

So beiläufig wie möglich zuckte Malinka mit den Schultern. »Das ist vielleicht nicht ganz rund gelaufen, aber ich denke, du nimmst das zu schwer. Mach deinen Frieden damit.«

»Das ist nicht witzig.«

»Soll's auch nicht sein.« Sie stand ruckartig auf, hielt mit einer Hand das Buch fest und nahm Matteo mit der anderen die Teetasse weg. Nur am Rande fing sie seinen fassungslosen Blick auf, bevor sie sich wegdrehte und den guten Earl Grey in die Spüle schüttete.

»Hey!«, protestierte Matteo, auch wenn es ihm bestimmt nicht um den Earl Grey ging. »Du kannst nicht einfach ...«

»Dich vor die Tür setzen? Und wie ich das kann!«, fauchte Malinka. »Ehrlich, was bildest du dir eigentlich ein? Du kreuzt hier auf, hast ein gestohlenes Buch dabei und glaubst, ein bisschen unerklärliches Zeug genügt, damit ... was willst du eigentlich?«

»Deine Hilfe!« Matteo schlug mit beiden Händen auf die Tischplatte. »Genauer gesagt will ich die nicht, aber offenbar brauch ich sie! Das

Ganze hat was mit Peru zu tun, da bist du wohl die Expertin, und unerklärliches Zeug ist doch genau dein Ding!«

»Zeitverschwendung«, konterte sie und öffnete die Küchentür. »Weltfremdes Gefasel.«

Er stand noch immer nicht auf. »Malinka, hör mal –«

Das Buch fiel ihr aus der Hand.

Sie war überzeugt, dass sie es nicht selbst losgelassen hatte – aber da lag es nun auf dem Küchenboden, hatte sich im Fall geöffnet, und ein Windhauch blätterte Seite um Seite um.

Nur dass hier kein Wind wehte. Die Fenster waren geschlossen.

Malinka schnappte nach Luft. Sie wollte aufblicken und zu Matteo sehen, sich überzeugen, dass er das hier genauso merkwürdig fand … oder womöglich irgendwie selbst für diesen Spuk sorgte. Doch sie konnte ihren Blick nicht von dem Buch lösen.

Die Seiten blätterten weiter, bis jene erreicht war, auf die Matteo sie hingewiesen hatte – die mit der schwarzen Feder. *Du wirst Hilfe brauchen. Such Malinka auf.*

Als habe das Buch gewartet, dass sie diese Worte noch einmal las, blätterte es jetzt ein weiteres Mal um. Vor Malinka lag eine leere Doppelseite … und doch wieder nicht. Denn jetzt, da das Papier zur Ruhe kam, bewegte sich etwas anderes. Rote Linien flossen aus dem Nichts, schlängelten sich über die Seite, traten mit einem Mal hervor, als hätten sie sich die ganze Zeit dort verborgen. Ein Stadtplan, erkannte Malinka, und ihr Herzschlag beschleunigte sich; es sah nach einer historischen Karte aus, mit gezeichneten Häusern und Kirchtürmen, einer Windrose mit den Himmelsrichtungen und einem kunstvollen Banner, in dem in geschwungenen Buchstaben noch mehr stand: *Lima, Ciudad de Reyes* – Lima, die Stadt der Könige.

Und darunter floss weiter die Tinte, als ziehe eine unsichtbare Feder die Linien, bis nach und nach drei Worte dort standen:

yanaphuruwan ñanniykichis qallarin

Sie starrte weiter das Buch an.

»Das«, sagte Matteo heiser. »Das ist vorhin schon mal passiert. Auf der Seite davor.«

Malinka schwieg.

»Garcilaso und dein Name«, setzte Matteo hinzu; es klang schleppend, als bekäme er die Worte kaum aus dem Mund. »Ich konnte zusehen, wie das erschienen ist.«

Sie versuchte zu schlucken, räusperte sich, schüttelte endlich hilflos den Kopf. »Das ist doch nicht möglich.«

»Hmhm.«

Für einen Moment schwiegen sie beide. Malinka hörte ihr eigenes Herz pochen, das Blut in den Ohren rauschen, ganz unpassend dazu den Kühlschrank summen.

»Und was steht da jetzt?«, fragte Matteo endlich, noch immer sehr leise.

»Das ist Quechua«, sagte sie langsam und bückte sich jetzt doch nach dem Buch, hob es vorsichtig mit beiden Händen an. Es wirkte nun unschuldig und gewöhnlich, aber die Linien glänzten von frischer Tinte. »*Yana* ist schwarz, und *phuru* heißt Feder … *Mit einer schwarzen Feder beginnt euer Weg …*«

»Nicht dein Ernst«, raunte Matteo tonlos.

Sie sah auf die schwarze Feder, die zwischen den Seiten steckte, und fuhr mit der Fingerkuppe darüber.

»Doch«, murmelte sie. »*Yanaphuru.*«

Peru

um ca. 1757

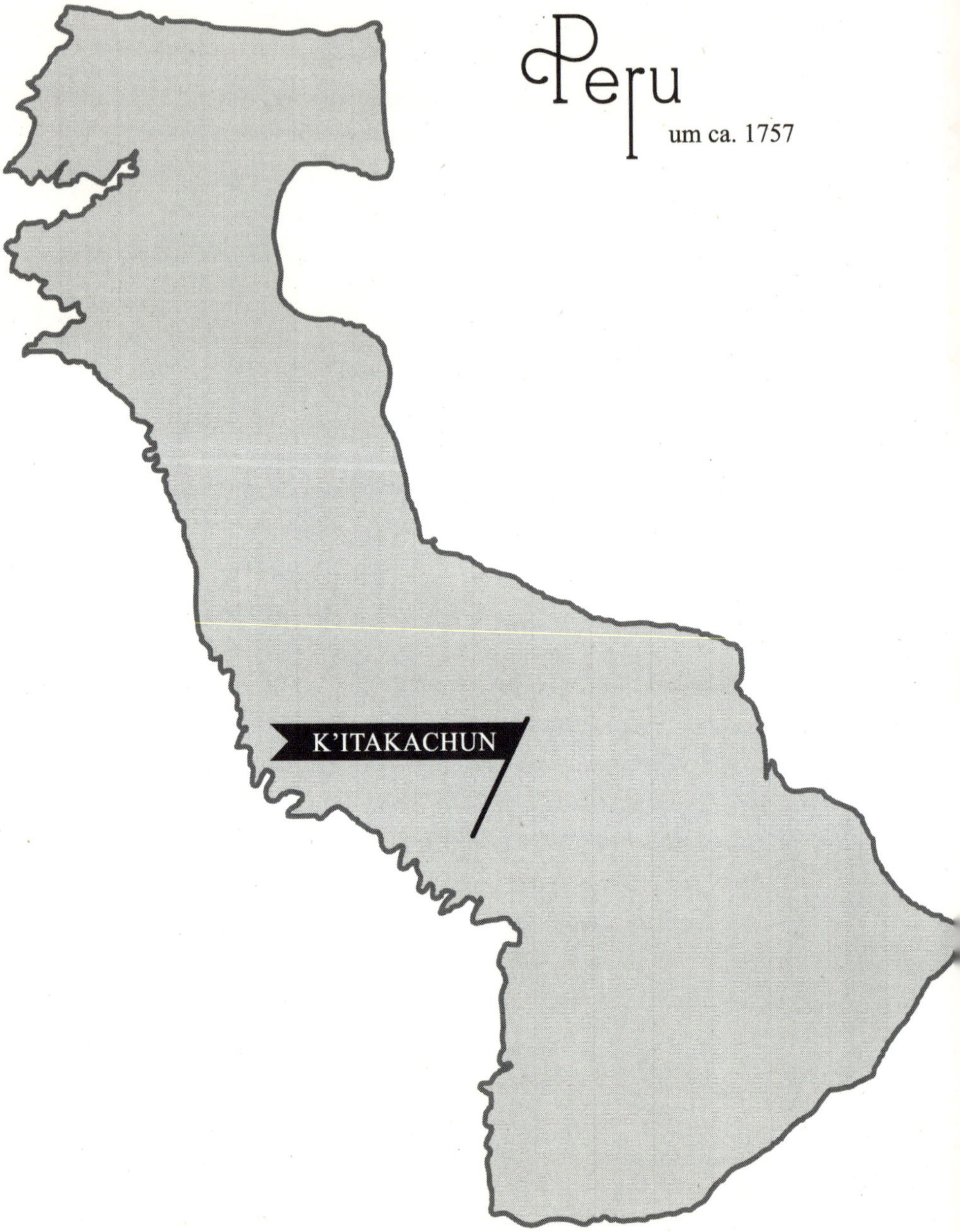

5.

Illapa

Blitz

Irgendwann einmal war die Tür zur Sakristei weiß gestrichen gewesen – aber das sah man nur, wenn man dicht davor stand.

Yawar starrte auf grauen Staub und raues Holz, dort, wo die Farbe längst abgeblättert war. Er straffte sich, atmete tief durch und fuhr sich einmal mehr durchs Haar, damit es ordentlich aussah. Seine Hand schwebte kurz in der Luft, dann ließ er sie wieder sinken.

Warum traute er sich nicht zu klopfen?

Lurín hat ein Buch gebracht, weißt du. Du kannst Padre Valentín danach fragen. Bei ihm wird er es lassen.

Seit drei Tagen trug Yawar diese Worte mit sich herum. Sie kitzelten ihn wie die schwarze Feder, die er unter seinem Kopfkissen aufbewahrte, wenn er schlafen ging, und ansonsten in einer Tasche an seiner Brust barg. Sie kribbelten von innen an seinen Lippen und versuchten, sich in Fragen zu verwandeln: Wer war Lurín, und wer war Yanaphuru? Wer waren die Kondorkinder? Was war das für ein Buch, und warum wollte Mama nicht, dass er es sah?

Immer drängte Yawar diese Fragen zurück. Er konnte sie Mama nicht stellen, denn er hatte das sichere Gefühl, dass jede davon ihr Leben nur noch weiter aus dem Gleichgewicht gebracht hätte. Lurín war in ihre Welt hereingeplatzt und hatte Erinnerungen mitgebracht, die Mama wohl am liebsten mit den Fäusten zur Tür hinausgeprügelt hätte. Verschwommene Bilder, die er in einem Winkel seiner Seele aufbewahrt hatte und die jetzt an die Oberfläche drängten. Doch auch das wagte er nicht zu erwähnen – es würde sie traurig machen, vielleicht auch wütend.

Du kannst Padre Valentín danach fragen ...

Die Worte folgten ihm wispernd, wohin er auch ging. Drei Tage lang hatte Yawar sich dagegen gestemmt. Aber jetzt hatte er zugelassen, erschöpft und wund von innen, dass sie ihn zur Kirche und vor die Tür des Bücherzimmers lockten. Die Tür, hinter der seine Antworten warteten.

Yawar schluckte hart. Wenn er diese Antworten aus dem Bücherzimmer herausließ, würde er sie ebenso heimlich mit sich herumtragen müssen wie die Fragen. Mama verschweigen, dass er zum Priester gegangen war. Aber er konnte doch keine Geheimnisse vor ihr haben.

Unwillkürlich dachte er an Yanaphuru, der Mamas Hand in seiner hielt, an das vergessene Tal mit den Ginsterblüten und der gewittergrauen Kirche. An das Gesicht, das seinem Vater gehören mochte.

Sie hat auch Geheimnisse vor dir.

Er biss die Zähne zusammen und pochte an die Tür.

Es dauerte einen Moment, bis von innen Schritte ertönten, und ein paar hastige Atemzüge lang überlegte Yawar, einfach davonzulaufen, vielleicht schnell genug, um auch die Fragen endlich zurückzulassen.

Doch schon öffnete sich die Tür, und Padre Valentín blickte auf ihn herab. »Guten Tag, Yawar.«

Alle Worte in Yawar stoben auseinander. Er tastete nach der Feder in seiner Brusttasche, als könne sie ihm helfen, die Worte wieder heranzulocken.

Der Priester betrachtete ihn geduldig. »Kann ich dir helfen?«

»Hier ist ein Buch für mich«, flüsterte Yawar heiser und ließ die Hand sinken. Seine Wangen glühten. Das hatte er gar nicht sagen wollen.

Padre Valentín lächelte – wehmütig, wie es Yawar vorkam. Mit einem Nicken trat er zur Seite. »Komm herein.«

Noch einmal atmete Yawar tief durch, dann folgte er dem Padre nach drinnen. Es roch nach altem Holz und Leder, ein wenig auch nach Rauch und Flammen von der gemauerten Feuerstelle. Dicht an dicht standen die Bücher in den Regalen, und Yawar ließ den Blick über lederne Buchrücken gleiten, über goldene Striche und Kringel, die er nicht entziffern konnte. Ob eines davon das Buch war, das Lurín gebracht hatte?

Padre Valentín bedeutete Yawar, auf einem kleinen Holzschemel Platz zu nehmen, und brachte ihm einen Becher mit *mate de muña.* Yawar umfasste das heiße Gefäß und atmete den bittersüßen Kräuterduft ein, während der Priester sich seinen Stuhl zurechtrückte.

Eine kleine Weile schwiegen sie beide.

»Was ist das für ein Buch?«, fragte Yawar schließlich und pustete auf seinen Tee. Es war nur die erste von so vielen Fragen, die jetzt alle zurückgekehrt waren und sich wie Katzenkinder um seine Aufmerksamkeit balgten.

Der Padre seufzte. Für einen Moment wich er Yawars Blick aus.

»Es ist doch für mich?«, setzte Yawar leise hinzu. »Oder nicht?«

Padre Valentín stieß die Luft aus. Jetzt sah er Yawar wieder in die Augen. »Es ist für dich. Aber ich darf es dir nicht einfach geben.«

»Weil Mama das nicht will?«

Er sah den Priester zögern. »Auch deshalb. Es ist kein Buch wie jedes andere. Um es an dich zu nehmen, müsstest du ... bereit sein. Verstehen, worauf du dich einlässt.«

Etwas an diesen Worten ließ Yawars Herz einen Satz machen. »Heißt verstehen, ich müsste es lesen können?«

»Auch das.« Ein Lächeln huschte über Valentíns Züge.

»Was steht denn darin?«

»Das kann ich dir nicht sagen, mein Junge.«

Enttäuschung machte sich in Yawars Brustkorb breit. »Du könntest es mir doch einfach vorlesen.«

»Nein.« Jetzt verschwand das Lächeln, und der Padre beugte sich vor. »Nicht jeder darf dieses Buch einfach lesen – oder auch nur aufschlagen. Darin, Yawar, liegt seine Besonderheit.« Wieder ein Seufzen. »Hör zu, das ist alles nicht einfach für mich. Ich will dir gern helfen, dir und anderen Menschen, die ich schätze. Doch ich will auch deine Mutter nicht hintergehen. Es gibt Dinge, die sie dir erzählen sollte.«

»Ich weiß«, sagte Yawar und blickte in seinen Becher. Plötzlich fühlte er sich steinschwer. All der Mut, all die Kraft, die es ihn gekostet hatte, herzukommen und an die Tür zu klopfen, und nun saß er hier mit all seinen Fragen und sollte doch ohne Antworten heimgehen? Er biss die Zähne aufeinander und zwang sich, wieder aufzusehen, den Blick des Priesters zu suchen. »Sie erzählt mir diese Dinge aber nicht. Und ich kann niemanden sonst fragen.« *Außer dir,* setzte er in Gedanken hinzu.

Padre Valentíns Kiefermuskeln spannten sich an. Unruhig ließ er den Blick durchs Zimmer schweifen und schien mit sich zu ringen.

»Lurín hat von Huamanga gesprochen«, wisperte Yawar. »Von den Kondorkindern.«

Padre Valentín nickte.

»Wer sind sie?«

Der Padre starrte ins Leere, als könne er Yawars Frage dort in der Luft hängen sehen. »Vor vielen Jahren kamen die Spanier in dieses Land«, begann er, ein wenig, als würde er eine Geschichte erzählen. »Ihre Heimat … meine Heimat liegt weit entfernt, auf der anderen Seite eines Meeres, das so gewaltig ist, dass du es dir nicht vorzustellen vermagst.«

Yawar legte den Kopf schief. »Was haben sie hier gesucht?«

»Wonach die Menschen oft suchen: Gold, Schätze, Reichtum, ein besseres Leben.« Padre Valentín seufzte. »Auch Macht. Ihnen gefiel dieses Land, und sie nahmen es sich mit Gewalt von denen, die schon hier lebten. Es ist viel Blut geflossen damals.«

Vorsichtig nickte Yawar.

»Am Ende ließen sie sich hier nieder und beherrschten das Land anstelle jener, die schon immer hier lebten. Mit ihrer Sprache und …«, er lächelte traurig, »mit ihrem Gott. Viele haben nicht verstanden, dass er nicht nach Blut giert.«

Yawar nippte an seinem Tee, dann ließ er den Blick wieder über die Regale wandern.

»Sie haben auch die Bücher mitgebracht«, sagte Padre Valentín, als ob er die Frage vorausahnte. »Das Lesen und das Schreiben. Aus beidem schmiedeten sie eine Waffe der Herrschaft – und aus dem Wissen eine Kostbarkeit, die nicht jeder berühren darf. Heute, nach so vielen Jahren, gibt es in diesem Land Reiche und Arme, Herrschende und Beherrschte. Längst nicht immer gibt es Gerechtigkeit. Aber die meisten Menschen nehmen hin, was ist.«

Ihre Blicke trafen sich. In Yawars Magengrube prickelte es. Er hatte das sichere Gefühl, dass Padre Valentín dabei war, ihm etwas sehr Wesentliches zu verraten.

»Einige jedoch glauben daran, dass sich die Dinge ändern müssen, dass man gegen die Ungerechtigkeiten kämpfen muss – und dass das Wissen allen zuteilwerden soll.« Padre Valentín nickte in Richtung der Bücher. »Eine solche Gruppe nennt sich die Kondorkinder. Als Waffen führen sie Federn und Tinte.«

»Sie können lesen und schreiben?«

»Ja. Sie glauben, dass alle es können sollten.«

Yawars Herz klopfte so sehr, dass es schmerzte. *Ich gehöre nicht mehr zu euch,* hatte Mama gesagt, hatte es Lurín wie kalte Steine entgegengeschleudert. Doch das bedeutete ja auch … »Meine Mutter hat zu den Kondorkindern gehört?«

Padre Valentín nickte einfach. Als hätte er es schon lange gewusst.

»Aber sie hasst Bücher so sehr!«

»Sie gehörte zu den Kondorkindern wie dein Vater«, antwortete der Padre sanft. »Sie begehrten gegen die Ungerechtigkeiten auf, die sie sahen. Doch dieses Aufbegehren, Yawarchay, kann gefährlich sein. Dein Vater …« Er brach ab, und Yawar neigte den Kopf.

»Er ist fort«, murmelte er mit dünner Stimme. Ihm war selbst klar, dass das nicht die ganze Wahrheit war. Aber das andere war zu groß und unvorstellbar, um es auszusprechen.

Padre Valentín seufzte. »Ich denke, deine Mutter wird dir mehr darüber erzählen, wenn es an der Zeit ist.«

Yawar holte tief Luft und stellte den Becher zur Seite. »Aber die Kondorkinder sind noch da.«

»Das sind sie. Sie weisen auf Unrecht und Missstände hin. Vor allem aber glauben sie, dass die alten Geschichten nicht vergessen werden dürfen.«

»Welche alten Geschichten?«, fragte Yawar atemlos.

»Geschichten aus der Zeit, bevor dieses Land erobert wurde. Geschichten, die sich seitdem zugetragen haben. Geschichten, die im Schatten gewispert werden, die mitunter geächtet und verboten sind. Doch die Menschen erinnern sich an diese Geschichten, und dadurch erinnern sie sich an sich selbst.« Er blickte Yawar ernst an. »Vergiss niemals deine Geschichten, Yawarchay, niemals deine Lieder und deine Sprache. Sie sind die Bilder deiner Seele. Sie sind, was du bist.«

Unwillkürlich nickte Yawar, obwohl er nicht sicher war, ob er alles verstand.

»Das Buch, das Lurín mit sich brachte«, fuhr Padre Valentín fort, »ist der größte Schatz der Kondorkinder. Es heißt das Spiegelbuch, denn es spiegelt wider, was die Menschen dieses Landes bewegt hat, woran sie geglaubt und was sie gefürchtet, worauf sie gehofft und was sie beweint haben. Es ist eine Heimat der Geschichten, die ansonsten verloren durchs Land streifen würden.«

Yawars Handflächen wurden feucht. »Und ich soll es bekommen?«

»Hüten«, sagte Padre Valentín.

»Hüten?«

Der Pater sah ihm direkt in die Augen. »Seit es das Spiegelbuch gibt, hat es immer auch jemanden gegeben, der es hütete. Jemand, der die alten Geschichten sammelte und aufschrieb, um sie weiterzuerzählen. Und der, so sagen es manche, von den Göttern selbst Hilfe bekam, um sich an alles zu erinnern. Der *Yuyaq* – der, der sich erinnert.«

Jetzt überlief es Yawar eiskalt. *Die Yuyaq liegt im Sterben,* hatte Lurín gesagt. *Und sie hat keinen Zweifel, wer ihr Erbe antreten soll.* Er biss sich auf die Unterlippe. Weil er den Becher nicht mehr hatte, um sich daran festzuhalten, zupfte er unruhig an seinem Kittel herum. »Ich kann nicht einmal lesen.«

Der Padre schwieg, und Yawar schwieg ebenfalls, starrte auf seine Hände und hörte die Bücher aus ihren Regalen wispern, alle miteinander, auffordernd, erwartungsvoll. Er verstand plötzlich glasklar, was sie von ihm wollten.

Trotzdem blieb er still.

Schließlich hörte er den Priester durchatmen. »Du könntest es lernen«, sagte Valentín halblaut, seine Stimme merkwürdig dünn. Als ob er vor den Worten zurückscheute, die er da in die Luft gesetzt hatte, eine schwankende Brücke aus Silben.

Eine Brücke, die Yawar jetzt brauchte. Aber der letzte Schritt, das verstand er, musste seine Entscheidung sein.

Er hob den Kopf, ballte die Hände zu Fäusten und sah Padre Valentín an. Sein Herz schlug hart und schmerzhaft. »Ja.« Er war überrascht, wie klar seine Stimme klang. »Ich möchte es lernen. Bitte.«

***

Fast jeden Nachmittag stahl Yawar sich in die Sakristei, anstatt mit Paqo am Fluss zu spielen. Es war nicht leicht, Mama gegenüber sein Geheimnis zu bewahren; es kribbelte und flatterte in seinem Inneren wie ein gefangener Vogel, wann immer sie ihn ansah. Doch er schluckte es jedes Mal wieder hinunter. Er würde es ihr verraten, sagte er sich, sobald er es wirklich gelernt hatte, das Lesen und das Schreiben. Dann würde er die richtigen Worte finden und Mama würde stolz auf ihn sein. Vielleicht würde sie dann sogar verstehen, dass die Bücher seine Freunde waren, denen er zur Begrüßung zulächelte.

Bald würde er die Geschichten erkennen können, die sich auf ihren Seiten tummelten. Das versprach er ihnen, wenn er scheu die glatten Buchrücken streichelte, mit den Fingerspitzen Blattgoldornamente und

Lederschnitzereien nachfuhr. Buchbinden war ein Handwerk, das hatte der Padre ihm geduldig erklärt und sogar ein besonders schönes Buch mit tiefgrünem Ledereinband aus dem Regal gereicht: In Arequipa, der weißen Stadt hinter den Bergen, lebte ein Meister, der solche Bücher band, der aus Leim und Leder und Papier Kostbarkeiten wie diese machte. Schatztruhen für all die Wunder, die sich darin befanden.

Nach einigen Wochen kannte Yawar fast alle Buchstaben des Alphabets. Das Schreiben fiel ihm zwar schwer, und noch sah er keine Geschichten zwischen den Tintenkringeln, aber Silben und Sätze. Es war ein wenig, als würde er zaubern lernen, und er liebte es. An Luríns Buch und die Kondorkinder wollte er lieber nicht zu oft denken und fragte den Padre auch nicht mehr danach. Der Unterricht allein war schon Geheimnis genug.

Dann, eines Tages, trug der Wind eine Stimme über den Fluss, als Yawar gerade zur Kirche unterwegs war; der frische Hauch brachte die Worte direkt an sein Ohr: »Es dauert zu lange.«

Yawar erstarrte. Er hatte eben den großen Stein an der Biegung erreicht, von dem er ans Ufer springen und die Böschung hinauflaufen wollte. Jetzt blickte er sich um, doch es war niemand zu sehen.

» … Geduld«, sagte eine andere Stimme, die Yawar bekannt vorkam – eine Männerstimme, ruhig und warm. Sie sagte noch mehr, aber das brachte der Wind nur in Fetzen zu Yawar, und die andere Stimme lachte höhnisch dazu und erwiderte etwas.

Sie mussten hinter der Flussbiegung sein. Und bevor er darüber nachdenken konnte, sprang er einen Stein weiter und näher heran. Lauschen gehörte sich nicht, das wusste er, doch etwas an den Stimmen hatte seine Neugier geweckt. Auch wenn er sie nicht zuordnen konnte, war er plötzlich sicher, dass es keine Männer des Dorfes waren, die sich da unterhielten – und dass es wichtig war.

»Glaub mir doch, das ist nicht der richtige Weg!«, beharrte die ruhige Stimme. War das Yanaphuru? Yawar tastete nach der Feder in seiner Brusttasche. »Yawar muss das selbst wollen!«

Wieder das spöttische Auflachen und eine gemurmelte Antwort, die Yawar nicht verstehen konnte. Für einen Moment blieb er stehen, wo er war. Dann sprang er auf den nächsten Stein, ruderte mit den Armen und lauschte angespannt. Noch näher an die Biegung konnte er nicht, wenn er nicht entdeckt werden wollte.

»Das wäre nicht richtig«, sagte die Stimme, die so sehr nach Yanaphuru klang.

»Ach«, erwiderte die andere. »Aber dein Weg ist richtig? All die Lügen und Geheimnisse? Ich glaube, mein Bruder, dir geht es nur um dein Vergnügen …«

Yawar reckte den Hals, um Yanaphurus Antwort aufzufangen, doch sie fiel zu leise aus, und auch die Erwiderung der spöttischen Stimme hörte er nur in Bruchstücken: » … nicht länger auf der Nase herumtanzen … nicht bald eingreifst, nehme ich es selbst in die Hand!«

»Meine Herrin …«, sagte Yanaphuru, und Yawar beschloss, dass er wohl doch den Sprung auf den nächsten Stein wagen musste, wenn er alles verstehen wollte. Er holte Luft und sprang, rutschte fast ab, als er aufkam, und fing sich im letzten Augenblick doch.

Er sah Grau und wogende Schatten am Ufer, eine Gestalt, die herumfuhr, gelb leuchtende Augen und ein Gesicht, das keines war.

Yawar schrie auf, zuckte zurück und spürte den Stein unter seinen Sohlen weggleiten. Dann kam die Wasseroberfläche auf ihn zu.

Einen Atemzug später schlug sie hart und braun über ihm zusammen. Yawar quiekte, als die eisige Kälte des Flusswassers ihm direkt bis in die Knochen zu fahren schien, und begann zu strampeln. Die ruhige Strömung zog ihn ein paar Armlängen mit sich fort, doch seine Füße stießen auf Grund. Prustend kam Yawar an die Oberfläche, sog die Luft ein und wischte sich den Schlamm aus den Augen. Er blinzelte in Richtung Ufer, ahnte verschwommene Bewegung und stolperte rückwärts.

Diesmal packte der Fluss ihn mit einem viel entschiedeneren Griff. Yawar riss die Arme hoch. Wasser schwappte ihm in den Mund, als er schreien wollte.

Im nächsten Moment griffen zwei kräftige Hände nach ihm und rissen ihn nach oben.

Yawar hustete, keuchte und schrie nun doch.

»Yawar, mein Junge! Was machst du für Sachen!«

Er blinzelte verblüfft.

Padre Valentín stand unbewegt bis zu den Knien im braun-trüben Wasser, ohne sich darum zu kümmern, dass die Feuchtigkeit den Stoff seiner Kutte hinaufkroch, und hielt Yawar mit beiden Armen fest. Mit langsamen und sicheren Schritten watete er zurück ans Ufer, wo er Yawar absetzte und ihm mit einer Hand auf den Rücken klopfte.

»Wo sind sie?«, brachte er bibbernd hervor.

Padre Valentín runzelte die Stirn. »Wo ist wer?«

»Ich weiß nicht genau. Aber sie haben von mir gesprochen!« Yawar ging auf, wie kläglich das klang. Er suchte nach Worten, wollte erklären, *was* er gesehen hatte, doch alles entglitt ihm.

»Du kommst erst einmal mit«, sagte der Padre entschieden. »Sonst holst du dir noch den Tod, Yawarchay.«

Gehorsam taumelte Yawar hinter ihm her. Tatsächlich klapperten seine Zähne. Die Sonne war bereits hinter den Berggipfeln versunken, und nur eine schwache Ahnung von Tageslicht lag noch über dem Dorf. Wie immer in den Abendstunden wurde es schnell kalt.

In einem Nebenraum der Sakristei öffnete Padre Valentín eine Truhe, holte eine raue Wolldecke hervor und legte sie Yawar um die Schultern, bevor er noch etwas aus der Truhe fischte. »Hier. Das kannst du vorerst anziehen, Yawar.«

Yawar riss die Augen auf. Es war ein weicher, cremefarbener Kittel aus der feinen Wolle der Vicuñas, den wilden und grazilen Schwestern der gezähmten Lamas. Er wusste sofort, wo er ihn zuletzt gesehen hatte. »Aber den trägt doch das Jesuskind zur Neujahrsprozession!«

»Nun, momentan ist ja nicht Neujahr«, antwortete Padre Valentín knapp. »Ich gehe Wasser aufsetzen. Bis ich zurückkomme, bist du trocken und umgezogen.«

Mühsam schälte Yawar sich aus seinem klatschnassen Kittel, rubbelte sich trocken und zog sich zögerlich den Vicuñakittel über den Kopf. Sanft umfloss der Stoff seinen Körper, ganz anders als die kratzigen Wollsachen, die Yawar sonst trug. Er zog die schwarze Feder aus seiner Brusttasche, die vom Flusswasser zu einem traurigen dunklen Strich zusammengedrückt worden war, und steckte sie in ein Täschchen des Vicuñakittels.

Der Truhendeckel stand noch offen, und Yawar trat näher, um ihn zu schließen und die nasse Decke zum Trocknen darüber zu breiten.

Aber etwas leuchtete blau zwischen erdfarbenen Stoffen hervor, und Yawar hielt in der Bewegung inne.

Es war das Buch.

Er wusste nicht, woher er die Gewissheit nahm. Oder warum er die Decke zu Boden fallen ließ und noch etwas näherkam, langsam und mit angehaltenem Atem, als würde er das Buch sonst verschrecken.

Es war kleiner, als Yawar erwartet hatte, der raue Ledereinband abgewetzt. Und trotzdem leuchtete er in einem satten Türkisblau, wie Yawar es nur von Bergseen unter sonnigem Himmel kannte. Es lebte. Es wisperte. Es musste ihn erkannt haben.

Behutsam streckte Yawar die Hand aus und strich mit den Fingerkuppen über den Einband. Das Buch schien unter seinen Fingern zu pulsieren.

»Ich grüße dich«, flüsterte er und hob es aus der Truhe, verstand, dass es zu ihm wollte, dass er selbst es brauchte. Noch einmal streichelte er über den Einband, dann schlug er das Buch vorsichtig auf.

Die Seiten waren mit roter, leuchtender Tinte beschrieben, in Handschriften, die weniger elegant und geschwungen aussahen als Padre Valentíns. Langsam blätterte Yawar durch das Buch. Buchstaben, die er bereits gelernt hatte, schienen ihm zuzulächeln wie alte Bekannte. Auf der ersten Seite hatten sich all die Handschriften versammelt, untereinander, eine Liste von Namen. Er entzifferte sie alle, Silbe für Silbe:

Francisco Waman

Angelina Ayala

Tito Rumi

José Sayri Capac

Maywi Puma

Etwas stach wie harte Grashalme durch den Kittelstoff und gegen Yawars Brust. Stirnrunzelnd tastete er danach, zog die schwarze Feder aus der Tasche und hob überrascht die Augenbrauen. Eben noch war sie klatschnass und zusammengedrückt gewesen, aber nun war sie trocken und glänzte seidig im matten Kerzenlicht. Fasziniert drehte Yawar die Feder hin und her und beobachtete den Widerschein auf der pechschwarzen Oberfläche. Dann stockte er.

Da war noch etwas in der Truhe: ein dickbauchiges Glasfläschchen, gefüllt mit einer dunklen Flüssigkeit. Es sah aus wie das Tintenglas auf Padre Valentíns Schreibtisch, und als Yawar es aus der Truhe hob und ins Licht hielt, fing er einen roten Schimmer auf.

Rot wie in dem Buch.

Yawar muss das selbst wollen, klang Yanaphurus Stimme in ihm nach.

Yawar erstarrte. Er legte Buch, Tintenglas und Feder zu Boden, sodass er mit beiden Händen den Truhendeckel schließen konnte.

Die Yuyaq liegt im Sterben ...

Langsam kniete Yawar sich vor die Truhe, bettete das aufgeschlagene Buch auf den Deckel und tastete nach Feder und Tintenglas. Er dachte nicht groß darüber nach. Tiefe Faszination erfüllte ihn, zusammen mit einer Gewissheit, die er noch nie erlebt hatte.

Sie hat keinen Zweifel, wer ihr Erbe antreten soll.

Unwillkürlich nickte Yawar.

Er streckte die Hand aus und tauchte die Feder mit großer Behutsamkeit in das Tintenfass. Langsam zog er sie wieder hinaus und betrachtete den Tropfen, der an ihrem Ende hängen geblieben war. Mit der anderen Hand blätterte er in dem Buch, bis er auf eine leere Seite kam, und setzte die Feder an.

Zuerst ein Klecks. Erschrocken zog Yawar die Feder zurück, biss sich konzentriert auf die Lippen und setzte sie erneut an. Er musste nicht überlegen, denn die Buchstaben, die er nun schreiben wollte, hatte Padre Valentín ihn zuallererst gelehrt.

Yawar.

Mit jedem Buchstaben schien es ihm, als gewinne seine Bewegung an Flüssigkeit und Sicherheit. Das R vollendete er mit einem kühnen Kringel und hob zufrieden die Feder.

Ein Donnerschlag ließ ihn zusammenzucken, und eine heftige Windböe riss das Fenster mit einem Knall auf und löschte mit einem Stoß alle Kerzen im Zimmer.

»Yawar?« Padre Valentíns besorgte Stimme klang zu ihm herüber, Schritte näherten sich. Yawar kniete weiter vor der Truhe, eine Hand auf den Seiten des Spiegelbuchs. Er wollte es nicht allein lassen.

Er blinzelte, als der Schein einer Öllampe auf ihn fiel. Nur undeutlich machte er die Silhouette im Türrahmen aus, wusste nicht, mit welchem Ausdruck Padre Valentín ihn betrachtete. Doch als der Pater sprach, klang er nicht überrascht. »Ich glaube, Yawarchay, es ist Zeit, deiner Mutter die Wahrheit zu sagen.«

***

Das Dorf lag in vollkommener Dunkelheit, nur fahles Sternenlicht erleuchtete notdürftig den Weg. Yawar brauchte das nicht; wie unten am Fluss kannte er auch auf der Dorfstraße jeden Schritt.

Aus ihrer Hütte drang Licht, was bedeutete, dass Mama die Fenster nicht verhangen hatte. Für einen Moment strauchelte Yawar. Ob jemand bei ihr war?

Er klopfte an die Tür, bevor er sie aufschob, was ihm einen erstaunten Seitenblick von Padre Valentín einbrachte.

Mama saß auf ihrem Schlaflager und blickte ihm entgegen. Yawar brauchte einen Augenblick, um Yanaphuru zu entdecken, der unbeweglich in der hinteren Zimmerecke stand, dort, wo das schwache Licht der Kerze ihn nicht mehr erreichen konnte.

»Yawar. Da bist du ja.«

Er nickte stumm und atmete tief durch. »*Mamay*«, sagte er und hielt ihr das Buch entgegen. »Padre Valentín hat mir dies gegeben. Ich soll darauf aufpassen.«

Sie starrte das Buch an, streckte aber nicht die Hand danach aus. Stattdessen stand sie langsam auf und wandte sich an den Pater.

»Ich weiß nicht, was hier gespielt wird.« Ihre Stimme klang erschöpft, aber Yawar horchte auf. Da war es wieder, das Grollen eines Feuerbergs vor dem Ausbruch, das er auch in jener Nacht gehört hatte, als sie Lurín aus dem Haus geworfen hatte. »Aber was Ihr tut, *padre,* ist nicht recht.«

Sie sprach Quechua, und das Wort *padre* stach aus dem weichen Fluss der Sprache heraus, so als rückten die umliegenden Worte mit hochgezogenen Augenbrauen von ihm ab.

»Yanakachi«, sagte Padre Valentín sanft und hob in einer versöhnlichen Geste beide Hände. »Es ist wahr, ich hätte es dir früher sagen sollen. Ich bin ein Freund der Kondorkinder. Ich war lange Zeit in Huamanga, bevor …« Er unterbrach sich. »Aber das tut jetzt nichts zur Sache. Ich habe geschwiegen, weil ich Angst hatte, dass ihr das Dorf wieder verlassen würdet. Immerhin wart ihr auf der Suche nach einem Ort, an dem ihr sicher seid.«

»Ich hätte nach Lima gehen sollen«, sagte sie bitter. »Lima ist ein guter Ort, um die eigenen Spuren zu verwischen. Vielleicht werde ich es noch tun, *padre.* Ihr wusstet also die ganze Zeit … « Sie hielt inne und schüttelte den Kopf. »Und dann geht Ihr hin und erzählt meinem Sohn hinter meinem Rücken Dinge, die ich ihm aus sehr guten Gründen verschwiegen habe. Yawar ist acht, *padre.* Er ist ein Kind.« Sie lachte hart auf. »*Was* habt Ihr ihm erzählt?«

»Nur das Nötigste«, sagte Padre Valentín sanft. »Yanakachi, niemand verlangt, dass ihr zurückgeht. Niemand verlangt, dass ihr kämpft. Im Gegenteil. Es ist am besten und sichersten für alle, wenn ihr hier bleibt und euer Leben weiterlebt, wie ihr es getan habt. Nichts würde sich ändern.«

»Mit diesem Buch?« Jetzt wurde Mamas Tonfall deutlich schärfer. »Macht Euch nicht lächerlich, *padre.*« Sie starrte ihn drohend an. »*Alles* würde sich ändern.«

»Yawar«, sagte Padre Valentín langsam und ernst, »ist der neue Yuyaq.«

»Er ist ein Kind«, wiederholte sie hartnäckig. »Er kann nicht einmal lesen.«

»Doch, *mamay*«, flüsterte Yawar. Für einen Moment glaubte er, dass sie ihn nicht gehört hatte, denn zuerst reagierte sie gar nicht. »Ich kann es. Padre Valentín bringt es mir bei.«

Jetzt drehte sie sich zu ihm. Sie sah überrascht aus, als hätte er einen Pfeil auf sie abgefeuert.

»Was?«, wisperte sie.

Yawar spürte Tränen in sich aufsteigen. »Es war ein Geheimnis«, sagte er stockend. »Verzeih mir, *mamay,* ich wollte es dir sagen, wenn ich es wirklich kann. Aber ich lerne es, ich lerne es wirklich. Schau.«

Er schlug das Buch auf.

Selbst im fahlen Kerzenschein musste Mama die fünf Buchstaben erkennen können, die ihr aus dem Buch entgegen leuchteten. Ihre Miene erstarrte.

»Nein«, sagte sie laut. Jetzt nahm sie das Buch, das Yawar ihr entgegenhielt. »Nein. Nein.«

»Er hat das Spiegelbuch in Besitz genommen.« Yanaphurus Stimme füllte den Raum plötzlich vollkommen aus. Padre Valentín zuckte zusammen; er hatte den Mann wohl erst jetzt bemerkt. »Genau, wie es Sitte und Brauch ist. Er ist der neue Yuyaq, Yanakachi.«

Mama fuhr herum und starrte ihn an. Yawar begriff, dass Yanaphurus Worte ein weiterer Pfeil gewesen waren, mit dem sie nicht gerechnet hatte. Wenn man von Worten bluten konnte, dann tat sie es gerade. Ihre Augen glitzerten.

»Nein«, wiederholte sie ein weiteres Mal. »Er ist es nicht. Er darf es nicht sein!«

Und dann zerriss sie das Buch.

Hinter ihm schrie Padre Valentín auf, und Yanaphuru trat einen Schritt nach vorne und hob hilflos die Hände.

Yawar tat nichts. Er starrte sie nur an.

Die Seite mit seinem Namen riss sie zuerst heraus. Dann weitere. Zerknülltes, zerfetztes Papier regnete auf den Boden, und erst, als Yawar mit dem Blick den davonrollenden Papierkugeln folgte, bemerkte er, dass seine Mutter schrie. Sie schrie voller Schmerz wie ein tödlich verwundetes Tier, und sie schrie voll Hass.

Sie packte die Kerze, hielt sie an das Papier. Von einem Moment auf den anderen stand das Buch in Flammen. Mama ließ es fallen, sah zu, wie es auf dem festgetretenen Lehm des Hüttenbodens einen glimmenden Todeskampf focht. Sie hatte aufgehört zu schreien. Sie schluchzte nur noch.

»Oh, Yanakachi«, murmelte Padre Valentín hinter Yawar. »Was hast du getan?«

Yanaphuru machte einen Schritt auf sie zu, und die Besorgnis auf seinen Zügen brannte sich Yawar ein. Vielleicht wollte Yanaphuru Mama zur Seite ziehen, vielleicht mit dem Ärmel die Tränen aus ihrem Gesicht wischen.

Doch was auch immer er vorhatte: Er kam zu spät.

Für einen Wimpernschlag war das Zimmer vollkommen in grelles, weißes Licht getaucht. Donner rollte über Yawar hinweg wie eine Woge aus dunklem Wasser und vibrierte in jeder Faser seines Körpers.

Als der Blitz vorüber war, fühlte Yawar sich geblendet. Das Zimmer schien dunkler als zuvor, und die Bewegungen um ihn liefen mit zähflüssiger Langsamkeit ab, ohne ein Geräusch zu verursachen.

Als Erstes sah er Yanaphuru, der voranstürzte. Dann entdeckte er Mama, zusammengesunken am Boden mit dem Rücken zur Wand. Auf ihrem Gesicht zeichnete sich Verwunderung ab, als wisse sie selbst nicht genau, wie sie dorthin gekommen war. In Yawar drängte ein Gedanke nach oben: Das Licht, das ihr Zimmer erhellt hatte, hatte seine Mutter angesprungen wie ein wildes Tier und sie gegen die Wand geschleudert.

Er eilte zu ihr. »Geht es dir gut, *mamay?*«

Als sie zu ihm hochsah, bekamen die Dinge ihre normale Farbe und Geschwindigkeit zurück. Nur Mamas Gesicht blieb aschgrau. Sie lächelte gequält.

»Alles wird gut, Yawarchay.«

Yanaphuru kniete neben ihr nieder und hob ihr Kinn an, sodass sie ihm in die Augen sehen musste.

»Das Spiegelbuch«, sagte er mit belegter Stimme. »Du hättest es nicht zerstören dürfen.«

Mama lehnte den Kopf gegen die Wand und schloss die Augen. Yawar kauerte sich an ihre Seite, und sie fuhr ihm ungelenk durchs Haar. »Yawar«, murmelte sie. »Ich wollte dich nur beschützen.«

Padre Valentín blickte hilflos von einem zum anderen.

Schließlich richtete sich Yanaphuru auf. Sein schwarzer Poncho wallte majestätisch um seinen Körper. »Es ist ernst, Yanakachi. Der Zorn der Götter hat dich getroffen; der Fluch des Spiegelbuchs.«

»Verzeiht mir die Frage.« Padre Valentíns Stimme war spröde wie ausgedörrtes Holz. »Aber wer seid Ihr?«

Yanaphuru wandte den Kopf. »Nennt mich Yanaphuru«, erwiderte er. »Valentín, ich weiß, dass wir im Grund derselben Sache folgen.«

Der Priester blinzelte überrascht. »Gehört auch Ihr …?«

Yanaphuru lächelte flüchtig. »Zu den Kondorkindern? Nein. Sabancaya ist meine Herrin.«

Padre Valentín räusperte sich.

»Sabancaya zürnt?«, murmelte Mama erstickt.

Doch Yanaphuru schüttelte den Kopf. »Nein, *sonqollay,* mein Herz. Es ist nicht Sabancaya, deren Zorn dich getroffen hat.«

»Fürwahr«, sagte eine Stimme vom Fenster her. Und lachte.

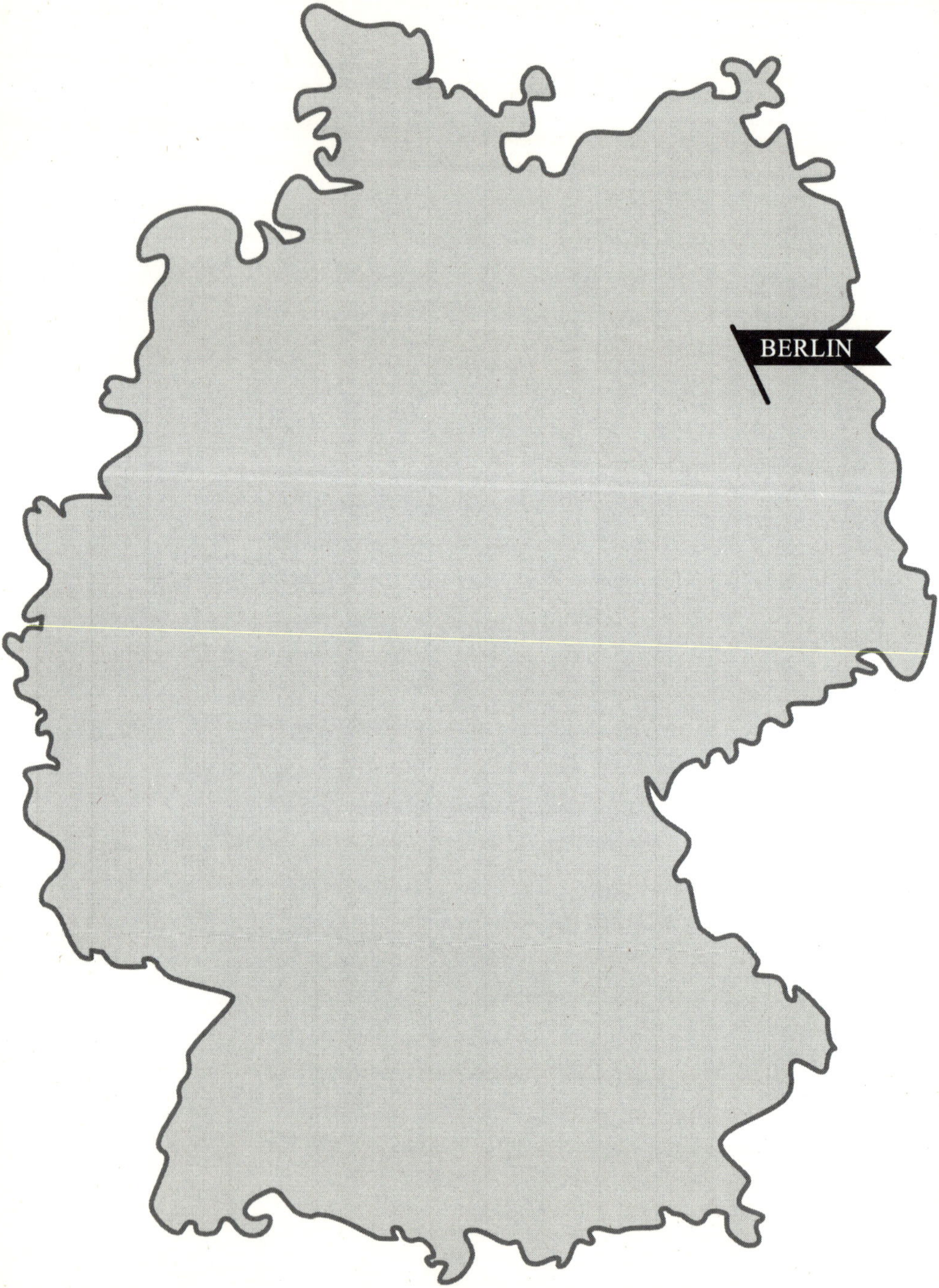
BERLIN

6.

Es beginnt

Es hatte eine Zeit gegeben, da war Schreiben für sie wie Atmen gewesen. Die Worte purzelten aus ihr heraus wie Sturzbäche und wurden zu ungelenken Tintenklecksen auf liniertem Papier. Wenn ihre Freunde draußen um die Wette tollten, Verstecken oder Fußball spielten, saß die kleine Malinka manchmal stundenlang an ihrem Schreibtisch und füllte Seite um Seite.

»Kind, du musst an die Luft! Schreiben kannst du auch im Winter!«, seufzte ihre Mutter. Aber erst, wenn Malinka ihr schmerzendes Handgelenk ausruhen musste oder frustriert den leeren Füllfederhalter schüttelte, ließ sie sich darauf ein, nach draußen zu gehen. Dann atmete Malinka gierig die letzten Sonnenstrahlen eines zu Ende gehenden Tages und begriff, dass die Welt da draußen ihrem immerwährenden Schreibhunger neue Nahrung gewährte.

Malinka schrieb in der Schule, kritzelte einzelne Sätze neben ihre Mathematikaufgaben, Geschichtenanfänge, einzelne Wendungen, schöne Worte. Manchmal, wenn sie nachmittags ihre Hausaufgaben machte, legte sie heimlich ihr Notizbuch zu den Schulsachen. Wenn ihre Mutter glaubte, dass sie nur über Schulaufgaben saß, ließ sie Malinka in Ruhe und schickte sie nicht nach draußen.

Als sie zu Weihnachten einen eigenen Laptop bekam, war das das Größte. Mit einem Buch und großer Zähigkeit brachte sie sich das Zehnfingertippsystem bei, bis sie schneller schrieb, als sie es per Hand jemals vermocht hatte. Fortan ließ sie ihre Hände über die Tasten rauschen, so oft sie konnte.

Noch immer war das Schreiben für sie eine Lebensnotwendigkeit. Das Bedürfnis zu schreiben kam manchmal über sie wie eine Naturgewalt, der sie sich nicht widersetzen konnte. Sie ließ stehen und liegen, was sie gerade machte, setzte sich an den Computer und schrieb. Die Welt um sie herum versank in Bedeutungslosigkeit. Halbe Nächte konnte sie so zubringen, auch wenn die Worte nicht mehr sprudelten. Es war mehr so, dass sie sich von Satz zu Satz hangelte, dass sie sich wie durch eine dunkle Höhle ihren Weg durch ein Labyrinth ertastete. Aber das Glücksgefühl, wenn sie den letzten Punkt unter ihren Text setzte und wohlige Erschöpfung sie überkam, war mit nichts zu vergleichen.

Schreiben war ein Teil Malinkas.

Schreiben bedeutete Glück.

Nur, wer das Schreiben so liebte wie sie, konnte ansatzweise verstehen, was es für sie bedeutete, als es ihr verloren ging. Wie es sich anfühlte, vor einem neuen Dokument zu sitzen, nur dass der Cursor vor ihr nicht mehr einladend, sondern ungeduldig blinkte, und ihre Gedanken ebenso leer und weiß blieben wie die Seite.

»Peru?« Helena ließ den Eierlöffel sinken und schenkte Matteo einen verwirrten Blick. »Wieso auf einmal Peru?«

Matteo atmete tief durch. Er hatte geahnt, dass das kein leichtes Gespräch werden würde, und Helenas skeptischer Tonfall bestätigte seine Erwartungen. »Ist nicht ganz leicht zu erklären.«

»Ich dachte, wir hätten Sri Lanka in der engeren Wahl. Und Malaysia.« Helena legte den Löffel ganz aus der Hand. »Hast du die Links angeguckt, die ich dir geschickt hatte?«

»Ja. Schon.« Er versuchte sich an einem Lächeln. »Aber vielleicht können wir trotzdem nach Peru.« In Gedanken hatte er diese Unterhaltung mehr als einmal durchgespielt – und war sich jetzt dennoch nicht sicher, womit er am besten einsteigen sollte. Helena tickte letztlich wie er: pragmatisch und rational. Nicht die Art Person, die etwas von Flüchen, wirren Träumen und seltsamen Büchern hören wollte. Dazu kam, dass Peru auch nie auf ihrer Liste gestanden hatte. Ihm fiel zu diesem Land kaum mehr ein als Lamaherden und Panflötenspieler. Nun gut, mittlerweile auch ein paar Dinge, die Malinka gestern mit leuchtenden Augen hervorgesprudelt hatte.

»Ehrlich gesagt reizt mich Südamerika nicht so wirklich«, sagte Helena und legte den Kopf schief. »Was stört dich denn an Sri Lanka?«

»Mich stört nichts an Sri Lanka.« Noch einmal tief durchatmen. Helena in die Augen sehen, Worte zurechtlegen. »Also, pass auf: Als ich vor ein paar Tagen in der Bib war, hab ich ... sozusagen versehentlich ein Buch mitgenommen.« Es klang genauso wirr, wie er befürchtet hatte.

Sie hob skeptisch die Brauen und verschränkte die Arme. »Einen Reiseführer oder was?«

»Nein, ein ganz altes Buch aus dem Magazin.«

»Sozusagen versehentlich.« Der Sarkasmus in Helenas Stimme hätte auch erschreckend gut zu Malinka gepasst.

»Es ist mit roter Tinte vollgeschrieben und lässt sich nicht lesen, aber Malinka meinte, das könnte die alte Inkasprache sein.« Er biss die Zähne zusammen. »Malinka kenn ich noch von YETI damals, weißt du?«

»Hm«, machte Helena. »Und wo kommt die auf einmal her und liest unlesbare Bücher?«

»Sie arbeitet jetzt in der Bib. Und sie war auch mal in Peru. Wenn wir dahinfliegen, könnten wir sie treffen, sie wird nämlich auch da sein. Also ... in Peru. Sie hat schon gebucht.« Es wurde einfach nicht besser, je mehr er mit den Worten jonglierte, und Helena machte sich gar nicht erst die Mühe, das zu kommentieren – ihr Blick allein sprach Bände. »Aber um sie geht's natürlich nicht.«

Helena verzog nur den Mund, und Matteo unterdrückte mühsam ein entnervtes Stöhnen. Bestand der Fluch am Ende darin, sein Leben in einen ziemlich schlechten Film zu verwandeln?

»Hör zu«, sagte er und suchte Helenas Blick. »Das wird jetzt verrückt klingen, und du weißt, dass so etwas normalerweise auch echt nicht meine

Art ist, aber … Als ich dieses Buch in die Hand genommen habe, ist etwas passiert, und offensichtlich ist es … ein Fluch.«

»Ah.« Helena schüttelte leicht den Kopf, nahm ihren Löffel wieder auf und tat, als widme sie ihre Aufmerksamkeit dem erkalteten Frühstücksei. »Der Fluch, spontan nach Peru zu fliegen, weil du da ein Mädel treffen kannst, um das es natürlich nicht geht. Sag mal, Matti, hackt's?« Sie griff nach dem Salzstreuer und schüttelte ihn eine Spur zu fahrig über dem Eigelb.

»Helena –«

Sie machte eine Bewegung, als wolle sie Matteo auch direkt mit Salz beschütten. »Ich meine, kannst du nicht wenigstens mit offenen Karten spielen, anstatt mir so was aufzutischen? Das geht nicht mal als Groschenroman durch. Wenn du meine Reisevorschläge nicht magst, dann sag's mir. Wenn dir unsere Pläne generell zu viel sind, sag's mir auch. Wir müssen diese Reise nicht machen.« Sie schnaubte verächtlich und stellte den Salzstreuer wieder ab. »Und wenn du denkst, wir brauchen Zeit und Abstand oder so was, oder du findest da 'ne andere interessant, dann meine Güte, sag es mir. Damit kann ich umgehen. Aber komm mir doch bitte nicht mit Schauermärchen.«

Matteo streckte eine Hand nach ihr aus, und Helena ließ zu, dass er ihr zumindest die Fingerspitzen auf den Handrücken legte. »Ich weiß, wie absurd das klingt. Gerade deshalb würde ich dir mit so etwas nicht kommen, wenn es nicht die Wahrheit wäre.« Er lauschte auf den dumpfen Schmerz, den er weiterhin in seinem Inneren spürte. Auch das diffuse Schwindelgefühl war immer noch da, ebbte mal auf und mal ab. Und manchmal, wenn Matteo sich nicht zu stark darauf konzentrierte, sah er am Rand seines Blickfelds wieder diesen Schatten, der um ihn her zu schleichen schien, fast unsichtbar und doch … Matteo schluckte. »Ich glaube an so was nicht, aber diesen Fluch kann ich *spüren*. Und *sehen*.«

»Du hast dich wochenlang in deiner Abschlussarbeit vergraben«, gab sie trocken zurück. »Klingt für mich, als ob es zu viel gewesen wäre. Geh vielleicht mal zum Arzt?«

»Es ist nicht einfach Stress oder so«, beharrte Matteo, auch wenn alles in ihm danach schrie, sich an Helenas Vorschlag zu klammern und daran zurück in die Normalität zu hangeln. »Helena, mit diesem Buch stimmt etwas nicht. Da ist vor meinen Augen Schrift aufgetaucht, als ob jemand Unsichtbares was reinschreibt …«

Helena hob die Augenbrauen. »Und wo ist dieses Buch? Kann ich das mal sehen?«

»Ich hab's bei Malinka gelassen«, antwortete Matteo und bereute es im gleichen Moment. »Und … das mit der Schrift passiert auch nicht immer, ich weiß nicht, ob …«

Sie seufzte vernehmlich und entzog ihm ihre Hand. »Geh zum Arzt, Matti.«

»Ich wünschte ja auch, es wäre so einfach. Aber ich muss offenbar nach Peru.«

»Kannst du machen.« Abrupt stand Helena auf und begann, ihr Frühstücksgeschirr zusammenzuräumen. Sie sah Matteo nicht dabei an. »Aber ich komm da ganz bestimmt nicht mit.«

***

Hey, tippte Matteo und starrte die drei Buchstaben eine Weile an. Er hatte sich vorgestellt, dass das hier wesentlich leichter sein würde. Schließlich ging es nur um Malinka, und der musste er nicht einmal gegenübersitzen, sondern konnte ihr einfach eine Nachricht schicken. Und wie sie es letztendlich aufnahm, konnte ihm egal sein.

Er atmete tief durch, tippte weiter und drückte schließlich auf *Senden:*

Wollte nur Bescheid sagen, dass ich nicht nach Peru fliege. Dir 'ne gute Zeit da.

Brauchte es noch mehr als das? Musste er sich bedanken, dass Malinka bereit gewesen wäre, ihm zu helfen? Unwillkürlich schüttelte er den Kopf.

Er wollte das Handy gerade zur Seite legen, als das *Gelesen*-Häkchen neben seiner Nachricht aufleuchtete und drei blinkende Punkte unter Malinkas Namen verrieten, dass sie an einer Antwort tippte. Na gut, die konnte er noch abwarten.

Es dauerte so lange, dass er insgeheim eine empörte Textwand erwartete, doch stattdessen erschien schließlich nur eine Zeile.

Alles okay? Geht's dir schlechter?

Er biss sich auf die Unterlippe und zwang sich, die Nachricht noch einmal zu lesen – und zwar ohne den besorgten Unterton, den er beim ersten Mal automatisch hineingelegt hatte. Aber Malinka war vermutlich nur neugierig. Vielleicht sogar gehässig. Sie fand bestimmt, dass es ihm recht geschah, wenn der Fluch ihm zu schaffen machte.

Sollte er darauf überhaupt antworten? Sie daran erinnern, dass sie das rein gar nichts anging? Sonderlich fair war das allerdings auch nicht.

Nee, geht schon.

Er überlegte und schrieb: *Meine Freundin ist nur nicht begeistert von der Idee.* Was für eine Begründung war das aber bitte? Eilig löschte er den Entwurf und tippte stattdessen: *Wir haben jetzt doch andere Pläne.* Das ergab ja noch weniger Sinn! Also noch einmal löschen.

Ich werd einfach mal zum Arzt gehen. Wahrscheinlich bin ich nur überarbeitet.

Die Lesebestätigung leuchtete sehr schnell auf, aber eine Antwort bekam er nicht. Gut so. Matteo legte das Handy zur Seite und massierte sich die Stirn. Ironisch, dass er sich Malinka gegenüber mit rationalen Argumenten ebenso albern vorkam wie bei Helena mit der Fluchgeschichte.

Noch ironischer, dass er sich bei Helena ehrlicher gefühlt hatte.

Obwohl er es nicht wollte, warf er einen Seitenblick auf das Handydisplay. Malinka hatte geantwortet.

Gute Besserung. Ich flieg auf jeden Fall, ich werd versuchen, da drüben trotzdem was rauszufinden. Vielleicht hilft das ja. Ich sag dir dann Bescheid.

Er starrte die Nachricht an, las sie ein ums andere Mal. Diesmal ging es nicht um den Tonfall. Es war einfach nicht die Antwort, die er erwartet hatte.

Du denkst, dass es wirklich ein Fluch ist?

Diesmal dauerte es nicht lange, bis ihre Antwort aufploppte.

Du doch auch.

Matteo biss die Zähne zusammen. Sie hatte recht. Aber mehr als das irritierte ihn, dass sie ihm nicht dafür um die Ohren flog, dass er den rationalen Weg einschlagen wollte. Dass sie keine Überzeugungsarbeit zu leisten versuchte. Ihm keinen Grund gab, seine Entscheidung – und damit Helena – zu verteidigen. Von einer weltfremden Träumerin hatte er jedenfalls mehr Widerstand gegen schnöde Realität erwartet.

Er wusste, er hätte das Handy endgültig weglegen und es für heute gut sein lassen sollen, doch stattdessen tippte er eine weitere Nachricht. Geschrieben war sie schnell, doch er brauchte eine Weile, bis er sich zum Abschicken überwinden konnte.

Denkst du, dass meine Entscheidung falsch ist?

Wie angriffslustig mochte das für sie klingen?

Er starrte aufs Display und zählte stumm die Sekunden. Als er bei fünfzehn angekommen war, tauchten die blinkenden Punkte auf. Matteo zählte weiter, aber bei zweiundvierzig hielt er inne und schaute nur noch die Punkte an. *Widersprich mir,* dachte er, auch wenn es albern war. Insgeheim ahnte er, dass es ihm nicht um Malinka ging oder darum, was sie dachte. Doch er musste sich abreagieren, irgendwo die Hilflosigkeit abladen, die nach dem Gespräch mit Helena in ihm bohrte und wütete. Mit Helena wollte er nicht streiten – mit Malinka schon. *Los. Gib mir einen Grund.* Es war schäbig und er wusste es, und noch schäbiger war die Verlockung, es vielleicht doch auf den Fluch zu schieben, an den er selbst nicht glauben wollte.

Ob sie falsch ist, weiß ich nicht, aber ich kann auf jeden Fall verstehen, dass du nicht so spontan nach Peru reisen willst. Vielleicht musst du das ja trotz allem auch gar nicht, vielleicht reicht es, wenn ich mich darum kümmere. Vielleicht hat das am Ende gar nichts mit dir zu tun. Ich habe zuerst von Garcilaso geträumt. Und das Buch war im Prinzip ja für mich.

Matteo runzelte die Stirn, dachte an Malinkas Kollegin und was sie zu dem ganzen Bücherstapel aus dem Magazin gesagt hatte. Dass es um eine Zusammenarbeit mit einer peruanischen Einrichtung ginge, dass jemand direkt nach Malinka gefragt hätte. Trotzdem …

Wie meinst du das?

Er hatte das dumpfe Gefühl, dass er auf diesem Weg keinen Streit mehr provozieren konnte. Vielleicht musste er schon persönlich vor Malinka stehen, um sie zur Weißglut zu bringen. So elend er sich gerade fühlte, brachte die Vorstellung ihn doch zum Grinsen.

Es gab eine Anfrage aus Cusco und die wollten explizit, dass ich mich um diese Bücher kümmere. Bin nicht sicher, wie sie auf mich kommen.

Während Matteo noch überlegte, was er antworten sollte, erschien schon die nächste Nachricht.

Vielleicht hätte ich den Fluch abbekommen sollen.

Und da war sie wieder, die weltfremde Träumerin. Er stieß die Luft aus.

Du bist sicher die Letzte, die sich einen »Fluch verschwiegener Geschichten« einfangen würde.

Stille. Oder zumindest keine Regung. Malinka musste die Nachricht gelesen haben, sie war noch immer online, aber sie machte keine Anstalten, ihm zu antworten. Matteo konnte nicht anders, als sich vorzustellen, dass sie ebenso dasaß wie er und auf ihr Display starrte.
Dann, endlich, die drei Punkte.

Ich schreib ja nicht mehr.

»Du schreibst mir doch grad«, murmelte Matteo spöttisch und begriff erst einen Herzschlag später, dass Malinka natürlich etwas anderes meinte. Tatsächlich zeigte die App ihr eifriges Tippen an.

Das ist, was ich verloren habe, denke ich: das Geschichtenerzählen.
Ich kann es einfach nicht mehr.

Leise pfiff er durch die Zähne, dachte an Malinkas Blog und das Datum des letzten Eintrags, der fast drei Jahre zurücklag. Ungefähr so lang wie das Semester bei YETI und die Koordinationssitzungen der Redaktion dort. Malinkas verträumte, naive Kurzgeschichten. Und wie Matteo damit umgegangen war. Verdammt. Es passte zu gut zusammen. Er wartete ab, ob Malinka noch etwas hinzufügen würde, aber weil nichts mehr kam, schrieb er selbst.

Und du denkst, das ist meine Schuld?

Wieder dauerte es eine ganze Weile, bis sie zurückschrieb.

Ich denke, dass es einen Zusammenhang mit dem Buch und all dem geben könnte. Vielleicht sollte ich den Fluch abbekommen, damit ich endlich wieder nach Peru reise. In dem Fall muss ich erst recht in Ordnung bringen, dass es dich an meiner Stelle erwischt hat. Und vielleicht ist das jetzt auch meine Chance, das Geschichtenerzählen zurückzubekommen. Ich kann's nur versuchen.

Eine kurze Pause, und dann:

Um das klarzustellen, ich nehme dir immer noch übel, was damals war, aber ich hätte dir nie einen tödlichen Fluch an den Hals gewünscht.

»Jetzt hör aber auf«, murmelte Matteo erbittert und drehte das Handy für einen Moment um. Ob sie gerade versuchte, ihn zu manipulieren? Aber war das ihr Stil? Malinka, die bereitwillig an Flüche und magische Bücher glaubte und von alledem mehr fasziniert als schockiert wirkte? Auch wenn sie gestern noch bereit gewesen schien, ihn an diesem Fluch krepieren zu lassen – ihre Nachrichten wirkten aufrichtig. Sie suchte keinen Streit. Sie fühlte sich offenbar verantwortlich. Und sie warf ihm mit keiner Silbe vor, was in Matteos Augen mehr als offensichtlich war: dass sie das Geschichtenerzählen überhaupt erst durch seine Schuld verloren hatte.

Und was, wenn das stimmte, so verquer es auch war? Alles in Matteo stemmte sich dagegen, es zu glauben und zuzulassen. Es war irrationaler Blödsinn. Aber er wusste, was er geträumt und im blauen Buch gesehen hatte. Er wusste, was er aus den Augenwinkeln wahrnahm.

Und wenn mich der Fluch deshalb erwischt hat?, dachte er plötzlich. *Weil ich ihr das Geschichtenerzählen weggenommen habe?*

Sein Mund fühlte sich mit einem Mal trocken an.

Langsam drehte Matteo sein Smartphone wieder um, doch bei den Nachrichten hatte sich nichts getan. Für Malinka schien alles gesagt. Er hatte so sehr gehofft, dass sie ihm einen Grund geben würde, seine Wut an ihr auszulassen. Und eigentlich hätte ihr verdammtes, unpassendes Verständnis diese Wut erst recht anfachen müssen.

Stattdessen fühlte er sich nur erschöpft, schuldbewusst und auf seltsame Weise schäbig.

Was, wenn er wirklich schuld war? Wenn er sich den Fluch selbst zuzuschreiben hatte?

Er scrollte zurück an den Anfang des Nachrichtenverlaufs, las alles noch einmal. Dachte nach, während das dumpfe Ziehen in seinem Inneren wieder stetig an Intensität gewann. Malinka war längst nicht mehr online.

»Ach, verdammt«, murmelte Matteo und schluckte hart, bevor er eine weitere Nachricht tippte, die er schnellstmöglich abschickte, bevor er es sich anders überlegen konnte:

Und wenn ich doch mitkomme?

Peru

um ca. 1757

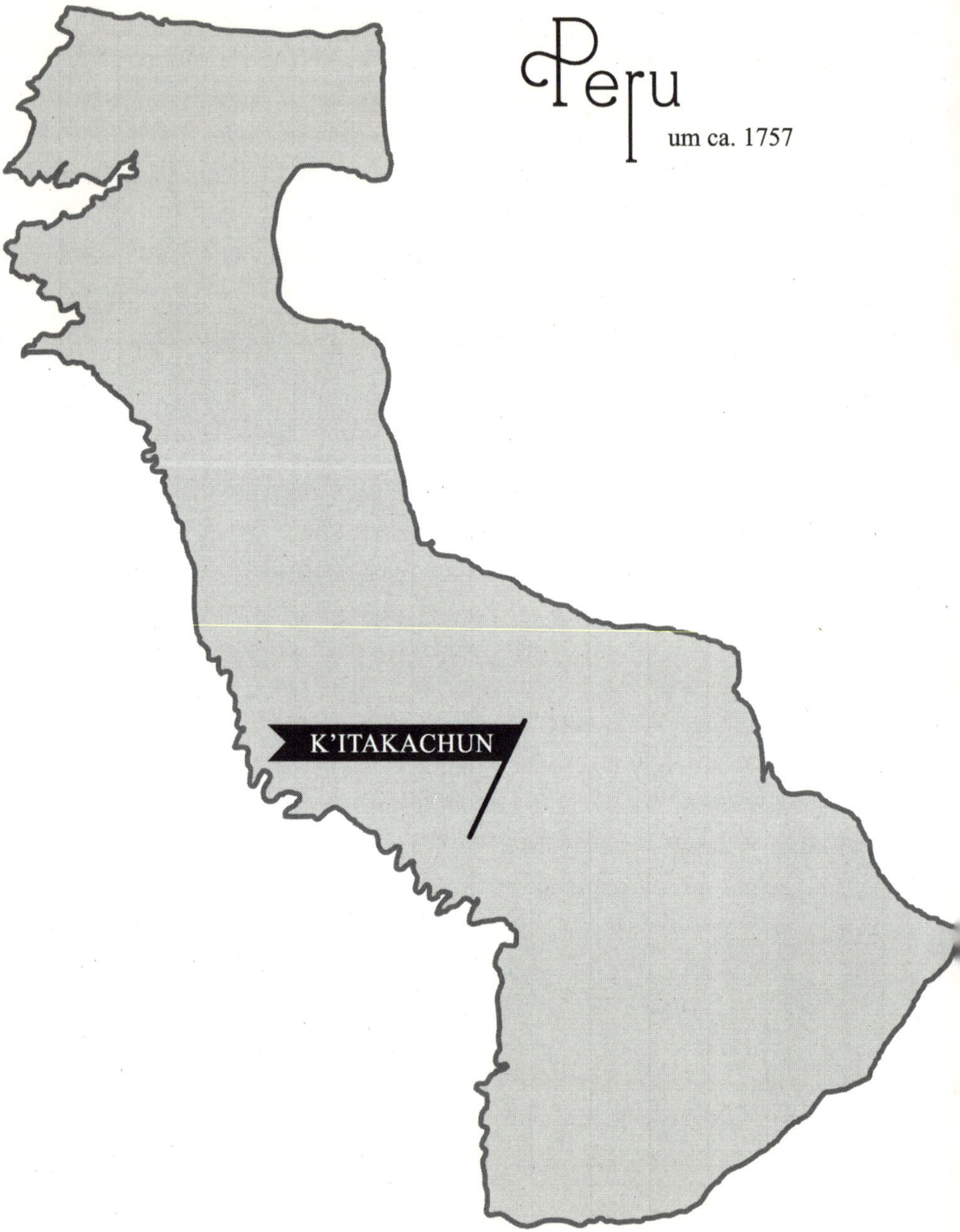

7. Mallku

Götterbote

Es war ein Lachen, das sich wie gekräuseltes Papier aus der Stille schälte. Ein trockenes, spöttisches Lachen.

Ein Lachen, das Yawar heute schon einmal gehört hatte.

Langsam, mit klopfendem Herzen, wandte er sich um. Padre Valentín und Yanaphuru folgten seinem Blick.

Die Schatten hatten sich am Fenster zu einer hageren Silhouette verdichtet, die jetzt, da sie alle Blicke auf sich zu fühlen schien, geschmeidig ins Zimmer hereinglitt und sich aufrichtete.

Etwas in Yawar erstarrte. Wie vorhin am Fluss hatte er das Bedürfnis, vor diesem Schatten zurückzuweichen, fortzurennen, wenn es denn möglich gewesen wäre, hinaus in den Regen und die Dorfstraße hinunter, Hauptsache weit, weit weg. Aber gleichzeitig fühlte er sich wie versteinert und unfähig, auch nur einen Finger zu rühren. Dabei konnte er nicht einmal genau sagen, *was* sich dort ins Zimmer geschoben hatte.

Die Gestalt war so groß wie Yanaphuru, aber schmaler. Sie stand auf zwei Beinen, und ein langes Gewand wogte um sie her, aber es war nicht schwarz wie Yanaphurus Poncho, sondern aus dem dunklen Grau quellender Gewitterwolken. Und wie die Gestalt flüchtiger Wolken schienen sich auch die Umrisse des Fremden im Zimmer stetig zu verändern. War es ein Mensch in einem Poncho aus verwaschener Wolle, oder war es nicht vielmehr bleigraues, struppiges Gefieder, das aus dem Schatten hervorragte? Waren es menschliche Beine, auf denen der Fremde stand, oder hagere Hühnerstelzen? Ein grauer Schlapphut verdeckte das Gesicht; dennoch sah Yawar etwas boshaft gelb darunter hervorleuchten.

»Was für ein illustres Grüppchen sich hier versammelt hat.« Die Stimme klang wie knisternde Kohlen auf niederbrennender Glut. »Ein Priester, ein Kind und … natürlich Yanaphuru. Du wirst in der letzten Zeit auch immer menschlicher.« Ein heiseres Lachen beschloss diese Worte.

Yanaphuru trat einen Schritt auf den Fremden zu und streckte sich.

»Was willst du hier, Usphasonqo?«, fragte er. Seine Stimme hatte sich verändert. Sie war nicht länger die eines Menschen, sondern … kraftvoller. Nahm nun mehr Raum ein. Wie ein Kondor, der seine Schwingen ausbreitete. Yawar spürte einen Schauder über seinen Rücken laufen.

Usphasonqo. *Aschenherz*, dachte Yawar. *Was für ein passender Name …*

Der Fremde lachte erneut. »Was will ich wohl? Ich komme, um mir diese Frau anzusehen. Das Menschenweibchen, an dem du so sehr Gefallen gefunden hast.«

Er reckte den Hals, aber Yanaphuru trat ihm entgegen und stieß ihn entschlossen zurück. »Du wirst sie nicht anrühren!«

»Nicht, mein Bruder? Mein Herr hat bereits seine Hand auf sie gelegt. Und das sehr deutlich.« Die grauen Schatten unter dem Schlapphut wurden nicht dünner, aber Yawar erhaschte einen Blick auf schneeweiße Fangzähne, die nur einen winzigen Moment lang entblößt wurden. »Es ist gewiss reizvoll zu sehen, wie sie zu Asche zerfällt.«

Yawar schluckte und stemmte sich hoch. Am liebsten hätte er sich weiterhin an Mama gekuschelt, das Gesicht in ihrem Haar geborgen. Doch jetzt war er es, der stark für sie sein musste. Weil er es war, der die Schuld hieran trug – der Gedanke nagte mit dumpfer Gewissheit an ihm.

»Was ist passiert?«, fragte er dünn. »Wer … ist dein Herr?« Seine Stimme zitterte, als hätten die Worte selbst Angst, Usphasonqos Aufmerksamkeit zu erregen.

Usphasonqo lachte leise. Mit einer einzigen geschmeidigen Bewegung glitt er an Yanaphuru vorbei und blickte auf Yawar herab. »Mein Herr ist Mismi, der Mächtige, der die Kondorkinder mit seiner Macht zu schirmen pflegt. Und was passiert ist? Deine Mutter hat dich verleugnet, dich und euch, meinen Bruder und mich, unsere Herren und alles, wofür wir stehen. Sie hat euren Kampf aufgegeben und unsere Sache verraten. Sie hat die Erinnerungen zerstört, für die dieser Kampf erst geführt wurde. Sie hat den Geschichten die Zuflucht genommen, die sie auf den Seiten jenes Buches gefunden hatten, eine Zuflucht, mit Schweiß und Blut erkauft. Sie hat die Geschichten zu Verlorenen Geschichten gemacht. Sie werden ziellos durchs Land streifen, geradewegs ins Vergessen. *Das* ist passiert.« Er lachte bitter auf. »Und dafür hat sie ihre Strafe erhalten.« Er beugte sich über Mama, die müde die Augen aufschlug, als ob sie seinen Blick spürte. »Mein Herr sendet dir Grüße, kleine Närrin. Der Blitz hat deine Seele gespalten. Du bist ein zerbrochener Krug, aus dem das Leben hinausläuft wie feiner Sand vom Ufer des Río Colca.«

»Nein!«, stieß Yawar hervor und griff in das verwaschene Grau, um Usphasonqo von Mama wegzuziehen. Seine Finger fanden keinen Halt, doch Usphasonqo fauchte empört auf und wich zur Seite.

»Nein sagst du, Junge? Ausgerechnet du, der das hier verschuldet hat?«

Yawar zuckte zurück.

Im nächsten Moment war Yanaphuru an seiner Seite, schob sich zwischen ihn und Usphasonqo. »Lass den Jungen in Ruhe!« In seiner Stimme schwang ein Grollen, das Yawar nie zuvor darin gehört hatte.

»Der Junge gehört uns!«, zischte Usphasonqo. »Meinem Herrn und mir! Und er wird tun, was wir gebieten, er wird tun, was ihm vorbestimmt ist!«

»Nicht so, Bruder«, murmelte Yanaphuru, mit einem Mal wieder ruhiger. »Das ist nicht der Weg, das hatten wir doch gesagt.«

»Was sonst ist der Weg?« Usphasonqo nickte in Richtung der verkohlten Papierkugeln. »Verleugnen? Zerstören? Aufgeben?« Er schnaubte verächtlich. »Das willst du durchgehen lassen? Du bist weich geworden. Aber das soll uns gleich sein, meinem Herrn und mir. Das Menschenweibchen wird sterben, wenn ihre Brut nicht gehorcht!«

Yawar wusste, er hätte an Yanaphurus Seite treten und Usphasonqo die Stirn bieten müssen. Fragen, worin er gehorchen sollte, was er tun konnte, damit es Mama besser ging.

Doch er konnte es nicht. Gerade so hielt er sich auf den Beinen, den Kopf eingezogen, und blieb hinter dem wallenden Poncho.

»Du irrst dich«, sagte Yanaphuru. »Meine Herrin wird sie schützen.«

»So, wird sie das?« Usphasonqo klang amüsiert. »Tu nicht so, als könntest du zu ihr fliehen wie ein geprügelter Hund! Du müsstest dein kleines Geheimnis verraten. Und was würde dann wohl passieren, hm?«

Yanaphuru fixierte ihn, und Yawar sah, dass die Luft zwischen den beiden Gestalten zu flirren begann.

»Tritt zur Seite«, schnurrte Usphasonqo. »Lass mich –«

»Auf gar keinen Fall!« Yanaphuru schrie es fast, schien größer zu werden und den Raum weiter auszufüllen. »Du hast keine Macht über sie, über keinen von ihnen! *Verschwinde!*«

Yawar erwartete ein Fauchen als Antwort, eine vor Wut gepresste Stimme, doch stattdessen lachte Usphasonqo wieder. »Sonst was? Wollen wir dann raufen wie Berglöwenjunge? Anders als du, mein Bruder, weiß ich, wie kostbar mein Eingreifen ist. Du wirst mich dazu nicht verleiten. Ich werde warten. Du kannst nicht ewig bei diesen Menschen bleiben.« Er nickte in die Runde. »Lebt wohl, fürs Erste, oder auch nicht so wohl, das werden wir sehen …«

Und mit einem katzengleichen Satz sprang er aus dem Fenster in die Dunkelheit.

Yanaphuru atmete hörbar auf.

Ein Wimmern erklang von der gegenüberliegenden Wand, und Yawar brauchte einen Moment, um zu begreifen, dass es von Padre Valentín kam. Der Priester hatte sich vornüber gebeugt und das Gesicht in den Händen vergraben, seinen Oberkörper sanft hin und her wiegend. Nur langsam richtete er sich wieder auf, sah zu der Stelle, an der eben noch Usphasonqo gestanden hatte, dann zu Yawar und Yanaphuru. Er war bleich.

»Wer seid Ihr?«, krächzte er schließlich in Yanaphurus Richtung. »Als Ihr sagtet, Eure Herrin sei Sabancaya … Bei Gott. Ihr seid nicht wirklich die Diener der *apus,* oder doch?«

So verwirrt hatte Yawar den Pater noch nie erlebt.

»Ja, wir sind *mallkus*«, sagte Yanaphuru nüchtern. »Boten und Diener der *apus,* Träger des alten Wissens.«

»Aber *Ihr* seid ein Mensch!«, flüsterte Padre Valentín.

Yanaphuru schüttelte den Kopf. Ein Lächeln schwang in seiner Stimme. »Nein. Seht genauer hin.«

Etwas an ihm veränderte sich. Unwillkürlich presste Yawar sich wieder an Mama, spürte, wie sie einen Arm um ihn legte und ihn an sich drückte – schwach, aber sie tat es.

Yanaphuru hatte bereits die ganze Zeit hoch aufgerichtet dagestanden, und an seiner Gestalt änderte sich auch nicht grundsätzlich etwas. Aber war Yawar gerade noch sicher gewesen, dass einfach ein großer und breitschultriger Mann in einem weiten schwarzen Poncho im Raum stand, so erfüllte ihn jetzt der gleiche Zweifel wie eben bei Usphasonqo. Der schwarze Stoff hatte sich in eine seltsam konturlose, fließende Masse verwandelt, die um Yanaphurus Silhouette herwaberte. Seine breiten Schultern schienen … *Flügel* geworden zu sein. Sein kantiges Gesicht lag halb im Schatten. Die geschwungene Nase erinnerte Yawar an einen Raubvogel, und das Gefühl des Erkennens goss sich in ihm aus wie ein Kübel eiskaltes Wasser.

»Du bist der Kondor!«, rief er.

Yanaphuru wandte den Kopf und lächelte. Es war kein boshaftes Lächeln wie das Usphasonqos, und es beruhigte Yawar ungemein.

»Ja«, sagte er, und seine Stimme füllte den gesamten Raum aus. »Ich bin der Kondor, den ihr gefunden und gepflegt habt.«

Und Mama muss es gewusst haben, ging es Yawar durch den Kopf. Nicht von Anfang an, gewiss nicht. Aber später, als Yanaphuru in seiner menschlichen Gestalt zurückkehrte … Sie hatte ihn bestimmt erkannt.

»Ich müsste Euch für dämonische Höllenbrut halten«, sagte Padre Valentín schwach.

Wieder lächelte Yanaphuru. »Nein, das müsst Ihr nicht.«

Plötzlich schien alles wieder beim Alten. Statt bedrohlich wallender Wolken war da nur noch ein Poncho aus tiefschwarzer Wolle, und Yanaphurus Gesichtszüge waren entschlossen, aber menschlich. Seine Stimme hatte ihren normalen Klang zurückgewonnen. »Ich will niemandem etwas Böses, und ich weiß, Valentín, dass Ihr ein Mann des Verstehens seid, nicht des Verurteilens.«

Padre Valentín straffte sich und atmete tief durch, gewann zumindest ein wenig der Gelassenheit zurück, die Yawar von ihm gewohnt war. »Was nun?«

Yanaphurus Blick flackerte zu Yawar – oder vielleicht eher zu Mama, die die Augen wieder geschlossen hatte und flach atmete. *Ein zerbrochener Krug,* hatte Usphasonqo gesagt, und allein die Erinnerung daran machte Yawar Angst.

Er sah zu Yanaphuru auf. »Du kannst ihr helfen, oder?«

Der *mallku* spannte die Kiefermuskeln an und blickte zu Boden.

»Du hast sie doch lieb«, flüsterte Yawar.

Ein Ruck lief durch Yanaphuru, ein Seufzen. Dann hob er wieder den Kopf und nickte entschlossen. »Wir gehen zu meiner Herrin.«

»In ihrem Zustand?«, protestierte Padre Valentín und wies auf Mama. »Nichts für ungut, aber Ihr könnt ihr nicht einen solchen Marsch …«

»Doch«, unterbrach Yanaphuru und straffte sich. »Und Ihr werdet mit mir kommen, ebenso wie Yawar.«

Der Priester riss die Augen auf.

»Ihr habt Usphasonqo gehört«, setzte Yanaphuru hinzu. »Ich glaube nicht, dass Ihr hier gerade sicher seid.« Ein Lächeln huschte über seine Züge. »Und um den Weg macht Euch keine Sorgen. Yawar, du wirst an der Hand des Paters gehen. Ich werde deine Mutter tragen.«

»Ich kann alleine gehen!«, protestierte Yawar.

Doch Yanaphuru schüttelte den Kopf. »Nicht an jenen Ort«, erwiderte er mit Bestimmtheit.

Yawar biss sich auf die Lippen und ging zu Padre Valentín, der ihm seine Hand reichte.

»Bei Gott und allen Heiligen«, murmelte er. »Ich dachte, mich könnte nichts mehr erschüttern in diesem Leben. Yanaphuru, was habt Ihr vor?«

Der *mallku* antwortete nicht. Stattdessen hob er Mama in seine Arme, in denen sie seltsam klein und verloren wirkte. Ihr Kopf fiel an seine Schulter. Für einen Moment hielt der Bote Sabancayas inne und blickte sie mit einem solchen Ausdruck von Zärtlichkeit an, dass Yawar unwillkürlich lächeln musste. Plötzlich war er sicherer als je zuvor, dass sein Vater Yanaphuru gemocht hätte.

»Valentín«, sagte Yanaphuru, ohne den Priester oder Yawar anzusehen. »Kommt näher und haltet Euch an meinem Poncho fest. Lasst ihn nicht los, was immer auch geschehen mag, bis ich es Euch sage.«

Yawar sah Padre Valentín schlucken. Dann ging der Priester auf Yanaphuru zu und griff mit der linken Hand nach einem Zipfel des schwarzen Ponchos, während er mit der rechten Yawars Hand drückte.

»*Ñanninchis kaypi qallarin*«, sagte Yanaphuru laut. »Unser Weg beginnt hier.«

Er machte einen Schritt nach vorne und zog sie mit sich.

Yawar blinzelte. Das Zimmer um ihn herum verschwand – nicht plötzlich, sondern so, als verlöre es innerhalb von Augenblicken alle Farbe und verblasse, so wie die abendliche Landschaft im Übergang zur Nacht verschwindet. Stattdessen umgab sie Schwärze. Yawar sah nichts, spürte nur den beruhigenden Druck von Padre Valentíns Hand, und tappte Schritt um Schritt voran. Überrascht nahm er zur Kenntnis, dass der Boden unter ihm sich wie bearbeiteter Stein anfühlte, und dachte an die alten Inkapfade, den *Qhapaq Ñan*, von dem der Priester mitunter erzählte: gepflasterte Straßen, die das ganze Land wie ein Netz von Adern durchzogen und auch dieses Tal mit anderen Tälern und Bergpässen verbanden.

Dann veränderte sich die Luft um sie her, fühlte sich kühler an, als seien sie in eine Grotte getreten. Ein sanfter Schimmer drängte die Dunkelheit zurück und gewann rasch an Kraft. Unwillkürlich schob Yawar sich dichter an Padre Valentín, der sofort beruhigend einen Arm um ihn legte.

»Noch hatte ich nicht gesagt, dass Ihr loslassen dürft, Valentín«, erklang Yanaphurus belustigte Stimme neben ihnen. »Aber es ist in Ordnung. Wir sind da.«

Alles war jetzt mit Helligkeit geflutet, und Yawar blinzelte, bis seine Augen sich an das Gleißen gewöhnt hatten.

Sie befanden sich tatsächlich in einer weitläufigen Höhle, deren Decke sich irgendwo über ihnen verlor; viel größer als das Innere der Dorfkirche, der größte Raum, den Yawar bislang gekannt hatte. Und es war auch keine gewöhnliche Höhle aus Fels. Sie bestand vollkommen aus schneeweißem und bläulich irisierendem Kristall; die Wände waren mit Glimmer und tausendfach facettiertem Bergkristall bedeckt. Nie zuvor hatte Yawar etwas von derartiger Schönheit gesehen.

Was hast du nur angestellt, mein Yanaphuru?

Die Stimme schien zunächst nicht von einem bestimmten Punkt auszugehen, sondern aus allen Winkeln der Höhle zugleich zu kommen, klar wie die Kristalle, die Yawar ringsum an den Wänden sah, glitzernder Schnee in der Morgensonne, eine Stimme, vor der man sich verneigte.

Dann, als die Worte als sanftes Echo von den Wänden widerhallten, sah Yawar *sie* und begriff auf seltsam klare Weise, dass die Stimme sich vor seinen Augen zu einer hochgewachsenen Gestalt verdichtet hatte, um für ihn, seine Mutter und Padre Valentín besser begreifbar zu sein. Yawar wusste, dass die Stimme sich dieses Antlitz nur für den Augenblick gewählt hatte, und dass sie Sabancaya gehörte, der mächtigen Herrin, die als ewig grollender Vulkan über die Weiten des Tals wachte, wunderschön und furchtbar zugleich.

Er wollte ihr ins Gesicht sehen, doch etwas daran zwang seinen Blick nach unten, blendete ihn. Es war, als versuche er, direkt in die Sonne zu blicken. Yawar senkte den Blick und sah, dass Padre Valentín es ebenso tat. Aus den Augenwinkeln, stellte er fest, konnte er die Berggöttin sehr wohl wahrnehmen – aber nur, wenn er sich Mühe gab, seine Aufmerksamkeit nicht auf ihr Antlitz zu konzentrieren.

Was er sah oder was seine Augen zu sehen vorgaben, war das Bild einer majestätischen Frau in einem Gewand, das aus bläulich schimmerndem Schnee zu bestehen schien und in weichen Falten über den kristallenen Boden fiel. Obwohl ihre Miene ernst war, strahlte ein Lächeln aus ihren Augen, das Yawar ebenso beruhigte, wie es ihn einschüchterte.

»Ich erbitte deinen Schutz für sie, Herrin«, sagte Yanaphuru scheu.

Schutz. Die Gestalt beugte sich vor; Yawar sah die Präsenz der schillernden Kristalle direkt über seiner Mutter und hörte ein Flüstern, das aus allen Richtungen gleichzeitig zu kommen schien. *Ein Fluch liegt auf diesem Menschenkind ... Das Werk eines anderen* apus. *Es würde ihn noch mehr erzürnen, wenn ich mich nun einmischte.*

Sabancaya richtete sich wieder auf, und Yawar hatte freien Blick auf ihren Boten. So groß und breitschultrig er auch dastand, so unsicher wirkte er nun.

»Ich hatte gehofft, Herrin … Yanakachi hat nicht aus bösem Willen gehandelt …«

Der Blick der eisblauen Augen glitt forschend über den *mallku.*

Yanakachi ist ihr Name, sagst du? Schwarzes Salz ... Das ist fürwahr eine Seltenheit. Nun sage mir, mein lieber, treuer Yanaphuru: Woher kennst du dieses Menschenkind so gut, dass du mir sogar ihren Namen sagen kannst – und sie in mein Reich bringst?

Ein Funken Belustigung schien in der Stimme mitzuschwingen.

Yanaphuru öffnete den Mund, doch zu Yawars Überraschung stammelte er nun. »Ich … Ich war unterwegs, um nach dem Rechten … Ich hielt es für meine Pflicht … « Er unterbrach sich und sah zu Boden. Plötzlich erinnerte er Yawar sehr stark an Paqo oder einen anderen seiner Freunde, wenn sie etwas angestellt hatten und es ihren Eltern gestehen mussten. »Verzeih, Herrin. Ich habe dir etwas verschwiegen.«

Sabancayas Stimme war klares Wasser, das im Morgenlicht zu Eis gefror. *Das hast du getan, Yanaphuru? Sprich.*

Yanaphuru blickte auf Mama, die reglos in seinen Armen lag. »Ich war oft im Haus Yanakachis in der letzten Zeit«, murmelte er. »Du hattest mir aufgetragen, nach dem Boten Ausschau zu halten, der das Spiegelbuch bringen würde. Und ich sollte auch ein Auge auf den künftigen Yuyaq haben.«

Yawar schluckte. Das war der Grund für Yanaphurus Besuche gewesen?

Lachen perlte über die Gruppe hinweg wie ein Sonnenstrahl, der Schneekristalle zum Glitzern brachte. *Wie es mir scheint, hast du mehr ein Auge auf seine Mutter gehabt denn auf den Jungen.* Jinachu manachu, *ist es so oder nicht?*

Jetzt wagte Yanaphuru es, wieder aufzublicken, aber seine Miene zeigte nach wie vor, wie nervös er war. »Ja, Herrin.« Er schluckte.

Für einen Moment legte sich eisiges Schweigen über die Höhle. Yawar spürte, dass Padre Valentín seine Schulter drückte.

»In der Gewitternacht vor drei Wochen«, sagte Yanaphuru mit belegter Stimme, »geriet ich mit Usphasonqo in Streit. Er verletzte mich, und ich fiel genau vor dem Haus Yanakachis zu Boden.«

Welch denkwürdiger Zufall, warf Sabancaya ein.

»Hätte ich einen besseren Ort wählen können?«, entfuhr es Yanaphuru. »Wo sonst hätte ich Hilfe erwarten können, wenn nicht im Hause des Yuyaq? Yanakachi holte mich hinein und pflegte mich.«

Nur ein Satz auf einer Windböe, sagte Sabancaya spöttisch, *und du wärst zu meinen Füßen in Sicherheit gewesen.*

»Gewiss, Herrin«, murmelte Yanaphuru. »Aber ich wollte …« Er hielt inne.

Oh, Yanaphuru, sagte Sabancaya, diesmal mit Strenge in der Stimme. *Du magst ein* mallku *sein und ein treuer Diener der* apus, *ein großartiger Dichter und ein unerschrockener Kämpfer. Aber letzten Endes bist du vor allem ein Mann.* Jinachu manachu?

Yanaphuru schwieg zerknirscht.

Dabei weißt du, Yanaphuru, fuhr Sabancaya mit ernster Stimme fort, *dass es euch verboten ist, eure Hand auf ein Menschenkind zu legen. Zumindest auf die Stellen, auf die du sie gelegt hast.*

Jetzt wurde Yanaphuru tatsächlich rot. »Herrin, ich bitte dich!«

Ich möchte nur dein Gedächtnis auffrischen, sagte Sabancaya. *Du bist ein Wesen* Janan Pachas, *der oberen Welt. Sie ist ein Wesen* Kay Pachas, *der Menschenwelt. Du weißt, wie das Gleichgewicht durcheinandergeraten kann, wenn die Regeln gebrochen werden.*

Yanaphurus Stimme war nur noch ein Wispern. »Ja, Herrin.«

Du hast also dein Herz einem Menschenkind geschenkt, und du hast geglaubt, du könntest mir das verheimlichen.

»Es tut mir leid, Herrin.«

Das will ich hoffen, Yanaphuru. Was du getan hast, ist unverantwortlich. Außerdem mag ich es nicht, wenn Regeln gebrochen werden, ohne dass ich davon weiß.

In diesen letzten Worten hatte tatsächlich so etwas wie ein Schmunzeln mitgeschwungen. Unwillkürlich musste Yawar grinsen.

»Herrin?«

Jetzt heb schon den Kopf, mein lieber Yanaphuru. Du siehst aus wie ein vom Regen begossenes Lama. Ich denke, du bist für heute genug bestraft. Nun klang Sabancaya beinahe vergnügt. *Glaubst du, ich hätte kein Verständnis dafür, wenn dir dein Herz entwischt wie ein kleiner Kolibri? Nur sagen hättest du es mir sollen.* Schlagartig wurde ihre Stimme wieder ernst. Yawar hatte das Gefühl, den Blick der Berggöttin wie einen kühlen Lufthauch über sich gleiten zu spüren. Er fragte sich, ob er etwas sagen sollte, sagen durfte. Padre Valentíns Hand lag immer noch um seine Schulter, etwas fester als zuvor. Als suchte der Priester Halt.

Der Luftzug strich vorüber, Licht wogte zurück zu Yanaphuru und Mamas stiller Gestalt.

Ich bin immer zu helfen bereit. Doch kein apu *kann eines anderen* apus *Fluch lösen, und ich weiß diesen Fluch zu lesen wie Wildtierspuren,* sagte

Sabancaya nachdenklich, *wie bunte Knotenschnüre aus alten Zeiten. Es ist Mismis Zorn und Mismis Kränkung. Es ist der Schmerz der Verlorenen Geschichten. Sie hat Hand an das Spiegelbuch gelegt.*

Das Buch, das er hätte hüten sollen. Yawar biss sich auf die Unterlippe.

Was ist geschehen?, fragte Sabancaya.

Wieder schwieg Yanaphuru, straffte sich dann und sah zu seiner Herrin auf. »Das Spiegelbuch ist nicht mehr.«

Sabancayas Gestalt erstarrte. Ihr Licht wich zurück, nur wenige Schritte, doch Yawar sah es deutlich.

»Herrin«, flüsterte Yanaphuru bittend, aber Sabancayas Präsenz schien sich zu verdunkeln, zu flackern wie sterbender Kerzenschein.

Das ist schlimmer, als ich glaubte. Ich bin häufig uneins mit Mismi, und ich stelle mich ihm entgegen, wenn er Unrecht tut. Aber dies? Das Spiegelbuch trug seinen Schutz und seinen Segen. Er ist zu Recht zornig. Kein Ärger in Sabancayas Worten, aber Kummer, der Yawar selbst das Herz schwer machte. *Ich kann nichts tun, Yanaphuru.*

»Herrin, ich bitte dich«, flüsterte der *mallku.* »Der Fluch wird sie zugrunde richten. Und Usphasonqos Drohen war deutlich. Der Yuyaq und auch sein Lehrer werden ebenfalls Schutz brauchen.«

Helligkeit umspielte Yawar. Er musste die Lider zusammenkneifen.

Ich war dagegen, als Mismi von seinem Weg sprach, murmelte Sabancaya. *Von Härte, Zwang und Befehl. Ich habe ihn besänftigt, so gut es ging, von Geduld und freier Entscheidung gesprochen.*

»Und das war richtig!«, rief Yanaphuru. »Das ist noch immer der richtige Weg!«

Er war es vielleicht. Das Licht zog sich wieder zurück, sodass Yawar blinzeln konnte. Sabancayas Gestalt verschmolz halb mit den Schatten. *Doch es ist ein Weg der Lügen und Geheimnisse geworden. So viel Verschwiegenes und Verborgenes – vor allem vor ihr,* ein Nicken in Mamas Richtung, *weil keiner von euch ihr anders zu begegnen wusste. Kann das denn richtig sein?*

Yawar senkte den Kopf. Am liebsten wäre er zu Mama hinübergelaufen, doch er wagte es nicht, sich zu rühren.

»Kann es dann aber richtig sein, wenn Yanakachi dafür bezahlen muss?« Yanaphurus Stimme klang brüchig. »Sie hat das Spiegelbuch zerstört, aber die Schuld ...« Er zögerte. »Sie liegt bei mir, Herrin. Zieh mich dafür zur Rechenschaft, oder lass Mismi es tun. Aber hilf Yanakachi, die genug verloren hat.«

Sabancaya schwieg.

In Yawar drängte Gewissheit nach oben, die Worte mit sich trug, so schmerzhaft und kraftvoll, dass er sie nicht zurückhalten konnte. Er ballte die Fäuste und wand sich unter Padre Valentíns Fingern weg, trat nach vorn und an Yanaphurus Seite. »Ich trage die Schuld.«

Da war es gesagt. Das Atmen fiel leichter und schwerer zugleich.

Der *mallku* bedachte ihn mit einem überraschten Seitenblick, doch nicht nur er. Mama regte sich schwach, zog scharf die Luft ein und öffnete müde die Augen. »Yawarchay, nein«, raunte sie. »Du bist nicht schuld. Du hast nichts getan.«

Er lächelte ihr zu, bevor er all seinen Mut zusammennahm und aufblickte, mit der Hand seine Augen abschirmte, um nicht von Sabancayas Antlitz geblendet zu werden. »Ich trage die Schuld«, wiederholte er fest. »Ich bin der Yuyaq. Das Spiegelbuch ist meine Verantwortung. Bitte hilf meiner Mutter.« Er senkte die Hand und blickte der Berggöttin ins Gesicht, unmittelbar in die eisblauen Augen, und obwohl er das Gefühl hatte, dass seine eigenen vor Sabancayas Helligkeit zerflossen, hielt er dem Blick stand, bis die Göttin selbst lächelte, behutsam über seine Augen strich und seinen Kopf zur Seite drehte.

Kleiner Yawar. Eiskristalle schienen von ihrer Stimme direkt über seine Seele zu perlen. *Ich wünschte, ich könnte und dürfte euch helfen. Doch den Fluch kann nur Mismi lösen. Und wenn ich mich nach dem, was geschehen ist, gegen ihn stelle, werdet ihr zwar vor seinem Zorn geschützt sein, aber nicht der Rest deines Dorfs, deines Tals.*

Yawar verstand – es war ein feingeschliffenes, steinschweres Verstehen, das er kaum ertrug. Wenn Sabancaya nichts tat, würde Mama sterben – und wenn Sabancaya doch etwas tat, würden andere sterben oder zumindest leiden. Er schauderte beim Gedanken an Mismis Boten, an den boshaften Blick der gelben Augen und den Blitz aus dem Nichts, der Mama getroffen hatte.

Sie flüsterte seinen Namen, heiser und verzweifelt.

Yawar drehte sich nicht zu ihr um. Er fand nicht die Kraft, Sabancaya noch einmal ins Antlitz zu sehen. Doch das musste er auch nicht. Alles, was es brauchte, waren Worte, die er laut und klar in der Höhle widerhallen ließ. »Wenn Mismi helfen kann, dann will ich mit Mismi sprechen«, sagte er so fest wie möglich, auch wenn sein Herz zum Zerspringen klopfte. »Mit ihm oder mit Usphasonqo.«

Stille legte sich über die Grotte.

Yawar reckte das Kinn. »Bring mich bitte zu ihm«, sprach er weiter. »Oder ruf ihn herbei.«

Er wartete ab und wappnete sich gegen Widerspruch; gegen die Einwände, die kommen mussten.

Stattdessen ertönte ein Lachen, spöttisch und schnarrend, zum dritten Mal an diesem Tag. Es strich über Yawar hinweg und brachte Dunkelheit mit.

»Ein wenig plaudern, kleiner Yuyaq?«, sagte Usphasonqo. »Mit dem größten Vergnügen.«

Peru

im 21. Jahrhundert

8.

Lima

Noch Jahre danach konnte Matteo die Fassungslosigkeit spüren, wie sie ihm ins Gesicht schnitt.

»London?«, fragte er. »Aber ... Was willst du da?«

Alessandra senkte den Blick und seufzte, als hätte sie den Widerspruch ihres Bruders bereits vorausgesehen. »Matteo, das ist eine super Uni. Dass ich das Stipendium bekommen habe ...«

Matteo setzte sich auf die Tischplatte und vergrub die Hände in den Taschen. »Ich wusste gar nicht, dass du dich da überhaupt beworben hast.«

»Ich hab mir wenig Chancen ausgerechnet«, murmelte Alessandra. »Wollte nicht die Pferde scheu machen.«

Für einen Moment schwiegen sie. Matteo starrte auf den dunkelblonden Haarschopf seiner Schwester.

»Wir wollten zusammen nach Berlin«, sagte er schließlich. Er gab sich keine Mühe, den Vorwurf in seiner Stimme zu verschleiern. »Du, Chiara, ich. Politik musst du nicht in London studieren!«

Jetzt schaute sie auf. »Verdammt, Matteo, was ist dein Problem?«

»Es ist verdammt weit weg. Wie oft wirst du nach Hause kommen, hm? Was aus den beiden wird«, er deutete mit dem Kopf in Richtung Fenster, ihre Eltern mussten unten im Garten sitzen, »das ist dir wohl ganz egal?«

»Sei nicht albern.« Alessandra stemmte die Fäuste in die Hüften. »Mama und Papa sind keine kleinen Kinder. Außerdem seid ihr doch noch da.«

»Du lässt uns im Stich«, sagte Matteo anklagend. »Uns alle. Nur, weil du was von der Welt sehen willst. Du wirst dein Stipendium in englischen Pubs verbraten, während Vater bis an sein Lebensende von seiner Italienreise träumt ...«

»Das ist lächerlich«, fauchte Alessandra. »Ich habe gute Noten. Ich habe mir das Stipendium verdient, und ich werde verdammt viel dafür tun müssen, damit ich es behalte. Wofür machst du mir Vorwürfe?«

»Ich werde mir mein Studium selbst verdienen«, antwortete Matteo trotzig. »Indem ich dafür arbeite. Und ich werde hierbleiben.«

Alessandra schaute ihn kopfschüttelnd an. »Du könntest dich wenigstens für mich freuen«, sagte sie leise.

»Da gibt es nichts zu freuen«, antwortete Matteo hart und glitt vom Tisch. Er spürte Alessandras traurigen Blick in seinem Rücken, als er das Zimmer verließ, und fragte sich, wer sich in den zwei Jahren, die er beim Bund verbracht hatte, mehr verändert hatte: er oder seine Schwester.

Als Malinka vor zweieinhalb Jahren das erste Mal in Peru gelandet war, hatte sie erwartet, im Landeanflug auf die Lichter von Lima zu blicken: ein funkelndes Lichtermeer in der Schwärze unter ihr.

Tatsächlich hatte sie nichts gesehen. Lima war gehüllt in einen nahezu ewigen Schleier aus Smog und Küstennebel, *garúa*, der das Sonnenlicht schluckte und auch die Lichter der Stadt.

Darauf war Malinka diesmal vorbereitet. Weniger vorbereitet war sie auf die Welle der Emotionen, die in ihr hochbrandete, als sie mit Matteo durch das Flughafengebäude lief, auf dem Weg zur Migrationsbehörde, wo sie das Visum in ihre Reisepässe gestempelt bekamen.

Sie war zurück. Sie war wieder hier. Die Freude brodelte in ihr, gleichzeitig war Malinka nervös und aufgeregt, und ein Teil von ihr hatte Angst.

Matteo sagte nichts, bis sie vor dem Flughafen standen und die Taxifahrer von Lima sie entdeckten.

»Taxi, Mister?«

»*¿Taxi? ¿Taxi?*«

»Weißt du denn jetzt ein gutes Hotel?«, fragte Matteo.

Er war skeptisch gewesen, als sie erklärt hatte, dass sie nichts vorab zu reservieren brauchten.

Einer der Taxifahrer, die um sie herumschwirrten, hatte das Wort *Hotel* aufgeschnappt.

»Hotel, *amigos*? Ich weiß da etwas für euch. Das schönste Hotel von Lima!«

Malinka stieß verächtlich die Luft aus und wedelte demonstrativ mit ihrem Reiseführer. »Danke, wir kommen klar.«

Der Taxifahrer musterte sie. »Direkt im Zentrum, *señorita*«, beharrte er. »Und sehr günstige Preise.«

Matteo stieß sie an. »Vielleicht steht es ja hier drin. Wie heißt es denn?«

»*Yanaphuru*«, sagte der Taxifahrer.

Sie wechselten einen Blick. Ihr Nicken kam gleichzeitig.

***

Das *Yanaphuru* lag zentral in der Altstadt in einem alten Kolonialhaus – umso merkwürdiger, dass es einen Quechua-Namen hatte, fand Malinka – und machte insgesamt einen angenehmen Eindruck. Weil es billiger war, nahmen sie ein Doppelzimmer.

»*Una matrimonial,* ein Doppelbett«, sagte die ältliche Frau an der Rezeption, als sei es eine Feststellung.

»*Dos camas.* Zwei Betten«, entgegnete Malinka schnell.

Das Zimmer war überraschend groß, hatte hohe Decken und breite Betten mit weichen Matratzen. Während Matteo im Badezimmer verschwand, stellte Malinka ihre Sachen am Fußende des linken Betts ab und unternahm einen ersten Streifzug durch das *Yanaphuru.* Der Name konnte kein Zufall sein. Sie musste einfach etwas finden, das ihnen weiterhalf – auch wenn sie ehrlich gesagt gar nicht wusste, wonach sie suchte. Aber was diese Reise betraf, wusste sie ohnehin kaum etwas sicher. Nur dass Matteo sich die Geschichte mit dem Fluch nicht ausgedacht hatte – und dass sie selbst nichts so sehr wollte, wie das Geschichtenerzählen zurückzubekommen. Und dafür würde sie das Hotel bis unter den Dachboden auf den Kopf stellen, falls es nötig war.

Allein der erste Stock, in dem sich ihr Zimmer befand, überforderte sie völlig.

Ein breiter Korridor mit Marmorfliesen führte um eine Ecke und verzweigte sich dort. Weiße, antik anmutende Statuen standen in allen Winkeln, fast deckenhohe Gemälde in dunklen Farben bedeckten die Wände, und riesige Topfpflanzen erzeugten hier und da ein fast dschungelhaftes Flair. Hier führte eine breite Steintreppe ein Stockwerk weiter nach oben, dort eine hölzerne Wendeltreppe. Der Gang gabelte sich, führte ein paar Stufen nach unten und wieder nach oben, und nach einer halben Stunde wurde Malinka klar, dass sie sich rettungslos verlaufen hatte. Hinzu kam, dass die Zimmer keineswegs logisch beschriftet waren; die 123 befand sich neben der 117, schräg gegenüber die 135.

Insgesamt, dachte Malinka, *passt der Ort ganz gut zu unserem skurrilen Unternehmen.*

Dann bog sie um eine weitere Ecke und prallte zurück.

Vor ihr hing ein Gemälde, das die Wand in ihrer gesamten Breite einnahm und mindestens zwei Meter hoch sein musste. Darin allein unterschied es sich noch nicht von den anderen Bildern, die sie bis jetzt gesehen hatte.

Was Malinka frösteln ließ, war das Bild selbst.

Eine karge Berglandschaft, rötlich schimmernde Felsen. Ein Himmel aus grau wallenden Wolken nahm den gesamten Hintergrund ein. Die Sonne war als ein hellgrauer Kreis inmitten der Wolken angedeutet, sodass es schien, als leuchteten an dieser Stelle wirklich schwache Strahlen durch das Grau der Leinwand. Am Horizont zeichneten sich schneebedeckte Berggipfel ab.

Im Vordergrund rechts stand ein Mann im Profil, und es war sein Anblick, der Malinka die Kehle zuschnürte. Er war hager und hochgewachsen, in einen langen schwarzen Mantel gehüllt, und um seine Schultern lag ein weißer Schal. In den Händen hielt er eine schwarze Feder.

Er stand am Rand des Felsens, einen Fuß auf einem höher gelagerten Vorsprung, und blickte nachdenklich hinüber zu der bleichen Sonne.

Es gab nicht den geringsten Zweifel: Das Bild zeigte Garcilaso.

***

Matteo saß mit dem Reiseführer in der Hand auf dem Bett, als Malinka von ihrem Erkundungsgang zurückkam.

»Na, verlaufen?«, fragte er, ohne aufzusehen, und hoffentlich ohne zu ahnen, wie richtig er damit lag: Sie hatte letztendlich den Schildern zum Notausgang folgen müssen und war um den halben Block gelaufen, um das Hotel durch den Vordereingang wieder zu betreten. Aber das wollte sie ihm jetzt nicht erzählen.

»Da ist ein Bild von Garcilaso«, sagte sie.

Matteo ließ das Buch sinken. »Wie jetzt?«

»Hier auf der Etage. Wirklich. Garcilaso mit einer schwarzen Feder in der Hand.«

»Der Garcilaso, von dem du geträumt hast?«

»Und du vermutlich auch.«

»Wo?«

Sie zuckte hilflos mit den Schultern. »Such einfach. Ist alles ein bisschen verwinkelt hier. Ich muss jetzt auch erstmal duschen.«

»Warmes Wasser scheint hier ein Fremdwort zu sein.«

»*Ni modo*«, seufzte Malinka und begann, im Gepäck nach frischen Sachen zu kramen.

Sie duschte lange unter dem lauwarmen Strahl, wusch sich die Haare und wickelte sich in das flauschige Handtuch, das im Bad bereitlag. Keinen Moment lang ging ihr Garcilasos Bild aus dem Kopf. Er sah wirklich haargenau aus wie der Mann, den sie im Traum auf dem Puente Bolognesi getroffen hatte, immer und immer wieder. Das allein hätte Malinka vielleicht noch zu erklären vermocht. Vielleicht hatte sie das

Bild vorher einmal gesehen, unbewusst. Aber Matteo hatte wohl auch von ihm geträumt. Hinzu kam die schwarze Feder, die der Mann auf dem Bild in der Hand hielt. Schwarze Feder, *yanaphuru.* Unbehagen machte sich in Malinkas Magengrube breit. Die Zufälle häuften sich, und im Grunde ahnte sie, dass es keine sein konnten.

»*Frag nach mir. Ich bin Garcilaso*«, kam ihr der Satz in den Sinn, den der Fremde in ihrem Traum gesagt hatte. *Fragen.* War das eine Möglichkeit?

Mit noch feuchten Haaren stieg sie die Stufen zur Rezeption hinunter. »Entschuldigung?«

Die Frau am Tresen sah auf. Sie hatte schmale Lippen, das Haar war zu einem festen schwarzen Dutt zusammengebunden. Mit einem knappen Nicken bedeutete sie Malinka zu sprechen.

»Kennen Sie jemanden namens Garcilaso?«

»*El Inca* Garcilaso«, sagte die Frau knapp, aber nicht unfreundlich. »Haben Sie schon von ihm gehört?«

Malinka unterdrückte den Impuls, sich mit der flachen Hand vor die Stirn zu schlagen. »Garcilaso de la Vega.«

»Genau.« Der Hauch eines Lächelns huschte über die Züge der Rezeptionistin. »Was wollen Sie über ihn wissen?«

»Eigentlich suche ich einen anderen Garcilaso. Einen Herrn, der … lebendig ist.« Mit brennenden Wangen fügte sie hinzu: »Er hat mir gesagt, ich solle nach ihm fragen.«

»Hier?«, erwiderte die Rezeptionistin.

Malinka antwortete mit einem bewusst mehrdeutigen Schulterzucken.

Als Reaktion beugte sich die Frau wieder über ihre Papiere.

Malinka wartete einen Moment, aber ihr Gegenüber sah nicht wieder auf. »Es ist … ich habe im ersten Stock ein Bild von ihm gesehen, also eines mit einem Mann, der so aussieht wie er.«

Die Rezeptionistin gab ein kurzes, grummelndes Geräusch von sich.

»Ein Mann in einem langen schwarzen Mantel, der auf einem Felsen steht …«

»*Señorita*«, sagte die Frau und sah nun doch wieder auf, »so ein Bild gibt es bei uns nicht, definitiv nicht. Ich bin seit fünfundzwanzig Jahren hier im Haus und weiß das.«

»Aber ich habe es gesehen«, sagte Malinka hilflos.

Die Frau nahm einen Zettel und begann zu schreiben. »Gehen Sie dorthin und kaufen Sie Garcilasos Werke, vielleicht hilft Ihnen das. Es ist der einzige Garcilaso, den ich kenne. Und was Ihren Mann auf dem Felsen betrifft, das einzige Bild, das wir in der Richtung haben, ist *Der Kondor auf dem Felsen.* Sie müssen sich also geirrt haben. Bitte.« Sie reichte Malinka den Zettel, auf dem sie in sauberer Handschrift eine Adresse notiert hatte.

»Danke«, murmelte Malinka und wandte sich zum Gehen. Dann fiel ihr noch etwas ein. »*Yanaphuru* ist die schwarze Feder, nicht wahr? Warum heißt das Hotel denn so?«

»Schauen Sie den Kondor an«, erwiderte die Frau, ohne aufzusehen.

Matteo war noch nicht zurück, als Malinka wieder ins Zimmer kam, also nahm sie den Reiseführer und begann fieberhaft zu blättern. Garcilaso Inca de la Vega, den hätte sie eigentlich im Hinterkopf haben müssen, sobald sie den Namen hörte. Sie fand ein kleines Infokästchen und überflog den Inhalt: 1539 bis 1616, geboren in Cusco, gestorben in Córdoba, die Mutter war eine Nichte des letzten Inkas. Garcilaso war irgendwann nach Spanien gegangen und nie wieder nach Peru zurückgekehrt, hatte aber aus dem Gedächtnis seine Chronik über die Inka geschrieben: *Comentarios Reales de los Incas.*

Dann suchte Malinka die Adresse, die ihr die Frau gegeben hatte, auf dem Stadtplan; altmodisch analog, weil ihr Handy am hoteleigenen WLAN hartnäckig scheiterte.

Die Buchhandlung – wenn es denn eine war – lag nur wenige Straßen vom Hotel entfernt. Malinka prägte sich den Weg ein, kramte das blaue Buch hervor und blätterte darin. Eigentlich wollte sie nur einen Blick auf die Karte von Lima werfen, aber ein paar Seiten vorher blieb ihr Blick auf einer

Seite hängen, die mit engen Schriftzeichen bedeckt war. Noch vor wenigen Nächten hatte Malinka grübelnd darüber gesessen und höchstens einzelne Buchstaben erraten können. Jetzt aber sprangen ihr die Worte beinahe glasklar entgegen: *Atahualpa, como se ha dicho, fue de buen ingenio y muy agudo ... Atahualpa, wie bereits gesagt, war von scharfem Verstande ...*

Malinka straffte sich. Auf den ersten Blick schienen die Buchstaben noch immer zu verschnörkelt, um sie zu entziffern, aber es war, als habe sie jetzt einen Weg durch den Dschungel aus feinen Tintenlinien gefunden; als blicke sie nun in einem anderen Winkel auf die Worte – oder als seien diese nun damit einverstanden, gelesen zu werden. Wort um Wort glitt sie über die Seite und zuckte zusammen, als die Tür aufging.

»Ich hab das Bild nicht gefunden«, sagte Matteo. Er wirkte blasser als sonst. »Was machst du?«

»Lesen«, antwortete sie und fasste in wenigen Worten ihr Gespräch mit der Rezeptionistin zusammen.

»Meinst du, das ist eine Spur?«

»Ich weiß es nicht. Versuchen kann man es. Und die Frau meinte, dass es nur ein Bild mit einem Kondor gibt. Wenn ich sie richtig verstanden habe, dann heißt das Hotel *Yanaphuru,* weil ...«

»... Kondore schwarze Federn haben.«

Malinka nickte.

»Und was liest du da jetzt?« Er deutete auf das Buch.

»Keine Ahnung, was das genau ist, aber pass mal auf. Es geht um Atahualpa, den letzten Inka. Der wurde von Pizarro gefangen genommen ...«

»Jaja, soweit geht meine Schulbildung grade noch. War das nicht die Sache mit dem Zimmer voller Gold? Die Inka schleppten alle möglichen Schätze als Lösegeld heran, und am Ende hat Pizarro ihn trotzdem abgemurkst.«

»Genauso war's. Das hier ist eine Anekdote aus Atahualpas Gefangenschaft. Atahualpa beobachtet die Männer, die ihn umgeben, und stellt fest, dass sie lesen und schreiben können. Er glaubt, dass diese Fähigkeiten angeboren sind, und um das zu überprüfen, lässt er sich von einem der Soldaten das Wort *Gott* auf den Finger schreiben.«

»Was auch sonst.« Matteo verdrehte die Augen.

»Er lässt sich das dann vorlesen, und zwar von jedem Spanier, der zu ihm kommt. Schließlich erscheint auch Francisco Pizarro. Und der kann es nicht lesen.«

»Wie jetzt?«

»Francisco Pizarro konnte nicht lesen. Ehrlich nicht. Es gibt da ja auch die Geschichte, dass er der Sohn eines Schweinehirten war und nur deshalb in die Neue Welt gekommen ist, weil ihm ein Schwein ausgebüxt ist und er Angst vor der Strafe hatte.«

»Das steht da?«, fragte Matteo mit hochgezogenen Augenbrauen.

»Nein, das nicht, das hab ich mal woanders gelesen – dürfte auch nicht komplett akkurat sein. Hier steht jedenfalls: Pizarro konnte das Wort nicht lesen, und auf diese Weise merkte Atahualpa, dass das Lesen nichts Angeborenes war, sondern etwas Erlerntes. Und von da an hatte er eine schlechtere Meinung von Pizarro, weil nach der Moral der Inka ein Herrscher seinen Untertanen in diesen erlernbaren Fähigkeiten voraus sein musste.«

Matteo wartete einen Moment. »Mehr steht da nicht?«

»Das ist alles. Nur diese Seite hier. Und jetzt?«

»Ich habe Hunger und brauche frische Luft.«

»Ich bin ganz deiner Meinung.«

***

Sie spazierten durch die schmalen, aber lebhaft befahrenen Straßen von Limas Altstadt, bis sie auf die Plaza Mayor gelangten. Malinka zeigte Matteo die Kathedrale mit ihren zwei Türmen und der eher schlicht verzierten Fassade, die einen Stilmix über mehrere Jahrhunderte verriet, und den gedrungenen Regierungspalast, der hinter einem hohen dunklen Zaun etwas nach hinten versetzt lag. Dann bogen sie in den Jirón de la

Unión ein, eine Fußgängerzone, die auch um diese Uhrzeit noch belebt war, verließen aber das Treiben aus Touristen und gut situierten Einheimischen an der nächsten Querstraße und verloren sich im Gassengewirr, bis Matteo vor einem kleinen Lokal haltmachte. Von draußen konnten sie den Koch sehen, der in einem Wok Nudeln und Gemüse brutzelte.

»Keinen Schritt weiter«, sagte Matteo. »Ich brauch jetzt was zu essen, was auch immer es hier gibt.«

Malinka hätte noch stundenlang durch die Stadt streifen können, andererseits forderte auch ihr Magen sein Recht ein. »Ein Chifa«, sagte sie. »Chinesisches Essen mit andinem Einfluss. Guter Einstieg.«

Sie nahmen an einem der Tische Platz, und ein eilfertiger Kellner erkundigte sich nach ihren Wünschen. Malinka bestellte ohne zu zögern *Lomo saltado*: geschnetzeltes Fleisch mit Zwiebeln, Tomaten und Kartoffeln. Matteo entschied sich nach kurzem Überlegen, ihrem Beispiel zu folgen.

»Mit Chifa machst du nie was verkehrt. Es ist immer gut, günstig und reichlich«, erklärte Malinka, nachdem sie noch *Chicha morada* bestellt hatte.

Matteo schaute sich aufmerksam um, bis der Kellner den Krug und zwei Gläser brachte; dann betrachtete er das dunkle Getränk skeptisch.

»*Chicha morada.* Aus lila Mais hergestellt.«

Er zog die Augenbrauen hoch, schenkte sich ein und kostete vorsichtig. Dann nickte er. »Nicht der Brüller, aber in Ordnung. Okay, jetzt sag doch mal: Du scheinst sämtliche Fachliteratur zu diesem Land verschluckt zu haben und strahlst bis über beide Ohren, wenn du was über Inka und Co. erzählen darfst. Wie bist du auf Peru gekommen?«

Er war nicht der Erste, der ihr diese Frage stellte. Malinka nahm einen Schluck *Chicha morada* und überlegte. Schließlich begann sie, von der CD mit andiner Musik zu erzählen, die sie vor Jahren in der Sammlung ihrer Mutter gefunden hatte; Panflöten und Charangos, Saiteninstrumente, die wie kleine Gitarren aussahen und früher aus Gürteltierpanzern hergestellt worden waren …

»Buch verschluckt, ich sag's ja«, unterbrach Matteo lakonisch.

Wie auch immer: Atemberaubend schöne Musik, die in Malinka sofort Bilder von kristallklaren Bergquellen, schneebedeckten Gipfeln und der gelblichen Weite des Altiplano geweckt hatten, auch wenn sie erst viel später feststellte, wie nah an der Wirklichkeit diese Bilder waren. Die Musik war das erste Fenster zu diesem fremden Land gewesen, und auch das zur spanischen Sprache. Und dann hatte Malinka wirklich angefangen, Bücher zu verschlingen, vom Reiseführer bis zur historischen Abhandlung, alles, was sie über Peru in die Finger bekommen konnte. Auf diese Weise hatte sie sich mehr und mehr in das Land verliebt. Es war klar, dass sie sich an der Universität für Archäologie mit Schwerpunkt auf Altamerika entschied, und es war ebenso klar gewesen, dass sie ein Auslandsjahr in Peru verbringen musste.

Lange hatte sie mit dem Gedanken gespielt, nach Lima zu gehen, oder vielleicht nach Cusco, dem Herz des alten Inkareiches. Am Ende war sie woanders gelandet: in Arequipa. Die stolze Kolonialstadt lag siebzehn Busstunden südlich von Lima am Fuße dreier schneebedeckter Vulkane, aus deren weißem Tuffstein die wichtigsten Gebäude der Stadt errichtet waren; ein Traum unter einem ewig blauen Himmel.

Matteo verdrehte leicht die Augen, sagte aber nichts. Das Essen war mittlerweile gekommen, wahre Berge von Fleisch und Reis auf länglichen Tellern.

Arequipa war die ewige Konkurrentin Limas. Man war dort nicht gut auf die Limeños zu sprechen, und diese sagten den Arequipeños umgekehrt nach, sie seien arrogant und hitzköpfig.

»Und was reizt dich an dem Land?«, fragte Matteo zwischen zwei Bissen. »Die glorreiche Inkageschichte? Die krasse Schere zwischen Arm und Reich? Die Kriminalität? Oder siehst du nur bunte Trachten und schöne Landschaft?«

»Kommt es dir so vor?«, gab Malinka scharf zurück.

»Ich frage mich nur, ob du nicht einen etwas zu romantisierten Blick hast. Ich habe andere Sachen darüber gelesen und gehört, die du überhaupt nicht erwähnst.«

»Was nicht heißt, dass ich darüber nichts weiß«, antwortete Malinka und hielt seinem Blick entschlossen stand. »Worüber willst du reden? Über die saukalten Andendörfer ohne Strom, ohne Telefon, ohne fließend Wasser? Oder über den Terrorismus? Die Massaker in den achtziger Jahren? Über den Rassismus? Peru ist kein Paradies. Das habe ich aber auch nicht behauptet. Wenn du alles so viel besser weißt, hättest du auch allein herkommen können.«

»Ich hab vielleicht keine Tonnen von Geschichtsbüchern gefressen, aber ich hab Ahnung von Politik und Gesellschaft. Und ich glaub nicht an Postkartenidylle, dass das mal klar ist.«

»Postkartenidyll? Nur, weil mich auch das Schöne hier fasziniert, heißt das nicht …«

»Faszinierend, ja, für jemanden, der weiße Haut hat und genug Geld in den Taschen.«

Sie bedachte ihn mit einem finsteren Blick. »Willst du Streit, oder was soll das jetzt?«

»Streit? Ich stelle nur Fragen. Ich dachte, du hättest seit damals dazugelernt.«

»*Ich* für meinen Teil habe das«, fauchte Malinka und funkelte ihn an. »Und eins sag ich dir: Ich weiß, worauf du hinauswillst. Ich weiß sehr gut, was hinter dem Postkartenidyll steckt, wenn du es so nennen willst. Allein, dass wir dieses Land so einfach bereisen, uns Hotels und Bustickets und alles leisten können, ist ein verdammtes Privileg.« Sie blickte auf ihren Teller. »In Ayacucho hab ich einen Museumswärter getroffen. Der sagte zu mir: *Du hast so schöne weiße Haut. Ich wäre auch gerne weiß*. Und kratzte mit den Nägeln auf seinem Arm herum, sodass ein paar helle Stellen entstanden.«

»Und was unternimmst du dagegen?«, fragte Matteo provokativ. »Du liest alte Bücher und lernst alte Sprachen, die heute keiner mehr …«

»Moment!«, fiel sie ihm ins Wort. »Quechua ist eine lebendige Sprache. Es ist sogar offizielle Landessprache neben Spanisch.«

»Ja, und merkt man das irgendwo?«

»Das ist eines der Probleme«, sagte sie und schob ihren fast leeren Teller beiseite. »Ich könnte dir jetzt was über die Gesetze zu zweisprachiger Erziehung und so weiter erzählen, aber das würdest du eh nur wieder abtun mit: Ach, du hast ja ein Buch verschluckt. Glaubst du, ich habe Quechua gelernt, damit ich komische Rätsel in verfluchten Büchern lösen kann? Es ist eine wunderschöne Sprache, aber viele hier schämen sich dafür. Sie können es nicht glauben, wenn ein *gringo* ankommt und sich dafür begeistert. Das ist nur ein kleiner Punkt, aber da fängt es an. Hier gibt's eine Menge Probleme, bild dir nicht ein, dass ich das nicht bemerke. Ich kenne dieses Land, Matteo. Und gerade darum liebe ich es.«

Matteo erwiderte nichts mehr. Er aß in aller Ruhe seinen Teller leer und schwieg so demonstrativ, dass Malinka sein Schweigen wie eine Wand zwischen ihnen aufragen sah. Sie schob die letzten einsamen Reiskörner auf ihrem Teller hin und her und schwieg ebenfalls.

»Okay. Gut«, sagte Matteo schließlich. Er leerte sein *chicha*-Glas, gähnte und fragte: »Und was machen wir als Nächstes? Gehen wir morgen in diese Buchhandlung? Vielleicht hilft uns das mit Garcilaso.«

»Du bist doch gegen Bücherschlucken«, sagte sie spitz.

»Jetzt bist du es, die Streit sucht.«

Malinka schluckte. Dann atmete sie tief durch. »Wir sollten da hingehen. Sie ist auch nicht weit vom Hotel, man muss nur über den Fluss. Cajamarca heißt die Straße.«

Matteo nickte. »Gut. Dann machen wir das morgen. Aber viel weiter sind wir noch immer nicht, außer, dass die schwarzen Federn was mit dem Kondor zu tun haben könnten und Garcilaso etwas mit einem Dichter aus dem sechzehnten Jahrhundert.«

Malinka dachte an die Anekdote aus dem kleinen Buch. »Vielleicht war das von Garcilaso«, sagte sie laut. Matteo schaute verwirrt, und sie fügte hinzu: »Die Geschichte mit Atahualpa in Gefangenschaft.«

»Das kriegen wir morgen raus. Übrigens musst du mir das Bild noch zeigen. Ich hab mich zwar in dem Gewirr von Gängen verlaufen und musste letztendlich beim Notausgang raus, um … was gibt's denn da zu lachen?«

»Ehrlich jetzt? Du musstest den *Notausgang* nehmen?«

»Hätte ich's mal nicht erzählt. Hör auf zu gackern.«

»Gut, also suchen wir morgen das Bild. Vielleicht gibt's in der Buchhandlung auch was zu Kunstgeschichte.«

Sie bezahlten und machten sich auf den Rückweg.

Als sie im *Yanaphuru* ankamen, war die Rezeption nicht besetzt. Schlagartig spürte Malinka die ganze Anstrengung des Fluges wie Blei auf sich lasten. Matteo ließ sich nichts anmerken, aber sie vermutete, dass es ihm ähnlich ging.

Sie glaubte schon, dass sie an diesem Abend kein weiteres Wort mehr wechseln würden, doch als sie sich bereits in ihre Decke gekuschelt und auf die Seite gedreht hatte, kam plötzlich seine Stimme aus der Dunkelheit.

»Wo war das eigentlich, mit Atahualpa und dem Lösegeld? In Cusco, oder?«

»Nein. In Cajamarca.«

Schweigen. Dann sagte Matteo: »Das hatten wir heut schon mal.«

»Cajamarca? Wann denn?«

»Ich denk grad nach. Aber ich hab das Wort heute schon gehört.«

Malinka gähnte. »Sag mir morgen Bescheid, wenn es dir einfällt.«

Sie war fast eingeschlafen, als sie Matteo noch einmal hörte. »Dein Buchladen. Der ist in der Straße namens Cajamarca.«

***

Sie erwachte ohne jedes Zeitgefühl. Die beiden Fenster des Zimmers gingen – so kurios es war – lediglich auf den Gang, sodass nur gleichförmiges Halbdunkel ins Zimmer fiel. Aus dem Bad drang allerdings Wasserrauschen, Matteo war bereits wach.

Für einen Moment kuschelte Malinka sich erneut ein. Sie hatte wirr geträumt, von den Gängen des Hotels, aus denen es kein Entkommen gab, von Tonnen voll schwarzer Federn, die ein Zimmer bis zu einer bestimmten Linie füllen mussten, und von Garcilaso, den sie durch die Korridore des Hotels verfolgte und zugleich von ihm verfolgt wurde.

Als die Badezimmertür sich öffnete, setzte Malinka sich seufzend auf.

»Wie spät ist es denn?«, murmelte sie und rieb sich die Augen.

»Halb sieben«, sagte Matteo.

Sie unterdrückte ein Gähnen. »Das ist doch keine Zeit.«

»He, wir haben viel vor. Raus aus den Federn.«

Malinka tappte ins Badezimmer. Als sie, um einiges frischer und wacher, wieder nach draußen kam, las Matteo stirnrunzelnd im Reiseführer. »Cajamarca ist elend weit weg ...«

»Alles in Peru ist elend weit weg. Du willst nach Cajamarca?«

»Vielleicht müssen wir dahin.«

Sie begann, ein paar Sachen in ihre Umhängetasche zu sammeln. »Wollen wir frühstücken gehen oder erst das Bild angucken?«

»Das Bild *suchen«*, sagte Matteo. »Ob wir es finden und angucken, ist eine andere Frage.«

Auf dem Weg über den marmornen Korridor versuchte Malinka sich zu erinnern, welche Abzweigungen sie am Vortag genommen hatte. Alles kam ihr bekannt vor, aber waren sie deshalb auf dem richtigen Weg? War sie an dieser Statue erst auf dem Weg zum Ausgang vorbeigekommen, oder war es eine andere?

Sie begann schon, an ihrer eigenen Erinnerung zu zweifeln, als sie um eine Ecke bogen und Matteo wie angewurzelt stehen blieb.

»Da ist ...«, begann Malinka enthusiastisch, brach ab und ließ ihre zum Zeigen ausgestreckte Hand in der Luft erstarren.

Es war das Bild, auf dem sie gestern Garcilaso gesehen hatte – und auch wieder nicht. Die Felsen, der graue Himmel, die Berge und die angedeutete Sonne hinter der Wolkenwand waren da. Nur dort, wo gestern ein Mann im schwarzen Mantel gestanden hatte, saß heute ein majestätischer Kondor mit geöffneten Schwingen und blickte übers Land.

»Das kann nicht sein! Gestern war da kein Kondor!«, sagte sie hilflos und spürte Matteos skeptischen Blick.

»Na ja, du warst vielleicht müde«, meinte er.

»Jetzt fängst du auch noch an. Die Frau an der Rezeption sagte auch, ich hätte mich bestimmt geirrt. Aber ich kann doch noch einen Menschen von einem Kondor unterscheiden.«

Matteo machte einen Schritt auf das Gemälde zu, kniff die Augen zusammen und betrachtete es eingehend. »Das sieht nicht aus, als wäre hier jemals was anderes gewesen …«

Er legte den Kopf schief, ging wieder einen Schritt zurück, starrte weiter auf das Bild, hob schließlich die Schultern und wandte sich zum Gehen.

Und dann sah sie ihn plötzlich zusammenzucken und wieder herumfahren, das gleiche Spiel wiederholen und sie schließlich mit einem seltsamen, fast ratlosen Gesichtsausdruck anschauen.

»Was ist?«

»Vielleicht hattest du doch recht, oder mir bekommt die Zeitumstellung nicht. Als ich mich umgedreht habe, war da sowas wie eine Bewegung aus dem Augenwinkel … Die Gestalt hat sich verändert. Vielleicht bin ich schon so weit, dass ich es mir einbilde. Aber es sah aus, als wäre da plötzlich ein Mensch.«

Malinka blickte wieder auf das Gemälde, wo der Kondor ungerührt von seinem Felsen herunterstarrte.

Plötzlich fiel ihr etwas Kleines, Schwarzes auf dem Boden vor dem Rahmen auf. Sie bückte sich danach und schluckte. »Schau mal«, sagte sie und hielt es Matteo hin: eine kleine schwarze Feder. »Wir müssen fragen, wer das gemalt hat!«

Matteo nickte. »Und außerdem müssen wir endlich frühstücken. Also los.«

Sie gingen den Gang zurück, den sie gekommen waren, und blieben an der ersten Abzweigung stehen.

»Na, was ist? Du fandest das doch gestern so lustig mit dem Notausgang. Jetzt zeig mir mal deine Orientierung.«

Malinka fühlte erneut ein Glucksen in sich aufsteigen. »Ich wollte dir das ja eigentlich gar nicht erzählen, aber gut: Ich musste auch den Notausgang suchen.«

Matteo lachte nicht – Matteo lachte ja nie. Aber im Weitergehen sah sie trotzdem, wie sich seine Mundwinkel belustigt kräuselten.

Peru

um ca. 1757

9.

Chakana

Andenkreuz

Der *mallku* trat aus den Schatten und schien sie zugleich mit sich zu ziehen wie einen Schleier. Seine Augen glühten im Halbdunkel.

Du hast meine Schwelle rasch überschritten, Usphasonqo, sagte Sabancaya, jede Silbe geschliffener Eiskristall.

»Ah, Sabancaya, Herrin mit dem Charme eines hungrigen Berglöwen.« Der *mallku* lachte heiser. »Da eile ich auf den Ruf eines unartigen Menschenkinds diensteifrig herbei, und du willst mir meine Beflissenheit vorwerfen?«

Ein Grollen lief durch die Grotte; Yawar spürte den Boden unter seinen Füßen federn wie bei einem Erdstoß und blickte sich nach Sabancaya um. Seine Augen nahmen nun wirklich die Gestalt eines gewaltigen Pumas wahr, mit silberweißem Fell und eisblauen Augen, und einem Schwanz, der wie Schneewehen über den Kristallboden der Höhle peitschte.

Yawar machte einen Schritt nach vorn, obwohl er vor Usphasonqo lieber weit zurückgewichen wäre. Doch wenn es stimmte, dass seine Worte den *mallku* herbeigerufen hatten, musste er die Chance ergreifen. Er atmete tief durch und suchte Usphasonqos Blick. »Ich will, dass du den Fluch von meiner Mutter nimmst«, sagte er leise. »Du kannst ihn auf mich laden, wenn du das willst. Ich bin der Yuyaq. Ich bin für das Spiegelbuch verantwortlich. Also verdiene ich die Strafe dafür, dass es zerstört worden ist. Nicht meine Mutter.«

Usphasonqo lachte spöttisch. »Oho, sieh mal einer an, wir haben einen kleinen Helden unter uns! Wahrhaftig, deine Mutter hat dich mehr als gut erzogen.« Er schnaubte. »Was soll aus dir nur werden, ein strahlender Ritter? Werter Priester, du als Spanier kannst mir bestimmt auf die Sprünge helfen … Ich hörte von einer Buchgestalt aus deinem Land, einem gewissen Don Quijote?«

Padre Valentín zuckte zusammen, als der *mallku* sich an ihn wandte. Doch bevor er antworten konnte, richtete Usphasonqo seinen Blick schon wieder auf Yawar. »Ich frage mich auch, wie du der neue Yuyaq sein willst, jetzt, da es kein Spiegelbuch mehr gibt. Ohne Spiegelbuch haben die Geschichten keine Heimat. Ohne Spiegelbuch gibt es nichts zu hüten, Knabe Quijote.«

»Bist du nur hergekommen, um zu spotten?«, warf Yanaphuru mit Schärfe in der Stimme ein, legte Mama behutsam auf dem Boden ab und stellte sich schützend vor sie.

»Spotten?« Usphasonqo schnaubte erneut und schlenderte näher, bis er nur wenige Schritte vor Yawar stand. »Ich bin hier, um zu erinnern. Ich bin hier, um zu erklären.« Er sah Yawar direkt ins Gesicht. »Sie haben dir gar nichts erklärt, nicht wahr? Mein Herr ist es, der dem ersten Yuyaq sein Wissen und sein Können stiftete. Und es ist Mismi, bei dem der neue Yuyaq auf sein Amt eingeschworen wird. So ist es seit jeher gewesen.« Ein Aufblitzen in den gelben Augen. »Denn zu Mismis Füßen entspringt der Ucayali, der große Fluss, der sich wie eine Lebensader durch das Land zieht, der seinen Namen tausendfach wechselt wie auch die Geschichten. Geschichten mögen Flüsse. Sie sind einander sehr ähnlich. Und Mismi, der Hüter dieser Quelle, berief den ersten Yuyaq. Der Yuyaq kam zu ihm, über Küste, Hochland und Regenwald, er brachte die Geschichten mit sich, die ihm folgten wie eine Herde von Vicuñas, die Vertrauen gefasst hatten. Seitdem trug das Spiegelbuch Mismis Schutz und seinen Segen. Und wer es wagt, sich den Worten entgegenzustellen, wer es wagt, die Geschichten zu leugnen, ihnen ihre Heimat zu nehmen …« Er hielt inne und ließ den Blick zu Mama schweifen, grinste boshaft, bevor er fortfuhr: »… der muss damit rechnen, dass sie ihn von innen her auffressen.«

Yawar schluckte schwer. »Aber es muss einen Weg geben, das in Ordnung zu bringen.« Er zwang die Worte nach draußen, obwohl sie sich hinter schützendem Schweigen verkriechen wollten. »Wenn es keinen gäbe, wärst du sicher nicht hergekommen.«

»Kluges Kind.« Ein Funken echter Anerkennung glomm in Usphasonqos Stimme. »Womöglich gibt es einen Weg, den Zorn meines Herrn zu besänftigen. Wenn ein neues Spiegelbuch geschaffen wird. Wenn der Yuyaq bereit ist, seines Amtes zu walten und die alten Geschichten und Wörter zu hüten, aber nicht zu verleugnen.«

Ein neues Spiegelbuch schaffen. Die Worte drückten die Hoffnung nieder, die sich so zaghaft in Yawar geregt hatte. Ratlos blickte er auf seine Finger, sah das Buch vor sich, das Mama zerstört hatte – der blaue Einband, die feinen Seiten. Wie sollte er je ein vergleichbares Kunstwerk schaffen? Woher auch nur das Papier nehmen, das Leder, den Leim?

Seine Verzagtheit schien Usphasonqo nicht zu entgehen. »Ah ja«, schnarrte der *mallku.* »Es ist keine kleine Aufgabe, die da auf dich wartet, wenn du sie denn annehmen willst. Und sie ist langwierig. Du wirst Jahre und Jahre des Lernens brauchen. Und wenn das Buch geschaffen ist, braucht es weitere Jahre, in denen du die Geschichten zähmst, wo immer du ihnen begegnest. Geschichten sind dazu da, erzählt zu werden. Sie sind Vicuñas, die frei im Hochland der Puna jagen, keine Lamaherde, die sich zwischen Dorfmauern drängen will. Doch ebenso wie Vicuñas sind sie auch scheu, und du wirst ihr Vertrauen gewinnen müssen.«

Yawars Mut sank weiter. Er mochte oft genug das Wispern der Geschichten aus Padre Valentíns Bücherzimmer gehört haben. Aber Geschichten zähmen … Er konnte sich nicht einmal vorstellen, wie das zugehen sollte. Und blieb ihm denn die Zeit, die all das benötigte? Unsicher sah er zu Mama, so still und fahl. *Ein zerbrochener Krug.* Allein der Gedanke zerriss ihn beinahe. »Und der Fluch?«, wisperte er, hoffte, dass Usphasonqo ihn hörte.

»Natürlich, der Fluch.« Wieder grinste der *mallku.* »Wie ungelegen, dass er deine Mutter verschlungen haben wird, lang bevor du dein Werk vollendet hast. Natürlich könnte ich ihn stattdessen auf dich lenken, mein

Junge … Dann hätten wir keinen Yuyaq mehr und auch kein Spiegelbuch. Ach herrje! Das wäre wahrhaft tragisch.«

»Hör auf damit«, fuhr Yanaphuru dazwischen. »Du führst etwas im Schilde. Sag es uns endlich.«

»Mein armer Bruder. Die Liebe hat dich ganz aufbrausend gemacht, will mir scheinen.« Usphasonqo schüttelte wie bedauernd den Kopf. »Also, wo war ich? Der zerstörerische Fluch, der nun einmal in die Welt gekommen ist. Was könnten wir dagegen nur tun?« Das Blitzen seiner Augen verriet Yawar zu deutlich, dass die Nachdenklichkeit nur gespielt war. »Nun … Da gäbe es eine Möglichkeit.«

Er streckte die Hand aus, und Yawar zuckte zurück, bevor er es verhindern konnte, sah Genugtuung in den gelben Augen aufflackern. Dann erkannte er, dass der *mallku* ihm etwas entgegenhielt. »Dies schickt mein Herr dir«, sagte Usphasonqo lauernd. »Schwarzer Stein aus seinem Inneren.«

Yawar sah genauer hin, was zwischen den klauenartigen Fingern des *mallkus* an einem Lederband baumelte: ein geschliffener Anhänger in der Form eines Andenkreuzes.

»Es gibt einen Brauch in diesem Tal«, fuhr der *mallku* fort und warf Padre Valentín einen vielsagenden Seitenblick zu. »Vielleicht kennst sogar du ihn, werter Priester? Denn du wirst wohl nicht behaupten wollen, dass der beste Schutz für diesen Jungen dein Gott mit dem Antlitz eines Holzkreuzes ist.«

Padre Valentín räusperte sich mit hörbarem Unbehagen. »Das würde ich nur zu gern tun«, murmelte er.

Usphasonqo lachte spöttisch auf und schloss die Faust um das Andenkreuz. »Jeder, der in diesem Tal geboren ist, hat einen Paten unter den *apus*. Und die Götter sind treu, was ihre Schutzbefohlenen betrifft.«

»Ich bin nicht hier geboren«, flüsterte Yawar, dachte an das Tal mit den Ginsterbüschen.

»Gewiss. Nichtsdestotrotz ist mein Herr bereit, dich unter seinen Schutz zu nehmen, Knabe Quijote. Ein Schutz, mächtig genug, um selbst einen Fluch von dir fernzuhalten.«

Yawar biss die Zähne zusammen. Usphasonqos Tonfall jagte ihm einen unangenehmen Schauer nach dem anderen über den Rücken. Noch war er nicht sicher, worauf der *mallku* hinauswollte, doch er ahnte, dass jede vermeintliche Lösung auch einen Haken haben würde.

»Wenn du dich solcherart unter Mismis Schutz stellst, könnte ich den Fluch lösen«, fuhr Usphasonqo fort. »Wenn Geschichten Vicuñas sind, dann sind Flüche streunende, hungrige Hunde. Ich kann ihn um dich herumstreichen lassen. Mit gebleckten Zähnen, immer auf der Suche nach … *Blut*. Dies ist doch dein Name, nicht wahr? Er würde dir folgen, ohne zuzubeißen, und deine Mutter wäre sicher.«

Yawar hielt dem Blick stand, entschlossen, sich nicht einschüchtern zu lassen. Sein Herz flatterte vor zaghafter Hoffnung. »Das ist nicht alles, oder?«

»Natürlich nicht.« Usphasonqo klang amüsiert. »Keine Gabe ohne Gegengabe. So funktioniert unsere Welt seit Göttergedenken. Ich stelle dich unter den Schutz meines Herrn, Knabe Quijote, und nehme den Fluch von deiner Mutter. Dies ist meine Gabe. Was ist deine Gegengabe? Du verlässt das Tal. Du gehst auf die Reise und bringst uns ein neues Spiegelbuch und all die Geschichten, die heute im Feuer zerstoben sind. Du verleugnest sie nicht. Du verschweigst sie nicht. Und du lässt dich von nichts, weder in dieser Welt noch in einer anderen, von deinem Ziel abbringen.«

Ein ersticktes Wimmern ließ Yawar herumfahren. Mama hatte sich aufgerichtet, so gut sie konnte, und streckte einen Arm nach ihm aus. Panik stand in ihren Augen. »Yawar«, wisperte sie flehend. »Du musst das nicht tun.«

Er presste die Lippen zusammen. Bis zum heutigen Tag hatte seine Mutter mit allem recht gehabt, was sie sagte. Aber dies, dies hier stimmte nicht. Er musste es tun, weil es keine andere Möglichkeit gab. Ihm blieb keine Wahl, als das Angebot des *mallkus* anzunehmen. Er konnte seine Mutter nicht dem Fluch überlassen. Und ohne den Schutz Mismis hatte es keinen Sinn, sich auf diese Mission zu begeben. Und da war noch etwas. Yawar spürte es in sich und schämte sich dafür, und als er Usphasonqos durchdringenden Blick auf sich fühlte, wusste er, dass der *mallku* ihn ganz genau durchschaute. Er wollte die Welt sehen. Die Welt, die seine Mutter auf ewig vor ihm hatte verstecken wollen, um ihn zu beschützen. Die Welt, die jenseits ihres Tals lag. Und er würde diese Welt sehen, wenn er seine Bestimmung annahm. Yanakachis Blick zeigte ihm, dass sie genau wusste, wie er sich entscheiden würde. Wie er sich entschieden hatte.

»*Mamay*«, wisperte er und stürzte in ihre Arme. Für einen Moment war alles, wie es immer gewesen war. Ihre liebevolle Umarmung, ihre Stimme, die beruhigende Worte flüsterte, auch wenn ihr Körper von trockenem Schluchzen geschüttelt wurde, ihr Geruch und das Kitzeln ihrer Haare an seinem Hals. Yawar weinte in den Stoff ihres Gewandes und stellte sich vor, dass alles um sie herum verschwunden sein würde, wenn er den Kopf wieder hob, dass alles sich als ein böser Traum entpuppte und ihr Leben weitergehen würde, wie es immer gewesen war. Mit einem Mal empfand er heftige Sehnsucht nach ihrer Hütte, nach dem Weg am Flussufer, nach Paqo und allem.

»Yawarchay.« Die Silben zitterten. »Bitte. Niemand kann dich zwingen. Ich will nicht, dass dir widerfährt, was deinem Vater passiert ist.«

Yawar schaute sie lange an und sah ihre Augen feucht glänzen. Sie ist so schön, dachte er, und so müde, so traurig. Er schloss seine Hand um ihre und zum allerersten Mal in seinem Leben fühlte er sich stärker als seine Mutter. »Niemand zwingt mich, *mamay*«, sagte er leise. »Es ist meine Entscheidung. Ich will es. Ich will lernen, wie ich das neue Spiegelbuch schaffen kann. Ich will die Geschichten suchen und ihr Hüter werden. Wenn die Zeichen sagen, dass ich der neue Yuyaq bin, dann will ich es sein.«

»Hört, hört«, ließ Usphasonqo sich schnarrend vernehmen.

Yawar drehte sich zu ihm um. Unter dem gehässigen Blick des *mallkus* schienen die letzten Tränen in seinen Augen zu trocknen.

»Das ist alles, was ich tun kann, nicht wahr? Ich bin der Yuyaq. Ich werde tun, was ich tun muss.« Er atmete tief durch und streckte die Hand aus, hoffte, dass der *mallku* seine Finger nicht zittern sah. »Gib mir das Andenkreuz.«

Hinter sich hörte Yawar seine Mutter erstickt wimmern.

»Yawar«, sagte Yanaphuru sanft. »Du weißt, was du da tust?«

Yawar nickte. Er nahm das Andenkreuz entgegen, spürte den schwarzen Stein glatt und kalt in seiner Hand liegen, und streifte sich das Lederband über den Kopf. Er hatte erwartet, dass er eine Veränderung fühlen würde, Schutz, Stärke, irgendetwas. Aber da war nichts.

»Sieh her, *apu* Mismi, mein mächtiger Herr«, intonierte Usphasonqo, und jede Spur von Sarkasmus war aus seiner Stimme verschwunden. »Dieser Junge ist von nun an dein Patenkind, dir anbefohlen zum Schutz. Und wie du ihm deinen Schutz gibst, so gibt er dir sein Leben. Wie du ihn schützt, so wird er dir dienen.«

Yawar senkte den Kopf und ließ die Worte auf sich wirken. Dann sah er auf. Usphasonqo vollführte eine beiläufige Handbewegung.

»Der Fluch, Knabe Quijote«, sagte er, nun wieder mit seiner alten Stimme, scharrend und gehässig, »wird dir von nun an auf dem Fuße folgen, wohin du auch gehst. Lass dich nicht beirren, wenn er dir deine Sohlen kitzelt. Dir kann nichts geschehen, solange du deinen Paten nicht verrätst. Mismi hält sein Wort.« Seine Augen verengten sich zu einem boshaften Grinsen. »Deiner Mutter wirst du freilich nicht mehr zu nah kommen dürfen, bis dein Werk vollendet ist; der Fluch könnte sonst wieder auf den Geschmack kommen.«

Yawar schluckte. Auch das war also Teil des Preises, den er zu zahlen hatte.

Mit einer ironischen Verbeugung lüpfte Usphasonqo kurz seinen Schlapphut. »Ich darf mich nun verabschieden. Es war ein großes Vergnügen. Mein Herr wird erfreut sein. Ach ja, ich vergaß. Vor Sonnenaufgang muss der Knabe Quijote zurück in der *Kay Pacha*, der Menschenwelt sein. Das ist schwer misszuverstehen, nicht wahr? Was hingegen seine Mutter betrifft, Herrin Sabancaya, so hast du freie Hand.«

Er glitt in die Schatten der Höhle davon, und Yawar spürte nun deutlicher als zuvor das Gewicht des Anhängers an seinem Hals. Das und den Fluch selbst: Im Glitzern der Kristalle ahnte er einen hellgrauen Schemen, lang und hager, der um ihn herumstrich, ihn augenlos fixierte.

Langsam drehte er sich zu den anderen um, sah als Erstes zu Mama, die auf dem Boden saß, noch immer erschöpft und grau im Gesicht, aber nicht mehr so kraftlos. Nur traurig sah sie aus, so unendlich traurig.

»Wo kann ich lernen, ein Spiegelbuch zu machen?« Seine Stimme erschreckte ihn. Sie klang fest, anders. Er fühlte sich erwachsen und gleichzeitig mehr Kind als je zuvor.

»Hier in den Dörfern gibt es keine Buchbinder«, sagte Yanaphuru. »Einen Meister kannst du nur in einer größeren Stadt finden.«

Mama blickte ihn angstvoll an. »Nicht Huamanga«, sagte sie tonlos. »Er darf nicht zurück nach Huamanga.«

Yanaphuru hockte sich neben sie und legte ihr einen Arm um die Schultern. »Ich glaube nicht, dass Huamanga der Ort ist, an den Yawar gehen sollte.«

»Ich weiß, wohin.« Padre Valentíns Stimme hatte an Bestimmtheit zurückgewonnen. »Ich weiß, wo der beste Buchbinder unseres Landes lebt. Schon jetzt ist er einer der Besten seines Fachs, und ich bin sicher, dass er in einigen Jahren über die Landesgrenzen hinweg berühmt sein wird. Ich habe mir ein Psalmenbuch von ihm anfertigen lassen. Etwas Schöneres habe ich nie in den Händen gehalten. Sein Name ist Elisendo Goyeneche, und er lebt in Arequipa.«

»Arequipa!« Yawar schlug sich mit der flachen Hand auf den Mund und dachte an das grünlederne Buch, das der Padre ihm einmal gezeigt hatte: Goyeneches Arbeit.

Er wusste, dass Arequipa nur wenige Tagesreisen entfernt lag, jenseits des Tales und eines hohen Passes. Es war näher als Huamanga oder Lima, und trotzdem ein unwirklicher Ort, den er nur aus den Erzählungen kannte, die er von Padre Valentín und von den Händlern auf dem Markt gehört hatte, die manchmal bis hinunter nach Arequipa gingen.

Die Weiße Stadt, so wurde sie genannt. Zu Füßen schneebedeckter Vulkane sollte Arequipa liegen, und unter seinem ewig blauen Himmel sollten prächtige Kirchen und Häuser aus feinstem weißen *sillar*-Gestein leuchten.

»Arequipa«, murmelte Yanakachi.

»Wenn es dir recht ist«, sagte Padre Valentín ernst, »werde ich mich um Yawar kümmern. Ich werde mit ihm nach Arequipa gehen und Elisendo Goyeneche aufsuchen. Mit meiner Fürbitte wird er gewiss einwilligen, den Jungen in die Lehre zu nehmen, sobald es möglich ist.«

Sie sah zu ihm hoch und versuchte sich aufzurappeln. Behutsam griff Yanaphuru nach ihrem Arm und half ihr, stützte sie sanft am Ellbogen, als sie endlich aufrecht stand. »Würdet Ihr wirklich ein Auge auf ihn haben?«, wisperte sie, und doch ahnte Yawar in ihren Worten einen Hauch ihrer alten Kraft und Entschlossenheit.

»Ich verspreche dir, dass ich alles tun will, was in meiner Macht steht, um ihn zu schützen«, erwiderte der Padre schlicht.

Mama schwieg für einen langen Moment. Ihr Blick wanderte zu Yawar, die Ahnung eines schmerzerfüllten Lächelns spielte um ihre Lippen. »Ich danke Euch, *tayta.*«

Yawar legte eine Hand auf das Andenkreuz um seinen Hals. Er wollte fragen, was aus Mama werden würde, wollte Yanaphuru bitten, sie nicht zu verlassen. Aber die Fragen ruhten steinschwer in seiner Seele und kamen nicht hervor.

Yanakachi. Sabancayas Gestalt war nirgends mehr zu sehen, doch ihre Stimme hallte von allen Höhlenwänden wider. *Der Fluch hat dich gezeichnet, aber ich werde dir meinen Schutz gewähren, damit du dich erholst.* Lichtschimmer durchdrang die Schatten, schwappte wellengleich an Yawars Zehenspitzen und zupfte an Padre Valentíns Kutte. *Ihr aber müsst fort. Die Sonne geht bald auf. Yanaphuru wird euch nach draußen führen, damit ihr euch auf den Weg machen könnt. Arequipa erwartet euch.*

Yanaphuru neigte bei diesen Worten den Kopf. Er löste sich von Mama, vorsichtig, als fürchte er, dass sie ohne seinen Halt wieder umfallen würde.

Padre Valentín lächelte müde. »Noch vor wenigen Stunden hätte ich nicht glauben wollen, dass es euresgleichen gibt, dass die alten Geschichten so wahrhaftig sein können. Yanakachi, du hast nicht alles verloren, wenn Yanaphuru an deiner Seite bleibt.« Ein Durchatmen, dann ließ der Priester den Blick schweifen, als ob er hoffte, Sabancaya noch einmal als greifbare Gestalt zu finden. »Herrin Sabancaya. Ich werde Euch nicht vergessen. Es gibt keinen Krieg zwischen Euch und meinem Gott.«

Ich werde dich auch nicht vergessen, rebellischer Priester. Sabancayas Lichtschimmer zog sich um Yawar zusammen. *Yawar, Menschenjunge. Deine Mutter wird bei mir sicher sein, solang sie es wünscht. Mein Bote steht an ihrer Seite. Du gib gut acht auf deinem Weg. Halte das Wort, das du deinem Paten gegeben hast. Solange du treu bist, solange wird sein Schutz dich begleiten.*

Yawar nickte. »Danke«, wisperte er.

Yanaphuru nahm seine Hand und schob etwas zwischen seine Finger. Yawar musste nicht nachsehen, was es war. »Ich glaube, dir ist eine Feder verbrannt«, sagte Yanaphuru und sah ihm in die Augen. »Bewahre diese hier auf. Sie wird dir helfen, wenn du einstmals beginnst, das neue Spiegelbuch zu schreiben. Du bist jung, Yawar. Du wirst Großes leisten.«

Yawar formte ein lautloses *Danke* mit seinen Lippen. Seine Stimme selbst hatte sich plötzlich tief in ihm verkrochen und zusammengerollt wie ein verängstigtes Tier, als habe es die Stärke von eben niemals gegeben.

Padre Valentín nahm ihn bei der Hand; ein letztes Mal sah Yawar seine Mutter an. Am liebsten hätte er sich losgerissen und erneut in ihre Arme geworfen, Mismis Andenkreuz auf den Boden geschmettert und alles widerrufen, was er gerade auf sich geladen hatte.

Aber es war unmöglich, das wusste er, und er wusste auch, dass sie ihren Abschied bereits genommen hatten. Der Schmerz schnürte ihm die Kehle zu und ließ ihn doch ahnen, dass er noch längst nicht begriffen hatte, was gerade geschah. Ihm war, als würde er sich an die Zukunft erinnern, die vor ihm lag, an das Aufschrecken in unruhigen Nächten, in denen ihm erst bewusst werden würde, dass er allein war.

Wie zuvor griff Padre Valentín nach Yanaphurus Poncho und zog Yawar sanft mit sich.

Er blickte nicht mehr zurück.

Peru

im 21. Jahrhundert

10.

Alte Geschichten

Wie bist du auf Politikwissenschaft gekommen?

Wer diese Frage stellte, wollte eine kurze Antwort, und meistens beließ es Matteo dabei. Doch die wahre Antwort war über Jahre in seinem Kopf herangewachsen, hatte an Form gewonnen mit jeder Enttäuschung, die die Welt für ihn bereithielt. Eine Litanei, eine Antwort, die er nie anders als in Gedanken gegeben hatte.

»Meine Eltern sind durch die Einheit völlig aus ihrer Bahn geworfen worden. Sie sind nie wieder auf die Füße gekommen. Wenn ich an meinen Vater denke, sehe ich ihn mit einer Bierflasche in der Hand. Und meine Mutter kenne ich nur frustriert. Nein, ich will kein Mitleid, und ich gehe auch nicht los, um zu rufen: Im Osten war alles besser.

Aber dieses System hier, das hasse ich. Ich hasse seine Zwänge und die Ungerechtigkeit. Damit bin ich sicher nicht allein, aber die anderen sind noch inkonsequenter, als ich es jemals sein könnte. Ich habe Marx und Lenin gelesen in einem Alter, da haben sich andere für Karl May und Astrid Lindgren begeistert. Aber ich mag keine Parolen, ich schlucke keine Ideologien. Wenn ich etwas gelernt habe in meinem Leben, dann ist es, immer skeptisch zu sein. Nichts hinzunehmen, wie es ist. Du kannst alles in Frage stellen. Die Welt ist so verdammt scheinheilig. Ich wusste das schon, als ich angefangen habe zu studieren, und ich habe im Studium nicht viel gelernt, was mir nicht vorher schon klar gewesen wäre.

Warum Politikwissenschaft? Weil ich Biochemie oder Maschinenbau nicht interessant genug fand, Psychologie zu blasiert, Soziologie zu naiv, alles andere zu weltfremd.«

Weltfremd.

Er war so sicher gewesen, dass Malinka genau das war.

Lima war groß, viel zu groß für Matteos Geschmack, auch wenn die Altstadt mit ihren kolonialen Bauten beinahe gemütlich wirkte. Auf den Straßen der Stadt lieferten sich öffentliche Kleinbusse – *combis,* sagte Malinka – erbitterte Wettrennen mit zahllosen Taxis. Straßenverkäufer boten in Bauchläden oder auf kleinen Wagen Süßigkeiten und Getränke an, und aus jedem Geschäft dröhnte andere Musik. Alles in allem wurde Matteo auf jedem Schritt daran erinnert, dass er sich in Südamerika befand – Neuland für ihn.

Malinka hatte ihm geraten, gerade in Lima besonders auf seine Sachen aufzupassen, und obwohl er sich davon nicht verrückt machen lassen wollte, fühlte er sich doch leicht nervös, während er ihr durch die belebten Straßen der Hauptstadt folgte.

»Hier scheint es zu sein«, sagte Malinka. Sie blieben vor der schmalen, hohen Holztür stehen, die nach innen geöffnet war und den Blick auf einen großen und hellen Raum freigab.

Sie traten ein. An den Wänden bogen sich die Regalbretter unter der Last verschiedenster Bücher; der Raum selbst war ein wahres Labyrinth aus flachen Tischen, auf denen endlose Bücherstapel ausgebreitet lagen. Ein System war nicht zu erkennen. Matteo ließ seinen Blick über die Bücher gleiten, während er sich mit Malinka den Weg durch die schmalen Gänge bahnte: Es gab Ratgeber für Alpakazucht, Schokoladenherstellung und Kartoffelanbau, esoterische Lebensweisheiten, billige Nachdrucke von Weltliteratur mit schreiend bunten Umschlägen, Gitarrenkurse und Wörterbücher, edel aussehende Wälzer im Ledereinband und vergilbte Zeitschriften.

»Du Scheiße«, entfuhr es ihm, als er direkt neben *Moby Dick* und *Das Kapital* Hitlers *Mein Kampf* entdeckte - ein schmaler Band auf billigem Papier. Mit spitzen Fingern hob er es hoch. »Das wird hier verkauft? Sind die noch ganz dicht? Und dann noch kommentarlos mitten in der Weltliteratur?«

Er bedachte Malinka mit einem zornigen Blick, als wäre sie schuld am Druck des Buches.

»Und noch schlimmer: Es kostet umgerechnet nicht mal einen Euro«, gab sie trocken zurück.

Matteo starrte auf das kleine Buch. Wie konnte es sein, dass sie das derartig gelassen nahm? »Ah ja, schön. Und wie passt das in dein Bild vom faszinierenden Inkareich? Rassismus zu erschwinglichen Preisen?«

Malinka gab ein verächtliches Geräusch von sich. »Rassismus ist hier gratis. Geh mal auf die Straße. Mit dem da«, sie wies mit einer knappen Kopfbewegung auf das Buch, und Matteo legte es angewidert zurück auf den Stapel, »hat das aber nur sehr wenig zu tun.«

»Das geht doch trotzdem nicht«, murmelte Matteo und legte trotzig drei Exemplare des sehr dünn geratenen *Das Kapital* über das Hitlerpamphlet.

Währenddessen hatte sich der Buchhändler genähert: ein schmaler, kleiner Mann mit einer randlosen Brille und einem cremefarbenen Hemd.

»*May I help you?*«, sagte er auf Englisch, aber mit einem unüberhörbaren peruanischen Akzent; das *h* in *help* war ein gekrächztes *ch*.

Malinka lächelte ihn an. »*Gracias, muy amable*«, sagte sie in dem weichen, singenden Tonfall des peruanischen Spanisch.

In der Miene des Buchhändlers änderte sich etwas: Aus der unverbindlichen Freundlichkeit, die er eben noch an den Tag gelegt hatte, wurde aufrichtiges Strahlen.

Matteo trat einen Schritt rückwärts und beschloss, erst einmal zuzuhören. Malinkas Spanisch war flüssig und melodisch, das musste er ihr lassen. Wenn sie den Buchhändler damit beeindrucken konnte, umso besser für ihn – er würde jedenfalls nicht mit seinem Speisekartenspanisch dazwischenfahren, solange sie keinen Unsinn redete.

Malinka fuhr fort: »Wir suchen die *Comentarios Reales de los Incas* von Garcilaso de la Vega. Haben Sie das da?«

»Garcilaso *Inca* de la Vega!«, sagte der Buchhändler in einem fast feierlichen Tonfall. »Wie schön, *señorita!* Ich sehe, dass Sie nicht nur sehr gut Spanisch sprechen, sondern sich auch für die Literatur unseres Perus interessieren. Was für eine Freude! Wie sollte ich Garcilasos Werke nicht hier haben? Es gibt nichts, was Sie hier nicht finden werden.«

Ja, das haben wir gesehen, lag es Matteo auf der Zunge, aber er hielt sich zurück.

Der Verkäufer bedeutete Malinka mit einer knappen Geste, ihm zu folgen, und eilte durch die schmalen Gänge seines Bücherlabyrinths, bis er vor einem Tisch stehen blieb. »Bitte sehr. Hier haben wir die *Comentarios Reales,* einmal in Leder gebunden, mehrere Bände«, er hob einen dicken, wuchtigen Folianten hoch, auf dem der Titel mit Goldbuchstaben eingraviert war, »hier eine ganz neue Ausgabe«, er wies auf ein weißes Hardcoverexemplar, auf dessen Vorderseite ein Bild von Garcilaso prangte, ein fast schelmisch dreinschauender Mann mit einem dünnen Oberlippenbart, »und das hier ist für den kleinen Geldbeutel, *señorita*», er deutete auf eines der dünnen Exemplare mit dem bunt gemalten Cover. »Aber das ist natürlich gekürzt.«

Malinka strich mit der Hand über den Ledereinband des ersten Buches.

»Wow, was für eine Auswahl«, sagte sie und strahlte den Buchhändler an. »Vielleicht können Sie uns auch noch bei etwas anderem helfen: Wir haben eine Geschichte gelesen und vermuten, dass sie von Garcilaso ist …«

»*A ver,* mal sehen«, antwortete der Mann. »Ich habe die *Comentarios* selbst gelesen, es finden sich zahllose Geschichten darin. Welche meinen Sie?«

»Eine Anekdote über Atahualpa während seiner Gefangenschaft in Cajamarca.«

Bei der Nennung des Inkanamens schien der Buchhändler förmlich dahinzuschmelzen.

Matteo verdrehte die Augen. Ja, das war Malinkas Welt. Lieb lächeln und ihr Wissen demonstrieren. Hoffentlich vergaß sie über dieses Gespräch nicht, wofür sie eigentlich hier waren.

»Dazu gibt es meines Wissens eine ganze Reihe von Anekdoten. Lassen Sie uns sehen.« Der Buchhändler schob zwei der dicken Lederbände beiseite und griff nach dem untersten. Mit hochgezogenen Augenbrauen blätterte er darin. »Aha, da haben wir es: Anekdoten aus der Gefangenschaft von Atahualpa. Sehen Sie selbst, *señorita.«*

Er reichte Malinka das Buch, und sie begann zu lesen. Nach ein paar Zeilen hielt sie inne. »Ja«, sagte sie. »Das ist sie.«

Er nahm ihr das Buch ab und überflog die Seite. Schließlich nickte er. »Wo haben Sie diese Geschichte gelesen?«

»Das ist … schwer zu erklären. Wir sind … auf einer Art Suche. Jemand gibt uns Rätsel auf.«

»Ah ja«, sagte der Buchhändler langsam. »Jemand von hier?«

»Das vermuten wir«, sagte Malinka. »Das Lustige ist, dass diese Person sich auch Garcilaso nennt, und deswegen meinen wir, es könnte die richtige Spur sein.«

»Verstehe.« Der Buchhändler klappte das Buch zu und kratzte sich am Hinterkopf. »Eine Schatzsuche? Und was wartet am Ende für eine Belohnung?«

Malinka hob die Schultern. Nach kurzem Zögern stellte sie die Gegenfrage. »Glauben Sie an Flüche?«

Matteo zuckte zusammen. Gut, Malinka hatte definitiv nicht aus den Augen verloren, warum sie hier waren – aber musste sie gleich mit der Tür ins Haus fallen?

»*¿Maldiciones?*« Der Buchhändler bedachte Malinka mit einem ernsten Blick, wirkte jedoch längst nicht so entgeistert, wie Matteo es befürchtet hatte. Sie hätten genauso gut über Fußball oder Literatur reden können – das Erstaunen über den Einwand wäre nicht anders ausgefallen. »Sehen Sie, *señorita,* ich bin nicht von hier. Ich komme aus der Sierra, aus einem *pueblito,* und da, wo ich groß geworden bin, leben wir mit diesen Dingen. Es ist etwas Normales. Aber hier, in der Stadt, wird das gerne vergessen. Die Leute vergessen vieles, *señorita.*« Er warf einen Blick auf Matteo, als nähme er ihn jetzt zum ersten Mal wahr. »Ist das Ihr Freund, Ihr *enamorado*?«

Matteo bedachte Malinka mit einem drohenden Blick. Sie war fähig, dem Buchhändler irgendeine Geschichte aufzutischen.

Aber offenbar hatte sie vor, bei der Wahrheit zu bleiben. »Nein. Wir sind … *Simplemente viajamos juntos.* Wir reisen nur zusammen.«

Der Buchhändler nickte. »Und er trägt einen Fluch?«

Jetzt wirkte Malinka doch überrascht. »Woher wissen Sie das?«

»Man erkennt es«, erklärte der Buchhändler. »Man erkennt es, wenn man damit vertraut ist, so wie ich. Haben Sie ihm schon einmal in die Augen gesehen? Ich kenne viele solcher Fälle. Der Fluch streicht um seine Beine wie ein räudiger Hund. Was ist passiert?«

»Das wissen wir eben nicht genau. Es ist …« Malinka biss sich auf die Unterlippe und atmete tief durch. Sie schien nicht sicher zu sein, wie viel sie preisgeben durfte. Kurz linste sie zu Matteo herüber, und er nickte leicht. Sicher, es fühlte sich nicht besonders gut an, seine Probleme vor diesem Fremden ausgebreitet zu sehen. Aber immerhin war das hier eine Chance.

Malinka holte erneut Luft. »Es geht wohl um eine Geschichte. Eine … verschwiegene Geschichte.« Sie zögerte und fügte hinzu: »Wir haben ein Buch gefunden und glauben, dass es damit zusammenhängt.«

Der Buchhändler schaute sie lange an, erst sie und dann Matteo. Das Lächeln war aus seiner Miene verschwunden, und er wirkte betroffener als vor ein paar Minuten, als sie zum ersten Mal das Wort *Fluch* erwähnt hatte. »Kommen Sie«, sagte er und winkte ihnen, ihm zu folgen. Zum ersten Mal wandte er sich an sie beide und nicht nur an Malinka.

Matteo und Malinka tauschten einen kurzen Blick. Matteo griff nach einem Buch, von dem er spontan beschlossen hatte, dass er es kaufen würde, und folgte ihr und dem Buchhändler.

Dieser führte sie in die hinterste Ecke des Ladens, wo ein altersschwacher Schreibtisch aus dunklem Holz stand. Er bedeutete Malinka, auf einem Holzstuhl Platz zu nehmen. Für sich und Matteo zog er zwei kleine Plastikhocker hervor. Er schob seinen nah an den Tisch heran und stützte sich mit dem Ellbogen auf der Platte ab.

»*Señorita,* ich weiß nun wirklich nicht, worum genau es bei Ihnen geht, aber eines ist sicher: Es ist keine banale Sache. Flüche an sich sind furchtbar banal. Dein Nachbar kann dich mit einem Fluch belegen, wenn ihr euch auf der Straße gestritten habt. Eine eifersüchtige Frau kann dich verfluchen, weil du eine andere liebst. Irgendjemand kann dich mit einem Fluch belegen, weil ihm deine Nase nicht gefällt. Es ist sehr einfach, und es passiert so häufig, und viele Leute bemerken es nicht einmal. Aber solche Flüche sind in den meisten Fällen leicht aus der Welt zu schaffen. Manchmal verlieren sie von ganz allein nach einer Zeit ihre Wirkung. Aber in diesem Fall …« Er sah Matteo eine Weile direkt ins Gesicht, bevor er sich wieder Malinka zuwandte. »Es scheint etwas Ernsteres zu sein. Etwas Größeres. Eine Geschichte, die nicht erzählt wurde? Können Sie mir das Buch zeigen, von dem Sie sprachen?«

Wieder schaute Malinka zu Matteo.

Irgendwie beruhigte es ihn, dass sie diese Entscheidungen nicht im Alleingang traf. Er nickte wieder, und sie zog das kleine Buch aus ihrer Umhängetasche hervor und reichte es dem Buchhändler. Dieser fasste es mit spitzen Fingern an und blätterte behutsam darin, roch an dem Papier, betrachtete die Zeichnungen.

Schließlich sagte er: »So etwas habe ich noch nie gesehen.«

»Es ist sonderbar, oder?«, fragte Malinka. »Diese Mischung aus allem …«

Der Buchhändler nickte und blätterte weiter. »Ich bin kein Experte, *señorita,* aber dieses Papier muss sehr alt sein. Und dann diese Tinte, diese Zeichnungen … Es erinnert mich an die alte Geschichte vom *rirpu patara,* aber … das ist eine jener Geschichten, die vielleicht nur Geschichten sind.«

»*Rirpu patara*?«, fragte Malinka stirnrunzelnd.

»Sie sprechen kein Quechua«, sagte der Buchhändler freundlich.

»*Pisillata rimayta yachani.* Ich kann nur ein bisschen sprechen. Und das gerade habe ich nicht verstanden.«

Matteo unterdrückte ein Seufzen. Natürlich. Auch ihr Quechua musste sie zur Schau stellen.

»*Rirpu patara, el libro-espejo,* das Spiegelbuch.« Die Stimme des Buchhändlers klang nun beinahe feierlich. »Mein Großvater hat davon erzählt, als ich klein war. Aber es ist nur eine Legende. Haben Sie von den Kondorkindern gehört?«

Sie schüttelte ratlos den Kopf.

»Eine Rebellenbewegung, die sich im siebzehnten und achtzehnten Jahrhundert bildete. Menschen des Hochlands, die entschlossen waren, für ihre Rechte zu kämpfen. Heute erinnert sich kaum jemand an sie, zumindest nicht in Lima, aber sehr wohl oben in der Sierra, wo die Bewegung entstand – in Ayacucho … Kennen Sie Ayacucho?«

»Ja, ich war dort …«

»Dann haben Sie auch vom *Leuchtenden Pfad* gehört, aber das ist eine ganz andere Geschichte. Ich komme selbst aus dem zentralen Hochland, aus dem Mantaro-Tal … Als ich klein war, erzählte mir mein Großvater viele Geschichten über die Bewegung der Kondorkinder. Eine davon besagte, dass einer der Rebellen – mein Großvater nannte ihn den *Yuyaq,* also der, der sich erinnert –, beschloss, die Geschichten zu sammeln, die man sich in diesem Land seit langer Zeit erzählte, und die Menschen auf diese Weise daran zu erinnern, wer sie waren und wo ihre Wurzeln lagen. Er wollte ihnen einen Spiegel vorhalten, und er wollte es mit einem Werkzeug machen, das die Spanier mitgebracht hatten: mit einem Buch. Der *Yuyaq* war fasziniert von der Kunst des Schreibens, und laut meinem Großvater brachte er es sich selbst bei. Der *Yuyaq* hatte also diese Idee, aber er merkte bald, dass er nicht alles wusste, was von Nöten war, und deshalb ging er hinauf in die *sierra* und bat die *apus* um Hilfe. Was *apus* sind, wissen Sie?«

Malinka nickte.

»Gut. Die *apus* hörten sein Flehen, und sie sandten ihm einen Kondor, der ihm eine seiner Federn schenkte …«

Matteo und Malinka zuckten gleichermaßen zusammen.

Dem Buchhändler konnte das nicht entgangen sein, aber er fuhr unbeirrt fort: »So schrieb der *Yuyaq* sein Buch, mit einer schwarzen Kondorfeder, und mein Großvater sagte: Die *apus* sandten ihm auch einen Puma, und dieser schenkte ihm vier Tropfen seines Blutes. Das war die Tinte, mit dem das *rirpu patara* geschrieben wurde. Der *Yuyaq* vollendete sein Werk, denn mit der fremden Feder und Tinte, die ihm die *apus* gegeben hatten, hatte er das Vertrauen der Geschichten gewonnen, die heimatlos durchs Land irrten, verstoßen aus den Herzen der Menschen und bereit, für immer vergessen zu werden. Sie kamen zu ihm, und er konnte aufschreiben, was gewesen war, lang bevor die Spanier kamen, ja selbst, bevor die Inka ihr Reich errichteten. Er konnte, so sagte mein Großvater, sogar aufschreiben, was noch kommen würde, nur dass nicht jeder es zu entziffern vermochte. Das Spiegelbuch ging durch viele Hände, und als die Spanier davon erfuhren, beschlossen sie, es zu zerstören. Darauf ging das Buch auf eine Reise durch das ganze Land, denn überall gab es Menschen, die es beschützen und bewahren wollten. Wenn mein Großvater davon erzählte, dann wollte ich fast immer diese Geschichten hören, abenteuerliche Erzählungen um all jene, die das *rirpu patara* zu schützen versuchten, manchmal selbst dabei umkamen und vielen Gefahren begegneten … Ach, was hat mein Großvater mir darüber erzählt! Stundenlang konnte er reden, *señorita.* Ich kann mich kaum noch genau an diese Geschichten erinnern, es waren so viele, und alle so schön. Ich will Ihnen Ihre Zeit nicht stehlen. Eines Tages kam mein Großvater am Ende an. Ein spanisches Mädchen war an das Buch gekommen. Dieses Mädchen, mein Großvater nannte sie Isabel, war in einen jungen Mann aus dem Hochland verliebt, den mein Großvater Yawar nannte. Eine heimliche, tragische Liebesgeschichte, so wie Romeo und Julia, denn natürlich durften die beiden nicht zusammen sein. Isabels Familie denunzierte Yawar bei der Obrigkeit, weil sie ahnten, dass er sich einer Rebellion anschließen wollte, und zu diesem Zeitpunkt besaß Yawar noch das *rirpu patara.* Doch als er untertauchen musste, gab er es in Isabels Hände, um es zu retten; und sie verstand, dass es nun ihre Aufgabe war, das Buch zu schützen und den Kondorkindern zurückzubringen. Sie floh aus ihrem Elternhaus und reiste in die *sierra.* Am Ende, so heißt es, gab sie das Spiegelbuch den *apus* zurück, die sie zum Dank in einen weißen Falken verwandelten, der keinen Schmerz und keine Furcht mehr kannte. Das ist die Geschichte vom Spiegelbuch.«

Er atmete tief durch und lehnte sich zurück.

»Und seitdem ist es verschwunden?«, fragte Malinka in die entstandene Stille.

Der Buchhändler nickte. »Ich bin auch nicht sicher, ob es dieses Buch je gegeben hat; es ist mehr eine Metapher für die Überlieferungen unserer Kultur. Aber es ist eine schöne Geschichte, meinen Sie nicht auch? Und was Sie mir hier gezeigt haben«, er schob ihr das Buch zu, »erinnert mich daran. Es ist ein seltsames Buch, auf jeden Fall. Wenn es in Ihre Hände gekommen ist, ist das bestimmt kein Zufall. Ein Fluch und eine verschwiegene Geschichte? Das Spiegelbuch war voll von solchen Geschichten. Wenn es stimmt, was Sie sagen, *señorita,* dann hat etwas Größeres diesen Fluch verursacht, unter dem Ihr Freund leidet.« Er schaute sie eindringlich an und sagte: »Vielleicht sogar ein *apu.*«

Malinka schien sichtlich beunruhigt. »Was raten Sie uns?«, fragte sie und erwiderte den Blick des Buchhändlers.

»Ich weiß nicht, ob ich Ihnen etwas raten kann. Ich weiß zu wenig. Wer auch immer Sie auf diese Reise geschickt hat … Sie haben meinen Laden betreten und waren auf der Suche nach Garcilaso, aber eigentlich wollten Sie nur wissen, ob er die Geschichte mit Atahualpa in Cajamarca aufgeschrieben hat. Das hat er. Wir sind hier auch in der Calle Cajamarca. Vielleicht sollten Sie nach Cajamarca fahren und weitersuchen. Ich würde Ihnen aber vorher etwas anderes empfehlen, weil es um einen Fluch geht. Besuchen Sie einen *curandero.* Jemanden, der sich mit Flüchen besser auskennt als ich.«

»Wissen Sie jemand Bestimmten?«

Er nickte und zog einen Zettel hervor, auf dem er sorgfältig zu schreiben begann. »Ein alter Bekannter von mir. Sie müssen dazu nach Trujillo fahren, aber das ist nicht so weit, und außerdem liegt es auf dem Weg nach Cajamarca. Ich schreibe Ihnen den Namen und die Adresse auf: Juan Moreno Quispe, Jirón Yanaphuru ...«

»*Yanaphuru?*«

»Das ist auch Quechua, *señorita.*«

»Schwarze Feder.«

Er nickte beifällig. »Wie die Feder, mit der *Yuyaq* das erste Spiegelbuch schrieb. Zwei mächtige Waffen: *Yanaphuru* und *Pukayawar,* schwarze Feder und rotes Blut. Bitte sehr.« Er schob ihr den Zettel zu. »Wenn Sie können, besuchen Sie Juan. Vielleicht kann er Ihnen mehr helfen als ich.«

»Danke«, sagte sie im Aufstehen und reichte ihm die Hand. »Ich glaube, Sie haben uns schon sehr geholfen.«

»Das hoffe ich, *señorita*«, sagte er ernst. »Passen Sie auf sich auf. Flüche mögen banal sein, aber mit ihnen ist nicht zu spaßen.«

»Ich würde das hier gern mitnehmen«, sagte Matteo und hielt ihm das Buch hin, das er die ganze Zeit in der Hand behalten hatte. »Wie viel kostet es?«

Der Buchhändler lächelte. »Quechua. Ein Wörterbuch. Ich freue mich sehr. Nehmen Sie es ruhig, *joven.* Gute Reise, *amigos.*«

»Danke«, sagte Malinka und steckte den Zettel mit der Adresse in das kleine Lederbuch, das sie wieder in ihrer Umhängetasche barg.

Langsam gingen sie zurück zum Eingang und traten hinaus in das lärmende Leben von Lima.

***

Matteo fuhr mit dem Finger über die schmale Linie, die Lima nach Norden mit den anderen Küstenstädten verband: die Panamericana. Er hielt inne, als er Trujillo erreichte. »Wie viele Stunden Fahrt sind das?«

»Es geht. Sieben oder acht, wenn ich mich richtig erinnere.«

»*Es geht?!*«

Malinka grinste. »Peruanische Verhältnisse. Wenn wir hier noch weiter herumkommen, wirst du mit mir einer Meinung sein, dass sieben Stunden Busfahrt wirklich nicht viel sind.«

»Meine Güte, warum ausgerechnet Peru?«, murmelte Matteo und ließ seinen Blick weiter über die Karte im Reiseführer gleiten. »Es gibt so schöne kleine, übersichtliche Länder ...«

»Also. Fahren wir nach Trujillo?«

»Ist das Vernünftigste, was wir tun können, oder?«

Sie zuckte mit den Achseln.

Matteo klappte den Reiseführer zu. »Was hältst du denn von dieser Geschichte mit dem Spiegelbuch?«

»Ich weiß nicht. Was mich überrascht hat, ist das mit der schwarzen Feder.«

»Die schwarze Feder wird ein richtiger roter Faden.« Das klang so schief, dass er selbst den Kopf schütteln musste. »Was war das mit dem Blut? Vier Tropfen Pumablut? Hattest du das denn schon mal gehört? Meine Güte. Noch glaub ich nicht an diesen ganzen Kram, aber wenn es so weitergeht, fange ich irgendwann noch an.«

Malinka seufzte. »Ich könnte schwören, dass die Garcilaso-Geschichte in unserem Buch vorher nicht gelesen werden *konnte.* Oder *wollte.*«

»Hör auf.« Matteo steckte den Reiseführer ein. »Wollen wir mal rauskriegen, wann morgen der nächste Bus nach Trujillo fährt?«

Peru

um ca. 1757

11.

Yuraq Llaqta

Die weiße Stadt

Die Tür zur Dachterrasse war verschlossen.

Isabel ballte die Fäuste und starrte das garstige Holzding grimmig an. Sie war sich ziemlich sicher, dass Papá sich auf der anderen Seite befand und den Blick auf den Vulkan in der Morgensonne genoss. Dass er auf das Läuten der Kirchenglocken wartete, das von dort oben wie zahmes Donnerdröhnen klang. Und obwohl er wusste, wie sehr Isabel dieses Schauspiel liebte, hatte er die Tür nicht für sie offen gelassen!

Sie reckte das Kinn. »Du kannst mich nicht aufhalten«, teilte sie der Tür mit. »Ich bin eine Goyeneche. Niemand hält mich auf.«

Natürlich tat die Tür vollkommen unbeeindruckt, aber Isabel stellte sich vor, dass sie insgeheim doch ein wenig zitterte – schließlich stand die Hausherrin vor ihr. Zwar mit zerzaustem Haar, im zerknitterten Nachthemd und recht klein für ihre sechseinhalb Jahre, wie Papá zu sagen pflegte, aber doch die Hausherrin. Auch wenn sie die Tür bislang immer nur an Papás Hand überwunden hatte. Doch wer sagte, dass sie es nicht auch allein schaffte?

Isabel holte Luft, biss die Zähne zusammen und stemmte die bloßen Füße fest auf die oberste Treppenstufe, während sie sich mit ihrem ganzen Körpergewicht gegen dunkles Holz presste. Die Tür ächzte, für einen Moment unerschütterlich wie eine Steinwand – und dann gab sie doch nach, weit genug, dass der Morgenwind Isabel anerkennend durchs Haar fuhr und sie durch den schmalen Spalt nach draußen schlüpfen konnte.

Stolz brandete in ihr auf, auch wenn die kühle Luft sie frösteln ließ und der Steinboden, kalt von der Nacht, ihr in die Fußsohlen biss. Hinter ihr fiel die Tür mit einem enttäuschten Klacken zu. Das musste eine bittere Niederlage für sie gewesen sein!

Wie erwartet lehnte Papá an der Brüstung, gleich neben der kleinen Abstellkammer, die früher einmal ein Dienstbotenzimmer gewesen sein mochte. Schon so oft hatte Isabel ihn bestürmt, den Raum doch für sie herzurichten – sie war schließlich beinahe erwachsen und hätte gut auf der Dachterrasse wohnen können. Aber bis jetzt hatte Papá das nicht eingesehen.

»Guten Morgen, Papá.« Sie grinste, als sie an seine Seite trat und ihn zusammenfahren sah.

Für einen Augenblick bemühte er sich um eine strenge Miene, doch rasch tauchte sein Lächeln auf. »Isabelita, wie bist du denn hier hochgekommen?«

Sie zuckte lässig mit den Schultern und stellte sich auf die Zehenspitzen, um über die Brüstung spähen zu können. Blassblau wölbte der Morgenhimmel sich über ihnen, und erste Sonnenstrahlen brachten den Schnee auf dem Gipfel des Misti zum Glitzern. Isabel wurde nie müde, ihn anzusehen, denn zu jeder Stunde sah der Vulkankegel anders aus, der wie ein aufmerksamer Wächter über der Stadt aufragte. »Durch die Tür natürlich.«

Papá schüttelte den Kopf. Mit Stolz auf seine Tochter, das sah sie genau. »Sollte Marina dich nicht erst einmal baden und kämmen, damit du Frühstück bekommst?«

Isabel schnaubte. Das Kämmen mochte sie gar nicht, zumal es ja sinnlos war – nicht einmal die energischen Hände ihrer Kinderfrau vermochten ihre seidenweiche Mähne auf Dauer zu bändigen. Und Frühstück brauchte sie schon gar nicht. »Das hat alles Zeit. Ich möchte die Kirchenglocken hören. Und die Geschichte vom Inka!«

Ein tiefes Seufzen. »Du *kennst* die Geschichte vom Inka. Wenn ich sie wirklich noch einmal erzählen soll, können wir genauso gut wieder nach unten –«

Energisch schüttelte sie den Kopf, obwohl Papás Worte verlockend waren wie die süßen Mürbeteigtörtchen aus dem nahen Kloster. *Nach unten* – da befanden sich nicht nur Küche und Esszimmer, da befand sich vor allem das *taller,* Papás Werkstatt, eine Schatzkammer mit ganz eigenem Zauber. Isabel liebte den Duft von Leder und Leim und Papier, sie liebte es, Papá bei der Arbeit zuzusehen. Aber dafür war jetzt nicht der rechte Moment, nicht, wenn es um diese Geschichte ging. »Sie muss hier oben erzählt werden, Papá. Es ist eine Morgensonnengeschichte.«

Papá hob die Augenbrauen. »Eine was?«

»Eine Morgensonnengeschichte.« Das war doch nicht schwer zu verstehen! Fast jede Geschichte hatte ihren Ort und ihre Zeit. Marinas geraunte Legenden aus alten Zeiten gehörten in die abendlichen Schatten von Isabels Schlafzimmer; Panchas heitere Anekdoten brauchten die sonnige Mittagswärme ihrer Küche und den Duft von Holzkohle und Kräutern. Und die Geschichte vom Inka, eine von Isabels liebsten, musste in der frischen Morgenluft erzählt werden, mit Blick auf den Misti und auf die Dächer Arequipas.

Papá seufzte. Aber er trat näher und hob Isabel hoch, bevor sie darum bitten musste, sodass sie die Stadt bequem überblicken konnte – das Labyrinth der gepflasterten Gassen, die weißen Häuser, die schlanken Türme der Kathedrale, alles erbaut aus *sillar*, dem vulkanischen Tuffgestein. Sie sah jetzt sogar den Río Chili mit seinen Stromschnellen und die Umrisse der wuchtigen Steinbrücke, die hinüber nach Yanahuara führte.

»Vor vielen, vielen Jahren«, begann Papá zu erzählen, mit seiner Geschichtenstimme, »kam der Inka Mayta Capac mit seinem Gefolge ins Tal von Arequipa.«

»Wo noch keine Stadt war«, sagte Isabel – nur um sicherzugehen, dass er das nicht zu erwähnen vergaß.

»Wo noch keine Stadt war. Aber das Tal war paradiesisch schön. Drei mächtige Vulkane wachten darüber, und Mayta Capacs Gefolgsleuten gefiel es hier ganz ausgezeichnet.«

»Die Vulkane hatten doch Namen!«, rief Isabel ein wenig ungehalten. »Der Misti, der Chachani …« Sie nickte in die Richtung der stolzen Felswand, die die Stadt wie ein Schutzwall abschirmte – und bemerkte Bewegung zu ihren Füßen.

Neugierig reckte sie den Hals. So früh am Sonntagmorgen wankten meist nur übernächtigte Trunkenbolde durch die Gassen. Aber danach sahen die beiden Gestalten nicht aus, auch wenn sie eindeutig erschöpft die Straße heraufkamen: ein Priester in einer schlammigen Kutte und an seiner Hand ein Junge, blass und ernst, in einem goldgelben Wollkittel. Trotz ihrer müden Schritte wirkten sie zielstrebig. Als wollten sie …

»Und der Pichu Pichu.« Papá drehte sich leicht, sodass Priester und Junge aus Isabels Blickfeld verschwanden und sie stattdessen hinüber zum letzten der Vulkane sah. »Der schlafende Indio. Du bist eine aufmerksame Zuhörerin, Isabelita.«

Isabel biss die Zähne zusammen. Über das Auftauchen der beiden Fremden hatte sie beinahe die Geschichte aus den Augen verloren.

»Jedenfalls bestürmten Mayta Capacs Gefolgsleute ihren Herrn, doch in diesem wunderschönen Tal bleiben zu dürfen. Und weil der Inka sich diesem Zauber selbst nicht entziehen konnte, erlaubte er es mit den Worten seiner alten Sprache: *Arí, qhepay* – ja, bleibt.« Ein Lächeln flog über Papás Züge. »Und das wurde auch der Name der Stadt, die sie an dieser Stelle gründeten: Arequipa. Die weiße Stadt, in der wir dem Himmel so viel näher sind als im ewig nebligen Lima.«

»Und in unseren Adern pocht das Feuer der Vulkane!«, sagte Isabel stolz. Sie mochte diesen Satz – auch wenn sie mitunter ihren Puls befühlte und sich fragte, ob da wirklich Feuer dabei war und wie es zuging, dass sie nicht schon längst daran verbrannt war.

Papá nickte und setzte sie ab. »So ist es, Isabelita. Und nun lass uns frühstücken gehen.«

Normalerweise hätte sie darauf gedrängt, dass er weitererzählte: wie die Bauern am Ufer des Río Chili rote Zwiebeln und Kartoffeln anbauten, wie Lamakarawanen aus den fruchtbaren Hochtälern Orangen, Erdnüsse und leuchtend gelbe Luzernen brachten. Wie in den weitläufigen Landgütern am Rande der Stadt Dressurpferde gezüchtet wurden – *caballos de paso* – und wie man auf sonnenwarmem Straßenpflaster die Marinera tanzte, nach Art des Südens und den Städten der Nordküste zum Trotz, die sie erfunden haben wollten.

Isabel liebte es, wenn Papá mit seinen Worten all diese leuchtenden Bilder zeichnete, und sie pflegte darauf zu bestehen, dass er es tat. Aber jetzt fühlte sie eine innere Unruhe. Am liebsten hätte sie sich einmal mehr emporheben lassen, um hinab in die Gasse zu spähen und sich davon zu überzeugen, dass der Priester und der Junge noch da waren. Sie schob den Gedanken zur Seite. »Wir könnten auch in die Werkstatt gehen«, sagte sie, während Papá die Tür zur Treppe aufzog.

»Doch nicht vor dem Frühstück, Isabel.«

Sie zog die Nase kraus und schlüpfte an ihm vorbei, schenkte der besiegten Tür einen triumphierenden Blick. »Es braucht Fleiß, um sich eine Mahlzeit zu verdienen.«

Papá runzelte die Stirn. »Wo hast du das nun wieder her, mein Sonnenschein?«

»Marina sagt das.«

»Das sind nur Redensarten, Isabelita. Dienstbotensprüche.«

»Aber du hast selbst gesagt«, erwiderte sie und straffte sich, »dass du heute dringend mit der Chronik für den Stadtrat fertig werden musst, und ich könnte dir zur Hand –«

Papá überwand die Stufen, die ihn von ihr trennten, und hob sie hoch. Er musste das Aufblitzen der Idee in ihren Augen gesehen haben, wie er es so oft tat, musste ahnen, dass Isabel vorhatte, am Fuß der Treppe nicht auf ihn zu warten, sondern in die Werkstatt zu huschen. »Es ist Sonntag, Isabelita. Wenn überhaupt, dann gehe ich erst am Nachmittag in die Werkstatt.«

Isabel strampelte leicht, um abgesetzt zu werden. »Aber Papá –«

»Isabel, wenn du nicht sofort Ruhe gibst, tunke ich dich in den Kleistereimer und stecke dich in den Ledereinband der Chronik, und dann stelle ich dich ins Regal und habe für immer meine Ruhe!«

Sie prustete los, als sie sich das vorstellte, und auch Papás Mundwinkel zuckten. Er war nicht wirklich verärgert. Nicht ihretwegen. Das war er nie.

»*¡Señor!*«

Isabel fühlte Papás Zusammenzucken, obwohl die Stimme vom Fuß der Treppe so fein und schüchtern emporgeweht war. Adelita stand dort, das Hausmädchen, und wie üblich schien sie am liebsten mit dem Halbdunkel des Korridors verschmelzen zu wollen. Ihr Blick huschte unruhig umher, als wage sie es nicht, Papá in die Augen zu sehen. Isabel hatte ihr oft genug zugeflüstert, dass Adelita keine Angst haben musste, nicht vor Papá, doch mehr als ein flüchtiges Lächeln hatten ihre Worte noch nie bewirkt.

Papá unterdrückte ein Seufzen. »Was gibt es, Adelita?«

»*Señor,* es sind ... Gäste unten, die mit Euch sprechen wollen.« Adelita senkte den Blick, als spräche sie zu den hellen Fliesen am Boden. »Padre Valentín von den Jesuiten ...«

Isabels Herzschlag beschleunigte sich. Der Priester und der Junge! Also hatte sie es sich nicht eingebildet, dass die beiden auf ihr Haus zugehalten hatten. Und sie erinnerte sich auch an den Namen Valentín. An ein Psalmenbuch in weichem grünen Leder, das Papá gebunden hatte, während Isabel auf der Arbeitsplatte saß und ihm zuschaute. Sie vergaß niemals ein Buch, das er gebunden hatte.

»Der Pater. Ich erinnere mich«, sagte Papá spröde, als ob er geradewegs in Isabels Erinnerungen hineingesehen hatte. »Wer ist bei ihm?«

Adelita drehte nervös einen Rockzipfel zwischen den Fingern. »Ein Junge, *señor.*«

Papá hob eine Augenbraue. »Ein Novize?«

Das Mädchen schüttelte den Kopf – behutsam, als wage sie nicht zu viel Widerspruch gegen ihren Herrn.

»Ein Junge!«, platzte Isabel heraus und zog sacht an Papás Kragen. »Ich habe die beiden vom Dach aus gesehen.«

Adelitas Räuspern, so fein, dass es beinahe verlorenging. »Ein Indio, *señor.*«

Isabel spürte, wie Papá sich anspannte, sah die steile Falte zwischen seinen Brauen, die erschien, wenn er angestrengt nachdachte.

»Gut«, sagte er schließlich und machte Anstalten, Isabel abzusetzen. »Ich kümmere mich darum. Sei so gut und bring Isabel zu Marina.«

Isabel krallte beide Hände in seinen Kragen. »Papá, nein! Ich komme mit und schaue mir die Gäste auch an! Ich habe sie als Erstes gesehen. Und ich kann ganz alleine –«

Für einen Moment flackerte etwas in Papás Augen, das ein Funken von Ärger sein mochte. Isabel kümmerte sich nicht darum. Diese Funken lebten nie lang. Genau wie sein *Nein.*

Dann bebte sein Brustkorb unter ihren Händen, als er tief einatmete. »Du hast mich gehört.« Ein Hauch von Schärfe schwang in seiner Stimme, der Isabel bewog, die Finger aus dem gestärkten Hemdstoff zu lösen. Manchmal blieb Papás *Nein* eben doch eines. Sie senkte den Blick und ließ sich auf dem Boden absetzen.

»Wenn ich fertig bin und du gefrühstückt hast«, sagte Papá und schob sie mit sanfter Bestimmtheit auf Adelita zu, »gehen wir in die Werkstatt.«

Es war ein Friedensangebot und eine Beschwichtigung dafür, dass er sie jetzt nicht ihren Willen haben ließ.

Isabel biss sich auf die Unterlippe und nickte.

Aber sie sah Papá noch immer nicht an.

***

Nach ein paar Schritten den Gang hinunter entwand Isabel Adelita ihre Hand und straffte sich.

Sie war die Hausherrin. Sie war eine Goyeneche.

Und diesmal galt es nicht nur eine Tür davon zu überzeugen.

»Ich kann allein zu Marina gehen«, sagte Isabel und sah zu Adelita auf, hoffte, dass ihre Miene angemessen ernst blieb. »Du solltest Pancha Bescheid sagen, dass unsere Gäste etwas zu trinken bekommen müssen.«

Adelita blinzelte unsicher. »*Señorita* Isabel, dein Vater hat ganz gewiss –«

Möglichst würdevoll schüttelte Isabel den Kopf. »Das hat er nicht. Er vergisst solche Dinge. Und was sollen die Gäste denken, wenn sie hier nicht bewirtet werden?«

Was sollen die Leute denken war etwas, das sie von Papá schon öfter gehört hatte, und sie sagte es im gleichen Tonfall, in dem er es zu sagen pflegte. Es musste ein Zauberspruch unter Erwachsenen sein, einer, der seine Wirkung auch jetzt nicht verfehlte, denn Adelita schluckte schwer und wich leicht zurück. Ihr Blick huschte unsicher den Korridor hinab zu Isabels Zimmertür.

Jetzt lächelte Isabel doch. »Lauf zu Pancha, und ich gehe zu Marina. Ich will nicht, dass jemand schlecht von Papá denkt.«

»Das will niemand von uns, *Señorita*«, stimmte Adelita zu. Und weil sie immer noch unsicher wirkte, nickte Isabel ihr zu und setzte sich in Bewegung, marschierte zu ihrem Zimmer wie die Königin von Spanien zu ihrem Thronsaal.

Sie hörte Adelita davoneilen, noch bevor sie selbst ihre Zimmertür erreicht hatte, und atmete auf. Das hatte schon einmal geklappt! Sie war eine überzeugende Hausherrin.

Rasch wandte sie sich um und huschte den Weg wieder zurück, so flink und leise, dass die Königin von Spanien gewiss neidisch geworden wäre.

Es gab zwei Zugänge zum Empfangszimmer, einen davon durch Papás Arbeitszimmer. Durch diesen musste er eingetreten sein, und tatsächlich war die Zwischentür nur angelehnt.

»Ich gebe zu, dass ich heute nicht mit Besuch gerechnet habe«, drang Papás Stimme durch den Spalt, und Isabel lächelte, als sie sich vorsichtig an der Tür postierte und ins Empfangszimmer linste.

Papá saß mit dem Rücken zu ihr auf dem wuchtigen, mit grünem Samt verkleideten Sessel, der für alle anderen tabu war. Und ihm gegenüber, auf der Holzbank mit ihren kunstvollen Ornamenten, saßen die Besucher.

Isabel rückte näher an den Spalt. Der Priester trug eine schlammverschmierte Kutte und hatte Schatten unter den Augen, als habe er in den letzten Nächten nicht sonderlich gut geschlafen. Aber es war der Junge, der Isabel interessierte, nicht nur, weil er auf dem grünen Sitzpolster seltsam verloren wirkte, weit vorn auf der Kante saß, als wolle er jeden Moment aufspringen und fliehen. Er musste ein Hochlandkind sein, mit pechschwarzem Haar und sonnenverbrannter Haut. Kaum älter als sie selbst, schätzte Isabel, doch in seinen großen dunklen Augen stand ein schwermütiger Ernst, der ihr bedrückend erwachsen vorkam.

»Sein Name ist Yawar«, sagte der Priester hastig, und Isabel begriff, dass Papá den Jungen gerade ebenso interessiert musterte wie sie aus ihrem Versteck.

Papá zögerte, lehnte sich leicht vor und sie war sicher, dass er nun eine Augenbraue hob. »Und sein Taufname?«

Der Priester blinzelte. »Verzeiht?«

»Padre Valentín, ich gehe doch davon aus, dass der Junge christlich getauft ist.« Papá legte den Kopf schief.

»Natürlich, Don Elisendo.« Padre Valentín atmete tief ein. »Auf den Namen Santiago.«

Santiago. Isabels Herz machte einen schmerzhaften Sprung, und sie sah Papás Hände, die sich fester um die Armlehnen schlossen, seine Schultern, die sich unmerklich noch mehr strafften.

Isabel hatte keine Erinnerungen an ihren älteren Bruder, und sie schämte sich dafür, dass sie ihn nicht wirklich vermissen konnte. Aber sie war zu klein gewesen, als das mit Santiago geschehen war, und es war wenig mehr als eine Geschichte, die Papá ihr niemals ausführlich erzählt hatte. Es kam ein Pferd darin vor, das wusste Isabel, eines, das zu heftig gescheut hatte für seinen jungen Reiter. Es kam Felsboden darin vor, sonnenwarm in Isabels Vorstellung und zugleich hart und tödlich.

Santiago Elisendo.

Sie presste die Lippen zusammen.

»Spricht er Spanisch?«, fragte Papá, und sie fragte sich, ob der Priester und der Junge – Santiago – das raue Zittern seiner Stimme bemerkten.

Padre Valentín räusperte sich. »Einigermaßen, Don Elisendo. Er stammt aus dem Hochland, vom Oberlauf des Río Colca.«

Isabel dachte an die feinen Tintenlinien der Karte, die auf Papás Schreibtisch lag. Eine dieser Linien, das wusste sie, war der Colca-Fluss, ein Zauberstrom, der hoch in den Bergen entsprang – weit fort von den geschwungenen Kapitälchen des Wortes *Arequipa.*

»*¿Señor?* Verzeiht.« Adelita stand in der Tür, ein schüchterner Schatten. Sie trug ein Tablett mit einem Tonkrug und drei Bechern aus gutem venezianischen Glas.

Papá stutzte kurz, zumindest sah es für Isabel so aus, dann winkte er Adelita wortlos heran. Sie stellte das Tablett auf dem niedrigen Tisch in der Raummitte ab und füllte die Gläser mit *Chicha morada*, die Pancha aus lila Mais und Zitronensaft machte.

Santiago nahm sein Glas mit beiden Händen entgegen und neigte den Kopf. »*Añayki, sumaq imilla.*«

Adelita zuckte zusammen, und Isabel verstand sie. Wie jede Geschichte ihren Ort und ihre Zeit hatte, hatten das manche Worte. Quechuaworte wie jene Dankesformel, die Santiago gerade gesprochen hatte, gehörten nicht in ein Zimmer wie dieses, nicht in Hörweite des Hausherrn, nicht zwischen Samtpolster und Teppichboden. Und doch hingen sie nun im Raum wie ein Hauch klarer Andenluft.

Adelitas Lippen formten eine lautlose Antwort, dann verließ sie das Zimmer hastiger, als es normalerweise schicklich gewesen wäre. Der Junge mit den traurigen Augen blickte ihr überrascht nach.

»Also«, sagte Papá. »Was kann ich für Euch tun? Ihr seht müde aus, wenn ich mir diese Bemerkung erlauben darf.«

Müde war auch das Lächeln, das über Padre Valentíns Züge huschte. »Wir sind seit einer Woche unterwegs und erst im Morgengrauen in Arequipa angekommen«, antwortete er. »Eigentlich hatte ich vor, direkt zu meinem Orden zu gehen und Euch nicht sofort zu belästigen, aber …« Er unterbrach sich, sein Tonfall wurde entschuldigend. »Der Junge wollte Euch unbedingt sehen.«

»Mich?«, fragte Papá hörbar verwirrt, aber Isabel war sich mit einem Mal sicher, dass seine eigentliche Frage lautete: *Der Junge?* Sie wagte es, die Tür ein Stück weiter aufzuschieben, um einen besseren Blick auf Santiago zu haben, der seinerseits Papá nicht aus den Augen ließ.

Padre Valentín nickte.

»Ich fürchte, ich verstehe nicht«, sagte Papá gedehnt.

Santiago stellte sein Glas auf den Tisch zurück und wischte sich mit dem Handrücken den Mund sauber, ehe er tief durchatmete und zu sprechen begann. Die Worte kamen mit einiger Mühe, er schien sie wie eckige Steine in seinem Mund zu bugsieren. »Ich möchte lernen, Bücher zu machen. Bücher, wie Ihr sie macht, Herr.«

Isabel spürte ihre Augen groß werden. Eine solche Bitte hatte sie nicht erwartet – und Papá offenbar auch nicht, denn er schluckte hörbar, starrte den Jungen an und fächelte sich mit einer Hand Luft zu.

»Bücher? Weißt du denn überhaupt, was das ist, Junge?«

Santiago hob leicht die Augenbrauen. Als ob es ihn Mühe kostete, den raschen Fluss der spanischen Worte zu verarbeiten.

Du kannst das, dachte Isabel und presste die Finger gegen den Holzrahmen. Die Dringlichkeit, mit der sie sich wünschte, dass Santiago verstand, verblüffte sie. *Du schaffst das.*

Und als ob er ihren stummen Wunsch gehört hätte, malte sich ein kurzes, schüchternes Lächeln auf seine Lippen. »Ich kenne Bücher, Herr. Die Bibel ist ein Buch.«

Isabel fühlte Stolz auf den Jungen mit seinen ungelenken Worten. Sie würden Papá gefallen, dachte sie, denn er mochte die Bibel.

»Die Bibel ist nicht *ein* Buch, Junge, sie ist das Buch der Bücher«, erwiderte Papá.

Santiagos Augen weiteten sich kurz. Die Strenge in Papás Stimme musste ihn erschrecken, und Isabel hätte ihm zu gern gesagt, dass sie nur gespielt war.

»Aber gut. Warum willst du denn das Bücherbinden lernen?«

Diesmal zögerte der Junge länger, so lange, dass sich bereits Padre Valentín vorbeugte und an seiner Stelle zu einer Antwort ansetzte.

Elisendo machte eine entschiedene Handbewegung. »Wartet, *padre.* Das soll der Junge mir schon selber sagen. Ich kann keinen Gehilfen brauchen, der nicht für sich selbst sprechen kann.«

Der Padre zögerte, lehnte sich aber wieder zurück und heftete den Blick beinahe flehend auf den Jungen, der konzentriert die Augen schloss.

Isabel schob sich vorwärts durch den Türspalt, bevor sie es recht merkte. *Warum willst du das Bücherbinden lernen?* Sie war nicht sicher, was eine gute Antwort darauf war, was Papá von jemandem wie Santiago hören wollte. Sie wusste nur, dass sie mit aller Macht wünschte, der Junge möge das Richtige sagen. Dass sie ihren Wunsch mit der Kraft ihrer Gedanken zu ihm hinübersandte, wortlos und inbrünstig, ihre Überzeugung, dass er es konnte – wie eben schon.

Santiago öffnete die Augen.

Sie wurden rund vor Überraschung, als sein Blick Isabels fand.

Du kannst das, dachte sie und hielt den Atem an. Für einen Moment fragte sie sich, wie sie auf den Jungen wirkte – zerzaust, barfuß und in einem zerknitterten Nachthemd. Sie überlegte, ob sie etwas sagen sollte.

Aber da wandte Santiago schon den Kopf und richtete seinen Blick auf Papá, saß mit einem Mal aufrechter als eben noch. »Bücher sind schön, Herr«, sagte er. Es kostete ihn weiterhin Mühe, die spanischen Wörter aus seinem Mund zu pressen, doch seine Stimme hatte an Stärke und Klarheit gewonnen. »Bücher erzählen Geschichten. Sie sagen uns, wer wir sind. Sie sind gut, um nicht zu vergessen. Bücher sind unsere Seelen aus Papier. Aus Tinte. Darum ist Büchermachen gut, es ist Leben. Darum will ich Büchermachen lernen, Herr.«

Papá rang nach Luft. »Ein Buchbinder gibt den Büchern nur ihre Form«, versetzte er unwirsch, aber Isabel wusste genau, dass Santiagos Worte ihn berührt hatten. Schließlich hatten sie auch Isabel berührt. »Wir erzählen keine Geschichten. Das ist den Dichtern vorbehalten.«

»Ich weiß.« Diesmal kam Santiagos Antwort überraschend schnell. »Bücher sind das Haus für die Wörter, Herr. Ein Buch machen ist ein Haus für eine Geschichte bauen.« Er zögerte. Und dann glitt sein Blick zu Isabel zurück, und als er weitersprach, sprach er mit ihr. »Arequipa hat schöne Häuser, große Häuser, Häuser aus *sillar.* In schönen Häusern können gute Menschen leben. Ich will Bücher machen wie diese Häuser. Bücher, die auf gute Wörter warten.«

Sie strahlte, sie konnte nicht anders. Es war, als ob sie seine Worte spüren konnte, als ob sie in ihr eine warme, flackernde Kerze entzündet hätten. Ganz leicht nickte sie ihm zu.

Papá stieß die Luft aus. »Santiago ist dein Name?«

Die Augen des Jungen weiteten sich fragend.

»Ja.« Diesmal schaltete sich Padre Valentín ein, mit beschwörender Stimme. »Sein Name ist Santiago. *Santiago.*«

Der Junge blickte ihn kurz verwirrt an, schaute dann zu Elisendo zurück und nickte leicht.

»Wie alt bist du, Santiago?«

»Er ist acht.« Padre Valentín hüstelte nervös. »Verzeiht, Don Elisendo. Aber die Hochlandkinder sind nicht sehr daran gewöhnt, ihre Lebensjahre zu zählen.«

Papá zögerte. »Ich vermute, die Hochlandkinder sind dann auch nicht ans Lesen und Schreiben gewöhnt, *padre.*«

»Ich kann lesen«, sagte der Junge scheu.

»So, kannst du das?« Isabel hörte die Skepsis in Papás Worten. Warum mochte er das nicht glauben? Sie konnte doch auch lesen! Zumindest, wenn es saubere Lettern waren und nicht Papás hastige Handschrift.

»Ich kann auch ein wenig schreiben«, fuhr der Junge fort. »Ich lerne es.«

Papá trommelte mit den Fingern auf die Armlehne seines Sessels. »Padre Valentín«, sagte er gedehnt. »Ich muss gestehen, dass dieser Kleine sehr … drollig ist. Aber was um alles in der Welt bringt Euch dazu, mir an einem heiligen Sonntag ein Indiokind ins Haus zu schleppen, das bei mir lernen will? Er ist noch ein Kind! Was soll er denn jetzt schon von Leder und Leim verstehen?«

Jetzt wallte Trotz in Isabel auf. Sie trat vorwärts, sodass sie neben Papás Sessel stand, und suchte seinen Blick. »Ich bin auch ein Kind!«

Er biss sich auf die Lippen. In seinen Augen tanzte Zorn, den sie dort nur selten sah. »Ich habe dich nicht gefragt, Isabel«, sagte er scharf.

Sie hob den Kopf, erinnerte sich selbst daran, wer sie war. *Eine Goyeneche. Die Hausherrin.* »Musst du auch nicht«, erwiderte sie. »Es ist einfach nicht richtig, was du sagst. Ich verstehe schon viel vom Büchermachen. Und ich bin erst sechs.«

»Das ist etwas vollkommen anderes!«, schnappte Papá und beugte sich vor. »Du bist klug und verständig …«

»Er ist auch klug!«, platzte sie heraus und nickte in Santiagos Richtung. »Du hast doch gehört, was er übers Büchermachen gesagt hat! Das war doch die Wahrheit. Das hast du mir doch selbst so erklärt: Bücher zu binden, das ist, als ob man den Ackerboden bereitet für die Saat der Wörter, die …«

»Ja, ja, Isabel, es ist schon richtig, das habe ich gesagt!«, fuhr Papá ihr ins Wort und krampfte die Finger noch fester um seine Armlehne.

»Wir sollten ihn behalten«, sagte Isabel mit fester Stimme. »Er mag das Büchermachen, genau wie ich. Und Tomás ist nach Lima gegangen, du brauchst sowieso Hilfe in der Werkstatt.«

Papá zögerte. Sie kannte dieses Zögern. Es bedeutete, dass sie beinahe gewonnen hatte. »Ja, aber …«

»Hast du seine Hände gesehen?«, fragte sie. »Er hat schöne Hände. Er kann gewiss gut damit arbeiten. Bitte, Papa. Jetzt ist er von so weit hergekommen, nur weil er unbedingt bei dir lernen möchte. Sagst du nicht auch immer, das Wichtigste im Leben ist, dass Gott uns ein Ziel gibt?«

Papá sackte ein wenig in sich zusammen. »Isabelita, du wirst gewiss nicht behaupten, dass Gott diesem Jungen das Ziel gegeben hat, ein großer Buchbinder zu werden.«

Aus den Augenwinkeln sah sie, dass Santiago dem Padre einen fragenden Blick zuwarf. Der Priester beugte sich zur Seite und flüsterte ihm etwas zu.

»Wieso nicht?«, fragte sie hartnäckig.

Papá presste die Lippen zusammen. »Weil er ein Indio ist. Die Indios haben keine solchen Ziele. Sie sind tumber und weniger verständig als wir. Ihre Ziele sind eine gute Ernte oder ein gut gemästetes Lama. Aber niemals können sie mit ihren Händen so fein arbeiten, wie wir das können.«

Jetzt fühlte sie den Zorn in sich. Einen wie den, der eben noch in Papás Augen gestanden hatte. Ein Zorn für Erwachsene. Sie ballte die Fäuste. »Marina ist auch India. Sie macht bessere Zöpfe als Mama und schönere Stickereien. Pancha ist auch India. Und ihre Mürbeteigtörtchen schmecken genauso gut wie die der Nonnen von Santa Catalina. Adelita ist auch India, und …«

»Ja, aber das sind doch alles Frauenarbeiten!«

Sie verschränkte die Arme und hielt Papás Blick stand.

»Ihr habt gesagt«, warf Santiago scheu ein, »Gott hat mir ein Ziel gegeben. Das ist wahr. Büchermachen ist mein Ziel. Bitte, Herr.«

Ruckartig stand Papá auf und ging einige Schritte im Zimmer auf und ab, schien nach Argumenten zu suchen – und keine zu finden.

Padre Valentín räusperte sich. »Wenn es Euch lieber ist, Don Elisendo, dann können wir auch an einem anderen Tag wiederkommen.«

»Nein, nein«, fauchte Papá, blieb stehen und funkelte den Priester an. »Wir entscheiden das jetzt.« Er atmete tief durch und ballte kurz die Fäuste. »Also gut, Santiago. Du willst das Büchermachen also wirklich lernen?«

Isabels Herz machte einen Satz. Papá sprach eine Spur schneller als zuvor, aber Santiago schien ihn zu verstehen – er nickte, kaum dass Papá den Satz vollendet hatte.

»Ja, Herr. Ich möchte es gern lernen.«

»Es ist ein hartes Handwerk, das ist dir hoffentlich klar. Es wird viele Jahre dauern, bis du weißt, wie du ein richtig edles Buch binden musst.«

»Es ist gut, Herr«, sagte der Junge.

»Diese Arbeit braucht Zeit und unendliche Vorsicht. Dir werden Finger und Rücken schmerzen, weil du dich langsam bewegen musst. Du wirst die giftigen Kleisterdämpfe einatmen, und das wird nicht angenehm sein.«

»Es ist gut, Herr.«

Papá hob gequält eine Augenbraue. »Und wenn du schlecht arbeitest, lügst oder faul bist oder gar etwas stehlen solltest, dann werde ich dir eigenhändig das Fell gerben.«

Nun ballte Isabel ebenfalls die Fäuste. Das konnte er doch nicht ernst meinen!

Für einen Moment zögerte der Junge, dann lächelte er. »Nicht stehlen, nicht lügen, nicht faul sein. Es ist gut, Herr.«

Papá seufzte. Er blickte erst den Pater an, dann Santiago. Nicht Isabel. Aber sie wusste trotzdem, was er sagen würde, bevor er es aussprach. »In Ordnung, Santiago. Ich nehme dich als Lehrjungen an.«

Isabel musste sich zusammenreißen, um nicht in die Hände zu klatschen. Sie strahlte Santiago an und sah das scheue Lächeln, das über seine Züge glitt. Die Erleichterung in seinen dunklen Augen.

Und die Traurigkeit, die trotz allem dort blieb.

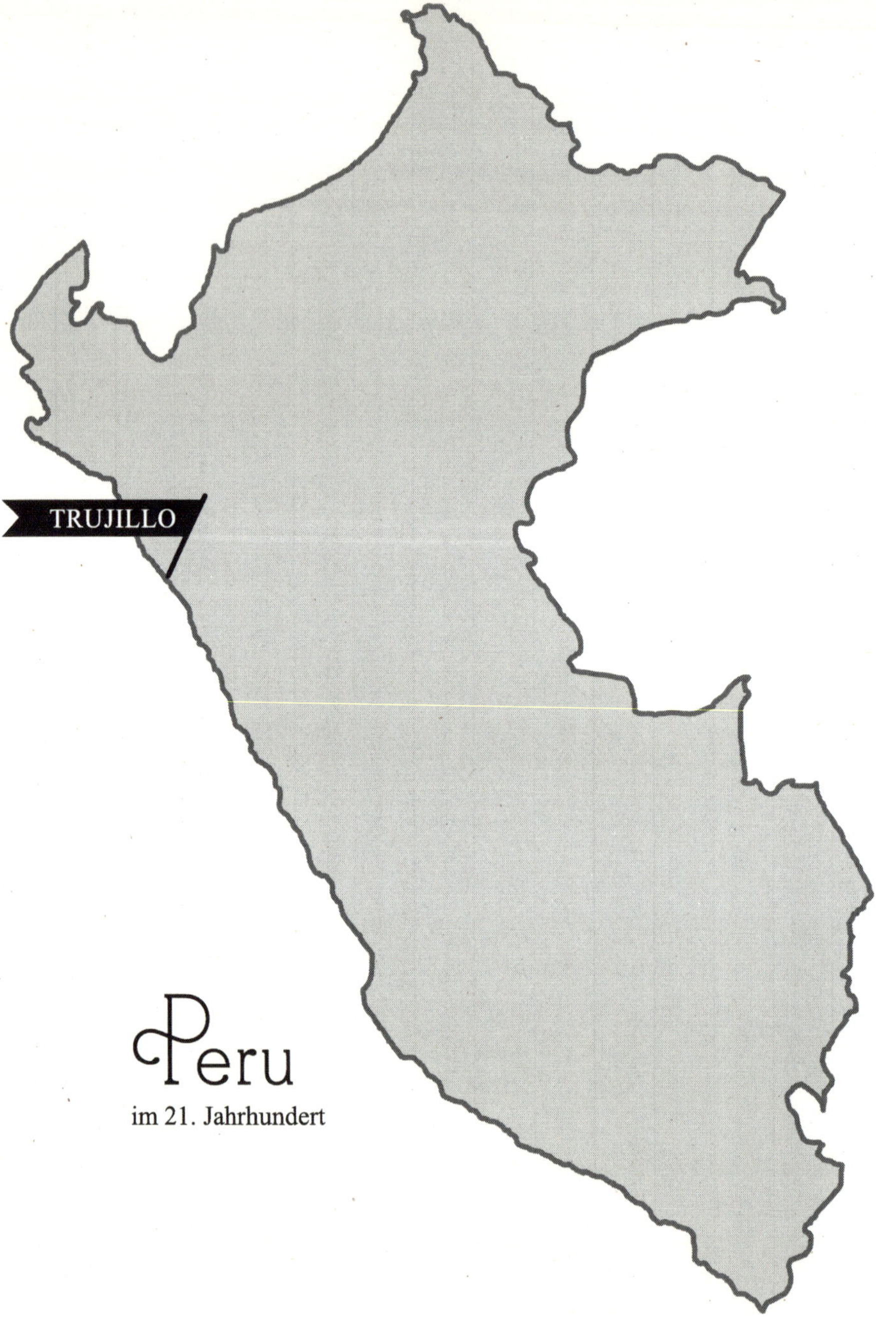

Peru

im 21. Jahrhundert

12. Trujillo

»Und, womit bewirbst du dich bei YETI?«

Kaum einen anderen Satz hatte Malinka im ersten Semester so oft gehört – in der Mensa, im Rechenzentrum, auf dem Weg von einem Seminar zum anderen. Zwar schmunzelten die Studierenden campusweit über den Namen YETI – ein Akronym für »Young, Excellent, Transformative, Interdisciplinary« –, aber mitmachen wollten sie alle. YETI war das Aushängeschild der Universität: eine von Studierenden gestaltete Onlineplattform mit kritischen Reportagen, politischen Essays, unterhaltsamen Videos und interaktiven Minispielen. Es war ein prestigeträchtiges Projekt, für das die Universität allerlei Fördergelder eingeworben hatte, und die Liste der unterstützenden Unternehmen und Institutionen las sich durchaus eindrucksvoll. Für die Mitarbeit bei YETI gab es sogar einige Credit Points, doch das war nicht der Grund, weshalb die wenigen Plätze im Redaktionsteam so begehrt waren: Schon in den ersten Wochen an der Uni hörte Malinka zahlreiche Geschichten darüber, wie Studierende dank YETI an gut bezahlte Praktika oder gar Stipendien gekommen waren.

Wie stolz war sie gewesen, direkt im zweiten Semester bei YETI angenommen zu werden – besonders deshalb, weil sie keinen wissenschaftlichen Text eingereicht hatte, sondern eine Kurzgeschichte, »Der Traum der Schmetterlinge«. Denn gefördert wurde YETI auch von einem städtischen Literaturhaus, das bisweilen Förderstipendien für kreatives Schreiben vergab: finanzielle Unterstützung, Workshops und ein Mentorenprogramm speziell für Studienanfänger. Perfekt, um Studium und Schreiben unter einen Hut zu bekommen. Man konnte sich nur nicht offiziell um diese Förderungen bewerben – Sichtbarkeit bei YETI war der einzige Weg.

Sie ging mit klopfendem Herzen zur ersten Koordinationssitzung. Eine Handvoll Studierender erwartete sie dort. Sie kannte niemanden, aber ein energischer Zweitsemestler aus der Politikwissenschaft dominierte die Sitzung sofort: Matteo. Er hatte sich bei YETI mit einem Essay über die Auswirkungen des Mauerfalls auf verschiedene Bevölkerungsgruppen beworben und machte unmissverständlich klar, dass ihm für die redaktionelle Quartalsplanung eine entschieden politische Ausrichtung von YETI vorschwebte.

Malinka hatte ihren Text vorgestellt und versucht, die kleine Runde für magischen Realismus zu begeistern.

Matteo hatte sie aus eisgrauen Augen fixiert und die Brauen zusammengezogen. »Das ist Unsinn«, hatte er kühl gesagt und sie angestarrt, bis sie den Blick senkte – um ihr dann auseinanderzusetzen, warum er ihre Geschichte für misslungen, naiv und weltfremd hielt und Literatur bei YETI für überhaupt fehl am Platz.

Malinka war auf alles gefasst gewesen, aber nicht auf so etwas. Ihr fielen kaum Worte ein, um ihr Werk zu verteidigen.

»Aber es ist doch ganz hübsch«, hatte irgendjemand in der Runde gesagt, ein Soziologiestudent aus dem dritten Semester, an dessen Namen sie sich nicht mehr erinnerte. Doch auch er verstummte unter Matteos scharfem Blick.

So niedergeschlagen Malinka aus der Sitzung gegangen war, hatte sie sich doch zunächst wenig Sorgen darum gemacht, was Matteos Haltung für ihre Mitarbeit bei YETI bedeuten würde. Veröffentlicht werden sollten ihre Kurzgeschichten – sie schrieb noch zwei weitere – ja trotzdem. Die Hoffnung auf das Förderstipendium beflügelte Malinka genug, um Matteos harsche Art weiterhin zu ertragen, auch wenn sie letztlich jede Sitzung erschöpft und niedergeschlagen verließ. Sie fühlte sich ihm einfach nicht gewachsen.

Schließlich neigte sich das Semester seinem Ende zu, und noch war keine einzige ihrer drei Kurzgeschichten auf YETI online gegangen.

Malinkas Nervosität wuchs. Ihre Beiträge mussten in diesem Semester veröffentlicht werden, damit das Literaturhaus sie berücksichtigte.

»Ich habe nachgeschaut, sie stehen alle in der Veröffentlichungswarteschlange«, versicherte eine der YETI-Administratorinnen auf Malinkas besorgte Nachfrage.

Der Stichtag rückte näher und verstrich. Keiner von Malinkas Texten erschien auf YETI. Erst zwei Wochen nach Beginn des neuen Semesters tauchte »Der Traum der Schmetterlinge« schließlich auf der Plattform auf, wurde vielfach angeklickt und erntete begeisterte Reaktionen. Sogar ein Mitarbeiter des Literaturhauses kommentierte ihn lobend. »Schade, dass du diesen Text nicht schon früher veröffentlicht hast! Damit wärst du sicher in unsere engere Förderauswahl gekommen.«

Sie saß wie erstarrt vor diesem Kommentar. Las ihn wieder und wieder. Konnte nicht fassen, wie nah sie ihrem Traum gewesen war.

Erst da wurde ihr klar, dass auch Matteo Administratorenrechte gehabt hatte.

Sie sprach ihn an, als sie ihn zufällig vor der Mensa traf – sie musste ihren ganzen Mut zusammennehmen, und ihre Stimme klang immer noch zu dünn.

Matteo musterte sie abschätzig und zuckte nur mit den Schultern. »Ich versteh dein Problem nicht, ich hab deine Texte ja nicht gelöscht. Nur verschoben. In mein redaktionelles Konzept haben die nicht gepasst, diese Peinlichkeiten.«

Damit ließ er sie stehen, und seither hatten sie kein weiteres Wort mehr gewechselt. Bis zu jenem Tag in der Bibliothek.

Der Bus fuhr sogar noch am selben Tag, spät abends. Sie kauften ihre Tickets, checkten im *Yanaphuru* aus, lagerten dort ihr Gepäck ein und überlegten, was sie mit dem angebrochenen Tag anfangen sollten. Eine weitere heiße Spur schien es in Lima nicht zu geben, und letztlich liefen sie einfach durchs Stadtzentrum, ziellos und schweigsam.

Malinka stellte insgeheim fest, wie wenig sie von Matteo wusste. Umgekehrt hatte sie das Gefühl, dass er dank seiner bohrenden Fragen recht gut über sie im Bild war. Mit jeder Information über Peru gab sie auch etwas über sich selbst preis.

Auf dem Rückweg zum Hotel kamen sie an einem Gebäude mit cremegelber Fassade vorbei. Fünf Eingänge mit Rundbögen gaben den Blick auf eine halbdunkle Eingangshalle frei, oben auf der Fassade thronte eine verzierte Uhr, und darunter war in Goldlettern das Wort *Desamparados* zu lesen.

»Was ist das hier?«, fragte Matteo und blieb stehen. »Ein Bahnhof?«

Malinka ließ den Blick über das Gebäude gleiten. »Ich bin mir nicht sicher«, gestand sie.

»Ein Ort in Peru, den du nicht kennst? Wow.« Er holte den Reiseführer aus der Tasche und blätterte darin. »Hier steht was von Zügen nach Hu… Hua… Huahua… Huancayo.«

Malinka schnippte mit den Fingern. »Dann weiß ich doch, was das ist! Die Zugstrecke nach Huancayo ist die höchste Eisenbahnstrecke der Welt. Oder zumindest war sie es mal. Mittlerweile gibt's diese Zugstrecke in Tibet, die ist noch höher.«

»Wie hoch ist diese hier?«

»Keine Ahnung. Fünftausend Meter? Auf jeden Fall muss das eine tolle Sache sein. Damit will ich auch mal fahren.«

Er schnaubte. »Das ist doch bestimmt die totale Touristenabzocke!«

»Keine Ahnung. Aber es muss ein echtes Erlebnis sein.«

Matteo zuckte mit den Achseln und steckte das Buch wieder ein. »Ich wusste nicht, dass es ein funktionierendes Eisenbahnnetz hier gibt.«

»Gibt es auch nicht. Es gibt diese Strecke, dann den Zug von Puno nach Cusco im Süden, und es gibt die Verbindung zwischen Cusco und Aguas Calientes am Fuß von Machu Picchu. Busfahren ist billiger – und oft schneller.«

»Wie wir in ein paar Stunden erleben werden«, sagte Matteo trocken und hüllte sich wieder in Schweigen.

***

Die nächtliche Busfahrt gestaltete sich für peruanische Verhältnisse recht angenehm. Die Filme, die fast die ganze Nacht über gezeigt wurden, waren zwar schlecht, aber die Lautstärke hielt sich in Grenzen, die Heizung funktionierte, und man teilte sogar warme Decken aus. Malinka schlief nach einer Weile richtig tief ein und wurde erst wach, als ein eindeutig übernächtigter Matteo sie energisch an der Schulter rüttelte.

»Hm?«

»Wir sind da. Obwohl es aussieht, als hätten wir Lima gar nicht verlassen.«

Sie linste aus dem Fenster. Tatsächlich war das Panorama wenig erhebend: Die beschlagene Scheibe gab nur den Blick auf eine graue Wolkendecke frei.

»Steht nicht im Reiseführer was von wegen Stadt des Ewigen Frühlings?«, fragte Matteo, als sie fröstelnd auf dem Busbahnhof standen und auf ihr Gepäck warteten. »Ich werde mich beim Verlag beschweren.«

Sie nahmen ein Taxi und ließen sich zu einem kleinen Hotel fahren, das nach der Beschreibung des Reiseführers vielversprechend klang. Tatsächlich entpuppte sich das *Hotel Moche* als freundliches Etablissement in einem niedrigen Haus mit leuchtend blauen Mauern, einem bepflanzten Innenhof und einer Voliere mit grasgrünen Papageien. Eine kleine Frau mit Grübchen in den Wangen führte Malinka und Matteo zu ihrem Zimmer, das zu ebener Erde lag, mit dem Bad am Gang. Matteo ließ sich als Erstes auf das Bett fallen und streckte sich der Länge nach aus. »Wie kannst du im Bus nur schlafen?«, murmelte er mit geschlossenen Augen.

»Reine Übungssache. Du nicht?«

Er machte die Augen auf und warf ihr einen fast empörten Blick zu. »Seh ich so aus?«

»Willst du jetzt schlafen?«

»Ja!«, knurrte Matteo, drehte sich auf die Seite und sagte kein Wort mehr.

Malinka zuckte die Schultern und suchte ihre Sachen zusammen, um duschen zu gehen.

Das Wasser war warm – eine Wohltat in der feuchten Morgenfrische. Als Malinka zurück ins Zimmer kam, lag Matteo ruhig atmend da und rührte sich nicht. Leise griff sie nach ihrer Umhängetasche und zog die Zimmertür hinter sich zu. Sollte er ruhig schlafen, wenn er meinte, aber sie würde jetzt die Stadt erkunden.

Vor zwei Jahren war sie auch nach Trujillo gekommen, allerdings zu einer anderen Jahreszeit. Damals hatte sie die Stadt tatsächlich als frühlingshaft kennengelernt, war mit einem *combi,* einem ratternden Kleinbus, in den nahen Strandort Huanchaco gefahren und hatte dort einen schönen Tag verbracht.

Jetzt spazierte sie auf gut Glück durch Trujillos Straßen. Sie konnte sich kaum an etwas erinnern und hatte wenig Lust, auf den Stadtplan zu schauen. Trotzdem fiel ihr die Orientierung nicht schwer; die Altstadt Trujillos war von einem Ring breiter Straßen umgeben, und man merkte sofort, wenn man sich aus diesem zeitlosen Gewirr hinausbewegte. Es war Morgen, die meisten Läden hatten noch geschlossen, und das Treiben auf den Straßen hielt sich in Grenzen.

Malinka ging weiter, bis sie die Plaza de Armas erreichte. Das Blau und Gelb der Fassaden wurde von dem grauen Himmel empfindlich abgedämpft. Malinka setzte sich auf eine Bank in der Mitte der Plaza, zog das geheimnisvolle Buch hervor und begann, darin zu blättern.

Das Gefühl kam völlig unerwartet, und sie brauchte einen Moment, um sich das Kribbeln in ihrer Magengrube erklären zu können. Sie hatte es schon viel zu lange nicht mehr gehabt. Nie wieder, seit … Sie dachte den Gedanken nicht zu Ende.

Ein Notizbuch. Sie musste unbedingt eines kaufen. Vielleicht konnte sie sich wenigstens Stichpunkte machen und die Informationen ordnen, die in den vergangenen Tagen auf sie eingestürmt waren.

Gedankenverloren blätterte sie im türkisblauen Buch weiter und erstarrte. Etwa in der Mitte der Seite war ein schwarzer Rahmen, in dem mit Druckbuchstaben geschrieben stand: *Qelqariy! Das beste Schreibwarengeschäft im Norden. Calle Atahualpa, einen Block von der Plaza entfernt. Kommen Sie vorbei!*

Ihr wurde schwindlig, und sie musste sich mit einer Hand auf der Steinbank aufstützen. Für einen Moment wünschte sie fast, Matteo mit seinem lakonischen Pragmatismus neben sich zu haben.

Warum tauchte so etwas ausgerechnet jetzt in dem Buch auf?

Aber das war nur ein Punkt.

Denn diesmal *wusste* sie hundertprozentig, dass diese Werbung vorher nicht da gewesen war. Die Seiten mit den Moche-Figuren hatte sie unzählige Male durchgeblättert; es gab genau drei Seiten mit Moche-Zeichnungen, und die Adresse des Ladens tauchte nun genau zwischen der ersten und der zweiten auf. Da hätte es gar keine Seite geben dürfen.

Malinka dachte an die Schrift, die sie selbst wie von Geisterhand im Buch hatte erscheinen sehen – und an die Worte des Buchhändlers in Lima.

Das Spiegelbuch. Ein Buch, in dem geschrieben stand, was passiert war, aber auch, was noch kommen würde. Er hatte zwar nicht erwähnt, dass sich der Inhalt des Buches veränderte, aber trotzdem …

Stopp, dachte sie. *Ich werde jetzt nicht ernsthaft anfangen, mir Gedanken darüber zu machen, ob ich ein verzaubertes Buch in den Händen halte.*

Eine andere Stimme in ihrem Hinterkopf fragte: *Ja und? Was soll es denn sonst sein?*

Sie schaute wieder auf die Blätter, aber die Anzeige für die *papelería* blieb, wo sie war. *Und natürlich hat sie einen Quechua-Namen*, dachte Malinka, qelqariy, *schreib, besser könnte es gar nicht kommen. Und sie befindet sich in einer Straße namens Atahualpa.*

Sie holte ihr Handy hervor, rief die Stadtplan-App auf, suchte die Straße heraus und prägte sich den Weg ein. Kurz überlegte sie, Matteo eine Nachricht zu schreiben, ob er dazukommen wollte … oder ihn zumindest wissen zu lassen, was das Buch jetzt wieder angestellt hatte. Dann schüttelte sie energisch den Kopf. Abgesehen davon, dass Matteo vermutlich wenig Lust haben würde, in einem Schreibwarengeschäft zu stöbern, schlief er wahrscheinlich ohnehin noch. Sie konnte ihn noch immer später auf den neuesten Stand bringen.

Das Geschäft befand sich nur eine *cuadra* von der Plaza entfernt. Ein großes gelbes Schild leuchtete Malinka schon von weitem entgegen: *Qelqariy!*

Die Fenster gaben den Blick auf eine helle und moderne Ladenfläche frei.

Schade, dachte Malinka. *Ich hatte mir das urig und schummrig vorgestellt, aber vielleicht ist es so auch besser.*

Sie betrat den Laden. In einem Glastresen lagen alle Arten von Kugelschreibern, Bleistiften und Textmarkern; in einer Vitrine eingeschlossen sah sie Notizblöcke und Adressbücher, und an der Wand hingen Lineale, Zirkel und Scheren.

Mitten auf dem Tresen stand ein kleines Fläschchen aus trübem Glas mit einem Korkenverschluss – das einzige annähernd Geheimnisvolle in diesem Laden, das damit sehr fehl am Platz wirkte. Zu sehen war niemand.

Malinka machte einen Schritt auf den Tresen zu und nahm das Fläschchen in die Hand.

Die Ladentür schlug in der gleichen Sekunde zu wie die Fensterläden, und alles wurde dunkel.

***

Für einen Moment stand Malinka mit pochendem Herzen da, das Fläschchen noch immer umklammert, dann atmete sie durch.

»Hallo? Entschuldigung?«, rief sie in die Dunkelheit.

Zwei Arme legten sich von hinten um sie, und sie schrie. Da wurde sie hochgehoben. Ihre wütenden Tritte gingen ins Leere. Der unbekannte Angreifer zog sie mit sich. Malinka schrie aus Leibeskräften auf Deutsch und Spanisch, spürte einen kühlen Luftzug, als hätten sie ein steinernes Gewölbe betreten, und als sie schließlich auf harten Boden fallen gelassen wurde, hielt sie die kleine Flasche noch immer fest in der Hand.

Sie versuchte, sich aufzurappeln, und spürte, wie die unbekannte Gestalt sich über sie beugte. Hände fuhren suchend über ihren Oberkörper, tasteten nach ihrer Umhängetasche. Malinka holte instinktiv aus und schlug mit der geballten Faust dorthin, wo sie den Kopf des Angreifers vermutete. Tatsächlich traf sie auf Widerstand, aber es schien keine Haut zu sein, sondern eine Maske aus Federn.

Die Gestalt im Dunkel taumelte unter dem Aufprall leicht zurück, und Malinka rollte sich seitlich weg, um Abstand zwischen sich und sie zu bringen. Der Boden war feucht und steinig, ihre Augen gewöhnten sich langsam an die Dunkelheit und konnten immerhin die Silhouette ihres Angreifers ausmachen.

Doch offensichtlich konnte er sie auch sehen. Mit einem Satz war er über ihr und riss sie zurück auf den Boden. Ihr Hinterkopf stieß gegen einen Stein, und für die Dauer eines Herzschlags war sie wie betäubt. Die Gestalt saß rittlings auf ihr und drückte sie mit ihrem eigenen Gewicht zu Boden.

Malinka versuchte, den unbekannten Angreifer abzuschütteln, ihn von sich hinunterzustoßen, aber es war, als schlage sie gegen eine Felswand. Unbeeindruckt thronte er über ihr.

»Wer bist du?«, brachte sie zittrig hervor, doch sie bekam keine Antwort. »Was willst du?«

Sie spürte, dass die Gestalt sich an der Tasche zu schaffen machte, und Panik durchfuhr sie. Noch einmal versuchte sie, sich unter dem Angreifer aufzubäumen, streckte hektisch eine Hand nach der Tasche aus, doch er wehrte sie mit einem dumpfen Schnauben ab und riss die Tasche aus Malinkas Reichweite. Achtlos warf die Gestalt beiseite, was sie aus der Umhängetasche zupfte – das dumpfe Klatschen musste der Reiseführer sein, das Klappern Malinkas Handy. Dann zerrte der Schemen etwas hervor, das er mit einem triumphierenden Zischen an sich drückte. Malinka spürte leeren Stoff über ihre Hüfte streifen. *Das kleine Buch!* Das konnte sie sich unmöglich stehlen lassen.

»Gib es sofort zurück!«

Doch statt einer Antwort beugte die Gestalt sich über sie, schloss die Hände um Malinkas Kehle und drückte zu.

Kalte Panik brandete durch Malinkas Adern, verlieh ihr noch einmal Kraft und Atem für einen Schrei.

»*Anchhuway, supay!*«, brüllte sie, versuchte, die Finger um ihren Hals zu lösen.

Die Gestalt zuckte zurück, ihr Griff lockerte sich wie vor Überraschung.

Malinka nutzte den schwindenden Widerstand, um sich aufzubäumen, und ihr Schwung brachte die Gestalt aus dem Gleichgewicht. Sie fiel rücklings auf den Boden, während Malinka sich aufrappelte, sich kurz aufstützte und dabei weiches Leder ertastete. Hastig packte sie zu, kam auf die Füße, ahnte die Umrisse eines Türrahmens vor sich und sprintete los, riss an der Klinke.

Die Tür ging auf. Malinka war zurück im Laden, rannte zur Eingangstür, stieß sie mit aller Kraft auf und taumelte auf die Straße. Ihre Umgebung nahm sie nur durch einen Tränenschleier wahr. Sie presste das Buch im Rennen an sich, stopfte das Fläschchen blindlings in ihre Hosentasche und wurde erst langsamer, als sie das Hotel erreichte.

***

Ihre Knie gaben in dem Moment unter ihr nach, als sie ins Zimmer stolperte und die Tür hinter sich zuknallte. Mit dem Rücken gegen das Holz gelehnt rutschte Malinka nach unten, blieb zitternd auf dem Boden sitzen und kämpfte gegen die Tränen. Verschwommen sah sie Matteo, der wie gerade hochgeschreckt auf dem Bett saß und sie verständnislos anstarrte.

»Was ist denn mit dir passiert?«

Malinka zog die Knie an und bettete den Kopf darauf. Keine Kraft, kein Atem für eine Antwort. Ein Schluchzen schüttelte ihren Körper, und sie konnte es nicht zurückdrängen.

Im nächsten Moment spürte sie eine Berührung an ihrer Schulter und zuckte zusammen.

»Hey«, murmelte Matteo, hockte sich neben sie. »Ganz ruhig. Was ist passiert? Malinka? Bist du in Ordnung?«

Sie nickte, konnte aber nicht aufhören zu weinen.

Matteo seufzte und zog sie erstaunlich behutsam auf die Füße. Er strich ihr sogar ein paar Mal tröstend übers Haar. »Meine Güte, du bist eiskalt. Komm, ab ins Bett.«

Er bugsierte sie zu ihrem Bett hinüber, nahm ihr das Buch aus der Hand und deckte sie notdürftig zu, bevor er ein Taschentuch hervorholte und es ihr etwas ungelenk zwischen die Finger drückte. »Willst du was trinken? Bist du verletzt? Mist, du blutest.«

Während sie ihn in seinen Sachen kramen hörte, spürte sie, wie sie langsam ruhiger wurde. Er kam mit einer roten Erste-Hilfe-Tasche zurück, tränkte ein Wattebäuschchen mit Alkohol und beugte sich über Malinka. Sie zuckte zusammen, als er begann, ihr die Stirn abzutupfen; es brannte höllisch. Aber immerhin lenkte es sie von ihren Tränen ab. Sie schnaubte in das Taschentuch, wischte sich die Augen ab und fühlte sich langsam besser.

Schließlich ließ Matteo das blutige Wattebäuschchen sinken, klebte ihr ein Pflaster auf die Stirn und reichte ihr eine Wasserflasche. Vorsichtig setzte sie sich auf und nahm ein paar Schlucke.

»Geht's?«, fragte er und musterte sie. Sie meinte, einen Hauch Sorge in seiner Stimme zu hören – aber gleichzeitig auch unverhohlene Neugier.

Malinka nickte müde und warf einen Blick auf den Nachttisch, von wo ihr vertrautes Türkisblau entgegenleuchtete.

»Was ist denn jetzt passiert?«, bohrte Matteo prompt nach. »Du siehst furchtbar aus.«

»Na, danke auch.« Sie griff nach dem Buch, schlug es auf und zeigte Matteo die Seite mit der *Qelqariy*-Werbung. Mühsam begann sie, von ihrem Erlebnis zu berichten. Als sie geendet hatte, saßen sie eine Weile schweigend da.

»Verdammt«, sagte Matteo schließlich. »Das klingt nicht gut.«

»Das kannst du laut sagen.« Malinka warf noch einen Blick auf das Buch und zog scharf die Luft ein: Schrift und Schild verblassten stetig, bis nur eine leere Seite zurückblieb.

***

Weil Malinka mittlerweile schrecklichen Hunger verspürte, machten sie sich auf den Weg, um etwas Essbares aufzutreiben. Es war eine angenehme Überraschung, dass die Sonne sich durch die Wolkendecke gekämpft hatte und aus einem einigermaßen blauen Himmel auf die Stadt schien. Sie fanden ein Lokal in der Nähe des Hotels, und obwohl Matteo behauptete, frittierter Fisch zum Frühstück sei absolut pervers, hatte Malinka genau darauf unbändigen Appetit.

Während sie vor ihren dampfenden Tellern saßen, versuchten sie einmal mehr, Ordnung in das Geschehene zu bringen.

»Ich hab ihn auf Quechua angeschrien«, sagte Malinka nachdenklich. »Das hat ihn verwirrt. Ich konnte das spüren.«

»Was hast du geschrien?«

»*Anchhuway, supay* ... Lass mich, Teufel.«

»Es gibt im Quechua einen Teufel? Ist das ein Teufel im christlichen Sinn?«

»Nicht ursprünglich. Es war eine Art Geistwesen, aber nicht böse. Aber nach der Eroberung wurden Gebete und Katechismus ins Quechua übersetzt, um die Christianisierung voranzutreiben, und oft benutzten die Missionare bestehende Begriffe, um damit christliche Konzepte zu beschreiben. Sie borgten sich das Wort *supay* also quasi aus, um damit *Teufel* zu übersetzen – und die neue Bedeutung hat die ursprüngliche letztendlich überschrieben. Heute wird es meines Wissens nur noch in diesem Sinn benutzt.«

Matteo verzog das Gesicht. Wahrscheinlich war ihm diese Antwort schon wieder zu ausführlich gewesen. »Die Frage ist, warum uns jemand das Buch stehlen will.«

»Wenn du verflucht bist, hat vielleicht jemand ein Problem damit, dass du den Fluch loswirst.«

Sie schauten sich an.

»Hilfe«, murmelte Matteo. »Ich hätte nie gedacht, dass ich mal derart ernsthaft über solche Themen reden würde. Wer ist *jemand?* Ein *apu?«*

»Wir sollten so schnell wie möglich zu dem *curandero* gehen«, sagte Malinka.

Er nickte zustimmend. »Und sehr vorsichtig mit dem Buch sein, in jeder Hinsicht. Auch mit dem, was drinsteht.«

»Moment mal.« Malinka griff in ihre Hosentasche und holte das Fläschchen heraus, das sie bis eben völlig vergessen hatte. »Das war auch im Laden, ich hab es mitgenommen.«

»Vielleicht hatte der ominöse Angreifer also einfach was gegen Ladendiebstahl«, sagte Matteo trocken, nahm ihr das Fläschchen aus der Hand und versuchte, den Korken zu lösen. Aber es gelang ihm nicht. »Was ist das?«

»Keine Ahnung.« Malinka entwand ihm das Gefäß wieder und probierte es selbst. Sie musste den Korken nur leicht zwischen zwei Fingern drehen, schon konnte sie ihn einfach abziehen.

Matteo blinzelte verblüfft. »Vorsicht. Nicht, dass das was Giftiges ist oder so.«

Sie verdrehte die Augen und fuhr mit der Fingerspitze über die Flaschenöffnung. Rote Farbe blieb an ihrer Fingerkuppe zurück. »Ist nur Tinte.«

»*Rote* Tinte«, wiederholte Matteo und suchte ihren Blick. »Wie das Pumablut?«

»*Pukayawar.*« Ihr Mund wurde trocken. »Verdammt, du hast recht.«

***

Es dauerte nicht lange, und sie hatten sich durchgefragt, welches *combi* am Jirón Yanaphuru vorbeifuhr.

Etwas unbequem saßen sie auf einer der schmalen Bänke im Inneren des rumpelnden Kleinbusses. Matteo warf misstrauische Blicke auf die

Tür, die während der Fahrt durchgängig geöffnet blieb, und verdrehte leicht die Augen ob der Cumbiamusik, die mit voller Lautstärke aus den Lautsprechern dröhnte. Malinka hingegen konnte nicht verhindern, dass einer ihrer Füße den Takt mitklopfte.

Der *cobrador* – Assistent des Fahrers, zuständig für das Kassieren – hing in waghalsigen Manövern aus der Tür des fahrenden *combi* und schrie aus voller Kehle nach draußen, wo die Fahrt hinging, um noch mehr Fahrgäste anzulocken. Er teilte dem Fahrer durch Zurufe mit, wann er halten musste, weil jemand ein- oder aussteigen wollte, und wann er weiterfahren konnte. Er hob kleine Kinder und schwere Einkaufstüten in das *combi,* und in regelmäßigen Abständen klimperte er mit einer Handvoll Münzen und schnarrte: »*¡Pasajes a la mano por favor!* Das Fahrgeld zur Hand! Und zahlen Sie bitte mit Kleingeld!«

Matteo wirkte gleichermaßen irritiert und beeindruckt. »Was für ein Job«, raunte er Malinka zu.

»Yanaphuru, wer steigt am Jirón Yanaphuru aus?«, rief der *cobrador.*

»*¡Baja!*«, brüllte Malinka. Sie drückte dem *cobrador* zwei Münzen in die Hand, dann kletterten Matteo und Malinka aus dem fast noch fahrenden *combi* hinaus.

Langsam gingen sie die schmale Straße entlang. Die Häuser hier hatten nichts mit den herrschaftlichen Kolonialbauten im Herzen der Stadt zu tun. Es waren Gebäude aus nacktem Stein und Mörtel, unverputzt, mit Dächern aus Wellblech und Fenstern ohne Glas. Von den flachen Dächern der Häuser starrten magere Hunde auf Matteo und Malinka herab und bellten drohend, als sie vorbeigingen. Der Boden war grauer Staub, keine Spur von Asphalt. Aus irgendeinem Haus dröhnte Cumbiarhythmus, ansonsten herrschte eine fast gespenstische Stille.

»*Pueblo joven*«, sagte Malinka leise.

»Slum?«

»So kann man es auch sagen.«

Eine ältere Frau humpelte aus einem Hauseingang und beäugte sie misstrauisch. Malinka grüßte höflich. »Entschuldigung, wir suchen einen *señor* Juan Moreno Quispe. Wissen Sie, wo er wohnt?«

Bei ihren Worten wich das Misstrauen ein wenig aus der Miene der Frau. »*Aquí nomás es,* das ist gleich hier«, erklärte sie und wies auf eine Tür aus dunkelgrünem Wellblech. »Klopft einfach an.«

Sie traten auf die Tür zu. Malinka klopfte zaghaft. Matteo bedachte sie mit einem Kopfschütteln und hämmerte energisch gegen das Wellblech.

Eine Weile rührte sich nichts, dann hörten sie ein Schlurfen von innen.

»*¿Quién es?* Wer da?«

»Entschuldigen Sie«, rief Malinka. »Wir sind aus Lima hierhergekommen. Ein Herr, der in einer Buchhandlung in der Calle Cajamarca arbeitet, hat uns Ihre Adresse gegeben.«

Matteo stieß sie in die Seite. »Na toll, jetzt weiß es ganz Trujillo.«

»*Vaya*«, versetzte die Stimme von innen, »das war nicht meine Frage. Wer seid ihr?«

Für einen Moment schwieg Malinka perplex, also holte Matteo Luft und antwortete der Tür: »Ich bin Matteo, und sie heißt Malinka.«

Die Tür schwang nach innen auf.

»Das wollte ich wissen«, sagte Juan Moreno Quispe. »Kommt herein.«

***

Der *curandero* mochte siebzig oder achtzig Jahre alt sein. Er war ein magerer kleiner Mann, in dessen breitem Mund kaum noch Zähne übrig waren. Strähniges graues Haar hing um seinen Kopf, und er ging gebückt. Seine haselnussbraunen Augen jedoch wirkten wach und aufmerksam, und seine Bewegungen insgesamt flüssig und ohne Beschwerden. Er bot Malinka und Matteo einen Platz auf geflochtenen Palmenmatten auf dem Boden an, denn Stühle gab es nicht. Er selbst ließ sich ihnen gegenüber auf dem nackten Boden nieder und musterte sie mit einem leichten, kaum wahrnehmbaren Grinsen. »Ihr seid also aus Lima angereist. Und woher kommt ihr eigentlich?«

Malinka machte den Mund auf, um zu antworten, obwohl sie das seltsame Gefühl hatte, dass der *curandero* mehr zu Matteo gewandt sprach.

Und in der Tat kam Matteo ihr mit der Antwort zuvor. »Aus Deutschland.«

Moreno Quispe nickte leicht, als würde diese Antwort nur eine bestehende Vermutung bestätigen. Jetzt fixierte er unverhohlen nur noch Matteo. »Ich sehe dir an, warum du hier bist, *hijo*«, sagte er. »Es schaut dir aus den Augen. Es hängt an dir wie ein Schatten. Eine ernste Sache. Du hast nicht mehr lange zu leben.«

Aus den Augenwinkeln sah Malinka, wie Matteo zusammenzuckte, auch wenn er sich gleichzeitig um Fassung bemühte.

»Können Sie mir helfen?«, fragte er schließlich mit rauer Stimme.

Der *curandero* blickte ihn unverwandt an. »Ich muss erst wissen, *wer* dafür verantwortlich ist. Zieh dein Hemd aus und leg dich dort hin.«

Er wies mit einer Kopfbewegung auf einen klapprig wirkenden Plastiktisch in der Ecke, der einst weiß gewesen sein mochte. Matteo zögerte, erhob sich dann aber gehorsam, zog Jacke und Hemd aus und legte sich auf die Plastikfläche. Moreno Quispe hatte sich ebenfalls erhoben, glitt zu einem schmuddeligen grünen Vorhang und verschwand dahinter. Sie hörten ihn hantieren und vor sich hin murmeln.

Als er wieder zurückkam, hielt er etwas Kleines, Schwarzes in beiden Händen. Malinka musste genauer hinsehen, um zu erkennen, dass es sich um ein Meerschweinchen handelte. Von ihrem Platz aus konnte sie nicht sehen, ob Matteo das Tier ebenfalls bemerkt hatte. Sie sah ihn aber leicht zusammenfahren, als der *curandero* ihm das leise quiekende Meerschweinchen auf die Brust setzte. Es begann zu schnüffeln und auf Matteos Oberkörper entlangzukrabbeln, geleitet von den Händen des *curanderos*. Matteo lag stocksteif da. Moreno Quispe sagte kein Wort, sondern konzentrierte sich ganz auf das Meerschweinchen. Erst nach einer Weile brach er das Schweigen. »Dreh dich um.«

Er hob das Tier hoch, und Matteo drehte sich gehorsam auf den Bauch. Der *curandero* wiederholte die Prozedur; Malinka beobachtete ihn und verlor dabei jedes Zeitgefühl. Schließlich hob er das kleine Tier wieder auf. »Gut«, sagte er nur und wandte sich ab.

Matteo blieb noch einen Moment liegen, dann richtete er sich auf, glitt vom Tisch herunter und zog sich wieder an.

»Und jetzt?«, fragte er. »Das hilft?«

»Warten wir's ab.«

Aus dem Nebenzimmer, in das sich Juan Moreno Quispe mit dem Meerschweinchen zurückgezogen hatte, hörten sie plötzlich ein seltsam langgezogenes Quieken.

»Du meine Güte«, sagte Matteo bloß.

Der Mann kehrte zu ihnen in das Zimmer zurück, das Meerschweinchen in den Händen. Es war tot. Malinka und Matteo starrten ihn an, sagten aber nichts.

La pasada del cuy, dachte Malinka plötzlich. Davon hatte sie schon einmal gehört.

»*La pasada del cuy*«, bestätigte der *curandero* laut, als habe er ihre Gedanken gelesen. Vielleicht hatte sie sie auch einfach ausgesprochen. »Das *cuy,* das Meerschweinchen, hilft uns, die Krankheit des Patienten zu erkennen. Wenn wir die Eingeweide des Tiers betrachten, wird uns das Aufschluss geben.«

Matteo blickte skeptisch drein. Malinka sah ihm an, dass er zwar kein Wort glaubte, den *curandero* aber auch nicht kränken wollte. Immerhin hatte dieser ihm auf den Kopf zugesagt, dass er verflucht war.

»Aber ist ein Fluch denn körperlich?«, fragte Matteo schließlich.

Juan Moreno Quispe legte das *cuy* auf den Tisch und beugte sich darüber. Malinka erhob sich vorsichtig. Sie war zwar nicht sicher, ob sie wirklich einen Blick in die Eingeweide eines toten Meerschweinchens werfen wollte, aber die Neugier war stärker als der Ekel. Auch Matteo stand neben dem *curandero* und schaute ihm über die Schulter.

Das Meerschweinchen lag auf dem Rücken. Moreno Quispe fuhr mit beiden Händen in den geöffneten Bauch und klappte das Tier nach außen auf. Dann zog er die Augenbrauen hoch und machte einen Ausruf in einer Sprache, die Malinka nicht zuordnen konnte, die aber bestimmt kein Quechua war. Woher sein Erstaunen kam, glaubte sogar sie erkennen zu können: Die Eingeweide des *cuy* waren ganz schwarz.

Moreno Quispe wischte sich die blutigen Finger an der Hose ab und wandte sich Matteo zu. »Wie ich es mir gedacht habe, *hijo*. Das ist kein normaler Fluch. Du hast einen *apu* herausgefordert. Jetzt verstehe ich, warum du dem Tod geweiht bist.«

»Welchen *apu* denn?«, fragte Matteo. »Und was kann ich machen?«

Der *curandero* seufzte. »Welcher *apu* es genau gewesen ist, kann ich schwer sagen. Es bedürfte weiterer Behandlungen, um das herauszufinden, und es würde mehr Zeit in Anspruch nehmen, als dir noch bleibt.«

»Wie viel ist das?«, fragte Matteo leise. Er war blass geworden.

Juan Moreno Quispe hob nur die Arme in einer ratlosen Geste. »Zwei Monate? Drei? Setz dich wieder, *hijo*.«

»Das kann doch nicht sein«, brachte Matteo hervor und blieb mit geballten Fäusten stehen. »Ich kann doch nicht ernsthaft sterben, nur weil ich dieses Buch angefasst habe!«

Moreno Quispe machte gerade Anstalten, sich wieder auf den Boden zu setzen, doch jetzt erstarrte er mitten in der Bewegung, richtete sich mit einem Ächzen wieder auf und sah Matteo scharf an. »Was für ein Buch?«

Matteo nickte Malinka zu, und sie holte das Buch aus der Umhängetasche und hielt es dem *curandero* hin.

Dieser nahm es nicht entgegen, aber er starrte es mit einem eigentümlichen Gesichtsausdruck an, den sie nicht recht deuten konnte. »Ich muss mehr wissen«, sagte er leise, und zum ersten Mal hörte sie einen Hauch von Unsicherheit durch seine Gelassenheit schimmern.

»Da drin habe ich zuerst gelesen, dass es ein Fluch sein soll«, murmelte Matteo. »*Fluch der verschwiegenen Geschichten* oder so.«

Eine steile Falte bildete sich zwischen Moreno Quispes Brauen. »Unmöglich.« Das Wort war nur ein Hauchen.

»Es steht hier.« Malinka öffnete das Buch, blätterte, bis sie die Stelle fand, und hielt es dem *curandero* so hin, dass er den Text lesen konnte.

Er beugte sich leicht vor, seine Augen weiteten sich. »Rote Tinte«, hauchte er, bevor er den Blick auf die Schrift heftete, stumm beim Lesen die Lippen bewegte und schließlich den Kopf schüttelte. »Kann es sein? Kann es wirklich sein? *Rirpu patara?* Das Spiegelbuch?«

»Sie kennen die Legende vom Spiegelbuch?«, fragte Malinka leise.

Moreno Quispe wandte sich wieder Matteo zu. »Woher habt ihr das?«

»Aus einer Bibliothek bei uns in Berlin. Es hat dort im Magazin gelegen.« Matteo suchte Malinkas Blick, als wolle er sichergehen, dass er auch das Richtige erzählte.

»Irgendeine Nachlasssammlung«, bestätigte sie.

Juan Moreno Quispe schüttelte erneut den Kopf, streckte eine Hand nach dem Buch aus und ließ sie wieder sinken. »Unglaublich.« Seine Miene verhärtete sich. »Es sollte nicht bei euch sein. Es gehört nach Peru.«

Malinka schluckte hart. »Wahrscheinlich haben Sie recht. Aber wissen Sie denn mehr über dieses Buch?«

»*Rirpu patara*«, wiederholte der *curandero* nahezu andächtig. »Es ist … es muss das Spiegelbuch sein.«

Matteo schnappte hörbar nach Luft. »In Lima wurde uns gesagt, das sei nur eine Geschichte.«

»Keine Geschichte ohne ein Körnchen Wahrheit.« Moreno Quispe atmete tief durch und nickte in Richtung des Buchs. »Blaues Leder, rote Tinte, ein Fluch, der als Wächter zwischen den Seiten geschlummert hat. Es passt alles zusammen. Und so wisst ihr im Grunde auch schon, was zu tun ist. Das Buch selbst hat es kundgetan: *der Geschichte des Fluchs auf die Spur kommen.*«

»Mehr nicht?«, fragte Malinka rau.

Der *curandero* blickte wieder auf das Buch in ihren Händen. »Ihr müsst sie suchen«, murmelte er. »Die verschwiegene Geschichte will gefunden werden und selbst Zuflucht finden im Spiegelbuch. Sie will aufgeschrieben werden wie einst vom Yuyaq. Oh, das ist keine Kleinigkeit.« Sein Blick glitt zurück zu Matteo. »Geschichten sind mächtige Geschöpfe. Sie haben eine Seele, die sie nicht verlieren können, egal wie oft sie erzählt werden. Eine Geschichte kannst du nicht erfinden. Sie wird immer zu dir kommen, sobald sie erzählt werden will. Deswegen gibt es so wenige, die das Handwerk des Geschichtenerzählens verstehen. Weil man es nicht erlernen kann, sondern von den Geschichten ausgewählt werden muss.«

Malinka hörte mit pochendem Herzen zu, und ihr wurde flau im Magen.

»Wenn dein Fluch mit einer Geschichte zu tun hat, die nicht erzählt worden ist«, fuhr Juan Moreno Quispe fort, »dann wirst du ihn nicht alleine lösen können. Nur eine Geschichtenerzählerin kann dir hier beistehen.«

Malinka hatte das Gefühl, dass Matteo in ihre Richtung blicken wollte, es aber tunlichst vermied, indem er zu Boden starrte. »Und wo finde ich eine Geschichtenerzählerin?«, fragte er halblaut.

»An deiner Seite«, antwortete der *curandero,* ebenfalls ohne Malinka anzusehen. Trotzdem machte ihr Herz einen Sprung.

»Malinka meint, dass sie … dass sie das Geschichtenerzählen verloren hat«, sagte Matteo zögernd.

»Was man verliert, kann man wiederfinden. Wie ich schon sagte, wie das Buch euch schon sagte: Das ist die Suche, auf die ihr gehen müsst. Lockt die Geschichte. Sie ist ein scheues Tier. Wenn ein Geschichtenerzähler seine Gabe verliert, dann, weil die Geschichten das Vertrauen in ihn verloren haben. Aber man kann es wiedererlangen.«

Malinka hatte das Gefühl, dass ihr Tränen in die Augen steigen wollten. Sie holte tief Luft, sagte aber nichts.

»Das Spiegelbuch ist das Werk der *apus*«, fuhr Moreno Quispe fort. »Es weiß, was war, und es kennt, was kommt. Seine Hinweise werden euch leiten.«

»Der letzte Hinweis war eine Falle«, wandte Matteo ein. »Jemand hat Malinka überfallen und versucht, uns das Buch zu stehlen.«

Juan Moreno Quispe musterte ihn aufmerksam, blieb jedoch stumm.

»Haben Sie eine Idee, wer das gewesen sein könnte?«, fragte Malinka. »Wer kann ein Interesse daran haben, das Spiegelbuch an sich zu bringen?«

»Wer weiß das ...«, sagte der *curandero* langsam. »Ein *apu* hat dich verflucht, *hijo,* und er wird nicht zulassen wollen, dass du dich rettest. Möglich, dass er seine *mallkus* schickt, seine Helfer. Hüte dich ...« Er hielt kurz inne. »Hütet *euch* vor ihnen. Sie sind boshaft und brutal.«

»Wie können wir dem Buch vertrauen, wenn es uns Fallen stellt?«, beharrte Matteo.

Juan Moreno Quispe schüttelte energisch den Kopf. »Nein. Das Buch selbst führt euch nicht in die Irre.«

»Wohin sollen wir dann als Nächstes?«, fragte Malinka.

Die Ahnung eines Lächelns huschte über das alte Gesicht. »Vielleicht wisst ihr das längst.«

Cajamarca, dachte sie. *Die Geschichte von Atahualpa, die Straße des Buchladens ...* Und von Trujillo aus gab es Direktverbindungen.

Matteo sah dem *curandero* direkt in die Augen. »Kennen Sie Garcilaso?«

»Namen sind Schall und Rauch, *hijo.«* Moreno Quispe schlug seine Beine übereinander, starrte ins Leere und schwieg.

Matteo und Malinka warteten eine Weile, bis sie begriffen, dass das Gespräch für ihn beendet war und er kein Wort mehr sagen würde. Sie standen auf und gingen zur Tür, durch die sie das Haus betreten hatten.

»Danke«, sagte Matteo im Gehen.

»*Suerte*«, antwortete der *curandero.* »Viel Glück.«

Dann standen sie wieder im Jirón Yanaphuru. Staub wirbelte um ihre Schuhe, während sie sich vom Haus des *curandero* entfernten.

Eine Weile sagte keiner von ihnen ein Wort; Matteo starrte beim Gehen zu Boden.

Malinka fragte sich, was für ihn wohl härter war: das Wissen um den Ernst seiner Lage oder die Tatsache, dass er sich mit Wesen auseinandersetzen musste, deren Existenz er bis vor Kurzem noch geleugnet hatte.

Verdenken konnte sie es ihm nicht. Auch wenn sie mit Begeisterung alles aufgesogen hatte, was sie über die andine Kultur in Erfahrung bringen konnte – dass all das zu etwas wurde, das in ihre Wirklichkeit eingriff, hätte sie nie erwartet.

»Glaubst du das mit dem Meerschweinchen?«, fragte Matteo schließlich.

»Du hast es selbst gesehen«, gab sie zurück.

Matteo blieb stehen. »Mir ist das alles zu abgedreht. Ich will mit solchen Sachen nichts zu tun haben. Ich bin ein rational denkender Mensch. Und was ist jetzt los? Ich gehe zum Wunderheiler, lasse Meerschweinchen über meinen Bauch krabbeln, und dann rede ich davon, dass mich peruanische Berggötter verflucht haben, als wäre es das Normalste auf der Welt. Und das Schlimme ist, ich habe keine andere Wahl. Verdammt!« Er trat mit der Fußspitze heftig in die Erde, sodass kleine Steinchen in alle Richtungen flogen. »Und dir scheint das alles nichts auszumachen!«

Malinka erwiderte nichts. Es wunderte sie ja selbst, wie selbstverständlich sie das alles hinnahm.

Matteo holte tief Luft, ballte die Fäuste, öffnete sie wieder und sah Malinka an. »Und das mit den Geschichten?«, fragte er gequält. »Ich meine – die sind doch nicht wirklich lebendig.«

»Weil er meinte, dass sie es sich selbst aussuchen, von wem sie erzählt werden wollen?« Malinka musste lächeln. »Er hat da schon recht.«

»Im Ernst jetzt?«

»Du schreibst nicht. Sonst würdest du das Gefühl kennen.«

Matteo zuckte mit den Achseln. »Also bist du eine Geschichtenerzählerin.«

»Zumindest war ich es mal«, gab sie bitter zurück.

»Hast du es auch so verstanden, dass diese verschwiegene Geschichte am Ende in das Buch geschrieben werden soll?«

Malinka stockte der Atem. »Aufgeschrieben wie einst vom *Yuyaq.*«

»Mit einer schwarzen Feder«, sagte Matteo zögerlich und nickte zu ihrer Umhängetasche.

Malinka zog die Feder hervor und drehte sie zwischen den Fingern. »*Yanaphuru*«, murmelte sie und griff mit der anderen Hand erneut in die Tasche, förderte das Glasfläschchen zutage. Sie sahen sich an und sagten synchron: »*Pukayawar.*«

Peru
um ca. 1757-1767

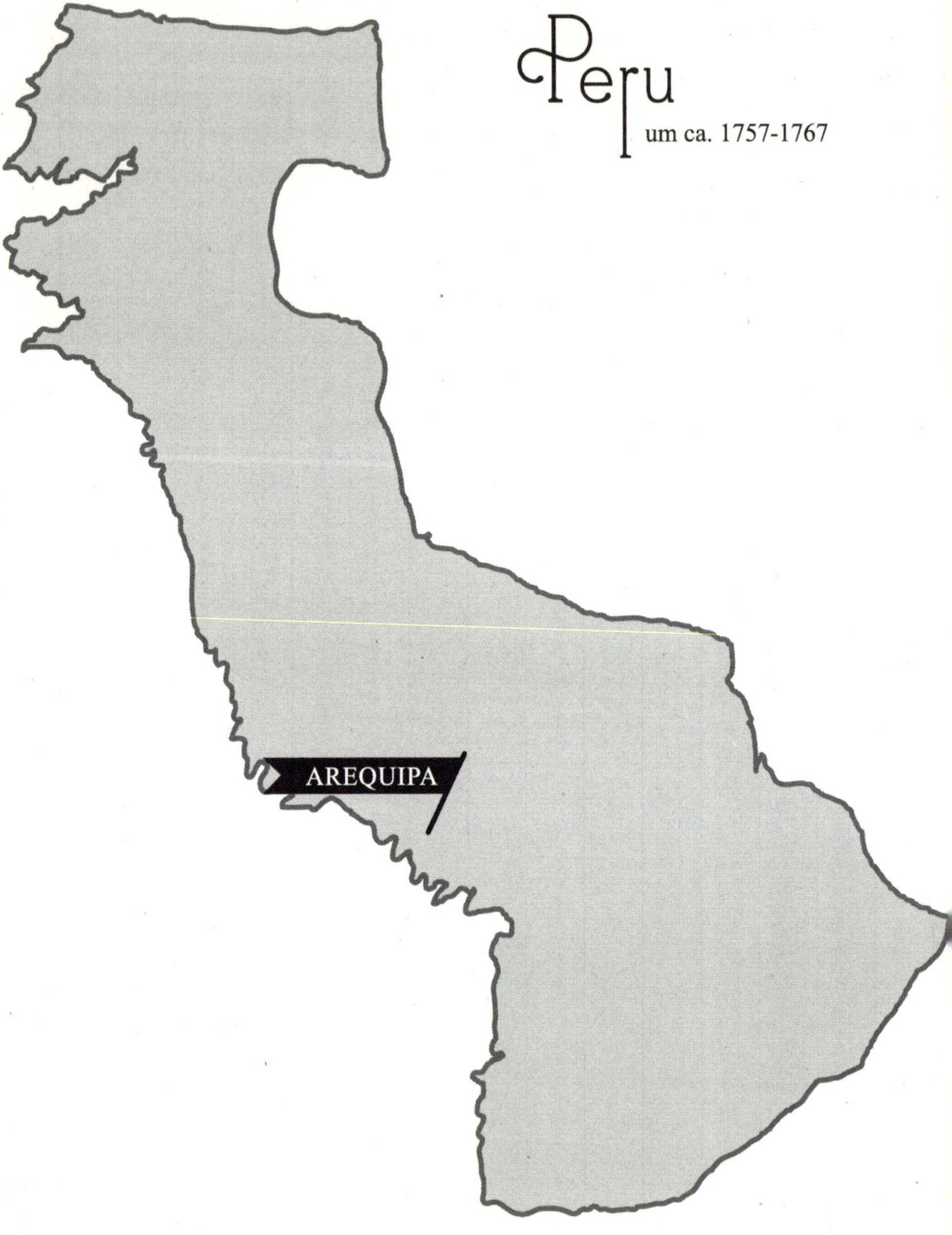

13.

Inti Ñawi

Sonnenaugen

Später hatte Yawar das Gefühl, dass an jenem Morgen im Empfangszimmer von Don Elisendo Goyeneche seine Kindheit unwiderruflich zu Ende gegangen war. Eine Kindheit, zu der seine Mutter ebenso sehr gehörte wie die Landschaft, in der er aufgewachsen war, die Lehmstraßen seines Dorfes, die braunen Steinhäuser und die kleine Kirche, die wie aus vergilbtem Papier gefaltet über der Flussböschung stand. Auch der Himmel gehörte dazu, der Yawar hier in Arequipa viel zu weit entfernt vorkam; die Umrisse der vertrauten Berge, hinter denen er die beruhigenden Präsenzen der *apus* wusste, und der mit unabänderlicher Ruhe dahinfließende Río Colca, breit und schlammig.

Yawar schloss all diese Sachen in seinem Herzen ein wie in einem kleinen Kästchen und drehte sorgfältig den Schlüssel um. Nachts kamen die Bilder manchmal zu ihm, schlichen auf leisen Pfoten um ihn herum und wisperten wie der Wind, wenn er über die Bergflanken strich. Aber tagsüber gestattete Yawar seinen Erinnerungen nicht, in seinem Bewusstsein aufzutauchen, und er hätte auch gar keine Zeit für sie gehabt.

Arequipa mit seinen gepflasterten Straßen und seinem ewig blauen Himmel war eine neue Welt, die ihn mit ihren Regeln und Geheimnissen vollkommen einnahm. Zwischen den Häusern aus weißem Vulkangestein spazierte man wie durch eine Schlucht. Alles war laut und quirlig, die Menschen auf den Straßen eilten aneinander vorbei, und die Unterschiede zwischen ihnen waren größer, als Yawar es aus seinem Dorf kannte: Hochgewachsene, hellhäutige Menschen wie sein neuer Herr und dessen Familie schritten mit hocherhobenem Haupt durch die Straßen. Die Leute aus dem Hochland hingegen drückten sich an den Steinmauern entlang und starrten zu Boden. Das bronzene Dröhnen der Glocken in den Türmen der Kathedrale ging Yawar durch Mark und Bein. Es war, als habe der Donner eine neue Stimme erhalten. Außer der Kathedrale gab es noch zahlreiche kleinere Kirchen, die Yawar wie Taubenschläge erschienen, aus denen Männer mit weiten Kutten in die Straßen flatterten. Sie waren nicht wie Padre Valentín, das lernte Yawar schnell. Sie trugen andere Farben als der Pater und wohl keinem von ihnen wäre es je in den Sinn gekommen, den Hochlandkindern Geschichten zu erzählen. Immer wieder hörte Yawar Gerüchte über das Heilige Offizium. Dessen Männer, die Inquisitoren, wachten über die Regeln von Padre Valentíns Gott und bestraften grausam all jene, die Fehler machten – oder verbotene Bücher lasen. Eine Zeit lang machten diese Gerüchte Yawar Angst, und nachdem er sich einmal beim Vaterunser verhaspelt hatte, konnte er über Tage kaum essen und schlafen und fürchtete bei jedem Kuttenträger auf der Straße, dass dieser ihm seinen Fehler ansehen und Jagd auf ihn machen würde. Pancha, die Köchin im Haus Goyeneche, eine rundliche Frau mit flinken Händen und blitzenden Augen, nahm ihn schließlich zur Seite und beruhigte ihn: Die Inquisitoren interessierten sich nicht für solche Kleinigkeiten. Das klang beruhigend, und nach und nach schienen Arequipas Straßen ihm wieder frei von bedrohlichen Schatten.

Noch faszinierender als das Leben auf den Straßen jedoch war jenes im Haus Goyeneche selbst. Jeden Tag lernte Yawar neue Gegenstände kennen: Trinkgefäße etwa, die nicht aus Ton waren, sondern aus einem kristallgleichen durchsichtigen Material. Er starrte fasziniert auf die glänzenden Messer und die seltsamen Dinge mit den spitzen Zinken, welche die Familie dazu benutzte, Essenshäppchen aufzupiksen. Aber am meisten beeindruckten Yawar die Bücher im Arbeitszimmer Don Elisendos, auf die er ab und an einen flüchtigen Blick erhaschen konnte: eine verheißungsvolle Wand aus glatten Lederrücken. Von der Familie Goyeneche wusste er, dass sie nicht nur aus seinem neuen Herrn und dessen Tochter mit den faszinierenden Sonnenaugen bestand, sondern dass es auch eine

Frau gab, Isabels Mutter. Aber diese lebte in der weitläufigen Casona wie ein Gespenst, über das nur hinter vorgehaltener Hand gewispert wurde und dessen Wehklagen ab und an durch die Korridore hallte. Adelita erklärte Yawar, dass die Señora ihre Zeit mit Gebeten zubrachte und fast nicht mehr von dieser Welt war, und so wurde die geheimnisvolle Dame für ihn eine der geflüsterten Geschichten, die Gänsehaut und kalten Hauch mit sich trugen.

Er hatte erwartet, dass er auch die bunten Silben seines geliebten Quechua zu den Erinnerungen im Kästchen schließen würde, aber so war es nicht. Sicher, in Arequipa wurde Spanisch gesprochen, dessen Klang ihm abgehackt und sperrig vorkam. Wenn er es sprach, war ihm, als feuere er die Wörter wie Steingeschosse aus seinem Mund. Santiago war sein Name in dieser neuen Sprache.

Doch auch das Quechua wohnte im Haus Goyeneche, obwohl es dort nur heimlich und verschreckt umging wie ein verwundetes Pumajunges. Er merkte das schnell, als Adelita auf den Ruf Don Elisendos ins Empfangszimmer kam und Yawar an der Hand nahm, die Augen furchtsam geweitet. In der Gegenwart ihres Herrn hatte Quechua nichts verloren – eine der ersten Sachen, die sie Yawar erklärte. Jenseits der hellen Zimmer aber war das Haus Goyeneche von Menschen bevölkert, die wie er aus dem Hochland kamen und sich zwischen den lackierten Möbeln doch mit scheinbar angeborener Gewandtheit bewegten: Adelita war als Kind mit ihrer Familie nach Arequipa gekommen. Pancha stammte aus Cusco, der alten Hauptstadt der Inka, stand aber schon seit vielen Jahren im Dienste der Familie Goyeneche. Marina, die Kinderfrau, kam aus Socabaya vor den Toren der weißen Stadt. Jerónimo, der Kutscher, war der Sohn eines spanischen Händlers, doch von seiner Mutter hatte er das seidenglatte schwarze Haar geerbt und einen unerschöpflichen Vorrat an Quechua-Liedern, die er sang, wenn die Dienstboten abends in der Küche zusammensaßen. Jerónimo besaß ein Charango, ein Instrument mit klingenden Saiten, das Yawar wie ein kleiner Bruder der spanischen Gitarre vorkam.

Im flackernden Licht des niederbrennenden Herdfeuers beschwor Jerónimo mit seiner klagenden Stimme die raue Welt des Andenhochlands, die jeder von ihnen aus anderen Gründen zurückgelassen hatte, die sie aber alle nach wie vor im Herzen trugen. Er sang leise, denn Don Elisendo sah es nicht gern, wenn sie gemeinsam ihrer Vergangenheit nachhingen. Ziemlich schnell bemerkte Jerónimo Yawars faszinierten Blick auf sein Instrument, und von da an winkte er ihn jeden Tag zu sich und zeigte ihm einige Handgriffe auf dem Charango.

Und so trat Yawar in Don Elisendos Haus gleich in zwei neue Leben ein: die Welt der Dienstboten, die untereinander Quechua sprachen und gewisperte Erinnerungen miteinander teilten, und die Welt des Bücherbinders Don Elisendo Goyeneche, fremdartig und herausfordernd.

Am Anfang hatten Yawars Aufgaben kaum etwas mit dem Bücherbinden an sich zu tun. Ihm kam es zu, die Werkstatt zu fegen, die Arbeitsabfälle wegzuräumen oder Gäste zu bedienen. Später durfte er Don Elisendo bei der Arbeit zusehen – und ihm endlich auch beim Bücherbinden zur Hand gehen.

Denn trotz allem gab es für Yawar keinen Moment, in dem er nicht daran dachte, dass er alles lernen musste, um ein Buch binden zu können, das des perfekten Spiegelbuchs würdig war, und lange Zeit war er davon überzeugt, dass dieses Ziel allein erklärte, warum ihn die Bücher so sehr faszinierten. Doch irgendwann begriff er, dass es mehr als das war.

Er liebte das Gefühl der ledernen Buchdeckel unter seinen Fingerkuppen, den Geruch des frischen Papiers, das Don Elisendo aus einem fernen Land namens Italien kommen ließ, und den konzentrierten Prozess, in dem sie das Papier hin und wieder selbst schöpften, über eine Wanne aus Zink gebeugt, in der die Papierpulpe und klares Wasser suppten. Das selbstgeschöpfte Papier bedeutete mehr Arbeit, war aber in der Summe billiger als die blütenweißen Importe aus Übersee. Und dann gab es auch das Papier, das schon bedruckt oder beschrieben zu ihnen kam, raschelnde gelbliche Seiten, auf denen sich die Wörter aneinanderdrängten wie die

Lamas einer Herde. Yawar liebte auch den Geruch des Kleisters, den sie gemeinsam anrührten. Jeder Handgriff auf dem Weg zum fertigen Buch hatte etwas Feierliches, und wenn sie das fertige Produkt ihrer Arbeit vor sich sahen, fühlte er einen prickelnden Stolz in sich. Er mochte nicht daran denken, dass der Tag kommen würde, an dem er seinen Abschied von der Buchbindekunst nehmen musste. Padre Valentín hatte versprochen, für ihn blaues Leder zu suchen, das dem Einband des alten Spiegelbuchs gleichkam; es schien schwer aufzutreiben, und insgeheim war Yawar dankbar dafür. Er war der Yuyaq, sagte er sich, er hatte sein Schicksal zu erfüllen und den Fluch zu besiegen. Doch am liebsten hätte er sein ganzes Leben dem Büchermachen und Lernen gewidmet.

Wie ein Schwamm sog er alles in sich auf, was Don Elisendo ihm beibrachte, und das anfängliche Zähneknirschen des Buchbinders wich langsam einem trotzigen Stolz. »Seine Finger sprechen mit dem Papier, mit dem Leim, mit dem Leder«, pflegte Don Elisendo zu sagen. »Ich habe noch nie jemanden gesehen, der die Bücher auf diese Weise versteht.« Und mit diesen Worten funkelte er jeden an, der es wagte, die Qualitäten seines Lehrjungen in Frage zu stellen.

Nicht selten leistete ihnen Isabel in der Werkstatt Gesellschaft, das Mädchen mit den wilden Haaren und Augen wie dunklem Sonnenlicht. Ihrer Fürsprache, das wusste Yawar, verdankte er letztendlich die Aufnahme im Haus Goyeneche. Doch Isabel faszinierte ihn nicht nur deshalb.

Ihr Spanisch war anfangs noch zu schnell und quirlig für ihn, aber er merkte, dass er die besten Fortschritte machte, wenn Isabel bei ihnen in der Werkstatt saß und er ihrem Redefluss zuhören konnte. Sie mochte ihn, das begriff er schnell, weil sie beide die Liebe zu der Arbeit ihres Vaters teilten, und in ihrer Gegenwart war es ihm, als ziehe der Fluch an seinen Fersen sich ein Stück weit zurück.

Oft schien es Yawar, dass Isabel die wahre Herrin im Haus Goyeneche war, denn mit ihrer flinken Zunge und ihren strahlenden Augen konnte sie bei ihrem Vater beinahe jeden Wunsch durchsetzen. Dazu gehörte schließlich auch, dass Yawar an ihren Unterrichtsstunden mit Schwester Angélica teilnehmen durfte, einer Nonne aus Santa Catalina, die täglich ins Haus kam, um Isabel Lesen, Schreiben, Mathematik, Latein und den Katechismus zu lehren. Einmal hörte Yawar, wie ein Kunde Don Elisendos eine Bemerkung darüber machte, dass so viel Bildung an einem Mädchen verschwendet sei.

»Ich will eine Tochter, die ihrem Ehemann einstmals Ehre macht«, antwortete Don Elisendo scharf. »Außerdem ist es keine Verschwendung, wenn man die Blumen dorthin sät, wo ein schöner Garten entstehen kann, weil die Erde gut und fruchtbar ist. Isabel ist verständig. Warum sollte sie nicht lernen?«

Die verständige Isabel stand hinter der halb geöffneten Tür, während ihr Vater das sagte, und zu seinem Leidwesen zögerte sie später nicht, genau diese Worte gegen ihn ins Feld zu führen, als sie ihn von der Notwendigkeit eines gebildeten Lehrjungen überzeugte. Und so kam es, dass Yawar und Isabel gemeinsam unter dem strengen Blick Schwester Angélicas in der lichtdurchfluteten Bibliothek an dem Tisch saßen, der für Kinder viel zu hoch war, und mit zusammengebissenen Lippen die Buchstaben des Alphabets auf kleine Schiefertafeln malten. Yawar konnte darauf zurückgreifen, was Padre Valentín ihm bereits beigebracht hatte, und mit jeder Unterrichtsstunde spürte er, wie die Magie der Wörter stärker von ihm Besitz ergriff. Manchmal stützte sich Isabel auf der Tischplatte auf, um über seine Schulter auf seine Schiefertafel zu spähen oder auch auf die Papierseiten, auf denen sie bald mit echter Tinte üben durften, und etwas an ihrer Nähe ließ sein Herz flattern wie einen wilden Vogel.

»Willst du meinen Lieblingsplatz sehen?«, flüsterte ihm Isabel eines Tages ins Ohr, während sie ein überzähliges *h* von seiner Tafel wischte, und Yawar nahm seinen Griffel und schrieb ein *Ja* neben die Übungswörter. Er sah das Aufleuchten in Isabels Augen, und als die Nonne sie an diesem Tag entließ, griff Isabel nach seiner Hand und zog ihn mit sich. Sie führte ihn ins Obergeschoss, in das Yawar sich bislang nie gewagt hatte, und eine weitere Treppe hinauf, die an einer dunklen Tür endete, gegen die sie sich beide zusammen stemmten.

Dahinter die Nachmittagssonne wie leuchtendes Gold, der klarblaue Himmel, Arequipas Vulkane. Yawar schnappte nach Luft und drehte sich um die eigene Achse. Er verstand sofort, warum Isabel diesen Ort auf dem Dach ihres Hauses so liebte.

Sie zeigte ihm die leerstehende Kammer, das Gerümpel, das man durch ihre staubigen Fenster erahnte, und auch den besten Weg, auf das Kammerdach zu klettern, von wo sich ihnen ein noch besserer Blick über die Dächer der Stadt bot. Von diesem Tag an kamen sie öfter hierher, bisweilen mit Schreibzeug und Lesebüchern, und Isabel förderte stets eine Handvoll süßer Milchbonbons aus Santa Catalina zutage.

***

Die Zeit verging auf eine für Yawar fremde Weise, mit Namen für die einzelnen Tage, die aufeinander folgten wie in einer endlosen Litanei. Weder der Regen noch der Mond spielten eine Rolle bei dieser Art von Zeit, und es war auch unerheblich, was gerade gesät wurde und ob es an der Zeit war, die Lamas von den oberen Weiden zu holen.

Umso überraschter war Yawar, als die Runde der Dienstboten ihn eines Abends mit verschmitzten Mienen erwartete.

»Alles Gute zum Namenstag!«, verkündete Pancha und zauberte einen Teller hinter ihrem Rücken hervor, auf dem ein Berg frischer duftender *alfajores* lag, herrlich weiche Küchlein, die mit *manjar dulce* gefüllt waren, einer himmlisch süßen Creme aus Milch und karamellisiertem Zucker. Yawar stand nur da und starrte alle an.

Jerónimo lachte. »Es ist der Tag des heiligen Santiago, mein Kleiner! Das muss doch gefeiert werden, nicht wahr?«

Yawar spürte seine Gesichtszüge zu einem Lächeln schmelzen. Er ließ sich umarmen und schob sich einen *alfajor* nach dem anderen in den

Mund, während Jerónimo sich auf seinen Lieblingsplatz neben dem Feuer zurückzog und schelmische kleine Quechua-Lieder zu singen begann, die Pancha zum Kichern brachten und Adelita verschämt erröten ließen. Yawar wischte sich *manjar* aus dem Mundwinkel und dachte plötzlich, dass die süße Creme exakt dieselbe Farbe wie Isabels Augen hatte.

Als Jerónimo fertig gespielt hatte, winkte er Yawar zu sich.

»Ich habe auch etwas für dich«, sagte er. »Du musst mir nur versprechen, gut darauf achtzugeben.« Er zog etwas aus dem Schatten unter sich, und Yawars Augen wurden groß.

»Das ist der kleine Bruder von meinem Charango«, sagte Jerónimo und zwinkerte ihm zu. »Ich kann dir schließlich nicht immer meines zum Üben geben, meinst du nicht auch?«

Yawar starrte das Instrument mit offenem Mund an und wagte kaum, es aus Jerónimos Händen entgegen zu nehmen.

Der Kutscher lachte. »Du musst nur jeden Tag üben, mein Kleiner! Die Finger müssen geschmeidig bleiben.«

An diesem Abend begriff Yawar, dass er in Arequipa so etwas wie eine zweite Familie gefunden hatte. Noch bis tief in die Nacht hielt er seinen neuen Schatz in den Armen und fuhr liebevoll mit dem Finger über die Saiten.

»*Q'enti*«, flüsterte er dem neuen Charango zu, »Kolibri. So wirst du heißen.«

***

Yawars eigener Körper zeigte ihm das Vergehen der Zeit am deutlichsten. Er wurde größer und schlaksiger; der Vicuñakittel war ihm längst schon zu klein, sodass er nur noch Q'enti darin einschlug. Adelita nähte ihm neue Kittel, auf seinen Wunsch immer mit einer kleinen Brusttasche, denn die schwarze Feder, die Yanaphuru ihm zum Abschied geschenkt hatte, trug er stets bei sich.

Anfangs hatte er in Jerónimos Kammer im Stall geschlafen, später schlicht auf dem Heuboden. Dann aber ließ Don Elisendo die unbenutzte

Kammer auf der Dachterrasse für Yawar herrichten, und eine größere Freude hätte er ihm kaum machen können. Seine neue Heimstatt war eben groß genug für eine Pritsche und eine kleine Holztruhe, aber mit einem atemberaubenden Blick über das weiße Häusermeer Arequipas und auf die schneebedeckten Vulkangipfel. Fast jeden Tag kletterte Yawar nun mit Q'enti auf das sonnengewärmte Dach seiner Kammer, und fast immer stieß Isabel zu ihm. Sie hatte nicht länger Schiefertafel und Bonbons dabei, doch sie hörte zu, wenn er die Lieder sang, die er von Jerónimo gelernt hatte und gleichzeitig selbst im Herzen trug. Ihr Blick brachte verdrängte Bilder ans Tageslicht seiner Gedanken, und aus irgendeinem Grund hatte er das Bedürfnis, ihr die Geschichten des Hochlands zu erzählen, Geschichten, mit denen er aufgewachsen war und die bittersüß nach seiner verlorenen Kindheit schmeckten. Er sprach vom Fuchs und vom Kondor, vom listigen Kolibri der Anden, vom ewigen Schnee und den Heldentaten der Inka. Manchmal wechselte er mitten im Satz ins Quechua, und nicht immer unterbrach Isabel ihn, sondern lauschte aufmerksam dem bergbachgleichen Geplätscher der fremden Worte. Unter ihrem wachsamen Blick wurde Yawar klar, dass er bereits ein großes Bündel an Geschichten besaß, die einmal ins Spiegelbuch gehören würden. Etwas undeutlicher verstand er, dass er mit Isabel längst nicht nur die Liebe zu den Büchern teilte.

Padre Valentín war anfangs nur selten aus K'itakachun herabgekommen. Als Yawar jedoch sein erstes Lehrjahr bei Don Elisendo vollendet hatte, zog der Priester dauerhaft ins Ordenshaus der Stadt und schaute öfter beim Buchbinder vorbei. »Ich muss schließlich ein Auge auf dich haben, so, wie ich es versprochen habe«, meinte er einmal zu Yawar. Dass er es Yanakachi versprochen hatte, sagte er nicht dazu. Sie sprachen niemals über sie oder über das Dorf, auch nicht über die *apus* oder den Fluch, der um Yawar herumstrich. Manchmal hätte Yawar gern erzählt, dass er den unsichtbaren Schatten an seinen Haaren schnuppern spürte. Meistens nahm Yawar dann das Andenkreuz um seinen Hals in die

Hand und drückte es, bis seine Handflächen schmerzten. Es gab gleichwohl Momente, in denen der Fluch verblasste: Im Sonnenlicht, das sich in Isabels Augen spiegelte, konnte er nicht bestehen.

***

Dann kam der Morgen, an dem aufgeregtes Pochen gegen die Kammertür ihn aus dem Schlaf riss.

»Santiago, *Santiagochay!*«, drang Panchas gedämpfte Stimme durch das Holz. »Komm schnell, beeil dich. Dein Pater ist hier.«

Blinzelnd und schlaftrunken glitt Yawar von seiner Pritsche. Die Sonne war noch nicht aufgegangen, die Nachtkälte biss nach ihm, als er sich nach draußen schob und in Panchas nervöser Miene zu lesen versuchte. Was war geschehen, dass Padre Valentín ihn zu dieser frühen Stunde und so dringend sprechen wollte?

Der Padre wartete in der Küche auf ihn, nicht wie sonst im Empfangszimmer, wo er Yawar damals Don Elisendo anvertraut hatte. Seit jenem fernen Sonntag war viel geschehen, das wurde Yawar klar, als er seinen Blick über die Züge des Priesters schweifen ließ. Padre Valentín wirkte erschöpft und seltsam zerbrechlich, sein Lächeln müde. Vielleicht sah er den kleinen Jungen, den er zehn Jahre zuvor an der Hand in dieses Haus geführt hatte, schüchtern und verängstigt. Und nun stand da ein junger Mann, schlaksig, fast eine Spur zu hochgewachsen für jemanden aus dem Hochland, der die spanische Sprache so gut beherrschte wie das Quechua. Sie redeten jetzt auch fast nur noch auf Spanisch miteinander.

»Was ist los?«, brach Yawar das Schweigen. Sein Herz pochte schmerzhaft. *Ist es meine Mutter? Ist es der Fluch? Wird Mismi ungeduldig?*

Padre Valentíns Lächeln gewann an Wehmut. »Ich bin gekommen, um mich zu verabschieden, Yawar.«

Yawar zuckte zusammen. Es war lange her, dass der Priester ihn bei seinem echten Namen genannt hatte. »Verabschieden?« *Nicht Mismi,* flüsterte es in seinem Inneren, doch die Erleichterung fühlte sich schäbig an. Vor allem aber verstand er nicht.

»Ein königliches Dekret.« Der Pater seufzte. »Wir müssen die Neue Welt verlassen. Mein Orden ist hier nicht länger erwünscht.«

»Aber warum?«, stieß Yawar fassungslos hervor. Jesuitenpater wie Valentín gab es im ganzen Vizekönigreich – und überhaupt in der ganzen Neuen Welt. Schwester Angélica hatte sie einst eine Karte zeichnen lassen. In Arequipa besaß der Orden Weingüter und Weizenmühlen, Rinderherden und Olivenhaine. »Das ist doch bestimmt ein Irrtum, nicht wahr?«

»Nein, Yawar«, antwortete Padre Valentín müde, »es ist weiß Gott kein Irrtum. Wir müssen fort.« Wieder ein müdes Lächeln. »Ich dürfte nicht einmal hier sein; der Corregidor hat uns unter Hausarrest gestellt. Aber ich musste dich noch einmal sehen kommen, bevor sie uns … fortbringen.«

»Dann geht Ihr zurück nach Spanien?«

Padre Valentín schüttelte den Kopf. »Wir sind verbannt aus allen spanischen Gebieten.«

»Aber Ihr müsst doch etwas dagegen tun können!«

»Es ist königlicher Erlass, Yawar. Wer sich dem widersetzt, riskiert Strafen. Noch dazu …« Er biss sich auf die Lippen. »Ich war in Huamanga, ich bin kein unbeschriebenes Blatt. Mein Kampf bei den Kondorkindern, Yawar … Es gibt Dinge, die lässt man besser ruhen. Wenn König und Vizekönig zu genau über meine Akten schauen, würden sie Dinge bemerken, die ihnen nicht gefallen, und mich um die Ruhe bringen, nach der ich mich sehne.«

Die Resignation in den Worten des Paters schnitt Yawar ins Herz. Valentín konnte nicht fortwollen, nicht nach all den Jahren. Er konnte sich dem doch nicht einfach ergeben. Vorschläge wirbelten in Yawars Kopf, wilde Pläne, die er dem Padre unterbreiten wollte, Auswege, Schlupfwinkel, irgendetwas.

»Das ist für dich.« Padre Valentíns Worte unterbrachen den Gedankenreigen, und Yawar starrte auf den ledernen Münzbeutel, den der Priester ihm hinhielt. »Du wirst Leder und Papier kaufen müssen …«

Yawar schluckte schwer, streckte die Hand aus und strich mit den Fingerkuppen über das raue Leder, ohne zuzugreifen. Mit einem Mal zerstoben all die Vorschläge in seinem Kopf. »Aber wohin geht Ihr?«

Padre Valentín hob müde die Schultern. »Wohin Wind und Wellen mich tragen, schätze ich.«

Yawar schluckte hart, zog die Hand zurück. »Ich kann das nicht annehmen. Ihr werdet selbst Geld brauchen.« Das war nicht die ganze Wahrheit, das Flattern in seinem Brustkorb zeigte es ihm. Die Münzen würden ihn einer großen Sorge berauben, ein Hindernis entfernen, das wie ein Schutzwall zwischen ihm und seiner Mission stand. Sie würden ihn seinem eigenen Abschied vom Bücherbinden näherzwingen. Und er war nicht bereit.

»Ich werde es nicht behalten dürfen«, sagte Padre Valentín, ohne die ausgestreckte Hand sinken zu lassen. »Du sollst es haben, nicht die Krone oder der Corregidor. Nimm es.«

Yawar biss die Zähne zusammen, konnte dem Padre kaum in die Augen sehen, als er nach dem Münzbeutel griff. »Ihr geht also fort.«

Für einen Moment hing Schweigen zwischen ihnen, so schwer, dass es Yawar die Kehle zuschnürte.

»Yawar, Yawarchay.« Ohne Vorwarnung wechselte Valentín ins Quechua. »Von allen Dingen der Neuen Welt werde ich dich am meisten vermissen. Glaub mir, ich werde für dich beten, für dich und deine Mutter, in jedem Augenblick, der mir noch auf dieser Erde gegeben ist.« Er senkte die Stimme und sagte wieder auf Spanisch: »Ich weiß, dass du deine Aufgabe erfüllen und den Fluch brechen wirst, Junge. Du wirst die *apus* nicht vergessen, nicht wahr?« Er lächelte traurig. »*Jinachu manachu.* Ist es so oder nicht?«

Wie lange hatte Yawar diese Formel nicht mehr gehört!

»So ist es«, antwortete er ebenso leise, aber auf Spanisch.

Sie sahen einander an. Schließlich breitete der Padre die Arme aus.

Yawar trat näher und drückte den Priester an sich. Padre Valentín hatte immer so stark gewirkt, aber jetzt schien diese Kraft einer großen Müdigkeit gewichen. Es war wie damals, als er seine Mutter angesehen und sich trotz seiner acht Jahre stärker als sie gefühlt hatte.

»Leb wohl, Yawarchay«, sagte Padre Valentín mit belegter Stimme, als er sich von ihm löste. »Bestell deinem Herrn meine Grüße.«

»Lebt wohl, *padre*«, antwortete Yawar und suchte den Blick des Priesters. »*Tupananchiskama.*«

Sie lächelten beide, denn sie wussten, dass die sanften Silben des Quechuagrußes für dieses Mal eine Lüge umhüllten. *Tupananchiskama*: Bis wir uns wiedersehen.

Er geleitete Padre Valentín hinüber zur Dienstbotenpforte und sah ihm nach, wie er die Straße hinunterwanderte, an der Ecke noch einmal zögerte und sich dann doch nicht mehr umwandte. Mit hängenden Armen blieb Yawar stehen und starrte auf leere Pflastersteine, innerlich taub und wund zugleich. Padre Valentín war die letzte Verbindung zu seiner Heimat gewesen. Zu seiner Vergangenheit.

»Santiago!«

Isabels klare Stimme ließ ihn zusammenzucken. Er fuhr herum. Isabel stand in der Küchentür, eine Hand auf dem Türrahmen, und sah Yawar an. Etwas an ihrer Haltung, an ihrem Blick ließ ihn verstehen, dass sie schon eine Weile dort ausharrte. Sie bewegte sich nicht. Erste Morgensonne fiel durchs Fenster und brachte den schmalen Goldring an ihrem Finger zum Leuchten; die Verlobungsgabe eines Kaufmanns aus Lima.

»Verzeih mir, Santiago«, sagte Isabel schließlich und straffte sich. »Ich weiß, es gehört sich nicht, andere Gespräche anzuhören.« Sie holte tief Luft und platzte dann heraus: »Aber was meinte er mit einer Aufgabe? Was für ein Fluch?« Sie machte eine kurze Pause und setzte hinzu: »Und warum nennt er dich *Yawar*?«

***

Sie saßen nebeneinander auf dem Dach von Yawars Kammer.

Isabel zupfte stumm an den Ärmeln ihres tiefblauen Kleids. Einzelne Haarsträhnen tanzten in einem kaum wahrnehmbaren Windhauch. Noch immer war niemand in der Lage, Isabels vorwitzige Mähne wirklich zu bändigen. Yawar betrachtete sie aus dem Augenwinkel und dachte an das kleine Mädchen, das vor zehn Jahren zerzaust und im Nachthemd im Empfangszimmer ihres Vaters aufgetaucht war. Die Erinnerung erfüllte ihn mit Wärme.

»*Yawar* heißt doch Blut«, sagte sie schließlich und ließ die Hände sinken. Es war eine Feststellung und knüpfte doch direkt an die Flut ihrer Fragen von eben an.

Er nickte. »Richtig. Und es ist auch mein Name.«

Isabel legte leicht den Kopf schief. »Ist das nicht Santiago?«

»Auch.« Yawar seufzte. Noch in Huamanga musste seine Mutter ihn taufen lassen – vielleicht hatte sein Vater da noch gelebt. Zum ersten Mal fragte Yawar sich, ob es am Ende einen Grund hatte, dass sie den Namen des spanischen Schutzheiligen gewählt hatten. Ob seine Mutter ihn damit gegen jeden Verdacht hatte schirmen wollen, ungehorsam gegen die Krone zu sein.

Isabel sagte nichts. Behutsam legte sie eine Hand auf seinen Arm.

Yawar atmete tief durch. »Aber diese Namen waren nie wichtig. Wir trugen alle noch andere. Meine Mutter zum Beispiel …« Er brach ab, weil auch diese Erinnerung Schmerz brachte, heißer und heftiger, als er erwartet hatte. *Meine Mutter.* Wann hatte er das zuletzt laut gesagt? Wann sich gestattet, wirklich an sie zu denken?

Isabels Hand verharrte tröstend auf seinem Unterarm. »Wie heißt sie?«, fragte Isabel leise, fragte es sanft, und Yawar wusste, dass er nun auch den Kopf schütteln durfte. Seinen Arm wegziehen und ihr sagen, dass er ihr diese Antwort nicht geben konnte. Isabel war es gewohnt, das zu bekommen, was sie wollte. Doch in all den Jahren hatte sie stets Yawars Schweigen akzeptiert. Ihm die Stille gelassen, in die er sich mitunter zurückzog.

Ein weiteres tiefes Durchatmen. »Yanakachi«, sagte er, wusste nicht, wann er diesen Namen zuletzt gehört hatte. Jetzt schwebten die Silben vor ihm in der Luft, aber seine Kehle schmerzte, als hätte er metallene Klingen nach draußen gepresst.

»*Schwarzes Salz.*« Isabel schien kein Lob für ihre Quechua-Kenntnisse zu erwarten. »Was ist geschehen?«

Yawar presste die Zähne zusammen, starrte geradeaus auf die Flanken des Misti, die im Morgenlicht hellgolden schimmerten.

»Santia…« Isabel brach ab und räusperte sich. Dann rückte sie näher. »Yawar?«

So viel Wärme in ihrer Stimme. Und so viel Wärme an seiner Seite, wo ihr Körper seinen berührte, ihr Arm sich sacht unter seinen schob. Oft genug war Yawar ihr nah gewesen, aber heute machte ihn diese Nähe auf wohlige Weise schwindlig. Er drehte den Kopf, obwohl er sich beinahe fürchtete, in ihre wachsamen Augen zu sehen.

Sie hielt seinem Blick stand und lächelte. »Willst du es mir erzählen?«

Yawar atmete ihren Duft, einen Hauch herber Süße, und fühlte sein Herz tiefer und rascher schlagen. All die Jahre hatte er sein Geheimnis gehütet – aber nicht vor anderen, sondern vor sich selbst. Er hatte sich an die Gegenwart geklammert, weil Vergangenheit und Zukunft gleichermaßen schmerzten.

Vielleicht war es Zeit, sich beidem zu stellen.

Ohne darüber nachzudenken, nahm er Isabels Hand, weil es sich richtig anfühlte, nach einem Halt zu tasten. Sofort schlossen sich ihre Finger um seine, und die Berührung stieß die Pforte in seinem Inneren endgültig auf.

Er begann zu erzählen.

Zuerst die Geschichte seiner Eltern, die er selbst nur in Fragmenten kannte: Rebellen waren sie gewesen, weit fort im Hochland von Huamanga, wo sein Vater zu Tode gekommen war und ein Teil seiner

Mutter mit ihm. Ein Teil ihrer Seele, der nie wieder geleuchtet hatte. Er erzählte, wie sie von Huamanga nach K'itakachun gekommen war, eine junge Frau mit einem Kind in ihrer *lliklla,* ihrem bunt bestickten Wickeltuch.

Dann K'itakachun. Er hatte Isabel zwar viele Geschichten aus seinem alten Dorf erzählt, aber es war immer nur Schauplatz gewesen, Hintergrund. Jetzt sprach er von K'itakachun selbst, beschrieb die schmalen Straßen, die Steinhäuser, den Fluss. Seine Worte malten die Bilder in die Luft. Er spürte Isabels Kopf auf seiner Schulter und ihre Finger in seinen, und das beflügelte ihn, weiterzusprechen.

Er erzählte ihr von jener denkwürdigen Gewitternacht, in der sie den Kondor gefunden hatten, und von allem, was sich danach ereignet hatte. Zwischendurch hob sie leicht ihren Kopf und starrte ihn an, er spürte dann das Kitzeln ihrer losen Haarsträhnen am Hals, aber sie unterbrach ihn kein einziges Mal.

Erst als Yawar geendet hatte, stellte er fest, dass er weinte. Die Tränen strömten einfach so über sein Gesicht. Er schluchzte nicht, er hatte ruhig bis zu Ende erzählen können, aber er weinte, weil die Worte sich durch die Dämme seiner Erinnerung ins Freie gegraben hatten.

Isabel schob ihn leicht von sich weg, sodass sie mit der linken Hand nach seiner Schulter greifen und ihn in ihre Richtung drehen konnte. Er versuchte, den Kopf wieder abzuwenden. Es war ihm unangenehm, dass sie ihm mitten ins Gesicht sah, wenn er weinte. Aber ihre Hand wanderte zu seinem Kopf, und mit der größten Selbstverständlichkeit wischten ihre Finger die Tränenspuren von seiner rechten Wange, bevor ihre Handfläche sich zögernd, aber bestimmt darauf legte und sein Gesicht wieder zu ihr drehte.

»*Ama waqaychu, Yawar*«, sagte sie. Das Morgenlicht brachte ihr Haar zum Leuchten.

Er starrte sie an. Sie hatte sich noch nie auf Quechua an ihn gewandt, und erst sein überraschter Blick schien ihr klarzumachen, was sie da gesagt hatte. Sie lächelte leicht verschämt, zog aber ihre Hand nicht von seinem Gesicht zurück.

»Das sagt man doch so, oder?«, fragte sie vorsichtig. »*Weine nicht?*«

Yawar nickte, ganz leicht, denn etwas in ihm befürchtete, dass ansonsten ihre Hand von seiner Wange verschwinden konnte, und das gleiche Etwas stellte sich vor, dass es im Moment kein schlimmeres Ereignis auf der Welt geben konnte.

Isabel lächelte. Und dann, ohne Vorwarnung, beugte sie sich vor und küsste ihn auf den Mund.

Yawar war nur überrascht, dass er nicht überrascht war. Es hatte sich richtig angefühlt, ihr seine Geschichte anzuvertrauen, und ebenso richtig fühlte sich nun die Berührung ihrer Lippen an. Wie ein Teil von ihm, der immer gefehlt hatte.

Mit dem freien Arm zog er sie enger an sich, erwiderte ihren Kuss behutsam und lang. Sie lösten sich gerade so weit voneinander, dass sie einander in die Augen sehen konnten.

»Das dürfen wir nicht«, sagte Yawar, und erst in dem Moment, als er das sagte, wurde ihm klar, dass es stimmte. Er war nur ein Lehrjunge. Ein Indio aus dem Hochland. »Dein Vater …«

Isabel schwieg, den Kopf an Yawars Brust gelehnt. Er spürte, wie sie sich bei seinen Worten anspannte, aber auch ihren Herzschlag, ihre Wärme, und er konnte und wollte sie einfach nicht loslassen. Wie töricht das war.

»Du wirst heiraten«, fügte er hinzu. *Und fortgehen. Wie auch ich fortgehen werde.*

Isabel schwieg, widersprach nicht, versuchte es gar nicht erst mit einer Lüge, an die keiner von ihnen geglaubt hätte. Schließlich sah sie wieder auf und suchte voller Ernst seinen Blick. »Ist er jetzt da, Yawar?«, fragte sie leise. »Der Fluch?«

Yawar schüttelte den Kopf und spürte ein Lächeln in seinen Mundwinkeln. »Er traut sich nie nah heran, wenn du da bist.«

Stolz glomm in ihren Sonnenaugen auf. Trotzdem blieb sie ernst. »Du musst dein Spiegelbuch binden.«

Wie sollte es nur werden, wenn Isabel nach Lima gegangen war? Warum musste er ausgerechnet jetzt entdecken, wie sehr er sie brauchte – ihre Nähe, ihre Wärme, ihr Lächeln? »Ich bin noch nicht soweit«, murmelte er, dachte an Valentíns Münzbeutel, der nun auf seiner Pritsche lag.

Isabel musterte ihn. »Doch, das bist du«, erwiderte sie leise. »Du bist gut. Du könntest jetzt schon ein Meister sein.«

Er presste die Zähne zusammen und wich ihrem Blick aus.

Isabel hatte recht: Er war gut. Er hatte womöglich alles gelernt, was Don Elisendo ihm hatte beibringen können.

Und doch war er noch nicht soweit.

Zittrig zog er die Luft ein. »Für das Spiegelbuch werde ich gutes Papier brauchen und feines Leder«, sagte er, ohne Isabel anzusehen. »Leder von einem besonderen Blau. Wie ein Bergsee unter der Sonne. Das ist schwer zu finden.«

»Wir finden einen Weg, Yawar.« Sie sprach seinen Namen aus, als habe sie ihn ein Leben lang nicht anders genannt.

»Wir?«

Isabel straffte sich. »Wir. Weil ich dir helfen werde.«

Peru

im 21. Jahrhundert

14.

Cajamarca

Matteos Vater hatte immer von Italien gesprochen, davon, dass er eines Tages dorthin wollte. Die beiden Platten von Renato Carosone und Paolo Conte waren sein größter Schatz. Er hatte seiner Italiensehnsucht sogar erlaubt, ihm die Namen seiner Kinder zu diktieren: Alessandra, Chiara, Matteo.

Über seinem Schreibtisch hing ein Bild vom Markusplatz in Venedig, ein großes verblasstes Foto hinter Glas.

Dann kam die Wende.

Sein Vater hatte die Arbeit im Rathaus verloren und sich eine Zeit lang als Schulhausmeister durchgeschlagen, nur um schließlich in der Arbeitslosigkeit zu enden.

Dennoch wurde Matteo das ganze Ausmaß dessen, was sein Vater durchlebte, erst eines Nachmittags bewusst, als er durch einen Türspalt ins Arbeitszimmer linste. Sein Vater stand vor dem Bild mit dem Markusplatz, die Hände auf dem Rücken verschränkt, und blickte es schweigend an. Dann, ohne Vorwarnung, nahm er das Bild von der Wand, drehte sich um und zerschmetterte es auf dem Schreibtisch. Er schlug kraftvoll zu, erinnerte sich Matteo, die Scheibe war dick. Glas splitterte auf Holz. Matteo stand hinter der Tür, er musste vielleicht sechs oder sieben Jahre alt gewesen sein, und wusste nicht, worauf er mehr schauen sollte: auf die Hände seines Vaters, die den Bilderrahmen umklammerten und ihn immer wieder auf die Schreibtischplatte niedersausen ließen, auf die dumpf knirschenden Scherben oder auf das Gesicht seines Vaters, über das Tränen liefen, während er die Lippen zusammenpresste.

Schließlich ließ er das Bild los, kehrte die Scherben mit dem Handfeger in den Papierkorb und stopfte auch das Foto hinein. Da schlich

Matteo sich von seinem Beobachtungsposten, bevor sein Vater ihn bemerken konnte.

Er hatte nie mit ihm über dieses Ereignis gesprochen.

Die Hinweise auf Cajamarca mochten dürftig sein, doch es war die einzige Spur, die sie hatten, und so kauften sie Bustickets – nach einigem Hin und Her für den gleichen Abend. Matteo war anzusehen, dass es ihm nicht schmeckte, auf die Nacht in einem richtigen Bett zu verzichten. Doch er war es ja schließlich, dem die Zeit davonlief, und so schob er auch als Erster die zerknitterten Geldscheine über den Verkaufstresen des Busunternehmens.

Seine Laune besserte sich für den Rest des Tages nicht mehr. Malinka erstand einen neuen Reiseführer und ein schlichtes, kompaktes Notizbuch in einem vollkommen gewöhnlichen Buchladen und überlegte kurz, ob sie sich auch ein neues Handy kaufen sollte, nachdem ihres bei dem Angriff abhandengekommen war. Letztlich entschied sie sich dagegen. »Was ist eigentlich mit *deinem* Handy?«, fragte sie in Matteos Richtung, während sie in einem kleinen Lokal das Abendmenü verzehrten – ein großer Teller Eintopf, gefolgt von einer Portion Hähnchen mit Reis. »Hast du kein Netz?«

Matteo umklammerte seine Gabel wie ein Mordwerkzeug und funkelte Malinka über den Tisch hinweg an. »Hm?«

»Ich hab dich bis jetzt kaum was damit machen sehen«, sagte sie unsicher.

»Ich mach nichts damit«, gab er so knapp und bissig zurück, dass sie auf eine Nachfrage verzichtete und für den Rest des Essens auch sonst nichts mehr sagte.

Matteo hüllte sich seinerseits in Schweigen, bis sie im Bus saßen und er offenbar vergeblich versuchte, eine bequeme Sitzposition zu finden. »Das kann doch alles nicht wahr sein!«, fluchte er und schlug mit den Fäusten gegen den Sitz vor ihm. »Ich hätte in so was nicht reingeraten dürfen. Ich bin ein realistischer Mensch, verdammt noch mal. Ich habe ein *Leben.*

Ich hatte *Pläne.*« Er schnaubte und ließ sich zurück in seinen Sitz fallen. »Vielleicht war das der Fehler.«

»Hey«, sagte Malinka so sanft wie möglich. Kurz überlegte sie, ihm eine Hand auf den Arm zu legen, aber das fühlte sich übertrieben und übergriffig an. »Wir bekommen das mit dem Fluch in den Griff, und dann kannst du dich wieder deinen Plänen widmen.« Sie zögerte. »Was wolltest du denn so machen? Jetzt nach dem Studium?«

Matteo drehte sich leicht von ihr weg und starrte demonstrativ aus dem Fenster, bis der Bus sich in Bewegung setzte und Trujillos dunkle Straßen an ihnen vorbeiglitten.

Malinka unterdrückte ein Seufzen. *Okay,* dachte sie, *vergiss, dass ich gefragt habe.* Sie kramte in der Umhängetasche nach dem neuen Reiseführer.

»Ist letztlich egal«, murmelte Matteo plötzlich und ohne den Blick vom Fenster zu lösen, »was ich machen wollte. Wird sowieso alles anders. Macht einen nur kaputt, die Zukunft zu planen.« Er klang bitter und erschöpft.

»Pläne vielleicht.« Malinka legte den Kopf schief. »Aber Träume können gut sein.«

»Träume.« Er spuckte das Wort förmlich aus und lachte bitter auf. »Träume sind kein Stück besser.«

Sie zuckte nur mit den Schultern, auch wenn er das ohnehin nicht sah.

»Meine Freundin hat sich von mir getrennt«, sagte er unvermittelt. »Bevor ich geflogen bin. Sie war gegen diese Reise. Hat das mit dem Fluch nicht geglaubt.« Er sackte leicht in sich zusammen und blickte auf seine Hände.

»Das tut mir leid.« Auch wenn sie es ernst meinte, fühlten die Worte sich schal und kraftlos an.

»Mit Helena hatte ich Träume, wenn du so willst«, fuhr Matteo halblaut fort. »Zukunft, Zusammenziehen und so. Aber sie meinte, ich hätte mich verändert, und das wäre bestimmt nicht der Fluch. Es wäre nur noch um mich gegangen. Nicht um sie. Nicht um uns.« Mit einem Aufseufzen zuckte er mit den Schultern. »Darum schau ich auch nicht auf mein Handy. Ich muss nicht sehen, dass sie mir nicht geschrieben hat.«

Malinka schwieg. Sie hatte das Gefühl, dass Matteo noch nie zuvor so viel Persönliches von sich preisgegeben hatte, und sie hätte gern angemessen darauf reagiert. Irgendwie gezeigt, dass sie verstand, mitfühlte, was auch immer für ihn jetzt wichtig gewesen wäre. Ihr fiel nur nichts ein.

Matteo nahm ihr die Entscheidung ab. »Und du?«, fragte er, und zumindest eine Ahnung des üblichen Spotts schwang nun wieder in seiner Stimme. »Was hast du so für Träume?«

Und nun war es an ihr, den Blick zu senken und mit den Schultern zu zucken. »Früher wollte ich Schriftstellerin werden.« Die erste, die ehrlichste Antwort, die ihr in den Sinn kam.

»Du weißt, dass davon kaum jemand leben kann, oder?«

»Es ist ein Traum«, sagte sie trotzig und sah auf.

Matteo schüttelte unwirsch den Kopf. »Träume kann man nicht essen.«

Jetzt musste sie doch lächeln. »Kennst du *Der Oberst hat keinen, der ihm schreibt* von Gabriel García Márquez?«

Er blinzelte verdutzt.

»In dem Buch geht es um einen alten Oberst, der jahrelang auf den Brief mit seiner Pension wartet. Der Brief kommt nie an, aber der Oberst wartet und wartet. Er hat nur noch einen Hahn, den er verkaufen könnte, aber er weigert sich, das zu tun, denn der Hahn hat seinem Sohn gehört, und der Oberst will durchhalten, bis er mit dem Tier an einem Hahnenkampf teilnehmen kann. Das ist ein Traum. Vernünftig wäre es, den Hahn zu verkaufen, doch das tut der Oberst nicht.«

Matteo runzelte die Stirn. »Und?«

»Die Frau des Obersts sagt zu ihm im Prinzip das, was du gerade gemeint hast: *La ilusión no se come.* Illusionen kann man nicht essen.«

»Und wenn du schon so anfängst, hat der alte Oberst bestimmt eine pfiffige Antwort parat.«

»Natürlich: Er sagt: *Pero alimenta.*«

»Aber sie nährt?«

Malinka nickte.

Matteo blickte aus dem Fenster, obwohl dort mittlerweile nichts mehr zu sehen war als vorbeiziehende Schwärze.

»Netter Spruch«, sagte er schließlich.

***

Malinka erwachte mit Kopfschmerzen, als fahlgraues Tageslicht dämmerte. Neben ihr starrte Matteo verbissen nach draußen; er war blass und fühlte sich offenbar ähnlich jämmerlich wie sie.

»Gut geschlafen?«, fragte er sarkastisch.

Sie schüttelte den Kopf. In der Tat hatte sie schlecht geträumt und war immer wieder hochgefahren. Ihr war, als lauere ihr der unsichtbare Angreifer – der *mallku?* – in jedem Stück Dunkelheit auf, das sie umgab, als beuge er sich über sie, wenn sie am Wegnicken war. Aber das wollte sie Matteo nicht erzählen.

»Mein Kopf platzt gleich«, murmelte sie.

»Ich dachte, das geht nur mir so.«

»Muss die Höhe sein.« Sie schaute auf ihre Armbanduhr. Es war kurz vor halb acht; nicht mehr lange, bis sie in Cajamarca ankamen. Müde kramte Malinka den Reiseführer hervor, um nach einem Hotel zu suchen, aber hinter ihrer Stirn pochte es schmerzhaft, und sie konnte sich nicht konzentrieren, also ließ sie das Buch wieder in die Tasche gleiten, lehnte sich zurück und atmete die stickige Busluft ein. Ihr war übel.

Trotzdem zog sie kurz darauf das Lederbuch hervor und schlug es aufs Geratewohl auf; vielleicht würde es einen Hinweis darauf zeigen, wo sie unterkommen konnten. Stattdessen leuchtete ihr auf den ersten Blick nur ein grüner Fleck entgegen. Als sie genauer hinsah, war es ein sorgfältig gezeichnetes Coca-Blatt.

Der Bus erreichte Cajamarca und bugsierte sich mühsam in einen kleinen Hinterhof. Beim Aufstehen spürte Malinka Schwindel, und sie musste sich mit einer Hand an der Rückenlehne festhalten. Matteo bewegte sich ungelenk, als habe er steife Arme und Beine. »Ein Bett, eine Dusche, ein Kaffee«, murmelte er vor sich hin.

»Ein *mate de coca*«, sagte Malinka, bevor sie mit wackeligen Beinen ausstieg. Der Busfahrer stand neben der geöffneten Gepäckklappe und hielt ihr ihren Trekkingrucksack entgegen; sie strauchelte fast unter dem Gewicht. Mit geschlossenen Augen blieb sie stehen, bis Matteo ebenfalls seinen Rucksack aufgesetzt hatte, und hörte um sich her die auffordernden Rufe der Taxifahrer, die um ihre Gunst als Passagierin buhlten. Sie öffnete die Augen erst wieder, als Matteos raue Stimme ertönte: »Und jetzt?«

»Keine Ahnung«, murmelte sie erschöpft.

Ein Taxifahrer kam auf sie zu und versuchte, ihr den Rucksack vom Rücken zu ziehen, um ihn direkt in sein Auto zu laden. »*Señorita,* ich kenne ein ausgezeichnetes Hotel! Zentral, günstig, sauber …«

»Loslassen«, zischte Malinka und wich zurück, aber von der anderen Seite näherte sich schon ein weiterer Taxifahrer.

»Ihr da! Lasst das Mädelchen in Ruhe! Ihr seht doch, dass sie gleich umkippt!«, fuhr auf einmal eine energische Frauenstimme dazwischen.

Eine bemerkenswerte Erscheinung schob sich in Malinkas Blickfeld: eine Frau, die ihr nur knapp bis zur Nasenspitze reichte, die fehlende Größe aber durch Körperumfang wieder wettmachte. Die Hände hatte sie zu Fäusten geballt. Ihr schwarzes Haar war mit grauen Strähnen durchzogen und zu einem unsauberen Dutt gebunden. Das Gesicht mit den energischen Brauen und den schmalen, zusammengepressten Lippen zeigte erste Falten, wirkte ansonsten aber alterslos. Sie versprühte solche Kraft und Entschlossenheit, dass die Taxifahrer entsetzt zurückwichen.

»Keinen Anstand habt ihr«, schimpfte die Frau weiter und gestikulierte fahrig gegen die Taxifahrer, als gelte es, ein Rudel Straßenhunde zu verscheuchen. »Das sind unsere Gäste, über die fällt man nicht so her!

Schämen muss man sich für euch, *santísima virgen*! Los, verschwindet, ihr Blutsauger!«

Eingeschüchtert zogen sich die Taxifahrer zu ihren bereitstehenden Fahrzeugen zurück und brachten sich dahinter in Sicherheit, als wären es Schutzwälle.

Die Frau wandte sich Malinka und Matteo zu, und jeder Zorn verschwand aus ihrem Gesicht. Stattdessen lächelte sie. Es war ein gutes Lächeln, fand Malinka.

»Meine Güte, *hijita*«, sagte die Frau nun voller Wärme in der Stimme. »Du bist ganz weiß um die Nase und dein Freund hier auch. Ein ordentliches *soroche* habt ihr euch eingefangen, oder ich will nicht mehr Eucemila heißen! Ihr braucht ein Bett und einen *mate de coca.* Kommt mit, sonst kippt ihr mir hier auf der Straße um.«

Malinka war zu erschöpft für Widerspruch, und der Gedanke an einen heißen Tee tat sein Übriges. Sie tauschte einen kurzen Blick mit Matteo, der – kreideweiß und mit dunklen Ringen unter den Augen – nicht einmal mehr Kraft für sein allumfassendes Misstrauen gegen die Welt zu haben schien, und so setzten sie sich in Bewegung und folgten Eucemila.

***

Eucemila wohnte in einem unverputzten Gebäude, eines wie jene im *pueblo joven* von Trujillo. Über eine schmale Treppe führte sie ihre Gäste in ein einfaches, sauberes Zimmer hinauf. Auf einem Holztisch stand eine kleine Gaskochplatte, an der Wand eine Sitzbank und ein Regal, in dem sich kreuz und quer Geschirr und Töpfe stapelten. Eucemila bedeutete Matteo und Malinka, die Rucksäcke abzunehmen und sich zu setzen, während sie Wasser aufsetzte und nach Tassen kramte.

»Jacinto!«, brüllte sie unvermittelt. »Es sind Freunde aus Übersee angekommen!« Sie unterbrach sich kurz: »Ihr kommt doch aus Übersee?«, dann schrie sie in der alten Lautstärke weiter: »Wechsel die Laken und mach das Gästebett! Sie sind mit dem Nachtbus gekommen und sehr erschöpft, und *soroche* haben sie auch!«

»Was ist denn *soroche?«,* fragte Matteo müde.

»*Soroche, joven*«, sagte Eucemila eifrig, »ist das, was dir grade fast den Kopf zum Bersten bringt und dich aussehen lässt wie ein weißes Laken. Die Höhenkrankheit. Die bekommt jeder, der sich zu schnell auf den Weg von der Küste nach hier oben macht. Eile mit Weile, *hijos! Sin pausa pero sin prisa*. Früher oder später kommt ihr an euer Ziel.« Sie stellte zwei Tassen vor sie hin.

In dem heißen, dampfenden Wasser schwammen getrocknete *Coca*-Blätter. Matteo begutachtete sie mit schwacher Skepsis. »Krieg ich davon Zustände?«, fragte er Malinka. »Ich meine, Coca ist doch …?«

»Coca selbst ist keine Droge, sondern das Beste, was du jetzt nehmen kannst«, erwiderte sie und umfasste ihre Tasse mit beiden Händen. Wohltuende Wärme breitete sich erst in ihren Handflächen aus und dann, als Malinka den ersten Schluck nahm, im Rest ihres Körpers.

»Ja, Coca ist ein Wundermittel«, sagte Eucemila, und für einen Moment war Malinka überzeugt, sie habe den kurzen Wortwechsel auf Deutsch verstanden. »Gut für den Kopf und den Magen, was red ich, gut für alles. Es gibt euch Kraft und stillt den Hunger. Und mit eurem *soroche* wird es im Handumdrehen fertig, darauf könnt ihr euch verlassen. Wenn ihr getrunken habt, könnt ihr euch hinlegen. Jacinto macht schon das Bett.«

»Sie sind sehr freundlich«, sagte Malinka matt.

»Ach was! Das ist das Mindeste, was ich für euch tun kann. Ist es nicht traurig, in einem fremden Land zu sein und nur Feindseligkeit zu begegnen? Mir würde das nicht sehr gefallen, um Himmels willen!«

Malinka schlürfte von ihrem *mate de coca* und seufzte wohlig. Es war lange her, seit sie so etwas das letzte Mal getrunken hatte. Sie liebte den leicht muffigen, unaufdringlichen Geschmack der Coca-Blätter, den sie beim allerersten Mal so unspektakulär gefunden hatte. Mit jedem Schluck hatte sie das Gefühl, dass ihr rebellierender Magen sich weiter beruhigte und das Pochen hinter ihren Schläfen schwächer wurde. Aus den Augenwinkeln sah sie Matteo an seinem Becher nippen. Seinem Gesichtsausdruck nach hätte er im Moment alles widerspruchslos zu sich genommen.

Eucemila lehnte sich gegen den Tisch und betrachtete ihre Gäste mit einem liebevollen, fast mütterlichen Ausdruck. »Aus Lima seid ihr hergefahren?«

»Aus Trujillo«, sagte Malinka.

»Ach, Trujillo! Das ist eine schöne Stadt. Hier und da muss man aufpassen, *que mucho ratero hay,* viele Diebe treiben sich da herum.«

»Ja«, antwortete Malinka trocken. »Wir sind fast bestohlen worden.«

Eucemila musterte sie. »Und wie lange werdet ihr in Cajamarca sein? Ihr werdet bestimmt die *baños del Inca* besuchen wollen. Das tut gut, ein heißes Bad in den Thermalquellen! Das macht euch auch im Handumdrehen wieder fit. Und Cumbemayo und der steinerne Wald … hach, ich rede zu viel, wahrscheinlich seid ihr noch zu müde, um das alles zu bedenken. Nur eins sag ich euch: Was auch immer ihr euch ansehen wollt, mein Jacinto und ich können euch alles erzählen. Ich bin in Cajamarca geboren. Immer schon habe ich hier gelebt.«

Malinka leerte ihren Becher mit einem letzten großen Schluck. Die Wärme hatte sich bis in ihren Magen ausgebreitet und machte sie wohltuend schläfrig.

»Himmel, da rede ich und du fällst mir gleich vom Hocker, *hijita*«, entfuhr es Eucemila. »Bist du auch fertig, *joven*? Dann kommt, ich zeige euch, wo ihr euch hinlegen könnt.«

Fast benommen folgten sie ihrer Gastgeberin über ein paar weitere Stufen hinauf in ein kleines Zimmer, das abgesehen von einem Bett mit gusseisernem Rahmen vollkommen leer war. Zwei Kissen und zwei Stapel mit groben, schweren Decken lagen darauf bereit.

»Macht es euch nur bequem, und schlaft erst einmal«, sagte Eucemila. »Und sorgt euch nicht um eure Sachen, die wird keiner anfassen.«

»Danke«, murmelte Malinka, ließ sich auf der Matratze nieder und faltete eine Decke auseinander. Der Stoff war rau unter ihren Fingern.

Im nächsten Moment lag sie auf dem kühlen frischen Laken und kuschelte sich, so gut es ging, in die Decke.

***

Als sie aufwachte, waren Kopfschmerzen und Übelkeit verschwunden. Sie fühlte sich ausgeruht und verspürte sogar ein leichtes Hungergefühl. Vorsichtig richtete sie sich auf. Matteo lag mit dem Rücken zu ihr, eingewickelt wie eine Mumie, und schlief noch tief und fest. Malinka schob ihre Decke beiseite und fröstelte. Im Zimmer war es kühl geworden; es musste bereits Nachmittag sein. Sie sah auf ihre Armbanduhr: halb drei. Draußen war es bewölkt. Sie dachte daran, dass hier in der Sierra bald die Regenzeit begann, und wenn der Weg sie weiter durch das Hochland der Anden führen sollte, würde ihnen das Reisen dadurch erschwert werden.

Vorsichtig zog sie ihre Schuhe wieder an und stand auf. Sie war schon an der Tür, als sie die Bettfedern quietschen hörte.

»Ist das nicht ganz schön gutgläubig, was wir hier machen?«, fragte Matteo. Er sah ebenfalls wesentlich erholter aus als noch vor wenigen Stunden. »In dem Tee hätte sonst was sein können, und sie kann unsere Sachen schon lang auf dem Schwarzmarkt verkauft haben.«

»Ich glaube nicht, dass sie das tun würde«, sagte Malinka schlicht.

Als sie zurück in die Küche kamen, war niemand dort. Sie riefen Eucemilas Namen, aber niemand antwortete. Ratlos ließen sie sich auf der Holzbank nieder. Ihre Rucksäcke standen noch genauso da, wie sie sie zurückgelassen hatten, Malinkas Umhängetasche lag brav obenauf. Vorsichtig nahm Malinka sie an sich und prüfte den Inhalt: der Reiseführer, das Lederbuch, das kleine Fläschchen und die schwarze Feder, alles noch da. Ihr fiel das Coca-Blatt ein, das sie vor dem Aussteigen in dem Lederbuch gesehen hatte, im Nachhinein vielleicht ein Zeichen, dass

Eucemila vertrauenswürdig war. Doch als sie das zu Matteo sagte, zuckte er nur mit den Achseln.

Sie dachte an ihr nächtliches Gespräch im Bus und fragte sich, ob er nun bereute, so viel von sich preisgegeben zu haben.

Die Küchentür schwang mit einem kaum hörbaren Knarren auf. Malinka und Matteo sahen sich einem kleinen Jungen gegenüber, höchstens zehn Jahre alt, der sie aus großen schwarzen Augen wachsam musterte.

»Meine Mama sagt, ihr sollt mit mir zum Markt kommen«, erklärte er mit klarer Stimme. »Sie sagt, ihr habt sicher Hunger.«

Malinka und Matteo erhoben sich fast gleichzeitig.

»Ihr könnt das Gepäck hier lassen«, sagte der Junge großzügig. »Meine Mama sagt, in unserem Haus wird nichts gestohlen.«

Malinka verstaute das kleine Lederbuch im obersten Fach ihres Rucksacks, bevor sie sich ihre Tasche umhängte. Im Gedränge von Markthallen machten Taschendiebe besonders gern Jagd auf unaufmerksame Touristen, deshalb hielt sie es für besser, das Buch nicht mitzunehmen.

Der Junge schaute ihr interessiert zu. »Ich bin Jacinto«, sagte er beiläufig.

Ein paar Minuten später folgten sie ihm durch die Straßen von Cajamarca. Malinka sog tief die Höhenluft ein. Die Stadt lag nur auf zweitausendsiebenhundert Metern, und es überraschte Malinka, dass sie hier mit der gefürchteten *soroche* zu kämpfen hatte. Normalerweise vertrug sie auch größere Höhen.

Die Straßen waren schmal, die Häuser niedrig. Alles in allem wirkte Cajamarca ein wenig, als sei hier die Zeit stehengeblieben, auch wenn hier und da ein Taxi vorbeiratterte – und schließlich eine Art motorisierte Rikscha.

»Was ist *das* denn?«, fragte Matteo irritiert.

»*Mototaxi*«, erwiderte Jacinto ungerührt.

Malinka fing Matteos fragenden Blick auf. »Mototaxi«, wiederholte sie schulterzuckend. »Wie ein Taxi, nur kleiner und billiger.«

»Und unbequemer.«

»Aber dafür witziger.«

»Mototaxi«, murmelte Matteo resigniert.

Plötzlich standen sie auf der Plaza de Armas, die durch die niedrigen Häuser an ihren Längsseiten erstaunlich weitläufig wirkte. In der Mitte lag ein begrüntes Rondell mit einem Springbrunnen, Sitzbänken und Palmen; an beiden Stirnseiten standen Kirchen.

»Die Kathedrale«, vermutete Matteo und zeigte mit dem Finger auf die größere von beiden.

Jacinto schüttelte den Kopf und deutete auf die andere Kirche. »Nein. Das da ist die Kathedrale.«

Matteo blickte auf die helle Steinfassade, die kunstvollen Reliefs und die Rundbögen. »Aber die ist viel kleiner als die andere!«

»Das ist die Kathedrale«, wiederholte Jacinto.

»Glaubst du das?«, wandte sich Matteo an Malinka.

»Ich habe dunkel in Erinnerung, dass die Kathedrale wirklich die ist, von der man es nicht glaubt. Sie hat keinen Kirchturm, da gab es irgendeine Geschichte, dass Türme Steuern kosten und deshalb hat man ihn nicht gebaut oder so.«

Jacinto betrachtete sie mit gerunzelter Stirn. »Ihr sprecht Englisch!«, beschwerte er sich.

»Das war kein Englisch, sondern Deutsch«, korrigierte ihn Malinka.

»Was ist Deutsch?«

»Das ist auch eine Sprache, so wie Spanisch oder Englisch.«

»Und wo kommt ihr her?«

»Aus Deutschland.«

»Spricht man kein Englisch in Deutschland?«

»Nein, man spricht Deutsch.«

Sie sah Jacinto an, wie er angestrengt nachdachte. »Und wo ist das, Deutschland?«

»Das ist weit weg, auf der anderen Seite des Meeres, in Europa. Und es ist auch viel kleiner als Peru.«

»Habt ihr Berge?«

»Ja, aber sie sind nicht so hoch wie hier.«

»Habt ihr Meer?«

»Ja, aber es ist nicht so groß wie hier.«

»Na, dann ist es ja klar, dass ihr herkommt, wenn bei euch alles kleiner ist!«, schlussfolgerte Jacinto frohlockend und setzte sich wieder in Bewegung.

Sie bogen von der Plaza de Armas ab und spazierten über buckeliges Kopfsteinpflaster, entlang an kolonial anmutenden Hausfassaden mit weißen Wänden und hölzernen Balkonen. Schließlich gelangten sie zur Markthalle, und Malinka legte instinktiv eine Hand auf ihre Umhängetasche. Es war nicht einfach, Jacinto durch das Gewühl zu folgen.

Für Malinka war das Betreten des Marktes ein Déjà-vu für alle Sinne, ein begeistertes Wiedereintauchen in eine verloren geglaubte Erfahrung; Matteo schien sich hingegen überfordert zu fühlen. Wie eine Wand schlugen ihnen Gerüche, Farben und bienenstockartig summende Geräusche entgegen.

Von der einen Seite der Halle dröhnten Cumbiarhythmen, von der anderen das Geräusch unermüdlich klimpernder Harfen, die eine hohe Frauenstimme unterlegten: Huayno hieß diese Musik.

Dazwischen priesen die Standbesitzer ihre Waren an:

»Drei Kilo Kartoffeln *a sol, a sol* ... für einen Sol nur!«

»*¿Qué se va a llevar, caserita?* Was werden Sie kaufen, *caserita?*«

»Nehmen Sie den Käse mit, frischen Käse aus Bambamarca!«

»Papaya! Mango! Pfirsiche! Lúcuma!«

Und dann die Gerüche: Die etwas abgestandene Luft der Markthalle mischte sich mit dem salzig-dumpfen Geruch, der aus der Fleischabteilung herüberwehte, mit dem feucht-süßen Aroma der Fruchtstände, von denen es nach frischer Mango und Ananas duftete, mit dem trockenen Geruch der Kartoffelberge und schließlich dem frischen, kräftigen Aroma der Kräuter- und Blumenstände, in deren Richtung Jacinto sie führte.

»Da seid ihr ja!« Eucemila strahlte sie aus ihrem Stand hervor an. Sie saß hinter einer grünen Mauer aus allerlei Kräutern, die aus Körben und

Plastiksäcken hervorquollen, frisch und getrocknet. Neben ihr saßen zwei weitere Marktfrauen.

»Das sind meine beiden Gäste aus Übersee«, erklärte Eucemila den beiden. »Wie sind doch gleich eure Namen?«

Malinka und Matteo stellten sich vor. Sofort wurden sie von den Frauen mit dem traditionellen Küsschen begrüßt und begutachtet wie kleine Kinder, die unbedingt aufgepäppelt gehörten. Eucemila untermalte die Zeremonie mit einer dramatischen Schilderung des morgendlichen Geschehens: wie die beiden *gringuitos,* halb tot vor Müdigkeit und *soroche,* ihr quasi aus dem Bus in die Arme gefallen waren, und wie sie sie mit dem Zorn einer Löwin gegen die blutrünstigen Taxifahrer hatte verteidigen müssen.

»Aber ihr müsst schrecklich hungrig sein«, unterbrach sie ihre Schilderung. »Bernarda, nimm sie mit! Sie brauchen auf der Stelle etwas zu essen.«

Zwei Minuten später fanden sich Matteo und Malinka auf hohen Hockern sitzend und mit dampfenden Tellern in den Händen wieder: fein gehacktes Hühnerfleisch in einer dicklichen, hellen Sauce, die beim Kosten nach Käse und Erdnüssen schmeckte; dazu Reis und Kartoffeln.

»*Ají de gallina*«, sagte Malinka selig.

»Hühnerfrikassee?«

»So ähnlich.«

Bernarda, die Inhaberin des Standes, betrachtete sie mit einem zufriedenen Grinsen. »*Ají de gallina,* du kennst das also?«

»Ja, aber es ist Ewigkeiten her, dass ich das zuletzt gegessen habe.«

»Ist das nicht dein erster Besuch in Peru?«

Malinka schüttelte den Kopf und berichtete von ihrem Auslandsjahr, von ihren Reisen durch das Land und von Arequipa.

»Arequipa, wie schön. Mein Cousin wohnt dort. Die Küche von Arequipa ist eine der besten im Land. Und was machst du jetzt hier, *amiga*? *¿Luna de miel?*«

Neben ihr verschluckte sich Matteo an seinem Reis und begann zu husten. Malinka grinste.

»Nein, keine Flitterwochen. Wir sind keine *enamorados.*«

»Ach so«, sagte Bernarda in einem Tonfall, als meine sie eigentlich: Wie schade.

»Wir sind auf einer Art Schatzsuche«, sagte Malinka vorsichtig.

Bernarda musterte sie neugierig.

»Jemand gibt uns Rätsel auf und wir müssen Spuren folgen.«

»Das klingt … interessant«, sagte Bernarda gedehnt.

Malinka suchte Matteos Blick. Sie war unschlüssig, inwieweit sie die Marktfrauen in die Problematik einweihen konnte.

Er hatte seinen Teller geleert und stellte ihn auf der Theke von Bernardas Stand ab. »Danke, sehr lecker. Wie viel macht das?«

Bernarda betrachtete ihn nachdenklich, dann glitt ihr Blick wieder zu Malinka. »Eine gute Geschichte«, antwortete sie.

***

Malinka und Matteo saßen auf niedrigen Hockern am Kräuterstand. Eucemila, Bernarda und Luzmari, die dritte Marktfrau, hatten sich auf Klappstühlen um sie herum aufgebaut und betrachteten sie erwartungsvoll. Malinka hatte das Gefühl, dass sie den drei mehr bieten musste als nur eine Zusammenfassung des bisher Geschehenen; mehr als das, was sie dem Buchhändler in Lima oder auch Juan Moreno Quispe in Trujillo erzählt hatte. Mehr als das hieß: eine Geschichte.

Und gerade davor hatte Malinka Angst. Angst, dass ihre Erzählung genauso kläglich scheitern würde wie ihre letzten Versuche, ein Textdokument am Computer mit Leben, eine unbestimmte Idee mit Struktur zu erfüllen. Fast sah sie im Geist schon den vorwurfsvoll blinkenden Cursor auf einer endlosen weißen Fläche vor sich.

Aber versuchen musste sie es.

Malinka holte tief Luft, roch eine Mischung aus Petersilie, Basilikum und *muña,* einer minzeartigen Kräuterart, und begann: »Vor zwei Wochen saß ich in meiner Küche und dachte über ein Buch nach, das verloren gegangen war. Da klingelte es an der Tür, und draußen stand Matteo. Er trug das Buch bei sich, aber er hatte es nicht gestohlen …«

Langsam kam sie in Fahrt. Sie berichtete von jenem Abend und der geheimnisvollen Schrift im Buch. Dann kam sie auf die Reise selbst zu sprechen und schilderte, was sich bisher ereignet hatte. Sie merkte, dass die Blicke der Marktfrauen sich keine Sekunde von ihr lösten; aus der Erwartung war unverhohlene Faszination geworden. Und da war noch etwas: Malinka spürte, wie ihre Worte Bilder erzeugten, die als bunte Ahnung in der Luft schwebten und mehr transportierten als Informationen. Es war nicht nur ein Bericht, den sie zum Besten gab: Es war eine Geschichte, flüssig und rund, mit allem, was dazugehörte.

Eucemila, Bernarda und Luzmari waren ein dankbares Publikum. Sie rissen erstaunt die Augen auf, als Malinka beschrieb, wie sich die Seiten des Spiegelbuches veränderten, oder wie sie im *Yanaphuru* in Lima auf einmal Garcilaso auf einem Bild entdeckt hatte. Sie lachten herzhaft über die Episode mit dem Notausgang und lauschten vornübergebeugt und mit halb offenem Mund, als Malinka die Legende vom Spiegelbuch wiederholte, wie der Buchhändler in Lima sie ihnen erzählt hatte.

Fast unwillkürlich fügte Malinka weitere Details hinzu; sie veränderte die Erzählung nicht, machte sie jedoch für ihre Zuhörerinnen greifbarer, indem sie schilderte, wie der *Yuyaq* mit klopfendem Herzen hinauf in die Sierra gegangen war und um Hilfe für sein Unterfangen gebeten hatte, wie er plötzlich die Antwort der *apus* vernommen und sich einem majestätischen Kondor gegenübergesehen hatte. Und natürlich erzählte sie auch die tragische Liebesgeschichte zwischen Isabel und Yawar, und alle drei Marktfrauen tupften sich verstohlen die Augenwinkel mit den Zipfeln ihrer blauen Schürzen ab.

Malinka verlor jedes Zeitgefühl. Sie nahm ihre Zuhörerinnen zwar wahr, aber kaum noch sich selbst als Erzählende. Die Worte flossen aus ihr hinaus und gruppierten sich selbst zu harmonischen Sätzen.

Als sie schließlich fertig war, fühlte sie sich seltsam erschöpft, und ihr Mund war trocken.

»*Vaya, hijita, ¡que eres poeta!*«, entfuhr es Eucemila, »du bist ja eine Dichterin!«

»Das war viel hübscher als die *novela*«, seufzte Bernarda wohlig.

Luzmari stand auf, ging zum Stand gegenüber und kam mit einem Krug *Chicha morada* und einem durchsichtigen Plastikbecher zurück. Sie schenkte zuerst Malinka ein, die dankbar trank und, unter den wohlgefälligen Blicken ihrer Zuhörerinnen, den letzten Schluck sorgfältig auf den Boden tropfen ließ: eine Geste an die *Pachamama.*

Dann reichte Malinka den Becher an Luzmari zurück, die ihn wieder auffüllte und Matteo gab.

Währenddessen beugte sich Eucemila vor. »Dass etwas mit deinem *amigo* nicht stimmt, haben wir gleich gesehen. Aber dass es ein *apu* ist, der ihm Böses will, das hätten wir nicht gedacht. Ihr müsst sehr vorsichtig sein. Und vor allem du, *hijita.* Es ist so hübsch, was der *curandero* euch über die Geschichten gesagt hat, und ich glaube, dass sie langsam zu dir zurückkommen. Aber je mehr du wieder Freundin der Geschichten bist, desto mehr wirst du dir andere Feinde machen. Der *mallku,* der dich angegriffen hat, wird es wieder versuchen, und du wirst dich dagegen schützen müssen.«

»Aber wie?«, fragte Malinka ratlos.

Die drei Marktfrauen wechselten einen Blick. Der Becher *chicha* war mittlerweile bei Bernarda angekommen. Sie leerte ihn, ließ einen Schluck auf den Boden tropfen und sagte nachdenklich: »Ich habe etwas, das ich dir geben will, weil es mir mein Cousin aus Arequipa mitgebracht hat. Und wenn du dort warst, sind dir vielleicht die *apus* von Arequipa wohlgesonnen. Warte, ich gehe es holen.« Sie gab den Becher an Eucemila ab und bewegte sich zurück zu ihrem Stand.

»Gibt es sie wirklich, diese *apus?«,* fragte Matteo.

Malinka hätte nie gewagt, derart unverfroren diese Frage zu stellen, aber die Marktfrauen schienen in keiner Weise verärgert.

»Natürlich, *joven*«, antwortete Eucemila und nippte genüsslich an ihrer *chicha.* »Wir sind hier damit aufgewachsen und wissen, wovon wir reden.«

»Aber ich dachte, Peru sei ein sehr katholisches Land.«

»Wir sind auch katholisch«, bestätigte Eucemila verschmitzt lächelnd. »Und? Ist das ein Widerspruch? Natürlich, *joven,* wirst du jede Menge Leute finden, die dir sagen: Das mit den *apus* ist Aberglaube oder Blasphemie, es gibt nur Gott, Jesus und die Heilige Jungfrau. Aber was soll das? Gott hat viele Namen. Sie haben uns gesagt, dass wir Gott nicht kannten, bevor die Spanier kamen. Was für ein Unsinn! Die Inka und alle, die vorher da waren, kannten Gott, oder die Götter, das ist ganz gleich. Der katholische Gott hat unsere alten Götter nicht verjagt. Er wollte das auch nie. Nur die Spanier wollten das, und die Missionare, aber es ist ihnen nicht gelungen. Die *apus* werden uns nie verlassen. Ich gehe in die Messe und bete zu meinem *Diosito,* aber ich weiß auch, dass mein *apu* über mich wacht, der Michiquillay von Cajamarca, und so viele andere, die es gibt … Wir dürfen sie nicht vergessen, das macht sie zornig und traurig.« Sie stellte den Becher auf den Boden und fügte mit einem Lächeln hinzu: »Gerade du, *joven,* hast sehr wenig Grund, an den *apus* zu zweifeln.«

Ehe Matteo etwas erwidern konnte, kehrte Bernarda von ihrem Stand zurück. In der Hand hielt sie ein Lederband, an dem ein dunkler, fein polierter steinerner Anhänger baumelte. Es war ein Kreuz mit vier gleichlangen Balken und einem runden Loch in der Mitte. Jeder Balken war in drei Stufen unterteilt wie ein kleines Siegertreppchen.

»*La chakana*«, sagte Malinka beim Anblick des Anhängers. »Das Andenkreuz.«

»*La cruz andina*«, bestätigte Bernarda lächelnd, »*la chakana.* Vier Seiten, wie die vier Richtungen des Tawantinsuyu, des Inkareiches. Und drei Stufen, wie die drei Welten, die uns umgeben: *Kay Pacha,* die gegenwärtige Welt, *Ukhu Pacha,* die untere Welt, und *Janan Pacha,* die obere Welt. Und das Loch in der Mitte, *hijita?*«

»Das steht für Cusco, den Nabel der Welt.«

Bernarda strahlte. Behutsam beugte sie sich über Malinka und schob ihr das Lederband über den Kopf. Malinka spürte den kühlen Stein auf ihrer Haut, als der Anhänger hinunter auf ihren Hals glitt.

»Trage es immer«, sagte Bernarda ernst. »Das Andenkreuz ist ein mächtiges Symbol und wird dich beschützen.«

»Aber der *mallku* ist doch auch ein Teil desselben … Systems«, warf Matteo zweifelnd ein. »Warum sollte das Ding sie schützen können?«

Die Marktfrauen lächelten nachsichtig.

»Ein *mallku* hat Macht, doch er ist stets einem *apu* unterstellt und kann dessen Wort nicht zuwiderhandeln. Wen ein *apu* beschützt, den wird der *mallku* nicht anrühren«, sagte Eucemila.

»Und dieses Andenkreuz«, ergänzte Bernarda, »gibt es nicht in den Touristenläden zu kaufen, das haben sie meinem Cousin in der Provinz geschenkt. Es ist kein importierter Stein; es ist der Stein eines *apus* in Arequipa, in der Provinz, und deshalb schützt er den, der ihn trägt.« Sie wandte sich halb zu Matteo. »Du, *joven,* trägst den Fluch eines *apus* in dir, dagegen kann ich dir keinen Schutz geben. Aber solange deine Freundin den Anhänger trägt, glaube ich nicht, dass der *mallku* sie anrühren kann. Dafür müsste er sich mit einem *apu* anlegen, und das wird er nicht wagen.«

Malinka umfasste das steinerne Andenkreuz und spürte, wie es sich langsam erwärmte. »Weißt du auch, von welchem *apu* in Arequipa es stammt?«

»Aber ja!«, sagte Bernarda. »Es ist ein sehr mächtiger *apu*, sagt mein Cousin, denn an seinem Fuß entspringt unser Amazonas, der wasserreichste Fluss dieser Welt und auch der längste, selbst wenn andere etwas anderes behaupten … viel länger als der Nil!«

Malinka spürte, wie ihr Herzschlag kurz aussetzte. *Ein mächtiger* apu. *An seinem Fuß entspringt der Amazonas.*

»Der Mismi«, sagte sie tonlos.

Bernarda musterte sie. »Du kennst ihn, nicht wahr?«

***

Sie hatten bei Eucemila übernachten dürfen. Jacinto begleitete sie am frühen Morgen zum Abfahrtspunkt der *combis,* die sie nach Baños del Inca bringen sollten – Eucemila hatte gemutmaßt, dass die Thermalquellen Matteos Fluch vielleicht lindern konnten, und da es noch keinen Hinweis auf die nächste Station ihrer Reise gab, sprach nichts dagegen. Nicht nur die Thermalquellen, auch der Ort hieß Baños del Inca. Der Legende nach hatte Atahualpa, der letzte Inka, in jenen Quellen gebadet, als ihn die Kunde vom Kommen der Spanier erreichte.

Die Anlage der Baños bestand aus mehreren flachen, lang gezogenen Gebäudekomplexen. Matteo und Malinka lösten ein Ticket für das Gemeinschaftsbecken, kauften Badesachen an einem kleinen Stand und betraten die Anlage. Aus freiliegenden Becken stiegen Dampfwolken auf und verliehen der Szenerie etwas Mystisches. Ein Eindruck, der durch die unbeschwert dahin spazierenden Besucher – zu dieser frühen Stunde weitaus mehr Einheimische als Touristen – relativiert wurde: Kinder in Badesachen rannten kichernd vorbei, Frauen plauderten in kleinen Grüppchen oder hielten mit über die Schultern geworfenen Handtüchern auf die Umkleidekabinen zu.

Als Malinka in ihrer Umkleidekabine Buch und Andenkreuz in das Schließfach legte, zögerte sie, schlang nach kurzem Überlegen das Lederband des Anhängers um das Buch und schloss es mit der Tasche in dem Schließfach ein. So würde der *mallku* das Buch nicht stehlen können – für den Fall, dass er es noch einmal versuchen sollte.

Am Gemeinschaftsbecken traf sie Matteo wieder, der bereits mit baumelnden Beinen am Beckenrand saß.

»Das Wasser ist echt ziemlich heiß«, bemerkte er.

Sie setzte sich neben ihn. Es war noch nicht viel los, und sie waren momentan die einzigen Touristen am großen Becken. Sie tauchte die Füße ins Wasser, zog sie im ersten Impuls wieder zurück, versuchte, Matteos Grinsen zu ignorieren, und gewöhnte sich schließlich an die Wassertemperatur.

»Was ist mit diesem Berg, dem Mismi?«, fragte Matteo jäh.

Malinka fuhr leicht zusammen. »Was soll damit sein?«, fragte sie schroff zurück.

»Irgendwas ist doch damit.«

»Nichts ist damit. Meine Güte, ich war schon mal da. Sonst *nichts.*«

»Und wieso blockst du so ab?«

»Weil da nichts ist. Punktum.« Heftig glitt sie ins Becken, schwamm einmal quer hindurch und blieb auf einer Stufe im Wasser sitzen, während Matteo eine Runde nach der anderen zog. Er schwamm mit zusammengepressten Lippen, ihr Gespräch von eben ärgerte ihn offenbar. Malinka ahnte, dass er die Angelegenheit nicht auf sich beruhen lassen würde.

Sie versuchte, sich zu entspannen, und konzentrierte sich auf das Gefühl der Wärme, das Gluckern des Wassers, den leichten Schwefelgeruch.

Plötzlich gerieten die Wellen neben ihr in Bewegung. Schwerfällig ließ sich Matteo auf den Beckenrand plumpsen, stützte sich mit den Händen vornüber auf und atmete schwer. Er war aschfahl.

»Was ist?«, fragte Malinka.

»Geht schon«, brachte er mühsam hervor, was nicht allzu glaubwürdig klang.

Malinka musterte ihn. »Vielleicht hättest du nicht gleich so aufdrehen sollen. Das heiße Wasser, die Höhe, gestern hatten wir noch *soroche* ...«

So plausibel das alles war – schon während sie es aussprach, drängte sich ihr das Gefühl auf, dass weder die Wassertemperatur noch die Höhenluft Matteo zu schaffen machten. An seinem skeptischen Blick sah sie, dass es ihm genauso ging. Sie erinnerte sich an die Worte im Spiegelbuch: *Ein zerbrochener Krug, aus dem das Leben herausläuft.*

***

»Ich weiß ja nicht, was du auf diesem Berg erlebt hast«, sagte Matteo trocken, als sie in Cajamarca aus dem *combi* kletterten. »Aber es wäre schon ganz schön, wenn du ein bisschen offener wärst. Hängt ja nur mein Leben davon ab.«

»Mir ist klar, worum es hier geht.« Malinka erschrak selbst, wie scharf ihre Stimme klang. »Falls du es noch nicht gemerkt hast: Ich helfe dir, wo ich kann. Aber es gibt Dinge, die gehen dich einfach nichts an. Verstanden? Und mit deinem Fluch hat das auch nichts zu tun.«

Er blieb stehen und schaute sie von der Seite an. »Weißt du, ich wäre nicht mit dir unterwegs, wenn ich die Wahl hätte. Deine Traumgeschichten interessieren mich ehrlich gesagt genauso wenig wie deine *apus*. Aber zumindest mit den *apus* muss ich mich jetzt beschäftigen, und offenbar …«

»Meine Traumgeschichten?« Malinka funkelte ihn an. »Fängst du schon wieder damit an?«

»Damit, dass du keinen Realitätssinn hast?« Er zuckte mit den Schultern. »Meine Güte, du weißt selbst, dass du nur in Büchern lebst. In Keramikbildern und Steinreliefs, wie toll.«

»Bisher bist du ganz gut damit gefahren, dass ich mich in diesen Dingen auskenne!«, schleuderte Malinka ihm entgegen. »Oder wo wärst du sonst, Herr Weltverbesserer?«

»Anderswo«, erwiderte er knapp, »mit einer angenehmen Reisegefährtin.« Er ballte kurz die Fäuste. »Hast du nicht selbst gesagt, dass der Fluch womöglich für dich bestimmt war? Ist dir im Grunde wohl recht, dass ich ihn abbekommen habe. Ich kratze ab, und du denkst noch immer nur an deine Geschichten.«

Sie starrte ihn an und spürte die Wut in sich brodeln. Vor zwei Nächten im Bus hatte sie das Gefühl gehabt, dass Matteo sie akzeptierte – und ihr ein Stück weit vertraute. Was für ein Irrtum. Noch immer schien er nur darauf aus, sie mit verächtlichen Kommentaren zu provozieren. Es hatte sich nichts geändert.

»Ich würde auch lieber ohne dich reisen«, zischte sie. »Ich helfe dir trotzdem die ganze Zeit. Aber du? Du könntest sterben und denkst immer noch nur an deinen Realitätssinn.« Sie straffte sich. »Du kannst ja allein weiterfahren und zusehen, wie du damit so klarkommst. Und dann stirbst du eben, aber hey, immerhin hast du Recht behalten. Wahrscheinlich hast du genau das verdient, den Fluch und alles!«

Matteo zuckte zusammen, schien zu einer Erwiderung ansetzen zu wollen und zum ersten Mal, seit sie ihn kannte, doch keine Worte zu finden.

»Ich gehe spazieren«, knurrte sie. »Alleine.« Damit drehte sie sich um und marschierte davon, aufs Geratewohl die Straße hinunter.

Nach einer Weile merkte sie, dass sie noch immer die Fäuste geballt hielt. Mit einem Seufzer löste sie ihre Finger und vergrub die Hände in den Jackentaschen. In ihrem Kopf fuhren die Gedanken Karussell.

Sie war noch immer wütend auf Matteo, seine Arroganz und Selbstgefälligkeit, allerdings wurde sie mit jedem Schritt unsicherer, ob sie selbst nicht zu heftig reagiert hatte. War der Streit nicht vermeidbar gewesen?

Mit einem vernehmlichen Knurren machte sich ihr Magen bemerkbar, und Malinka blieb unschlüssig stehen.

Auf der anderen Straßenseite lag ein kleines Chifa, und der Gedanke an eine große Portion gebratener Nudeln – *tallarín saltado* – hatte etwas Tröstliches.

Entschlossen überquerte Malinka die Straße und betrat das Lokal.

Es war halbdunkel, nur einige quadratische Holztische mit Stühlen standen in dem kleinen Raum. Die Kasse am Eingang war unbesetzt, lediglich die unvermeidliche goldene Katze winkte mit ihrer Pfote.

Malinka sah sich um. »Hallo?«

Für einen Moment überkam sie die ungute Erinnerung an das Schreibwarengeschäft in Trujillo.

Dann löste sich eine Gestalt aus den Schatten, und eine sanfte Stimme sagte: »Willkommen, *señorita.* Willkommen.« Vor ihr stand ein kleiner weißhaariger Mann mit asiatischen Gesichtszügen und zierlichen Händen.

»Unser Kellner ist heute krank, und ich muss alles alleine machen. *El sabio de la cocina,* der Weise aus der Küche, so nennen sie mich. Aber haben Sie schon gewählt, *señorita?*«

»Ja«, antwortete Malinka und entspannte sich. »Ich hätte gern einmal *tallarín saltado.*«

»Sehr gerne«, antwortete der Weise aus der Küche und deutete eine leichte Verneigung an. »Nehmen Sie doch Platz.«

Malinka ließ sich an einem der Tische nieder, und der Weise verschwand in seiner Küche. Sie kam nicht umhin, ihn in Gedanken wirklich mit dieser Bezeichnung zu belegen, stellte sie fest. Er sah ein bisschen so aus, wie sie sich immer Konfuzius vorgestellt hatte. Langsam wurde sie wieder ruhiger. Wenn sie erst einmal gegessen hatte, würde sie auch wieder klarer denken können.

Und dann sah sie die Gestalt am Eingang. Nur ein Schatten, der sich an den Türpfosten drückte. Nur die Ahnung einer Silhouette.

Der *mallku.*

Malinka sprang so heftig auf, dass der Stuhl hinter ihr polternd umfiel. Mit ein paar Schritten war sie in der Küche.

Der alte Mann schaute kurz von seiner Pfanne auf und wandte sich wieder den brutzelnden Nudeln zu.

»Entschuldigung«, stammelte Malinka, »ich dachte, ich würde gern zusehen … ich wollte nur …« Sie spürte, dass ihre Knie zitterten.

Dann sah der alte Mann doch noch einmal auf und ihr genau in die Augen. »Schließ die Tür, *hijita*«, sagte er beruhigend. »Setz dich. Und hab keine Angst. Du trägst das Andenkreuz. Er kann dir nichts tun.«

Sie nahm verwirrt Platz auf einem Hocker und schaute dem Alten dabei zu, wie er die Nudeln und das kleingeschnittene Gemüse in der Pfanne sautierte.

»Wer sind Sie?«, fragte sie, während das Zittern in ihren Knien langsam nachließ. Seltsamerweise fühlte sie sich in der Gegenwart des alten Mannes sicher.

Er lachte gutmütig. »Das sagte ich doch bereits. Ich bin der Weise aus der Küche. Namen sind Schall und Rauch.«

»Aber Sie wissen Bescheid über … über das Andenkreuz und …« Sie machte eine hilflose Handbewegung, und der Alte lächelte.

»Auch das Chifa gehört mittlerweile zu diesem Land, *hijita.* Warum sollte ich nicht über diese Dinge Bescheid wissen?«

Er reichte ihr einen großen Teller mit gebratenen Nudeln. »Iss, *hijita.* Ist alles in Ordnung mit dir?«

»Es macht mich nervös, dass *er* da draußen ist«, murmelte sie und griff nach ihrer Gabel.

Der Weise aus der Küche setzte sich ihr gegenüber und musterte sie eingehend. »Das sehe ich. Aber das ist nicht alles.«

Sie begann zu essen. Nach ein paar Bissen fühlte sich die schmerzhafte Leere in ihrer Magengrube schon besser an, und Malinka machte eine kurze Pause. »Ich habe mich ganz furchtbar gestritten mit … mit meinem Reisebegleiter.« Sie schob sich eine weitere Ladung Nudeln in den Mund, kaute, schluckte und redete weiter: »Ich glaube, ich war unfair.«

»Du warst unfair«, wiederholte der Weise. »Oder im Unrecht?«

Sie überlegte. »Vielleicht«, gab sie schließlich zu. »Bei ihm geht es um Leben und Tod, und ich …« Sie biss die Zähne zusammen. »Ich will ihm einfach nicht alles über mich erzählen. Er weiß schon genug, und es gibt Sachen, die gehen ihn nichts an.«

Der Weise aus der Küche lächelte nur.

»Aber er ist auch anstrengend!«, platzte sie heraus. »So was von arrogant! Es ist nur so … Wenn ich mir vorstelle, dass ich mich bei ihm entschuldigen muss …« Sie brach ab, und der Weise betrachtete sie neugierig.

»Dann was?«, fragte er schließlich.

»Keine Ahnung«, gestand Malinka. Sie starrte auf ihren Teller und aß weiter.

Der Weise aus der Küche stand auf, ging zu einem Regal, und sie hörte ihn kramen. Als er wieder zurückkam, hielt er zwei kleine Päckchen in der Hand. »Ein Geschenk«, sagte er. »Sie können euch den Weg weisen.«

Malinka musste lächeln. »Glückskekse«, sagte sie, stellte den leeren Teller beiseite und nahm die Kekse entgegen. Behutsam ließ sie sie in ihre Umhängetasche gleiten. »Danke.«

»Nicht nötig.«

»Doch. Ich glaube, Sie haben mir sehr geholfen.«

»Ich höre nur zu«, antwortete der Weise und winkte ab, als sie ihren Münzbeutel hervorholte. »Gezahlt wird an der Kasse.«

»Aber da ist niemand.«

Er lächelte breit.

»Und der *mallku?«*

»Du musst keine Angst haben.«

»Danke«, wiederholte sie, stand auf und verließ die Küche.

Die Gestalt in der Eingangstür war verschwunden. Umso besser. Malinka holte Luft, legte doch ein paar Münzen an der Kassentheke ab und machte sich auf den Weg zu Eucemilas Haus. Es blieb ihr ja nichts anderes übrig.

***

Als sie Eucemilas Küche betrat, kauerte Matteo dort auf dem Boden, halb gegen die Sitzbank gelehnt. Er war kreideweiß, klapperte mit den Zähnen und sah noch elender aus als am Morgen.

Das ist kein soroche, durchzuckte es Malinka.

Sie warf alles beiseite, was sie sich an Gesprächseinstiegen zurechtgelegt hatte, eilte zu Matteo und hockte sich neben ihn. »Geht es?«

Das war unsinnig, denn natürlich ging es nicht, das sah sie ja. Aber irgendetwas musste sie schließlich sagen.

Matteos Kiefermuskeln spannten sich an, er nickte in Richtung der Herdplatte. »Wollte mir Tee machen«, presste er hervor. »Mir ist so kalt.«

Malinka schluckte und fasste ihn sacht am Arm. »Ich mach das. Du solltest dich hinlegen, komm.«

Matteo wich ihrem Blick aus, protestierte aber nicht, als sie ihn energisch auf die Füße hievte und ins Gästezimmer schob. Er taumelte mehr, als dass er ging, und kippte förmlich auf die Matratze. »Mir ist so schlecht.«

»Das kommt alles in Ordnung«, murmelte sie etwas hilflos, breitete die Decke über ihn und zupfte sie zurecht. »Bin gleich wieder da.«

Merkwürdig fühlte es sich schon an, sich Matteo gegenüber fürsorglich zu verhalten – nicht nur wegen ihres Streits. Doch während Malinka Wasser aufsetzte und Coca-Blätter in eine Teetasse warf, musste sie daran denken, dass Matteo sich nach dem Überfall in Trujillo selbst ohne zu zögern um sie gekümmert hatte.

Er sah ihr müde entgegen, als sie mit der dampfenden Teetasse aus der Küche zurückkehrte und sich nach kurzem Zögern auf der Bettkante niederließ. Aschfahl war er noch immer, schaffte es aber, sich aufzurichten. Mit zittrigen Händen nahm er die Tasse entgegen und verschüttete heißen Tee auf der Bettdecke.

Malinka sah, wie sich seine Kiefermuskeln anspannten und sein Blick noch eine Spur weiter verdüsterte. Gleichzeitig stand eine Hilflosigkeit darin, die in keiner Weise zu dem Matteo passte, den sie kannte.

Vielleicht traute sie sich deshalb, ihre Hände auf seine zu legen, damit das Zittern sich beruhigte. »Langsam. Das wird schon.«

Er nickte erschöpft, nippte an seinem Tee und reichte ihr die Tasse schließlich mit einem Kopfschütteln zurück. »Bin schon froh, dass du dich auskennst, weißt du?«, sagte er rau und immer noch, ohne sie anzusehen. »Selbst wenn's Steinreliefs sind. Aber … Verdammt, ich hab wirklich Angst. Ich will noch nicht sterben.« Seine Stimme klang brüchig, bebte auf eine Weise, die Malinka bei ihm noch nie gehört hatte.

In Ermangelung eines Nachttisches stellte sie die Tasse auf dem Fußboden ab. »Du wirst auch nicht sterben.«

Jetzt suchte er doch ihren Blick. »Hätte ich doch verdient, deiner Meinung nach.« Keine Wut, kein Vorwurf in diesen Worten, nur so viel Schmerz und Erschöpfung, dass es Malinka die Kehle zuschnürte.

»Das ist nicht wahr«, flüsterte sie. »Tut mir leid, dass ich das gesagt habe.«

Für einen Moment presste er die Lippen zusammen. »Mir tut's auch leid. Also … was ich so gesagt habe.«

Plötzlich ahnte sie, wie er sich fühlen musste: allein in einem fremden Land, konfrontiert mit einem Problem, das er auf sich selbst gestellt nicht lösen konnte, begleitet von jemanden, mit dem ihn nicht einmal Freundschaft verband, und daheim warteten Ungewissheit und zerknitterte Träume.

»Hey«, sagte sie und griff nach seiner Hand. Seine Finger waren eisig, obwohl er eben noch die heiße Tasse gehalten hatte. »Wir kriegen das hin. Ein paar Spuren haben wir doch schon. Meine Traumgeschichten und dein Realitätssinn, damit haben die *apus* bestimmt nicht gerechnet.«

Matteo schüttelte nur den Kopf. Aber er drückte zaghaft ihre Finger, und sie sah die Ahnung eines Grinsens um seine Lippen spielen.

***

Das nächste Mal zog Malinka das Spiegelbuch nach dem Frühstück hervor, schlug es auf und erstarrte. »Hä?«, entfuhr es ihr. Sie hatte ja mit allem gerechnet, was einen neuen Hinweis betraf – aber nicht *hiermit.*

Matteo, dem es heute Morgen wieder deutlich besser zu gehen schien, schaute ihr über die Schulter und grinste. »Oha. Wir verlassen die Zeit der bemalten Keramik?«

Malinka starrte nur perplex auf die farbenfrohe Zeichnung, die ihr entgegenleuchtete. Im Vordergrund starrte ein Mann mit rollenden Augen und wildem Blick ein unsichtbares Gegenüber an. Er trug einen grauen Anzug und eine Krawatte, sein Arm wies nach hinten auf ein Schiff, das leicht geneigt mitten in der Landschaft zu liegen schien. Bei näherem Hinsehen erkannte Malinka im Hintergrund Gestalten, die das Schiff auf runden Pfählen und Hebelkonstruktionen offenbar voranzubringen versuchten.

Die markanten Gesichtszüge des Mannes kamen ihr bekannt vor. »Ist das nicht …?«

»Klaus Kinski«, sagte Matteo und grinste noch immer. »Und das ist das Filmplakat von *Fitzcarraldo,* wenn mich nicht alles täuscht.« Er griff nach dem Reiseführer und blätterte darin. »Wenn das mal keine klare Ansage ist. Rate mal, wo der Film spielt.«

»In Peru?« Mit Filmen war Malinka nicht sonderlich firm.

»Und zwar wo?« Matteo klappte den Reiseführer fast triumphierend zu. »In Iquitos!« Es schien ihm gut zu tun, dass er auch einmal die nächste Station erriet.

Eucemila, die bis jetzt am Herd gewerkelt hatte, drehte sich um, als sie den Namen der Stadt hörte. »Iquitos? Oh, Regenwald! Das ist weit. Am besten wird es sein, ihr reist mit dem Flugzeug. Das ist teuer, aber alles andere kostet zu viel Zeit.«

»Wie lange würde es denn mit dem Bus dauern?«, fragte Matteo vorsichtig, und Eucemila brach in lautes Lachen aus.

»Du bist mir einer, *hijito!* Mit dem Bus kommt ihr nicht weit. Es gibt keine Straße nach Iquitos. Entweder ihr fliegt, oder ihr nehmt ein Schiff, und das Schiff braucht eine gute Woche. Bernardas Neffe arbeitet in einem Reisebüro, bei der Plaza Belén, soviel ich weiß. Versucht da euer Glück, vielleicht kann er euch einen günstigen Flug organisieren.«

***

Sie buchten zwei Flüge für den gleichen Tag nach Iquitos, via Lima, Rückflug offen.

Bei der Verabschiedung bekam Eucemila feuchte Augen und umarmte Malinka und Matteo nacheinander. »Eine gute Reise wünsch ich euch, *hijitos*!«, sagte sie mit belegter Stimme. »So schön, euch kennengelernt zu haben! Ihr meldet euch doch bei mir, oder? Ich werde für euch beten.«

»Bei den *apus*?«, fragte Matteo.

»Bei den *apus* und bei unserem lieben Herrgott. Doppelt hält besser. Pass auf dich auf, mein Junge!« Sie kniff Matteo in die Wange – Malinka musste sich das Lachen verkneifen – und drückte ihm beide Hände. »Und lass nicht zu, dass der *mallku* Malinkita etwas tut. Du musst mir ein Auge auf sie haben, versprochen?«

Matteo lächelte verlegen und murmelte etwas Zustimmendes, dann kam Malinka an die Reihe. Ihr legte Eucemila beide Hände auf die Wangen und schaute sie lange an.

»Und du, *hijita,* pass mir gut auf Matteo auf«, sagte sie ernst. »Mit den *apus* ist nicht zu scherzen. Du wirst ihn nicht allein lassen, hörst du?«

Malinka spürte, wie sie rot wurde. Dabei konnte Eucemila von dem gestrigen Streit nichts wissen.

Eucemila schien ihr Unbehagen nicht zu bemerken und lächelte ihr zu. »Und mach dir keine Sorgen. Die Geschichten werden zu dir zurückkommen.«

Peru
um ca. 1767

15. Tuta

Nacht

Isabel wachte auf, als die Berggötter grollten: Ein *temblor* brachte die Stadt zum Zittern, ein Erdstoß, der wie eine unsichtbare Welle unter ihr hinwegrollte. Das geschah öfter in Arequipa. Isabel hatte seit ihrer frühesten Kindheit das Bild eines Tieres vor Augen gehabt, ein mächtiges Wesen mit schweren Pranken, das mit wuchtigen Schritten durch ihr Haus rannte und das alte Mauerwerk in Schwingungen versetzte. Und auch diesmal fühlte es sich so an. Es kam vom Haupteingang, dann die Hintertreppe hinauf, lief donnernd durch die Bibliothek und die Halle und galoppierte dann mitten durch ihr Zimmer, um mit einem Sprung vom Rand der Dachterrasse wieder zu entschwinden.

Isabel schlug die Augen auf und blickte in die Dunkelheit. Sie hätte sich mit einem schläfrigen Murmeln umdrehen und weiterschlafen können, wie es wohl die meisten in dieser Stadt taten, wenn ein *temblor* sie weckte. Fremden und Neuankömmlingen mochte das Donnern aus der Tiefe Furcht einflößen, doch die Menschen von Arequipa waren damit vertraut; es gehörte dazu und jagte niemandem Angst ein. Yawar hatte es anfangs verstört, daran erinnerte Isabel sich noch gut.

Yawar. Unwillkürlich musste sie darüber lächeln, wie rasch sie sich daran gewöhnt hatte, unter diesem Namen an ihn zu denken. Vorsichtig richtete sie sich auf. Mondlicht fiel in einem fahlen Streifen durch das Fenster ihres Zimmers. Es würden noch einige Stunden bis zum Sonnenaufgang vergehen. Sie griff nach dem Morgenmantel aus blassblauer Seide, der an ihrem Bettpfosten hing. Auch wenn Yawar längst gelernt hatte, den *temblor* nicht zu fürchten, so war sie doch sicher, dass er davon ebenfalls wach geworden war, und sie wollte sich die Gelegenheit nicht entgehen lassen, ein paar ungestörte Momente mit ihm zu verbringen. Der bloße Gedanke daran erfüllte sie mit Wärme und beschleunigte ihren Herzschlag.

Ihre Zimmertür knarrte beim Aufschieben, und Isabel zuckte zusammen. Für einen Augenblick blieb sie unbeweglich stehen, hielt die Tür mit einer Hand halb offen und lauschte aufmerksam ins Dunkel. Aber alles blieb still, kein Türenschlagen, keine Schritte auf dem Marmorboden; das ganze Haus schlief. Isabel drückte sich durch den Spalt, huschte den Gang entlang und die Treppe zur Dachterrasse hinauf.

Kühler Nachtwind strich ihr übers Gesicht, als sie die obere Tür aufdrückte – und er trug leise Stimmfetzen mit sich.

Verwundert hielt Isabel inne, ließ den Blick hinüber zu Yawars Kammer schweifen und machte auf dem Dach gleich zwei Silhouetten aus, die sich dunkel gegen den Sternenhimmel abzeichneten. Eine musste Yawar gehören; die andere – den Kopf unter einem breitkrempigen Hut verborgen – konnte Isabel nicht zuordnen. Es musste einer der Dienstboten sein.

Gerade sprach Yawar. Seine Worte verstand sie nicht, doch seine Stimme klang wach und lebhaft, und er gestikulierte mit beiden Händen.

Isabel zögerte, dann schloss sie die Tür zur Treppe so leise wie möglich und näherte sich lautlos der Kammer, sagte sich selbst, dass sie sich gleich bemerkbar machen würde – wenn sie nur erst herausgefunden hatte, wer da mit Yawar auf dem Dach saß.

Rasch war sie nahe genug heran, dass sie einzelne Worte auffangen konnte. Quechuaworte, die zu rasch ineinanderperlten, als dass Isabel ihren Sinn ganz hätte erfassen können. Sie biss die Zähne zusammen und blieb stehen, wollte nicht lauschen und konnte doch nicht verhindern, dass sie vertraute Worte aus dem Fluss der schillernden Silben herausfischte.

»*… paymi yanapawan*«, sagte Yawar, sagte es mehrmals und mit Nachdruck. *Er hilft mir,* übersetzte Isabel für sich – *oder sie hilft mir* … Von wem mochte er sprechen?

Die Gestalt an seiner Seite schwieg für einen Moment, straffte sich dann sichtbar und antwortete ebenfalls auf Quechua. Eine Männerstimme voll

Wärme, jedes Wort klar wie geschliffener Stein. Keine Stimme, die Isabel erkannte, und wieder fing sie nur einzelne Worte auf: *Mismi,* der Name eines Berges, und *phiña* – Zorn. Der Mann sprach leise und eindringlich, neigte sich leicht zu Yawar, als ob er dessen Blick suchte.

Yawars Antwort klang vorwurfsvoll. Isabel meinte, das Wort *mamay* zu hören – *meine Mutter –,* aber sicher war sie nicht.

Der Fremde schwieg jedenfalls, und seine Silhouette sank leicht in sich zusammen.

Yawar streckte eine Hand nach ihm aus und sprach weiter – freundlicher diesmal und wieder eindringlich, doch auch ein bisschen zögerlich. »*Tukusaq*«, verstand Isabel – *ich werde es fertigstellen,* wenn sie sich nicht irrte. Ihr Herz schlug schneller. Ob er das Spiegelbuch meinte? Sie arbeiteten gemeinsam daran, heimlich, nachts. Von den Münzen Padre Valentíns hatte Yawar Papier gekauft, das blütenweiße italienische, und in der Werkstatt einen weiteren Stapel handgeschöpft. »Fremdes und Eigenes zusammen«, hatte Yawar gesagt. »So muss dieses Buch sein, sonst ergibt es kein Ganzes.« Die Arbeit schritt voran; das Papier war geleimt, geschlagen und gefalzt, der Buchblock gebunden und mit einem fein gewebten Kapitalbändchen versehen. Nur die Buchdeckel fehlten noch – denn es hatte sich wirklich als schwierig erwiesen, Leder in dem Blau zu finden, das ihnen beiden für den Einband vorschwebte.

Yawar sprach weiter; »… *llinp'i*«, fing Isabel auf, *Farbe,* »*anqas*«, *blau,* und nun war sie ganz sicher, dass er vom Spiegelbuch sprach.

Und dass es Zeit war, aus den Schatten zu treten.

Sie holte tief Luft und räusperte sich.

Erst befürchtete sie, dass Yawar sie nicht gehört hatte, doch dann sah sie ihn den Kopf wenden und spürte seinen Blick auf sich. Auch der Fremde wandte sich zu ihr um.

»Isabel!« Sie hörte Überraschung und Freude in Yawars Stimme, als er eine Hand nach ihr ausstreckte und vom Dach der Kammer glitt. »Hat dich der *temblor* geweckt?« Seine Finger schlossen sich warm und weich um ihre. Die Berührung ließ eine Unruhe in Isabel ersterben, die sie zuvor nicht einmal bemerkt hatte. Gleichzeitig wuchs ihre Verwirrung, denn längst nicht vor jedem hätte Yawar diese Vertrautheit mit ihr gezeigt.

»Ich möchte dir jemanden vorstellen«, sagte Yawar und nickte in Richtung des Fremden, der nun ebenfalls geschmeidig vom Dach sprang und zu ihnen herüberkam. »Yanaphuru – der *mallku,* von dem ich dir erzählt habe.«

Isabel schnappte nach Luft. Sie musterte den Fremden, seinen wallenden schwarzen Poncho, den Hut mit der breiten Krempe, den Yanaphuru vor ihr nun abnahm, die klaren Gesichtszüge und die wachen dunklen Augen. Yanaphuru schenkte ihr ein höfliches Lächeln und neigte zum Gruß den Kopf, doch gleichzeitig betrachtete auch er Isabel aufmerksam. Sein Blick brachte etwas in ihr zum Schwingen wie eine Charangosaite.

»Ich grüße dich«, brachte sie auf Spanisch hervor, unfähig, sich an die Grußworte auf Quechua zu erinnern.

Der *mallku* nickte sacht. »Ich grüße dich ebenfalls, Isabel Goyeneche.« Sein Spanisch war makellos und melodisch, aber sie ahnte den Klang des Quechua als dunklen Strom unter der Oberfläche.

Sie schluckte.

Natürlich hatte Yawar ihr von dem *mallku* erzählt – von ihm, vom Fluch, von den *apus.* Und sie hatte ihm all das bereitwillig geglaubt – weil die Ernsthaftigkeit zu groß war, mit der er es berichtet hatte, weil auch Padre Valentín davon gesprochen hatte und vielleicht auch, weil ein Teil von ihr nach genau dem Zauber dürstete, den Yawars Erzählung versprach. Doch jetzt stand Yanaphuru vor ihr, auf dem Dach ihres Elternhauses, und das durchtrennte den bunten Schleier, den Yawars Worte gehoben hatten. Plötzlich war es Wirklichkeit – auf eine Weise, die sich nicht um Isabels Träume kümmerte.

»Wir sprachen über das Spiegelbuch«, sagte Yanaphuru sanft, ohne den Blick von ihr zu nehmen. Ob er sie dort in den Schatten bemerkt hatte? »Yawar sagte mir, dass du ihm hilfst.«

Isabel hob leicht den Kopf. »So gut ich kann.« *Paymi yanapawan. Also hat er wirklich von mir gesprochen.* »Aber uns fehlt das Leder für den Einband.«

Wieder nickte Yanaphuru, und sein Lächeln flackerte auf. »Die Farbe des Himmels, der sich in klaren Andenseen spiegelt. Danach sucht ihr, *jinachu manachu*?«

Unwillkürlich drückte sie Yawars Finger fester. »Es gibt nur kein Leder in dieser Farbe. Zumindest nicht in dieser Stadt.«

Er musterte sie für einen Moment, bevor er den Kopf neigte, und seltsamerweise hatte sie das Gefühl, eine Prüfung bestanden zu haben. »Darum bin ich hier«, erwiderte er und streckte die Hand aus. Eine schlanke Phiole schimmerte im Sternenlicht; sie schien mit Wasser gefüllt. »Dreimal darf ich dir zu Hilfe kommen, Yawarchay, einmal für jede unserer Welten. Dies ist das zweite Mal.«

Wie gebannt starrte Yawar darauf, doch er ließ Isabels Hand nicht los und biss sich nervös auf die Unterlippe. Isabel meinte, einen Schatten über sein Gesicht huschen zu sehen, ein Aufblitzen in seinen Augen zu ahnen, das einen Herzschlag lang wieder das erschrockene Hochlandkind aus ihm machte. Als scheue er sich, die Hilfe des *mallkus* anzunehmen.

»Was ist das?«, fragte Isabel schließlich, weil sie das Gefühl hatte, dass jemand die Stille brechen musste.

»Wasser eines Bergsees.« Yanaphuru lächelte ihr zu. »Hoch im Norden träumt Llanganuco dicht unter dem Himmel. Ich habe euch diese Träume gebracht.«

Noch immer lag die Phiole in seiner offenen Handfläche. Isabel beugte sich leicht vor, um sie genauer zu betrachten. Das Wasser sah klar und gewöhnlich aus, kein Stückchen besonders oder verzaubert. Sie legte den Kopf schief. »Ist es nicht nur Wasser?«, fragte sie vorsichtig und fand wieder Yanaphurus Blick, suchte darin nach Ärger über ihren Zweifel.

Doch der *mallku* schüttelte nur sacht den Kopf, in seinen Augen stand weiterhin Freundlichkeit. »Viel mehr als das«, erwiderte er. »Hört mir gut zu – ich sage euch, was ihr tun müsst.«

***

Stille umfing sie.

Isabel saß auf der Werkbank und baumelte mit den Füßen, folgte Yawar mit dem Blick, wie er stumm auf und ab wanderte. Neben ihr lag der feine Vicuñakittel, in dem Yawar sonst sein Charango aufbewahrte. Jetzt ruhte darunter das Spiegelbuch.

Auf Yanaphurus Geheiß hatten sie gewöhnliches, aber gutes Leder für den Einband gewählt: hellbraunes Leder von einem der Sattler am Puente Viejo. Den fertigen Buchdeckel hatten sie mit dem Wasser aus der Phiole getränkt und den weichen Stoff darübergebreitet. Jetzt warteten sie, wortlos im Zwielicht der Buchbinderwerkstatt, und Isabels Gedanken wirbelten.

»Du hast gezögert«, sagte sie endlich.

Yawar hielt abrupt inne und fuhr leicht zusammen, wirkte ertappt und blinzelte. »Was meinst du?« Es klang unsicher. Als ob er die Antwort eigentlich kannte.

»Als er dir die Phiole geben wollte.« *Und auch vorher,* fügte sie in Gedanken hinzu, dachte daran, wie zurückhaltend er im Gespräch mit Yanaphuru teilweise geklungen hatte: *Ich werde es fertigstellen,* so langsam und gedehnt, dass selbst sie es verstanden hatte. Energisch holte sie Luft und sah Yawar in die Augen. »Warum hast du Angst, das Spiegelbuch zu vollenden?«

Er biss sich auf die Unterlippe, und sein Blick flackerte für einen Moment zur Seite, dann auf seine Hände, als könne er zwischen seinen nervösen Fingern die richtigen Worte finden.

Isabel wartete.

»Weil es Abschied bedeutet«, sagte Yawar schließlich, rau und leise, aber er sah sie dabei wieder an. »Ich werde fortgehen müssen, die Verlorenen Geschichten finden.« Er stockte, und das Atemschöpfen schien ihm schwerzufallen. »Dann wiederum … Du wirst auch bald fortgehen, weil du ja heiratest …«

Schlagartig verstand sie.

Deshalb also zögerte Yawar. Sie war der Grund für den lebhaften Wortwechsel – womöglich für Mismis Zorn, wenn sie die Worte des *mallku* richtig gedeutet hatte. Sie war der Grund, warum Yawar den Abschluss seiner Aufgabe hinauszögern wollte. Und sie war der Grund, warum er mit sanfter Bestimmtheit selbst dem *mallku* widersprochen hatte. *Sie hilft mir.*

Isabel schluckte, blickte auf den schlanken Ring an ihrem Finger und dachte an den Mann, dem sie bald das Ja-Wort geben sollte. Sie konnte sich kaum an sein Gesicht erinnern, kaum an seine Stimme. Und dann war da Yawar, an dessen Seite sie sich zugleich beschwingt und geborgen fühlte, zutiefst verstanden, angekommen. Yawar, den sie vielleicht niemals wiedersehen würde, wenn sie für ihre Heirat nach Lima ging, wie Papá es wünschte und wie sie es bislang hingenommen hatte.

Aber vielleicht musste sie das nicht. Sie konnte andere Entscheidungen treffen.

Isabel atmete tief durch, blickte wieder auf und streckte eine Hand nach Yawar aus – Yawar, der bereit war, die Erfüllung seiner Lebensaufgabe zu verzögern, damit sie nicht voneinander Abschied nehmen mussten. »Yawarchay«, sagte sie, ließ ihre Stimme die Rauheit abstreifen und mit jeder Silbe Sicherheit gewinnen. »Willst du mich heiraten?«

Yawar riss die Augen auf und blickte sie ungläubig an.

»Ich meine es ernst«, setzte Isabel hinzu, während sie seine Hand drückte. »Ich möchte meine Verlobung lösen und in Arequipa bleiben. Ich will dich heiraten und mit dir die Werkstatt führen. Auf dich warten, wenn du fortgehst und die Verlorenen Geschichten suchst. Eines Tages wirst du zurückkommen.« Sie musste Luft holen. »Ich will das tun, wenn du es auch willst.«

»Isabel …«, brachte er hervor und starrte auf ihre Finger.

Plötzlich hatte sie Angst, alles missverstanden zu haben – die Wärme in seinen Augen, die Weichheit in seiner Stimme, das Beben seiner Lippen, als sie einander geküsst hatten. Sie räusperte sich. »Natürlich … wenn ich das nicht für dich bin …«

»Isabel!« Yawars Hand drückte ihre, als fürchte er, sie könne sie wegreißen. »Du bist das. Du bist alles. Du bist meine *yana.*«

Sie runzelte die Stirn. »*Yana* heißt schwarz.«

»Und noch etwas anderes.« Ein Lächeln huschte über seine Züge. »Dein *yana* ist … dein anderer Teil. Der zu dir gehört und ein Ganzes macht. Wie Licht und Schatten, weißt du? Wie der Himmel und das Meer.« Er neigte den Kopf. »Das bist du für mich. Aber … Wir können nicht heiraten. Dein Vater würde das niemals erlauben.«

Energisch schüttelte sie den Kopf. »Natürlich würde er das! Er kennt und schätzt dich!«

»Als Lehrjungen, *sonqollay*«, erwiderte Yawar leise. »Nicht als Schwiegersohn. Ich bin ein Indio.«

»Das kümmert doch keinen!«

»Das kümmert alle.« Jetzt war er es, der den Kopf schüttelte. »Und das weißt du ganz genau. Ich könnte es niemals wagen, ihn um deine Hand zu bitten.«

»Dann werde ich ihn um deine bitten«, sagte sie und reckte das Kinn. »Yawar, für meinen Vater ist nur wichtig, dass ich gut versorgt bin – und du kannst mich versorgen! Du liebst die Bücher wie er und ich, das ist mehr wert als limeñischer Handelsreichtum.« Ihr Blick glitt zu dem Wollbündel auf der Werkbank. »Du bist ein Meister deines Fachs. Das Spiegelbuch wird es beweisen.«

Sie sah das dunkle Zögern in seinen Augen, aber er trat näher und schloss die Arme um sie. Isabel lehnte den Kopf an seine Schulter. Ruhe durchfloss sie.

»Ich weiß nicht, ob das genügen wird«, raunte Yawars Stimme an ihrem Ohr.

»Denkst du denn nicht, dass wir es probieren sollten?«

Er schwieg für einen Moment. »Vielleicht hast du recht«, murmelte er. »Vielleicht brauche ich mehr Vertrauen. Als Yanaphuru sich in meine Mutter verliebte …« Yawar seufzte. »Das durfte nicht sein, und er fürchtete den Zorn seiner Herrin Sabancaya.«

»Aber sie wurde nicht zornig.«

Sie fühlte Yawars Kopfschütteln. »Nein. Sie war nur enttäuscht, dass er ihr nicht mehr vertraut hatte.« Er schob sie ein Stück weit von sich, und sie sah ein Leuchten in seinen Augen. »Vielleicht sollten wir es wagen, *sonqollay*. Wenn das Spiegelbuch gelingt … lass uns mit deinem Vater sprechen.«

»Es wird gelingen!«, flüsterte Isabel, beugte sich vor und küsste ihn sacht. »Es wird gelingen, ich weiß es.«

»Wenn du das sagst, *sonqollay*.« Yawar lächelte. »Dann lass uns den Kittel fortziehen und sehen, wie es geworden ist.«

Sie glitt von der Werkbank und trat an seine Seite, folgte seinem Beispiel, als er einen Zipfel des Vicuñakittels in die Hand nahm. Ein Durchatmen, ein erwartungsvoller Blick, und gemeinsam lüfteten sie die Hülle.

Isabel stockte der Atem, und auch Yawar stand still, schweigend, starrte wie sie auf das Wunder im matten Kerzenschein.

Das Spiegelbuch lag vor ihnen in seinem Einband aus glattem Leder, und es schillerte wie die Oberfläche eines Bergsees, in einem Türkis, so kräftig und leuchtend, dass es Isabel die Tränen in die Augen trieb, weil sie meinte, das Glitzern der Sonnenstrahlen auf der Wasseroberfläche zu sehen. Es war eine Farbe, in der man versinken konnte, eine Farbe von Wärme und Wildheit. Yanaphuru hatte die Wahrheit gesagt – das glasklare Wasser seiner Phiole hatte die Erinnerung Llanganucos in sich getragen, wie Yawar die Erinnerung an seine Heimat in sich trug. Und sie war sichtbar geworden, Sonne, Himmel und Wasser. Isabel beugte sich über das Buch, roch sein Aroma, und in dem sanften Geruch des Leders nahm sie den Wind des Hochlands wahr.

»*Sumaq*«, flüsterte sie und merkte erst an Yawars Lächeln, dass sie ein Quechua-Wort ausgesprochen hatte. Es war das erste, was ihr in den Sinn gekommen war. Sie lächelte zurück und rang nach Luft. »Es ist wunderschön«, flüsterte sie und spürte, wie sich das Lächeln auf ihrem Gesicht zu einem Strahlen auswuchs. »Mehr als das. Es ist ganz genau so, wie es sein sollte.«

Yawar nickte. Er nahm ihre Hände und sah ihr in die Augen, ehe er zurück auf das Buch blickte. »Ja. Es ist ganz genau so. Ohne Yanaphuru hätten wir es nicht geschafft, und ohne dich hätte ich es nicht leisten können.«

»Yawar, mein Vater wird begeistert sein. Sieh es dir an. Noch nie habe ich ein so perfekt gearbeitetes Buch gesehen. Er wird gar nicht anders können, als in unsere Heirat einzuwilligen!«

Yawar streichelte ihren Handrücken. »Weißt du, was jetzt noch fehlt? Das Haus ist fertig, aber die Wörter müssen einziehen.«

Sie spürte ihre Augen groß werden. »Du willst in das Spiegelbuch schreiben?«

»Dafür ist es gemacht worden«, antwortete Yawar. »Die Verlorenen Geschichten wollen nach Hause zurückkehren.«

***

Unzählige silberne Augen blickten aus dem Nachthimmel auf die weiße Stadt nieder. So wolkenlos war es immer, wenn es einen *temblor* gegeben hatte. *Vielleicht*, dachte Isabel, als sie bereits auf dem Dach von Yawars Kammer saß, *wollen die Sterne das Spektakel sehen, wenn die Erde unter ihnen wie in einem Fiebertraum erzittert.*

»Vielleicht ist der *temblor* ein vom Himmel gefallener Stern, der über die Erde galoppiert«, sagte sie laut.

Yawar steckte gerade seinen Kopf über die Dachkante. Er hatte Q'enti aus der Kammer geholt. »Das kann sein. Oder es ist ein Feuerkind aus den Tiefen der Vulkane, das unbedingt ein Stern sein möchte.«

Isabel lachte, und er setzte sich mit Q'enti in den Armen neben sie und begann, die Saiten anzuschlagen. Die Noten schwirrten wie Kolibris in die Nacht hinaus. Mit leiser, aber fester Stimme begann Yawar zu singen. Isabel zog die Beine an, schlang ihre Arme darum und bettete den Kopf auf die Knie. In dieser Stellung betrachtete sie Yawar und lauschte auf das, was er sang – Quechuaworte, klar und langsam genug, dass sie ihnen folgen konnte, Silbe um Silbe, und sie verstand, dass es eine Geschichte war.

Yawar sang von der Sternschnuppe, die sich in einen *apu* eines mächtigen Vulkans verliebte. Jede Nacht kam sie zur Erde, um ihren Geliebten zu küssen, und kehrte danach in den Himmel zu ihrer Familie heim. Eines Nachts ließ sie Feuerkind zurück: den Körper silbern wie ein Stern, die Mähne golden wie das Feuer der Vulkane. Die Sternschnuppe kam nie wieder zur Erde, und der *apu* hüllte sein Haupt für immer in graue Wolken. Auch Feuerkind machte sich einen Poncho aus grauen Wolken, um sein Leuchten zu verbergen, und lief los, um sich auf die Suche zu machen und den Weg zurück in den Himmel zu finden. Aber es war an die Erde gebunden. Seitdem jagt es rastlos durch die Welt, und wo seine schweren Pranken den Boden berühren, da erbebt die Erde: *temblor*.

Yawar ließ die letzte Note in die Nacht entschwinden und Q'enti auf seinen Schoß sinken.

Isabel richtete sich auf. »Hast du dir das gerade ausgedacht?«

»Nein«, sagte er mit einem bescheidenen Lächeln. »Das ist einfach zu mir gekommen. Geschichten sind so, weißt du. Wenn sie dich mögen, dann nähern sie sich, und du kannst sie kraulen, als ob es zahme Kätzchen wären. Und sie aufschreiben.«

»Dann kommen die Verlorenen Geschichten hierher?«

Yawar lächelte und strich mit den Fingerkuppen über Q'entis Saiten. »Nicht alle, denke ich. Aber einige.« Er holte Luft. »Isabel, ich möchte dich um etwas Wichtiges bitten.«

Sie hob erwartungsvoll die Augenbrauen.

Yawar nahm das Spiegelbuch und reichte es ihr mit feierlichem Ernst. Sie zögerte kurz, bevor sie es entgegennahm. Das Leder des Einbands war glatt und weich, und selbst in der Dunkelheit konnte Isabel noch das Leuchten des Türkis ausmachen.

Yawars Finger fuhren sacht über ihre, nachdem sie das Buch gefasst hatte. »Ich möchte, dass du die Verlorenen Geschichten hineinschreibst.«

»Ich? Aber … es ist dein Buch, Yawar.« Sie spürte Verwirrung in sich aufsteigen.

»Es ist unser Buch.«

»Aber es sind deine Geschichten. Ich meine … Ich bin doch … Ich bin nicht von dort, wo du herkommst. Kann ich deine Geschichten aufschreiben? Es fühlt sich seltsam an. Als würde ich etwas nehmen, was mir nicht gehört.« Sie machte eine hilflose Handbewegung.

»Es ist unser Buch«, wiederholte Yawar sanft. »Und ich möchte, dass du diese Geschichten kennenlernst, dass sie zu dir genauso kommen wie zu mir. Ich werde sie erzählen, und du wirst schreiben. Du wirst meiner Erde dadurch vertraut werden, verstehst du?«

Zögernd nickte Isabel.

»Außerdem«, setzte Yawar mit einem schelmischen Lächeln hinzu, »hast du die schönere Schrift von uns beiden.«

Er griff in seine Brusttasche und zog feierlich eine schwarze Feder heraus. Isabel nahm sie entgegen und drehte sie zwischen ihren Fingern. »Ist das eine Kondorfeder?«

»Das ist die Feder, die Yanaphuru mir damals geschenkt hat. Ich kann mir nicht vorstellen, mit etwas anderem in das Spiegelbuch zu schreiben.«

Isabel nickte. »Ich muss noch Tinte holen.«

»Die habe ich hier.« Er zog ein Gefäß hervor und hielt es gegen das Mondlicht. Isabel sah ein rotes Schimmern; ein kleines Tintenfass. »Als ich damals bei Padre Valentín das Spiegelbuch sah, war auch das mit roter Tinte beschrieben«, sagte Yawar. »Ich meine, dass es so sein muss. Rot ist die Farbe des Lebens.«

»Rot ist die Farbe des Blutes. *Puka yawarpa llinp'in*«, sagte sie lächelnd. Jedes Mal, wenn sie ein Wort auf Quechua aussprach, sah sie ein Leuchten in Yawars Augen. *Feuerkind erinnert sich an den Himmel*, dachte sie.

Sie atmete tief durch, öffnete das Fässchen und tunkte den Federkiel sacht in die rote Tinte, während Yawar das Buch auf ihrem Schoß aufschlug. Isabel hatte befürchtet, dass es hier oben auf dem Dach zu dunkel sein würde, doch die Seiten leuchteten weiß im Sternenlicht. Sie würde jedes Wort erkennen können, das sie schrieb. Ihr Herz pochte aufgeregt. »Gehört die Geschichte von Feuerkind auch in das Spiegelbuch?«

Yawar nickte. »Selbstverständlich.«

Und er griff nach Q'enti und ließ dessen Saiten schwirren, während Isabel behutsam die Feder aufs Papier setzte. Sie hatte Angst, dass sie mit einem großen Klecks die allererste Seite verschandeln würde; aber die Tinte floss langsam und gleichmäßig aus dem Federkiel aufs Papier, und die Feder lag zwischen ihren Fingern, als sei sie mit diesen verwachsen, als führe sie Isabels Hand über das Papier und nicht umgekehrt. Isabel begann, in jenen geschwungenen Buchstaben zu schreiben, die Yawar so sehr liebte. Ihre Hand glitt über das Papier, die Buchstaben flossen synchron zur Musik dahin. Worte, Klang, Licht, alles um Isabel herum wurde auf wundersame Weise eins. Sie saß nicht mehr auf einem steinernen Dach hoch über Arequipa. Sie tauchte ein in eine Geschichte, deren Vertrauen sie gewonnen hatte, die zu ihr kam und sich aufschreiben ließ. Sie spürte das vollkommene Glück.

Als Yawar zu spielen aufhörte, war es Isabel, als kehre sie aus einem Traum zurück. Die kühle Nachtluft gewann nur langsam wieder an Wirklichkeit. Erstaunt betrachtete Isabel ihre Hand, die die Feder bereits abgesetzt hatte, und die Worte, die ihr in tiefem Rot entgegen leuchteten. Erst, als sie ihren Blick über die Zeilen gleiten ließ, wurde ihr bewusst, dass sie die ganze Geschichte auf Quechua geschrieben hatte.

Sie sah auf und blickte in Yawars Augen. Sein Blick strahlte heller als die Sterne, und sie begriff, dass sie niemals wieder jemanden finden würde, der sie auf diese Weise ansah. Er war mehr als nur glücklich: Er war stolz auf sie. Ihr Herz raste vor Glück.

»Gut«, sagte Yawar schließlich leise. »Machen wir weiter.«

Sie schrieben die ganze restliche Nacht über. Zuerst sang Yawar ihr die Geschichten vor, und dann brachte er Q'enti zum Klingen und überließ

Isabel der Musik und der Geschichte selbst. Sie fühlte sich wie berauscht. Sicher, schon als kleines Mädchen hatte sie es geliebt, den Geschichten ihres Vaters zu lauschen, und später war Yawar in ihrem Leben aufgetaucht und hatte sie mit den Erzählungen von *apus* und sprechenden Kondoren, von Lamas und listigen Füchsen verzaubert.

Aber noch nie hatte sie Geschichten als lebendige Wesen empfunden, deren Vertrauen sie gewinnen konnte. Noch nie hatte sie erkannt, wie viel Glück darin lag, Geschichten zu Papier zu bringen, sie sichtbar zu machen für all jene, denen sie sich sonst nicht zeigten.

Als der Morgen heraufdämmerte, schmerzte Isabels Handgelenk. Doch die Erschöpfung, die sie umfing, war eine wohlige und samtige Erschöpfung, ein gutes Gefühl.

»Es ist gut für heute, *sonqollay*«, sagte Yawar liebevoll und streckte ihr die Hand entgegen, um ihr vom Dach zu helfen.

»Machen wir heute Nacht weiter?«, fragte sie.

Er lächelte, und das war Antwort genug.

***

Es folgten sieben Nächte, an die Isabel sich als die glücklichsten ihres gesamten Lebens erinnern sollte. Nächte, erfüllt mit dem Licht der Sterne, dem Klang von Q'entis Saiten und dem Fluss der roten Tinte. Jede Nacht trafen sich Isabel und Yawar kurz nach Sonnenuntergang und arbeiteten bis nach Mitternacht.

Eine nach der anderen kamen Verlorene Geschichten zu ihnen, strichen um sie herum wie misstrauische Tiere und fanden schließlich ihren Platz auf den Seiten des Spiegelbuches.

In der letzten Nacht legte Yawar schließlich Q'enti beiseite, und Stille trank die letzten Noten fort. Eine Stille, die anders war als bisher.

Plötzlich verstand Isabel: Sie hatten alle Geschichten herbeigerufen, die von selbst zu kommen bereit waren. Mehr würden nicht folgen – und das hieß, dass Yawar aufbrechen musste, nach ihnen zu suchen. Dass der Abschied bevorstand.

Und damit das Gespräch mit Papá.

Isabels Herzschlag beschleunigte sich, die rote Tinte schien heiß pulsierend in ihren eigenen Adern zu fließen. Sie lehnte sich gegen Yawar und küsste ihn auf eine Weise, von der sie selbst nicht gewusst hatte, dass es sie gab: ungeduldig und fordernd.

Er zog sie in seine Arme, und seine Hände wanderten über ihren Rücken, unruhig.

»*Sonqollay*«, flüsterte er unsicher, aber sie legte den Finger auf die Lippen, schüttelte leicht den Kopf und drängte sich an ihn, spürte, dass sein Körper auf die gleiche Weise reagierte wie ihrer.

Die Verlorenen Geschichten hatten etwas in ihnen gelöst, Dämme fortgerissen, und das Verlangen brach sich Bahn wie Flüsse, die dem Meer entgegenstrebten.

Niemals würde Isabel das seidige Rascheln ihres Morgenmantels vergessen, als sie ihn in Yawars Kammer von ihren Schultern streifte und zu Boden gleiten ließ. Niemals das Gefühl der harten Pritsche unter ihrem Rücken. Feuerkind galoppierte durch ihren Körper, auf der Suche nach dem Himmel, und Isabel bebte. Sie zog Yawar auf sich, spürte die Kraft seines Körpers, die Wärme seiner Haut.

Wieder tauchte sie ein in die Vollkommenheit, aber diesmal ohne Musik und Sternenlicht. Nur sie und Yawar.

»Wenn dein Vater das erfährt …«, murmelte Yawar, als sie danach dalagen, verschwitzt und atemlos.

Isabel kuschelte sich an Yawars Schulter, zeichnete mit den Fingerspitzen Hals und Brust nach. »Was soll er sagen«, murmelte sie schläfrig. »Und außerdem heiraten wir sowieso.«

Yawar drückte sie an sich. »Und wenn er nicht einwilligt? Was tun wir dann?«

»Warum sollte er sich weigern? Morgen sprechen wir mit ihm.« Sie stützte sich auf einem Ellbogen auf und drehte sich auf den Bauch, sodass sie Yawar ansehen konnte. Ihre offenen Haare fielen ihm ins Gesicht. Er krauste die Nase, schob eine Strähne beiseite und ließ seine Hand über Isabels Hals gleiten, behutsam wie der Flügelschlag eines Kolibris.

»Stell dir vor, er sagt *Nein*«, beharrte er mit leiser Stimme. »Was tun wir dann?«

Isabel seufzte. Für diese Möglichkeit gab es in ihrer Vorstellung keinen Platz. Es würde nicht eintreffen. Warum sich darum Gedanken machen?

»Er wird einwilligen«, sagte sie entschieden. Ihr Herz sagte ihr, dass sie recht hatte.

Peru

im 21. Jahrhundert

16.

Iquitos

Er hatte sie auf dem Unicampus in Arequipa angesprochen, als sie in einer Pause etwas verloren auf einer sonnigen Bank saß, über ihr Notizbuch gebeugt, schreibend. Zuerst dachte sie, dass der Junge mit den hellbraunen Augen und dem schüchternen Lächeln nur ein Gespräch mit ihr, der exotischen Austauschstudentin, anfangen wollte.

Aber er stand da, die Hände in die Hosentaschen vergraben, und deutete mit einem Nicken auf ihr Buch.

»Schreibst du Geschichten?«, fragte er geradeheraus.

Sie musterte ihn verwirrt und nickte schließlich.

Er lächelte. »Dann hast du vielleicht Lust, bei Felipe und uns mitzumachen.«

Er kritzelte ihr eine Adresse auf die letzte Seite ihres Notizbuchs, dazu seinen Namen: Fidel.

Einen Tag später stand sie mit klopfendem Herzen vor der schmalen Holztür eines grauwandigen Kolonialhauses.

Auf Malinkas schüchternes Pochen öffnete ein alter Mann, kaum größer als sie, mit lebhaften dunklen Augen und schlohweißen Haaren. »Ah, ich weiß, wer du bist! Fidel hat dich angekündigt! Komm rein!«

Sie folgte ihm nach innen und schnappte nach Luft.

Felipe Qorisonqo lebte in einem Labyrinth aus Büchern, die sich in wuchtigen Regalen bis an die Decke seines Hauses stapelten. In allen Zimmern hing der Geruch von altem Papier und frischer Tinte. Licht drang durch die kleinen Fenster und ließ die Buchrücken aufleuchten.

»Ich bin ein Bibliomane«, sagte Felipe schmunzelnd.

Um einen Tisch aus dunklem Holz saß ein halbes Dutzend junger Leute, die Malinka neugierig entgegenblickten. Sie erkannte Fidel und lächelte ihm scheu zu.

»Unser Literaturzirkel«, stellte Felipe mit einer Handbewegung vor. »Wir treffen uns einmal in der Woche, lesen uns unsere Geschichten vor, sprechen über neue Ideen und alte Erzählungen, organisieren Lesungen ... o ja, und es gibt natürlich immer heiße Schokolade.«

»Setz dich doch«, rief ein rundliches Mädchen, strahlte Malinka an und nahm seine Sachen vom letzten unbesetzten Stuhl.

Malinka lächelte zurück, noch ganz betäubt von dem Glücksgefühl, einen Ort wie diesen gefunden zu haben. Dann nahm sie Platz und ließ sich überrollen von einem Gefühl des Ankommens, Ankommen an einem Ort, der in den nächsten Monaten so etwas wie ihr zweites Zuhause werden sollte.

Das Flugzeug stieß abwärts durch die Wolken, und Malinka konnte nicht umhin, Matteo mit einem Stupser in die Seite auf den Ausblick aufmerksam zu machen, der sich ihnen bot: Selbst von hier oben sahen sie die endlose grüne Weite des Amazonasgebiets, durchzogen von den Schlangenlinien silbern glänzender Flüsse. In diesem Moment waren Malinka die handtellergroßen Spinnen und Moskitoschwärme gleichgültig, die sie dort ebenfalls erwarten mochten. Ihr Bewusstsein wurde nur von einem Gedanken beherrscht: *Wie schön!*

Feuchtwarme Luft schlug ihnen entgegen, als sie die klapprige Gangway hinunterstiegen, um das flache, lang gestreckte Flughafengebäude mit seinen hellbraunen Wänden zu betreten.

Meine Güte, dachte Malinka. *Diese Hitze*. Sie hatte jetzt schon das Gefühl, dass ihr die Schwüle durch ihre Kleidung bis ins Innerste kroch. Fast sehnte sie sich nach der trockenen Kälte der Anden.

Als sie mit ihren Rucksäcken auf dem Rücken aus dem Flughafengebäude traten, war Malinka bereits vollkommen verschwitzt.

Taxis schien es in Iquitos keine zu geben, oder zumindest keine Autos. Stattdessen tummelten sich in den Straßen *mototaxis* wie überdimensionale Fliegenschwärme, knatternd und rumpelnd.

Matteo hielt eines mit Handzeichen an und nannte den Namen eines Hotels. Malinka fühlte sich merkwürdig, als sie sich neben ihm auf die Rückbank zwängte. Sonst war sie es gewesen, die ein Hotel im Reiseführer gesucht hatte, und bis jetzt hatten sie sich größtenteils auf ihr vertrautem Territorium bewegt. Mit ihrem Wissen hatte sie sich sicher gefühlt. Jetzt erst wurde ihr bewusst, wie sehr sie diese Sicherhcit gebraucht hatte, um sich Matteo gegenüber zu behaupten. Etwas in ihr ließ sich von seinem Blick und seiner Art noch immer einschüchtern.

Nun waren sie auf neutralem Boden, abgeschnitten vom Rest der Welt in einer Insel von Stadt, in die keine Straßen führten. Und nicht nur, dass die Selva – der Regenwald – in ihrer grünen Weite, mit ihrer Undurchschaubarkeit, ihren Insekten, vor allem aber ihrer Fremdheit Malinka eine unbestimmte Angst einjagte – jetzt war sie mit Matteo hier und musste feststellen, dass er den Spieß umgedreht zu haben schien und die Führung übernahm. Es war nur noch schwer vorstellbar, dass sie ihn erst gestern hilflos und schwach erlebt hatte.

So eifrig, wie er während des Fluges in ihrem Reiseführer gelesen hatte, wusste er über Iquitos wahrscheinlich mittlerweile bestens Bescheid.

Das *mototaxi* hielt vor einem kleinen, heruntergekommen wirkenden Haus. Matteo bezahlte, und sie kletterten nach draußen.

Eine gelangweilte Frau an der Rezeption teilte ihnen mit, es gebe nur noch zwei Einzelzimmer, beide ohne Bad. Dafür waren sie zusammen immer noch billiger als das Zimmer, das sie in Trujillo gehabt hatten.

Minuten später saß Malinka in dem kleinen, schummrigen Raum, in dem sie die nächsten Nächte verbringen würde – bis sie wieder wussten, welche Station sie als Nächstes anzulaufen hatten. Auf dem Kopfende lag ein Moskitonetz.

Malinka zog ihre Umhängetasche an sich und kramte nach dem kleinen Lederbuch. Es war nicht so, dass sie unbedingten Wert auf ein Doppelzimmer mit Matteo gelegt hätte, aber es erschien ihr fast wie eine Ironie des Schicksals, dass sie jetzt auch in getrennten Zimmern schliefen.

Eigentlich hatte sie gehofft, im Hotel wieder ein normales Gespräch mit ihm zu führen, denn alles, was sie heute an Worten miteinander gewechselt hatten, hatte sich auf das Allernotwendigste beschränkt. Nun konnte sie sich aussuchen, ob er noch immer wütend auf sie war, oder ob ihm der Vorfall von gestern Abend so unangenehm war, dass er es vorzog, gar nicht mit ihr zu reden. Möglicherweise traf auch beides zu.

Sie blätterte ziellos in dem Buch und war erstaunt, wie matt sie sich fühlte. Natürlich hätte sie auch einfach aufstehen, nebenan an die Tür klopfen und fragen können, was sie nun machen sollten. Aber das brachte sie gerade nicht über sich.

Das Buch gab keinerlei Auskunft. Nur die vertrauten Moche-Figuren und Klaus Kinski starrten Malinka an. Plötzlich fühlte sie sich elend einsam. Sie musste bald mal eine E-Mail nach Hause schreiben, und sei es nur, um Bescheid zu geben, dass sie derzeit nicht über Handy und Messenger-Apps erreichbar war. Seit sie ihre Reise begonnen hatte, war die Welt jenseits des Ozeans ihr völlig aus dem Blickfeld geraten.

Als es an ihre Tür klopfte, zuckte Malinka zusammen. Matteo stand im Türrahmen, und sie registrierte erstaunt, dass sie ein erleichtertes Lächeln unterdrücken musste.

»Na«, sagte er.

Gut, das war jetzt auch nicht unbedingt kommunikativ, fand Malinka, aber es war ein Anfang.

»Das wird das erste Hotel, in dem mich der Mangel an warmem Wasser nicht stören wird«, sagte sie.

Matteo grinste schief. »Hier gibt's aber welches. Ich hab grad geduscht. Endlos heißes Wasser.«

»Typisch.«

»Was sagt das Buch?« Er zögerte, kam dann herein und setzte sich neben sie auf die Bettkante.

Malinka zuckte mit den Achseln. »Eigentlich nichts. Was machen wir jetzt? Ich habe keine Ahnung von Iquitos.«

»Wie immer im Zweifelsfall: Wollen wir was essen gehen?«

»Keine schlechte Idee.« Malinka steckte das Buch ein.

Matteo stand wieder auf, blieb aber mit in den Taschen vergrabenen Händen stehen. »Schreibst du wieder?«

Sie biss sich auf die Lippen und schüttelte den Kopf. »Das funktioniert noch nicht.«

Er räusperte sich. »Das auf dem Markt, in Cajamarca – das war richtig gut. Wie du erzählt hast. Hast du Eucemila und die anderen gesehen? Sie hingen förmlich an deinen Lippen. Du kannst das, wirklich.«

Malinka starrte ihn überrascht an. »Danke.«

Er zuckte mit den Schultern, als fühle er sich ein wenig unbehaglich. »Ist nur die Wahrheit.«

***

In einem Ecklokal mit bunt bemalten Wänden grübelten sie, was sie jetzt tun sollten. Die Wahl eines Gerichts war dabei das erste zu überwindende Problem, zumindest für Malinka. Ratlos starrte sie auf die handschriftlich verfasste Speisekarte.

»Ich esse *Patarashca*«, verkündete Matteo munter.

»Was ist das denn?«

»Gegrillter Fisch, der in Bananenblättern serviert wird.«

»Ach. Und was ist bitte *Inchicapi*?«

»Hühnersuppe. Mit Erdnüssen, Koriander und Yuca, soweit ich weiß.«

»Und *Juanes?«*

»Das sind Reiskugeln mit Hühnerfleisch, die auch in irgendwelche Blätter gewickelt werden.«

»Ich trau mich kaum zu fragen: *Tacacho?«*

»Eine Art Püree aus Bananen. Manchmal mit getrocknetem Fleisch dazu.«

»Du machst mir Angst.«

»Jetzt weißt du, wie's mir sonst geht.« Er grinste. »Das steht alles im Reiseführer. Gut, dass wir den noch besorgt haben.«

»Jetzt fängst *du* also an, Bücher zu verschlingen.« Wieder starrte sie auf die Speisekarte. »Das klingt alles lecker.«

Nach einer Weile entschied sie sich für das *Tacacho*, nicht ohne Matteo zum Zeugen ihres Entschlusses zu machen, dass sie die anderen Gerichte auch so bald wie möglich probieren wollte. Dazu bestellten sie einen Krug mit Saft, den sie einfach nach dem Klang seines Namens auswählten. Sie hatten nicht die geringste Ahnung, was für eine Frucht sich hinter dem melodischen Silbenreigen verbergen mochte.

Das Essen kam und hielt noch mehr, als es versprochen hatte. Dass sie sich diesmal anschwiegen, hatte seinen Grund.

»Ich bin voll«, verkündete Malinka mit einem stolzen Blick auf ihren leer geputzten *Tacacho*-Teller. »Wir müssen mindestens eine Woche bleiben, vorher werd ich keinen Hunger mehr haben. Und jetzt?«

»Bestimmt sagt das Buch etwas. Darf ich?«

Nach zehn Minuten ratlosem Blättern gab er es ihr zurück. Malinka fühlte eine seltsame Erleichterung. Hätte Matteo – zusätzlich zu seiner neugewonnenen lokalen Kompetenz – plötzlich auch noch angefangen, ihr fließend aus alten Kolonialhandschriften vorzulesen, wäre ihr das wahrscheinlich wie ein Verrat des kleinen Buchs vorgekommen.

Vorsichtig nahm sie es entgegen, und zu ihrer Überraschung fiel eine lose Seite heraus.

»Das war ich nicht!«, sagte Matteo sofort.

»Das denk ich mir«, murmelte sie und hob die Seite auf. Das Papier war … anders. Es hatte einen deutlicheren Gelbstich als die restlichen Seiten, und seine Oberfläche wirkte ledrig. Die Schrift darauf waren geschwungene Buchstaben in dunkelblauer Tinte. Nur ein Wort: *Iriri.* Darunter war ein grüner Papagei zu sehen.

»Quechua?«, fragte Matteo.

Malinka schüttelte den Kopf. »Was auch immer – aber Quechua ist es nicht. Vielleicht eine Amazonas-Sprache? Ich weiß es nicht.«

»Das heißt, wir müssten jemanden finden, der die spricht.«

Sie zeigten das Blatt der Kellnerin, aber diese schüttelte nur den Kopf.

Als sie aus dem Lokal auf die Straße traten, waren sie genauso schlau wie vorher.

Malinka blieb vor einem Internetcafé stehen. »Ich muss mal kurz da rein. Ich sollte mich zu Hause melden«, sagte sie. Matteo nickte knapp und folgte ihr.

Ein junger Mann saß am Eingang hinter einem Bildschirm und war in ein bewegtes Computerspiel vertieft. Als er ihre Anwesenheit spürte, schaute er auf.

»*How can I help you?*«, gurrte er in einem Englisch, das Malinka an den Buchhändler in Lima erinnerte.

»*Dos máquinas, por favor*«, sagte sie.

Der junge Mann wirkte nicht allzu überrascht, dass sie auf Spanisch antwortete. Er nannte ihr die beiden Nummern der Computer, die sie benutzen konnten, und kurz darauf saßen Malinka und Matteo auf vergilbten Plastikstühlen und mühten sich mit Tastaturen ab, die noch aus vorspanischer Zeit zu stammen schienen. Während Malinka wartete, dass die Seite ihres Mailfachs lud, bemerkte sie die interessierten Blicke des jungen Mannes, der ihr den PC zugewiesen hatte.

»*Joven!*«, rief sie schließlich. »Die Seite kann nicht angezeigt werden.«

Sofort sprang er auf und kam zu ihr. Er hämmerte ein paar Mal auf die Tastatur, zuckte mit den Schultern und startete den Computer neu. »Das macht er manchmal. Aber die Zeit berechne ich dir natürlich nicht.«

»Danke«, sagte Malinka mit einem Lächeln.

Ohne Vorwarnung zog er den Stuhl vom Platz nebenan zu sich heran und setzte sich neben sie.

»Woher bist du, *amiga*?«, fragte er zutraulich.

»Aus Deutschland.«

»Deutschland! Ihr seid die Besten im Fußball. Davon können wir nur träumen! Ich heiße Arnaldo.« Er streckte ihr die Hand entgegen, und sie schüttelte sie.

»Malinka.«

»Dein Name ist fast noch schöner als deine Augen. Oh, entschuldige, das ist mir so rausgerutscht. Hey, keine Sorge, ja? Ich bin kein *brichero,* der es nur drauf anlegt, sich eine *gringa* zu angeln. Wir reden hier nun mal so. Außerdem würde ich mir doch nie Ärger mit deinem *enamorado* einhandeln wollen.« Er deutete mit einer knappen Kopfbewegung in die Richtung, in der Matteo saß.

»Oh, das ist nicht mein *enamorado«*, entgegnete Malinka und fragte sich im gleichen Moment, ob es nicht schlauer gewesen wäre, den Irrtum nicht aufzuklären.

Arnaldo schien ehrlich betroffen. »Oh! Entschuldige. Und, was habt ihr hier so vor? Werdet ihr eine Tour machen? Wenn ich dir einen Tipp geben darf, geh nicht mit den großen *tours* mit. Wenn du wirklich was von der Selva sehen willst, hol dir einen lokalen Führer, der nicht nur hinter eurem Geld her ist.«

»So einer dürfte schwer zu finden sein.«

Er schlug sich in einer theatralischen Geste auf die Brust und grinste bis über beide Ohren. »Er sitzt vor dir! Ich meine das ernst. Hierher kommen nicht viele so reizende Mädchen, die auch noch perfekt Spanisch sprechen. Es wäre mir eine Ehre, dich …« Er warf einen unsicheren Blick in Matteos Richtung. »… äh, euch herumzuführen. *Ni un sol,* nicht einen Sol würde ich dafür haben wollen. Ehrlich! Bringt mir ein paar Sätze Deutsch bei und erzählt mir was von eurem Land, das würde mir vollkommen reichen.«

»Na, ich weiß nicht«, murmelte Malinka.

»Komm schon! Ich kann euch alles zeigen. Ihr werdet alles mit mir sehen!«

»Sag mal«, unterbrach sie ihn in einer plötzlichen Eingebung, »kennst du dich denn auch mit den indigenen Sprachen hier aus?«

»Mehr oder weniger«, antwortete Arnaldo überrascht. »Wieso?«

Sie zog das Blatt aus der Tasche und hielt es ihm hin. Arnaldo blickte darauf, hob die Augenbrauen und schüttelte den Kopf. »Warum willst du das wissen?«

»Weißt du«, sagte Malinka gedehnt, »es geht um einen Fluch …«

Er lachte. »Ach komm, du bist doch eine moderne Person, oder? Du glaubst bestimmt nicht an Flüchc.«

»Und du?«, fragte sie herausfordernd.

»Ach, das ist alles Unsinn!« Arnaldo winkte ab. »Alte Machtstrukturen und Geschichten, um Kindern Angst zu machen. Und nicht nur Kindern. Aber es hat natürlich mit Macht zu tun, und mit Unwissen. Sie sagen dir, du bist verflucht, und am Ende ist es eine Darmgrippe.«

Der Bildschirm von Malinkas Computer wurde wieder hell.

»Ich will dich nicht stören«, sagte Arnaldo schnell, stand auf und schob den Stuhl wieder zurück an seinen ursprünglichen Platz. »Aber, hm … ich würde euch wirklich gern die Umgebung zeigen. Ihr würdet es nicht bereuen.«

»Und dein Internetcafé?«

»Ach.« Er zuckte mit den Schultern. »Ich bin mein eigener Herr. Mir erzählt keiner, wann ich es zu öffnen und zu schließen habe.«

»Ich denk drüber nach.« Dann widmete sie sich ihren E-Mails, schrieb ein paar Zeilen an Familie und Freunde und loggte sich wieder aus.

Matteo war an seinem Rechner offenbar fertig und zog genau den Stuhl neben ihren Platz, den sich kurz zuvor noch Arnaldo gegriffen hatte.

»Hast du mitbekommen, was Arnaldo gesagt hat?«, fragte sie.

»Arnaldo? Soso.«

Sie zog die Augenbrauen hoch.

»Ja, ich hab schon gehört, er will unser Reiseführer sein. Ich weiß nicht. Was meinst du dazu?«

»Na ja, wir haben nichts Besseres vor.«

»Und du traust ihm? Nur weil er ein paar nette Sachen über deine Augen sagt?«

»Ich habe zumindest kein schlechtes Gefühl.«

Matteo stieß die Luft aus. »Ich weiß nicht.«

»Ich bin schon dafür, vorsichtig zu sein«, sagte Malinka beschwichtigend. »Aber vielleicht finden wir mit ihm jemanden, der uns bei unserem Hinweis weiterhelfen kann. Weiß man's?«

»Tja, wie du meinst.«

Malinka erhob sich und sah zu Arnaldo. »Wann könnten wir denn los?«

***

Zehn Minuten später wussten sie, dass Arnaldo nicht nur stolzer Besitzer eines Internetcafés, sondern auch eines *mototaxis* war, und ließen sich auf dessen Rücksitz durchrütteln.

»Wir fahren zum Quistococha-See«, rief Arnaldo über die Schulter zurück. »Ab da gehen wir zu Fuß. Das wird euch gefallen, glaubt mir!«

Er ließ sein *mototaxi* am Rand der lehmigen Piste stehen und winkte ihnen, ihm zu folgen. Vor ihnen tat sich ein breiter Weg auf, wisperndes Grün wogte ihnen entgegen. Malinka glaubte, die ersten Tierchen auf ihrer Haut krabbeln zu spüren, aber als sie mit der flachen Hand auf ihren Arm klatschte, war da nichts.

»Es ist einfach phänomenal hier«, rief Arnaldo so begeistert, als sei er der Tourist, der die Umgebung zum ersten Mal sehe.

Sein Enthusiasmus entlockte Malinka ein Lächeln. Sie drehte sich langsam und atmete die feuchte Waldluft ein, ging ein paar Schritte von dem breiten Weg hinunter und genoss das Federn des weichen Bodens unter ihren Füßen. Schlagartig hatte sie das Gefühl, dass der Wald um sie her voll von Geschichten war, dass sie deren Präsenz spüren und atmen konnte.

Sie schloss die Augen und lauschte auf die Geräusche aus dem grünen Dickicht.

Etwas knackte leise, und Malinka spürte das Brennen eines fremden Blicks mit solcher Intensität, dass sie wie unter einem Zwang die Augen wieder öffnete.

Vor ihr stand ein Jaguar, ein geschmeidiger Schatten aus dunklem Gold, die Muskeln angespannt und den Blick unverwandt auf Malinka gerichtet.

Sie stieß einen unterdrückten Schrei aus, machte einen Schritt nach hinten, glitt aus und fiel rücklings hin. Mit den Handflächen fing sie den Sturz ab.

Das Tier grollte, und Malinka spürte, wie ihr der kalte Angstschweiß ausbrach. Der Jaguar kam einen Schritt auf sie zu. Sie blickte in grün-gelb schimmernde Augen. Deutlich spürte sie das Piksen kleiner Zweige in ihrer Handfläche, die Feuchtigkeit der Erde, und gleichzeitig war sie nicht fähig, etwas anderes wahrzunehmen als die Raubtieraugen, die direkt bis auf den Grund ihrer Seele zu blicken schienen.

Matteo und Arnaldo mussten irgendwo hinter dem Jaguar auf dem Weg stehen. Vielleicht hatten sie das Tier auch noch gar nicht bemerkt. Aber diese Gedanken huschten nur unscharf durch Malinkas Kopf. Alles, was jetzt noch existierte, war die Präsenz des Raubtiers. Fast spürte Malinka die Hitze des geschmeidigen Körpers, seinen Hunger. Sie fühlte sich nicht fähig, seinem Blick standzuhalten, aber ebenso wenig vermochte sie, den ihren zu senken.

Der Jaguar trat noch einen Schritt auf sie zu.

Es ist vorbei, dachte sie. *Riecht er meine Angst? Habe ich überhaupt Angst?*

Das Raubtier war jetzt so nahe vor ihr, dass seine Schnurrhaare fast ihr Gesicht berührten. Sie spürte seinen Atem und hielt ihren an. Der Jaguar sah ihr nicht mehr in die Augen, er fixierte starr einen anderen Punkt, vielleicht ihre Halsschlagader, vielleicht – keine Ahnung. Nichts war mehr wichtig.

Plötzlich senkte der Jaguar seinen Kopf, und sie fragte sich, ob es sie retten konnte, wenn sie sich nach hinten warf und seitlich abrollte, wie sie es beim Angriff des *mallkus* getan hatte.

Dann berührte seine feuchte, kühle Schnauze ihren Hals.

Er schnupperte. Sie spürte seine Schnurrhaare. Spürte, wie seine Nase gegen das steinerne Andenkreuz stieß, schlagartig begriff sie, was er fixiert hatte.

Und als ob das Begreifen eine Erlösung gewesen wäre, zog der Jaguar seinen Kopf zurück. Er grollte noch einmal leicht und glitt an ihr vorbei in das grüne Dickicht, so nah, dass seine Flanken ihre Schulter streiften.

Malinka fuhr mit der Hand zu ihrem Anhänger und umfasste ihn. Ihre Finger zitterten. Nicht so sehr wie nach ihrer Flucht vor dem *mallku*, aber sie zitterten. Ihr war, als schlüge ihr Herz langsamer als zuvor, als vergehe alles um sie herum mit einer neuen, quälenden Langsamkeit, gedämpft, fern.

Arnaldo und Matteo kamen gleichzeitig bei ihr an und rüttelten sie an der Schulter.

»Malinka! Malinka! Bist du in Ordnung? Um Gottes willen, das hätte ich mir nie verziehen!«, trompetete Arnaldo und versuchte, nach ihrer Hand zu greifen. Matteo sagte nichts, ließ aber seine Hand für einen Moment auf Malinkas Schulter und schaute sie forschend an.

Malinka entzog Arnaldo ihre Finger.

»Alles in Ordnung«, murmelte sie, strich sich mit der befreiten Hand eine Haarsträhne aus der Stirn, ließ mit der anderen das Andenkreuz los und rappelte sich auf.

»So etwas habe ich noch nicht erlebt«, fuhr Arnaldo fort. »Sie sind eigentlich scheu. Meine Güte, was hast du da?«

»Ein Andenkreuz«, sagte sie kopfschüttelnd.

»Der Jaguar ist der König der Selva. Wen er verschont, der muss unter einem mächtigen Schutz stehen.«

»Und am Ende ist es eine Darmgrippe, hm?«, sagte Malinka spöttisch und klopfte sich die Hände an ihrer Hose ab. Langsam kehrte sie wieder ins richtige Leben zurück, die Dinge nahmen wieder ihre wahre Geschwindigkeit an, sie sah klar und konnte durchatmen. »Ich denke, du glaubst an so etwas nicht?«

Er musterte sie. »Das habe ich gesagt, weil Touristen normalerweise so denken. Sie finden es nett, Rituale von Schamanen anzuschauen und Talismane zu kaufen, aber sie glauben nicht daran. Was ist mit dir? Was hat es mit deinem Andenkreuz auf sich? Das hast du nicht in irgendeinem Souvenirladen gekauft.«

»Nein. Es ist ein Geschenk. Ein *apu* aus dem Süden beschützt mich.«

»Donnerwetter!«, entfuhr es Arnaldo. »Ein *apu*! Und das hier …« Sein Blick wurde grübelnd. »Also gut. Ich will euch jemanden vorstellen. Jemanden, der das alles hier besser erklären kann als ich. Ich war bislang nicht sicher, ob ich das darf. Sein Name ist Iriri.«

***

Das *mototaxi* knatterte dahin.

»Dieses Viech hat das Andenkreuz gesehen und dich in Ruhe gelassen«, sagte Matteo neben ihr. »Spätestens jetzt hätte ich ein argumentatives Problem, wenn ich diese ganze Geschichte nicht ernst nehmen würde. Aber bist du in Ordnung?«

Malinka nickte. »Es war nicht so schlimm wie der *mallku*.«

»Und wo fährt dein Verehrer uns jetzt hin?«

»Hör auf. Das ist nicht mein Verehrer.«

»Das sah für mich anders aus.«

»Pff.« Sie stieß die Luft aus. »Der flirtet halt mit *gringas*. Das machen viele.«

»Und, gefällt er dir gar nicht?«, feixte Matteo.

Malinka grinste. »Na ja, er hat ein *mototaxi*. Das ist schon mal nicht schlecht.«

In diesem Moment hielt Arnaldo das *mototaxi* an. »So, da wären wir! Das letzte Stück müssen wir gehen.«

Sie wanderten einen leicht morastigen Trampelpfad entlang – Malinka lief zwischen Arnaldo und Matteo. Plötzlich lichtete sich die Blätterwand zu ihrer Linken, und vor ihnen lag, braun, trüb und doch majestätisch, der Amazonas.

Malinka und Matteo blieben stehen und starrten mit großen Augen auf die träge dahinfließenden Wassermassen. Das andere Ufer war weit entfernt.

Malinka wandte sich gerade zum Weitergehen, als sie Matteos erstaunten Ausruf hörte. Sie drehte sich um.

»Schau mal!« Matteo deutete auf den Fluss. Sie folgte der Bewegung mit den Augen, sah aber nichts.

»Ich schwöre, ich hab einen Delfin gesehen. Und er war rosa!«

»Amazonasflussdelfine sind meistens rosa.« Auch Arnaldo war stehen geblieben.

Dann sprang der Delfin erneut aus dem Wasser, und diesmal sahen sie ihn alle.

»Es wird immer schlimmer«, sagte Arnaldo, und Malinka sah überrascht, dass seine Miene sich verdüstert hatte. »Erst der Jaguar und dann das.«

»Willst du uns verarschen?«, fragte sie. »Der Delfin ist doch um Längen besser als der Jaguar. Der tut wenigstens nichts.«

»Willst du *mich* verarschen?«, fragte Arnaldo entsetzt zurück. »Delfine bringen Unglück! Das weiß jedes Kind!«

Matteo und Malinka wechselten einen kurzen Blick.

»Erstens: Das wusste ich wirklich nicht«, entgegnete sie. »Und zweitens: Woher kommt dein plötzlicher Aberglaube? Das wird ja von Schritt zu Schritt schlimmer.«

»Das hat nichts mit Aberglaube zu tun, manche Dinge sind so«, erwiderte Arnaldo. »Wenn du eine Wolke siehst, wird es regnen. Wenn du einen Delfin siehst, bringt das Unglück.«

Als sie um eine Kehre bogen, entdeckten Malinka und Matteo das Ziel ihres Ausflugs: eine heruntergekommene Hütte aus Palmenfasern. Arnaldo näherte sich ihr und klopfte schüchtern an eine Tür, die eigentlich keine war, weil sie nur aus dünnen Binsen bestand.

»Meister«, sagte er zu Malinkas Überraschung. »Ich habe Gäste mitgebracht …«

Eine alte Frau steckte ihren Kopf aus der Hütte. Sie war so hager, dass Malinka sich fragte, wie sie sich überhaupt aufrecht halten konnte. »Es ist Versammlung!«, krähte die Alte. »Komm rein oder bleib draußen …«

Sie unterbrach sich, als sie Malinka und Matteo erblickte, und ihr Blick wurde feindselig. »Was machen die *gringos* hier?«

»Das sind Freunde«, beschwichtigte Arnaldo sie.

»*Gringos* haben hier nichts verloren!«, fauchte die alte Frau und verschränkte die Arme vor der Brust.

Da trat ein untersetzter, rundlicher Mann neben sie. Er hatte ein freundliches Vollmondgesicht, dessen Alter Malinka schwer schätzen konnte.

»Rosa, Rosa«, sagte er. »Wer hier etwas verloren hat, das entscheide immer noch ich. Arnaldo, wer sind die beiden?«

»Meister.« Arnaldo neigte einen Augenblick lang den Kopf. »Darf ich dir Malinka aus Deutschland vorstellen? Und das ist …« Er brach peinlich berührt ab.

»Matteo.«

»Aha.« Der Mann streckte ihnen die Hand entgegen. Als er Matteos schüttelte, erstarrte etwas in seinen Zügen, und er schaute ihm aufmerksam ins Gesicht. »Die Flussdelfine sind heute außer sich«, sagte er schließlich langsam. »Jetzt erst verstehe ich es. Dir blickt ein böser Fluch aus deinen Augen, *amigo.«*

»Sie sind nicht der Erste, der das bemerkt«, antwortete Matteo.

»Mein Name ist Iriri. Ich bin der *curandero.«* Offenbar bemerkte er die Verblüffung auf ihren Gesichtern. »Ihr dachtet wohl, ich müsste einen Lendenschurz und eine Federkrone tragen?«, fragte er amüsiert. »Ach, immer diese Hochglanzbroschüren für Touristen.«

»Nein, das ist es eigentlich nicht«, sagte Malinka. »Wir haben schon einen *curandero* getroffen, in Trujillo. Und der, na ja, sah anders aus als Sie, auch wenn er keine Federkrone hatte. Aber er war viel älter.«

Iriri zuckte verächtlich mit den Achseln. »Ich habe auch schon Touristinnen gesehen, die waren viel älter als du, meine Liebe. Wie dem auch sei. Ich glaube, ihr seid nicht hier, um Fotos für eure Familienalben zu machen. Wir können uns gleich über dein Problem unterhalten«, er nickte Matteo zu, »aber gerade haben wir Versammlung. Wenn ihr möchtet, kommt rein und hört uns zu.«

Ohne sich noch einmal umzudrehen, ging er zurück in das Haus. Rosa, die hagere Alte, warf den Besuchern einen letzten vernichtenden Blick zu und folgte Iriri.

»Donnerwetter!«, flüsterte Arnaldo. »Das erlaubt er längst nicht jedem! Kommt!«

Die Hütte wirkte von innen weitaus geräumiger als von außen. Etwa zwanzig Personen saßen darin auf dem Boden. Matteo und Malinka nahmen auf dem letzten freien Flecken Platz, Arnaldo lehnte sich hinter ihnen gegen die Wand.

»Also gut, machen wir weiter«, erklärte Iriri, ohne ein Wort zur Ankunft der beiden Gäste zu sagen. »Emilio hat vorgeschlagen, dass wir einen offenen Brief an die Regionalregierung schreiben. Andere Ideen?«

»Ein offener Brief bringt doch nichts!«, rief jemand in die Runde. »Die nehmen uns doch nicht ernst! Wir müssen auf die Barrikaden gehen und protestieren!«

»Und abgeschossen werden, wenn sie das Militär schicken«, fuhr eine Frau dazwischen. »Gute Idee!«

Arnaldo hockte sich hin. »Die Regierung denkt darüber nach, Konzessionen für ausländische Unternehmen zu vergeben«, flüsterte er Matteo und Malinka ins Ohr. »Sie könnten hierher kommen und Erdöl suchen.«

»Das Problem, wenn wir rabiat werden«, sagte ein älterer Mann mit verhärmten Gesichtszügen, »ist, dass sie uns noch viel weniger ernst nehmen. Wie werden sie uns darstellen? Die Wilden, die unzivilisierten Dschungelmenschen, die mit ihren Speeren arme Polizisten abschlachten.«

»Die Bürger zweiter Klasse«, rief ein junger Mann und spuckte aus.

»Das waren die Worte eines früheren Präsidenten«, murmelte Arnaldo.

Malinka nickte knapp. »Ich habe es in den Nachrichten verfolgt«, flüsterte sie Matteo zu. »Als 2009 die Proteste von Bagua stattfanden, sagte der damalige Präsident: Jetzt ist mal gut mit Protesten, diese Leute sind keine Bürger erster Klasse.«

»Nicht ernsthaft, oder?«, flüsterte Matteo.

Plötzlich redeten alle durcheinander und verstummten erst, als Iriri in die Hände klatschte. »So kommen wir nicht weiter. Aber die Regierung wartet nicht, wir müssen handeln. Wer ist dafür, dass wir zunächst den offenen Brief schreiben? – Zwei, vier, sechs …« Er bewegte stumm die Lippen beim Weiterzählen. »Gut, das ist eine Mehrheit. Wer setzt ihn auf? Toribia? Gut. Am Mittwoch sehen wir uns wieder, und dann reden wir weiter. Für heute sind wir fertig.«

»Sind die *gringos* wichtiger als unsere Belange?«, rief der junge Mann empört, der auf den Boden gespuckt hatte.

»Nein«, sagte Iriri knapp. »Aber solange sie hier sind, könnt ihr euch offenbar nicht konzentrieren, und weiter wären wir heute nicht gekommen. Toribia, am Mittwoch besprechen wir deinen Entwurf. Bis dann, meine Freunde.«

Er verschränkte die Arme vor der Brust, während sich die Versammelten unter Murmeln und neugierigen Blicken auf Malinka und Matteo entfernten.

»So«, sagte Iriri schließlich. »Jetzt habt ihr schon mal etwas erlebt, was in keinem Reiseführer steht. Eine Versammlung einer kleinen indigenen Organisation. Tut mir leid, dass euch keiner in einem traditionellen Boot über den Fluss gerudert hat oder euch ein Armband aus *huayruro*-Samen verkaufen wollte.«

»Wir sind untröstlich«, antwortete Malinka mit unbewegter Miene. Sie sah Iriri stutzen und dann, als er ihre Ironie begriff, lächeln.

Er wandte sich an Arnaldo. »Wo hast du diese beiden denn aufgegriffen?«

»Sie waren bei mir im Internetcafé, und dann sind wir ins Gespräch bekommen.« Arnaldo berichtete von ihrem Ausflug und dem Zwischenfall mit dem Jaguar. Iriri zog die Brauen hoch und winkte Malinka heran. Vorsichtig nahm er das Andenkreuz zwischen zwei Finger und drehte es hin und her. »Ein *apu* aus dem Süden, sagst du?«

»Der Mismi«, bestätigte sie.

»Der Mismi. Dann ist es klar, dass er hier große Macht hat. Unser Amazonas entspringt zu seinen Füßen.« Er ließ das Andenkreuz los.

»Und was ist mit deinem Freund da? Ich wusste, dass etwas Übles auf uns zukommt. So viele Delfine wie heute habe ich schon lange nicht mehr an einem Tag gesehen.«

Malinka und Matteo erzählten ihm so knapp wie möglich und so ausführlich wie nötig, was sie bisher erlebt hatten. Alle paar Sätze nickte Iriri verstehend. Malinka hielt es für nötig, auch Matteos Schwächeanfälle zu erwähnen, obwohl sie sich dafür einen missbilligenden Blick von ihm einfing. Am Ende zog sie das Blatt aus der Tasche, das sie auch schon Arnaldo gezeigt hatte.

»Hm«, sagte Iriri. »Also soll ich euch offenbar weiterhelfen. Beziehungsweise Hugo Chávez.«

»Hugo Chávez?«, fragte Matteo verständnislos. »Der ist aber doch tot. Präsident von Venezuela, nicht Peru, oder?«

Iriri grinste schelmisch. »Ihr werdet schon sehen. Kommt mit!«

Er winkte sie hinter eine Trennwand aus Palmenfasern, die vom Dach der Hütte herabhing und den Raum teilte. Eine einfache Schlafstatt aus einer Matratze und dünnen Decken kam zum Vorschein, und ein hölzerner Stab an der Wand, auf dem ein gelbgrüner Papagei saß, der ihnen mit unverhohlener Neugier entgegenblickte. Ein Papagei, wie er auf dem Blatt aus dem Spiegelbuch abgebildet war.

»Darf ich vorstellen: Hugo Chávez, Blaustirnamazone«, sagte Iriri mit einer ausladenden Handbewegung.

Der Papagei musterte sie aus seinen runden blanken Augen.

Malinka prustete los. »Wie kommt er denn zu diesem Namen?«

Iriri grinste erneut. »Ach, ich finde ihn irgendwie passend. Hugo redet manchmal viel Blödsinn.« Er streckte die Hand aus und kraulte den Papagei unterhalb seines Schnabels.

»Und wie soll er uns weiterhelfen?«, fragte Matteo.

Der Papagei sträubte seine Federn und begann zur Antwort, unverständliche Laute zu krähen.

»Na, das ist doch mal eine klare Ansage«, sagte Matteo trocken.

»Moment«, entgegnete Iriri, legte beide Hände auf Hugos Rücken und strich dem Vogel beruhigend über die Federn.

Als er zurücktrat, spreizte Hugo seinen linken Flügel ab, streckte sich, sträubte erneut seine Federn und begann plötzlich mit deutlicher, wenngleich schnarrender Stimme zu sprechen. Er wiederholte nicht einfach nur einzelne Wörter.

Er erzählte eine Geschichte!

Malinka und Matteo starrten den Vogel an.

»In einer längst vergangenen Zeit hatte sich der Jaguar in den Delfin verliebt«, schnarrte der Papagei. »Natürlich konnten die beiden nicht zusammen sein, denn der Jaguar lebte auf dem Land und der Delfin im Wasser. Aber der Papagei, der alles sah und hörte, hatte Mitleid mit ihnen und brachte ihnen zwei Ketten aus rotschwarzen *huayruro*-Samen. Damit konnten die beiden des Nachts ihre Gestalt wechseln und zu Menschen werden. Der Delfin stieg als eine wunderschöne Frau aus den Fluten des Amazonas, und der Jaguar wurde ein Mann, und so waren sie nachts zusammen. Aber morgens, wenn die ersten Sonnenstrahlen sich zeigten, mussten sie sich wieder trennen.«

Der Vogel machte eine kurze Pause, und Iriri bedeutete Malinka und Matteo, sich zu setzen, um dem Papagei weiter zuzuhören. Hugo Chávez sträubte seine Nackenfedern und fuhr fort: »Mit der Zeit begab es sich aber, dass der Papagei sich selbst in die Delfinfrau verliebte. Denn er ließ es sich nicht nehmen, das Paar bei seinen nächtlichen Treffen zu belauschen, und so hatte er gesehen, wie schön die Delfinfrau war. Eines Abends wartete er den Moment ab, in dem die Delfinfrau aus dem Wasser stieg. Die Sonne färbte die Fluten rot, und die Tropfen perlten von der vollkommenen Haut der Frau ab, als der Papagei sich ihr zeigte und ihr seine Liebe erklärte. Aber die Delfinfrau erwiderte, dass sie nur den Jaguar liebe, und schickte den Papagei fort.«

»Da war er sicher sauer«, folgerte Matteo.

Der Vogel legte den Kopf schief und schnarrte weiter. »Fortan quälte ihn heftige Eifersucht, und er dachte nur noch daran, wie er das Paar entzweien könnte, das er selbst zusammengebracht hatte. Er folgte der Delfinfrau heimlich und sah, dass sie die *huayruro*-Kette in einem hohlen Baum am anderen Ufer des Flusses aufbewahrte. Eines Abends flog er dorthin, während sie fort war, und stahl die Kette aus ihrem Versteck. Da konnte die Delfinfrau nicht mehr aus dem Wasser steigen, um ihren Liebsten zu treffen. Die Rache des Papageis war aber noch nicht vollkommen. Er flog bis zu einer Menschenfrau, die auf der Suche nach einem Ehemann war. Der Papagei wusste das, weil er sie am Tag davor klagend auf einer Lichtung getroffen hatte. Da hatte er sich ihr gezeigt und gesagt: *Fürchte dich nicht! Der Flussgott schickt mich, damit ich dir einen Mann beschaffe. Sei morgen um diese Zeit hier, und ich werde dir alles weitere sagen.* Die arme Frau glaubte dem listigen Vogel und erschien zur vereinbarten Zeit am gleichen Ort. Und der Papagei, der alles geplant hatte, gab ihr die gestohlene *huayruro*-Kette.«

Nicht einmal Matteo machte jetzt noch eine Zwischenbemerkung. Die Geschichte begann offenbar, auch ihn gefangen zu nehmen.

»Er wies die Frau an, zu dem Ort zu gehen, an dem sich Jaguar und Delfinfrau immer getroffen hatten. Und während die Delfinfrau wehklagend bis ans Ufer des Amazonas geschwommen kam und ihn doch nicht verlassen konnte, hatte der Jaguar schon seine Menschengestalt angenommen. Und als er sich der Menschenfrau gegenübersah, und sie die Kette seiner Liebsten trug, so glaubte er nicht anders, als dass sie es selbst sein müsse. Also trat er zu ihr, und sie verbrachten die Nacht miteinander.

Die Delfinfrau aber konnte sie vom Wasser aus sehen, und tiefer Gram erfasste sie, weil ihr Liebster sie verraten hatte.

Der Jaguarmann selbst bemerkte erst am andern Morgen, was geschehen war: als er sich wieder in einen Jaguar verwandelte, seine nächtliche Gefährtin aber ein Mensch blieb. Und als die Frau sah, dass der Mann, mit dem sie das Lager geteilt hatte, zu einem Jaguar geworden war, lief sie furchtsam fort. Da begriff der Jaguar, was geschehen sein musste, und rief am Ufer des Flusses nach seiner Liebsten. Aber sie kam nicht wieder zu ihm zurück. Zu schwer hatte sein Verrat sie getroffen. Viele Wochen lag sie krank vor Kummer auf dem Grund des Flusses und weinte Tränen aus Blut.

Schließlich aber kam sie wieder an die Oberfläche, und vom vielen Weinen war ihr Herz blutleer und böse geworden. Sie rief den Papagei und sprach zu ihm: *Ich will dein sein, wenn du mir die Kette des Jaguars verschaffst. Ein letztes Mal noch will ich Menschengestalt annehmen.*

Der Papagei glaubte sich am Ziel seiner Träume: die schöne Delfinfrau würde ihm hörig sein. Natürlich kannte er auch das Versteck, in dem der Jaguar die *huayruro*-Kette aufbewahrte. So flog er dorthin, stahl sie und brachte sie der Delfinfrau. Und als es Nacht wurde, entstieg sie wieder in Menschengestalt dem Fluss und ging in das Dorf, in dem die Frau lebte, die vom Papagei zum Jaguar geführt worden war. Diese Frau hatte mittlerweile ein Kind geboren. Die Delfinfrau nahm es an sich und auch die Kette des Jaguars. Sie raubte das Kind und kehrte zurück in den Fluss, wo sie die Ketten der Strömung übergab. Der Papagei flatterte zornig auf seinem Ast auf und ab, als er sah, dass sie ihn betrogen hatte. Es kam ihr gar nicht in den Sinn, ihm je angehören zu wollen. Stattdessen sagte sie zu ihm: *Du hast mir das Glück genommen, das ich hatte. Darum bin ich der Welt gram geworden, und nichts als Unglück will ich über alle Wesen bringen, so wie nichts als Unglück über mich gebracht worden ist. Dich, Papagei, verfluche ich. Du sollst nicht mehr listige Reden führen wie bisher, sondern nur noch wiederholen, was andere gesagt haben. Ich aber will meine Gestalt behalten bis auf alle Ewigkeit.* Damit verschwand sie in den Fluten, und das Menschenkind mit ihr, und aus diesem Grunde haben die Menschen bis auf den heutigen Tag Angst vor den Delfinen, denn sie alle stammen von der schönen, betrogenen Delfinfrau her. Und deshalb sagt man auch, dass die Delfine des Nachts unsere Kinder rauben. Es ist auch der Grund, warum die Papageien nur nachplappern, was wir ihnen vorsagen. Das macht der Fluch der Delfinfrau. Der Jaguar übrigens, als er erkannte, was geschehen war, bekam vor lauter Gram schwarze

Flecken. Denn zuvor war er strahlend golden gewesen wie die Sonne selbst. Und er verließ den Regenwald und ging ins Zentrum, in das Reich des Blau, wo sein gramvoller Kopf zu Stein erstarrte, zur *cabeza clava.*«

Der Papagei verstummte und ließ die Flügel hängen. Er sah mit einem Mal sehr erschöpft aus.

»Und das gestohlene Kind?«, fragte Malinka.

Es war Iriri, der ihr antwortete. »Darüber schweigt die Geschichte.«

»Und was bedeutet das jetzt für uns?« Das war Matteo.

Iriri zuckte mit den Schultern. »Es ist nicht an mir, die Botschaften zu deuten, die für euch bestimmt sind.«

»Der Jaguar ging ins Zentrum und wurde zu Stein«, murmelte Malinka nachdenklich. »*Cabezas clavas?*«

»Danach klang es«, sagte Iriri gleichmütig.

Etwas klingelte in ihr bei diesem Wort, aber sie war nicht sicher, was. »Es gibt eine alte Kultur, die das hatte. *Cabezas clavas*. Gleich komm ich drauf. Das sind Jaguarköpfe aus Stein. Wo war das aber? Wari? Nein, Moment! Das ist Chavín de Huántar!«

»Was ist das?«, fragte Matteo, dem sie wohl genauso gut den Namen einer vietnamesischen Tageszeitung hätte vorsetzen können.

»Chavín«, wiederholte sie stirnrunzelnd und griff nach ihrem Reiseführer, um die Seite mit der Karte aufzuschlagen. »Ergibt das Sinn? Das ist eine Ausgrabungsstätte, genau hier, in der Nähe von Huaraz. Zentrales Hochland, und es gibt dort steinerne Jaguardarstellungen.«

»Und was ist dort das Reich des Blau?«

»Was weiß ich. Die Bergseen. Das liegt in Ancash, und in Ancash gibt's … Moment mal. Ancash *heißt* blau.«

»Auf Quechua«, sagte Matteo stirnrunzelnd, und sie nickte. »Aber so zentral liegt das gar nicht. Bist du sicher, dass es das ist? Was heißt denn Jaguar auf Quechua, oder Zentrum?«

»Zentrum heißt *chaupi*«, antwortete Malinka. »*Chaupin*. Im Zentrum.«

»Na ja, ein bisschen klingt das ja wie Chavín.«

»Je mehr ich drüber nachdenke, desto mehr Sinn ergibt es. Wir fahren nach Chavín!«

»Fliegen«, unterbrach Matteo sie lakonisch. »Und zwar möglichst bald.«

Iriri nickte. »Zwei Dinge möchte ich euch noch mit auf den Weg geben, wohin auch immer er euch führen wird«, sagte er. »Das erste betrifft vor allem dein Problem, Matteo. Je mehr Zeit vergeht, desto öfter wird es dir schlecht gehen. Der Fluch frisst sich in deine Eingeweide wie ein Wurm. Da gibt es nichts zu beschönigen.«

»Kann ich nichts dagegen tun?«, fragte Matteo. »Ich meine, es gibt doch sicher irgendwelche lustigen Kräuter und Wurzeln, die das zumindest lindern?«

Iriri bedachte ihn mit einem strengen Blick. »Solange ein Teil von dir das alles nicht ernst nimmt«, entgegnete er, »ist da wenig zu machen. Ich kann dir nur sagen, was den Vorgang beschleunigt: Streit und Zwietracht.«

Malinka zuckte zusammen. War es kein Zufall, dass es Matteo nach ihrem Krach so schlecht gegangen war? Sie sah an Iriris Gesichtsausdruck, dass ihre Bewegung ihm nicht entgangen war, aber er vermied es, sie darauf anzusprechen.

»Ihr seid sehr verschieden«, sagte er stattdessen. »Und ich vermute, ihr seid nicht immer einer Meinung.«

Matteo räusperte sich, sagte aber nichts.

»Ich denke, ich muss euch keinen großen Vortrag darüber halten, wie wichtig es ist, dass ihr zusammenhaltet«, fuhr Iriri achselzuckend fort. »Ich wollte euch nur darauf hinweisen, was passiert.«

»Ja, super!«, platzte Matteo heraus. »Ich würde mich langsam über konkretere Hinweise freuen. Wonach suchen wir? Was können wir tun? Woher kommt dieser Fluch? Überall, wo wir hinkommen, tauchen nur neue Rätsel und Fragen auf.«

Wieder zuckte Iriri mit den Achseln, als wolle er sagen: *Da müsst ihr durch.*

Dann wandte er sich an Malinka. »Du hast vom Schreiben und den Geschichten gesprochen. Geschichten sind wilde Tiere. Du kannst ihr

Vertrauen gewinnen, aber du kannst sie nie ganz zähmen. Sei geduldig mit ihnen, und bilde dir nicht ein, du könntest ihnen ein Halsband anlegen und sie dir zu Willen machen. Eine Geschichte ist ein Jaguar, der dich aus dem Dickicht heraus anfunkelt, ein Delfin, der ein paar Längen neben deinem Boot her schwimmt. Oder ein Kondor, der über dir seine Kreise zieht. Sie werden dir nahe kommen und dir eines Tages vertrauen, wenn du viel Geduld hast, aber sie werden dir nie gehören.«

Malinka nickte. Das passte zu dem, was Juan Moreno Quispe in Trujillo gesagt hatte.

»Geduld ist alles, was du brauchst«, fuhr Iriri fort. »Und ein wenig Feingefühl. Streck die Hand nicht zu früh aus, das kann die Geschichten erschrecken.«

»Gibt es eigentlich«, sie zögerte, »bestimmte Geschichten, nach denen ich suche?«

»Das kannst nur du wissen. Und überhaupt: Wenn, dann suchen sie nach *dir.*« Er schlug die Beine übereinander und schaute zwischen ihr und Matteo hin und her. »Gut«, sagte er schließlich. »Ich denke, dann bleibt mir nur, euch eine gute Reise zu wünschen.«

»Glaubst du denn, dass wir richtig liegen mit Chavín?«, fragte Malinka.

»Was ich glaube? Das ist egal. Es geht hier um euch. Ihr seid sympathisch, und ich finde eure Geschichte wirklich interessant, aber letztendlich ist das nicht mein Problem. Es gehen ganz andere Dinge vor in meiner Welt, da zerbreche ich mir über eure Geschichte nicht mehr als nötig den Kopf. Was ich tun konnte, habe ich getan. Jetzt kann ich euch nur viel Erfolg wünschen.«

***

Arnaldo wartete draußen auf sie, um sie zurück nach Iquitos zu bringen. Sie zwängten sich auf die Rückbank seines *mototaxis* und berichteten in knappen Worten, was passiert war und dass sie als Nächstes nach Huaraz mussten.

Sie ratterten schon durch die Straßen von Iquitos, da fiel Malinka etwas ein. »Wieso sagst du eigentlich *Meister* zu Iriri?«

Arnaldo warf einen fast beleidigten Blick nach hinten. »Na, weil ich sein Lehrling bin!«

»Du wirst mal *curandero*?«, fragte sie ungläubig. »Und das Internetcafé?«

»Das eine schließt das andere nicht aus, oder? Ich muss ja nicht im Urwald wohnen und Rauchzeichen machen, nur weil ich *curandero* bin.« Er grinste sie im Rückspiegel an. »Jetzt wollt ihr sicher gleich Flüge buchen?«

»O ja«, murmelte Matteo. »Das ist herrlich banal und bodenständig. Endlich was ohne Fluch und sprechende Papageien.«

Arnaldo lachte, auch wenn Malinka meinte, in seiner Stimme Mitgefühl herauszuhören. »Wir machen das auf lokale Art«, sagte er grinsend. »Ihr müsst nichts vorab buchen. Eine Freundin von mir arbeitet am Flughafen, wir fahren morgen direkt hin und bringen euch auf der nächsten Maschine unter.«

Matteo zog skeptisch die Brauen zusammen, aber Malinka zuckte mit den Schultern. »Klingt gut.«

»Leider wird die Zeit nicht mehr reichen, euch Puerto Belén zu zeigen«, seufzte Arnaldo. »Ihr müsst mal wiederkommen, dann holen wir das nach.« Seine Miene hellte sich auf. »Aber lasst uns morgen zusammen frühstücken, bevor wir zum Flughafen fahren! So viel Zeit muss sein.«

***

Malinka erwachte früh am Morgen, als fahles Licht in ihr Zimmer fiel, und fühlte sich wach und seltsam unruhig. Eine Weile lag sie reglos mit geöffneten Augen da und überlegte, wonach diese Unruhe sich anfühlte.

Dann wurde es ihr klar.

Es war das Gefühl, das sie in Trujillo überkommen hatte, als sie sich auf die Suche nach einer Buchhandlung gemacht hatte: das Bedürfnis, schreiben zu wollen.

Sie spürte, wie ihr Gesicht sich zu einem Lächeln verzog und das Glück sich wie warmes Licht in ihr ausbreitete. Ihr war, als seien die Geschichten scheue, aber neugierige Wesen, die sie beobachteten und sich herangeschlichen hatten, während sie schlief.

Für einen Moment genoss sie dieses Gefühl, dann setzte sie sich auf und kramte in ihrer Umhängetasche. Ihre Finger streiften weiches Leder, doch auf keinen Fall konnte sie ins Spiegelbuch schreiben. Nicht nur, weil sie nicht einmal sicher war, ob sie etwas Lesbares zustande bekam und das Buch alt und kostbar war. Ihr als *gringa,* als weißer Europäerin, stand es schlichtweg nicht zu.

Also zog sie das Notizbuch hervor, das sie in Trujillo gekauft hatte, und schlug es auf.

Über den ersten Sätzen musste sie eine Weile brüten, doch nach und nach ging ihr das Schreiben leichter von der Hand.

Es war einmal in einer lang vergangenen Zeit, in den grünen Weiten des Regenwalds, am Ufer des Amazonas. Damals hatte sich der Jaguar in den Delfin verliebt ...

Ihre Hand flog nur so über das Papier. Im Wesentlichen schrieb sie, was der Papagei ihnen tags zuvor erzählt hatte, aber sie fügte Details hinzu, beschrieb die Bilder, die während der Geschichte in ihr aufgestiegen waren. Sie beschrieb die Stärke und Eleganz des Jaguars, seine feurigen Augen, sein leuchtend goldenes Fell, für das ihn die anderen Tiere bewunderten. Malinka beschrieb auch die Anmut des Delfins, seine fröhlichen Sprünge im sonnenbeschienenen Wasser, die überhaupt erst die Aufmerksamkeit des Jaguars erregt hatten ...

Es klopfte an der Tür, und Malinka fuhr zusammen. Ihr war, als käme sie aus einer völlig anderen Welt zurück. Es klopfte erneut.

»Ja doch!«, rief sie. Bevor sie aufstehen konnte, wurde die Tür geöffnet.

»Ich dachte, du schläfst noch«, sagte Matteo und brach ab. »Hast du geschrieben?«

»Nur ein bisschen«, murmelte sie verlegen und klappte das Buch schnell zu. Ihre Schreiblust war verflogen, als hätten sich die Geschichten bei Matteos Klopfen in ein sicheres Versteck zurückgezogen. Sie hatte keine Lust, ihm das Geschriebene zu zeigen, und er fragte nicht nach.

»Wir sind um zehn mit Arnaldo verabredet.«

»Ach, der ist doch nie im Leben pünktlich.«

»Natürlich nicht. Es ist halb elf.«

»Halb elf?« Jetzt war Malinka doch mit einem einzigen Satz aus dem Bett.

***

Arnaldo erschien kurz nach elf und chauffierte sie in seinem *mototaxi* zum Markt, wo er sie auf eine Tour entlang seiner Lieblingsstände mitnahm. Eine Stunde später hatten Malinka und Matteo die frischesten und köstlichsten Obstsäfte von Iquitos, den größten Obstsalat, den frischesten Fisch, die leckerste Suppe und die besten *juanes* probiert. Als sie sich wieder auf die Rückbank des *mototaxis* zwängten, fühlten sie sich noch voller als am Vortag.

Arnaldos Freundin arbeitete an einem in die Jahre gekommenen Seitenterminal von Iquitos' Flughafen und hantierte hinter einem wackeligen Schreibtisch mit einem Ticketblock, wie Malinka ihn eigentlich nur von Busgesellschaften kannte. Der Name der Fluglinie sagte ihr gar nichts, und ein wenig mulmig wurde ihr nun doch. Aber jetzt gab es kein Zurück mehr.

Sie winkten Arnaldo zu, als sie durch die Sicherheitskontrolle gingen; an diesem Teil des Flughafens war kaum etwas los, für den Flug nach Huaraz gab es nicht einmal eine Anzeigetafel, und außer ihnen sah Malinka sonst niemanden einchecken. Immerhin wirkte das kleine Flugzeug doch stabil und höhentauglich, befand sie, während sie über das Rollfeld spazierten.

»Wenn das mal gut geht«, murmelte Matteo trotzdem, als sie sich in der ansonsten leeren Maschine auf ihre Sitzplätze sinken ließen.

Peru
um ca. 1767
AREQUIPA

17.

Phiña

Zorn

Isabel erwachte mit dem Gefühl von Taubheit in ihrem rechten Handgelenk. Sie hob ihren Arm und betrachtete es. Es war leicht geschwollen, tat aber nicht weh, und bei der Erinnerung an die vergangene Nacht lief ein wohliges Kribbeln durch ihren Körper.

Heute würden sie vor ihren Vater treten.

Obwohl sie nach wie vor sicher war, dass sie ihn überzeugen konnte, bereitete der Gedanke ihr doch Herzklopfen. Sie wählte eines ihrer einfacheren Kleider aus einem weichen, cremefarbenen Stoff und bürstete ihr Haar mit besonderer Sorgfalt, ehe sie es mit einem dunkelblauen Seidenband zu bändigen versuchte.

Sie hatte Lust, es sich nach Art der Hochlandmädchen zu einem langen dicken Zopf zu flechten, aber sie wusste, dass ihre Hände für eine solche Aufgabe momentan weder geduldig noch geschickt genug waren.

Als sie die Treppe hinunterkam, stand Yawar schon im Hof. Er grüßte sie mit einem Handzeichen, und sie nickte ihm zu. Für Außenstehende musste es nach einem ganz gewöhnlichen Begrüßungsritus aussehen, und Isabel hoffte, dass ihr in der Tat niemand ansehen konnte, wie sehr ihr Herz klopfte.

Immer wieder wischte sie ihre schwitzenden Handflächen am Kleid ab, während sie hinunter ins Speisezimmer ging, wo Pancha ihr das Frühstück servierte.

Erst zur Mittagszeit wollten sie mit ihrem Vater sprechen. Dann würde er mit Yawar bereits mehrere Stunden in der Werkstatt gearbeitet haben, und Isabel schätzte, dass er dann zufrieden von der geleisteten Arbeit sein würde – ein günstiger Gemütszustand, um ihre Ziele zu erreichen.

»Herrje, *señorita*! Was ist mit Euch? Hab ich Euch Salz in die Milch geschüttet?« Panchas besorgte Stimme brachte Isabel zurück in die Gegenwart.

Die Köchin stand in der geöffneten Küchentür und sah sie fragend an. Isabels Schale mit süßer Milch stand noch immer unberührt vor ihr.

»Ganz blass seid Ihr auch«, fuhr Pancha beunruhigt fort. »Fühlt Ihr Euch nicht gut?«

Isabel probierte ein Lächeln. »Es ist alles in Ordnung, Pancha. Ich danke dir. Ich bin nur etwas müde. Ich habe nicht viel geschlafen.«

Pancha nickte verständnisvoll. »Wahrscheinlich wird es *temblor* geben!«, verkündete sie voller Überzeugung. »Soll ich Euch *mate de muña* bringen, *señorita*? Ich habe frische *muña* vom Markt bekommen. Das wird Eure Lebensgeister wecken. Ich werde gleich Wasser aufsetzen. Wartet kurz, *señorita*.«

Sie watschelte zurück in die Küche, und Isabel musste unwillkürlich lächeln, diesmal aufrichtig. Pancha war rührend. Es gab niemanden im Haus, den sie nicht bemuttert hätte, aber Isabel war von jeher ihr Liebling gewesen.

Ich muss mich zusammenreißen, dachte Isabel und starrte durch das Fenster des Speisezimmers auf den sonnenüberfluteten Innenhof. Auch das war keine gute Idee; von hier aus konnte sie die Tür der Werkstatt sehen, und sofort standen ihr sämtliche Bilder der nächtlichen Arbeit wieder vor Augen: wie sie das Papier für das Spiegelbuch geglättet und gefalzt, den Einband gespannt und geleimt hatten.

Entschlossen stand sie auf und ging zu Pancha in die Küche.

Früher, als sie klein gewesen war, waren ihre gelegentlichen Ausflüge dorthin große Abenteuer gewesen, die den Hauch des Verbotenen atmeten. Jetzt war es etwas anderes. Sie verspürte das dringende Bedürfnis, sich irgendjemandem mitzuteilen, und die Küche war der beste Zufluchtsort, den sie sich vorstellen konnte.

»*Señorita*!«, rief Pancha aus. »Ihr seid ja blass wie die Wand! Ganz gewiss habt Ihr Euch den Magen verdorben. Ich sollte Euch ins Bett stecken. Einen tüchtigen Schrecken habt Ihr mir eingejagt.«

Die ehrliche Besorgnis in Panchas Stimme brachte etwas in Isabel zum Schwingen. Es war, als ob sie sich unter Panchas Blick in das kleine Mädchen zurückverwandelte, das frische *alfajores* vom Backblech stibitzte. Sie sehnte sich nach der bärenstarken Umarmung der Köchin.

»Panchita«, murmelte sie in einem Tonfall, den sie früher nur verwendet hatte, wenn sie etwas Schreckliches ausgefressen hatte und es nun den Menschen beichten musste, die in ihrem Leben die größte Autorität besaßen: ihrem Vater und Pancha. »Panchita, hast du etwas Zeit für mich? Ich möchte nur hier sitzen und mit dir reden.«

Sie schniefte und fuhr sich verärgert mit dem Handrücken übers Gesicht. Sie konnte doch jetzt nicht weinen. Es war schließlich ein glücklicher Tag!

»Für Euch habe ich doch immer Zeit«, stammelte Pancha. »Du meine Güte, was ist denn nur los? Kommt her, setzt Euch. Ich werde gleich etwas Besseres suchen als diesen Schemel.«

»Nein, bitte«, murmelte Isabel und zog energisch den kleinen, rußgeschwärzten Holzschemel zu sich heran, auf dem sie auch als Kind gerne gesessen hatte. Sie ließ sich darauf nieder und schaute zu Pancha hoch. »Panchita, ich werde Yawar heiraten.« Sie zögerte und setzte hinzu: »Santiago.«

Offenbar war Pancha auf jede Eröffnung ihrer jungen Herrin vorbereitet gewesen, aber nicht auf diese. Sie starrte Isabel aus weit aufgerissenen Augen an.

»Ich meine es ernst«, sagte Isabel. »Ich liebe ihn.« Und dann, ohne wirklich nachzudenken, setzte sie auf Quechua hinzu: »Er ist mein *yana*.«

»*Señorita!*« Pancha schlug sich mit der flachen Hand vor den Mund. »Wenn dein Vater das hört …«

Unwillkürlich war auch sie ins Quechua verfallen, und Isabel fiel erst jetzt auf, dass es in dieser Sprache nur eine Art der Anrede gab.

Die Köchin zog einen zweiten Schemel zu sich heran und setzte sich. »Es ist dir wirklich ernst?«, fragte sie forschend. Ihr Blick war noch immer verwirrt, aber voll liebevoller Neugier.

Isabel nickte. Und dann begann sie, mit leiser Stimme und auf Quechua, Pancha ihre Geschichte zu erzählen. Nicht alles; das Spiegelbuch und die Geschichte von Yawars Fluch waren Dinge, die sie nicht einfach so weitergeben konnte.

Aber über ihre Gefühle durfte sie sprechen, und das Wundervolle daran war, dass weder ihr Vater noch ihre Mutter sie in diesem Moment belauschen konnten. Die verspielt schillernden Worte des Quechua wurden zu einer Zuflucht, hinter der Isabel sich verbergen konnte. Mit jedem Satz fiel mehr Beklommenheit von ihr ab, und ihre Aufregung legte sich.

»Ach, *señorita, sumaq sipas*, was ist denn das!« Pancha beugte sich vor und nahm ihre Hand. Immer wieder schüttelte sie den Kopf. »Niemals, Isabelchay, niemals wird dein Vater das erlauben!«

»Doch, das wird er!«, widersprach Isabel. »Er liebt mich, und er will, dass ich glücklich bin. Und Yawar ist ein Meister der Buchbindekunst geworden. Er kann mich ernähren und hat ein gutes Herz. Mehr wird mein Vater nicht verlangen.«

»Isabelchay, ich wünsche mir so sehr, dass du recht hast.« Die Köchin drückte liebevoll ihre Hand. »Wer weiß! Sie sagen, dass die Welt sich immer wieder verändern kann. Santiago … Yawar hat ein gutes Herz, daran gibt es keinen Zweifel. Herrje! Wenn dein Vater dich aber so rußverschmiert und verstaubt sieht, wird er nur ein Stück Seife nach dir werfen!«

Isabel musste lachen. Sie fühlte sich bereits um einiges besser. »Nein, das wird er nicht. Außerdem bin ich kaum rußig. Du hältst deine Küche schließlich gut sauber.«

»Ich werde für dich beten, *señorita, sumaq sipas*.« Pancha seufzte.

»Alles wird gut«, versicherte Isabel ihr. Sie stand auf und strich ihr Kleid glatt. Tatsächlich hatte die Sitzfläche des Hockers ein wenig auf dem hellen Stoff abgefärbt, aber das war ihr gleichgültig. »Wo ist mein *mate de muña*? Du hast gesagt, der weckt meine Lebensgeister.«

»Die sind, fürchte ich, ohnehin viel zu aufgeweckt«, murmelte Pancha und reichte Isabel die Tasse. »Aber er ist schon fast kalt.«

»Das macht nichts.« Isabel setzte die Tasse an und trank in tiefen Zügen. Sie mochte den Geschmack der *muña*, der an süße Minze erinnerte. Mit diesem Geschmack im Mund wollte sie vor Papá treten. Sie lächelte Pancha zu, als sie ihr die Tasse zurückgab. »Danke, dass du mir zugehört hast, Panchita.«

Ohne es zu merken, war sie wieder ins Spanische geglitten.

»Ich danke *Euch*, *señorita*«, sagte die Köchin nachdrücklich, ebenfalls auf Spanisch, und umklammerte die leere Tasse mit beiden Händen. »Viel Glück, Isabelchay.«

Isabel ging hinaus auf den Hof, prallte gegen die Sonnenwärme wie gegen eine unsichtbare Wand. Mit geschlossenen Augen ließ Isabel das Licht durch ihre Lider dringen und die Wärme durch ihren Körper fluten. Dann huschte sie die Treppe hinauf. Sie hatte mit Yawar vereinbart, dass sie das Spiegelbuch aus seiner Kammer holen und damit in die Werkstatt ihres Vaters kommen würde. Nun fühlte sie sich zwar ruhig, aber ihre Hände schwitzten erneut. Kurz darauf stand sie mit dem Spiegelbuch in den Händen vor der Werkstatttür.

Sie bekreuzigte sich – es konnte nichts schaden, sich göttlicher Hilfe zu versichern –, dann hob sie die Faust, um an die Tür zu klopfen, ließ sie aber wieder sinken. Nun, sie konnte *jede* Art von göttlicher Hilfe gebrauchen. Sie hob den Kopf und blickte in die Richtung, in der die schneebedeckten Kuppen von Misti und Chachani in den blauen Himmel ragen mussten, irgendwo hinter dem Dach des Hauses.

Isabel schluckte. »*Jatun apukuna,* große Berggötter«, flüsterte sie. »Bitte helft uns.«

Es fühlte sich richtig an, das zu sagen.

Isabel klopfte mit den Fingerknöcheln an die Tür und schob sie auf. Sie hatte gehofft, dass sie als Erstes Yawars Blick begegnen würde, aber es war Papá, der erstaunt den Kopf hob.

»Isabelita, das ist aber eine Überraschung.« Er unterbrach sich und musterte sie. »Ist etwas passiert?«

Isabel zwang sich zu einem Lächeln. »Nein, *papá*. Das heißt, ja. Wir wollen mit dir sprechen.«

Er runzelte die Stirn. »Ihr?«

Isabel nickte. Ihr Atem ging in tiefen, gleichmäßigen Zügen. Nun, da alles auf dem Spiel stand, herrschte in ihr vollkommene Ruhe. Sie trat ein.

Yawar legte den Leimpinsel, mit dem er gerade gearbeitet hatte, auf den Tisch und stellte sich neben Isabel.

Papás Miene war ratlos, er schaute abwechselnd auf sie und auf Yawar. »Was soll das werden?«

»*Papá*.« Isabel holte ein weiteres Mal tief Luft. »Ich … Wir müssen dir etwas sagen. Ich werde nicht Don Francisco heiraten. Ich werde Yawar … ich meine: Ich werde Santiago heiraten.«

Sie schob ihre Hand in die Yawars und hielt dem Blick ihres Vaters stand. Seine Miene drückte puren Unglauben aus.

»Ich weiß, dass das für dich überraschend kommt«, sagte sie und reckte das Kinn, »aber ich weiß auch, dass dies die richtige Entscheidung ist. Du kennst Yawar. Santiago. Du hast ihn alles gelehrt, und er ist heute im Stande, etwas zu schaffen … etwas wie dies hier.«

Sie hielt ihm das Spiegelbuch entgegen, aber ihr Vater nahm es nicht an. Er starrte sie weiter wortlos an, dann wanderte sein Blick endlich hinab auf das Spiegelbuch, auf das türkisfarbene Schillern des Einbands, und er schüttelte den Kopf.

»Sein Name ist also Yawar, nicht Santiago«, fuhr Isabel schließlich fort. »Er beherrscht das Handwerk, das du liebst, *papá,* und er liebt und ehrt es ebenso wie du. Er ist ein würdiger Schwiegersohn. Du hast mir immer gesagt, dass mein Glück dir über alles geht, *papá*. Ich weiß, dass du auch diesmal so entscheiden wirst, und ich weiß, dass es nicht nur mein Glück ist, über das du entscheidest, sondern auch das deine. Wir werden dir Ehre machen, dessen kannst du gewiss sein. Vater … Ich bitte dich um deinen Segen für unseren Bund.«

Ihr Vater starrte sie nach wie vor nur an, aber Isabel hatte alles gesagt. Sie umklammerte Yawars Hand und spürte den beruhigenden Druck seiner Finger. Mit der anderen Hand hielt sie weiter das Spiegelbuch, da ihr Vater keine Anstalten machte, es zu nehmen.

Sie hatte nicht mit diesem Blick vollkommenen Entsetzens gerechnet, den er auf sie richtete. Aber jeden Moment musste die Wahrheit ihrer Worte in sein Bewusstsein vordringen, seine Maske aufbrechen und das Lächeln darunter hervorkommen, das er so oft hinter gespielter Strenge niederzukämpfen versuchte, das aber letztendlich immer siegte. Sie lächelte ihn aufmunternd an.

Papá trat einen Schritt auf sie zu.

Nun wird er sagen, dass alles gut ist, dachte Isabel. *Nun wird er lächeln.*

Der Schlag traf sie vollkommen unvorbereitet. Sie strauchelte zur Seite und wäre gestürzt, wenn Yawar sie nicht gehalten hätte. Das Spiegelbuch fiel zu Boden. Ungläubig hob sie die freie Hand an ihre Wange und starrte ihren Vater an. Nie, niemals hatte er sie geschlagen. »*Papá* ...«

»Schweig!«

Er hatte seine Stimme wiedergefunden; sein Gesicht war rot angelaufen. »Ich weiß nicht, was ich falsch gemacht habe, dass dir derartige Flausen in den Kopf kommen, Isabel María, aber es muss ein sehr schwerwiegender Fehler gewesen sein! Und du«, er funkelte Yawar an, »nimm auf der Stelle die Finger von meiner Tochter! Sie ist kein Hochlandlama, das du nach Belieben bespringen kannst!«

Yawar fuhr zusammen und ließ Isabels Hand los.

»Herr«, setzte er erklärend an, aber Papá brachte ihn mit einer wütenden Handbewegung zum Schweigen. »Was soll das? Das ist nicht euer Ernst, oder? Du bist erwachsen, Isabel!«

»Eben darum!«, erwiderte sie trotzig, während auf ihrer Wange der Abdruck seiner Finger zu brennen begann. »*Papá*, mein Entschluss steht fest. Ich werde Yawar heiraten!«

»Du wirst mir *gehorchen*, wie es sich für eine gute Tochter gehört!«, schrie ihr Vater sie an.

Isabel spürte, dass Yawar neben ihr gleichermaßen zusammenzuckte.

»Einen Indio heiraten, was geht nur in deinem Kopf vor? Ja, er mag Bücher binden können, aber er ist und bleibt eine andere Sorte Mensch. Sieh ihn dir doch an!«

»Ich liebe ihn, *papá*«, sagte Isabel und versuchte, die Tränen niederzukämpfen.

»Hör auf mit diesem Unsinn. Liebe ist etwas für Kantinensänger. Du hast einen Ruf zu wahren. Bei Gott, Isabel María, ich hoffe für dich, dass ihr nicht … dass dieser Indio nicht …«

Isabel spürte Zorn in sich aufsteigen. Sie hatte ihren *yana* gefunden. Gemeinsam hatten sie ein Buch geschaffen, das so schön war, dass es die Menschen zu Tränen rühren konnte; gemeinsam waren sie auf Wegen aus Licht und Musik in das Reich der Verlorenen Geschichten gereist. Es lag auf der Hand, dass Yawar der bessere Mann für sie war. Und alles, was ihrem Vater Sorgen machte, war der Ruf, den er vielleicht zu verlieren hatte?

Sie straffte sich und ballte die Fäuste. »Wir werden heiraten, und er ist mein *yana*, mein rechtmäßiger Mann.«

Ihr Vater hob die Hand, erstarrte aber mitten in der Bewegung und sah Isabel schwer atmend an.

»Ich fasse es nicht«, murmelte er. »Ich fasse es einfach nicht!«

Und dann schlug er doch zu, nur dass dieser Schlag nicht sie traf, sondern Yawar. Isabel schrie auf, als er zurücktaumelte, und sprang auf ihren Vater zu. Sie klammerte sich an seinen Arm, schaffte es aber nicht, ihn zu stoppen.

Wieder und wieder schlug er zu, und Yawar wehrte sich nicht. Mit zusammengebissenen Zähnen ließ er die Schläge auf sich niederprasseln.

Schließlich richtete ihr Vater sich auf und packte sie am Arm.

»Meine Tochter, eine elende Indiohure! Ich glaube es nicht!«

Er schüttelte sie, und jetzt liefen ihr die Tränen unkontrolliert übers

Gesicht. Auch seine Stimme zitterte. »Isabel, Isabelita, wie konntest du mir das antun? Ein Leben lang habe ich gearbeitet. Für dich. Für unseren Namen. Begreifst du denn nicht, was du getan hast? Etwas Kostbareres als deine Ehre hast du nicht!«

Er rang nach Luft und wandte sich wieder an Yawar, der gegen die Wand gesunken dasaß und zu ihm empor sah. Blut lief aus seiner Nase.

»Und du, Santiago«, murmelte ihr Vater mit gebrochener Stimme. »Ich will nicht sagen, dass du wie ein Sohn für mich warst, das wäre doch etwas viel. Aber ich habe dich geschätzt und dir vertraut. Wieder und wieder habe ich dich gegen alle verteidigt, die meine Entscheidung in Frage gestellt haben. Ich habe ihnen gesagt: *Dieser Indio ist nicht wie die anderen, o nein! Er hat Talent, mehr noch, er hat Charakter, er hat ... Anstand.* Ich habe mich getäuscht, und du, Junge, hast mich enttäuscht.« Er senkte die Stimme, aber das machte sie nur noch bedrohlicher. Sein Tonfall war jetzt das Zittern eines anschwellenden Sturmes. »Ich habe es dir versprochen, damals, als du mir das erste Mal unter die Augen gekommen bist: Wenn du mich je betrügen solltest, wenn du dich je an meinem Eigentum vergreifen solltest, dann würdest du es mir bezahlen. Du hast dich an dem vergangen, was mir auf dieser Welt am allerheiligsten ist: an der Ehre meiner Tochter!« Mühsam rang Don Elisendo ein Schluchzen nieder. »Ich sollte dir dafür eigenhändig das Herz aus der Brust reißen. Aber ich werde sehen, was ich stattdessen mit dir tue.«

Er wandte den Kopf, und Isabel spürte seinen Blick durch einen salzigen Tränenschleier.

»Auch mit dir. Es ist noch nicht zu spät, deine Ehre zu retten. Wir müssen nur sehen, dass nichts nach außen dringt. Ay, Isabel, was hast du getan?« Für einen Moment lockerte er seinen Griff, aber als sie versuchte, ihren Arm wegzuziehen, drückte er wieder zu.

Isabel schluchzte auf.

»Heul nur«, flüsterte ihr Vater. »Heul du nur für all den Kummer, den du mir bereitest mit deiner unglaublichen Dummheit. Habe ich dich nicht lesen und schreiben lernen lassen? Ich war ein Narr. Ich habe geglaubt, ein Indio könne Anstand und ein Weib Verstand haben. Was habe ich mich getäuscht!«

Er straffte sich und zog mit einer Hand den Werkstattschlüssel aus der Tasche. Energisch zerrte er Isabel hinter sich aus dem Raum. Sie stemmte die Fersen in den Boden, aber vergeblich. Mit ihrer freien Hand wischte sie sich die Tränen aus den Augen, doch es flossen so schnell neue nach. Sie konnte Yawar nicht mehr sehen.

Ihr Vater stieß sie nach draußen, sie spürte die Sonne auf ihrem nassen Gesicht und hörte, wie er die Werkstatttür von außen abschloss. Dann stieß er sie vor sich her in Richtung der Treppe, die zu ihrem Zimmer hinaufführte.

»Ein Narr«, hörte sie ihn hinter sich murmeln, immer und immer wieder. »Ein Narr bin ich gewesen!«

Peru

im 21. Jahrhundert

18.

Huaraz

Er hatte seine Abschlussarbeit und nebenher Bewerbungen geschrieben. Und er hatte darüber nachgedacht, endlich mit Helena zusammenzuziehen. Es war schon so lange mit ihnen gut gegangen, am Ende hatten sie ohnehin die meiste Zeit gemeinsam bei ihm oder bei ihr verbracht. Und Helena hatte es auf hinreißende Weise fertiggebracht, während seiner Abschlussarbeit bei ihm zu sein, ein lautloser Schatten mit Adlerblick. Im richtigen Moment erschien sie wortlos mit einer frisch gebrühten Kanne Kaffee, massierte Matteos verspannte Schultern, ordnete den Berg aus Büchern und losen Blättern auf seinem Schreibtisch oder las geduldig Kapitel für Kapitel Korrektur, wenn er sich eine Pause gönnte. Sie wusste, wann es genug war und sie ihn aus der Arbeit reißen durfte.

»So, Schluss jetzt«, hatte sie immer dann gesagt, wenn er spürte, dass das Projekt an seiner Substanz zu zehren begann. »Wir gehen raus.«

Und sie hatte ihn energisch aus der Wohnung in die Sommerluft gezogen, ihn einmal mit heimlich gekauften Bahntickets überrascht: Von jetzt auf gleich waren sie an die Ostsee gefahren, hatten im gleißenden Licht gebadet, dem Glucksen der Wellen gelauscht, den Geruch nach Fisch und Teer eingesogen. Helena hatte sich an ihn gelehnt, während über ihnen Möwen kreisten. Sie harmonierten perfekt.

Und das sollte jetzt vorbei sein?

»Was hast du denn eigentlich geschrieben?«, fragte Matteo, während sie über einem Meer aus Wattewolken dahinzogen.

»Nur die Geschichte, die der Papagei erzählt hat. Sie ging mir nicht aus dem Kopf.«

»Aha.« Für einen Moment sagte Matteo nichts weiter, und als sie dachte, dass da auch nichts mehr kommen würde, fragte er plötzlich: »Willst du jetzt wieder Schriftstellerin sein?«

Malinka runzelte die Stirn; die Frage kam unerwartet. »Ich will erst das Geschichtenerzählen zurück.«

Sie sah Unbehagen über seine Miene flackern. *Er denkt an damals im Praktikum. Und was es mit mir gemacht hat.*

»Und dann?«, bohrte er weiter. »Ich meine … Willst du immer nur davon *träumen?«*

Sie musste den Blick senken. »Wer hat mir denn erzählt, dass man vom Schreiben nicht leben kann?«

Matteo lachte auf, es schwang erstaunlich wenig Bitterkeit darin. »Denk ich nach wie vor, aber heißt ja nicht, dass du dich dem System beugen musst.«

»Du und dein System.«

»Träume nähren«, sagte Matteo leise, »gut und schön. Aber dass sie dich am Leben halten, das muss ja auch für was gut sein. Wenn du glaubst, dass Geschichten erzählt werden wollen, denkst du nicht auch, dass Träume erfüllt werden möchten? Gelebt?«

Verblüfft blinzelte sie. Das klang so gar nicht nach Matteo – und irgendwie doch. »Und was ist mit dir?«, fragte sie zurück.

Matteo räusperte sich. Als er weitersprach, schaute er aus dem Fenster. Es war wieder ein bisschen wie kürzlich im Bus. »Wenn ich das alles hier überlebe und nach Hause komme, dann will ich Helena zurück. Wenn ich einen Traum habe, dann diesen.« Er atmete tief durch. »Wenn ich sie überzeugen kann, dass das mit dem Fluch echt gewesen ist, dass ich wirklich nach Peru musste …«

Malinka schwieg und dachte daran, was Matteo ihr in Trujillo über die Trennung erzählt hatte. »Vielleicht solltest du nicht nur von dir reden.«

Er fuhr zusammen und bedachte sie mit einem giftigen Seitenblick. »Was soll denn das heißen?«

»Du meintest, sie hätte Schluss gemacht, weil es nur noch um dich gegangen wäre.«

Seine Augen wurden schmal. Einen Moment lang ballte er die Fäuste, presste die Lippen aufeinander. »Du hast keine Ahnung, okay?«

»Okay«, sagte Malinka einfach und beugte sich wieder über ihren Reiseführer. Froh, dass von Matteo nichts mehr kam, vertiefte sie sich in das Kapitel über Huaraz. Plötzlich stockte sie, spürte kaltes Zittern in sich aufsteigen und wagte doch nicht, auch nur in Gedanken zu wiederholen, was sie gerade gelesen hatte.

»Was?«, fragte Matteo und sah auf.

Sie machte den Mund mehrmals auf und zu. »Es gibt keine Linienflüge nach Huaraz.«

»Hä?«

»Es gibt keine.«

»Wir sitzen in einem.«

»Eben«, murmelte sie und reichte ihm das Buch. Matteo bewegte beim Lesen stumm die Lippen, dann weiteten sich seine Augen, und Malinka wusste, dass er die entsprechende Stelle gefunden hatte: Es gab einen Flughafen in Huaraz, aber dieser wurde schon seit Jahren nicht mehr angeflogen – und wenn, dann nur von Lima. Einen regulären Linienflug von Iquitos gab es laut Reiseführer nicht.

»Jetzt beruhig dich«, sagte Matteo und klappte das Buch demonstrativ zu. »Entweder dein Reiseführer ist nicht auf dem neuesten Stand …«

»Er ist von diesem Jahr.«

»Meine Güte, vielleicht sind letzten Monat Linienflüge ab Iquitos eingeführt worden. Oder das hier ist ein informelles Familienunternehmen. Kann doch sein. Kein Grund, überall Inkagötter und sprechende Jaguare zu sehen. Und wenn es nicht so ist … Wenn es also eigentlich wirklich keine Linienflüge von Iquitos nach Huaraz gibt …« Er machte eine bedeutungsvolle Pause.

»Dann was?«

»Dann ist das ein unwiderlegbares Zeichen dafür, dass wir hier richtig sind.«

***

»So«, kommentierte Matteo, »da wären wir also.«

Etwas ratlos standen sie vor dem niedrigen Flughafengebäude im Nirgendwo. Von den Wänden des kleinen Towers blätterte die Farbe ab, und außer Matteo und Malinka schien niemand vor Ort zu sein.

Ihre Rucksäcke hatten sie in der Eingangshalle des Flughafengebäudes gefunden, auf einem verstaubten, stillstehenden Gepäckband, das allem Anschein nach schon lange nicht mehr in Bewegung gewesen war.

Das Flugzeug wiederum war fort. Nur die holperige Landebahn, über die sie eben noch gerumpelt waren, lag vor ihnen. Keine Menschen, kein Flugzeug, nur ein Geisterflughafen. Malinka war nun wirklich schwindlig.

Matteo wich ihrem Blick aus und starrte zu Boden. Dass auch ihm nicht ganz wohl bei der Sache war, konnte sie ihm ansehen, aber er sagte kein Wort. Als würde die Situation normaler dadurch, dass sie nicht von ihrer Seltsamkeit sprachen. »Gut«, meinte er schließlich. »Und jetzt?«

»Jetzt fahren wir nach Huaraz. Irgendwann wird ja ein *combi* kommen.«

Er nickte.

Sie schulterten ihre Rucksäcke, durchquerten die Eingangshalle und machten sich auf den Weg zur Straße.

»In welche Richtung müssen wir?«

»Keine Ahnung.«

Sie blieben stehen. In den folgenden vierzig Minuten fuhren genau zwei Autos voll besetzt an ihnen vorbei, aber kein einziges *combi*. Malinka ließ den Blick über die Landschaft gleiten, über die Berge, die grau umwölkt links und rechts aufragten und das lang gezogene Tal begrenzten: den Callejón de Huaylas.

Irgendwann setzte sie ihren Rucksack ab und ließ sich darauf nieder. Matteo hielt noch eine Weile aus, dann tat er es ihr gleich. Schweigend hockten sie am Straßenrand, im Rücken den verlassenen Flughafen.

Und dann kam der Bus.

Noch bevor sie ihn sahen, hörten sie ihn. Eine von schiefen Bläsern gespielte Melodie wurde ihnen in knappen Fetzen vom Wind zugetragen, dann kam Motorengeräusch dazu, und schließlich bog das Fahrzeug um die Ecke. Es war ein kleiner Oldtimerbus, in leuchtendem Orange bemalt, auf dessen Dach zwei riesenhafte Lautsprecher montiert waren, aus denen die Musik dröhnte. Auf einer Seite des Busses prangten gelbe Buchstaben, und als er näherkam, konnte Malinka auch entziffern, was dort stand: *Ermelinda, la princesa de la Cumbia*. Daneben strahlte sie das Bild einer Frau mit rot gefärbten Haaren an, die ein freizügiges Paillettenoberteil trug.

»Du liebe Zeit«, sagte Malinka, aber Matteo war geistesgegenwärtig schon einen Schritt nach vorne getreten und winkte mit beiden Armen. Tatsächlich wurde der Bus langsamer und hielt schließlich an.

Die Tür öffnete sich, und heraus stieg … Ermelinda.

Zumindest konnte daran nicht der geringste Zweifel bestehen, obwohl sie im Vergleich zu dem Bild eher dezent geschminkt war und einen enganliegenden roten Rollkragenpullover und Jeans trug. Sie machte eine energische Handbewegung, woraufhin die Musik aus dem Lautsprecher leiser gedreht wurde. »Hallo, hallo! Seid ihr vom Himmel gefallen? Ihr wollt bestimmt nach Huaraz.« Sie hüpfte die letzte Stufe vom Busausstieg herab und blieb vor Matteo und Malinka stehen.

»Ganz genau«, sagte Malinka, wobei sie mit Absicht offenließ, auf welchen Teil von Ermelindas Ansage sie sich bezog. »Könnt ihr uns mitnehmen?«

Die Cumbia-Sängerin lachte. »Es gibt nichts, was Ermelinda nicht kann! Steigt ein, ihr Lieben! Allerdings fahren wir jetzt erst einmal nach Caraz, aber rein mit euch! Hey, Erwin, Hel, bewegt euch und helft meinen Freunden mit ihrem Gepäck!«

Zwei Männer in Anzügen sprangen aus dem Bus, nickten ihnen kurz zu, packten jeweils einen Rucksack und verschwanden wieder in dem Cumbia-Gefährt. Ermelinda bedeutete Malinka und Matteo, ebenfalls einzusteigen, und im nächsten Moment dröhnte die Cumbia wieder in voller Lautstärke aus den Lautsprechern.

Außer Erwin und Hel saß noch ein halbes Dutzend Männer in Anzügen in dem Bus. Ermelinda stellte sie allesamt vor: Juan und Carlos (beide Trompete), Oscar (Keyboard), Stalin – sie fragten extra noch einmal nach, aber sie hatten sich in der Tat nicht verhört – Stalin (Perkussion), Franklin (Schlagzeug) und Anthony (Bass). Erwin spielte E-Gitarre, und Hel, dessen voller Name Helmut lautete, bediente alle weiteren Rhythmusinstrumente, die eine Cumbia nötig hatte, von der Rassel bis zur Triangel.

Mit Stolz verkündete Ermelinda den Namen ihrer Gruppe: *Los Rompecorazones de la Cumbia.*

»Die Herzensbrecher der Cumbia?«, fragte Malinka stirnrunzelnd.

»Genau das sind sie!« Ermelinda strahlte. »Jetzt möchte ich aber mal wissen, was ihr hier im Nichts gemacht habt. Und wie heißt ihr eigentlich?«

»Äh, also ich bin Matteo und das ist Malinka«, sagte Matteo schnell, »und, na ja, wir haben auf ein *combi* nach Huaraz gewartet, aber es kam keines.«

Sonderbarerweise schien sich Ermelinda mit dieser Erklärung schon zufriedenzugeben. Malinka und Matteo merkten recht schnell, dass die Sängerin am allerliebsten von sich selbst sprach.

»Also, das in Caraz ist nur eine kleine Sache. Weiß der Geier, was sie da wieder zu feiern haben, aber mir soll's recht sein, Auftritt ist Auftritt. Natürlich wäre es etwas anderes, wenn ich ein Engagement in Lima bekommen würde. Ihr wart in Lima, oder? Eine fabelhafte Stadt. Nicht mehr lange, und ich kehr dieser Wildnis hier den Rücken und mach mir ein tolles Leben in der Hauptstadt ... nicht wahr, Jungs?«

»Kein Zweifel, Ermelindita«, sagte Stalin.

Ermelinda wühlte in einer karierten Plastiktasche, die auf einem unbesetzten Sitz stand, und reichte Matteo und Malinka je eine CD. Auf dem Cover war Ermelinda in dem Paillettenoberteil zu sehen und lächelte in die Kamera. Im Hintergrund posierten die *Rompecorazones de la Cumbia* in Hawaiihemden.

»Meine neue Promo-CD. Ihr mögt doch Cumbia, oder? Prima. Ich bring euch zu meinem Konzert. Ihr werdet meine Ehrengäste sein. Woher aus den USA kommt ihr denn?«

»Wir sind aus Deutschland.«

»Ach, Deutschland. Ihr seid die, die immer Bier trinken, nicht wahr?«

»Pausenlos«, sagte Malinka mit ernster Miene.

Matteo schaute sie kurz skeptisch an und fügte hinzu: »Wir können gar nicht anders.«

»Im Ernst? Dann stimmt es also wirklich!«, rief Ermelinda begeistert aus. »So, und was treibt euch hier in die Einsamkeit? Hier gibt's doch nichts, außer alten abergläubischen Indios, die Coca kauen und Angst haben, von bösen Geistern verzaubert zu werden.« Sie kicherte. Juan und Erwin kicherten höflich mit.

Matteo und Malinka wechselten einen kurzen Blick. Mit der Wahrheit waren sie hier offensichtlich an der falschen Adresse. Ermelindas Bodenständigkeit schien anderer Art zu sein als die Arnaldos – sie würde sich bestimmt nicht als heimliche Gehilfin eines Schamanen erweisen.

»Wir sind unterwegs für ein Forschungsprojekt«, sagte Malinka schließlich, und Matteo nickte.

»Forschung, aha. Worum geht es denn?«

»Um die Rezeption andiner Kosmovision in präkolumbischer Ikonographie«, antwortete Malinka.

Ermelinda nickte, wenn auch etwas gleichgültig.

»Natürlich unter Einbeziehung soziopolitischer Blickwinkel«, ergänzte Matteo provokativ.

»Ja, das klingt spannend. Präkolumbisch? Dann schaut ihr euch Ruinen an und so?«

»Ihr fahrt bestimmt nach Chavín«, warf Stalin ein.

»Genau«, antwortete Malinka. »Deshalb sind wir hier.«

***

Caraz war ein kleiner Ort am nördlichen Ende des Callejón de Huaylas. Als der Bus dort hielt, winkte Ermelinda Matteo und Malinka direkt zum Ausladen heran: Instrumente und Technik mussten drei Blöcke weiter auf die Plaza de Armas getragen werden.

Malinka nahm Erwins Gitarre, während Matteo sich gemeinsam mit Franklin einen Lautsprecher auflud.

»Es ist eine Frechheit, dass wir unsere eigene Technik mitbringen müssen, weißt du«, sagte Ermelinda, die mit einer kleinen schwarzen Handtasche über dem Arm neben Malinka ging. »In Lima wäre das alles professioneller.«

»Warum gehst du nicht einfach nach Lima?«

»Erst muss ich mein Programm aufpeppen.« Ermelinda zögerte. »Die Leute hier sind nicht besonders anspruchsvoll. Es macht ihnen nichts aus, immer dasselbe zu hören. Aber für Lima brauche ich neue Sachen, neue Texte, neue Musik. Da muss ich einschlagen wie eine Bombe. Im Moment habe ich eine kleine Blockade, aber wart's nur ab. Ich werde ganz groß rauskommen, und sogar ihr in den USA werdet mich hören.«

»Oder wir in Deutschland.«

»Oh, ja, natürlich. Beim Biertrinken.«

Auf einer Seite der Plaza ragte eine kleine, weiße Kolonialkirche auf; auf der anderen war die Straße gesperrt und eine Bühne aufgebaut worden. Es herrschte reges Treiben.

Ermelinda begrüßte alle möglichen Leute mit theatralischen Umarmungen und dem traditionellen Küsschen, dann stellte sie Malinka als ihre sehr liebe Freundin aus den Vereinigten Staaten vor, Verzeihung, nein, aus Italien. Malinka verzog keine Miene. Die Sängerin zog sie schließlich mit sich in den Raum, in dem sie sich schminken und umziehen würde.

»In ein, zwei Stunden werden alle betrunken sein«, prophezeite sie, während sie ihre Haare energisch durchkämmte und zu einem Pferdeschwanz band. »Ist immer so. Kein Stil, keine Klasse. Aber wenn ich erst mal in Lima bin …! Wie lange bleibt ihr denn?«

»Mal sehen«, erwiderte Malinka ausweichend. »Erst mal müssen wir nach Chavín.«

»Chavín ist hübsch. Dahin hatten wir unsere Abschlussfahrt. Na ja, ein paar Steine, die unterirdischen Gänge sind aber eine tolle Sache. Ich bin in einem dieser Gänge geküsst worden, von einem Jungen, der damals total verrückt nach mir war.« Sie kicherte und griff zur Wimperntusche. »Also, wenn du da morgen mit deinem Freund hinfährst …«

»Das ist nicht mein Freund«, sagte Malinka mechanisch.

»Nicht? Ach, Kindchen, im Ernst? Soll ich dir ein paar Tricks verraten, wie du ihn kriegst?«

»Danke, nein. Wir …«

»Aha, du hast es also faustdick hinter den Ohren, ich seh schon. Richtig so. Lass ihn leiden. Eines Tages wird er angekrochen kommen.«

»Wir sind nur …«

»Je mehr Zeit man sich als Frau lässt, desto besser wird es am Ende, glaub mir«, fuhr Ermelinda ungerührt fort. »Weißt du was? Wenn du willst, kannst du heute Abend mit Stalin flirten. Er ist ein hübscher Kerl, hast du ja gesehen, und du gefällst ihm, das merk ich. Was glaubst du, wie eifersüchtig dein Schatz sein wird.«

Sie zog sich mit rotem Lippenstift die Lippen nach, und Malinka nutzte die entstehende Pause, um klarzustellen: »Ich will aber gar nicht …«

»Ach, das ist absolut legitim, eine Waffe der Weiblichkeit«, fiel ihr Ermelinda ins Wort und lächelte ihrem Spiegelbild zu. »Ein bisschen Make-up? Du würdest umwerfend aussehen.«

»Danke, nein.«

»In Ordnung, du bist der natürliche Typ. Das ist auch reizend, keine Sorge. Lässt du mich kurz allein, mein Herz? Ich brauche etwas Ruhe vor meinen Auftritten.«

Erleichtert floh Malinka nach draußen. Es dämmerte bereits. Sie fühlte sich ein wenig wackelig, was an der Höhe liegen musste.

Stalin kam zu ihr herüber und bot ihr eine Flasche Bier an. Sie lehnte dankend ab, weil sie eher Hunger hatte, woraufhin er es sich nicht nehmen ließ, sie auf eine Portion *anticuchos* einzuladen, gegrillte Rinderherzen am Spieß.

»Dein Freund hat *soroche*«, bemerkte Stalin mit vollem Mund, während sie auf einer schmalen Holzbank Platz nahmen.

Malinka tunkte ihren *anticucho* in die scharfe Ají-Sauce. »Schon wieder? Wo ist er denn?« Sie überlegte kurz und beschloss, für dieses eine Mal nicht klarzustellen, dass Matteo nicht ihr Freund war.

»Irgendwo hier auf der Plaza.« Stalin sah sich nicht wirklich überzeugend um. »Wirst ihn schon finden, hier sind ja kaum *gringos*. Oder willst du mir noch ein bisschen Gesellschaft leisten, damit ich vor dem Auftritt nicht so nervös bin?«

»Trink noch ein Bier«, konterte Malinka. »Machen wir in Deutschland auch so.«

Sie kam um weitere Ausführungen herum, weil Erwin auftauchte und Stalin energisch auf die Bühne winkte. Es war Zeit, mit der Probe zu beginnen.

»Hast du also den nächsten Verehrer aufgerissen«, sagte Matteo neben ihr.

»Wo kommst du denn her? Stalin sagt, du hast *soroche.*«

»Hm«, machte er bloß. Ein kurzer Blick genügte Malinka, um festzustellen, dass Stalin richtig gelegen hatte: Matteo war kreideweiß und sah aus, als könnte er auf der Stelle umfallen und schlafen.

»Geht's? Oder fühlst du dich wie letztes Mal in Cajamarca? Ich meine … an dem Abend?«

»Tja, diesmal haben wir uns ja nicht gefetzt.«

»Werden wir hoffentlich auch nicht tun.«

»Ich glaube, es ist wirklich nur *soroche.* Ich hab Kopfweh und mir ist schlecht, aber es ist auch nicht so schlimm. Was sagt das schlaue Buch über kulturelle Veranstaltungen im Hochland? Müssen wir jetzt länger mit den Cumbia-Herzbuben herumtouren? Die nerven mich. Haben mir in zehn Minuten bestimmt zwanzig strategische Vorschläge gemacht, wie ich dich ins Bett bekomme.«

»Schön. Auch Ermelinda hat mir Tricks verraten, wie du garantiert eifersüchtig wirst.«

»Wunderbar. Dann wissen wir ja jetzt beide Bescheid.«

Malinka holte das Buch aus der Umhängetasche und blätterte darin. Das Lesen war in der einsetzenden Dämmerung nicht ganz einfach. Sie blätterte zu den Seiten, auf denen sie am Anfang Chavín-Bilder entdeckt hatte. Neben den verwirrenden, ineinandergreifenden Gesichtern mit Reißzähnen und Schlangengürteln fand sich eine Seite mit fein säuberlicher, geschwungener Handschrift in roter Tinte, ganz anders als die Handschrift, die sie damals auf die Spuren von Garcilaso de la Vega geführt hatte. Es war eine Seite, über der Malinka vor ihrer Abreise stundenlang gebrütet hatte, weil sie unbedingt hatte wissen wollen, was dort über die Chavín-Gravuren stand. Aber die gekringelten Buchstaben hatten sich geweigert, ihr Geheimnis preiszugeben.

Jetzt, plötzlich, hatte Malinka wieder dieses Erlebnis: Die Schrift wurde unter ihren Augen klar. Sie musste das Buch in den matten Lichtkegel der Laterne neben ihnen halten, um besser sehen zu können, aber sie konnte nun lesen, was dort geschrieben stand – wenn auch nur langsam und Wort für Wort.

Ay, que tú eres mi sangre querida
Eres la luz de mis ojos
Lindo remedio de mi alma herida
Y objeto de mis antojos.

Sangre mía, ya no te he de ver,
sólo soy paloma que quiero ser falcón.
Sangre mía, no te he de tener.
Y se muere mi corazón.

Canta, librito, que guardas mis penas
Canta cual espejito
Canta, librito, que guardas mis penas
Y yo a ti te guardaré.

Isabel Goyeneche

Ay, du bist mein geliebtes Blut,
du bist das Licht meiner Augen,
Medizin meiner verletzten Seele,
Ziel meiner Gelüste.

Mein Blut, ich soll dich nicht wiedersehen.
Ich bin nur eine Taube und wäre gern Falke.
Mein Blut, ich soll dich nicht wieder haben
und mein Herz stirbt.

Sing, kleines Buch, das du meine Schmerzen bewahrst;
sing wie ein Spiegel.
Sing, kleines Buch, das du meine Schmerzen bewahrst,
und ich werde dich bewahren.

Isabel Goyeneche

»Was ist das?«, fragte Matteo, der Malinka über die Schulter sah. »Ein Gedicht?«

»Scheint so«, sagte Malinka. »Nur den Sinn verstehe ich nicht ganz. Mein geliebtes Blut? Das klingt, als würde eine Mutter ihr Kind besingen. Aber der Rest des Textes klingt nicht danach.«

»Isabel Goyeneche. Wer ist das?«

»Ich habe nicht die geringste Ahnung.«

In diesem Moment fiel buntes Licht auf sie, und sie schauten auf. Ermelinda und ihre Gruppe standen einsatzbereit auf der Bühne; und nach ein paar Minuten, in denen nur die farbigen Lichteffekte geprobt wurden, legten sie los.

Malinka mochte Cumbia. Sie klopfte ab und zu mit dem Fuß den Takt mit und beugte sich zu Matteo, um ihm mitzuteilen, wenn die Coverversion eines besonders bekannten Liedes gesungen wurde – was Matteo geduldig, aber achselzuckend zur Kenntnis nahm.

Das Programm zog sich über eine Stunde hin, und Malinka fühlte, wie Kälte und Müdigkeit ihr zu schaffen machten. Fast wäre sie trotz der Musik weggenickt. Aber ein Thema, das Ermelinda und ihre Herzensbrecher auf der Bühne spielten, ließ sie jäh wieder hochschrecken.

»*Ay, que tú eres mi sangre querida* ...«, sang Ermelinda.

Malinka fuhr zusammen, es durchzuckte sie wie ein Stromschlag.

»*Eres la luz de mis ojos* ...«

Sie stieß Matteo an. »Ich glaub, das ist der Text!«

»Was für ein Text?«

»Hör mal genau hin!«, zischte sie. Sie zog das Buch hervor, schlug es an der entsprechenden Stelle auf und fuhr mit ihrem Finger über die Zeilen. Kein Zweifel: Ermelinda und die *Rompecorazones de la Cumbia* sangen Isabel Goyeneches Lied.

***

»Was war das für ein Lied – *Ay que tú eres mi sangre querida*?«, fragte Malinka ein paar Stunden später, als sie mit dem orangefarbenen Bus

Richtung Huaraz fuhren. Hinter ihnen lagen ein ausgiebiges Konzert und fast anderthalb Stunden Bühnenabbau. Matteo hatte sich an einer Kirchenwand übergeben und hing jetzt mehr oder weniger unbeteiligt in seinem Sitz. Malinka hingegen fühlte sich zwar erschöpft, aber nur zu bereit, herauszufinden, was es mit Ermelindas Lied auf sich hatte.

»Ach, das!« Ermelinda lächelte. »Das habe ich aus der Bibliothek von Huaraz. Das ist uralt. Eine fahrende Dichterin hat das geschrieben.«

»So etwas gab es in Peru?«

»Isabel Goyeneche. Sie kam aus Lima, reiste aber durchs Land. Dabei kam sie auch durch den Callejón de Huaylas. So hat man mir's zumindest zu Schulzeiten erzählt. Diese *Balada de la Sangre Querida* ist ein Gedicht, das haben wir damals in der vierten oder fünften Klasse lernen müssen.« Ermelinda zuckte verächtlich mit den Schultern. »Warum fragst du?«

»Ach, ich find das Lied toll«, sagte Malinka eilig. »Wie bist du denn darauf gekommen, aus dem Gedicht eine Cumbia zu machen?«

Ermelinda zog die Stirn kraus. »Damals hat sich noch Franklin um die Musik gekümmert. Wir hatten eine Melodie, aber keinen Text. Da hab ich dieses alte Teil gelesen und fand es witzig. Aber es war Franklins Idee, daran zu basteln, bis wir eine brauchbare Cumbia bekommen.«

»Von wann ist dieser Text denn?«

»Der ist uralt, wie gesagt. Zwei-, dreihundert Jahre?«

»Und was weiß man über Isabel Goyeneche?«

»Was weiß ich.« Ermelinda runzelte die Stirn. »Sie ist weitergereist, irgendwann. Richtung Süden. Aber an den Rest erinnere ich mich nicht mehr. Meine Güte, Mädchen! Das ist doch alles Schnee von gestern. Heute wird gefeiert!«

***

Sie durften auf einer breiten Matratze in Ermelindas Haus übernachten. Franklin brachte jedem von ihnen eine Decke, und Malinka kuschelte sich ein. Obwohl sie zu Tode erschöpft war und sich sowohl die Reise als auch die Höhe bemerkbar machten, grübelte sie weiter über Isabel Goyeneche und Ermelinda, bis sie einschlief.

Als sie am nächsten Morgen aufwachte, wusste sie auf einmal, was sie mit dem Lied verband.

Sie blieb eine Weile ruhig liegen, bis Matteo sich neben ihr regte.

»Weißt du noch, was uns der Buchhändler in Lima erzählt hat?«, fragte sie, ohne ihn anzuschauen.

»Hm«, murmelte Matteo verschlafen.

»Die Geschichte vom Spiegelbuch«, sagte sie. »Die Romeo-und-Julia-Story. Erinnerst du dich?«

Einen Augenblick lang herrschte Stille. Dann sagte Matteo: »Ja. Klar. Isabel und Yawar.«

»Fällt dir was auf?«

»Was meinst du?«

»Isabel.«

Matteo blieb kurz ruhig, und sie konnte förmlich spüren, wie er nachdachte. »Meinst du, das ist die Isabel von dem Lied?«

»Das würde passen, oder? Es geht um über ein kleines Buch, das singen soll wie ein Spiegel.«

»Das kann auch mal Zufall sein.«

»Kann es, muss es aber nicht. Mir ist etwas eingefallen. Du hast dich auch an *seinen* Namen erinnert, nicht? Isabel und …?«

»Yawar, oder?«

»Genau. Und worum geht es in dem Lied immer und immer wieder?«

»Liebe.«

»Das meine ich nicht.«

»Blut.«

»Genau.«

Schweigen.

»Ja, und?«, fragte Matteo schließlich.

Malinka atmete durch. »Yawar heißt Blut.«

Matteo schlug sich mit der flachen Hand vor die Stirn. »Aber dann bekommt das Lied eine völlig neue Bedeutung!« Malinka nickte, und er suchte ihren Blick. »Du glaubst also, dass das die gleiche Person ist?«

»Es würde passen, oder? Sie ist in der Kolonialzeit Richtung Süden gereist. Sie spricht in dem Gedicht indirekt vom Spiegelbuch. Und dann erwähnt sie auch noch Yawar. Das könnte sie schon sein. Und wenn wir mehr über diese Isabel Goyeneche herausfinden, dann kommen wir dem Ziel vielleicht auch ein Stück näher. Vielleicht ist es ihre Geschichte, um die es geht.«

»Und was ist mit Chavín?«

»Da sollten wir auch hin, unbedingt.«

Sie trafen Ermelinda in der Küche, in Begleitung ihres Hausmädchens. Sie winkte ihnen lächelnd zu. »Clarita macht euch gleich einen Tee. Gut geschlafen? Und was macht ihr als Nächstes?«

»Wir fahren nach Chavín«, sagte Malinka.

»Ah, ja.« Ermelinda nickte geistesabwesend, während Clarita ihnen zwei Tassen mit *mate de coca* reichte. »Stellt euch vor: Ich habe einen Anruf bekommen. Heute Abend geht's nach Lima.«

»Na, das ist ja toll!« Malinka zögerte kurz, da Ermelinda nicht besonders enthusiastisch geklungen hatte. »Oder?«

Die Sängerin spitzte verächtlich die Lippen und umfasste ihre Tasse mit beiden Händen. »Ich brauche eine Batterie neuer Lieder. Sie lassen mich zusammen mit Giselita de Monsefú, mit Grupo 14 und Torbellina Espinoza auftreten. Da muss ich mir etwas Gutes einfallen lassen.«

»Hast du nicht noch mehr Gedichte von Isabel Goyeneche?«

Ermelinda stieß die Luft aus. »Nein, das wäre mir zu eintönig. Ich brauche neue Lieder, frische Sachen. Franklin schreibt mir ein paar gute Melodien, aber ich will ja auch irgendwas dazu singen. Nun, ich hab noch zwei Tage Zeit.« Sie stellte ihre leere Tasse mit einem vernehmlichen Knall auf den Tisch. »Ihr könnt die Dusche benutzen, wenn ihr wollt. Und heute könnt ihr von mir aus auch noch mal hier schlafen, aber morgen solltet ihr dann verschwinden, meine Süßen. Ich bin ja dann auch weg.«

»Kannst du uns noch schnell sagen, wie wir zum Busbahnhof –«, begann Malinka, doch Ermelinda schien schon gar nicht mehr zuzuhören. Mit betont schwingenden Hüften verließ sie den Raum.

Draußen trafen Malinka und Matteo immerhin Franklin, der vor sich hin pfiff.

»Heute wird ein harter Tag, Ermelinda braucht neue Lieder«, erklärte er und gab ihnen dann eine knappe Wegbeschreibung zum Busbahnhof.

***

Während der Fahrt nach Chavín blätterte Matteo im Spiegelbuch. »Da war auch was mit Chavín drin, oder?«

Malinka nickte und stoppte sein Blättern, als er die richtige Seite gefunden hatte.

»Okay. Was ist daran Besonderes?«

Sie fuhr mit dem Finger über die Linien. »Hier haben wir ein Gesicht mit zwei Reißzähnen, das uns frontal anschaut, oder?«

»Ich seh's.«

»Aber es könnten auch zwei Gesichter im Profil sein, die sich anschauen.«

»Hm.«

»Siehst du sie?«

»Ja, schon … kann man so sehen. Aber ist das denn sicher?«

»Pass auf.« Malinka nahm ihm das Buch aus der Hand und drehte es um. »Noch ein Gesicht«, sagte sie. »Wenn man es auf den Kopf stellt.«

Matteo schien nicht sehr überzeugt.

»Es gibt Forschung dazu.«

»Aha. Und sonst? Was ist so toll an Chavín?«

»Chavín hatte eine Zeit lang sehr viel Einfluss und Bedeutung. Julio C. Tello, der Vater der peruanischen Archäologie, glaubte, es sei der Ursprungsort der peruanischen Kultur. Beziehungsweise glaubte er, dass Chavín seinen Ursprung im Amazonasgebiet hatte.«

»Wegen der Jaguare.«

»Ja. Aber natürlich gibt es noch andere Theorien. Auf jeden Fall waren die Leute von Chavín sehr gut darin, Stein zu bearbeiten.«

»Und? Irgendwas mit schwarzen Federn? Steinerne Kondore oder so? Wegen irgendwas muss der Papagei uns doch hierhergeschickt haben. In einem Flugzeug, das es nicht gibt.«

»Hör auf.« Malinka spürte, wie ihr ein Schauer über den Rücken lief.

»Was jetzt?«, fragte Matteo trocken. »Dass hier alles drunter und drüber geht, wissen wir beide. Wir haben eine koloniale Telenovela, deren Hauptdarstellerin zur Schlagertexterin mutiert ist. Wir haben schwarze Federn allerorten und fahren nur im Kreis. Zumindest kommt es mir so vor.«

Malinka nickte müde. In der Tat schien alles noch nicht ganz zusammenzupassen.

Der Bus fuhr weiter durch die bergige Landschaft. Matteo seufzte und begann, in dem Quechua-Wörterbuch zu blättern, das er in Lima gekauft hatte. Es gab weder Musik noch wurde ein Film gezeigt, was Malinka nicht eben unrecht war, aber dennoch: Die Fahrt zog sich elend lang hin.

***

In Chavín de Huántar gab es keinen Busbahnhof. Der Busfahrer ließ Malinka und Matteo an der Durchfahrtsstraße aussteigen, und von dort aus machten sie sich auf den Weg ins Dorf; eine verschlafene Ortschaft mit flachen Häusern und Straßen aus Lehm. Kein Schild, das auf die Ruinen hingewiesen hätte. Malinka musste in einem verwaist aussehenden Souvenirladen nachfragen, dessen Besitzerin wortlos in eine Richtung wies. Die Ruinen lagen etwas außerhalb.

Sie hatten fast geglaubt, im Nichts anzukommen, aber am Eingang zur Anlage befand sich ein Kassenhäuschen wie ein letzter Außenposten des Kulturinstituts. Sie kauften ihre Eintrittskarten und betraten das Gelände.

Chavín war nicht monumental. Sicher, es gab den großen, abgesenkten Platz, und sie sahen die Überreste des Haupttempels, den die Spanier wegen seiner trutzigen Fassade *castillo*, Burg, genannt hatten. Unter dem wolkenverhangenen Himmel verbreitete der Ort eine schwermütige, fast mystische Stimmung, nur getrübt von den Souvenirständen am Ausgang, wo bunte Umhängetaschen und Keramikflöten verkauft wurden. Im spärlichen Grün weideten ein paar Lamas und beäugten die Besucher unbeeindruckt.

»Und *das* hier?«, fragte Matteo und zeigte auf ein paar Steinstufen, die nach unten führten. »Kann man da runter?«

»Sieht so aus«, sagte Malinka. Sie erinnerte sich dunkel, dass sie etwas von den unterirdischen Galerien von Chavín gelesen hatte; diese Gänge, die unterhalb des *castillos* wie ein Labyrinth verliefen, waren das Charakteristischste an dieser Stätte.

Vorsichtig stiegen Matteo und Malinka hinab in das Halbdunkel. Die Gänge erinnerten Malinka an die Katakomben von Rom, schmal und hoch, graue Steinwände aus perfekt ineinanderpassenden Quadern. Schritt um Schritt drangen sie in die Schattenwelt vor.

»Man glaubt ja, dass Chavín eine Pilgerstätte war«, sagte Malinka schließlich. »Und dass die Pilger hier unten irgendwelche Halluzinogene nahmen und dann sonst was sahen.«

Am Ende der Galerie öffnete sich ein enger Spalt zu einem Raum. Betreten konnten sie ihn nicht, aber sie sahen eine schmale Steinstatue darin stehen, fahl beleuchtet, hoch aufragend und mit Flachreliefs versehen.

Malinka versuchte, sich an den Namen dieser Statue zu erinnern. Sie musste ihn gelesen haben, sie hatte genug über Chavín gelesen, und von irgendwoher drängte sich ihr der Name *lächelnder Gott* auf; tatsächlich entdeckte sie nach oben gebogene Mundwinkel und geschwungene Reißzähne auf dem Stein.

Aber ehe sie weiter überlegen konnte, flirrte die Luft, und der lächelnde Gott wandte sich ihnen zu. »Willkommen, meine Kinder!«

Seine Stimme brachte die Steine zum Vibrieren, als er sprach. Malinka schnappte nach Luft und taumelte zurück, dabei stieß sie gegen Matteo, der wie festgewachsen hinter ihr stand und nach ihrem Arm griff. Sie starrte auf die Statue und hatte das Gefühl, dass der Sauerstoff um sie herum verbraucht war, dass überall nur noch diese Stimme war, dass sie sie hören, spüren, atmen, sehen konnte. Ihr brach der Schweiß aus.

»Ihr habt einen langen Weg hinter euch«, sagte der lächelnde Gott.

Ich sterbe, dachte Malinka. *Das ist zu viel.*

Matteos Finger krallten sich in ihren Oberarm. Sie wollte dem Gott antworten, wollte fragen, wer er sei, was er ihnen sagen könne, aber nur ein heiseres Krächzen kam aus ihrem trockenen Mund.

»Es ist gut, dass ihr mich gefunden habt«, fuhr der lächelnde Gott fort. »Es ist gut, dass ihr die Zeichen zu deuten wusstet. Die nächste Wahrheit liegt in den Stäben. Der Gott mit den Stäben. Ihn müsst ihr suchen, auf den Spuren der Verlorenen Geschichte von Yawar und Isabel.«

Dann war plötzlich alles still, nur das Blut rauschte in Malinkas Ohren, und ihr wurde schwarz vor Augen.

***

Als sie wieder zu sich kam, lag sie auf dem traurig trockenen Gras, und Matteo saß neben ihr an einen Stein gelehnt, aschfahl im Gesicht.

»Hast du es auch gehört?«, fragte sie matt.

Er nickte nur.

Malinka atmete tief ein und setzte sich auf. Die Bewegung brachte noch immer ein wenig Schwindelgefühl mit sich.

»Was mir den Kopf zerbricht«, sagte Matteo gedehnt, »ich weiß nicht, auf welcher Sprache *es* mit uns gesprochen hat. Du?«

Malinka dachte nach. Sie konnte sich klar an den Inhalt der Worte erinnern, aber nicht an die Sprache. Spanisch? Quechua? Oder sogar Deutsch? Sie spürte, wie ihr erneut der Schweiß ausbrach, und wischte sich müde über die Stirn.

»Auf jeden Fall«, fuhr Matteo fort und tippte mit dem Finger auf den Umschlag ihres Reiseführers, »heißt das Ding *lanzón,* und der Gott mit den Stäben ist diese Stele.«

»*Estela Raimondi.*«

»Ich sehe, du kommst zu dir. Wo steht die?«

»Am Eingang war eine Replik. Aber das Original ist in Lima.« Malinka atmete tief ein. »Aber vielleicht meint er das auch nicht. Die Stabgottheit wurde später noch in anderen Kulturen wichtig. Wari im zentralen Hochland, bei Ayacucho. Oder Tiwanaku, in Bolivien.«

»Mit anderen Worten: Wir sind so schlau wie vorher.«

Sie zuckte mit den Schultern.

»Und jetzt?«

»Ich gehe da nicht noch mal rein«, sagte sie entschieden.

Matteo grinste schief. »Und ich bugsier dich nicht noch mal raus.«

»Dann wäre das ja geklärt.«

Für einen Moment schwiegen sie. Schließlich stand Malinka vorsichtig auf. »Vielleicht kann uns jemand was über die Stele erzählen.«

An einem der Souvenirstände saß ein alter Mann mit einem kurzen weißen Bart, dicken weißen Augenbrauen und einer dunkelblauen Pudelmütze. Er sah eigentlich eher aus wie ein verirrter Nordseefischer mit Latinoteint, fand Malinka. Als sie näher kamen, sah er von seinem Buch auf und lächelte. »*Amigos.* Wie gefällt euch Chavín?«

»Es ist schön, sehr beeindruckend«, antwortete Malinka und spürte, wie ihre Stimme wieder an Kraft gewann. »Wissen Sie etwas über die Raimondi-Stele? Die interessiert mich besonders.«

Der alte Mann musterte sie interessiert. »Archäologin, hm?«

Malinka nickte, und das Grinsen des Mannes wurde breiter.

»Das hier ist natürlich nicht das Original«, sagte er. »Denn das steht im Museo Nacional de Antropología y Arqueología in Lima. Warst du dort noch nicht? Das würde mich überraschen.«

»Na ja, wir hatten keine Zeit, das Museum zu besuchen …«

Der Mann verdrehte die Augen, kramte dann in einem Stapel aus bunten Prospekten und reichte ihr eines. »Schade, denn dann werdet ihr das hier verpassen. Es gibt gerade eine große Themenausstellung über Chavín dort, aber nur noch bis morgen. Damit feiern sie, dass die Stele auf Tournee geht.«

»Auf Tournee?«, fragte Malinka verständnislos und nahm das Prospekt entgegen.

Er nickte. »Die Ausstellung geht auf Reisen quer durch Asien und Europa. Und das Museum wird wegen Renovierung geschlossen.« Er zwinkerte Malinka zu. »Wenn euch das Thema interessiert, solltet ihr euch also beeilen.«

***

Auf der Rückfahrt fühlten sie sich beide erschöpft. Matteo schien eingeschlafen zu sein. Malinka lehnte sich in ihrem Sitz zurück. Lima also, zurück zum Ausgangspunkt. Warum? War ihre Suche schon beendet? Aber dafür waren noch zu viele Fragen offen. Sie hatte das Gefühl, vor den bunten Teilen eines erst halb vollständigen Puzzles zu sitzen: Alles schien miteinander verbunden zu sein und passte doch nicht zusammen. Sie summte vor sich hin und fragte sich dann, was das für eine Melodie war, die ihr seit dem Morgen im Kopf herumging. Dann fiel es ihr ein: Es war die Tonfolge, die Franklin geträllert hatte, bevor sie ihn nach dem Weg zum Busbahnhof gefragt hatten.

Gedankenverloren zog sie ihr Notizbuch heraus. Die Geschichte über den Jaguar und den Delfin würde sie irgendwann noch fertig schreiben, aber jetzt wanderten ihr Worte im Kopf herum, folgten der Melodie wie einem geschwungenen Pfad und ließen sich nieder, wo es ihnen gefiel. Sorgfältig schrieb sie sie auf. Sie spürte ihr eigenes Lächeln, die Worte kamen zurück zu ihr. Malinka fühlte sich gut.

Als der Bus in Huaraz einfuhr, klappte sie das Buch zu. Jetzt erst bemerkte sie Matteos Blick. Er beobachtete sie schon eine Weile, mit einem stillen, kaum wahrnehmbaren Lächeln im Gesicht, und sagte erst einmal nichts.

Peinlich berührt ließ sie das Buch zurück in ihre Tasche gleiten.

»Wollen wir gleich ein Ticket nach Lima kaufen?«, fragte Matteo schließlich.

Sie atmete unmerklich auf und nickte.

***

»Lima, heute? Alles voll, tut mir leid.« Der Mann hinter dem Schalter trommelte mit seinem Kugelschreiber auf die Tischplatte. »Fragt mal bei Expreso Sánchez.«

»Da waren wir schon«, sagte Malinka erschöpft. »Da gibt's auch nichts.«

»Tja, dann kann ich euch erst wieder etwas für morgen um sechzehn Uhr anbieten, das ist *servicio económico*.«

»Danke, wir überlegen es uns«, sagte Matteo und wandte sich zum Gehen.

»Und jetzt?«, fragte Malinka. »Wenn wir erst morgen fahren, ist es zu spät. Dann kommen wir nicht mehr in die Ausstellung.«

»Wir könnten mit Ermelinda fahren«, sagte er gedehnt.

Malinka starrte ihn an. »Natürlich, du hast recht! Hoffentlich ist sie noch nicht weg!«

Ohne ein weiteres Wort sprang Matteo vor und hielt das Taxi an, das gerade um die Ecke bog und mit quietschenden Bremsen zum Stehen kam. Der Fahrer kurbelte das Fenster hinunter und schien nicht ganz sicher, ob er fluchen oder nach ihrem Ziel fragen sollte.

»Calle Yungay, zweite *cuadra*!«, schleuderte Malinka ihm entgegen.

»Drei Soles«, antwortete der Fahrer verwirrt.

»Einverstanden!«

Sie sprangen in das Taxi, ohne weiter den Preis zu verhandeln, wie es üblich gewesen wäre. Malinka sah nervös auf die Uhr. Ermelinda hatte ihnen keine Zeit gesagt, aber sie konnte sich nicht vorstellen, dass die Cumbiaprinzessin allzu spät Richtung Hauptstadt aufbrechen wollte.

Als das Taxi vor Ermelindas Haus hielt, sahen sie den Bus bereitstehen. Franklin und Stalin verschnürten gerade etwas auf dem Dach, und Ermelinda stand neben Clarita und erteilte ihr Anweisungen.

»Ermelinda!« Malinka sprintete los. »Fährst du jetzt? Kannst du uns mitnehmen? Wir müssen dringend nach Lima!«

»Euch mitnehmen?« Ermelindas Blick war entgeistert. »Schätzchen, jetzt ist aber mal gut! Wir fahren direkt ins Studio. Wie sieht das denn aus, wenn ich da mit zwei Touristen ankomme? Lass gut sein. Nehmt einen regulären Bus, das …«

»Wir müssen aber heute fahren, und es gibt keine Tickets mehr, nirgends! Wir haben überall gefragt«, unterbrach Malinka sie. »Es ist sehr wichtig. Wir können dir das natürlich bezahlen, aber …«

»Meine Süße, darum geht es hier nicht. Es war sehr schön, euch kennenzulernen, aber ich kann euch nicht durchs Land kutschieren, wie sähe das denn aus? Nein.« Ermelinda wirbelte ihre Handtasche herum, drückte Clarita einen flüchtigen Kuss auf die Wange und drehte sich zum Bus. Malinka stand wie angewurzelt da und spürte Matteos perplexen Blick im Rücken. Nie im Leben hätte sie damit gerechnet, dass Ermelinda ihre Bitte rundweg ablehnte.

Erwin näherte sich von links. »Tja, *ni modo,* aber ist ja nicht so tragisch«, sagte er gutmütig.

»Ihr müsst uns mitnehmen!«, protestierte Malinka.

Ermelinda drehte sich vom Einstieg aus um. »Wir müssen gar nichts, *querida.*«

Malinka holte tief Luft. »Du hast doch gar keine Lieder für Lima!«

Plötzlich war es still.

Die Gespräche der Gruppenmitglieder ebbten jäh ab. Alle Blicke waren auf sie gerichtet. Claritas Augen waren groß und rund geworden. Malinka fühlte sich, als hätte sie ein Tabu gebrochen. Ermelinda zog die Brauen hoch und musterte Malinka kalt.

»Wir sind am Arbeiten«, sagte sie schließlich.

»Du hast keine Texte«, antwortete Malinka. Ihr Herz klopfte. Sie musste alles auf eine Karte setzen, und sie hatte keine Ahnung, ob es funktionieren würde. »*Ich* kann dir welche schreiben.«

Ermelinda lachte. »Du, Herzchen? Der war gut. Als ob du etwas von Cumbia verstehst. Lass gut sein.« Sie machte eine abwinkende Handbewegung und verschwand im Inneren des Busses.

Erwin nickte ihnen achselzuckend zu, Stalin kletterte bereits auf den Fahrersitz, und Malinka wurde klar, dass der Bus in den nächsten dreißig Sekunden den Motor starten würde, wenn sie nicht etwas unternahm.

Sie holte tief Luft.

Und begann zu singen.

»*Yanaphuru, sumaq kuntur, ¿dónde andarás?*

Orqoq churin, yanaphuru, ¿dónde estarás?

Schwarze Feder, schöner Kondor, wo gehst du wohl um?

Sohn der Berge, schwarze Feder, wo magst du sein?«

Es waren die Worte, die ihr im Bus zu Franklins Melodie eingefallen waren. Sie hatte drei Strophen geschrieben. Cumbia auf Quechua und Spanisch. Während sie sang, schloss sie die Augen und schnippte mit den Fingern den Takt. Gut, am wahrscheinlichsten war es, dass sie sich vor allen hier zum Obst machte, aber dennoch …

Als sie fertig war, öffnete sie die Augen wieder.

Ermelinda stand direkt vor ihr. Sie drehte die Riemen ihrer Handtasche nervös in den Händen. Franklin stand schräg hinter Ermelinda und wirkte mindestens so verwirrt wie seine Chefin.

»Woher hast du das?«, fragte Ermelinda.

»Die Melodie ist von Franklin.«

»Ja, aber der Text? Das sollst du dir ausgedacht haben?«

Malinka nickte und hielt dem Blick der Cumbiasängerin stand.

»Quechua«, sagte Ermelinda schließlich. »Das hat sich noch keiner getraut. Hm.«

»Wenn Franklin die Melodien liefert, schreibe ich die Texte«, sagte Malinka fest. »Quechua, Spanisch, was du willst. Texte, wie sie bis jetzt noch keiner hatte.«

In Ermelindas Augen leuchtete etwas auf, nur kurz, dann kehrte ihr Pokerface zurück. »Wie viele?«, fragte sie.

»Ein halbes Dutzend, bis wir in Lima sind«, sagte Malinka mit grimmiger Entschlossenheit.

»Ein Dutzend, wenn ihr mitfahren wollt.«

»Zehn«, erwiderte Malinka und hielt Ermelindas Blick stand. »Damit sie auch gut werden.«

Die Sängerin zögerte, blickte zu Erwin, dann wieder zu Matteo und Malinka und nickte schließlich.

»Zehn«, sagte sie. »Auf Quechua und Spanisch.«

»Deal.« Malinka hielt ihr die Hand hin.

Ermelinda schlug ein. »Erwin«, sagte sie. »Hol die Sachen. Unsere amerikanischen Freunde kommen mit uns.«

Während sie ihre Rucksäcke aus dem Haus holten, stieß Matteo Malinka in die Seite.

»Was ist denn jetzt los? Wie kommst du auf so was?«

»Keine Ahnung«, erwiderte sie achselzuckend. »Wäre dir was Besseres eingefallen?«

»Du kannst Ermelinda bis Lima zehn Cumbias schreiben?«

Malinka seufzte. »Ich hoffe es.«

Peru
um ca. 1767
AREQUIPA

19.

Kacharparj

Abschied

Yawar lag auf seiner Pritsche. Schmerz dröhnte durch seinen Körper, wo Don Elisendo ihn geschlagen und getreten hatte. Doch schlimmer war der Schmerz, der von innen herausstrahlte – die Angst um Isabel, die Scham, seinen Meister enttäuscht und die *apus* verraten zu haben, die Gewissheit, dass alles zerstört und verloren war. Auch seine Mission, sein Versprechen.

Er dachte an Isabel, ihre Sonnenaugen, das Kitzeln ihrer Haare, das Gewicht ihres Kopfes, den sie an seine Schulter lehnte. Fast meinte Yawar, ihre Wärme zu spüren, ihren Duft in der Nase zu haben. Hart stieß er die Luft aus.

Isabel hatte auf das Unmögliche gehofft, und er hatte sich davon mitreißen lassen. Er hatte an *Mamá* und Yanaphuru gedacht, an Sabancayas Strahlen, das nichts einforderte außer Vertrauen und Wahrheit. Doch er hatte sich geirrt. Don Elisendo war kein wohlmeinender *apu.* Ein Mensch und ein *mallku* mochten die Grenzen überschreiten dürfen – ein Indiojunge und ein weißes Stadtmädchen konnten es nicht.

Es pochte an die Tür seiner Kammer; ein seltsames Geräusch, auf das er kein Recht mehr hätte haben dürfen. Vor der Tür stand Jerónimo, das wusste er; Don Elisendo hatte ihm verboten, auch nur ein Wort mit Yawar zu wechseln.

Doch als die Tür aufschwang, war es Pancha, die sich hereinschob, in der Hand einen dampfenden Teller mit Suppe.

Yawar richtete sich mühsam auf und sah ihre Augen groß werden, während sie mit dem Fuß die Tür hinter sich zustieß. »Yawar, mein Junge! Wie hat er dich zugerichtet!«

Er empfand nicht einmal Verwunderung, dass Pancha seinen wahren Namen kannte. Trotz seines müden Protests nahm sie auf der Pritsche Platz und machte deutlich, dass sie nicht gehen würde, bevor er nicht seine Suppe gelöffelt hatte, also nahm Yawar den Teller ergeben entgegen. »Woher weißt du, was passiert ist?«

»Isabel, das arme Herzchen, hat mir erzählt, dass ihr heiraten wollt. Ach, es war ja nur zu klar, dass Don Elisendo das nicht gutheißen wird. Aber dass er so zornig wird? Ich habe die arme *señorita* weinen hören und eins und eins zusammengezählt. Was soll jetzt nur werden?« Pancha seufzte.

Yawar ließ den Löffel sinken. »Was ist mit Isabel?«

»In ihrem Zimmer hat er sie eingeschlossen.« Die Köchin hob nur abwehrend die Hände. »Das arme Mädchen! Bete, mein Junge, dass sie kein Kind von dir unterm Herzen trägt, denn dann wird sie erst richtig unglücklich.«

»Ich hätte das alles nicht zulassen dürfen.« Yawar starrte auf seinen Teller. »Ach, Pancha, was soll ich nur tun?«

Die Köchin strich ihm sacht übers Haar. »Fortgehen, solange du noch kannst«, sagte sie mit belegter Stimme, »das solltest du tun. Don Elisendo ist zornig, so zornig, wie ich ihn noch nie erlebt habe. Wer weiß, was er mit dir anstellt, wenn du nicht verschwindest!«

Nun stellte Yawar doch seinen Teller beiseite. Alles in ihm sträubte sich gegen Panchas Worte, auch wenn er wusste, dass sie recht hatte. »Und Isabel?«

Er sah Wehmut in ihren Augen. »Ich passe auf sie auf, das verspreche ich dir.« Das Offensichtliche sprach Pancha nicht aus: *Bis sie heiratet und nach Lima geht.*

Yawar schluckte schwer und sah auf seine Hände. »Ich kann nicht einfach gehen«, brachte er hervor. *Sie ist meine* yana.

»Jerónimo wird dich vorbeilassen«, sagte Pancha eindringlich. »Wir werden alle dafür sorgen, dass du nach draußen kommst. Nur gehen, Yawarchay, gehen musst du!«

Er konnte ihr nicht in die Augen sehen, auch wenn er ihr insgeheim zustimmte. Vielleicht war es sogar für Don Elisendo die bevorzugte Lösung, wenn Yawar einfach ging und sich vom Erdboden verschlucken ließ. Und letztendlich war dieser Abschied unvermeidbar. Das Spiegelbuch war fertig, es blieb nichts mehr, als auf die Reise zu gehen und in den abgelegenen Winkeln des Landes nach jenen Verborgenen Geschichten zu suchen, die nicht von selbst bereit waren, zu ihm zu kommen. Sie zu finden und ihr Vertrauen zu gewinnen, war seine Aufgabe. So wie es seine Aufgabe war, vor Mismi zu treten und den Fluch zu lösen.

Yawar wusste es.

Er hatte es nicht vergessen.

Und trotzdem konnte er sich nicht dazu durchringen, Panchas Rat so einfach zu folgen.

Jäh hob er den Kopf. »Das Buch!«, sagte er alarmiert.

Die Köchin sah ihn fragend an.

»Ich kann nicht ohne das Spiegelbuch gehen.« Wo war es hingekommen? Isabel musste es haben, sie hatte es schützend an ihre Brust gedrückt, selbst als Don Elisendo sie aus der Werkstatt gezerrt hatte. Bestimmt hatte der Buchbinder es ihr nicht abgenommen. Oder reichte sein Zorn am Ende so weit, dass er ihn an einem so kunstvollen Buch auslassen würde? Yawar konnte kaum noch atmen. Wenn Don Elisendo das Spiegelbuch zerstörte, war wirklich alles verloren – und er, der Yuyaq, zog diese Möglichkeit erst so spät in Betracht.

Panchas Augen hatten sich geweitet. »Was hast du da eben gesagt?«

»Das Buch ist wichtig«, erwiderte Yawar, fragte sich, wie er ihr die Bedeutung so rasch begreiflich machen konnte.

»Du hast es Spiegelbuch genannt.« Panchas Stimme war nur ein Flüstern, doch in diesem Moment begriff Yawar, dass ihre Fassungslosigkeit nicht daher rührte, dass sie die Wichtigkeit des Buchs nicht begriff. Ganz im Gegenteil. »Aber Yawar, das Spiegelbuch … Das ist das Buch der Kondorkinder!«

Yawar fuhr zusammen. »Du weißt von den Kondorkindern?«

»Wer wüsste nicht von ihnen!«, rief die Köchin aus und hob lebhaft die Hände. »Hoch in den Bergen, tief in den Tälern kämpfen sie für unser Recht, für unser Wissen und unsere Würde. Kondorkinder nennen sie sich, so wie die Kinder der Götterboten heißen, denn es sind unsere *apus* und *mallkus,* die ihre Schritte leiten und schützen. Yawarchay, hast du Jerónimos Liedern nicht zugehört? So viele von ihnen sprechen von den Kondorkindern, von ihrem Werk und von unserer Hoffnung!«

Yawar schluckte, doch Pancha wartete gar keine Antwort ab. »Du bist einer von ihnen?«

»Meine Eltern gehörten zu ihnen.« Unwillkürlich straffte er sich und wollte zugleich am liebsten den Kopf einziehen. »Ich … ich sollte der neue Yuyaq werden.«

»Der Yuyaq! Grundgütiger«, stöhnte Pancha auf Spanisch und rang die Hände. »Und das erfahre ich erst jetzt! Warum hast du nie etwas gesagt? Und das Buch …?«

»Das alte Spiegelbuch wurde zerstört.« Er musste den Blick abwenden, hoffte, dass Pancha nicht nachfragen würde, was genau geschehen war. »Es war meine Aufgabe, ein neues zu schaffen, und das habe ich getan.«

Stille senkte sich zwischen sie.

»Ohne das Spiegelbuch kann ich nicht gehen«, setzte Yawar hinzu. »Isabel muss es haben.«

Langsam nickte Pancha. »Ich werde gewiss zu ihr dürfen«, sagte sie leise. »Lass uns sehen, Yawarchay, ob ich es dir bringen kann.«

***

Zäh zogen die Stunden vorüber, und Yawar wusste nicht, worauf er hoffte. Er hätte ungeduldig auf Panchas Rückkehr warten müssen, doch solange sie ihm das Spiegelbuch nicht brachte, hatte er einen Grund, im Haus Goyeneche zu bleiben – in Isabels Nähe. Er fragte sich, wie es ihr ging, ob auch vor ihrer Zimmertür ein Wächter stand, ob Don Elisendo vielleicht gar den Riegel vorgelegt hatte.

Ein ums andere Mal meinte Yawar den Fluch aus den Augenwinkeln zu sehen; den hungrigen grauen Schemen, der in den letzten Wochen stets weiten Abstand gehalten hatte. Aber jetzt war er da, grollte lautlos, dass es in Yawars Seele widerhallte, und wirkte unruhig. Mit einem Mal fragte sich Yawar, ob der Fluch die Schuld an den jüngsten Ereignissen trug, ob er Elisendos Zorn erst heraufbeschworen hatte, ob es am Ende in Wahrheit Mismis Zorn war, der ihn getroffen hatte, weil der Yuyaq seine Bestimmung zu vergessen drohte. Und auch wenn der Fluch vor Isabel bislang stets zurückgewichen war, fürchtete Yawar nun plötzlich um sie. Ein Grund mehr, warum er seine Flucht hätte herbeisehnen müssen. Doch es wollte ihm nicht gelingen, und das fühlte sich an wie vollkommener Verrat – an Mama und an Mismi, an den Kondorkindern, an Isabel und sich selbst.

Eine unruhige Nacht und ein bedrückender Morgen vergingen, bis Pancha zurückkehrte – sie riss die Tür auf, und Yawar schreckte aus schmerzhaftem Dämmern hoch.

Schwer atmend stand die Köchin da, in den Händen ein Leinenbündel, doch es sah nicht nach dem Spiegelbuch aus. »Yawar«, brachte sie mühsam hervor, »es ist ernst. Nimm deine Sachen und geh.«

Yawar blinzelte. »Aber –«

»Sofort!« Sie drückte ihm das Bündel in die Hände. »*Tamales, chuño* und Wasser – mehr konnte ich so rasch nicht entbehren. Nimm deine Sachen, Yawarchay, nun mach schon!«

Die Dringlichkeit ihrer Worte brachte ihn auf die Füße, auch wenn er noch immer nicht verstand. »Das Spiegelbuch –«

»Er lässt mich nicht zu ihr«, unterbrach ihn Pancha, »und es bleibt keine Zeit. Aber durch die Küche bekommen wir dich hinaus! Schnell, Yawar!« Sie rang nach Atem und knetete mit beiden Händen den Stoff ihrer Schürze. »Don Elisendo hat einen Gast empfangen – es ist Don

Justino.« Für einen Moment hielt sie inne, als erwarte sie, dass er auf diesen Namen reagierte.

Yawar zögerte. »Ein Freund von ihm, *jinachu manachu?* Kein Auftraggeber.«

Pancha stieß vernehmlich die Luft aus. »Ein alter Freund, vor allem aber ein Mitglied im *cabildo,* im Stadtrat! Ist dir klar, was das heißt?«

Er konnte nur ratlos den Kopf schütteln.

»Ay, Yawarchay, lebst du denn noch hinter den Bergen?«, rief Pancha. »Er ist einer der Stadtrichter! Ich habe ihr Gespräch gehört, und Don Elisendo hat von dir erzählt.«

Jetzt fuhr Yawar doch zusammen. »Von mir und Isabel?«

»Nicht doch, *sonqollay*, er wird sich hüten, das zu tun, dazu ist ihm sein guter Name zu heilig! Nein. Er hat Don Justino erzählt, dass du ein Verschwörer bist, dass du gemeinsam mit anderen Verschwörern den Vizekönig stürzen willst.«

Die Ungeheuerlichkeit dieser Behauptung verschlug Yawar den Atem. »Was? Aber das stimmt doch überhaupt nicht!«

»Das muss es auch nicht.« Pancha seufzte. »Doch er braucht einen Grund, um dich ans Messer zu liefern. Und Don Justino hat ihm geglaubt, darauf verwette ich meinen Kopf. *Es gibt Mittel und Wege, mein Freund,* habe ich ihn sagen gehört. *Mittel und Wege, die Angelegenheit unauffällig zu bereinigen. Dein Indio wird verschwinden, niemand wird etwas bemerken; kein Skandal, kein Gerede, sei unbesorgt.*«

»Aber ich habe doch nichts getan!«, protestierte Yawar hilflos, während es ihm kalt den Rücken hinunterlief. Als ob der Fluch sich heranpirschte und ihm in den Nacken hauchte. *Rebellenkind,* sagte eine klanglose Stimme in seinem Kopf – würden sie das herausfinden, wenn sie ihn verhörten? Würden sie auf den Namen seines Vaters stoßen, auf die Kondorkinder, auf Lurín und andere? Selbst wenn nicht, so hatte Pancha doch recht: Sein Wort würde gegen das seines Herrn stehen, und es konnte nichts gelten.

»Du musst verschwinden, Yawar!«, riss Pancha ihn aus seinen Gedanken. »Jetzt sofort!«

Er raffte seinen erdfarbenen Poncho unter der Pritsche hervor, versuchte, auch Q'enti zu greifen, doch seine Finger packten daneben. »Isabel«, stammelte er, wollte sich die Zunge dafür abbeißen; *Spiegelbuch* hätte er sagen müssen, an türkisblaues Leder und weiches Papier denken. »Lass mich wenigstens …«

Doch Pancha schüttelte schon den Kopf. »Schlag dir das aus dem Sinn. Wenn Don Elisendo dich noch ein einziges Mal in ihrer Nähe erwischt, dann dreht er dir eigenhändig den Hals um, und ihr womöglich gleich mit. Es bleibt keine Zeit, Yawarchay!«

Ein Räuspern von der Tür her ließ sie beide zusammenfahren; aber es war nur Jerónimos schmale Gestalt, die sich schattengleich hereinschob. »Sie kommen«, raunte er hektisch, »beeilt euch, nun macht schon!«

Panchas Finger schlossen sich kraftvoll um Yawars Arm, und energisch schob sie ihn vorwärts, während er fast über seine Füße stolperte und nur Poncho und Proviantbündel an sich presste. Nur ein kurzer Blick zu Jerónimo, bevor gleißendes Sonnenlicht Yawar verschluckte; keine Zeit für Fragen, für Abschied, für ein Nachdenken darüber, was der Kutscher riskierte, wenn er Yawar so einfach entkommen ließ. An Panchas Seite eilte er die Stufen hinunter, in seinen Ohren rauschte das Blut, vielleicht auch der rasselnde Atem des Fluchs. Yawar wollte Worte für Isabel suchen, eine Botschaft, ein Versprechen; er würde zurückkommen, das Spiegelbuch holen, er würde, er musste, er wollte … Aber alles verschwamm im Dämmerlicht der Küche, das dunkel vor seinen Augen flackerte. Vom Innenhof her hörte er Stimmen, Don Elisendos zuerst, heiser und hart: »Er ist auf dem Dach, *caballeros*. Ich habe ihm dort eine Kammer gegeben.«

»Wir gehen ihn holen, Don Elisendo. Seid unbesorgt.«

Pancha gab ein leises Wimmern vor sich und stieß Yawar zur Dienstbotentür. »Pass auf dich auf, *sonqollay*«, brachte sie hervor. »Mögen die *apus* dich schützen.«

»Danke für alles«, wisperte Yawar zurück. Und dann, bevor er ganz wusste, was er tat, tastete er nach dem Andenkreuz und zog sich das raue Lederband über seinen Kopf.

»Yawar –«

»Gib das Isabel«, sagte er und drückte in Panchas Hände, was ihn so lange vor Mismis Fluch beschützt hatte. »Sie wird es brauchen.« Er wollte noch so vieles sagen, erklären. Isabel sollte wissen, dass das Andenkreuz Schutz und Versprechen war. Doch er bekam keine Worte zu fassen, und jeder Herzschlag bedeutete Zeit, die ihm zwischen den Fingern zerrann.

Schon schob Pancha die Tür auf, ließ Wärme und Sonnenlicht in ihre schattige Küche. »Jetzt lauf, mein Junge – lauf um dein Leben.«

Kein weiteres Wort, keine Umarmung, nur noch der Schritt über die Schwelle. Es blieb keine Zeit, und sie wussten es beide.

Yawar eilte die Straße hinab. Er fühlte sich anders ohne das Andenkreuz. Der Fluch war wieder da, hoffentlich abgelenkt von Isabel. So lange war er nicht mehr als eine Ahnung gewesen, ein Flimmern im Augenwinkel. Jetzt konnte Yawar ihn spüren wie einen langgliedrigen, hechelnden Straßenhund; er ahnte ihn einem grauen Schemen gleich um sich herumstreichen, fühlte ihn an seinen Füßen schnüffeln und grollen.

Das Kopfsteinpflaster war warm unter Yawars Sohlen. Wenn er es zur Brücke schaffte, den Río Chili überquerte und sich in den schattigen Gassen Yanahuaras verlor, hatte er gute Chancen, die Stadt zu verlassen, ein Versteck zu finden und auszuharren, bis die Hetzjagd vorüber war.

Aus dem Häuserschatten stolperte er auf die Brücke, und das Sonnenlicht sprang ihn raubtiergleich an.

»Da ist er! Der Indio von Don Elisendo!«

Yawar drehte sich nicht um, um zu sehen, woher genau diese Stimme kam und wer den Ruf ausgestoßen hatte. Er rannte los, seine Füße hämmerten auf sonnenwarmen Stein, doch ihr Klang verlor sich unter nahendem Hufschlag und dem Pochen so schwerer Stiefel; der Fluch heulte auf, fuhr ihm zwischen die Füße, einen Herzschlag lang echt und struppig und greifbar.

Yawar stürzte schon, als Hände nach ihm griffen, und er stürzte, weil sie ihn weiter zu Fall brachten. Und tief in ihm stürzte er selbst, der kleine Yawar, der Junge von damals, der am Flussufer gespielt hatte. Etwas zerbrach, und der kleine Yawar ließ sich zu Boden fallen, zog die Beine an, barg den Kopf zwischen den Knien. *Vorbei, vorbei,* flüsterte er, seine Kinderstimme füllte alles aus, kühlte das Brennen des heißen Pflastersteins, dämpfte die Stiefelspitze, die in seine Magengrube hämmerte.

»Dreckiger Indio, elender Verräter!«

Wie braunes Flusswasser brandeten die Worte über Yawar; das ferne Flüstern wusch sie fort. *Vorbei, vorbei,* und er schloss die Augen, während weitere Tritte auf ihn einprasselten, und Arequipas Sonne brannte unwirklich heiß auf seiner Haut.

Er würde sie nie wieder sehen.

Peru

im 21. Jahrhundert

20.

Wieder in Lima

Fidels Augen waren von einem ganz hellen, sonnigen Braun, Augen, die Malinka von Anfang an fasziniert hatten. Er lächelte sie an, wenn sie im Literaturzirkel ihre Geschichten vorlas. Sie spürte, dass er die Geschichten mochte, dass er einen Sinn für sie hatte. Dann wurde ihr warm ums Herz, und sie lächelte zurück.

»Du solltest mich in meinem Dorf besuchen«, sagte Fidel eines Tages zu ihr, als sie von Felipe Qorisonqo in Richtung Plaza de Armas gingen. »K'itakachun. Es würde dir gefallen.«

Er schenkte ihr ein weiteres scheues Lächeln, und sie spürte ihr Herz in der Brust trommeln. Von beiläufigen Bemerkungen ihrer Freunde aus dem Literaturzirkel wusste sie, dass Fidel keine Freundin hatte.

»Gerne«, sagte sie und hoffte, dass ihre Stimme nicht allzu brüchig klang. »Ich mag das Colca-Tal.«

»K'itakachun ist nicht einfach nur das Colca-Tal. Es ist eines der oberen Dörfer, wo das Tal noch wild und die apus *nah sind«, sagte Fidel. Sein Handrücken streifte wie beiläufig ihren, und sie zuckte leicht zusammen. »Du weißt ja, was* apus *sind.«*

Sie nickte.

Sie hatten die Ecke erreicht, an der sie sich trennen mussten, an der er immer abbog, um einige Blöcke weiter sein combi *nach Hause zu nehmen. Er hauchte ihr den obligatorischen Abschiedskuss auf die Wange. »Nächste Woche bei Felipe planen wir das genauer, Mali.«*

Ihr Herz wirbelte wie ein Kolibri, während sie langsam die Straße hinunterging. Mit Fidel im dünnen Gras des Hochtals sitzen, auf den Río Colca hinabblicken. Sich an Fidel lehnen und seinen Arm um sich spüren.

Energisch wischte sie das Bild aus ihrem Inneren.

Aber das Wirbeln blieb.

Der Bus rumpelte durch den nächtlichen Callejón. In einigen Stunden würden sie auf die Panamericana stoßen und dann stetig Richtung Süden zurück nach Lima fahren. Es war eine lange Fahrt, die vor ihnen lag, und Malinka fühlte sich matt, aber sie wusste, dass sie ihren Teil der Abmachung erfüllen musste. Franklin reichte ihr einen MP3-Player und ein paar Ohrstöpsel. »Das sind Melodien, die ich habe. Darauf muss es passen.«

Matteo saß neben ihr auf einem Fensterplatz und sah schweigend zu, wie sie mit einem Klemmbrett und einem Stapel Papier auf dem Schoß – beides hatte ihr Stalin eilfertig gereicht – auf ihrem Kugelschreiber kaute. Wieder und wieder ließ sie die Tracks auf Erwins Player ablaufen.

Dann legte sie los.

Zuerst notierte sie den Text für das Lied, das sie Ermelinda vor dem Einsteigen vorgesungen hatte, und auch danach flossen die Worte nur so aus ihr heraus. Ihr Quechua war alles andere als perfekt, und sie war gezwungen, ihre Sätze einfach zu halten.

Behutsam passte sie ihre Ideen dem Verlauf der Melodien an. Sie schrieb klassische Texte über enttäuschte Liebe, über Trennung und Sehnsucht, aber auch über das Heimweh nach den Anden, über die Vorbereitungen zum Fest, und schließlich, als sie richtig in Fahrt kam, wurden ihre Texte kleine, kraftvolle Geschichten. Es ging um den Zorn und die Macht der *apus,* um die Klage der Pachamama und um den Gesang des eiskalten Titicacasees, der ein Opfer forderte. Matteo, der anfangs noch auf ihr Geschriebenes linste, war längst eingeschlafen, und auch die meisten Mitglieder von Ermelindas Orchester waren nicht mehr wach. Ermelinda selbst hatte sich eine Schlafmaske über die Augen gezogen. Den Kopf nach hinten gelehnt lag sie mit offenem Mund da und schnarchte aus Leibeskräften, Malinka hörte es sogar durch die Cumbiarhythmen aus den Ohrstöpseln.

Irgendwo hielten sie, um einen Fahrerwechsel vorzunehmen, und Malinka nutzte gemeinsam mit einigen Bandmitgliedern die Gelegenheit, sich vor dem Bus kurz die Füße zu vertreten und sich im Schutz von Gebüsch und Dunkelheit zu erleichtern.

»Kommst du voran?«, fragte Erwin interessiert, und sie nickte knapp.

Als der Bus weiterfuhr, fehlte ihr nur noch ein Lied. Sie dachte kurz nach, und dann schrieb sie einen langen höhnischen Gesang auf Quechua über eine Frau, die mithilfe der *apus* ihre untreuen Männer verfluchte.

Anschließend nahm sie die Ohrstöpsel ab, schaltete den Player aus und überflog ihre Notizen noch einmal. Bei Tageslicht würde sie alles noch einmal ins Reine schreiben, aber jetzt brauchte sie auch einige Stunden Schlaf. Sie fühlte sich angenehm erschöpft und seltsam berauscht von dem Glücksgefühl, etwas geschrieben zu haben.

Die Fahrtbewegung des Busses wiegte sie rasch in einen tiefen, traumlosen Schlaf.

***

Sie erwachte mit knurrendem Magen. Wahrscheinlich fuhren sie bereits in die ersten Vororte von Lima ein, dem bedeckten Himmel und den bunten Häusertupfen auf den kahlen Hügeln nach zu urteilen.

Malinka rieb sich den Schlaf aus den Augen und begann, ihre Texte in Schönschrift zu kopieren. Die Schmierversionen faltete sie zusammen und steckte sie in ihre Umhängetasche.

»Fertig?«, fragte Matteo leise.

Sie nickte. »Jetzt muss es Ermelinda nur noch gefallen.«

Sie blickten zu der Sängerin, die sich in genau diesem Moment die Schlafmaske vom Gesicht schob, vernehmlich gähnte und sich dann zu ihnen umdrehte. »So, mein Herzchen. Wir sind so gut wie da. Was ist mit der Bezahlung?«

»Alles fertig«, sagte Malinka und reichte ihr die Blätter.

Ermelinda beugte sich murmelnd über Malinkas Notizen. Franklin, der eine Reihe hinter ihr saß, reckte den Hals und schaute ihr über die Schulter.

»Du musst ja die ganze Nacht getextet haben!«, raunte Matteo.

»Es ging wunderbar flüssig«, antwortete sie. »Es war toll.«

Er zuckte mit den Achseln. Obwohl er weitaus länger geschlafen haben musste als sie, wirkte er müde und abgespannt.

Sie sahen zu, wie Franklin mit dem Zeigefinger auf verschiedene Textstellen deutete, Ermelinda etwas zumurmelte, hörten ihn ein paar Takte verschiedener Melodien ansummen. Er und Ermelinda diskutierten leise miteinander.

Als sich die Cumbia-Sängerin zu ihnen umdrehte, war ihr Pokerface vom Vorabend verschwunden. Stattdessen strahlte sie sie so herzlich an, dass Malinka das Gefühl hatte, eine völlig andere Person vor sich zu haben. »Eine großartige Arbeit, mein Schatz. Wisst ihr was? Ihr kommt mit uns ins Hotel, wir kriegen bestimmt noch ein Zimmer für euch, und dann könnt ihr erst einmal duschen und mit uns einen Kaffee trinken. Das braucht ihr jetzt, nicht wahr?«

Matteo straffte sich. »Das ist ganz lieb, Ermelinda, aber du kannst uns ruhig vorher rauslassen. Wir müssen schnell ins *Museo Nacional de Antropología,* und da …«

»Ach was!« Ermelinda wischte seinen Einwand mit einer Handbewegung beiseite, wobei ihr Lächeln noch breiter wurde. Und noch unechter, dachte Malinka. »Das Museum macht so früh noch gar nicht auf. Das bisschen Zeit muss sein, mein Lieber. Tut mir den Gefallen, meine Turteltäubchen, ja? Außerdem können wir hier schlecht irgendwo im Verkehrschaos anhalten und euch rauslassen. Das machen nicht mal *combis.* Nein, ihr müsst schon bis zur Endhaltestelle warten. Seid so lieb, meine Süßen!«

Irgendetwas missfiel Malinka an Ermelindas erneutem Sinneswandel, und an Matteos Blick sah sie, dass es ihm ähnlich ging. Andererseits erschien ihr der Gedanke an eine warme Dusche und eine heiße Tasse

Kaffee mehr als verlockend, und wenn die Sängerin darauf bestand, hatten sie ohnehin keine Wahl.

Noch etwa eine halbe Stunde kämpfte sich der Bus durch das hupende und trötende Karossenchaos von Lima, dann bogen sie in eine ruhigere Seitenstraße und fuhren auf den Hinterhof eines schmucklosen Hochhauses. Als sie ausstiegen, hakte Ermelinda sich strahlend bei Malinka ein und wies Helmut und Stalin mit entschiedener Stimme an, gefälligst das Gepäck ihrer *amerikanischen Freunde* zu tragen.

Die Zimmer des Hotels waren schlicht, aber sauber. Malinka und Matteo bekamen eines im vierten Stock mit eigenem Bad. Malinka ging zuerst duschen und spürte unter dem lauwarmen Wasser ihre Lebensgeister zurückkehren. Es war ein gutes Gefühl, saubere Kleidung anzuziehen.

»Wenn wir schon hier sind, können wir eine Wäscherei suchen«, sagte sie, als sie zurück ins Zimmer kam.

Matteo sah vom Reiseführer auf. »Hm. Ich hoffe mal, wir sind lange genug in Lima, damit die Wäsche auch fertig wird.«

In diesem Moment klopfte es an der Tür, und Stalin steckte schüchtern den Kopf durch den Spalt. »Malinkita? Ermelinda möchte dringend mit dir sprechen, bevor ihr ins Museum geht.«

»Ich komme.«

Sie zögerte kurz, legte die Umhängetasche aufs Bett, schob sie halb unters Kopfkissen und folgte dann Stalin. Ermelindas Zimmer befand sich im zweiten Stock. Sie mussten durch lang gezogene, sauber gebohnerte Gänge, in denen ihre Schritte unnatürlich laut widerhallten.

»Früher war das ein Krankenhaus oder so etwas«, berichtete Stalin; Malinka überraschte das nicht.

Ermelinda saß in einem rosafarbenen Morgenrock auf ihrem Bett und studierte die Texte, als Malinka das Zimmer betrat. Franklin hockte daneben und lächelte ihr zu.

»Setz dich doch, meine Liebe. Das sind phänomenale Texte. Die Show wird ein Bombenerfolg. Wir werden heute noch proben, was das Zeug hält, und Giselita de Monsefú wird sich noch umschauen.«

»Schön«, sagte Malinka. »Freut mich, dass ich euch helfen konnte.«

Ermelinda winkte ihr, sich zu setzen. Zögernd ließ Malinka sich auf dem gegenüberstehenden Bett nieder.

»Wir wären gute Partnerinnen, du und ich«, sagte die Sängerin schließlich. »Mit deinen Texten und meiner Stimme werde ich die größte Sängerin, die Peru je gesehen hat. Da können sie alle einpacken.«

Malinka lachte, bis sie an Ermelindas Gesichtsausdruck sah, dass der Satz keineswegs scherzhaft gemeint war.

»Das ist ein Angebot«, fuhr Ermelinda fort und fixierte Malinka, jetzt wieder ganz Pokerface. »Bleib bei uns und arbeite mit mir. Ich kann dir eine fabelhafte Zukunft bieten. Du wirst mehr verdienen als in Amerika.«

»Lass gut sein, Ermelinda«, sagte Malinka. »Ich glaube nicht, dass ich das machen kann. Ich bin keine professionelle Texterin.«

»Dann bleib wenigstens noch eine Weile«, antwortete Ermelinda. »Ein, zwei Alben. Wenn das richtige Knaller werden, habe ich ausgesorgt für die nächsten Jahre, und meine Jungs hier auch. Bleib drei, vier Wochen bei uns, meine Süße.«

»Ich kann nicht bei euch bleiben, Matteo und ich müssen weiter.« Malinka gab sich Mühe, höflich zu klingen.

»Ach, papperlapapp! Ihr wollt bestimmt Machu Picchu sehen und den Titicacasee. Nun, die sind morgen auch noch da.«

»Wir haben nicht viel Zeit. Matteo … geht es nicht gut.«

Ermelinda und Franklin wechselten einen Blick.

»Ist er … krank?«, fragte die Sängerin gedehnt.

Malinka erinnerte sich an Ermelindas abwertende Worte über *apus* und ähnliches, und so nickte sie. »Wir haben nicht viel Zeit«, wiederholte sie, was ja durchaus der Wahrheit entsprach. »Danke, dass ihr uns nach Lima gefahren habt. Es hat Spaß gemacht, für dich zu texten, aber ich denke, mehr kann ich auch nicht tun.« Sie erhob sich. »Ich muss wieder hoch. Wir wollten los.«

Sie sah, dass Ermelindas Augen sich zu schmalen Schlitzen verengt hatten. Ein seltsam gelbliches Schimmern stand in ihnen.

Nein, das bilde ich mir ein, dachte Malinka.

Als Ermelinda sprach, war ihre Stimme jedoch zuckersüß. »In Ordnung, mein Schatz. Ich verstehe.«

Malinka überlegte, ob sie sich mit dem traditionellen Küsschen verabschieden musste, entschied sich aber dagegen. Sie winkte Ermelinda und Franklin zu, lächelte und wandte sich ab.

»Jammerschade«, hörte sie Ermelinda noch sagen.

***

Matteo hatte sich auf dem Bett ausgestreckt, die Hände hinter dem Kopf gekreuzt. Er war nicht müde, aber er spürte wieder dieses seltsame Gefühl von Mattigkeit. Wenn er allein war und Raum zum Nachdenken hatte, wurde ihm wieder bewusst, dass er sich in seinem eigenen Körper fremd fühlte. Mehr als das: fremd in seinem eigenen Ich. Er kam sich vor wie ein Puzzle, das jemand gewaltsam falsch zusammengesetzt hatte. Das Unbehagen begleitete ihn nun schon so lange, dass er sich fast daran gewöhnt hatte.

Aber dazu kam die Erschöpfung, die zu einem rasenden Schwindelgefühl werden konnte, wenn er sich anstrengte oder mit Malinka stritt. Wenn er sich jetzt darüber aufregte, dass sie noch immer nicht zurück war, würde es vielleicht wieder so schlimm werden.

Warum musste ausgerechnet sie seine Reisebegleitung sein?

Malinka, die Träumerin. Ihr umfassendes Wissen und ihre impulsive Begeisterungsfähigkeit beeindruckten ihn durchaus, aber immer wieder sagte er sich, dass ihm wohler gewesen wäre, würde er diese merkwürdige Reise mit einer vertrauten Person machen.

Er richtete sich auf.

Vertraut und zuverlässig, sagte er sich. Zwei Dinge, die Malinka für ihn jedenfalls nicht war. Wo sie jetzt wieder blieb? Sie mussten los, ins Museum.

Missmutig machte er sich auf den Weg, um sie zu suchen. Mitten im Gang fiel ihm ein, dass er gar nicht wusste, wo Ermelinda und ihre Band untergebracht waren. Er hatte schon beschlossen, an der Rezeption zu fragen, als er auf der Treppe im zweiten Stock Stalin traf.

»Hast du Malinka gesehen?«

»Malinka?« Stalin blieb kurz stehen und machte eine unbestimmte Handbewegung, als würde ihm das beim Nachdenken helfen. »Ja, sie hat sich schon auf den Weg in euer Museum gemacht! Hat sie dir nichts gesagt?«

Matteo stutzte. »Äh, nein.«

Stalin wandte sich bereits achselzuckend zum Gehen, als Matteo instinktiv nachhakte: »Wo ist denn Ermelinda? Ich wollte mich noch mal bei ihr bedanken.«

»Zimmer 213«, rief Stalin über die Schulter zurück und setzte seinen Abstieg in Richtung Erdgeschoss fort.

Matteo klopfte bestimmt gegen die Tür und wartete, bis Ermelinda von innen »*¿Sí?*« rief.

Vorsichtig drückte er die Klinke hinunter und schob sich ins Zimmer. Die Sängerin saß an einem kleinen Tisch und lackierte sich die Fingernägel. »Ach, Matteo, schön, dich zu sehen! Ich dachte, ihr wärt schon im Museum?«

»Ich suche Malinka, ist sie nicht mehr bei dir?«

Ermelinda schüttelte den Kopf. »Nein. Ich dachte, ihr wärt im Museum verabredet gewesen? Ich glaube, sie ist schon gegangen.«

Matteo starrte sie an.

Etwas an ihrem strahlenden Lächeln war so unecht, als stamme es aus einer Zahnpastawerbung. Ein ungutes Gefühl regte sich in ihm. Wenn er noch eine Sekunde länger schwieg, würde die Maske zerbröckeln.

»Gut, danke«, sagte er eilig. »Da muss ich sie falsch verstanden haben. Ich werd dann mal.«

Als er das Zimmer verließ und über die Treppe zurück in den vierten Stock ging, rasten die Gedanken durch seinen Kopf. Malinka schon im Museum? Nein. Das kam ihm ausgeschlossen vor. Erstens passte das nicht zu ihr, einfach ohne Vormeldung zu verschwinden, zweitens –

Er beschleunigte seine Schritte und raste, zwei Stufen auf einmal nehmend, zurück ins Zimmer. Als er atemlos die Tür hinter sich zuschlug, nickte er unwillkürlich.

Malinkas Umhängetasche lag auf ihrem Bett, halb versteckt unter ihrem Kissen.

Sie hätte das Hotel nie ohne ihre Tasche verlassen. War sie vielleicht nur kurz losgegangen, um eine Wäscherei zu suchen?

Er sah auf die Uhr. Nein. Dazu hätte sie niemals so lange gebraucht. Und dann war da noch Ermelindas Lächeln, Stalins Nervosität. Beides sagte ihm, dass hier etwas überhaupt nicht in Ordnung war, dass beide ihn angelogen hatten.

Mit einer Hand stützte er sich an der Wand ab. Ihm war schwindlig. Wo war Malinka? Die Vorstellung, dass Ermelinda und ihre Band ihr etwas angetan haben sollten, war ungeheuerlich – die Sängerin mochte ehrgeizig und opportunistisch sein, aber für eine Kriminelle hielt er sie nicht. Doch das ungute Gefühl wurde immer stärker, und der Schwindel, den er empfand, war noch heftiger als seine Anfälle in Cajamarca und Huaraz.

Matteo zwang sich, tief durchzuatmen. Er musste jetzt handeln.

Er warf sich seinen Tagesrucksack über die Schulter, nahm Malinkas Umhängetasche und trat auf den Flur. Obwohl er die Zimmertür abschloss, rechnete er nicht damit, dass das ein Schutz sein würde.

An der Rezeption traf er Erwin und Franklin. Betont freundlich nickte er ihnen zu, sie erwiderten den Gruß. Matteo spazierte aus dem Hotel hinaus, wartete fünf Minuten an der Ecke und kehrte dann um. Sollten Erwin und Franklin noch da sein, wollte er vorgeben, den Rezeptionisten um einen Stadtplan oder eine Wegbeschreibung zu bitten.

Sie waren jedoch verschwunden, also näherte er sich dem Mann an der Rezeption, der gelangweilt in einer Zeitung blätterte.

»Entschuldigung, ich wollte nur fragen, wann genau meine … Freundin hier das Hotel verlassen hat.«

Der Mann sah fast genervt auf. »Hier hat niemand das Hotel verlassen«, sagte er brüsk.

»Die junge Dame, die mit mir gekommen ist«, beharrte Matteo, »und mit …«

»Ja, ja, ich weiß, wen Sie meinen.« Der Mann beäugte ihn verärgert. »Wenn Sie nicht in der Lage sind, auf Ihre Freundin aufzupassen, dann ist das Ihr Problem. Ich weiß nicht, auf wessen Zimmer sie sich gerade vergnügt. Aber rausgegangen ist sie jedenfalls nicht.«

»Danke«, sagte Matteo und wandte sich ab. Er spürte, wie seine Handflächen feucht wurden.

Malinka war also noch im Hotel, ganz wie er vermutet hatte. Was Ermelinda und ihre Leute ihm auftischten, war ein schlecht gesponnenes Lügennetz. Sie hätten bedenken müssen, dass Malinka nicht ohne Geld und ihre Tasche aus dem Hotel gehen würde, und sie hätten den Rezeptionisten bestechen oder instruieren müssen.

Vielleicht war ihnen aber auch klar, dass es nur eine Frage der Zeit war, bis Matteo ihnen auf die Schliche kam.

Doch wie sollte er sich jetzt verhalten? Wenn er das Hotel nach Malinka absuchte, sanken seine Chancen, rechtzeitig in die Ausstellung zu kommen. Umgekehrt verlor er womöglich Malinkas Spur, wenn er jetzt ins Museum fuhr.

Nach kurzem Zögern drehte er sich um, stieg erneut die Treppe hinauf und kehrte ins Zimmer zurück. Er zögerte kurz, bevor er das Spiegelbuch aus der Umhängetasche zog, atmete tief ein und begann, in den vergilbten Seiten zu blättern.

Sonst war es immer Malinka gewesen, die die richtigen Antworten aus dem Buch las, während ihm die Hinweise darin ein Rätsel geblieben waren. Würde ihm das Buch jetzt helfen? Jetzt, da er es brauchte?

Er ließ seinen Blick über die Seiten gleiten, ohne einen Anhaltspunkt zu finden. Wütend biss er sich auf die Unterlippe. Vollkommen verrückt, an ein uraltes Buch zu glauben, anstatt seinem gesunden Menschenverstand zu folgen.

Als er das Buch erfolglos von vorne bis hinten durchgeblättert hatte, ließ er sich auf die oberste Treppenstufe sinken, die Umhängetasche auf den Knien. Verdammt. Was sollte er tun?

Etwas fiel zwischen den Seiten des Buches hervor und segelte auf die dunkle Oberfläche der Stufen. Matteo zuckte zusammen. Eine große Staubflocke? Er sah genauer hin: Es war die schwarze Feder. Sie tanzte vor ihm auf der Stufe, auf der seine Füße ruhten; ganz sanft, wie bewegt von einem kaum spürbaren Luftzug. Und als würde sie Matteos Blick auf sich spüren, glitt sie plötzlich auf die nächste Stufe.

Matteo sprang auf und starrte auf die Feder. Hier *gab* es keinen Luftzug, das war ihm bewusst.

Die Feder bewegte sich weiter, in kapriziösen Kreisen, von Stufe zu Stufe abwärts gleitend. Matteo holte tief Luft. Gut – Zeit für Rationalität hatte er später. Er warf sich die Tasche über die Schulter und folgte der Feder.

Sie erreichte den Treppenabsatz und tanzte dort in den Gang hinein; immer auf dem Boden oder hauchdünn darüber, immer bewegt wie durch einen Wind, der sie zielsicher vor sich hertrieb. Matteo hatte fast Mühe, ihr zu folgen.

Die Feder tanzte den gesamten Gang entlang. Der unsichtbare Lufthauch presste sie gegen die geschlossene Tür an dessen Ende, sodass es aussah, als ob die Feder sie vergeblich aufstemmen wolle.

Matteo zögerte, dann legte er eine Hand auf die Klinke und drückte sie hinunter.

Die Tür war nicht verschlossen und gab sofort nach.

Die Feder schoss ins Halbdunkel, das sich vor ihm auftat.

Steinerne Stufen führten nach unten. Matteo fand keinen Lichtschalter, und es wurde schwieriger, der Feder zu folgen. Auch als seine Augen sich an das Halbdunkel gewöhnt hatten, war er nie ganz sicher, ob der tanzende Schatten vor ihm die schwarze Feder oder seine Einbildung war.

Dann erreichte er eine weitere Tür, und als seine Hand über die Wand fuhr, fand er einen Lichtschalter, der eine winzige Funzel über seinem Kopf zum Leuchten brachte.

Die Feder lag vor seinen Füßen, jetzt still.

Er drückte die Klinke. Die Tür war verschlossen.

Und jetzt?

Nachdenklich blickte er auf die Feder, die ihn nach hier unten geführt hatte. Was für ein Satz: von einer tanzenden Feder in einen Keller geführt. Vielleicht bestand der Fluch auch einfach im zunehmenden Wahnsinn.

Er bückte sich und hob sie auf. Vielleicht fand er irgendetwas Besonderes an ihr. Vielleicht würde sie ihm auch aus der Hand springen und ihn zu einem Schlüssel führen. Denn hinter dieser Tür – er war sich ziemlich sicher – musste sich Malinka befinden.

Doch die Feder auf seiner Handfläche hatte nichts Besonderes an sich. Sie war klein und schwarz und kitzelte leicht, als er sie mit einer Fingerspitze berührte und drehte.

»Na, komm schon«, murmelte er unwillkürlich. »Das kann's jetzt nicht gewesen sein.«

Die Feder wurde kalt, und Matteo erstarrte.

Die Handbewegung war instinktiv – einen Wimpernschlag später fiel die Feder mit einem metallenen Klirren zu Boden, und noch während sein Gehirn konstatierte, dass Federn nicht metallisch klirrten, nahmen seine Augen die Veränderung wahr. Die Silhouette der Feder veränderte, verdichtete, verlängerte sich.

Matteo atmete tief durch. Vor ihm lag ein Schlüssel, zierlich und aus schwarzem Metall. Seine Hände waren feucht, ihm schwindelte.

Dennoch bückte er sich und hob den Schlüssel auf. Für einen Moment legte er ihn auf seine Handfläche; fast hatte er Angst, der Schlüssel würde sich erneut verändern, aber diesmal geschah nichts. Matteos Herzklopfen ließ nach, das Schwindelgefühl legte sich, und schließlich fühlte er sich fähig, den Schlüssel in das Schloss der Kellertür zu stecken.

Er passte, und sie schwang auf.

Matteo schob sich einen Schritt ins Dunkel und tastete einmal mehr nach einem Lichtschalter.

»Malinka?«

Er fand einen Schalter an der Wand, und mattgelbes Licht flackerte auf.

Matteo stand in einem weitläufigen Kellerraum, der leer war, abgesehen von unzähligen Rohren, die die Wände bedeckten wie wuchernde Kletterpflanzen. Malinka hätte er fast übersehen; sie saß ein wenig außerhalb des schwachen Lichtkreises gegen die Wand gelehnt und starrte in die Dunkelheit. Als sie ihn bemerkte, zuckte sie zusammen. Erleichterung zeichnete sich in ihrem Gesicht ab.

Mit ein paar Schritten war er bei ihr. Ihre Hände waren auf dem Rücken an die Rohre gefesselt, aber ansonsten schien sie unverletzt zu sein.

»Bist du in Ordnung?«

»Ich glaub schon«, murmelte sie mühsam. »Da drüben …«

»Wir müssen hier raus«, sagte Matteo knapp.

»Woher wusstest du …«

»Erklär ich dir später.« Er suchte in seinen Taschen nach seinem Taschenmesser, aber das hatte er natürlich auf dem Zimmer gelassen. Schließlich griff er nach dem Schlüssel und benutzte den scharfen Schlüsselbart als Klinge, um das Paketband zu durchtrennen, mit dem Malinka an die Rohre gefesselt war. Der Schlüssel funktionierte erstaunlich gut als provisorisches Messer, und kurz darauf rieb sich Malinka mit zusammengebissenen Zähnen ihre Handgelenke.

»Komm, wir müssen weg hier, bevor die Cumbiamafia wiederkommt.« Er fasste Malinka am Arm und zog sie auf die Beine. Sie folgte ihm wortlos nach oben. Als sie über den Gang zur anderen Treppe eilten, konnte er sehen, dass sie blass war. Von Zeit zu Zeit befühlte sie im Gehen ihren Hinterkopf. An der untersten Stufe blieb sie stehen und deutete nach oben.

»Unsere Sachen …«

»Holen wir später«, sagte Matteo knapp. »Erstmal raus hier. Wir müssen ins Museum. Komm, Geld hab ich mit.«

Der Rezeptionist beobachtete sie, als sie das Foyer durchquerten und nach draußen sprangen. Matteo hielt das erste Taxi an, nannte ihr Ziel und schob Malinka in das Auto, ohne groß den Preis zu verhandeln.

»Verdammt!«, murmelte sie, als das Taxi anfuhr, schien sich aber zunehmend zu entspannen. Sie warf einen Blick auf den Eingang des Hotels, der hinter ihnen zurückblieb, und fuhr zusammen. Matteo folgte ihrem Blick und sah einen perplexen Stalin in der offenen Tür stehen. Er musste gesehen haben, wie sie einstiegen.

»Die wissen, wo wir hinwollen«, sagte Malinka düster.

»Kann sein. Aber ich glaube, wir sind sie los. Erst wenn wir zurück ins Hotel gehen, haben wir ein Problem. Was ist denn passiert?«

Malinka befühlte einmal mehr ihren Hinterkopf und verzog das Gesicht. »Ich habe mich geweigert, mit Ermelinda zusammenzuarbeiten und dauerhaft Texte für sie zu produzieren. Dass sie mich deswegen aber gleich k.o. schlägt …«

Matteo pfiff durch die Zähne. »Sie war das? Hätte ich ihr nicht zugetraut.«

»Willst du zurück und ihr zu ihrer Schlagfertigkeit gratulieren?«

Er unterdrückte ein Seufzen. »Ich wundere mich nur. Jemanden auszuknocken ist nämlich gar nicht so leicht, wie man's immer in Filmen sieht.«

Malinka schwieg und starrte aus dem Autofenster.

»Und warum haben sie dich in den Keller gesperrt? Angst, dass du sonst zur Konkurrenz gehst?« Es klang nicht so lässig, wie er es sich vorgestellt hatte.

Sie drehte den Kopf und suchte Matteos Blick. »Ich glaube, dass es nicht Ermelinda war.«

Matteo wollte zu einer Antwort ansetzen, doch etwas an Malinkas Gesichtsausdruck ließ ihn stumm bleiben.

»Der *mallku*«, sagte sie leise. »Ich glaube, dass es der *mallku* war.«

Matteo räusperte sich. »Das ergibt jetzt auch nicht so viel mehr Sinn ...«

Sie zuckte müde mit den Schultern. »Und wie bist du auf den Keller gekommen? Beziehungsweise *in* den Keller?«

Matteo zögerte, dann holte er den schwarzen Schlüssel aus seiner Hosentasche und zeigte ihn ihr. Noch bevor er etwas sagen konnte, spürte er, wie das Gewicht auf seiner Handfläche geringer wurde, und plötzlich lag wieder eine schwarze Feder darauf.

Er berichtete in knappen Worten, was ihm Ermelinda aufgetischt und wie die Feder ihn in den Keller geführt hatte. Er war gerade fertig, als das Taxi auf einem kleinen Platz hielt, vor einem flachen, lang gestreckten Kolonialhaus, dessen gelbgetünchte Wand ihnen entgegen leuchtete. Matteo bezahlte, und sie stiegen aus.

Für einen Moment standen sie schweigend vor der Tür.

»Verrückt«, sagte Malinka schließlich.

»Das fällt dir jetzt erst auf?«

»Irgendwie ist das gerade alles etwas viel.«

»Jetzt nicht schlappmachen. Wir sind auf der Suche nach der Stabstele oder wie auch immer sie heißt.«

»Estela Raimondi. Verdammt, ich brauch eine Kopfschmerztablette. Aber gut, lass uns reingehen.«

Sie kauften ihre Tickets und spazierten los durch die schattigen Säulengänge der Innenhöfe, um die sich das Museum herumgruppierte. Hier und da standen kleine Schilder mit den Bildern steinerner Jaguarköpfe – *cabezas clavas* –, die den Weg zu den Sonderexponaten der Chavín-Ausstellung wiesen. Matteo beobachtete seine Begleiterin aufmerksam. Obwohl sie versuchte, sich nichts anmerken zu lassen, musste ihr der Schlag auf den Kopf doch deutlich zu schaffen machen. Ihre Blässe hielt noch immer an, und sie wirkte erschöpft. Das machte Matteo Sorgen. Auch deshalb, weil er sich fragte, ob er allein in der Lage sein würde zu erkennen, was die Raimondi-Stele ihnen zu sagen hatte.

»Da«, sagte Malinka plötzlich matt und deutete nach vorne.

Sie blieben ruckartig stehen.

Die Raimondi-Stele war aus grauem Stein, rechteckig, und mochte an die zwei Meter hoch sein. Das Flachrelief auf der Oberfläche blieb für Matteo zunächst ein Rätsel aus verwirrenden Linien, bis Malinka einen Schritt nach vorne machte und ihm mit der Hand in der Luft die Umrisse der Figur nachzeichnete, die auf der Stele abgebildet war: eine gedrungene, kleine Gestalt, gekrönt von einem gewaltigen, zackenartigen Kopfschmuck, in jeder Hand einen ebenfalls zackigen Stab haltend.

»Schlangen«, erklärte Malinka und deutete auf die Zacken des Kopfschmucks. »Und hier hat die Figur Reißzähne, genau wie die Jaguare. Das Spannende ist, dass man die Stele auf den Kopf stellen könnte und auch dann Gesichter sehen würde. Oder dass …«

»Ich sehe, es geht dir besser«, sagte Matteo. »Trotzdem hilft uns das nicht viel weiter. Denn das alles konnten wir uns auch auf der Replik in Chavín angucken. Warum Lima? Es muss hier irgendetwas geben, das es in Chavín nicht gab.«

»Kann ich euch behilflich sein?«, fragte ein Mann in schlichter blauer Uniform, offenbar ein Museumswächter, der Malinkas Gesten und Ausführungen verfolgt haben musste.

Malinka und Matteo tauschten einen Blick.

»Ja«, sagte Matteo, »das heißt, nein, das heißt … Wir wissen nicht ganz, was wir suchen.«

»Aha«, antwortete der Museumswächter gedehnt. Er war jung und kleiner als sie. Mit einer Handbewegung wies er auf die Ständer aus durchsichtigem Plastik, die an der Wand lehnten. »Wir haben Infomaterial. Spanisch, Englisch, Französisch, alles über die Chavín-Ausstellung. Dort steht alles Wesentliche. Oder habt ihr eine konkrete Frage?«

»Es ist so, wir waren in Chavín und haben die Kopie der Stele gesehen, und nun sind wir hier und fragen uns, ob es irgendeinen Unterschied gibt«, sagte Matteo langsam.

Der Museumswächter lachte. »Unterschied, nein. Sie sind *igualitos,* ganz genau gleich, da gibt's keinen Unterschied. Dieses Original hier wurde 1873 nach Lima gebracht.«

»Aus dem Tempel in Chavín«, sagte Matteo.

Der Mann musterte ihn und schüttelte den Kopf. »Nein, nicht aus dem Tempel. Antonio Raimondi, von dem die Stele ihren Namen hat, entdeckte sie in Chavín, aber im Dorf. Dort benutzten die Dorfbewohner sie für allerlei profane Zwecke: als gewaltigen Esstisch oder als *batán,* auf dem Mais und Getreide gemahlen werden konnten. Aber Raimondi erkannte den Wert der Skulptur und ließ sie hierherbringen.«

»Kennen Sie … Geschichten über die Stele?«, fragte Malinka, als ob sie einer plötzlichen Eingebung folgte.

Der Museumswächter schaute sie aufmerksam an. »Jede Menge sogar, *señorita.* Natürlich, viele von ihnen haben keinerlei archäologische oder sonstige Grundlage, aber es gibt schöne Anekdoten. Wir hatten vor einigen Jahren ein Projekt, um Raimondis Tagebücher aus seiner Zeit in Ancash zu publizieren.«

»Aber sind diese nicht schon publiziert worden?«

»Es gibt Bücher und Berichte von Raimondi, das ist richtig. Aber ein Mitarbeiter unseres Museums kam auf verschlungenen Wegen an einen Stoß unveröffentlichter Aufzeichnungen. Es ist interessant …« Der Mann machte einen Schritt auf sie zu und senkte leicht die Stimme, als würde er ihnen ein großes Geheimnis verraten. Seinem Wissen nach war er womöglich doch mehr als ein einfacher Museumswächter. »Raimondi war durch und durch Naturwissenschaftler, aber in diesen Tagebüchern notierte er alles, was keinerlei wissenschaftlichen Wert für ihn hatte. Alles, was er nie veröffentlichen würde, weil er genau wusste, dass er sich damit zum Narren machen würde, selbst wenn er es als folkloristisches Erzählgut ausgab. Die Notizen sind teilweise sehr wirr und fragmentarisch, und letztendlich gab es keinen Geldgeber, aber das Museum bewahrt sie auf. Ich war mit dem Projekt betraut und hätte es natürlich gerne gesehen, wenn wir die Publikation hätten umsetzen können, doch es sollte nicht sein.«

»Was sind das denn für Geschichten?«, fragte Malinka fast atemlos.

»Darf man fragen, warum Sie sich so dafür interessieren, *señorita*?«

»Ich recherchiere für ein Buch«, antwortete sie und lächelte. »Ich weiß natürlich nicht, ob Raimondis Geschichten sich dafür eignen. Es geht um Mythen und Legenden über die *apus.«*

Der Museumswächter sah sie lange an. »Doch, *señorita,* ich glaube, dass Raimondis Geschichten sich sehr gut dafür eignen. Wissen Sie was? Folgen Sie mir. Ich werde sehen, was ich für Sie tun kann.«

Er führte sie durch einige Räume mit Chavín-Keramik zu einer kleinen Tür, die er aufschloss und die sich als Zugang zu einem Büro entpuppte. Mit einer Handbewegung bedeutete er ihnen, Platz zu nehmen, und verschwand.

»Meinst du, das ist unsere Spur?«, fragte Matteo leise.

Malinka nickte bloß. Sie wirkte noch immer müde, aber ihre Augen blitzten.

Aus einem Nebenzimmer hörten sie das Surren eines Kopierers, gefolgt von Schritten, dann stand der Museumsmitarbeiter wieder vor ihnen und hielt Malinka einen Stoß Blätter hin.

»Sehen Sie es als eine Art Leseprobe, *señorita.* Ich bin nicht befugt, Ihnen mehr Einblick zu geben – dafür wäre ein Höchstmaß an Bürokratie notwendig –, aber das hier dürfte in Ordnung sein. Behandeln Sie es sorgsam, und wenn es sich eignet, kommen Sie wieder her und wir besprechen, welche *trámites,* welche Formalitäten für einen weiteren Einblick notwendig sind. Hier, ich schreibe Ihnen meine Nummer dazu auf. Teófilo Velasco Gutiérrez, sehr erfreut.«

»Danke«, sagte Malinka und nahm die Blätter entgegen. »Moment, ich notiere Ihnen meine E-Mailadresse, wenn Sie mögen.«

»*Mucho gusto, señorita.«*

»Gleichfalls. Danke. Wirklich, vielen Dank.«

»Ich freue mich auf ein Wiedersehen, *señorita.«*

Sie verließen das Büro, und Malinka faltete die Blätter und schob sie in ihre Umhängetasche, die Matteo ihr im Taxi wiedergegeben hatte. Velasco Gutiérrez verabschiedete sich mit einer angedeuteten Verbeugung, und sie steuerten auf den Ausgang zu.

***

Minuten später saßen sie in einem ruhigen, schattigen Hinterhof einige Seitenstraßen weiter und nippten an eiskalter Inca Kola. Malinka hatte sich über die Kopien gebeugt und studierte sie eingehend und mit zusammengekniffenen Augen. Matteo sah keinen Grund, warum er ihr diese Aufgabe abnehmen sollte; sie schien Malinka gut zu tun, und immerhin hatte sie in der Vergangenheit mehr Talent bewiesen als er, wenn es darum ging, uralte Handschriften zu entziffern. Er lehnte sich zurück und betrachtete die quietschgelbe Flüssigkeit in seinem Glas, nach der die Peruaner so verrückt waren. Ein undefinierbarer Geschmack nach Chemie und Zuckerschock, aber das Getränk tat ihm in seinem jetzigen Zustand sogar gut.

»Du meine Güte«, sagte Malinka schließlich, zu einem Zeitpunkt, als Matteo seine Inca Kola fast ausgetrunken hatte und ihre bereits lauwarm sein musste.

»Was ist?«

Sie schüttelte leicht den Kopf. »Es ist nicht leicht zu lesen, und ich verstehe auch nicht alles, aber es ist unglaublich. Raimondi schreibt hier ein bisschen über Chavín. Wie es war, als er dort war und forschte. Und …« Sie brach ab, starrte auf das Papier und nahm schließlich einen Schluck von ihrem Getränk. »Er beschreibt einen vergnüglichen Abend mit Tanz und Gesang, und eine Frau trägt Lieder vor, die ihn zutiefst berühren.«

»Sag bitte nicht, dass das Ermelindas Großmutter ist.«

Malinka musste grinsen. »Nein. Viel besser. Raimondi geht los und spricht mit ihr, weil er so beeindruckt von ihren Liedern ist. Und sie sagt zu ihm, dass es sich um alte Überlieferungen handelt, dass vor vielen Jahren eine junge Frau auf der Durchreise nach Chavín kam, und da sie kein Geld hatte, um ihre Unterkunft zu bezahlen, schenkte sie dem Dorf eine Handvoll Lieder, die sie selbst geschrieben hatte. Lieder, wie sie noch nie jemand gehört hatte. Ahnst du nichts?« Während sie redete, blitzten ihre Augen schelmisch auf, und ihr Gesicht nahm langsam wieder eine gesunde Farbe an.

»Mach weiter.«

»Alle im Dorf kennen sogar noch den Namen der reisenden Liedermacherin: Isabel Goyeneche.«

»Moment. Das ist doch …«

»Haargenau.«

»Sie hat also nicht nur Gedichte geschrieben. Das waren damals schon Lieder?«

Malinka nickte. »Und Raimondi lässt offenbar nicht locker. Er will alles über diese Isabel Goyeneche wissen, und was ihm die Dorfbewohner erzählen, sollte uns bekannt vorkommen.«

»Lass mich raten: Eine tragische Liebe zu einem Indigenen …«

»… Und die Flucht vor der Obrigkeit …«

»Die Geschichte vom Spiegelbuch?«

»Zumindest klingt sie genau so. Und da ist noch etwas, was uns der Buchhändler nicht erzählt hat. Was mich sehr nachdenklich macht.« Sie schaute Matteo direkt in die Augen. »Die Dorfbewohner erzählen Raimondi, dass Isabel Goyeneche nicht einfach nur auf der Flucht war. Sie hatte eine Mission zu erfüllen, die mit dem Tod ihres Geliebten zusammenhing. Sie trug eine Gabe bei sich, die ihm sein *apu* gegeben hatte und die sie ihm zurückgeben wollte.«

»Das Spiegelbuch.«

»Vermutlich, aber genau steht das hier nicht. Der *apu,* dessen Namen Isabel nicht erwähnt, hat sie herausgefordert.« Malinka beugte sich vor, und Matteo tat instinktiv dasselbe, um sie besser hören zu können.

»Er schreibt: Isabel war aufgebrochen, um die Verlorenen Geschichten zu finden, die Geschichten, die eine Heimat im Spiegelbuch finden sollten und auf deren Spuren sie durchs Land reiste, immer geführt von den Zeichen eines missgünstigen *apus.* Sie sprach davon, dass sie einen Fluch zu lösen hatte, der ihr auf dem Fuße folgte und von dem sie nur durch einen besonderen Schutz verschont wurde.« Malinka blickte von den Blättern auf. »Ein schwarzes Andenkreuz aus dem Süden.«

»Nicht wirklich, oder?«

»Und dreimal darfst du raten, womit sie in das Spiegelbuch schrieb ... «

Matteo spürte, wie ihm ein Schauer über den Rücken lief.

»Mit einer schwarzen Feder«, sagte er tonlos, und Malinka nickte.

Sie lehnten sich beide gleichzeitig in ihren Plastikstühlen zurück.

»Was steht da noch?«

»Das ist alles. Mehr hat er mir nicht kopiert.«

Matteo atmete tief durch. »Es scheint das Wesentliche zu sein, meinst du nicht?«

Malinka nickte erneut. »Isabel Goyeneche ist also wirklich die Isabel aus der Spiegelbuchgeschichte, und sie hat Spuren hinterlassen.«

»Und die *apus* vergnügen sich mit einer Art überirdischer Schnitzeljagd. Ist das also der Grund, warum wir rätselratend quer durch Peru reisen?«

Malinka zuckte mit den Achseln. »Was wir noch immer nicht wissen, ist, wohin wir jetzt sollen.«

»Was sagt das schlaue Buch?«

An ihrer Miene konnte er ablesen, dass sie sich nicht sonderlich viel davon versprach. Dennoch zog sie es aus ihrer Umhängetasche und begann, darin zu blättern. Schließlich runzelte sie die Stirn. »Hier ist nichts, was mir ins Auge sticht, außer ...« Sie zeigte ihm die Seite und Matteo hob perplex die Augenbrauen. Was er sah, stellte tatsächlich noch das Kinski-Filmplakat in den Schatten, das sie nach Iquitos geführt hatte. Und von der Vorstellung mystischer Berggötter, die hoheitsvolle Rätsel hinterließen, war es auch ziemlich weit entfernt.

Auf einem knallgrünen Hintergrund war eine goldgelbe Winkekatze abgebildet. Die rechte Pfote schien selbst auf dem Papier in ständiger Bewegung zu sein. Über ihr prangten einige leuchtend rote chinesische Schriftzeichen.

»Hä?«, entfuhr es Matteo schließlich. »Jetzt ab nach Peking oder wie? Oder ist das die Einladung zum Mittagessen? Sag mal was.«

Malinka starrte weiter angestrengt auf das Bild. Plötzlich grinste sie. »Ich weiß was. Also, das ist eine Möglichkeit. Ich hatte die total vergessen!«

Sie griff in ihre Umhängetasche, kramte einen Moment und legte dann zwei etwas zerdrückte Glückskekse auf den Tisch. Matteo hatte nicht das Gefühl, dass er sich nun sonderlich klüger fühlte. »Wo hast du die denn her?«

»Aus Cajamarca. Ich war da in einem Chifa essen, während du …«, sie biss sich auf die Lippen, »während du im Quartier warst. Jetzt fällt es mir erst wieder ein. Der Besitzer hat mir die Glückskekse geschenkt, und in seinem Lokal gab es auch so eine Winkekatze.«

»Oh, *das* ist jetzt aber aussagekräftig.«

»Wurscht. Hier, mach deinen auf. Vielleicht bringt es wenigstens Glück.«

»Wenn da jetzt etwas steht wie *Sie werden eine lange Reise unternehmen,* bin ich sauer.«

Die Verpackung knisterte, als sie ihre Kekse auspackten und behutsam auseinanderbrachen. Matteo betrachtete das zusammengefaltete Papier, das vor ihm lag. Es schien zu groß für einen normalen Glückskeksspruch zu sein, und als er es mit spitzen Fingern hochnahm und auseinanderfaltete, sah er, dass es eindeutig zu stark bedruckt war. Aus dem, was ihm entgegenleuchtete, wurde er zunächst nicht schlau. »Hier steht was von einer Bank und einem *depósito* und Reservierung und Sitz …«

»Lima – Huancayo.«

»Und das Datum – das ist morgen, oder?«

Sie schauten sich wieder an.

»Das sind Bahntickets!«, rief Malinka plötzlich. »Ist doch klar! Weißt du noch, der Bahnhof, an dem wir vorbeigekommen sind? *Desamparados*?«

Malinka tippte auf ihr Ticket. »Die sind bezahlt, nach allem, was hier steht. Und ... das hier ist auf meinen Namen ausgestellt.«

»Das hier auf meinen. Da haben sich die *apus* aber mal richtig Mühe gegeben. Und was machen wir jetzt?«

»Ich will meine Sachen aus dem Hotel holen.«

»Das ist alles, was du dazu sagst?«

»Was soll ich sonst dazu sagen?«, antwortete sie. »Wir sind in einem Flugzeug geflogen, das es gar nicht hätte geben dürfen, also können wir jetzt ruhig in einem Zug fahren, den es wirklich gibt. Wir mussten nach Lima zurück, um Raimondis Tagebücher zu bekommen, und jetzt wissen wir mehr über Isabel Goyeneche und darüber, wie diese Reise funktioniert. Wenn wir weiterhin alle Zeichen richtig deuten, wissen wir am Ende, welchen *apu* wir suchen. Und«, sie lächelte, »wir werden Isabels Geschichte kennen, und die von Yawar. Das ist die Geschichte, die erzählt werden muss.«

»Schön, dass das alles so einfach ist. Aber hältst du es für eine gute Idee, zurück ins Hotel zu gehen?«

»Was sollen sie uns tun?«

»Das haben wir vorher auch gedacht und trotzdem haben sie dich fast umgebracht.«

»Wir sind zu zweit.«

»Sie sind ein Dutzend. Okay, ein gefühltes Dutzend.«

»Lass uns wenigstens an der Rezeption fragen, ob wir unsere Sachen haben können. Die können uns gar nichts. Dann suchen wir ein anderes Hotel für heute Nacht. Oder hast du eine bessere Idee?«

Matteo seufzte, nahm den letzten Schluck Inca Kola und stellte das Glas schwungvoll zurück auf den Tisch.

»Nein«, gestand er.

Peru
um ca. 1767

21.

Churanakuy

Herausforderung

Jede Nacht aufs Neue waren es die brennend heißen Steine des Puente Viejo, die Isabel weckten.

Sie hatte nie zuvor Albträume gehabt, aber mittlerweile gab es nur noch ein Bild, das sie im Schlaf heimsuchte: die Brücke über den Río Chili, die gleißende Mittagshitze, und die groben Hände, die sie zu Fall brachten. Und in dem Moment, in dem sie auf dem warmen Steinboden aufschlug, die Gewissheit, dass alles vorbei war.

Jede Nacht fuhr sie schreiend aus dem Schlaf hoch und blieb, schwitzend und mit klopfendem Herzen, aufrecht im Bett sitzen, bis das Zittern einsetzte und das Würgen in ihrem Hals.

Man hatte Yawar gefasst. Er war nur bis zur Brücke gekommen. Der Albtraum hatte es Isabel vor Adelita verraten, die es ihr nur widerwillig und erstickt zugeflüstert hatte, die Finger in ihre Schürze gekrallt, den Blick auf den Boden gerichtet.

Seit diesem Tag hatte Isabel nicht mehr gesprochen. Sie hatte auch nichts zu sagen; die Worte in ihr waren abgestorben, trockene Zweige und totes Laub.

Noch gab es Hoffnung, sagte sie sich im Stillen. Hoffnung, dass Yawar entkam. Dass sie ihn freiließen.

Dass sie ihn wiedersah.

Wenn er zurückkam, würde sie wieder sprechen. Aber erst dann.

Mittlerweile schwieg auch Papá. Einmal am Tag kam er in ihr Zimmer, musterte sie aus müden Augen und hatte doch nichts zu sagen. Das Letzte, was sie von ihm gehört hatte, waren bittere Worte gewesen: »Du bleibst hier, bis du das nächste Mal blutest. Wenn sich herausstellt, dass du die schmutzige Frucht eines Indios im Leib trägst, werde ich sie dir eigenhändig herausprügeln müssen. Weder Don Francisco noch die Nonnen werden dich dann noch haben wollen.«

Sie hatte sich nur stumm abgewandt und die Zähne zusammengepresst.

Dann kam der Morgen, an dem sich ihr Zimmer verdunkelte.

Isabel fuhr aus ihrem Dämmerschlaf hoch, riss die Augen auf. Schwarze Schwingen vor ihrem Fenster, deren Unruhe die Vorhänge zum Flattern brachte.

Stumm saß Isabel da, schloss die Fäuste um ihre nassgeschwitzte Bettdecke und sah zu, wie die Gestalt in ihr Zimmer drängte – ein Kondor, da war sie sicher, und womöglich noch mehr als das. Schwerfällig faltete er die Flügel ein und sprang vom Fensterbrett; seine Krallen kratzten über die Holzdielen. Isabel spürte den Blick der dunklen Vogelaugen auf sich, während das Tier sich tiefer ins Zimmer bewegte, innehielt, die Schwingen wieder entfaltete.

Für einen Moment verschwamm er mit den Schatten, die das Morgenlicht nicht erreichte, wuchs an ihnen empor und ließ seine Umrisse wieder an Klarheit gewinnen.

Isabel atmete tief ein, schmeckte Staub und Sonne. »Yanaphuru«, sagte sie rau, obwohl sie doch schweigen wollte für Yawar. Für seine Rückkehr.

Der *mallku* neigte den Kopf. In seiner Menschengestalt stand er jetzt vor ihr, mit schwarzem Poncho und weißem Schal wie bei ihrem ersten Treffen. Seinen breitkrempigen Hut hielt er in beiden Händen.

Isabel schob die Decke beiseite und rückte an die Bettkante. »Was ist mit Yawar?«, wisperte sie. »Du musst doch wissen, was mit ihm ist.« Unwillkürlich war sie ins Quechua geglitten, fühlte sich unsicher zwischen den fremden Silben, aber es erschien ihr nur recht so.

Yanaphuru sah auf. Sie hatte auf Lächeln in seinen Augen gehofft, auf Hoffnung, auf ein beruhigendes Nicken. Doch da war nichts davon. »Weißt du es nicht, Isabel?«, fragte er leise, Schmerz und Schatten in jeder Silbe. »Spürst du nicht die Stille?«

Isabel schluckte, wusste nicht wohin mit ihrem Blick, ihren Händen. »Er kann noch am Leben sein.«

Sie wagte es nicht, den *mallku* wieder anzusehen. Sie ahnte zu deutlich, dass in seinen dunklen Augen eine Wahrheit lauerte, für die sie nicht bereit war.

Doch schließlich sah sie ihn doch an.

Ihr Blick traf Yanaphurus, und der Bote Sabancayas schüttelte sacht den Kopf, langsam, traurig.

Nein.

Isabels Kehle wurde trocken.

»Es tut mir leid«, sagte der *mallku* leise.

Sie musste sich räuspern. »Was haben sie getan?«

»Das ist nichts, was du wissen möchtest.«

So viel Sanftheit in seiner Stimme, aber seine Worte ließen Isabel trotzig das Kinn recken. »Ich *muss* es wissen.«

Jetzt war er es, der den Blick abwandte. »Ich weiß auch nicht alles, Isabel. Ich weiß nur von dem Schmerz. Yanakachi hat ihn gespürt, als ob es ihr eigener wäre. Ich ...« Er brach ab und blickte zu Boden. »Lass uns nicht darüber reden. Ich bin nicht deswegen hier.«

Isabel zog die Luft ein und stand nun endlich auf. »Nicht deswegen? Wie kannst du *nicht deswegen* hier sein?«

Yanaphuru legte den Kopf schief und betrachtete sie. Für einen Moment schien er seine Worte abzuwägen – und auch, ob er sie überhaupt sprechen sollte. »Yawars Erbe«, sagte er. »Er hat sich gewünscht, dass du die neue Yuyaq wirst.«

Sie starrte ihn an. Ein Teil von ihr versuchte, sich vor seinen Worten abzuschirmen, vorzugeben, sie nicht zu begreifen. Ein anderer Teil dachte an das Spiegelbuch, das sie in ein Tuch eingeschlagen unter ihr Bett geschoben und seitdem nicht mehr hervorgeholt hatte.

Yuyaq.

»Das geht nicht«, brachte sie hervor, wusste nicht einmal genau, auf welcher Sprache sie es gesagt hatte. »Das kann ich nicht.«

Yanaphuru seufzte. »Isabel –«

»Nein.« Sie wich zurück, bis sie gegen die Bettkante stieß, und schüttelte hilflos den Kopf. »Ich kann das nicht sein.«

»Yawar hat an dich geglaubt«, sagte der *mallku* leise, doch Isabel nahm kaum mehr wahr als die ersten zwei Silben, klingengleich und scharf. *Yawar.* Sie konnte kaum atmen. Er war fort. Er war tot. Er war ihr *yana.* Und ohne ihn blieb ihr keine Kraft mehr.

»Ich kann das nicht«, wiederholte sie mit brüchiger Stimme und sah den *mallku* nicht länger an. »Geh.«

»Isabel.« Er sagte es leise und eindringlich, und aus den Augenwinkeln sah sie ihn verharren, nur leicht das Gewicht verlagern, als ob er wirklich auf Antwort hoffte.

Sie schloss die Augen, bis sie ein Seufzen hörte, müde Schritte und schließlich das Rascheln von Federn. Für einen Moment presste sie die Lider noch fester zusammen und ballte die Fäuste.

Als sie endlich ins Morgenlicht blinzelte, war sie allein.

***

Die Tage glitten ineinander wie wässrige Tintenstriche. Isabel kümmerte es nicht.

Stundenlang saß sie auf ihrem Bett und starrte ins Leere, spürte den bohrenden Schmerz, der sie aushöhlte und in ihrer Kehle klumpte. Anfangs hatte sie geweint, aber irgendwann war keine Kraft für die Tränen mehr da gewesen, nicht einmal für ein trockenes Schluchzen. Alles an ihr war müde und wund, und immer war da das Brennen der Pflastersteine, die gleißende Sonne des Puente Viejo.

Du bleibst hier, bis du das nächste Mal blutest. Papás harte Worte hallten immer noch in ihr nach.

Innerlich betete Isabel um das Kind. Sie würde es nie zur Welt bringen, das hatte der Blick ihres Vaters ihr klar gemacht, aber wenn sie allein auf ihrem Bett lag, wünschte sie sich nichts mehr als die Gewissheit, dass sie Leben in sich trug, dass ein Teil von Yawar noch immer bei ihr war und ihr auf diese Art Gesellschaft leistete. Immer wieder fuhr sie mit der Hand über ihren flachen Bauch.

Bitte, ihr Götter, gebt mir diese Hoffnung zumindest, auch wenn dadurch alles noch schlimmer wird. Aber lasst mich nicht allein.

Doch eines Morgens erwachte sie mit dem allmonatlichen Blut zwischen ihren Beinen, und das war der Tag, an dem die Tränen zurückkehrten.

Es war auch der Tag, an dem ihr Vater sein Verhalten änderte.

Als er das blutbefleckte Laken sah, flackerte Erleichterung in seinen Augen auf. Dann fasste er Isabel energisch am Arm, um sie aus dem Bett zu ziehen.

»Gott sei Dank«, sagte er einfach und sah sie einen Herzschlag lang mit all der Liebe an, die sie seit ihrer Geburt immer auf sich gespürt hatte. Dann wurde sein Blick wieder hart. »Es ist also alles in Ordnung. Du kannst jetzt aufhören, dich so gehen zu lassen. Ich werde dir Pancha schicken, damit sie dich wäscht. Deine Hochzeit rückt näher. Was soll Don Francisco denn denken?«

Stumm entwand sie ihm ihren Arm und ließ sich trotzig zurück aufs Bett sinken. Was kümmerte sie Don Francisco? Mit dem Blut zwischen ihren Beinen floss die letzte Hoffnung aus ihr hinaus, die sie noch gehabt hatte. Was ihr da rot von ihrem Laken entgegen leuchtete, war ihre eigene Einsamkeit. Es gab nichts mehr, wofür es sich zu kämpfen gelohnt hätte.

Aber dann kam Pancha. Zum ersten Mal in Isabels Arrest durfte sie zu ihr, und sie schleppte einen Bottich mit lauwarmem Wasser, den sie ächzend abstellte. Mit strengem Blick musterte sie Isabel. »Isabelchay, Yawar würde das nicht wollen.«

Isabel presste die Zähne aufeinander und drehte sich weg, rollte sich klein auf dem Bett zusammen. Sie erwartete ein resigniertes Aufseufzen, sich entfernende Schritte und eine zuschlagende Zimmertür.

Stattdessen legte sich Panchas Hand auf ihre Schulter. »Isabelchay, ich habe Yawar ein Versprechen gegeben. Ich habe ihm gesagt, dass ich ein Auge auf dich haben würde. Und ich werde dieses Versprechen halten, und deine Launen eines bockigen Kindes werden mich nicht daran hindern!«

Isabel blinzelte und richtete sich auf. Ein bockiges Kind? Das war sie nicht! Die Götter hatten ihr ihren *yana* genommen, alle Hoffnung, alle –

Doch Pancha schien keine Antwort zu erwarten. Mit sanfter Bestimmtheit umfasste sie Isabels Arme, zog sie an die Bettkante und tauchte einen Lappen in den Bottich. »Du hast Zeit zum Trauern gehabt, Isabelchay, aber das kann nicht ewig so weitergehen.«

»Es ist mir egal, was Don Francisco denkt«, brachte Isabel trotzig hervor und fand, dass ihre Stimme lange nicht heiser genug klang für all die Zeit, die sie doch geschwiegen hatte.

Pancha klatschte ihr den Lappen ins Gesicht und fuhr ihr damit über Augen und Stirn, dann nahm sie ihn wieder weg und funkelte Isabel an. »Auch mir ist das egal, *sonqollay.* Mir geht es um Yawar und um dich. Um die Kondorkinder. Um das Spiegelbuch.« Ungewohnte Angriffslust schwang in ihrer Stimme mit.

Isabel schluckte trocken und senkte verwirrt den Blick. »Du weißt –«

»Ja, ich weiß«, unterbrach die Köchin sie entschlossen. »Du hast keine Zeit, ein verzogenes Mädchen zu sein. Yawar hat dich für stark gehalten. Sei es jetzt auch – für ihn und uns alle.« Ein Stoßseufzer, dann schob sie die Hand in Isabels Blickfeld, öffnete sie.

Das schwarze Andenkreuz lag darin.

Yawars Andenkreuz.

Isabel starrte es ungläubig an.

»Das hat er zurückgelassen«, sagte Pancha leise. »Wie auch sein Charango – das bring ich dir nachher, *sonqollay,* wenn du jetzt stark bist.«

Nur zögerlich griff Isabel nach dem Andenkreuz, strich mit den Fingerkuppen über den glatten Stein und meinte, ihn unter ihrer Berührung pulsieren zu spüren. Als ob er auf sie reagierte.

Yawar hat an dich geglaubt.

Yanaphurus Worte, und so viel Verletzlichkeit darin. So viel Hoffnung. So viel Enttäuschung.

Und sie hatte ihn fortgeschickt.

Isabel schloss die Finger um das Andenkreuz, stieß die Luft aus und nickte stumm.

Sie leistete keinen Widerstand, als Pancha sie wusch und abtrocknete, ihr ein frisches Kleid überstreifte und schließlich ihren widerspenstigen Haarschopf in eine Schüssel mit Salbeiwasser tauchte.

Schon viel zu lang hatte Isabel ihr Haar nicht mehr gewaschen und gekämmt, und es war verfilzt und fettig geworden, aber das wurde ihr erst bewusst, als sie die angenehme Wirkung des frischen Wassers auf ihrer Kopfhaut spürte. Sie zuckte zusammen, als Pancha am Ende die Bürste durch ihr noch nasses Haar zog.

»Das musst du nun aushalten, *sonqollay*!«, sagte die Köchin streng. Sie bürstete Isabels Haar und flocht es zu einem Zopf. Dann trat sie einen Schritt zurück und betrachtete ihr Werk prüfend.

»Nun, das ist schon besser. Du bist zwar noch immer blass wie der Tod, aber immerhin können wir dich so wieder unter Menschen schicken. Und ab jetzt wirst du auch wieder essen, was auf den Tisch kommt.«

Sie schüttete das Salbeiwasser in den Bottich und raffte das blutige Laken von Isabels Bett. »Nachher bringe ich dir das Essen.«

Isabel lehnte sich an die Wand. Panchas Waschattacke hatte sie mehr mitgenommen, als sie erwartet hätte. »Und Q'enti?« Da war sie, die Rauheit in ihrer Stimme.

Pancha nickte knapp. »Q'enti«, bestätigte sie mit einem traurigen Lächeln, »und einen Krug dunkler Chicha, *sonqollay*. Mit Zimt und Zitrone.«

Als die Tür hinter der Köchin zufiel, seufzte Isabel und drehte sich zu ihrem Wandspiegel. Seit Tagen hatte sie nicht hineingeblickt, und nun schrak sie zusammen vor dem grauen Gesicht, das ihr entgegensah.

Das ist nicht das Mädchen, das Yawar geliebt hat, ging es ihr durch den Kopf. *Das ist nicht seine* yana. *Vor allem aber: Das bin nicht ich.*

Sie behielt ihr Spiegelbild im Blick, während sie sich das Lederband mit dem Andenkreuz überstreifte.

Ein Lächeln musste sie nicht versuchen, sie wusste, dass es ihr nicht gelingen würde. Aber sie hielt ihrem eigenen Blick stand. Da war eine Härte in ihren Augen, die vorher nicht da gewesen war.

Nachdenklich sah sie zur Seite, tastete nach dem Andenkreuz.

Von Yawars letztem Wunsch mochte Pancha nichts wissen, und doch hatte sie recht: Isabel musste stark sein; sich weiter in ihrer Trauer zu suhlen, war ein Luxus, den sie sich nicht erlauben konnte. Es ging nicht um sie.

Yawar hatte an sie geglaubt.

Isabel würde ihn nicht enttäuschen.

***

An diesem Abend kehrte sie mit Q'enti aufs Dach zurück. Das Charango hielt sie an sich gedrückt in dem Tuch, in dem Pancha es zu ihr gebracht hatte. Isabel musste innehalten, als sie die Tür zur Dachterrasse aufstieß und in die blasse Wärme des Abendlichts trat. Vor ihr lagen Arequipas Vulkane, der wolkenlose Abendhimmel und die Dächer der Stadt, als ob sich nichts verändert hätte. Und dort die Konturen von Yawars Kammer, die Tür halb geöffnet, als würde er jeden Moment nach draußen treten, sich strecken, dabei mit geschlossenen Augen tief einatmen und dann zu Isabel herüberlächeln. Sie ertappte sich dabei, den Türspalt anzustarren, als genüge die Kraft der Erinnerung, um Yawar zurückzubringen.

Kühler Wind zupfte an ihrem Haar, fuhr über die Dachterrasse und schlug endlich die Tür zu.

Isabel fuhr zusammen. Sie atmete durch und setzte sich in Bewegung, auch wenn jeder Schritt in Richtung der Kammer mehr Kraft kostete, als sie meinte, aufbringen zu können.

Vielleicht war es zu früh, um hierher zurückzukehren.

Vielleicht zu spät.

Doch als sie endlich auf dem Dach der Kammer saß, fühlte es sich nicht so merkwürdig an, wie sie befürchtet hatte, und vor allem nicht falsch.

Behutsam nahm sie Q'enti aus seiner Hülle und strich mit den Fingern über den Klangkörper, achtete darauf, nicht versehentlich eine Saite zum Schwingen zu bringen.

Du und ich, dachte sie, *wir vermissen ihn beide, nicht wahr?*

Eine Weile saß sie da und hielt das Charango auf dem Schoß wie ein Tierkind. Überlegte, ob die Stille genug war.

Dann begann sie zu spielen. Sie hatte es nie wirklich gelernt, immer nur Yawar zugesehen, aber ihre Finger erinnerten sich an alles. Sie ließ sie über die Saiten tanzen, behutsam. Eine Stimme begann zu singen, rau und unsicher, und erst nach einiger Zeit wurde Isabel klar, dass sie selbst das war.

Worte und Melodien flossen aus ihr hinaus, auf die Saiten von Q'enti und aus ihrer trockenen Kehle. Es fehlte das Vibrieren der Geschichten unter ihren Fingerkuppen, das sie gespürt hatte, wenn sie ins Spiegelbuch schrieb – wenn sie den Geschichten eine Brücke baute, damit sie von Yawars Liedern in ihr Bewusstsein flossen und sich in kühnen Tintenlinien auf das Papier schwangen.

Jetzt war es anders, denn die verbliebenen Geschichten würden nicht zu ihr kommen – sie würde nach ihnen suchen müssen, wie Yawar es vorgehabt hatte. Aber dazu brauchte sie Yanaphuru. Die Hoffnung, dass er trotz ihrer Zurückweisung noch einmal wiederkehren würde, war einer der Gründe, die sie heute aufs Dach geführt hatten. Auch wenn es eine vergebliche Hoffnung sein mochte.

Es war längst dunkel, als sie zu spielen aufhörte, und für einen Moment umfing sie nichts als die Stille der schlafenden Stadt.

Dann trug der Wind eine Stimme heran: »Isabel.«

Sie zuckte zusammen und schöpfte Atem. »Yanaphuru«, sagte sie in die Dunkelheit.

Der *mallku* trat in ihr Blickfeld. Wie lange mochte er schon hier sein? Über Q'entis Klang hatte sie ihn nicht kommen gehört.

Etwas ungelenk kletterte Isabel vom Kammerdach, um Yanaphuru entgegenzugehen. Seinen Hut hatte er diesmal nicht abgenommen, sodass sie seinen Gesichtsausdruck im Schatten der Krempe höchstens erahnen konnte.

Isabel drückte Q'enti an sich. »Es tut mir leid«, sagte sie rau. »Ich hätte nicht –«

»Es ist gut.« Er hob leicht den Kopf, und nun sah sie ein Lächeln, wehmütig zwar, aber ehrlich. »Du hast Zeit gebraucht, und mir fehlte Geduld.«

Sie blickte zu Boden. »Ich hatte gehofft, dass du zurückkommst.«

»Hast du nachgedacht, Isabel?«

»Ich will Yawar nicht enttäuschen«, flüsterte sie und blickte wieder auf. Q'entis Gewicht in ihren Händen war tröstlich. »Ich will den Kondorkindern helfen und das Spiegelbuch beschützen. Ich weiß nicht, ob ich dafür die Yuyaq sein muss oder kann …« Sie atmete tief durch. »Das ist nicht mein Platz. Ich bin …« Mit einer unbestimmten Handbewegung wies sie über die Dächer der Stadt. Weißer Stein, Kirchtürme, gepflasterte Gassen. Sie wusste so wenig von Yawars Welt.

Yanaphuru legte den Kopf schief. »Das ist die Schwierigkeit«, gab er leise zu. »Meine Herrin hat keinen Zweifel daran, dass Yawars Entscheidung richtig war. Du kannst eine würdige Yuyaq sein. Aber Mismi ist zornig.«

»Mismi«, echote Isabel. »Der Yawar verflucht hat.«

»Für Mismi ist das Spiegelbuch Eigentum der Hochlandmenschen«, bestätigte der *mallku* leise. »Für ihn ist es mit denen verbunden, in deren Adern das alte Blut fließt, die Erinnerung an eine Zeit, bevor die Spanier das Land unterjochten.«

»Yawar sagte«, antwortete Isabel, ohne nachzudenken, »dass mittlerweile Fremdes und Eigenes ein Ganzes ergeben. Die Grenzen sind verwischt. Deshalb haben wir auch zweierlei Papier in das Buch gebunden …« Sie unterbrach sich.

»Ich finde, dass er recht hatte«, sagte Yanaphuru leise. »Auch du bist ein Kind dieser Erde, hier geboren, wenngleich du andere Erinnerungen mit dir trägst. Warum also solltest du nicht das Spiegelbuch hüten können? Doch Mismi ist zornig, und mehr noch hat es ihn erzürnt, dass er dich unter seinen Schutz nehmen muss. Denn das Versprechen seines Schutzes ist an dieses Andenkreuz geknüpft.« Er beugte sich vor und berührte den schwarzen Anhänger mit dem Zeigefinger, behutsam wie eine Feder. »Wer immer es trägt und sich seinem Schutz anbefiehlt, dem kann er nicht schaden. Yawar hat das gewusst, und er muss Mismis Zorn vorausgeahnt haben. Es war eine weise Entscheidung, dass er dir das Andenkreuz gab, Isabel. Aber wenngleich es dich schützt, so lindert es nicht Mismis Zorn. Er will dich nicht als Yuyaq anerkennen, und er ist der *apu*, der dies tun muss.«

Ein Schauder überlief sie. Bis zu Yanaphurus Auftauchen hier waren die *apus* und *mallkus* für sie unwirklich gewesen, erfundene Zauberwesen. Aber das waren sie nicht.

»Der Fluch ist noch nicht gelöst worden, nicht wahr?«, fragte sie.

Yanaphuru nickte.

Isabel presste die Lippen zusammen. »Und es ist meine Aufgabe, weil es Yawars Aufgabe war.«

»Du kannst es zu deiner Aufgabe machen«, erwiderte der *mallku* gedehnt. »In erster Linie musst du Anerkennung vor Mismi finden. Meine Herrin hat mit Mismi gesprochen, und er ist nun bereit, dir eine Chance einzuräumen. Er hat meiner Herrin gestattet, dich aufzusuchen.« Für einen Moment hielt er inne. »Mein zweiter Besuch, Isabel. Nur einmal noch werde ich eingreifen können.«

Sie erinnerte sich, dass er ähnliches zu Yawar gesagt hatte. Fragen drängten nach oben, aber eine vor allem. »Was muss ich tun?«

»Isabel«, sagte Yanaphuru ernst, »ich bringe dir das *churanakuy*. Mismi, der *apu*, der Vater des großen Flusses und Stifter des Spiegelbuchs, fordert dich heraus. Wie der Fluss zu seinen Füßen, der Ucayali, das ganze Land durchzieht und große, mächtige Namen erhält, so durchziehen auch die Verlorenen Geschichten das ganze Land, und die Macht Mismis. Es ist eine Reise, auf die du dich begeben musst, wenn du diese

Herausforderung annimmst. Eine Reise auf der Spur der Verlorenen Geschichten. Es wird deine Aufgabe sein, ihr Vertrauen zu gewinnen und ihnen im Spiegelbuch ein neues Zuhause zu geben. Nur wenn du Mismis Rätsel löst, Isabel, wirst du am Ziel ankommen. Nur wenn du ans Ziel gelangst, wirst du Gnade vor seinen Augen finden. Er ist überzeugt, dass es dir nicht gelingen wird, weil du eine Weiße bist, weil du seinem Land fremd bist.« Er lächelte ihr aufmunternd zu. »Meine Herrin und ich hingegen sind sicher, dass es dir gelingen kann, weil du die Liebe zu diesem Land in dir trägst.«

Isabel schwieg. Sie war nicht sicher, ob sie alles begriffen hatte. »Und wenn ich es nicht tue …? Wenn ich die Herausforderung nicht annehme?«

»Dann gäbe es keinen Yuyaq«, erwiderte der *mallku* zögerlich. »Und es gäbe im Grunde auch kein Spiegelbuch, denn wenn du die Herausforderung nicht annimmst, wird Mismi nicht nur dich verleugnen, sondern auch das Spiegelbuch. Das ist das eigentlich Bittere für ihn: Dein Scheitern wäre sein eigenes.«

Isabel biss sich auf die Unterlippe und ließ den Blick zum Horizont schweifen, zu den lichtlosen Silhouetten der Vulkane vor dem Sternenhimmel. »Eine Reise.« Es war keine Kleinigkeit. Sie würde ihr altes Leben aufgeben müssen, sich der Hochzeit widersetzen, einen Schritt aus der Geborgenheit tun – viele Schritte, wenn sie es recht bedachte. Sie war sich nicht sicher, ob sie die Kraft dafür hatte.

Sie konnte *Nein* sagen und in der Sicherheit verharren. Ein Privileg. Yawar hatte es nicht gehabt. Und sein Vater? Und andere, die für die Kondorkinder gestorben waren? Für das Recht auf Wissen und Würde, auf Dinge, um die Isabel niemals hatte kämpfen müssen?

Yanaphuru sah sie aufmerksam an. »Eine Reise, von der ich nicht sagen kann, an welche Orte sie dich führen würde. Ich weiß nur, dass du sie alleine machen musst, dass du an jedem Ort, an den du kommst, eine Botschaft Mismis finden wirst, die du zu entschlüsseln hast. In der Antwort auf sein Rätsel liegt stets der Hinweis, der deinen weiteren Weg vorzeichnet, und so wirst du von Botschaft zu Botschaft reisen, dich von Geschichte zu Geschichte schwingen.«

Sie schloss die Augen, nur einen Atemzug lang, aber sie brauchte diesen Moment der Dunkelheit, um ihre Entscheidung wirklich zu treffen, allein und für sich. Dann straffte sie sich und sah Yanaphuru wieder an. »Ich werde es tun«, sagte sie. »Ich nehme die Herausforderung an.«

Peru

im 21. Jahrhundert

22.

Desamparados

Wenn die Musik spielt, regiert der Wille der apus.

Das haben sie Malinka im Dorf gesagt, wieder und wieder. Sie behält es im Hinterkopf, als sie den Dorfplatz betritt, noch etwas unsicher mit dem Gewicht der Tracht, die man ihr geliehen hat: ein schwerer, bestickter Rock und dazu passend Bluse und Weste, geschmückt mit den bunten Motiven des Tals, mit Vögeln und Blumen.

Wenn die Musik spielt, dann wirbeln die Mädchen in ihren langen Röcken herum, immer um die eigene Achse. Auch die Männer tragen diese Röcke, und ihren Kopf bedecken sie mit einem Fransenhut. So ist es Brauch bei diesem Tanz. Herum, immer herum um den Dorfplatz. Die Melodien selbst scheinen sich im Kreis zu drehen, verspielt und verschlungen wie die Stickereien auf der Kleidung der Tanzenden.

Wenn die Musik spielt, hat nichts anderes Bedeutung: Es ist fiesta *im Dorf, und was im Alltag gilt, ist außer Kraft gesetzt.*

Malinka ist keine gute Tänzerin. Aber die Kraft der Musik reißt sie mit, der Klang der Blaskapelle lenkt ihre Schritte. Plötzlich ist sie ein Teil des Rhythmus. Ihre Füße wissen, was sie zu tun haben. Ihr Körper wirbelt mit den anderen. Sie spürt keine Kälte, keine Müdigkeit. Glück durchströmt sie.

Wenn die Musik spielt, heißt es im Dorf, wenn du zum Tanz der Liebe herumwirbelst, entwischt dir dein Herz ins Getümmel.

An der Rezeption wartete ein betretener Stalin mit ihren Rucksäcken.

»Es ist nicht so, wie ihr denkt!«, sprudelte er hervor, ehe sie etwas sagen konnten. »Keiner von uns weiß, was in Ermelinda gefahren ist, aber was hätten wir machen sollen? Wir müssen doch zu ihr halten! Sie hat uns erklärt, dass sie Angst hat, du würdest für andere Gruppen Texte schreiben, oder dass sie Probleme bekommt, wenn jemand erfährt, dass eine *gringa* für sie Cumbias geschrieben hat. Ich weiß, das ist alles kein Grund, und bitte, ich hoffe, ihr seid noch nicht zur Polizei gegangen, ich habe die anderen davon überzeugt, dass wir euch eure Sachen hier unten lassen. Ihr habt natürlich allen Grund, einen Skandal zu machen, aber …«

»Schon gut«, sagte Malinka nur und setzte ihren Rucksack auf.

Stalin folgte ihnen unglücklich mit dem Blick, als sie das Hotel wieder verließen.

»So«, sagte Matteo, als sie wieder draußen im Straßenlärm Limas standen. »*Yanaphuru?*«

Malinka schlug sich mit der flachen Hand vor die Stirn. »Na klar! Wohin auch sonst?«

Sie verbrachten den Nachmittag lesend in demselben Zimmer, in dem sie einige Tage zuvor untergekommen waren. Matteo verschlang das Kapitel über die Bahnstrecke in Malinkas Reiseführer. Tatsächlich war die Strecke von Lima nach Huancayo, mitten im zentralen Hochland der Anden, einst die höchste der Welt gewesen; sie erreichte eine Höhe von gut fünftausend Metern. Matteo wurde schlecht, als er sich das vorstellte. Die Höhe hatte ihm schon mehrmals übel mitgespielt, seit sie hier waren, und wenn ihnen morgen der Anstieg von knapp über Null auf Fünftausend bevorstand … Er klappte den Reiseführer zu und knipste seine Nachttischlampe aus.

Seit sie in Lima angekommen waren, fühlte er sich matt, und er wusste, dass es nicht nur die Nachwirkungen seines *soroche* aus Huaraz oder der Besorgnis waren, die ihm Malinkas Verschwinden verursacht hatte. Juan Moreno Quispe, Iriri und selbst das Spiegelbuch hatten deutliche Worte für die Tatsache gefunden, dass es ihm im Lauf der Zeit immer schlechter gehen würde. Das machte ihm Angst. Noch konnte er gut an sich halten, sich nichts anmerken lassen, aber weder er noch Malinka wussten, wie viel Irrweg noch vor ihnen lag.

Er war am Wegnicken, als er Malinka im Dunkeln wimmern hörte, leise und erstickt. Matteo setzte sich auf. Sie murmelte unverständliche Worte, vielleicht Quechua, vielleicht einfach Kauderwelsch, und er hörte, wie sie sich auf ihrem Kissen hin und her warf. Während er überlegte, ob er sie einfach wecken sollte, brach das Murmeln ab, und stattdessen hörte er sie schwer atmen.

»Bist du wach?«, fragte er leise ins Dunkel und hörte sie tief Luft holen.

»Mh«, machte sie.

Matteo ließ sich aus dem Bett gleiten und tastete sich bis zu ihrer Bettkante vor, wo er sich vorsichtig niederließ. »Schlecht geträumt?«

Für einen Moment zögerte sie. »Der *mallku*«, sagte sie schließlich. »Der *mallku* war bei mir im Keller.«

Jetzt wurde Matteo klar, *was* sie angestarrt hatte, als er die Tür geöffnet hatte. Und er war nicht einmal darauf eingegangen. »Bist du sicher?«

Er bekam keine Antwort, aber seine Augen gewöhnten sich langsam ans Dunkel und er meinte, Malinka nicken zu sehen.

»Er war einfach da. Er hat mir nichts getan. Vielleicht stimmt es, dass das Andenkreuz ihn fernhält, aber er macht mir Angst. Und …« Sie unterbrach sich.

Matteo tastete nach ihrer Schulter und ließ seine Hand dort liegen, behutsam. Mehr fiel ihm nicht ein.

Malinka seufzte leise und fuhr fort: »Er ist der Grund für Ermelindas Reaktion. Ich habe ihre Augen leuchten sehen. Gelb. Wie seine, verstehst du? Ich glaube, allein wäre sie nie auf so etwas gekommen. Es ist zu irrational.«

»Du meinst, sie war von ihm besessen oder so?«

»Vielleicht.« Sie verzog das Gesicht. »Würde möglicherweise erklären, warum sie so gezielt zuschlagen konnte.«

»Definitiv. Technisches K.O. durch den Gehilfen eines Berggotts ist viel glaubwürdiger als durch eine Schlagersängerin.« Er schnaubte. »Verdammt, und ich meine das nicht mal sarkastisch.«

»Die Lage ist ernst.« Doch Malinkas Lächeln wirkte gezwungen. »Wenn er wirklich die Macht hat, Menschen zu beeinflussen … das macht mir Angst.«

»Shhh«, sagte Matteo. »Bis jetzt ist alles gut gegangen. Außerdem gibt es nicht nur den *mallku.* Da ist auch noch etwas oder jemand auf unserer Seite.«

»Wie kommst du darauf?«

»Die schwarze Feder. Garcilaso. Oder etwa nicht?«

»Du meinst, da sind zwei Seiten.«

»Ich bin mir ziemlich sicher. In der Logik dieses ganzen Wahnsinns hieße das: Zwei *apus*. Einer für und einer gegen uns.«

»Mismi beschützt mich«, sagte Malinka und legte die Hand auf ihr Andenkreuz.

»Bitte sehr, damit wäre das geklärt. Und wer der Bösewicht mit dem *mallku* ist, kriegen wir auch noch raus. Schlaf jetzt, denk an was Angenehmes, die Zugfahrt morgen wird sicher nicht ohne sein.«

»Gute Nacht«, sagte Malinka gehorsam.

Er tätschelte sanft ihre Schulter und kehrte dann zurück in sein eigenes Bett. Innerhalb weniger Minuten hörte er ruhige Atemzüge von nebenan; Malinka musste eingeschlafen sein. Matteo drehte sich mit einem Seufzer auf die Seite, aber es dauerte eine ganze Weile, bis er selbst Ruhe fand.

***

Es hatte etwas von einer Zeitreise, die hohe Bahnhofshalle von Desamparados zu betreten; Licht fiel durch die schmalen Glasfenster fast wie in eine Kathedrale. Der Anblick des Zuges brachte sie hingegen schnell wieder in die Gegenwart zurück.

»Typisch Touri«, schnaubte Matteo und deutete auf die Bilder von traditionellen Webarbeiten und buntem Mais, die die einzelnen Waggons zierten.

Malinka zuckte die Achseln. »Und? Hier sind auch Peruaner.«

»Ja, Zugpersonal und eine Handvoll Bessergestellte.«

»Was ist dein Problem? Peru ist auch das.« Sie wies ihrerseits auf die Bilder.

Matteo verzog spöttisch den Mund, hielt es aber für besser, ihr nicht zu antworten. Ein Mann in einer Uniform näherte sich ihnen, und Matteo zeigte die Tickets vor.

»Wagen C«, sagte der Uniformierte und deutete auf den entsprechenden Waggon.

Das Innere des Zugs war schlicht: holzgetäfelte Wände, gepolsterte Sitze in Zweierreihen. Malinka und Matteo ließen sich auf die ihnen zugewiesenen Plätze fallen. Eine Frauenstimme aus dem Lautsprecher informierte in monotonem Spanisch, Englisch und Französisch darüber, dass man mit dem Bau der Eisenbahn 1870 begonnen hatte, dass die Strecke 535 Kilometer lang war und in ihrem Verlauf 69 Tunnel, 58 Brücken und sechs Zickzack-Kurven passierte. Auf ihrem höchsten Punkt würden sie die Station Galera auf 4.800 Metern Höhe erreichen.

Dann setzte sich der Zug langsam in Bewegung. Lima unter seinem Küstennebel glitt vorbei.

Matteo starrte eine Weile aus dem Fenster. Er fühlte sich weiterhin matt, der Schlaf hatte ihm wie erwartet keine Erholung gebracht, und er sah der Reise mit weitaus weniger Enthusiasmus entgegen als Malinka neben ihm, die eifrig die Infobroschüre studierte und nach einigen Minuten verkündete, dass sie sich in den letzten Wagen begeben würde, wo es eine Aussichtsplattform gab.

»Ja, mach mal«, sagte Matteo müde und lehnte sich mit der Stirn gegen die Scheibe.

»Alles in Ordnung?«, fragte sie besorgt.

Er schüttelte den Kopf. »Ich bin von verrückten Berggöttern verflucht worden, aber ansonsten alles bestens, danke der Nachfrage. Im Ernst, das ist wahrscheinlich normal. Geh ruhig.«

***

Malinka spürte das Vibrieren des Zugs bei jedem Schritt, den sie durch den Korridor machte, und für einen Moment vergaß sie, dass der Grund ihrer Reise nichts mit herkömmlichem Tourismus zu tun hatte. Tatsächlich hatte sie seit Jahren davon geträumt, mit der einstmals höchsten Eisenbahn der Welt zu fahren. Sie fühlte sich beschwingt, als sie sich aus dem hintersten Wagen lehnte und auf die Schienen blickte, die unter ihnen dahinflogen, auf die Landschaft, die zunehmend grüner wurde, je weiter die Strecke anstieg.

Sie knipste einige Fotos und atmete tief durch. Hinter ihr hörte sie das Klingen von Gläsern; auch die Zugbar war in diesem Waggon untergebracht, und nicht wenige Gäste machten eifrig Gebrauch davon und orderten Bier und Pisco Sour. Aus einem Lautsprecher ertönten lebhafte Merengue-Rhythmen. Malinka lehnte sich an die Brüstung und genoss das Gefühl des Dahinfahrens. Sie war glücklich.

Dann nahm sie den Blick wahr, fühlbar wie einen Nadelstich, und zuckte zusammen.

Sie musterte die anderen Passagiere, die plaudernd um sie herum standen, in die Landschaft zeigten oder an winzigen Cocktailgläsern nippten. Keiner schien sie zu beachten. Ein ungutes Gefühl machte sich in ihr breit.

Das ist Unsinn, sagte sie sich entschieden. *Absoluter Unsinn.*

Ihre Hand wanderte zu dem Andenkreuz an ihrem Hals und umschloss es für einen Moment. Das Gefühl des sich erwärmenden Steines beruhigte sie, und sie wandte sich erneut der vorbeirasenden Landschaft zu.

Jemand trat hinter sie, sie spürte einen Körper, der fast an ihren Rücken stieß, einen Atemzug im Nacken und fuhr zusammen. Um ein Haar hätte sie den Fotoapparat fallen lassen. Zwei Arme stützten sich rechts und links von ihr auf die Brüstung, jemand schob sich an sie heran.

»Hallo, *sonqollay*«, flüsterte eine raue Stimme spöttisch in ihr Ohr.

Malinka taumelte, der kalte Schweiß brach ihr aus. Sie musste sich nicht umdrehen, um zu wissen, wer hinter ihr stand. Malinka wusste nicht, welche Gestalt der *mallku* gerade angenommen hatte, und es war das erste Mal, dass sie seine Stimme hörte. Im Keller des Hotels hatte er sie einfach nur aus gelben Augen angestarrt. Jetzt sprach er mit ihr, und seine Stimme war rau und heiser, ließ sie an das Knirschen von Asche und Sandpapier denken.

»So schnell sehen wir uns wieder«, raunte er ihr ins Ohr. »Hast du Angst, mein Herz? Das solltest du. Ich lasse dich nicht aus den Augen, hörst du? Nicht einen Moment. Und eines Tages …«, er musste den Kopf neigen, denn sie spürte einen Atemzug dort, wo das Andenkreuz ihre Haut berührte, »wirst du das hier ablegen.«

Er lachte leise: prasselnde Kohlen in der Glut.

Malinka fasste sich, ihre schweißnassen Hände umklammerten die Brüstung. Sie holte Luft. »Wer bist du?«, wisperte sie und hätte schwören können, dass der Fahrtwind ihr die Worte von den Lippen riss und für den *mallku* unhörbar machte. Aber er hatte sie verstanden.

»Wer ich bin?«, zischte die Stimme an ihrem Ohr. »Ich bin Usphasonqo, Aschenherz, der Botschafter des Mismi.«

»Mismi?« Die Überraschung gab Malinka die Kraft, den *mallku* zurückzustoßen und sich umzudrehen. Er stand vor ihr in der Gestalt eines hochgewachsenen Mannes in einem dunkelgrauen Mantel und einem breitkrempigen Hut, dessen Schatten sein Gesicht verdeckte, aber selbst aus der Dunkelheit leuchteten ihr die gelben Augen voller Bosheit entgegen.

»Ja – Mismi«, wiederholte er voller Genugtuung. »Bist du überrascht?«

Malinka umklammerte das Andenkreuz. »Aber der Mismi beschützt mich!«

Usphasonqo, der *mallku,* betrachtete sie geringschätzig.

»Ja, das muss er, leider«, sagte er. »Aber sei gewiss, ihm knirschen die Zähne vor Wut darüber, elende *gringa.*«

Malinka starrte ihn an. Die Welt um sie herum begann, sich zu drehen.

»Wir sehen uns wieder«, zischte Usphasonqo, »dessen kannst du gewiss sein.« Er lüpfte in einer spöttischen Geste seinen Hut, aber der Schatten über seinem Gesicht blieb. »Eine angenehme Reise, *sonqollay.*«

***

Malinka wusste nicht, wie sie es zurück zu ihrem Platz schaffte. Matteo war eingenickt und schreckte hoch, als sie sich neben ihn plumpsen ließ.

»*Soroche?*«, fragte er zweifelnd. »Du bist ganz weiß.«

»Der *mallku*«, sagte sie tonlos und resümierte Matteo die Begegnung.

»Hier im Zug?«

»So sieht es aus.«

»Verdammt. Willst du ans Fenster, weg vom Gang? Komm, wir tauschen Plätze.«

»Er kann mir nichts tun. Er hat es mir selbst gesagt: das Andenkreuz …«

»Ja, aber er kann dafür sorgen, dass du aussiehst wie ausgespuckt. Setz dich ans Fenster, ich geh an den Gang. Sag mir Bescheid, wenn du den Kerl siehst.«

Widerspruchslos ließ sich Malinka auf den Fensterplatz fallen. Matteos aufflammender Beschützerinstinkt rührte sie, aber beruhigt war sie nicht.

»Ich verstehe das nicht. Wenn der Mismi mich beschützt, wieso schickt er seinen *mallku*?«

»Vielleicht handelt der auf eigene Faust.«

»Es klang nicht so.«

»Siehst du ihn hier irgendwo?«

Malinka schüttelte müde den Kopf.

»Sag Bescheid«, wiederholte Matteo, und danach schwiegen sie.

***

Längst hatten sie die Küste hinter sich gelassen und befanden sich mitten in den Anden. Immer wieder rumpelten die Waggons über Brücken, die sich über Abgründe und Flüsse spannten; unter ihnen erstreckte sich ein Tal. Ab und an passierte der Zug eine Ortschaft, und Kinder liefen winkend auf ihn zu. Auch Erwachsene, ebenso fasziniert, blieben stehen und hoben die Hände zum Gruß. Der Zug fuhr nur einige Male im Jahr, und offenbar war seine Ankunft ein Ereignis, wo immer er vorbeikam.

Der *mallku* erschien einmal kurz, als Matteo auf Toilette war: Malinka schreckte auf und stellte fest, dass Usphasonqo auf dem Platz neben ihr saß und sie angrinste. Aber ebenso schnell, wie er aufgetaucht war, verschwand er wieder, und als Matteo zurückkam, hatte sie sich fast wieder beruhigt.

Sie machten sich zusammen auf den Weg in den Panorama-Waggon, einerseits, weil der Blick auf die Strecke von dort noch beeindruckender war, und andererseits, weil sie beim Einstieg Gutscheine für einen Pisco Sour bekommen hatten. Mit ihren Gläsern in der Hand lehnten sie sich an die Brüstung, während der Zug durch eine zunehmend karge Felslandschaft glitt, Wolken sich über die Gleise senkten und die Welt hinter ihnen zurückzubleiben schien.

Matteo zeigte nicht viel Enthusiasmus, aber er nickte, als Malinka sagte: »Trotz allem ist das hier genial.«

»Mh«, machte er und trank seinen Pisco Sour aus, was in Anbetracht der geringen Menge nicht allzu schwer war. »Die *apus* haben Sinn für erfolgreiches Tourismusmanagement.«

»*Apu Tours,* das andere Reiseerlebnis.«

»Direkt eine Marktlücke, meinst du nicht?«

»Na klar. Lass uns ein Reisebüro eröffnen: Rätselreisen quer durch Peru. Wer bis ans Ziel kommt, dem erstatten wir die Hälfte des Ticketpreises.«

»Du denkst dir die Rätsel aus, bitte, dann sind wir auf der sicheren Seite.«

Sie grinsten beide. Obwohl Malinka spürte, dass der *mallku* sie irgendwo aus der Menge der Passagiere beobachtete, fühlte sie sich beruhigt.

Die monotone Frauenstimme aus dem Lautsprecher kündigte an, dass sie in wenigen Minuten die Station von Galera erreichen würden – auf beinahe fünftausend Metern. Malinka betrachtete Matteo. »Brauchst du *mate de coca*?«

»Ich glaube, es geht. Pisco Sour auf dieser Höhe euphorisiert. Willst du aussteigen?«

Sie nickte.

Um sie herum posierten die anderen Passagiere für Erinnerungsfotos vor dem Schild am Stationseingang, stolperten über alte Gleise oder rangen nach Luft. Malinka und Matteo beschränkten sich auf ein paar Schritte über das Gelände. Malinka ließ ihren Blick über die Felslandschaft um sie herum gleiten.

»Viertausendsiebenhunderteinundachtzig Meter«, murmelte sie.

Matteo zuckte mit den Schultern. »In China gibt's ein halbes Dutzend Zugstationen, die höher liegen.«

»Mag sein. Aber das hier ist nicht China.«

»Gleise bis dorthin, wo die Lamas gehen können.«

»Wie kommst du darauf?«

»Steht im Reiseführer. Das hat der US-amerikanische Ingenieur gesagt, der sich um den Bau der Strecke beworben hat.«

»Im Jahre Schnee.«

»1868.«

»Wer schluckt denn hier Bücher?«

»Vielleicht sollten wir wieder einsteigen«, sagte Matteo mit einem leichten Grinsen, aber noch während er sprach, wurde er von einem klagenden hellen Laut unterbrochen; der Schrei eines Raubvogels.

Sie legten gleichzeitig den Kopf in den Nacken und suchten den Himmel ab.

»Machen Kondore solche Geräusche?«, fragte Matteo.

Malinka zuckte mit den Schultern, doch in diesem Moment sahen sie schon den Vogel. Es war eindeutig kein Kondor, sondern ein kleiner, schlanker Raubvogel mit schneeweißen Federn. Er zog seine Kreise wenige Meter über ihren Köpfen, und Malinka hatte das Gefühl, dass der Blick seiner blanken Augen auf ihnen ruhte. Ein seltsames Kribbeln überkam sie. Der Vogel stieß einen weiteren Schrei aus und schwang sich dann hinauf in den wolkigen Himmel.

»Ihr habt Glück«, sagte eine Stimme neben ihnen. Es war einer der uniformierten Zugbegleiter, der sich mit einem leichten Lächeln zu ihnen gesellte.

»Glück?«, fragte Malinka stirnrunzelnd.

»Der weiße Falke von Galera. Ab und zu zeigt er sich. Als Henry Meiggs, der Ingenieur, der diese Zugstrecke bauen ließ, sich mit den Arbeiten diesem Ort näherte, kam es unter den indigenen Arbeitern zu Unruhen.«

Matteo und Malinka wechselten einen Blick.

»Wieso?«, fragte Malinka.

»Die Legende vom weißen Falken machte ihnen Angst. Sie glaubten, dass es die Seele eines schönen Mädchens sei, das aus Liebeskummer die Anden überquerte und auf der Suche nach Erlösung als Falke herumirrt. Wem er erscheint, dem kündet er Veränderung an.«

»Gute oder schlechte?«

Der Zugbegleiter grinste angesichts von Matteos Frage. »Darüber streiten die Quellen, mein Freund. Henry Meiggs berichtet, dass der Falke wirklich erschien, als die Schienen Galera erreichten. Die indigenen Arbeiter weigerten sich, am nächsten Tag weiterzuarbeiten. Und wirklich traf ein Steinschlag genau die Stelle, an der sie an jenem Tag hätten arbeiten sollen. Viele hundert Menschen hätten sterben können.«

»Und diesen verzauberten Falken haben wir also gesehen«, sagte Matteo trocken.

Der Zugbegleiter tippte sich mit einem Finger an den Schirm seiner Mütze. »Wer weiß das, meine Lieben. Als ich ihn das letzte Mal sah, blieb uns der Zug für siebzehn Stunden auf der Strecke liegen, eine Katastrophe. Seid vorsichtig; schaden kann es nichts.«

Er nickte ihnen zu und wandte sich ab.

»Kondore und weiße Falken. Vielleicht hättest du doch Ornithologin werden sollen«, sagte Matteo.

Malinka hatte die Arme verschränkt und dachte nach. »Da war schon mal was mit einem weißen Falken«, sagte sie ernst.

Das durchdringende Pfeifen des Zuges unterbrach sie: Es war Zeit, wieder einzusteigen.

Der höchste Punkt ihrer Reise war überwunden; der Zug fuhr behutsam wieder an, während das Personal dampfend heiße Becher mit *mate de coca* servierte.

Malinka saß mit angewinkelten Beinen auf ihrem Fensterplatz und blätterte nachdenklich im Spiegelbuch.

»Gibt's was Neues?«, fragte Matteo und gähnte.

»Hm.«

»Ist das ein Ja oder Nein?«

Sie machte eine unwillige Handbewegung. Eine feine Tuschezeichnung und eine zierliche Handschrift daneben hatten ihre Aufmerksamkeit erregt. Sie bewegte stumm die Lippen, während sie die Worte entzifferte und mit dem Finger über die Linien der Zeichnung strich: das Profil eines Raubvogels mit durchdringenden dunklen Augen.

»Der Falke«, bemerkte Matteo, der ihr über die Schulter schaute.

Sie schlug sich mit der flachen Hand vor den Kopf. »Isabel Goyeneche.«

»Schon wieder? Wo?«

»Denk doch mal nach. Die Geschichte des Buchhändlers in Lima. Was machen die *apus* mit Isabel, als sie das Spiegelbuch zurückgibt?«

Matteo runzelte die Stirn. Es schien ihm nicht leicht zu fallen, sich an die Einzelheiten zu erinnern. »Doch«, sagte er langsam, »du hast recht. Sie verwandeln sie in einen Falken … Das hat er kurz erwähnt, ganz am Ende, oder? Aber was macht der Falke hier? Glaubst du, dass sie das Spiegelbuch hier abgegeben hat?«

»Eigentlich nicht. Aber sie scheint hier vorbeigekommen zu sein.«

»Bevor es die Schienen gab?«

»Die Schienen kommen, bis wohin die Lamas gehen können. Warum also nicht?«

Matteo tippte auf die aufgeschlagene Seite im Spiegelbuch. »Und was hat uns der Falke zu sagen?«

»Hier steht: *A partir de ahora, a ser muy prudente. Que todo el camino será diferente.*«

»Ab jetzt Vorsicht, der ganze Weg wird anders sein?«

»Was auch immer das heißt.«

Malinka klappte nachdenklich das Buch zu, und in diesem Moment kam der Zug mit einem heftigen Ruck zum Stehen. Überall im Abteil ertönten überraschte Schreie. Sie hörte Matteo fluchen, weil er sich den Rest seines *mate de coca* übers Handgelenk geschüttet hatte.

»Wir entgleisen!«, brüllte jemand. Unter dem Zug knirschte es, Malinka spürte, wie der Waggon sich zur Seite neigte.

Kurz darauf knackte es in den Lautsprechern über ihnen.

»*Damas y caballeros,* bitte bleiben Sie ruhig. Wir haben ein kleines technisches Problem, kein Grund zur Beunruhigung. Aus Sicherheitsgründen möchten wir Sie bitten, Ihre Plätze nicht zu verlassen. Ich wiederhole: Niemand verlässt seinen Sitzplatz.«

»Was geht denn jetzt ab?«, zischte Matteo.

Malinka ließ das Buch in ihre Umhängetasche gleiten. Ihr war unwohl.

»Glaubst du, der Zug ist entgleist?«

Gleichsam als Antwort auf Matteos Frage ging ein weiterer Ruck durch den Zug, und diesmal neigte sich der Waggon deutlich nach links, in Richtung Abhang. Ein Aufschrei ging durch das ganze Abteil.

Matteo packte Malinka am Arm. »Das sieht nicht gut aus«, raunte er.

»Und jetzt?«, flüsterte sie zurück.

Hinter ihnen begann ein Kind zu weinen. Malinka starrte aus dem Fenster: Wenn die Schräglage des Waggons sich verstärkte, würde der Zug mehrere hundert Meter in die Tiefe stürzen. Ihr brach der Schweiß aus. Sie spürte einen brennenden Blick auf sich und sah auf. Sie konnte nicht entdecken, wer sie musterte, aber im Grunde wusste sie es genau; und genauso deutlich wie den Blick meinte sie, ein spöttisches Grinsen zu spüren.

»Der *mallku*«, murmelte sie. »Ich bin ganz sicher.«

»Wir müssen hier raus«, zischte Matteo.

»Wir können jetzt unmöglich aufstehen. Das gibt eine Massenpanik und dann …«

»Dein *mallku* will nur uns. Oder nicht?«

Malinka schüttelte nur ratlos den Kopf.

»Ich bleib hier nicht«, sagte Matteo eindringlich und zog den kleinen Tagesrucksack unter dem Sitz hervor.

Malinka holte tief Luft. Wieder spürte sie den Blick des *mallkus* irgendwo aus dem Abteil. »Also dann«, flüsterte sie.

Sie standen gleichzeitig auf und bewegten sich mit vorsichtigen Schritten zur Abteiltür.

»Was soll das?«, rief jemand.

»Keiner verlässt seinen Sitzplatz!«

»Steht still! Wir entgleisen!«

Matteo drehte sich zu dem gesamten Abteil um.

»*¡Damas y caballeros!*«, verkündete er mit einer weiten Armbewegung. »Bitte beruhigen Sie sich. Wir wissen, was wir tun. Dass der Zug entgleist, hat nichts mit Ihnen zu tun. Es ist die Rache der Andengötter, die gegen uns beide hier gerichtet ist. Deshalb werden wir den Zug verlassen und uns den *apus* stellen. Sie können also ganz beruhigt sein!«

Ein verdattertes Schweigen legte sich über das Abteil. Matteo machte eine leicht spöttische Verbeugung in Richtung der anderen Passagiere, dann öffnete er die Abteiltür und winkte Malinka hindurch.

»Was ist denn in dich gefahren?«

»Mir war grade danach. Fällt dir was auf? Keiner schreit, dass das Unsinn ist.«

Mit ein paar Schritten erreichten sie den Panoramawagen. Der Barkeeper saß lethargisch an seinem Tresen und nahm einen tiefen Schluck aus einer der wenigen heil gebliebenen Piscoflaschen, ohne Matteo und Malinka weiter zu beachten. Der Boden der Bar war mit feinen glitzernden

Scherben bedeckt.

Der Blick vom Panoramawagen ging ins Weiße: Nebelschwaden hatten den Zug eingehüllt, als wollten sie die Passagiere vor einem weiteren Blick in den Abgrund bewahren. Malinka wurde mulmig zumute. Matteo hingegen steuerte festen Schrittes auf die Brüstung zu, schwang sich darüber und ließ sich nach unten gleiten.

»Kommst du?«

Sie nickte und folgte – ein ganzes Stück langsamer und weit weniger elegant, aber schließlich landete auch sie auf dem Schotter, auf dem die Gleise verliefen.

»Und jetzt?«, fragte sie.

»Sagt das Buch was?«

»Ich vermute, das mit dem vorsichtigen Weg trifft jetzt zu.«

»Also los«, sagte Matteo und deutete mit einem Nicken in die Richtung, aus der der Zug gekommen war; eine andere Möglichkeit blieb ihnen nicht.

Schweigend marschierten sie nebeneinander auf den Schienen her, Schritt um Schritt. Der Nebel erlaubte ihnen nicht mehr als ein, zwei Meter nach vorne zu sehen; dahinter und davor verschwand alles in seinem wabernden Weiß. Malinka fröstelte, obwohl sie ihre Windjacke bereits im Zug angezogen hatte; immerhin befanden sie sich noch immer auf beinahe fünftausend Metern.

Plötzlich blieb Matteo ruckartig stehen. »Die Schienen sind weg.«

»Was heißt hier …« Da sah sie es auch: Genau vor ihren Füßen endeten die Schienen. Nur der Schotter war noch da, und einige Schritte weiter ging er in einen mit rohen Steinplatten gepflasterten Weg über. Sie blickte fragend auf.

Matteo hob die Schultern und atmete tief ein. »Warte mal«, sagte er, drückte ihr den Rucksack in die Hand und machte ein paar Schritte in den Nebel hinein. Im nächsten Moment hörte sie, wie er sich übergab.

Aber da war noch ein anderes Geräusch.

Malinka zuckte zusammen und wirbelte herum.

Schritte.

Schritte, die auf Schotter knirschten – und nicht etwa die langsamen, vorsichtigen Schritte einer Person, die bedächtig ihren Weg im Nebel sucht. Es waren die schnellen, gleichmäßigen Schritte eines Läufers. Und sie kamen näher.

Malinka wich unwillkürlich zurück, bis ihr Rücken an die Felswand hinter ihr stieß.

Eine Gestalt schälte sich aus dem milchigen Zwielicht: ein junger Mann, eindeutig ein Hochlandbewohner, mit glattem schwarzen Haar und goldbraunem Teint, gekleidet in eine Art rote Tunika. Sein Gesichtsausdruck war konzentriert, sein Blick auf den Weg vor ihm geheftet, und trotzdem trabte er im Dauerlauf voran, ungeachtet des Nebels und der Höhe und ohne im Mindesten erschöpft zu wirken, auch wenn seine Fäuste wie vor Anstrengung geballt waren.

Malinka starrte ihn mit offenem Mund an.

Er kann mich nicht sehen, durchzuckte es sie. Für einen Moment war sie vollkommen sicher, dass sie auf den Mann blickte wie auf ein Fernsehbild, wie auf eine Illusion, dass er sich in einer anderen Realität befand, in der er sie nicht wahrnahm.

Aber als der Mann auf ihrer Höhe war, drehte er den Kopf und sah sie direkt an. Malinkas Herz klopfte, als wolle es zerspringen. Der Mann streckte seinen Arm aus, sie zuckte vor der Berührung seiner Finger zurück und spürte, dass er ihr etwas in die Hand drückte. Und dann war der Mann bereits an ihr vorbei, und wenige Sekunden später schluckte der Nebel ihn und das Geräusch seiner Schritte.

Malinka zitterte am ganzen Körper, als Matteo zurückkam.

»He! Was ist los? War es der –«

Sie schüttelte den Kopf. »Nein«, murmelte sie, »ich glaube nicht.«

Matteo trat neben sie. »Und was hast du da?«

Sie blickte an sich hinunter. In ihrer Hand hielt sie eine Blume.

Es war eine große, gelbe Blüte mit länglichen, gewölbten Blättern, wie kleine Segel im Wind.

»Das ist Ginster«, sagte Matteo.

»Hm. Meinst du?«

»Ein Schmetterlingsblütler. Schau nicht so, ich hatte Bioleistungskurs, aus purer Langeweile. Wo hast du das her? Hier wächst doch nichts.«

»Hast du ihn nicht gesehen?«, fragte sie und drehte die Blume in ihren Fingern. Matteo zog fragend eine Augenbraue hoch.

»Ein Mann«, sagte Malinka. »Ein …« Sie hielt inne und suchte nach dem Wort. »Wie ein *chaski.* Die Boten aus dem Inkareich, weißt du? Es gab ein Netz aus Straßen und Boten, und es war so gut aufgebaut, dass der Inka in kürzester Zeit frischen Fisch aus dem Pazifik in Cusco –«

»Ja, ja, das steht in jedem Reiseführer«, unterbrach Matteo sie und nahm ihr den Rucksack aus der anderen Hand.

»Ich glaube, ich habe gerade einen gesehen.«

»Und der hat dir die Blume gegeben.«

Sie zuckte hilflos mit den Achseln.

»Machen die das heute auch noch? Das Laufen, meine ich.«

»Ich hatte das Gefühl, das war niemand von *heute*.«

Matteo schaute sie eindringlich an, dann biss er sich kurz auf die Lippen und hob die Schultern. »Mich sollte langsam wohl nichts mehr wundern. Aber wenn du jetzt nicht das da in der Hand hättest, würde ich denken, die Höhe setzt dir zu. Und jetzt? Was heißt Ginster auf Spanisch?«

»Gute Frage.«

»Na gut.« Matteo setzte sich auf den kalten Boden, und nach kurzem Zögern tat sie es ihm gleich. Sie fühlte sich plötzlich müde und erschöpft, und das konnte nicht nur an der dünnen Luft liegen. Sie machte es sich im Schneidersitz so bequem wie möglich, legte die Blume auf ihr Knie und zog das Buch aus ihrer Tasche. Matteo sah ihr gespannt über die Schulter, während Malinka blätterte. Alles, was ihr neu vorkam, war die schlichte Federzeichnung eines Weges aus Stein, der sich im Nebel verlor.

»Sehr hilfreich«, kommentierte Matteo.

»*Qhapaq Ñan.*«

»Das da hieße?«

»Das Netz der Inkastraßen. Der große Weg. *Qhapaq Ñan.*«

Matteo klopfte kurz mit der Handfläche auf den Steinboden, auf dem sie saßen. »Du meinst, dass das hier –? Und was heißt das für uns? Und was soll das mit dem Ginster?« Er atmete tief durch. »Gehen wir systematisch vor. Was heißt Ginster auf Quechua? Wissen wir auch nicht, gut. Gibt es hier irgendwo eine Stadt, die für gelbe Blumen bekannt ist? Eine Ginstercumbia? Denk doch auch mal nach.«

»Gelbe Blumen.«

»Huancayo?«

Sie schüttelte den Kopf. »Gelbe Blumen«, wiederholte sie. Gelb. Gelb. *Amarillo.* Malinka überlegte. Von irgendwoher drängten sich Wortfetzen in ihr Gedächtnis und je mehr sie sich konzentrierte, desto deutlicher wurden sie und brachten eine Melodie mit. »*En la plazuela de Huanta / Amarillita / Flor de retama / Amarillita, amarillando, flor de retama* …« Sie unterbrach sich, als sie merkte, dass sie leise vor sich hinsang.

»Heiße Spur?«, fragte Matteo.

»Es ist eine gelbe Blume, aber ich weiß nicht, ob *retama* übersetzt Ginster ist. Das Lied stammt aus Ayacucho.«

»Und es ist die Hymne der Botaniker.«

»Nein. Es geht um Studierendenproteste in dem Dorf Huanta in den 60er Jahren und wie sie brutal niedergeschlagen wurden.«

Jetzt schien Matteos Interesse geweckt. »Echt? Sing mal.«

»Den ganzen Text weiß ich nicht mehr«, wehrte Malinka ab, aber unter Matteos Blick begann sie doch leise zu singen. Sie hatte das Lied schon oft gehört, aber nie groß über seinen Inhalt nachgedacht.

Wo das Blut des Volkes / Ay, vergossen wird
Ganz genau dort blüht sie, klein und gelb / die Ginsterblume ...
Bei den Fünf Ecken sind sie, / Die Sinchis kommen
Sie werden Studenten töten, Huantinos von Herzen
Sie werden Bauern töten, Huantinos von Herzen,
Klein und gelb, gelbend, die Ginsterblume ...

»Was sind *Sinchis*?«, fragte Matteo.

»Eine Spezialeinheit der Polizei, auch in den 60ern gegründet. Später in den 80er Jahren bekämpften sie auch den Leuchtenden Pfad.«

»Das war diese Terrorbewegung.«

Malinka nickte. »Ayacucho litt besonders stark darunter, und die Zivilbevölkerung geriet oft zwischen die Fronten.«

»Dazu würde das Lied ja auch fast passen.« Er runzelte die Stirn.

»Soweit ich weiß, hat der Leuchtende Pfad es sich sogar ein Stück weit angeeignet.« Malinka fröstelte. Sie wusste einfach zu wenig über jene blutige Zeit.

»Also müssen wir jetzt nach Ayacucho?«, fragte Matteo.

»Das wäre sowieso die logische Station nach Huancayo gewesen.

Ayacucho kommt übrigens aus dem Quechua. Übersetzt heißt es soviel wie *Ecke der Toten*.«

»Wundervoll. Jetzt bin ich gleich viel motivierter.«

»Wollen wir weiter?«

Matteo zögerte und schaute zurück in die Richtung, aus der sie gekommen waren, dann in jene, in die der rätselhafte Mann verschwunden war. Die Nebelschwaden drifteten auseinander und gaben den Blick auf ein Tal frei, das im Dämmerlicht des späten Nachmittags leuchtete. Am Horizont sahen sie einige hingewürfelte Häuser – ein einsames Gehöft oder Vorort einer größeren Siedlung, wer konnte das wissen?

»Ayacucho?«, fragte Matteo, während er sich aufrappelte. »Na, wie auch immer: *Vamos*.«

Peru

um ca. 1767

23. Qallariy

Beginn

»Fertig, *señorita.«* Marina trat einen Schritt zurück, als ob sie Isabel Gelegenheit geben wollte, sich in Ruhe im Spiegel zu betrachten.

Isabel nahm die wortlose Einladung nicht an. Sie wusste zu gut, wie ungesund bleich ihr Spiegelbild aussehen würde, solange sie die schwarze Tracht für den sonntäglichen Kirchengang trug. Isabels Haar hatte Marina mit besonderer Hingabe gebürstet, doch unter dem dunklen Spitzenmuster der *mantilla* – des Schleiertuchs, das Isabel nun auf Kopf und Schultern saß – war das ohnehin nicht zu sehen. Immerhin verschwand auch das Andenkreuz unter der schwarzen Seide ihres Ausschnitts; es hätte im Gottesdienst sicher für hochgezogene Brauen gesorgt.

Isabel erhob sich, ohne den Spiegel auch nur eines Blickes zu würdigen. »Danke, Marina«, sagte sie schlicht, wie sie es an jedem Sonntag vor dem Kirchgang sagte. Ruhiger, als es zu ihrem Herzklopfen und ihren feuchten Handflächen passte.

Halte dich bereit, hatte Yanaphuru gesagt. *Bei deinem Kirchgang werde ich auf dich warten.*

Schon zwei Sonntage hatte Isabel es mühsam bewerkstelligt, Spiegelbuch und Q'enti mit sich zu schmuggeln; Marina trug das Charango unter der wollenen Matte, auf der Isabel im Gottesdienst zu knien pflegte, und das Spiegelbuch hielt Isabel an ihre Brust gepresst, provisorisch in den Ledereinband ihres alten Psalmenbuchs gehüllt.

Zwei Sonntage, und Yanaphuru hatte sich nicht blicken lassen. Heute war es die letzte Gelegenheit; in zwei Tagen schon sollte Isabel nach Lima reisen, um dort Don Francisco zu heiraten. Und je mehr Zeit verstrich, desto unwirklicher schien ihr Gespräch mit dem *mallku,* und die Herausforderung der *apus* verblasste langsam zu einer Geschichte, wie sie im Spiegelbuch stehen konnte: schillernd wie Kolibriflügel, aber so flüchtig, so rasch aus dem Blickfeld verschwunden.

Energisch stieß Isabel die Luft aus, während sie die Treppe hinabschritt, Marina dicht hinter ihr. Gern hätte sie zumindest einen kurzen Blick ins Spiegelbuch geworfen, damit das leuchtende Rot der Buchstaben sie an die Wahrhaftigkeit ihrer Aufgabe erinnerte. Doch unten wartete schon ihr Vater, sah ihr missbilligend entgegen und ließ die Knöchel knacken wie immer, wenn er ungeduldig war. Sie konnte nicht riskieren, dass er das Spiegelbuch entdeckte.

Auf dem Weg zur Kathedrale wechselten Vater und Tochter kein Wort. Aus den Augenwinkeln sah Isabel ihn stumm mit den Kiefern mahlen und so starr geradeaus blicken, als strenge ihn das an. An sich war sie froh über die Stille. Doch über die schattigen Pflastersteine huschten zu viele Erinnerungen an all die Worte und all das Gelächter, die früher auf diesem Weg zwischen ihnen hin- und hergegangen waren.

Damals, dachte Isabel, *als Papá noch Geschichten erzählte.* Sie war sich nicht sicher, wann er eigentlich damit aufgehört hatte.

Auf der Plaza herrschte der übliche Trubel, Gedränge in Richtung der Marmorstufen, das Rascheln schwarzer Seide und gedämpftes Stimmengewirr der Kirchenbesucher. Darüber die heiseren Stimmen der Verkäufer, die ihre Waren anpriesen: »Jasmin, Jasmin!«, rief die Blumenfrau und schwenkte die duftenden Zweige; »*¡Bizcochos*!« der Kuchenverkäufer, der seinen Korb auf dem Kopf balancierte. Die Frauen, die vor dem Portal Kerzen und Räucherwerk feilboten, blieben still; ihre Kunden entdeckten sie ganz von selbst und strebten auf sie zu.

Ohne viel Hoffnung ließ Isabel den Blick schweifen, suchte die schattigen Bogengänge am Rande der Plaza ab und stockte, als sie eine dunkle Gestalt entdeckte. Sie kniff die Augen zusammen und sah noch einmal hin; vielleicht irrte sie sich.

Schwarzer Poncho, weißer Schal, ein Hut mit breiter Krempe. Yanaphuru. Er musste es sein.

Isabel blieb stehen und hoffte beinah, dass ihr Vater es nicht bemerkte. Sie unterdrückte ein Seufzen, als er sich doch unwillig nach ihr umwandte.

»Geh voran«, rief sie ihm zu. »Ich will mir ein Heiligenbild kaufen, unsere Jungfrau von Chapi, weißt du?«

Sie sah ihn die Stirn runzeln, legte sich schon zurecht, dass es ein Andenken sein sollte, damit sie in Lima kein Heimweh hatte – dabei war Isabel nie in Chapi gewesen, dem Wallfahrtsort vor Arequipas Toren. Aber schon nickte ihr Vater knapp und wandte sich ab, ließ sie mit Marina stehen und folgte dem Menschenstrom in die Kirche.

Isabel sah ihm nach und begriff, dass dies ihr Abschied gewesen war.

»Mein Charango, Marina«, sagte sie rau und streckte die Hand aus.

»Aber *señorita* …«

Wie sehr sie sich wünschte, Pancha hier zu haben, die verständige, findige, in alles eingeweihte Pancha. Ihr hätte Isabel sagen können, dass sie fortging, dass sie dem Ruf der *apus* folgte; und Pancha hätte geweint und gelacht, *meine Güte, sonqollay,* hätte sie gesagt, *ist es denn nicht erst gestern gewesen, dass du mir nur bis hierher gereicht hast,* und hätte die Hand auf ihre Hüfte gelegt, stummen Ernst in den schalkhaften Augen.

Doch nicht Marina. Sie war Vater gegenüber zu pflichtbewusst und reichte ihr Q'enti nur zögerlich.

»Geh hinein, Marina.« Isabel bemühte sich um Bestimmtheit in ihren Worten. »Sonst finden wir keinen Platz mehr bei meinem Vater. Ich werde gleich bei euch sein.«

Marina musterte sie unglücklich, und für einen Moment fragte sich Isabel, ob ihre alte Kinderfrau nicht doch mehr wusste. Oder ahnte. Oder zumindest verstanden hätte. Schließlich eine geflüsterte Antwort, die Zustimmung sein musste, und auch Marina stieg die Stufen empor, über den Armen die Matte, auf der Isabel nie wieder beten würde.

Jetzt galt es.

Möglichst gemessenen Schrittes überquerte Isabel die Plaza, hoffte, dass man ihr weder Eile noch Aufregung ansah, dass ihr niemand in den Weg trat und vor allem nicht plötzlich die Stimme ihres Vaters nach ihr rufen würde.

Jeder Schritt trug sie aus ihrem alten Leben davon – und das hätte sich nicht so banal anfühlen dürfen, fand sie.

Yanaphuru nickte ihr zu, als sie zu ihm in die Schatten trat. »Komm«, sagte er schlicht und bog in die nächste Seitengasse, sah nur kurz über die Schulter zurück.

Eilig schloss Isabel zu ihm auf und bezähmte ihre Ungeduld, während das Stimmgewirr von der Plaza hinter ihnen zurückblieb. »Und nun?«, fragte sie schließlich doch.

Yanaphuru schob eine knarzende Holztür auf und wies wortlos auf den Durchgang. Isabel trat in den schattigen Durchgang und weiter in einen Innenhof – überwuchertes Mauerwerk, Grasbüschel und Scherben vergessener Tonkrüge.

Yanaphuru reichte ihr einen leinenen Sack. »Andere Kleidung«, sagte er schlicht. »Ein Trinkschlauch und etwas Proviant. Viel mehr kann ich nicht für dich tun.«

»Das ist schon sehr viel«, gab sie leise zurück und nahm den Sack entgegen. Ob auch Geld darin war? Sie würde ein Reittier mieten müssen, vielleicht eine Kutsche finden …

»Etwas ist da noch«, unterbrach Yanaphuru ihre Gedanken. Als Isabel aufsah, nickte er abermals – auf etwas hinter ihr.

Sie drehte sich zögerlich um und zuckte zusammen.

Vor ihr stand … ein Alpaka? Yawar hatte ihr erklärt, wie sie die wolligen Tiere des Hochlands unterscheiden konnte: Lamas waren größer als Alpakas und hatten gebogene Ohren; Alpakas besaßen die feinere Wolle und sahen ungeschoren oft flauschiger aus.

Das Tier, dem sie sich jetzt gegenübersah, hatte den dichten Wollpelz eines Alpakas und die gerade aufragenden Ohren. Aber es war groß wie ein Lama – oder sogar noch größer. Sein Fell hatte die Farbe von *manjar dulce*, ein sonniges, warmes Braun, und seine Augen musterten Isabel mit einem seltsam menschlichen Ausdruck, halb mürrisch, halb amüsiert, während seine Zähne auf etwas herumkauten.

»Dies«, sagte Yanaphuru feierlich, »ist Chaski. Wie ich steht er im Dienste Sabancayas. Er wird dein Reittier sein auf dem Weg, der vor dir liegt.«

Unwillkürlich streckte Isabel die Hand aus, um das Tier am Kopf zu kraulen. Gleichzeitig perlte Verwirrung in ihr: Von Yawar wusste sie auch, dass weder Lamas noch Alpakas als Reittiere taugten; sie trugen zwar allerlei Waren, aber niemals erwachsene Menschen. »Er ist wunderschön«, sagte sie bewundernd. »Nur … Was ist er?«

»Ich«, antwortete Chaski trocken, »bin ein Alpaka. Lass mich das gleich klarstellen: Fragen kannst du an mich direkt richten.«

Sie erstarrte mitten in der Bewegung und blinzelte fassungslos.

»Lass mich noch etwas klarstellen«, fuhr Chaski fort. »Gegen Streicheleinheiten habe ich nichts einzuwenden.«

»Er spricht!« Sie drehte sich zu Yanaphuru. »Ist er auch ein *mallku*?«

Chaski räusperte sich vernehmlich, was überraschend menschlich klang. »Wie ich bereits sagte: Fragen kannst du an mich direkt richten. Denn, wie du ganz richtig erkannt hast: Ich spreche. Und ich verstehe auch.«

»Entschuldigung«, sagte Isabel instinktiv.

»Angenommen.« Er legte den Kopf schief. »Du solltest dich umziehen, damit wir uns auf den Weg machen können. Ich schätze, wir werden genug Zeit haben, uns näher kennenzulernen.«

»Sei unbesorgt, Isabel.« Yanaphuru legte ihr eine Hand auf die Schulter. »Chaski hat eine spitze Zunge, aber ein gutes Herz. Hier beginnt deine Reise. Ich wünsche dir alles Gute.« Er lächelte ihr zu. »Es wird nicht einfach sein, aber ich bin sicher, dass du es schaffen kannst. Ich werde nicht eingreifen dürfen, um dir zu helfen, aber mit Herz und Verstand wirst du die Aufgaben lösen, die vor dir liegen.«

»Danke für alles«, wisperte sie und wollte gern noch etwas hinzufügen – angemessenere Worte finden für das Vertrauen, das er in sie setzte. Für die Herausforderung, die vor ihr lag.

Doch für den *mallku* schien alles gesagt. Er zog die Hand zurück, lüpfte noch einmal seinen Hut und wandte sich dann ab, spazierte aus dem schattigen Innenhof, ohne sich noch einmal umzusehen.

Hinter ihr räusperte sich Chaski.

»Ich schlage vor, du ziehst dich jetzt um«, sagte er. »Das Kleid da ist unpraktisch.«

Sie tastete nach schwarzer Spitze und nickte. »Ich weiß.«

»Es ist übrigens auch hässlich.«

Isabel hob die Augenbrauen. »Aber das tragen hier alle Frauen zum Kirchgang.«

»Herrje«, sagte Chaski und wedelte mit dem rechten Ohr. »Das macht es nicht besser.«

Isabel unterdrückte ein Seufzen und öffnete den Leinensack, um die Wechselkleidung hervorzuziehen, von der Yanaphuru gesprochen hatte: ein einfaches braunes Kleid, schlicht geschnitten. Es erinnerte Isabel an die wollenen Kittel, die sie bei indigenen Frauen des Hochlands gesehen hatte. Sie zog es heraus und verstaute behutsam Q'enti und das Spiegelbuch, bevor sie den Sack absetzte – und stutzte.

Mit dem Kleid in der Hand sah sie sich um und begegnete Chaskis unbeeindrucktem Blick.

Sie räusperte sich. »Du wirst doch wegschauen?«

Die dunklen Augen schienen eine Spur größer zu werden. »Warum?«

»Das gehört sich so!« Isabel spürte, dass ihr Wärme in die Wangen stieg. »Ich bin eine Frau. Und du …« Sie gestikulierte hilflos.

Chaski entblößte eine Reihe gelber Zähne, als grinse er. »Ich bin ein Alpaka. Du bist eine Menschenfrau. Das heißt übersetzt: Du bist in keiner Weise erregend für mich.«

Isabel starrte ihn an, dann schüttelte sie unwillkürlich den Kopf. Auseinandersetzungen mit einem sarkastischen Alpaka gehörten nicht zu dem, was sie sich unter der Herausforderung Mismis vorgestellt hatte. »Du *wirst* dich umdrehen«, sagte sie mit Bestimmtheit.

Chaski wedelte erneut mit dem rechten Ohr. Später sollte sie begreifen, dass dies seine Art war, mit den Schultern zu zucken. Dann drehte er sich tatsächlich um und schnupperte an einigen Grashalmen.

Isabel atmete tief durch und zupfte sich die *mantilla* vom Kopf, bevor sie versuchte, die Schnüre des schwarzen Kirchenkleids zu lösen.

Es gelang nicht.

Isabel biss sich auf die Lippen. Natürlich, normalerweise half ihr Marina beim An- und Auskleiden, aber sie musste das doch auch allein können!

Energisch zerrte sie an den Schnüren, soweit sie sie zu fassen bekam. Ohne Erfolg.

Sie riss wütend an dem seidigen Stoff, nur um zu spüren, wie ihre nass geschwitzten Finger davon abglitten. Ihre Wangen glühten mittlerweile.

»Sag einfach, wenn du fertig bist«, vermeldete Chaski in gelangweiltem Tonfall hinter ihr.

Sie holte tief Luft. »Ich glaube, du musst mir helfen.«

»*Muss* ich?«

Isabel drehte sich um und bedachte das Alpaka mit einem finsteren Blick. Warum mochte Yanaphuru dieses Tier für einen guten Begleiter halten? Es gefiel ihr nicht recht, Chaski jetzt um Hilfe bitten zu müssen, aber ihr blieb keine Wahl.

»Das Kleid«, sagte sie langsam und legte so viel Widerwillen in ihre Stimme, wie sie nur konnte. »Ich kann es nicht öffnen. Könntest du … ich meine, mit deinen Zähnen?«

Chaski drehte langsam den Kopf.

»Ich *könnte*, ja.«

»Würdest du mir bitte helfen?«

Das Alpaka machte eine kurze Kopfbewegung. »Komm her.«

Sie ballte die Fäuste, während sie auf ihn zuging und ihm schließlich wieder den Rücken zudrehte.

»Das Kleid wird aber davon ungenießbar werden. Ich meine, unbrauchbar.«

»Das ist mir egal. Ich habe nicht vor, es noch einmal anzuziehen.«

»Weise«, kommentierte Chaski, und im nächsten Augenblick spürte sie, wie er mit den Zähnen am Stoff zerrte. Schließlich das Geräusch reißender Seide, und das Kleid schälte sich von ihren Schultern.

»Du bestehst sicher darauf, dass ich mich wieder wegdrehe«, sagte Chaski.

Isabel nickte, wohlweislich, ohne sich umzuwenden. »In der Tat. Bitte«, fügte sie hinzu und wartete einen Moment, bevor sie eilig ganz aus dem Kleid schlüpfte und sich so schnell wie möglich das andere aus dem Sack über den Kopf zog. Erfreulicherweise benötigte sie hierfür keine Hilfe. Der Stoff war rauer als alles, was sie jemals am Körper getragen hatte, aber nicht kratzig, und er schmiegte sich angenehm an ihre Figur. Isabel atmete tief durch. Langsam ließ das Glühen ihrer Wangen nach. Sie fuhr sich mit den Fingern in die Haare und begann, die Bänder zu lösen, mit denen Marina ihr Haar für den Kirchgang zu bändigen versucht hatte. Nur eines davon behielt sie in der Hand und band ihr Haar locker damit zusammen. Erst dann drehte sie sich um.

»Fertig«, sagte sie und kam sich mehr als albern vor, diese Worte an ein Alpaka zu richten.

»Gut«, sagte Chaski, ohne sich umzudrehen.

Isabel zögerte. »Und jetzt?«

Ohrenwedeln. »Das musst du wissen. Ich bin nur das Reittier.«

»Yawar hat immer gesagt«, erwiderte sie gedehnt, »dass man auf Alpakas nicht reiten kann …«

»Richtig.«

»Aber …?«

Chaski blinzelte ihr zu. »Normalerweise«, sagte er beschwichtigend. »Ich bin kein gewöhnliches Alpaka.«

»Müsstest du mir dann nicht auch mit Hinweisen helfen können?« Unsicher sah sie sich um. »Yanaphuru hat gesagt, ich würde Botschaften von Mismi finden, die mir den Weg weisen ...«

Der herablassende Blick der braunen Alpakaaugen machte sie nervös. Zudem war es irritierend, dass Chaski eine Bewegung durchführen konnte, die dem menschlichen Hochziehen einer Augenbraue ungemein nah kam.

»So, so«, machte das Alpaka. »Botschaften. Tja, dann solltest du dich nach ihnen umsehen, schätze ich.«

Isabel räusperte sich. »Weißt du zufällig, wie das genau zugehen soll?«

»Nein«, antwortete Chaski ungerührt und wandte seine Aufmerksamkeit wieder den Grashalmen zu.

Isabel ballte eine Faust. »Das ist alles, was du dazu zu sagen hast?«

Er hob den Kopf erneut. »Es hat deine Frage doch beantwortet, oder nicht?«

Für einen Moment starrten sie sich wortlos an.

»Bitte«, sagte Isabel schließlich. »Wenn du mir dazu noch etwas sagen kannst, dann tu es. Ich weiß nicht, wie *apus* solche Aufgaben stellen. Und ich darf doch Yawar nicht enttäuschen.«

Chaski schwieg und legte den Kopf schief.

Isabel seufzte. »Gut, das heißt dann wohl *nein*.«

Er wedelte mit dem rechten Ohr. »Ich frage mich nur, warum du nicht in das Buch guckst.«

»Das Buch? Darin steht nur, was ich selbst hineingeschrieben habe. Lieder, Geschichten ...« Sie zog das Buch aus dem Beutel und drückte es an ihre Brust, hoffte, dass es ihr Kraft und Gelassenheit geben würde. Es war ein Teil von Yawar und von ihr, das Letzte, was sie noch mit ihm verband. Sie biss sich auf die Lippen.

»Ach so«, sagte Chaski. »Und ich dachte, es wäre das magische Spiegelbuch der Hochlandrebellen.« Ungerührt zupfte er an den Grashalmen.

Isabel blickte erneut auf das Buch. Hatte Chaski nicht recht? Und war es nicht auch eine Art von Magie, mit der sie und Yawar es in seiner jetzigen Form geschaffen hatten? Wehmütig dachte sie an die sternenklaren Nächte von Arequipa, an den melancholischen Klang von Q'enti und den Fluss der roten Tinte, der durch ihre eigenen Adern gegangen zu sein schien.

Sie warf einen kurzen Blick auf Chaski, der ihr keine weitere Aufmerksamkeit zu schenken schien, und schlug dann entgegen ihrer Überzeugung das Buch auf.

Rote, vertraute Worte leuchteten ihr entgegen.

Ganz genau so, wie ich es mir gedacht habe. Sie fühlte sich beinah zufrieden, dass sie recht behalten hatte, obwohl ihr das natürlich nicht weiterhalf auf der Suche nach Mismis Botschaften. Aber immerhin hatte nun nicht dieses Alpaka recht …

In diesem Moment begannen die Buchstaben, vor ihren Augen zu *zerfließen.*

Isabel schrie auf und ließ das Buch fallen.

Es plumpste mit dem Einband nach unten zu Boden, und ein Windstoß fuhr in seine Seiten.

Chaski sah auf.

»Die Schrift hat sich bewegt!«, stieß Isabel hervor.

»Du hast es fallen lassen«, sagte Chaski hilfsbereit und setzte hinzu: »Das *ist* Bewegung.«

»Das meine ich nicht!« Sie funkelte ihn an und bückte sich, kniete sich vorsichtig vor dem Buch auf den Boden. Ihr Herz raste.

Die Seite, die nun aufgeschlagen war, kannte sie nicht. Es war eine unbekannte Schrift darauf, und sie war nicht rot, sondern dunkelgrau, beinahe schwarz.

In der Stadt der Könige beginnt deine Suche nach den Verlorenen Geschichten.

Verwirrt sah sie auf. Chaski war näher gekommen und spähte ihr neugierig über die Schulter.

»Die Stadt der Könige. Aber das ist Lima.« Sie schaute ihn enttäuscht an.

Er wedelte mit einem Ohr. »Wenn du das sagst.«

»Mehr hast du dazu nicht zu sagen?«

»Ich bin nicht für die Planung der Marschroute zuständig. Ich dachte, das hätte ich klargestellt.«

Isabel seufzte.

»Lima.« Sie ließ das Wort durch ihre Sinne gleiten und spürte so etwas wie Zorn in sich aufsteigen. »Ich soll nach Lima? Aber da wäre ich doch ohnehin hingegangen.«

»Vermutlich«, sagte Chaski, »macht es einen gewissen Unterschied, ob du nach Lima fährst, weil du einen blasierten Schönling heiraten sollst oder weil du als deine eigene Herrin dorthin kommst und die Herausforderung eines *apus* annimmst. Nun, das ist zumindest meine Meinung. Aber mich fragt ja niemand.«

Isabel blinzelte. »Ich habe den Eindruck, *wenn* ich dich etwas frage, bekomme ich keine Antwort.«

»Was *erwartest* du von mir?«, fragte Chaski. »Meine Aufgabe ist die eines Reittiers. Nicht mehr und nicht weniger. Und dabei habe ich dir sogar aus deinem Kleid geholfen.« Sichtlich verdrossen fügte er hinzu: »Ein kurzes *Danke* wäre im Übrigen auch angemessen gewesen.«

Sie musterte ihn verwirrt. »Ich habe *Bitte* gesagt.«

»Aber nicht *Danke.*« Das Alpaka seufzte. »Nun, was soll's? Offenbar wird man in den Herrenhäusern von Arequipa doch irgendwie, hm, *anders* erzogen. Das wird eine amüsante Reise, ich ahne es.«

»Du musst mich nicht begleiten, wenn du das nicht möchtest«, sagte Isabel spitz.

Chaski stakste einige Schritte um sie herum und senkte dann seinen Kopf, sodass er mit ihr auf Augenhöhe war. »Besten Dank auch, Prinzesschen. Aber du irrst dich. Wenn es nach mir ginge, wäre ich ganz bestimmt nicht hier. Ach, und übrigens: Ich hatte nicht vor, unfreundlich zu dir zu sein. Wie man nebenbei bemerkt auch daran sieht, dass ich – ich weiß nicht, ob ich es schon erwähnt hatte – dir aus deinem Kleid …«

»Ich weiß«, unterbrach sie ihn und rollte mit den Augen. »Dankeschön.«

»Bitte sehr«, sagte Chaski huldvoll.

Isabel warf einen letzten Blick auf die Botschaft im Spiegelbuch, klappte es zu und atmete tief durch. »Du wirst also nichts weiter machen, als mich zu tragen?«

»Ich helfe dir gerne, wenn ich das kann«, antwortete Chaski. »Allerdings solltest du nicht erwarten, dass ich dir die ganze Denkarbeit abnehme. Du bist hier immerhin diejenige, die sich mit den werten *apus* anlegt. Ich würde so etwas nicht tun.«

»Aber du …« Sie suchte nach einem geeigneten Wort. »Du gehörst doch zu Sabancaya, nicht wahr?«

»So ist es«, antwortete Chaski gedehnt. »Und ich tue, was sie sagt. Darum bin ich hier.«

»Es tut mir leid, wenn du eigentlich nicht …«

»Vielleicht sollten wir einige Dinge klären, bevor wir uns auf den Weg machen«, sagte Chaski. »Erstens: Ich bin sehr direkt. Zweitens: Ich meine es nicht böse. Meistens.«

»Gut.« Isabel verschränkte die Arme vor der Brust. »Drittens: Ich möchte echte Antworten auf meine Fragen, keine … Kommentare.«

Chaski blinzelte. »Viertens: Wir sind bald nicht mehr in Arequipa.«

»Was meinst du damit?«

»Ich meine damit, dass es von nun an keine Dienstbotinnen mehr gibt, die dir, verzeih meinen Ausdruck, Honig in den Hintern blasen. Siehst du, vermutlich bist du ein nettes Mädchen, immerhin hat Sabancaya eine recht hohe Meinung von dir, aber wie wir gesehen haben, bist du nicht einmal in der Lage, dir alleine ein Kleid auszuziehen.« Er machte eine bedeutungsvolle Pause und sprach weiter, als Isabel zu einer empörten Entgegnung ansetzte. »Ich werde kein Dienstbote sein.«

Isabel stand langsam auf und schob das Spiegelbuch zurück in den Leinensack.

»Fünftens«, sagte sie. »Du hörst auf der Stelle auf, mir die Sache mit dem Kleid unter die Nase zu reiben.«

Chaski nickte knapp. »Sechstens. Ich bin ein Alpaka.«

»Das weiß ich doch?«

»Das hoffe ich. Ich sage es nur für die Zukunft. Manche Leute, gerade die aus der Stadt, neigen dazu, mich für ein Lama zu halten.« Er mahlte mit den Zähnen und knirschte: »Ich bin kein Lama. Das wollte ich nur noch einmal deutlich gesagt haben.«

Plötzlich hatte Isabel das Bedürfnis, ihn ausgiebig zwischen den Ohren zu kraulen. Doch es erschien ihr unangemessen. »Gut«, sagte sie. »Dann ist erst einmal alles klar, denke ich. Wie lange brauchen wir nach Lima?«

Jetzt grinste Chaski eindeutig.

»Siebtens: Ich bin kein gewöhnliches Alpaka. Mein Weg ist der Wind. Steig auf, Prinzesschen.«

»Achtens«, sagte Isabel. »Nenn mich nicht Prinzesschen. Und vor allem nicht in diesem Tonfall.«

Er wedelte wieder mit einem Ohr. »Nun komm schon.«

Etwas unsicher trat sie näher.

»Hm, eine weitere Klarstellung.« Chaski klang nahezu vergnügt. »Ich beiße nicht. Und ich spucke äußerst selten.«

Sie legte ihre Hände auf seinen Rücken. Die Wolle fühlte sich weich, aber filzig an. Isabel versuchte, sich an das zu erinnern, was ihr Vater ihr über das Aufsitzen auf einem Pferd gesagt hatte. Zögernd stieß sie sich ab, hielt sich am Hals des Alpakas fest und ließ beide Beine über seine Flanke hängen, bevor sie etwas ungelenk das rechte über Chaskis Rücken hievte, sodass sie rittlings auf ihm saß. Kein Sattel, kein Zaumzeug, also grub sie die Finger in die Wollbüschel an seinem Hals und spürte das Gewicht des Leinensacks, der über ihrer Schulter hing.

Ich werde herunterfallen, ganz bestimmt.

»Festhalten«, entgegnete Chaski ungerührt.

Sie lehnte sich nach vorne gegen den warmen, langen Hals, griff mit beiden Fingern in die goldbraune Wolle, und dann jagte Chaski los durch den Hof, steuerte den Durchgang zur Straße an, dessen Tür nun offen stand.

Isabel rutschte nach vorne und versuchte, ihr Gleichgewicht auf dem schaukelnden Rücken zu finden; schließlich schlang sie die Arme um den Hals des Alpakas.

Jetzt erst wurde ihr klar, auf welcher Straße sie sich befanden: die Straße der Sattler, die zum Puente Viejo hinunterführte.

Die Brücke, auf der sie Yawar gefasst hatten.

Der Gedanke fuhr wie eine stählerne Klinge in Isabels Brustkorb, und sie vergrub das Gesicht in Chaskis Fell, bis das Rauschen des Río Chili hinter ihnen zurückblieb und sie sicher sein konnte, die Brücke überquert zu haben.

Erst jetzt fiel ihr das Atmen leichter, und sie hob den Kopf, schloss jetzt nicht mehr die Augen, obwohl der Wind ihr ins Gesicht peitschte. Die Stadt blieb hinter ihr zurück, und die Landschaft verschwamm zu blaugrünen Schemen.

Lima, dachte Isabel. *Meine Reise hat begonnen.*

Peru

im 21. Jahrhundert

24.

Ayacucho

Die Sonne brannte auf die staubige Straße, und Kolibris schwirrten in dem dornigen Dickicht am Wegrand. Es herrschte keine Stille, aber es waren die Geräusche der Berge, Geräusche von majestätischer Ruhe.

Malinka schritt den Pfad hinauf, ihre Wangen glühten von der Anstrengung des Aufstiegs und der Mittagshitze. Schwer atmend blieb sie stehen und blickte die Straße entlang.

Sie wusste, dass die Umrisse des lang gestreckten, flachen Berges dort dem Mismi gehörten, und sie wusste auch, was die Leute unten im Dorf glaubten.

Fidel hatte ihr davon erzählt. »Jeder hier im Tal hat einen Paten unter den Berggöttern. Einen, der ihn beschützt und sein Schicksal lenkt.«

»Und wer ist dein Pate?«

Er hatte sie angelächelt mit diesem Lächeln eines kleinen Jungen, das sie so liebte. »Mismi.«

Der Entschluss war langsam in ihr gereift. Alles in ihrer Logik und Rationalität sprach dagegen.

Aber es konnte nicht schaden, es einmal zu probieren.

Sie holte tief Luft.

»Jatun apu Mismi, qhawariway, *sieh mich an, großer* apu *Mismi*«, *flüsterte sie in Richtung des Berges.* »Yanapaway, *hilf mir …*«

Sie rechnete nicht wirklich mit einer Antwort, und so fuhr sie mit geschlossenen Augen fort, halb auf Spanisch, halb auf Quechua.

»Es gibt einen Jungen deiner Erde, den ich mag … den ich mehr als nur mag, jatun apu. *Ich liebe ihn. Ich bitte dich um sein Herz.«*

Das Grollen, das wie die Ahnung eines temblor *unter ihren Füßen hinweg lief, ließ sie die Augen aufreißen und einen Schritt zurückspringen.*

Die Stimme war in ihrem Kopf, hallte stumm in ihren Gedanken wider, aber vielleicht war es auch nur Einbildung.

Was bietest du?

Für einen Moment stand Malinka stumm da, ihr Herz raste, das T-Shirt klebte ihr schweißnass am Körper. Dann schluckte sie. »Es gibt etwas, das ich dir geben kann, jatun apu.«

Das abendliche Dämmerlicht währte nur wenige Minuten, und mit der Dunkelheit kam die Kälte der Hochlandnächte.

Sie wanderten schweigend über eine breite Straße aus festgetretenem Lehm, während über ihnen im schwarzblauen Himmel die Sterne zu leuchten begannen. Ohne die grellen Lichter einer Stadt entfalteten sie eine unglaubliche Kraft; der Himmel wirkte wie mit einem Meer aus silbernem Glitzerstaub bedeckt. Die weiße Scheibe des Vollmonds schien vor ihnen auf den Nachthimmel zu gleiten, größer und näher, als sie es je zuvor gesehen hatte. Von dort, wo sie die Häuser gesehen hatten, entdeckten sie nun kleine, goldgelbe Lichtpunkte.

Malinka sah aus den Augenwinkeln, dass auch Matteo den riesigen Mond und den Sternenhimmel bemerkt hatte, aber er schwieg. Sie verspürte selbst wenig Lust, jetzt etwas zu sagen. Sie kam sich unendlich klein vor in der Weite des Tals und unter dem gewaltigen Sternenhimmel. Die Größe und Schönheit der Andennacht versetzten sie in ein Gefühl von Ehrfurcht, das in ihr schwang wie eine dunkel klingende Saite. Trotz der Kälte und Müdigkeit fühlte sie sich beinahe glücklich.

Dann sahen sie das Mädchen und blieben ruckartig stehen.

Sie saß auf einem Stein am Wegrand, hatte die Knie angezogen und die Arme darum geschlungen. Sie blickte ihnen entgegen – weder furchtsam noch überrascht, zwei Fremde auf diesem Weg zu sehen. Sie war klein und zierlich, aber etwas an ihrer Haltung und ihrem Blick strahlte eine Entschlossenheit aus, vor der Malinka am liebsten zurückgewichen wäre.

Einen Augenblick lang standen sie da und erwiderten den Blick. Dann sprang das Mädchen vom Stein, mit der Geschmeidigkeit einer Wildkatze, und baute sich vor ihnen auf. Ein langer schwarzer Zopf flog im Gehen hinter ihr her. Sie stemmte die Arme in die Hüften.

»Ich bin Flor«, sagte sie. Obwohl sie nicht lächelte, klang es keineswegs unfreundlich. »Wo wollt ihr hin?«

»Nach Ayacucho«, antwortete Malinka. Sie fühlte sich unwohl unter Flors forschendem Blick. Er war noch eindringlicher als Matteos.

Flor nickte. »Das wird heute nichts mehr. Kommt mit. Ich zeige euch, wo ihr schlafen könnt.«

Ohne ein weiteres Wort drehte sie sich um und marschierte einen schmalen Pfad entlang, der hinter dem Felsen vom Weg abzweigte.

Matteo und Malinka tauschten einen Blick.

»Traust du ihr?«, raunte Matteo.

Malinka zuckte die Achseln. »Ich weiß nicht. Aber … ein Quartier könnten wir schon gebrauchen.«

Matteo sah sich um. Die Lichtpunkte von der Siedlung schienen kein Stück näher gekommen zu sein, obwohl Matteo und Malinka bestimmt schon fast eine Stunde gelaufen waren, seit sie die Häuser zum ersten Mal gesehen hatten. Er hob die Schultern und nickte leicht in Richtung des Pfades. »Dann aber schnell, bevor sie weg ist.«

Tatsächlich wartete Flor einige Schritte vom Wegesrand entfernt, lief aber sofort weiter, als sie sah, dass Matteo und Malinka ihr folgten. Der Pfad war kaum zu sehen, und Malinka hoffte, dass sie nicht stolpern oder in Erdlöchern umknicken würde.

Schließlich schälte sich der Umriss einer Hütte aus der Schwärze. Mit dem Rücken zu ihnen schob sich Flor vor die Tür und beugte sich nach vorne. Malinka hörte das metallische Klackern eines Schlüssels, der mit einiger Anstrengung in einem Schloss gedreht wurde, und das trockene Knarren einer aufschwingenden Holztür. Gemeinsam mit Matteo blieb sie stehen, während Flor bereits ins Innere der Hütte gehuscht war. Dann ertönte das Ratschen eines Streichholzes, und Licht glomm im Hausinneren auf.

»Kommt rein«, rief Flor von drinnen, beiläufig und unaufgeregt.

Matteo und Malinka betraten die Hütte, und Matteo zog die Tür hinter ihnen zu.

»Gemütlich«, murmelte Matteo halblaut.

Gemütlich war eindeutig das falsche Wort, um das Innere von Flors Behausung zu beschreiben. Malinka hatte schon eine Menge dieser Orte besucht: unten kalter Betonboden ohne Teppich und oben ein Dach aus Wellblech. Im Zimmer befanden sich ein breites Bett mit einem Metallgestell und einer durchbeulten Matratze, ein Tisch, dessen gelbliche Plastikoberfläche einmal weiß gewesen sein musste, und ein lang gezogenes flaches Regal, in dem einige Teller und Töpfe standen. Eine einfache Gaskochplatte thronte auf dem obersten Fach. An der nackten Wand hing ein Kalender, der, wie Malinka beim zweiten Hinsehen feststellte, bereits drei Jahre alt war. Ein rostiger Wasserhahn ragte aus dem Mauerwerk. Elektrisches Licht gab es nicht, dafür flackerten Kerzen und Teelichter auf Tisch und Regal.

»Setzt euch«, sagte Flor und wies mit dem Kopf in Richtung Bett.

Die Matratze gab nach, als sie der Aufforderung folgten. Schweigend sahen sie Flor zu, wie sie mit einem Feuerzeug an ihrer Kochplatte hantierte und einen Topf Wasser aufsetzte. Sie schien dieser Handlung ihre gesamte Aufmerksamkeit zu widmen, als gäbe es die beiden Gäste nicht, die sie selbst sich ins Haus geholt hatte.

Malinka versuchte, Flors Alter zu schätzen. Von Weitem hätte sie das Mädchen für eine Zwölfjährige gehalten, aus der Nähe sah ihr Gesicht seltsam zeitlos aus. Sie hätte zwanzig oder auch dreißig sein können.

Eine einzelne, schneeweiße Strähne durchzog ihr ansonsten pechschwarzes Haar.

»Ich weiß, wer ihr seid«, sagte sie, ohne sich zu ihnen umzudrehen. »Ich weiß, was ihr wollt.«

Malinka begann nach Worten zu suchen, aber Matteo antwortete bereits, mit jener trockenen Skepsis in der Stimme, die für sie sein Markenzeichen war. »So, du weißt das. Und wer bist du?«

Jetzt drehte Flor sich um. Hinter ihr begann der Teekessel zu summen.

»Mein Vater hat mir von euch erzählt«, sagte sie, als müsse diese Auskunft alle Fragen beantworten. »Du bist verflucht worden, weil du das Spiegelbuch mit falscher Absicht berührt hast. Und du«, sie fixierte Malinka intensiv, aber nicht feindselig, »willst von den *apus* deine Gabe zurück. Das Vertrauen der Geschichten ist dir abhandengekommen.«

»Wer ist dein Vater?«, fragte Malinka leise, doch Flor schien ihr nicht zuzuhören. Sie nahm den Teekessel von der Herdplatte und schenkte das sprudelnde Wasser in zwei große bauchige Tassen, ehe sie reichlich trockene Coca-Blätter dazu warf. Dann kam sie zu Malinka und Matteo herüber und reichte ihnen den dampfenden *mate.*

»Danke«, sagte Malinka. Sie zuckte zusammen, als sie ihre Hände um die Gefäße schloss. Das dickwandige Porzellan war brennend heiß.

Flor betrachtete sie ungerührt. Ihr schien die Hitze nichts ausgemacht zu haben. Mit in die Seiten gestemmten Händen blieb sie vor Matteo und Malinka stehen.

»Und was willst du von uns?«, fragte Matteo schließlich.

»Ihr braucht Hilfe.« Flor drehte sich wieder weg und kehrte an den Tisch zurück, wo sie begann, mit dem Rücken zu ihnen Kartoffeln zu schälen. »Nicht nur heute Abend. Ihr braucht Hilfe auf diesem *recorrido.*«

»Bisher sind wir sehr gut klargekommen«, rutschte es Malinka heraus, bevor sie es verhindern konnte. Matteo warf ihr einen fragenden Seitenblick zu. Sie verstand selbst nicht ganz, was in sie gefahren war, aber sie empfand einen seltsamen Widerwillen bei dem Gedanken, Hilfe von Flor anzunehmen – Hilfe zumindest, die über eine heiße Tasse *mate de coca* hinausging und etwas mit dem Geheimnis der *apus* zu tun hatte. Vielleicht, gab sie unwillig vor sich selbst zu, war es auch ganz einfach, dass Flors entschlossener Blick ihr Angst machte – mehr, als das Matteos jemals gekonnt hätte.

»Bisher. Gewiss.« Der Sarkasmus tröpfelte förmlich von Flors Stimme. »Aus diesem Grund ist euch auch der *mallku* auf den Fersen. *Jinachu manachu,* ist es nicht so? Wärt ihr gut vorangekommen, würdet ihr jetzt bereits in Huancayo sein. Wo seid ihr stattdessen?«

»Woher weißt du das alles?«, fragte Malinka. »Wer ist dein Vater?«

»Ihr nennt ihn Garcilaso.«

Garcilaso.

Malinka straffte sich, ein Schauer kribbelte ihr über den Rücken. Für einen Moment hatte die Hitze der Tasse in ihren Händen keinerlei Bedeutung mehr. Garcilaso – diese Antwort führte unmittelbar zur nächsten Frage, zu einem ganzen Haufen von Fragen, von denen sie nicht sicher war, ob Flor sie ihnen beantworten wollte und würde. Es war Garcilaso, dem sie Nacht für Nacht im Traum begegnet war, wenn sie wieder in der Mitte von Puente Bolognesi stand und die kühle Nachtluft Arequipas beängstigend real schien. Garcilaso, den Malinka auf dem Bild im Hotel in Lima gesehen hatte. Garcilaso, der offenbar ziemlich viel über sie wusste.

Und nun stand seine Tochter vor ihnen?

»Gut«, sagte Matteo. »Dann ist dein Vater eben Garcilaso. Deinen Überraschungseffekt hast du jetzt gehabt. Würdest du uns nun bitte verraten, woher dein Vater so viel über uns weiß, und du ja offenbar auch? Wer ist er? Warum macht er das alles? Ohne ihn wären wir nicht auf dieser Reise.«

Flor nahm einen Stuhl und zog ihn zu ihnen heran. Sie hatte Matteos Worten mit großer Aufmerksamkeit zugehört. »Auch mein Vater kennt die *apus*«, sagte sie. »Sie lassen euch keinen Moment unbeobachtet. Es ist Zeit, dass die Verlorenen Geschichten erzählt werden. Aber man muss sie zu deuten wissen.«

»Warum ist Mismi gegen uns?«, fragte Malinka.

»Ihr seid Fremde«, antwortete Flor. »Ihr seid keine Kinder dieser Erde. Und du, Malinka, du hast ihn überlistet, und das ist nichts, was ein *apu* gerne mit sich machen lässt.«

»Aber was habe ich denn getan?« Malinka spürte Verwirrung in sich aufsteigen.

Flor zog die Augenbrauen hoch. »Du trägst sein Andenkreuz.«

»Ja, so etwas meinte der *mallku* auch.«

»Vor vielen, vielen Jahren«, sagte Flor, »hat Mismi geschworen, dass er den Träger dieses Andenkreuzes schützen würde. Ein Versprechen, das er schon einmal bitter bereut hat. Denn das Andenkreuz blieb nicht in den Händen des Menschen, dem er dieses Versprechen gegeben hatte.«

»Wer war das?«

Flor musterte sie fast amüsiert. »Ahnst du das wirklich nicht? Es war Yawar, der Yuyaq, der das Spiegelbuch fertigte. Ihn wollte Mismi schützen, denn er brauchte ein neues Spiegelbuch. Er wünschte, dass die Verlorenen Geschichten ein Zuhause bekämen und nie wieder verschwiegen würden.« Sie holte kurz Luft. »Und Yawar erfüllte seine Aufgabe. Aber er verschenkte sein Herz und sein Andenkreuz.«

»An Isabel Goyeneche«, sagte Malinka mit kratziger Stimme.

»Die Geschichte streift durch das Land«, erwiderte Flor, »aber ihr seid ihr auf den Fersen. Isabel Goyeneche. Mismi hasste sie. Sie war fremd, sie war kein Kind seiner Erde, aber sie drang in seine Welt ein. Sie stahl sich das Quechua, und Yawar bestimmte sie zur Hüterin seines Erbes: zur Yuyaq.«

»Der Buchhändler in Lima meinte, dass sie einfach das Spiegelbuch in Sicherheit bringen wollte.«

Flor schüttelte energisch den Kopf. »Mehr als das. Sie war die nächste Yuyaq.«

»Ich dachte, das müsste ein Mann sein.« Matteo wirkte irritiert, und Flors Blick wurde beinahe mitleidig.

»Warum sollte das so sein? Es hatte zuvor schon Frauen gegeben, die die Verlorenen Geschichten hüteten, bevor das erste Spiegelbuch zerstört wurde. Yuyaq kann jeder sein. Es bedeutet jener, der sich erinnert – oder jene. Das Besondere war nicht, dass Isabel eine Frau war. Das Besondere war, dass Yawar den *apus* den Gehorsam verweigerte. Denn bisher waren sie es gewesen, die Ausschau nach dem neuen Yuyaq hielten, die die

Entscheidung trafen und den Menschen die Zeichen gaben, die sie benötigten, um die Entscheidung der *apus* zu begreifen und anzuerkennen. Aber Yawar brach mit der Tradition. Er selbst wählte den neuen Yuyaq.«

Matteo beugte sich vor. »Davon war nicht nur Mismi wenig begeistert, schätze ich. Hat es denn irgendeinem anderen *apu* gefallen, seine Macht zu verlieren? Das ist doch eine ganz klare Frage von Autorität und Machtbeziehungen.«

»Nicht alle *apus* kümmerten sich um diese Frage«, entgegnete Flor. »Mancher teilte Mismis Meinung, im Übrigen. Aber er war es, der einst das erste Spiegelbuch gestiftet hatte, er war es, der den Menschen ein Werkzeug geben wollte, sich zu erinnern und ihr Selbst zu bewahren. Kein anderer *apu* hat seinen Geist so an das Spiegelbuch gebunden wie Mismi. Für ihn war es, als ob der eigene Sohn ihm ins Gesicht spuckte. Und das konnte er nicht dulden.« Sie machte eine kurze Pause. »Andere *apus* sahen mit Wohlwollen auf Yawars Entscheidung. Sie sagten: Menschen sind Kinder, die eines Tages erwachsen werden. Sie nehmen in die Hand, was wir ihnen zuvor gegeben haben. Und das hat seine Richtigkeit. Sabancaya, die Herrin des Tales, hielt es für die richtige Entwicklung, dass Yawar den nächsten Yuyaq bestimmte.«

»Ein Berggott, der sich Gedanken um Demokratie und Selbstbestimmung macht?«, frotzelte Matteo.

Flor bedachte ihn mit einem finsteren Blick. »Eine Berggöttin, mein Lieber. Und eine sehr mächtige dazu. Hätte Yawar sie nicht auf seiner Seite gehabt ... Aber ich schweife ab. Yawar übergab Isabel das Andenkreuz, und es war das erste Mal, dass Mismi sich betrogen fühlte. Er hasste Isabel, aber er konnte ihr nichts antun, konnte keinen Fluch auf sie jagen, denn er selbst hatte seine Hand zum Schutz über sie gebreitet. Die Versprechen eines *apus* sind eine mächtige Angelegenheit. Sie können nicht gebrochen werden.«

»Und das Versprechen ist bis heute mit dem Andenkreuz verbunden?«, fragte Malinka.

Flor lehnte sich auf ihrem Stuhl zurück. »So ist es. Es ist unauflösbar, wenn man Mismi selbst um Schutz gebeten hat. Wenn man ihm etwas gegeben hat, was diesen Schutz wert ist. Gabe und Gegengabe, das Prinzip der andinen Welt. Ihr versteht?«

Matteo schaute zwischen Flor und Malinka hin und her. »Und was sollte das sein, diese Gegengabe?«, fragte er.

Malinka spürte den Schwindel. Der kühle Stein des Andenkreuzes hatte sich bislang beruhigend auf ihrer Haut angefühlt, aber jetzt schien er schmerzhaft zu glühen.

Da waren Dinge, an die sie sich nicht mehr erinnern wollte.

Die Straße in der Mittagshitze.

Die Silhouette des Berges.

Gemurmelte Worte im Sirren der Stille.

Ihre eigenen Worte. Ein Versprechen.

»Also?« Matteos Stimme riss sie aus ihren Gedanken. Er musterte sie scharf.

»Woher soll ich das wissen?«, fragte Malinka, aber sie wusste, dass das Zittern ihrer eigenen Stimme sie verraten musste.

»Weil du ihn offenbar selbst um Schutz gebeten hast. Oder habe ich Flor da falsch verstanden?«

»Warum ist es so wichtig, was sie sagt?«, rutschte es Malinka heraus. »Wir kennen sie überhaupt nicht!«

Matteos schaute verständnislos drein. »Und was ist jetzt mit dir los?«

Malinka biss sich auf die Lippen. Sie starrte auf ihre Teetasse und spürte, wie ihr von der einen Seite der misstrauische Blick Matteos, von der anderen der Flors zu schaffen machte. Irgendetwas hatte sich verändert in der kurzen Zeit, die sie bei Flor verbracht hatten; es war, als ob sie alles weggewischt hätte, was sich zwischen ihr und Matteo im Laufe ihrer Reise an Vertrauen aufgebaut hatte. Malinka konnte nicht wirklich erklären, was sie empfand, aber es ärgerte sie, dass Flor da war, und wenn sie zehnmal Garcilasos Tochter war und helfen wollte.

Malinka wollte es selbst schaffen. Und bis zu einem gewissen Punkt hatte es ihr geholfen, dass Matteo auf sie angewiesen war, dass sie sich für ihn verantwortlich fühlen musste, denn das hatte sie ihm gegenüber stark gemacht. Jetzt hatte er eine Verbündete und konnte sie wieder mit dem gleichen misstrauischen Blick durchbohren, der sie schon damals eingeschüchtert hatte.

Dazu kam noch das ungute Gefühl, dass sie sich jetzt unwiderruflich K'itakachun näherten und ihre Reise früher oder später dort enden würde. Es konnte keinen anderen Endpunkt geben. Und das machte sie mehr als nervös.

»Redest du noch mit uns?«, fragte Matteo sarkastisch. »Du bist mir eine Antwort schuldig. Und jetzt sieh mich gefälligst an. Ich weiß genau, dass da was ist, was du noch nicht gesagt hast.«

Sie starrte weiter auf die grünen Coca-Blätter, die in ihrem dampfenden Getränk trieben, und sah sie langsam vor ihren Augen verschwimmen. *O nein, bitte, jetzt nicht heulen. Etwas Schlimmeres kannst du dir nicht erlauben.*

Sie schloss die Augen und atmete tief ein, aber das Gefühl wurde dadurch kein bisschen besser.

Ruckartig stand sie auf und stolperte durch das Zimmer, spürte heißes Wasser auf ihre Hand schwappen und stellte die Tasse im Vorbeigehen auf dem Tisch ab. Nur raus hier!

Sekunden später stand sie draußen, und auf ihrem brennenden Gesicht fühlte sich die beißende Kälte erst einmal angenehm an. Sie lehnte sich an die Hauswand, legte den Kopf in den Nacken und kämpfte gewaltsam die Tränen nieder. Langsam wurde es besser. Den Gedanken, dass sie früher oder später wieder hineingehen musste, schob sie beiseite, so gut sie konnte. Allerdings gab es relativ wenige Alternativen, an die sie jetzt denken konnte.

Malinka wusste nicht, wie lange sie schon vor Flors Hütte stand, aber die Kälte kroch ihr bereits langsam in die Knochen, als die Tür mit einem leisen Quietschen aufging.

Matteo blieb einfach wortlos stehen, eine Hand an der Hauswand, die andere demonstrativ in die Seite gestemmt.

Malinka seufzte.

Sie konnte nur hoffen, dass ihre Stimme ihr jetzt wieder genug gehorchte. »Ich habe damals einen Pakt mit Mismi geschlossen«, sagte sie mit belegter Stimme, »und ich habe ihm das Geschichtenerzählen gegeben.«

Offenbar hatte Matteo wirklich nicht gewusst, was für eine Eröffnung er zu erwarten hatte, denn der Satz reichte, um ihn aus der Fassung zu bringen. »Du hast *was?* Sag das noch mal.«

Malinka schluckte. »Ich habe einen Pakt mit Mismi geschlossen.«

»Und warum zum Teufel erfahre ich das jetzt erst?«

»Verdammt, hab ich denn wissen können, dass das wichtig ist?«

»Wichtig!« Matteo schnappte nach Luft und begann, vor ihr auf und ab zu laufen, in kurzen, hektischen Schritten, dass der Kies spritzte. »*Du* bist hier diejenige, die tonnenweise Bücher über dieses Land gelesen hat. Du weißt doch alles über *apus* und *mallkus* und wie sie alle heißen. Erzähl mir bitte nicht, dass du das wirklich nicht gewusst haben willst.«

»Ich wusste doch nicht, dass es ihn gibt. Ich meine, so wirklich.«

Matteo blieb stehen und funkelte sie an. »Was ist da gelaufen? Was hast du gemacht?«

Sie ballte kurz die Fäuste, als ob ihr das zusätzliche Kraft in der Auseinandersetzung geben würde, und holte tief Luft. »Ich bin aus dem Dorf in Richtung Mismi gegangen, und ich hab mit ihm gesprochen …« Sie brach ab. Es kam ihr im Nachhinein sehr lächerlich vor.

»Auf Quechua«, konstatierte Matteo lakonisch. Sie nickte. Er zögerte kurz. »Lass uns reingehen. Hier draußen bringt das alles nichts.«

Für einen Moment war sie wirklich versucht, ihm zu widersprechen, denn es kam ihr allemal attraktiver vor, sich mit ihm deshalb zu streiten, als es wegen der Mismi-Geschichte zu tun. Aber sie schluckte den Widerspruch hinunter und folgte Matteo mit gesenktem Kopf nach drinnen.

»Wir waren bei: Du bist aus dem Dorf zum Mismi gegangen und hast mit ihm gesprochen. Warum?«

Malinka ließ sich auf das Bett fallen, zog die Beine an und legte den Kopf auf die Knie. »Ich weiß nicht genau, warum.«

»Du wolltest das Patenkind des Mismi werden. So sehr, dass du ihm das Geschichtenerzählen angeboten hast?«

Malinka schaute ihn nicht an. »Eigentlich habe ich ihn um etwas anderes gebeten«, murmelte sie und hörte Matteo näherkommen, spürte seinen ungeduldigen Blick. Sie biss sich auf die Lippen. »Ach, es ist albern.«

»Vielleicht war es das mal. Momentan ist es bitterernst. Also raus mit der Sprache.«

Besonders ermutigend klang das nicht. Aber sie konnte es wohl schwer länger aufschieben. »Ich war damals verliebt.«

Sie bekam die Worte kaum heraus. Wieder ballte sie die Fäuste und presste die Stirn gegen ihre Knie. Ihre Wangen brannten. Einen Moment später spürte sie das Nachgeben der Matratze, als Matteo sich neben sie setzte.

»Kannst du mal bitte mit mir reden und nicht mit deinen Knien?«

Sie hob den Kopf und starrte geradeaus. »Es gab da jemanden. In Arequipa.«

»Ein gutaussehender Inkaprinz.«

»Wenn du es so nennen willst.«

»Und?«

Malinka kämpfte den Kloß in ihrem Hals nieder. »Er kam aus K'itakachun, und ich habe ihn mal besucht. Na ja. Ich war ziemlich verliebt. Und er hat mir diese Vorstellung von dem *apu* erzählt, den man als Paten hat. Dass es in seinem Fall Mismi ist. Und dann hatte ich diese Idee. Ich hab nicht wirklich dran geglaubt, weißt du. Es war eher wie … Ich dachte halt, es kann ja nicht schaden.«

»Der Deal war also«, sagte Matteo gedehnt, »dass du ihm das Geschichtenerzählen gibst und er dir den Kerl?«

»Das war der Deal«, antwortete sie tonlos. »Ich wusste nicht, was ich ihm sonst hätte geben können.«

»Du hättest natürlich auch mit deinem Inkaprinzen reden können.«

»Fidel. Er hieß Fidel.«

»Ich gehe mal stark davon aus, dass er immer noch so heißt. Wie auch immer. Langsam komm ich echt nicht mehr mit. Ich meine, wozu sich auf einen Kaffee treffen, ins Kino gehen oder meinetwegen sogar *flirten?* Man kann schließlich auch einen Berggott einschalten und sagen, hey, hier meine Seele. Gewissermaßen ist das ja sogar die nächstliegende Option, nicht wahr? In was für einer Welt lebst du eigentlich?«

»Hör auf!«

»Nein, ich hör jetzt nicht auf. Was ist dann passiert? Ich hab ein Recht darauf, das zu erfahren, verdammt. Wenn du mir das ein bisschen eher erzählt hättest, wären wir vielleicht zu ganz anderen Schlüssen gekommen. Jetzt verstehe ich nämlich auch, warum du immer so komisch warst, wenn die Rede auf den Mismi gekommen ist. Du hast die ganze Zeit gewusst, dass es etwas mit der ganzen Sache hier zu tun hat.«

Malinka kauerte sich zusammen.

»Vielleicht sollten wir das morgen weiter besprechen.«

Das war Flor. Die hatte Malinka ja schon fast vergessen. Sie wusste nicht, ob sie über diese Intervention erfreut oder verärgert sein sollte.

Matteo drehte sich zu Flor um. »Nein, wir klären das jetzt! Wie bisher alle nicht müde geworden sind zu betonen: Ich habe nicht mehr viel Zeit!«

»Du weißt ja«, sagte Flor, »was passiert, wenn du dich zu sehr aufregst.«

»So, wie ich das sehe, habe ich jedes Recht dazu!«, zischte Matteo.

Flor zuckte ungerührt mit den Schultern. »Das ist nicht die Frage«, antwortete sie. »Abgesehen davon: Ihr seid in meinem Haus. Heute wird hier nicht mehr gestritten. Es ist spät, wir haben morgen viel vor.«

»Wir haben was vor? Wer sagt das?«, schnappte Matteo.

Malinka schaute kurz von Flor zu ihm. Er war wieder blass, so blass, wie sie ihn in Cajamarca und Huaraz erlebt hatte, und sie zweifelte nicht daran, dass er gleich zusammenbrechen würde.

Allerdings war ihr ähnlich elend zumute. Sie robbte über das Bett bis an die Wand, zog die schwere Decke über sich und rollte sich zusammen. Jetzt war ohnehin schon alles egal.

»Siehst du?«, hörte sie Flors Stimme von weit her. »Genug jetzt. Das heben wir uns für morgen auf.«

***

Als Malinka aufwachte, war das Zimmer in graues Dämmerlicht getaucht, und die Kälte war bis zu ihr unter die Decke gekrochen. Mit halb geöffneten Augen versuchte Malinka, sie wieder über sich zu ziehen, und erstarrte mitten in der Bewegung.

Matteo lag vielleicht zwanzig Zentimeter von ihr entfernt unter der gleichen Decke und betrachtete Malinka aufmerksam.

Sie schluckte, dann zog sie sich trotzdem energisch die Decke zurück über die Schultern und erwiderte Matteos Blick resigniert. Mit einem Mal war alles wieder da, was am Vorabend geschehen war, und sie fühlte sich ähnlich elend wie damals in Cajamarca. Die einzige Möglichkeit, die sie jetzt gehabt hätte, um die Auseinandersetzung aufzuschieben, wäre gewesen, sich zur Wand zu drehen oder ganz unter der Decke zu verschwinden, aber ihr war klar, dass das jetzt auch keine Lösung war.

»Wann hattest du vor, mir das alles zu erzählen?«, fragte Matteo schließlich leise.

Sie atmete ein paar Mal ein und aus. »Ich wollte das niemandem erzählen. Nie.«

»Du hast die ganze Zeit gewusst, warum du nicht mehr schreiben kannst.«

»Ich habe mir immer gesagt, dass das Unsinn sein muss. Ich habe nicht an den *apu* geglaubt. Wirklich nicht, oder nicht wirklich.« Sie biss sich auf die Lippen.

»Und Fidel?«, fragte Matteo beinahe sanft.

Wieder spürte sie, wie ihr die Röte in die Wangen schoss, und verfluchte sich im Stillen dafür, dass sie keine Möglichkeit hatte, auf diskrete Weise Matteos Blick auszuweichen.

»Ich meine – hast du den Kerl wenigstens bekommen?«

»Ihn schon«, murmelte sie. »Aber sein Herz nicht.«

Einen Moment herrschte Stille.

»Ich weiß, das klingt albern.«

»Na ja, was auch immer du damit genau sagen willst, aber ganz offenbar hat es nicht funktioniert mit euch beiden.«

Sie nickte. Kopfschütteln wäre angebrachter gewesen, aber das war im Liegen schwerer möglich.

»Also hat dich Mismi doch eigentlich reingelegt«, sagte Matteo. »Müsste er dir da nicht das Geschichtenerzählen zurückgeben?«

»Ich weiß es nicht«, sagte sie dünn. »Mich überfordert das Ganze.«

»Ja, da sind wir schon zu zweit.«

»Und jetzt?«

Nun war es Matteo, der seufzte. »Keine Ahnung. Ich muss das erst mal verdauen. Ich hatte ja schon länger das Gefühl, dass da noch was im Busch ist. Aber das? Weißt du, das ist echt eine harte Nummer. Ich will jetzt keinen Streit anfangen, das tut uns beiden nicht gut. Aber irgendwie … Blöd finde ich das schon, das kannst du ruhig wissen.«

»Tut mir leid«, murmelte sie. »Mir war das einfach zu persönlich.«

»Ich habe gedacht, *ich* wäre an deiner Blockade schuld«, platzte Matteo heraus. »Das ist einer der Gründe, warum ich überhaupt mitgekommen bin!«

Sie hob die Augenbrauen. »Und ich dachte, das wäre der Fluch gewesen.«

»Ich hab dir den Gedankengang abgenommen, dass alles zusammenhängt.« Er seufzte wieder. »Hast du sonst noch irgendwelche Leichen im Schrank, von denen ich wissen sollte?«

Diesmal schüttelte sie doch den Kopf. »Nein. Das dürfte alles sein.«

Er betrachtete sie mit sichtlichem Zweifel.

»Wirklich«, sagte sie nachdrücklich und fügte schließlich hinzu: »Frieden?«

Jetzt grinste er. »Hatten wir Krieg?«

»Sah ganz danach aus.«

»Ach Mensch, Malinka«, sagte Matteo in einem Tonfall, den sie so gar nicht von ihm kannte. Eine Spur zu warm und behutsam, aber in ihrem gegenwärtigen Zustand tat das gut.

Sie richtete sich auf. »Und Flor?«

»Keine Ahnung, nicht hier, aber ich denke, die kommt wieder. Was hältst du von ihr? Besonders scheinst du sie nicht zu mögen.«

»Es wurmt mich irgendwie, dass sie uns hilft. Das ist so, als ob wir's alleine nicht schaffen würden.«

Matteo grinste. »Du und dein Ehrgeiz.«

Sie zuckte hilflos mit den Schultern. In diesem Moment öffnete sich die Tür.

»Guten Morgen«, sagte Flor. Trotz der kühlen Morgenluft trug sie nur die Tunika aus grauer Alpakawolle, die sie auch am Vorabend angehabt hatte. Sie stellte einen Korb auf den Tisch. »Frühstück«, erklärte sie. »Und danach will ich euch etwas zeigen.«

***

Nachdem sie den heißen Brei aus Quinua und Käse verzehrt hatten – *p'esqe,* wie Malinka feststellte, und Flor kommentierte das mit der ersten Andeutung eines Lächelns, das sie bei ihr sahen –, machten sie sich auf den Weg. Flor gab ihnen keine weiteren Hinweise, außer, dass sie am besten ihre Sachen schon mitnehmen sollten, und während des Fußmarsches ging sie einige Meter voraus und sprach kein Wort.

Malinka machte das nicht unbedingt etwas aus. Es reichte ihr, die karge Landschaft zu betrachten, durch die sie wanderten. Von einer Anhöhe aus konnten sie für einige Wegminuten Ayacucho sehen: flache Häuser, eine Stadt im Dornröschenschlaf. Danach machte der Pfad eine Biegung, und bald gab es nur noch den strahlend blauen Himmel über ihnen, das filzige Graubraun der Landschaft und vereinzelte Bäume, die in erstaunlich sattem Grün daraus hervorleuchteten.

Malinka verlor jedes Zeitgefühl. Sie warf einen Blick auf ihre Armbanduhr, nur um festzustellen, dass diese stehengeblieben war. Matteo marschierte neben ihr und schien ebenso wenig zu Gesprächen aufgelegt zu sein, obwohl sie das Gefühl hatte, zwischendurch einen neugierigen Seitenblick von ihm zu spüren.

Schließlich erreichten sie eine weitere Anhöhe, und Flor blieb stehen.

»Dies«, sagte sie, »war Paukarllaqta.«

»Blumendorf«, übersetzte Malinka instinktiv.

Flor drehte sich zu ihr und musterte sie aus ihren dunklen Augen. »Ja, wenn du so willst.«

Sie blickten nach unten. Vor ihnen lagen die Ruinen eines Dorfes. Malinka überlief es kalt. Sie konnte nur ahnen, was hier geschehen war, angesichts der niedergebrannten Mauern vor ihnen.

»Was ist hier passiert?«, fragte Matteo leise.

»Die *sinchis*«, antwortete Flor knapp. »Oder doch *Sendero* selbst? Genau weiß das niemand mehr. Es ist viel Blut vergossen worden. Kommt.« Sie begann den Abstieg in Richtung der Ruinen, und Matteo und Malinka folgten ihr. Malinka hörte, dass Flor begonnen hatte, vor sich hin zu summen, und es war nicht schwer, die Melodie zu erkennen: *Flor de Retama.*

Und als ob es etwas mit dem Lied zu tun hatte, entdeckte Malinka Ginsterblüten, die zartgelb im Schatten der verkohlten Mauern leuchteten. Sie musste lächeln, aber gleichzeitig war ihr mehr zum Weinen zumute.

Matteo blieb neben ihr stehen und berührte sie sacht am Arm. Sie konnte ihm ansehen, dass er auf diesen Ort ähnlich reagierte wie sie. Es war, als ob noch immer Schatten durch die Gassen huschten, Erinnerungen.

Geschichten.

Wieder überlief es sie kalt. Mit einer Hand fuhr sie in ihre Umhängetasche und tastete nach dem Spiegelbuch, in dem dringenden Bedürfnis, es hervorzuziehen und aufzuklappen.

Flor war einige Schritte weitergegangen, drehte sich aber zu ihr um, als hätte sie Malinkas Gedanken gelesen, und sah sie aufmerksam an.

Malinka hatte das Gefühl, dass das seltsame Mädchen sie einer Prüfung unterzog. Einen Augenblick lang hielt sie inne, dann beschloss sie, auf ihr Bauchgefühl zu hören.

Sie holte das Spiegelbuch hervor und schlug es auf. Zu ihrer Überraschung lächelte Flor. Matteo schaute erstaunt auf das Buch, sagte aber nichts.

Hier sind wirklich Geschichten. Verrückt, aber ich kann sie spüren.

Sie dachte an alles, was sie während ihrer Reise über Geschichten gehört hatte, und atmete tief durch. Vielleicht würden sie nicht zu ihr kommen, aber zum Spiegelbuch.

Sie wusste nicht genau, warum sie es tat, doch sie ging langsam in die Hocke und hielt das Buch vor sich. Zumindest Matteo musste sie jetzt für verrückt halten, auch wenn er einfach nur einen Schritt zurücktrat und nichts sagte. Malinka suchte nach Worten. Ihr wurde klar, dass sie dabei war, die Geschichten wirklich so zu behandeln, wie sie es mit wilden, scheuen Lebewesen getan hätte.

Dann spürte sie es.

Sie kamen.

Für einen Moment hatte sie nur das Bedürfnis, aufzuspringen und wegzurennen.

Unsichtbare Schatten, die auf sie zu glitten … Ihr wurde schwindlig.

Sie fühlte sich umkreist, beobachtet. Schweiß brach ihr aus.

Was tu ich da?

Und dann begann die Bewegung.

Die Seiten des Spiegelbuches blätterten sich von allein um, und Malinka konnte sehen, wie die Geschichten *hineinglitten.* Sie erschienen. Wörter und Sätze schälten sich aus dem Papier, als dringe die Tinte aus seinem Inneren hervor. Alles in Malinka schrie danach, das Buch fallen zu lassen und aufzuspringen, ihre Hände waren feucht vor Schweiß, aber sie verharrte, wo sie war, während das Spiegelbuch sich füllte, Seite um Seite, Geschichte um Geschichte. Die Buchstaben verschwammen vor Malinkas Augen, wollten nicht gelesen werden, aber dennoch war ihr, als wehe ein Geruch von Angst, Blut und Schweiß aus dem Buch zu ihr herauf.

Malinka sank erst in sich zusammen, als alles vorbei war, keine Bewegung mehr auf den Buchseiten, kein Schattengleiten mehr um sie her. Ihr war schwindlig.

Sie spürte Matteo neben sich, der sich niederkniete und ihr die Hände auf die Schultern legte, vorsichtig versuchte, sie aufzurichten. »Geht's? Verdammt, was war das?«

Sie schüttelte nur stumm den Kopf, unfähig, auch nur ein Wort hervorzubringen, und lehnte sich mit geschlossenen Augen gegen ihn. Er legte einen Arm um sie.

»Was ist hier los?«, hörte sie ihn sagen, offenbar an Flor gerichtet. »Warum sind wir hier?«

»Jemand musste die Geschichten holen«, sagte Flor.

Malinka stemmte sich mühsam in die Höhe. Matteo zog sie hoch, so gut er konnte, und stützte sie noch für einen Moment, als sie wieder stand.

»Sie sind zu mir gekommen?«, fragte sie und suchte Flors Blick.

Flor zuckte mit den Schultern. »Das ist nicht eben ein schlechtes Zeichen.« Sie drehte sich um und begann, durch die ausgebrannten Gassen von Paukarllaqta zu gehen. »Isabel war auch hier«, sagte sie beiläufig.

»Auf ihrer Reise?«

Flor schüttelte den Kopf. »Danach. Sie hat hier gelebt. Auch das Spiegelbuch war lange hier zu Hause.«

»Wie ist es von hier nach Europa gekommen?«, fragte Matteo. »Ich schätze, das müsstest du wissen, wenn du doch allgemein so gut im Bilde bist, oder?«

Flor blieb stehen und drehte sich zu ihm um. »In der Tat. Solche Sachen vergessen wir nicht. Ein preußischer Forscher war hier und hat es mitgenommen.«

»Einfach so?« Matteo runzelte die Stirn.

Wieder zeigte Flor die Andeutung ihres seltenen Lächelns. »Nein, nicht einfach so. Auch das Spiegelbuch dürfte sich daran erinnern. Wayra hatte es von ihrer Mutter bekommen und versprochen, es zu hüten – als die neue Yuyaq … Aber dann hat der Fremde ihr den Kopf verdreht. Ihr Herz hat er mitgenommen und das Buch auch. Sie hat geglaubt, es würde ihn zu ihr zurückbringen, aber da hat sie sich geirrt.«

»War sie Isabels Tochter?«, fragte Malinka verwirrt.

»Wessen wohl sonst?«

»Und wer war der Forscher?«

Flor zuckte mit den Schultern. »Namen sind Schall und Rauch. Aber ich erinnere mich, dass Mismi zornig war an jenem Tag, als das Buch Peru verließ. Dass er von Verrat sprach. Niemals hätte er das Spiegelbuch in die Hände einer Fremden gelangen lassen dürfen, sagte er.«

»Du *erinnerst* dich«, sagte Matteo gedehnt. »Und wann war das bitte?«

»Vor zweihundert Jahren«, antwortete Flor ungerührt.

Matteo starrte sie an, aber Flor kümmerte sich nicht darum.

»Müssen wir das Spiegelbuch zurückbringen?«, fragte Malinka leise. »Sind wir darum hier?«

Flor nickte langsam. »Es ist einer der Gründe«, sagte sie.

»Und ist dieser preußische Forschungsreisende daran schuld, dass ich mir den Fluch eingefangen habe?«, hakte Matteo nach.

»Das wiederum«, antwortete Flor, »musst du Mismi fragen.«

»Oh, natürlich. Werd ich die Tage machen, wenn ich ihn mal wieder sehe. Wahrscheinlich dienstags beim Hockeytraining«, knurrte Matteo.

Flor zog die Augenbrauen hoch. »Ich denke, es ist an der Zeit, dass ihr euch um die nächste Station kümmert.«

»Die weißt du nicht? Ich dachte, du bist hier, um uns zu helfen.«

»Richtig.« Flor verschränkte die Arme. »Aber nicht, um euch alles abzunehmen. Das darf ich auch überhaupt nicht.«

Matteo verdrehte die Augen, wandte sich aber an Malinka. »Was sagt das Buch?«

Sie blätterte und hob schließlich die Schultern. »Irgendwie nichts.« Unwillkürlich blickte sie Hilfe suchend zu Flor und ärgerte sich selbst darüber. Sie hatte es doch unbedingt allein lösen wollen. *Was würden wir tun, wenn sie nicht da wäre?*

Malinka wandte sich wieder an Matteo. »Vielleicht gibt es hier im Dorf irgendwo einen Hinweis.«

Flor hinter ihnen widersprach nicht, und so streiften sie los durch die verkohlten Reste von Paukarllaqta. Jetzt, da Malinka die Geschichten im Spiegelbuch trug, war die Stimmung um sie herum neutraler, aber ganz wohl fühlte sie sich noch immer nicht.

Irgendwann standen sie dort, wo sich einst die Plaza des Dorfes befunden hatte, ein nackter, freier Platz, und drehten sich um die eigene Achse.

»Wonach suchen wir eigentlich?«, fragte Matteo schließlich.

»Ich weiß es nicht«, murmelte Malinka hilflos. »Aber irgendeinen Hinweis muss es geben. Es gibt immer einen, und ich bin ganz sicher, Flor hätte uns sonst nicht hergebracht.« Sie runzelte die Stirn, als ihr Blick auf die traurigen Überreste der Dorfkirche fiel.

Es war eine kleine Kirche aus braunem Stein, wie Malinka sie schon in vielen Andendörfern gesehen hatte. Sie war beinah bis auf die Grundmauern niedergebrannt, nur eine verkohlte Fassadenwand stand noch – und der Kirchturm, und das war es, was Malinka stutzig machte.

Sie ging ein paar Schritte darauf zu.

»Guck mal, der Turm.«

Matteo sah sofort, was sie meinte. »Ziemlich gut erhalten, oder?«

Langsam gingen sie um den Turm herum. Tatsächlich zeigten seine Mauern nicht einmal Rußflecken. Eine kleine Tür aus Holz befand sich an einer Seite. Sie stand offen, schwang sacht in einem kaum spürbaren Luftzug hin und her.

Malinka und Matteo wechselten einen Blick.

»Vielleicht sollten wir uns mal einen Überblick verschaffen«, sagte sie.

»Bist du verrückt? Das Ding kann jeden Moment einstürzen!«

Malinka näherte sich und warf einen Blick hinter die Tür. Sie sah schmale, aber stabil wirkende Steinstufen. »Ich geh da mal hoch. Schaden kann es wohl nicht.«

»Bleib da, das ist gefährlich.«

»Fällt dir was Besseres ein? Du musst ja nicht mitkommen.« Sie drückte sich durch den Eingang und setzte behutsam einen Fuß auf die erste Stufe. Kein Zweifel, das war solider Stein, und die Treppe flößte ihr auf seltsam klare Weise Vertrauen ein. Langsam begann Malinka mit dem Aufstieg und schmunzelte, als sie Matteos Schritte hinter sich hörte. Offenbar konnte er das doch nicht auf sich sitzen lassen.

Am oberen Ende der Treppe befand sich eine Holzleiter, die zu einer Luke führte. Hier zögerte Malinka doch, denn das Holz sah weniger vertrauenerweckend aus als die Steinstufen, aber so kurz vor dem Ziel wollte sie nicht aufgeben. Sie prüfte mit einem Fuß die Tragfähigkeit, stieß sich ab und kletterte durch die Luke.

»Wenn das Ding jetzt einkracht!«, sagte Matteo von unten.

»Du bist doch sonst nicht so feige! Komm hoch, der Ausblick ist toll.«

Das war er in der Tat. Früher mussten sich hier die Glocken des Kirchturms befunden haben, aber jetzt gab es nur noch eine kleine Aussichtsplattform, von der aus sie das Dorf überblicken konnten.

Malinka ließ ihren Blick schweifen. Viel Neues sah sie nicht. Nur die Plaza, auf die aus vier Richtungen die Hauptwege des Dorfes zuliefen. Und die Häuser, die rings um den Platz lagen, mussten einst alle in einer Art L-Form erbaut gewesen sein, sodass …

Sie runzelte die Stirn.

»Ja, nette Aussicht«, sagte Matteo neben ihr. »Sieht aus wie dein Anhänger. Der Grundriss, meine ich.«

»Ja«, antwortete sie. »Genau das dachte ich auch gerade.«

Sie fuhr mit der Hand zu ihrem Andenkreuz. Es war tatsächlich so. Wenn sie nur die Grundfläche der Plaza betrachtete, sah diese genauso aus wie das Andenkreuz.

Und sie befanden sich auf dem Kirchturm, der mitten im Zentrum stand.

»Cusco«, sagte sie laut.

»Cusco?«

»Cusco ist der Nabel der Welt. Es ist das Loch in der Mitte des Andenkreuzes.« Sie zeigte ihm den Anhänger. »Vier Seiten, vier Gegenden im Inkareich. Und in der Mitte liegt Cusco. Gut, das ist es, was sie den Touristen über die Symbolik erzählen. Ob es stimmt, weiß ich nicht.«

»Na ja, Cusco würde schon Sinn ergeben.« Matteo nickte bedächtig. »So viele Orte in Peru sind auch gar nicht mehr übrig, oder?«

Malinka musste lächeln. Dann holte sie das Spiegelbuch aus der Tasche und blätterte durch die Seiten. »Ich glaube, es will uns sagen, dass wir recht haben.«

Sie zeigte ihm das Bild, das auf einer der letzten Seiten erschienen war. Es zeigte ein Andenkreuz, das mit sauberen blauen Tintenstrichen gezeichnet war, und neben dem Loch in seiner Mitte stand in geschwungenen Buchstaben das Wort *Qosqo*.

»Cusco auf Quechua?«

Sie nickte, und Matteo lächelte. »Tja, wenn wir heil hier runterkommen, kann es ja gleich losgehen.«

Peru

um ca. 1767

25.
Ñan
Weg

Chaskis Weg war tatsächlich der Wind. Das Alpaka schien Isabels Gewicht kaum zu spüren und jagte rascher dahin als jedes Pferd. Sie erreichten Lima schneller, als sie gedacht hätte.

Die Stadt der Könige atmete ihnen mit der kühlen Luft der Küste entgegen. Feiner Nieselregen hing wie Nebelschwaden in der Luft, und Isabel hatte das Gefühl, dass er sie bis auf die Knochen durchdrang. Sie fröstelte. Arequipas Nächte waren frisch, doch die trockene Kälte der Anden war nichts im Vergleich zu Limas heimtückischer Feuchtigkeit, die Tag und Nacht in jeden Winkel kroch. Isabel wurde bewusst, dass sie ein Leben im Nebel erwartet hätte, wenn sie Don Francisco tatsächlich geheiratet hätte. Wehmütig dachte sie an den sonnenklaren Himmel von Arequipa zurück.

Es war seltsam, Lima zu betreten und durch die lebhaften Straßen zu wandern. In Arequipa leuchteten die Fassaden von schneeweißem Vulkangestein, in Lima kämpften nur sanfte Pastellfarben gegen die Unerbittlichkeit des Zwielichts; hoch auf den Wänden saßen dunkle Holzbalkone, filigran verziert, als seien sie eine eigene Art von Straßennetz. Immer wieder nahm Isabel Bewegungen hinter den schmalen Fensterfronten wahr. Sie fühlte sich, als beobachte Lima selbst sie mit argwöhnischem Blick.

Gern hätte sie Chaski gefragt, was sie jetzt tun sollte, aber sie wagte nicht, das Wort an ihn zu richten. Zu viel Betriebsamkeit herrschte um sie her, und die neugierigen Seitenblicke, die Isabel streiften, machten sie bereits nervös genug.

Einmal mehr wünschte sie sich, Yawar noch an ihrer Seite zu haben. Die Geschichten waren zu ihm gekommen. Isabel hingegen musste eine Fremde für sie sein.

Sie suchte sich ihren Weg durch die Straßen, bis die Luft mit einem Mal salzig schmeckte und sich vor Isabel die bleigrauen Wasser des Pazifiks ausdehnten, die freudlos an Limas Klippen leckten. Am Horizont verschwammen Meer und Himmel in einem trüben Brei.

Sie setzte sich auf eine niedrige Steinmauer mit Blick auf den Ozean, holte das Spiegelbuch hervor und legte es aufgeschlagen auf ihren Schoß. Chaski stand hinter ihr, aber sie vermied es, sich nach ihm umzudrehen. Sein ewig skeptischer Blick hätte sie nur nervös gemacht.

Isabel spürte den Seewind an ihrem Haar zupfen und über die Seiten des Buches streichen. Sie hielt es fest, schloss die Augen und wartete, während sie sich die nächtliche Dachterrasse in Arequipa ins Gedächtnis zu rufen versuchte, das Gefühl, wie die Geschichten um sie her schlichen, sie beäugten und schließlich näherkamen.

Der Wind frischte auf und ließ die Erinnerungen zerstieben, trug sie mit sich hinauf in den grauen Himmel. Sonst geschah nichts. Nur das gleichförmige Rauschen der Wellen, der klamme Kuss des Nieselregens.

Enttäuschung brannte in Isabels Kehle. Für einen Moment war ihr, als trüge der Wind ein spöttisches Lachen an ihr Ohr, aber als sie den Kopf hob, war es nur das gleichförmige Flattern der Böen.

Chaski stand mit unbewegter Miene da und betrachtete sie. Lag da Enttäuschung in seinem Blick, oder war es nur das, was sie befürchtete?

Schließlich legte Chaski den Kopf schief. »Lass uns in die Stadt gehen«, sagte er leise. »Dort haben wir sicher mehr Glück.«

***

In Limas Straßengewirr verlor Isabel rasch die Orientierung. In Arequipa hatte sie sich stets nach den schneebedeckten Vulkangipfeln richten können; in der Stadt der Könige gab es nur den kleinen kahlen Hausberg San Cristóbal, der immer wieder im Küstendunst verschwand.

Ratlos bog sie um eine Ecke und prallte mit jemandem zusammen, schrie erstickt auf, als sich Finger in ihre Oberarme krallten und sie hart gegen die Steinwand stießen. Isabel rang nach Atem, suchte nach Worten für eine Entschuldigung und erstarrte, als sie die Züge des jungen Mannes erkannte, in den sie hineingelaufen war – schmales Gesicht, hochmütige Augen. Don Francisco.

Ihr Mund wurde trocken. Von allen Menschen, die hier lebten, warum musste sie ausgerechnet mit ihm zusammenstoßen? Was würde er tun? Es konnte doch nicht sein, dass ihre Flucht, ihre Reise hier endete …

Da stieß er sie noch einmal rückwärts. »Dreckige India«, zischte er angewidert. »Pass auf, wo du hinläufst!« Er spuckte vor ihren Füßen aus, wandte sich ab und ging weiter.

Schwer atmend blieb sie stehen und presste sich an die harte Wand in ihrem Rücken. Nur langsam beruhigte sich Isabels Herzschlag, und ebenso langsam ließ die Verwirrung nach.

Chaski stand einige Schritte entfernt und sah Isabel mit schief gelegtem Kopf an.

»Er hat mich nicht erkannt«, murmelte sie rau, strich sich eine Haarsträhne aus der Stirn und begriff erst in diesem Augenblick, dass genau dies die Erklärung war. *Er hat mich nicht erkannt.*

Es lag nicht nur daran, dass Don Francisco sie nicht hier erwartet haben konnte – es bedeutete vor allem, dass er sie niemals wirklich angesehen hatte. Erkennbar war sie für ihn nur gewesen, solange sie ein hübsches Kleid trug und sich im Inneren eines herrschaftlichen Hauses befand. In ihrem derzeitigen Aufzug war sie eine Fremde — und mit einem Mal verspürte sie den Drang, laut zu lachen. Selbst, wenn ihr Vater nach ihr suchen ließ: Man würde sie nicht finden. Man konnte es nicht, denn die alte Isabel Goyeneche gab es nicht mehr.

In diesem Moment sah sie es.

Etwas huschte über die Straße, aus eben der Richtung, aus der auch Isabel gerade gekommen war. Normalerweise hätte sie es für eine Maus oder einen Vogel gehalten, doch sie wusste es besser.

»Eine Geschichte, Chaski!«, hauchte sie und ließ ihren Blick über die Straße gleiten. Aus dem Augenwinkel meinte sie, die Bewegung noch einmal wahrzunehmen, aber als Isabel genauer hinsah, war da nichts.

»Und eine ziemlich verängstigte«, flüsterte Chaski zurück. »Was mag sie aufgescheucht haben?«

Isabel wagte kaum zu atmen. »Wird sie zu mir kommen?«

Das Alpaka wedelte mit dem rechten Ohr. »Versuch es.«

Vorsichtig kramte Isabel das Spiegelbuch hervor und spähte in die Richtung, aus der sie die Bewegung wahrgenommen hatte.

Vor ihnen lag ein offener Platz, an zwei Seiten begrenzt durch die blassgelbe Fassade eines Klosterkomplexes. Tauben spazierten auf dem Pflaster, als seien sie direkt aus dem Grau des limeñischen Himmels geboren.

Die Geschichte drückte sich zitternd an der Wand entlang; Isabel konnte sie immer nur aus den Augenwinkeln wahrnehmen, sie mehr erahnen denn wirklich sehen. Das Spiegelbuch fest an die Brust gepresst, näherte sie sich mit vorsichtigen Bewegungen.

»Sieh her«, flüsterte sie über dem schüchternen Gurren der Tauben. »Das ist dein Zuhause.«

Sie spürte die Geschichte verharren. Erinnerungen an Angst und Tränen wehten Isabel aus dem Schatten der Kirchenmauer entgegen, zeigten an, wo sich die Geschichte befand. Vorsichtig ging Isabel in die Knie und schlug das Spiegelbuch auf.

»Hab keine Angst«, flüsterte sie und war sich nicht sicher, ob sie damit nicht auch sich selbst beruhigen wollte. »Komm her.«

Sie hielt den Atem an, als die Luft vor ihr sich erwartungsvoll zu verdichten schien. Isabel rührte sich nicht. Jede kleine Bewegung konnte die Geschichte in die Flucht schlagen.

Doch sie kam näher.

Winzige, zaghafte Schritte, und Isabel senkte den Blick, starrte auf die leeren Seiten des Spiegelbuchs, grub die Zähne in die Unterlippe und wartete angespannt, spürte das behutsame Näherkommen.

Yawar, dachte sie wehmütig. Vielleicht würde die Geschichte zu ihren Füßen mit ihren Worten aus Salz und Blut Isabel die Erinnerung an Yawar näherbringen, fassbarer machen. Vielleicht …

Die Tauben stoben auf, als habe jemand einen Stein unter sie geschleudert. Flatternde Flügel streiften Isabels Gesicht, und sie schrie auf, riss einen Arm hoch und wusste im gleichen Moment, dass die Geschichte verloren war. Über ihr begannen die Glocken des Konvents zu läuten — tief und dröhnend. Mit einem Mal war der Platz von Unruhe erfüllt, in der kein Raum für das Vertrauen einer Geschichte blieb.

Isabel rappelte sich auf, sah in einen von Tauben schwirrenden Himmel und suchte dann die Umgebung nach der fortgehuschten Geschichte ab. Vergeblich, wie sie sehr wohl wusste.

Sie schlug das Spiegelbuch zu und spürte Enttäuschung, die sich dumpf in ihren Magen grub.

Chaski trabte an ihre Seite. »Das war gar nicht übel.«

»Doch«, sagte Isabel bitter, während sie das Buch wieder in ihrem Leinensack verstaute. Sie mochte das Alpaka nicht ansehen. »Sie hat gezögert. Sie wollte nicht. Sie muss gewusst haben, dass etwas falsch ist.« Ihre Kehle fühlte sich schmerzhaft eng an. »Das war bei Yawar nie so.«

»Du stehst ganz am Anfang, Prinzesschen«, murmelte Chaski besänftigend.

Isabel schluckte. »Ich bin die falsche Yuyaq.« Wieder hatte sie das Gefühl, dass der Wind ein spöttisches Lachen an ihr Ohr trug.

»O nein.« Chaski stieß sie energisch an. »So einfach kommst du nicht davon. Und für Selbstmitleid ist jetzt nicht die Zeit.« Er verstummte und ließ den Blick über die Plaza gleiten. »Etwas hat die Tauben aufgescheucht. Und genau in diesem Moment … Vielleicht kein Zufall.«

Isabel fröstelte, und diesmal lag es nicht an Lima. Vielleicht war es der Fluch, der an ihren Fersen schnupperte. Vielleicht auch etwas anderes. Sie tastete nach dem Andenkreuz um ihren Hals und straffte sich. Was auch immer es war: Sie würde nicht aufgeben.

***

Sie hatte geglaubt, dass sie an Yawars Verlust genug gewachsen war und die neue Härte in ihrem Blick auch genug Kraft bedeutete.

Sie hatte sich geirrt.

Und so bitter es war, das von einem Alpaka gesagt zu bekommen, aber Chaski hatte recht: Bisher hatte Isabel in einer überaus behüteten Welt gelebt, ohne sich um irgendetwas sorgen zu müssen. Über viele Jahre hinweg war die tiefstgreifende Entscheidung ihres Alltags gewesen, welches Kleid sie tragen würde. Essen war ebenso eine Selbstverständlichkeit gewesen.

An Yawars Seite hatte sie vielleicht gelernt, was es bedeutete, seinen *yana* gefunden zu haben und wieder zu verlieren – doch auf die Schwierigkeiten des wirklichen Lebens war sie dadurch noch lange nicht vorbereitet. Und schließlich stellte sie auch fest, dass Chaski mit seiner trockenen und lakonischen Art nicht unbedingt der schlechteste Begleiter war.

In den ersten Tagen konnte sie von den Vorräten leben, die sie in Yanaphurus Leinensack fand – *chuño,* der noch den goldenen Glanz der Sonne an sich trug, und *ch'arki*, das getrocknete Fleisch, das sie bislang nur aus Yawars Geschichten gekannt hatte. Zuerst missfielen ihr der muffige Geschmack des *chuño* und das trockene Salz des *ch'arki,* denn beides hatte wenig gemein mit der würzigen und abwechslungsreichen Küche Arequipas, wie sie von Pancha kredenzt worden war. Isabel lernte auch den Hunger in jenen Tagen kennen, den wahren Hunger, der nichts mit dem sanften Rumoren zu tun hatte, das sie in ihrem Elternhaus manchmal empfunden hatte, wenn ihr der Duft aus der Küche in die Nase stieg.

Jenes Rumoren war ein freundliches Gefühl, wie eine schnurrende Katze, die Streicheleinheiten forderte.

Der wahre Hunger war im Vergleich dazu ein zähnefletschender Puma, der glühende Krallen durch Isabels Eingeweide zog. Sein Grollen ließ sie nachts nicht schlafen. Es war ein Hunger, der am Ende nicht mehr danach fragte, ob etwas schmeckte, sondern gierig annahm, was immer sie ihm entgegenwarf. Es kam der Moment, in dem Yanaphurus Vorräte aufgebraucht waren und Isabel erkannte, dass sie sich etwas einfallen lassen musste.

»Es gibt ja Leute, die mögen Musik«, sagte Chaski beiläufig, als sie sich mit knurrendem Magen über den gähnend leeren Sack beugte. Auch für Chaski gab es kaum etwas zu essen, denn sie waren mehr in der kargen Küstenwüste unterwegs als in den fruchtbaren Oasen der Flusstäler, aber es schien ihm nicht viel auszumachen. Er wurde mitunter müde, wenn er sie einen ganzen Tag lang getragen hatte, aber hungrig offenbar nie.

Als er die Bemerkung über die Musik machte, befanden sie sich auf halbem Wege zwischen Lima und Trujillo, und ein kleines Dorf zeichnete sich nur wenige hundert Schritte entfernt im staubigen Sonnenlicht ab.

Isabel hob die Augenbrauen und sah Chaski an. »Was meinst du damit?«

Er schüttelte beide Ohren. »Wenn *ich* ein Charango mit mir herumtragen würde, dann wüsste ich ziemlich genau, was ich damit meine.«

Isabel spähte zurück in den Sack.

»Aber ich bin keine Kantinensängerin«, sagte sie zögernd. »Es wäre sehr unstatthaft …«

»Na, das freut mich aber, dass du eine bessere Idee hast«, unterbrach Chaski sie, verdrehte die Augen und bewegte das rechte Ohr.

Isabel zog die Luft ein und sah zu Boden. Manchmal stieß sie noch gegen unsichtbare Grenzen in ihrer Überwindungsfähigkeit.

»Meinst du, jemand würde mir Essen geben, nur weil ihm meine Musik gefällt?«, fragte sie schüchtern.

»Oh, *das* wiederum habe ich nicht behauptet«, sagte Chaski.

Sie versetzte ihm einen Klaps. Mittlerweile war ihr klar, wie sie mit dieser Art von Ansagen umzugehen hatte.

»Dann gehen wir es mal herausfinden«, seufzte sie.

Misstrauische Blicke folgten ihnen aus dem Schatten hinter den staubigen Fensterläden, als sie die Straße zur kleinen Plaza hinaufgingen. Nicht ein Baum spendete Schatten auf dem hartgebrannten Lehmboden.

Isabel postierte sich gegenüber der Kirche, wo die vorstehenden Hausdächer zumindest eine Ahnung von Schatten spendeten. Sie fuhr sich mit der Hand durchs Gesicht, strich einige Haarsträhnen zurück, dann holte sie Q'enti aus dem Leinensack. Unsicher sah sie sich um. Sie hatte noch nie vor Publikum gespielt – und auch noch nie im Stehen. Zusammen mit dem Staub, der sie von Kopf bis Fuß bedeckte, und ihrem knurrenden Magen fühlte sie sich mehr als unfähig, auch nur eine Saite auf dem Charango richtig anzuschlagen.

Chaski neben ihr wedelte aufmunternd mit einem Ohr, sagte jedoch nichts. Vielleicht hatte er auch nur eine Fliege verjagt.

Isabel holte Luft.

Sacht glitten ihre Finger über die Saiten. Ein schüchterner Ton schwebte in die Mittagshitze.

Ihr erster Eindruck war der eines schmerzhaften Schlages in ihre Magengrube; die Erinnerung an Yawar, an die kühlen Nächte auf dem Dach seiner Kammer. Das Glück, das sie damals empfunden hatte, kam mit solcher Gewalt zurück, dass es ihr den Atem raubte.

Dann geschah etwas Merkwürdiges – als ob die Musik selbst die Führung übernahm. Der Krampf in Isabels Magengrube löste sich, und es war, als glitte der Schmerz durch ihren Körper in ihre Finger und von dort auf die Saiten des Charangos. Es erinnerte sie an das Gefühl, wenn sie ins Spiegelbuch geschrieben hatte – nur dass jetzt statt Tinte Töne aus ihr hinausflossen. Ihre Finger bewegten sich, sie spielte, und was sie hörte, verschlug ihr selbst den Atem: es war kraftvoller und trauriger als alles, was sie jemals vernommen hatte.

Sie legte den Kopf in den Nacken, schloss die Augen und begann zu singen. Ihre Stimme war rau wie an jenem Tag, als sie nach ihrem Schweigen wieder begonnen hatte, mit Pancha zu sprechen. Doch diesmal war es der Staub des Weges, der in ihrer Kehle lag. Isabel sang und nahm die Worte erst wahr, nachdem sie ihren Mund verlassen hatten; Spanisch und Quechua flochten sich ineinander wie bunte Seidenbänder, sie spürte, dass ihre Stimme zitterte wie die Saiten des Charangos, und für einen Moment waren die Hitze und das Dorf vollkommen fern.

Das Lied entschied selbst, wann es zu einem Ende kam, und Isabel ließ Q'enti sinken und öffnete schwer atmend die Augen.

Sie war gehört worden.

Es gab keinen Applaus, aber sie hörte beifälliges Gemurmel, und jemand zupfte an ihrem Ärmel.

»*Munay sipas*«, sagte eine alte Frau, schenkte ihr ein beinah zahnloses Lächeln und hielt ihr einen Keramikkrug entgegen. Es bedurfte keiner weiteren Worte, Isabel wusste, dass dieser Krug Chicha enthielt. Yawar hatte ihr oft genug erzählt, dass das säuerliche Maisbier oben in den Bergen die erste Gabe war, die jedem Gast gereicht wurde. Auch hier unten an der Küste schien es nicht anders zu sein, vermutlich kam die alte Frau selbst aus dem Hochland.

Dankbar nahm Isabel den Krug entgegen und trank in tiefen Zügen.

Dann goss sie einen Schluck auf den Boden – die Gabe für Mutter Erde –, reichte den Krug zurück und erwiderte das Lächeln der Frau, das noch breiter geworden war.

»Komm mit«, sagte die Alte einfach. »Es gibt auch Essen für dich und dein Alpaka.«

Chaski versetzte Isabel einen vielsagenden Knuff mit der Nase, als sie sich in Bewegung setzte, um der Alten zu folgen. Sein triumphierender Blick war mehr als deutlich: *Was habe ich dir gesagt?*

Das war die nächste Sache, die Isabel nach dem wahren Hunger lernte: Das einfache Essen, das sie mit ihrer eigenen Hände Arbeit verdiente, schmeckte anders als alle Köstlichkeiten, die Pancha für sie zubereitet hatte. Nicht unbedingt besser, aber intensiver und wirklicher, und es sättigte sie tiefer, als es jemals zuvor eine Speise getan hatte.

Von da an machte der Hunger Isabel keine Angst mehr, und auch die irritierten Blicke der Leute nicht, wenn sie mit Chaski an ihrer Seite in ein neues Dorf kam. Sie war keine Meisterin des Charangos, aber wenn sie spielte, spürte sie das Vertrauen der Musik und der Worte in sich, und beides strömte ihr zu. Meistens schloss sie beim Spielen die Augen, doch manchmal beobachtete sie aus den Augenwinkeln die Menschen, die sich in losen Halbkreisen um sie scharten, um ihr zuzuhören. Dann sah sie, wie der eine oder andere sich verstohlen übers Gesicht wischte. Ihre Musik drang in die Seelen der Menschen, so wie sie durch ihre eigene Seele ans Licht trat. Die Erkenntnis machte Isabel glücklich und gab ihr Kraft.

Und dann, langsam, begann sie, am Wegrand die Verlorenen Geschichten zu entdecken, auf deren Spur Mismi sie führte. Geschichten, die hier auf sie warteten und sie schüchtern beäugten aus dem Halbschatten verlassener Häuser und stummer Kirchenmauern. Meistens kamen sie näher, wenn sie Isabel spielen hörten. Manchmal bedurfte es größerer Anstrengung, um ihr Vertrauen zu gewinnen, doch keine floh vor Isabel wie jene erste Geschichte in Lima.

Sie fand die Geschichten wie verirrte Kinder am Fuße der bunten Hausmauern in Trujillo, sah sie in vergessene Stoffe gehüllt durch die Straßen von Cajamarca huschen und als schattige Vögel durch den stahlblauen Himmel über Huaraz gleiten. Sie folgte ihren Spuren entlang der Flusstäler des Mantaro und des Marañón, wo sie wie Kolibris im Uferdickicht schwirrten und glitzernden Fischen gleich durch die Stromschnellen glitten.

Eine nach der anderen kamen sie zu ihr, ließen sich wie durchscheinende Schmetterlinge auf ihrem Handrücken nieder, um dann mit einem lautlosen Seufzen auf die Seiten des Spiegelbuchs zu gleiten. Isabel lernte, ihr Wispern im Wind zu verstehen, lockte sie mit dem perlenden Klang von Q'entis Saiten an und bewegte die Lippen, wenn sie den Geschichten in schwungvollen Buchstaben die Heimat auf dem Papier wiedergab.

Jeder Ort hatte seine eigenen Geschichten, und immer wieder wiesen ihr Mismis Botschaften den Weg. Mit der Zeit lernte Isabel, sie zu erkennen und zu entschlüsseln. Nicht immer waren es Worte im Spiegelbuch. Manchmal waren es die geflüsterten Silben eines alten Mannes, der ihr nach einem Lied die Hände drückte, manchmal die Botschaft des *k'intu,* sorgfältig ausgestreuter Coca-Blätter, oder die behauener Steine am Wegrand. Mit jedem Rätsel, das sie löste, und mit jeder Station auf ihrer Reise wurde Isabel ihrer Sache sicherer. Sie reiste nicht allein, sie hatte Q'enti und Chaski, und die Geister der Verlorenen Geschichten, die kolibrigleich hinter ihr her schwirrten.

Isabel hatte gelernt, den Hunger zu bezwingen und den Geschmack des Staubs auf ihren Lippen abzuschütteln. Sie hatte gelernt, die Geschichten aus der Luft zu pflücken und ihren Schmerz auf Q'enti hörbar zu machen. Als Nächstes lernte sie, dass der Wind in ihren Haaren und das rhythmische Klappern von Chaskis Schritten ebenfalls eine Geschichte erzählten, die nicht verloren war, sondern nur Isabel allein gehörte, und diese Geschichte handelte von Freiheit. Es kamen auch andere Dinge in dieser Geschichte vor: das Knistern des Feuers, das sie entfachte, wenn sie keine Unterkunft fand, sondern an Chaskis weiches Fell geschmiegt unter dem Sternenhimmel schlief, gehüllt in einen schweren Poncho aus Alpakawolle; der Geschmack von geröstetem Mais und *chicharrón,* dem knusprig gebackenen Schweinefleisch, Essen, das sie mit ihrer Musik und den Geschichten verdiente; ein unerwarteter Regenguss, der sie in den Schutz einer verlassenen Ruinenstadt trieb, von wo aus sie beobachtete, wie schließlich Sonnenschein durch die graue Wolkenwand brach und sich ein Regenbogen von den Bergen ins Tal schwang.

Sie fühlte sich nicht glücklich wie damals an Yawars Seite, als sie gemeinsam auf dem Dach seiner Kammer gesessen hatten. Aber sie fühlte sich frei und zufrieden, und sie empfand Stolz.

Zum ersten Mal in ihrem Leben *leistete* sie etwas.

Das Gefühl eines Schattens an ihren Fersen war unter der Hochlandsonne zunehmend dahingeschmolzen. Isabel war dem Verlauf der Küste Richtung Norden gefolgt, dann ins zentrale Hochland hinauf gereist, an die verregneten Ostabhänge der Anden, wo die Luft warm und feucht und die Farben seltsam lebendig waren, und dann durch die tief eingeschnittenen Täler der Anden zurück in Richtung Süden.

Sie hatten das Heilige Tal der Inka erreicht, lang gestreckt und von filzigem Grün. Die Verlorenen Geschichten huschten hier im Schatten uralter Steine dahin und rangelten sich mit Eidechsen oder behänden Vizcachas, den langschwänzigen Kaninchen der Anden. Majestätische Stufenterrassen zogen sich an den Bergflanken entlang. Das Tal selbst, so schien es Isabel, war eine einzige große Geschichte, Stein gewordene Erinnerung an eine Zeit, in der diese Welt nichts von jener anderen gewusst hatte, aus der Isabel selbst kam.

Die Dörfer des Tals trugen noch immer die alten Namen, die nichts vom Klang des Spanischen wussten, und fast kam es Isabel so vor, als verharre die Zeit in den kleinen Gassen reglos, träge von der Mittagshitze.

Sie spielte in Ollantaytambo, einem Dorf zu Füßen einer alten inkaischen Festung. Isabel sandte ihr Lied hinauf zu den steilen Bergflanken, über die Stufen aus wuchtigen Steinquadern und die Mauern, mit denen die einstigen Herren dieses Landes das Tal gegen Feinde verteidigt hatten. Doch gegen die letzten Eindringlinge, die von jenseits des Meeres, hatte es nichts genutzt. Auch wenn Isabel wusste, dass ihre Haut mittlerweile sonnenverbrannt war und sie kaum noch für ein Mädchen aus gutem Hause und von spanischen Wurzeln gehalten werden konnte, fühlte sie sich zu Füßen der alten Ruinen so fremd wie nirgendwo sonst – und zugleich auf seltsame Weise daheim.

Beifälliges Gemurmel begleitete Isabel, nachdem sie ihr Lied beendet hatte. Von der Feldarbeit schwielige Hände reichten ihr Gaben, die sie dankbar annahm, um ihren Proviant zu füllen. Aber noch war die Arbeit hier nicht getan, das wusste Isabel. Die ein oder andere Geschichte hatte sich verstohlen genähert, während Isabels Finger über Q'entis Saiten getanzt waren, doch dort im Schatten der Steinmauern gab es noch mehr. Isabel konnte die Anwesenheit einer Verlorenen Geschichte mittlerweile spüren wie mit einem zusätzlichen Sinn. Da war ein Kribbeln tief in ihrem Inneren, das sie auf ihrer Reise noch nie getrogen hatte.

»Komm, Chaski«, sagte Isabel leise und zog das Spiegelbuch hervor. Langsam ging sie auf die schmale Gasse zwischen zwei Häusern zu. Die mit *ichhu*-Gras gedeckten Dächer berührten einander beinah, und die Sonne schien sich nicht die Mühe zu machen, ihre Strahlen hinab in den Schatten zu senden. Es war, als sei ein Stück Nacht mitten im Dorf vergessen worden.

Isabel spürte die Kühle des Zwielichts auf ihrer Haut prickeln, als sie in die Gasse trat und sich umsah. Das Spiegelbuch hatte sie aufgeschlagen. Nach einigen Schritten blieb sie stehen und wartete.

Sie konnte die Geschichte weder sehen noch hören, aber sie spürte kristallklar, dass sich etwas Verschrecktes in den Schatten verbarg wie ein kleines Tier.

»Ich bringe dein Zuhause«, flüsterte Isabel.

Das Wesen in den Schatten erstarrte. Sie musste an die Geschichte aus Lima denken. Auch hier war es eine Geschichte aus der Dunkelheit, die sich vor Isabel verbarg und schmerzhafte Erinnerungen mit sich trug. Aber diesmal war Isabel entschlossen, sie nicht zu verlieren. Sanft begann sie, das Lied zu summen, das sie soeben auf der Plaza gespielt hatte, ein kleines Signalfeuer für die verängstigte Geschichte.

Etwas vor ihr regte sich, und Isabel lächelte, summte jedoch unbeirrt weiter, wob die Töne in die Stille und wartete.

Dann fluteten Bilder über sie her und nahmen ihr kurzzeitig den Atem, so intensiv und schmerzhaft waren sie. Sie trugen die schweren Schritte von Soldatenstiefeln mit sich, das Klirren von Metall, den fernen Geruch von Feuer. Angstschweiß und Tränen wehten über Isabel hinweg. Kinderaugen starrten sie hinter einem Mauervorsprung hervor an, kalte Steinkanten gruben sich bis aufs Blut in ihre Handflächen.

Isabel rang nach Luft und lehnte sich gegen die Hauswand, das Spiegelbuch fest umklammert. Jeder Atemzug schmerzte, und es dauerte eine Weile, bis die Wirkung der Bilder abgeklungen war.

»Chaski?«, brachte sie hervor.

Das Alpaka kam näher und drückte kurz seinen Kopf an ihren Oberarm. »Alles in Ordnung, Prinzesschen. Sie ist zu dir gekommen. Sie hat sich entschieden.«

Etwas raschelte in den Schatten, als fliehe dort ein Schwarm Ratten, und Isabel fuhr zusammen. Mit einer Hand tastete sie nach Chaski und spürte erleichtert die filzige Wolle unter ihren Fingern. An seinem Blick sah Isabel, dass er das Geräusch ebenfalls gehört hatte. Und dass er wie sie mit einem Mal eine kalte, lauernde Präsenz wahrnahm, die wie ein Hauch von Verwesung in der Luft hing.

»Das dort war keine Geschichte«, murmelte Isabel.

»Nein«, flüsterte Chaski zurück und schüttelte sich leicht. »Aber die Geschichte ist bei uns. Sie ist sehr alt, Prinzesschen, und wund von der Furcht. Lass sie uns in die Sonne bringen.«

Isabel nickte. Auf einmal hatte sie es eilig, Ollantaytambo zu verlassen. Die Schatten der Steinhäuser bargen keine Geschichten mehr — aber dafür etwas anderes, das spürte sie. Sie wollte nicht in der Dunkelheit stehen, bis sie herausfand, was es war.

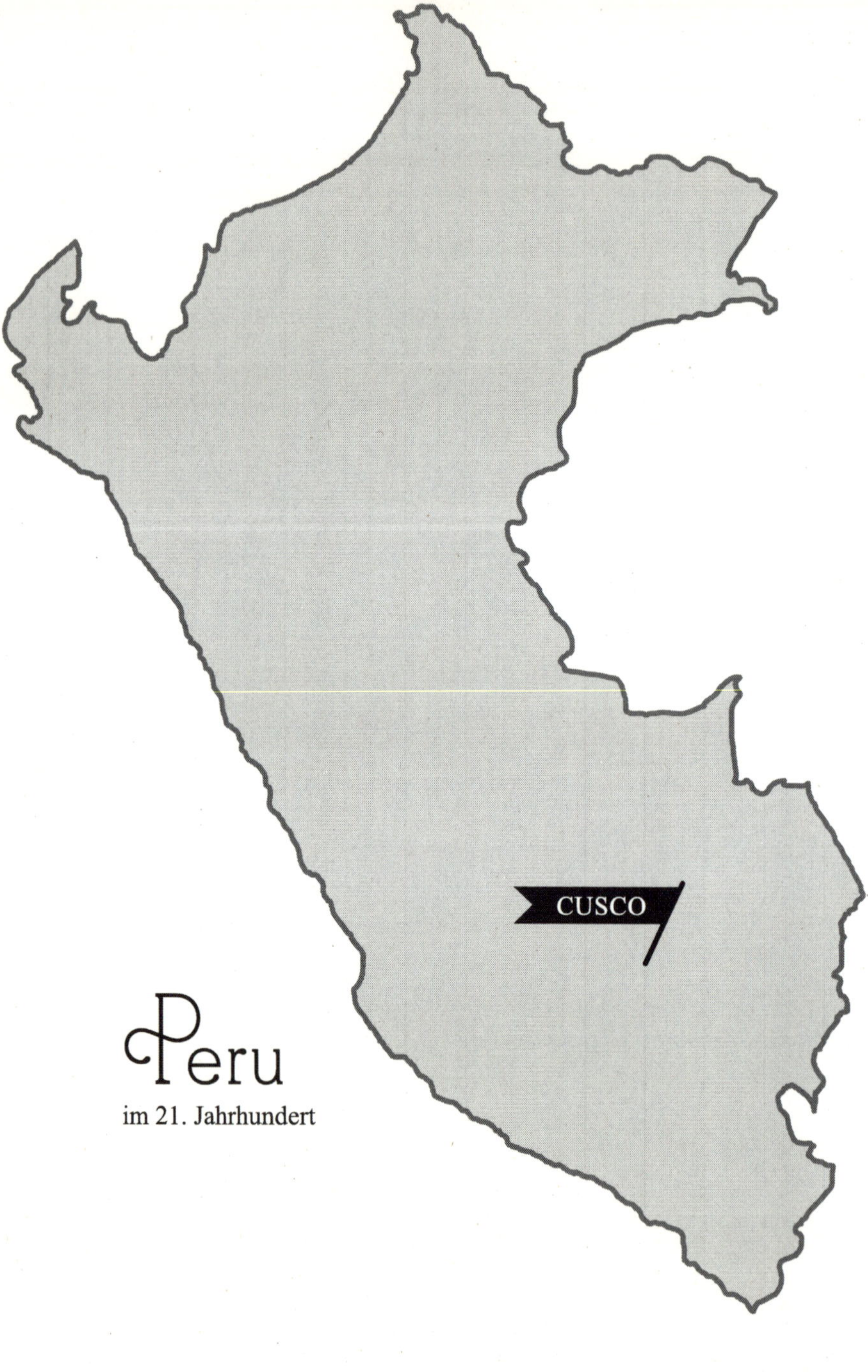

Peru

im 21. Jahrhundert

26.

Cusco

Er steht in einer Landschaft, die er noch nie gesehen hat, eine weite Ebene dicht unter dem Himmel. Karger Boden, bedeckt von rauen Grasbüscheln. Der Wind zerrt in Stößen an ihm. Matteo dreht sich einmal um die eigene Achse. Er weiß, dass er träumt. Am Horizont zeichnet sich die Silhouette der Bergkette ab.

Dann sieht er die Tiere, und etwas in ihm stutzt.

Lamas? Alpakas?

Aber sie sind zierlicher, ihr helles, sandfarbenes Fell verliert sich fast vor dem Hintergrund der Landschaft. Er muss an Gazellen denken, die schlanken Gliedmaßen der Tiere passen dazu. Doch während er den Blick aus großen, dunklen Augen auf sich spürt, wird ihm klar, was er vor sich hat.

Vicuñas.

Hat Malinka sie erwähnt? Oder wo hat er schon von den wilden Verwandten der Alpakas gehört?

Eines von ihnen nähert sich mit langsamen Schritten. Matteo hält den Atem an. Er blickt dem Tier in die Augen und weiß, dass er es kennt.

Weiß, dass er sich selbst in die Augen sieht.

Ein Schauer überläuft ihn, und das Vicuña bleibt stehen. Sie halten Blickkontakt.

Da heraus, aus diesen schwarzen Augen, schaut ihn alles das an, was aus dem zerbrochenen Krug seiner Seele gelaufen ist.

Er spürt ein Gefühl von Sehnsucht, möchte das Vicuña berühren, an sich ziehen, das Gesicht in der unendlich weichen Wolle bergen. Er möchte wieder vollständig sein, geheilt.

Er macht einen Schritt nach vorne, ohne nachzudenken. Das Vicuña wirft sich herum. Es jagt dahin über die Weiten der Hochebene, und Matteo blickt ihm nach, während der Wind sein Gesicht peitscht, härter und kälter als noch Sekunden zuvor.

Flor wartete auf der Plaza.

»Ihr wisst jetzt Bescheid«, sagte sie nur, als Matteo und Malinka sich ihr näherten. »Dann können wir ja los.«

Obwohl er noch wenige Minuten zuvor das Gleiche behauptet hatte, runzelte Matteo die Stirn. »Los? Nach Cusco?«

Flor nickte nur.

»Und du?«

Sie zuckte mit den Achseln. »Ich auch. Wir werden eine Abkürzung gehen.«

»*Gehen*«, wiederholte Malinka gedehnt. »Bis wohin?«

»Bis nach Cusco.«

»Entschuldige, aber von Ayacucho bis Cusco sind es vierundzwanzig Stunden Busfahrt, und du sagst …«

»Ich sagte ja: Eine Abkürzung.«

Matteo und Malinka wechselten einen verwirrten Blick, aber Malinka beschloss, nicht weiter nachzufragen.

Flor schnalzte mit der Zunge, und kurz darauf trabte ein ziemlich großes Alpaka um die Ecke, blieb stehen und musterte sie aus braunen Augen. Sein Fell hatte die goldbraune Farbe von *manjar dulce.*

»Wo kommt der denn jetzt her?«, entfuhr es Matteo.

Flor trat auf das Alpaka zu und kraulte es unterm Kinn. »Das ist Chaski«, sagte sie, ohne auf Matteos Frage einzugehen. »Er wird uns führen, er kennt den Weg nämlich besser als jeder andere.«

Das Alpaka vollführte eine erstaunlich menschlich anmutende Kopfbewegung: Es nickte.

***

Flor ging neben dem Alpaka, die Hand sacht auf dessen Flanke gelegt und ohne sich nach Malinka und Matteo umzusehen. Der schmale Pfad, auf dem sie marschierten, führte sacht bergan, dann wurde er steiler. Malinka warf einen letzten Blick zurück auf Paukarllaqta. Sie legte eine Hand auf ihre Umhängetasche und spürte die Umrisse des Spiegelbuchs beruhigend fest durch den Stoff. Neben ihr atmete Matteo tief durch. Sie drehte sich zu ihm und sah, wie er die Zähne zusammenbiss.

»Kommst du zurecht?«, fragte sie leise. »Du siehst nicht gut aus.«

»Das ist die blöde Höhe«, murmelte er. »Wird Zeit, dass wir wieder hier runterkommen.«

Sie wussten beide, dass das nicht stimmte. Oder dass es zumindest nicht die ganze Wahrheit war.

Malinka zögerte kurz. »Flor?«

Flor drehte sich im Gehen zu ihnen um, dann runzelte sie die Stirn und blieb stehen.

»Es geht ihm nicht gut«, erklärte Malinka und deutete auf Matteo. »Können wir etwas langsamer gehen?«

Flor betrachtete Matteo prüfend. »Davon wird es nicht besser werden.«

»Wovon dann?«, fragte Matteo und fuhr sich mit der Hand über die Stirn. »Ich reg mich nicht auf, ich habe mich nicht mit ihr gestritten«, er deutete mit einer Kopfbewegung auf Malinka, »es liegt garantiert an der Höhe …«

»Es liegt an deinem Fluch«, unterbrach ihn Flor trocken. »Und das weißt du ganz genau. Es wird nun stetig schlimmer werden.«

Malinka starrte sie an. »Willst du uns eigentlich helfen oder nicht?«

»Ich habe nicht gesagt, dass ich euch *nicht* helfe«, antwortete Flor würdevoll und deutete mit dem Kinn auf das Alpaka. »Chaski kann ihn tragen.«

»Wie soll das gehen? Alpakas können doch nur zwanzig Kilo schleppen.«

»Chaski ist kein gewöhnliches Alpaka.«

»Das ist mir klar, hier ist schließlich nichts gewöhnlich, aber willst du mir ernsthaft erzählen, dass Matteo auf ihm reiten soll?«

»Vielleicht solltest du den Jungen mal für sich selbst sprechen lassen«, sagte das Alpaka.

Malinka riss die Augen auf und sprang instinktiv einen Schritt zurück, geriet auf dem abschüssigen Pfad ins Schwanken und ruderte mit den Armen. Matteo griff rechtzeitig nach ihrem Ellbogen und brachte sie wieder ins Gleichgewicht.

»Wie gesagt«, kommentierte Flor. »Er ist kein gewöhnliches Alpaka.«

Malinka blickte hilflos zwischen ihr und Chaski hin und her.

»Ich verrate euch noch etwas«, sagte Chaski fröhlich. »Ihr solltet beide Aufregung vermeiden. Mittlerweile ist die Verbindung zwischen euch viel zu eng, und wenn ihr streitet oder euch aufregt, bekommt euch das beiden nicht gut.«

»Wovon redest du?«, fragte Malinka.

Das Alpaka drehte sich zu ihr und blickte sie aus seinen tiefbraunen Augen an. »Sein Schicksal ist an deines geknüpft, und wenn ihr alles richtig macht, habt ihr es nicht mehr weit. Je näher das Ziel, desto enger die Bindung.« Er schnaubte. »Soll ich dich jetzt tragen oder nicht, Junge? Besser wär's. Du kippst gleich um.«

»Mir geht's gut«, knurrte Matteo. Es musste ihm selbst bewusst sein, dass er nicht besonders überzeugend wirkte. Malinka warf ihm einen warnenden Blick zu, und er seufzte. »*Kannst* du mich denn tragen?«

»Komm her und finde es heraus«, sagte Chaski sichtlich genervt.

Matteo näherte sich zögernd. Das Alpaka ging leicht in die Knie, und Matteo kletterte auf seinen Rücken, beugte sich nach vorne und hielt sich etwas unsicher an dem wolligen Hals des Tiers fest, das sich langsam wieder aufrichtete.

»Ich hoffe, dass das deine Frage jetzt mit einem eindeutigen *Ja* beantwortet«, kommentierte es. »Dann wollen wir mal.«

Malinka schloss auf und ging rechts von Chaski weiter, während Flor weiterhin links von ihm lief.

»Was ist das hier alles?«, fragte Malinka leise. »Wer seid ihr? Warum kannst *du* sprechen?« Das war an Chaski gerichtet, auch wenn sie es nicht wagte, dem Blick des Alpakas zu begegnen.

Chaski schnaubte. »Fragen über Fragen. Nun ist erst einmal Laufen angesagt. Wir sollten vor Sonnenuntergang in Cusco sein.«

»Was ist das für eine Abkürzung, von der du gesprochen hast?«

»Der Südwind«, antwortete Chaski.

***

War es das, was ihnen die Botschaft des Spiegelbuchs im Zug hatte sagen wollen? Bestand die Andersartigkeit ihres jetzigen Weges darin, dass sie zunehmend die Realität zu verlassen drohten? War sie dabei, den Verstand zu verlieren, oder lag es wirklich einfach daran, dass sie sich langsam ihrem Ziel näherten?

Malinka wusste es nicht. Aber sie fühlte sich auch zu erschöpft und ausgelaugt, um die Worte des Alpakas in Frage zu stellen.

Sie nahmen also den Südwind, auch wenn sie zunächst keine Ahnung hatte, was Chaskis knappe Auskunft bedeuten sollte.

Zuerst erreichten sie einen schmalen Grat, der zu beiden Seiten in steilen, grasigen Flanken abfiel, sodass sie alle hintereinandergehen mussten. Flor ging voran, Malinka direkt hinter Chaski. Matteo hockte zusammengesunken auf dem Alpaka. Von hinten wirkte er seltsam verletzlich, und es gab ihr einen Stich, ihn so zu sehen. Für einen Moment fragte sie sich, was passieren würde, wenn sie es nicht schaffte, das Vertrauen der Geschichten ganz zurückzugewinnen.

Dann fuhr der Wind dazwischen. Er zerrte an ihren Sachen und wirbelte ihr durchs Haar, nahm ihr den Atem und ließ ihre Augen tränen. Der Pfad verschwamm, sie hob einen Arm, um sich notdürftig gegen die Böen zu schützen, aber es war, als ob der Wind von allen Seiten käme und sie schließlich nur noch blind vorwärtstaumelte. Chaskis Gestalt wurde zu einem undeutlichen goldbraunen Schemen.

Ich werde noch danebentreten und den Hügel hinunterpurzeln ...

Nur dass unter ihren Füßen gar kein Hügel mehr war.

Da war nur noch Wind.

Verwirrt blieb sie stehen. Erneut stieg Schwindel in ihr auf. Alles um sie herum war in eine graue Wolkenwand getaucht, die Luft war still und klar, und unter sich spürte sie nichts, nur …

Wir gehen auf *dem Südwind.*

Alles in Malinka wusste, dass es der Südwind war, den sie unter ihren Füßen wirbeln und zerren spürte. Nur ihr Verstand weigerte sich, es zu begreifen.

Flor war stehen geblieben und hielt ihr auffordernd eine Hand hin. »Komm«, sagte sie, und ihre Stimme klang eine Spur freundlicher als sonst. »Es ist immer so, wenn man das erste Mal auf dem Wind unterwegs ist.«

Zögernd griff Malinka nach Flors Hand. Sie fühlte sich weich und warm an und drückte beruhigend ihre Finger. Seite an Seite gingen sie weiter.

»Wie ist das möglich?«, flüsterte Malinka.

»Chaski ist kein gewöhnliches Alpaka«, antwortete Flor mit einem leichten Lächeln, als erkläre dies alles. »Für ihn ist dies ein normaler Weg. Du trägst das Zeichen eines *apus,* darum kannst du es ebenfalls.«

Malinka warf einen Seitenblick auf Flor und auf das schneeweiße Andenkreuz, das an ihrem Hals leuchtete. »Du auch«, sagte sie langsam.

Flor reagierte nicht auf diesen Einwurf. »Und Matteo wird von Chaski getragen. Anders wäre der Weg für ihn nicht möglich.«

Malinka nickte, obwohl sie sich kein bisschen schlauer fühlte als zuvor. »Wie lange werden wir unterwegs sein?«

»Bis wir ankommen«, erwiderte Flor lakonisch, und mehr sagte sie nicht.

Malinka verlor jedes Zeitgefühl. Die Welt schrumpfte auf diesen winzigen Ausschnitt zusammen: der Rhythmus ihrer Schritte, das Atmen des goldbraunen Alpakas, der Druck von Flors Hand um ihre.

Dann zerstoben die Wolken, und vor ihnen lag ein Talbecken, ein Meer roter Ziegeldächer, von der Abendsonne in warmem Kupfer gebadet. Unwillkürlich legte Malinka eine Hand auf Chaskis Flanke. »Wir sind da«, sagte sie und sah aus den Augenwinkeln, wie Matteo sich auf dem Rücken des Alpakas aufrichtete und ebenfalls nach unten blickte.

Cusco. Da lag es.

Malinka hatte keine besonders angenehmen Erinnerungen an die Stadt, nur überquellende Souvenirläden und viel Gedränge, aber der Anblick des Ziegelmeers erfüllte sie mit einem Gefühl von Zärtlichkeit für dieses Cusco, das sich dort unten verbarg – in seinen eigenen verwinkelten Gassen, im Schatten und im Staub seiner steinernen Häuser, jenseits der Touristenhorden, die eine Tour nach Machu Picchu buchen wollten, jenseits der Andenkengeschäfte, der Reiseagenturen und des diskret platzierten McDonald's auf der Plaza.

Matteo glitt langsam von Chaskis Rücken. Er schien nicht eben sicher auf seinen Beinen zu sein, wirkte aber fest entschlossen, von hier an allein weiterzulaufen.

»Wir sollten uns ein Quartier suchen«, antwortete Flor und zeigte nach vorne, wo eine steile Steintreppe hinab in Richtung Stadt führte. »Ich weiß etwas. Es ist nicht weit.«

Noch während sie die Treppe hinunterstiegen, verblasste das Kupferlicht der Abenddämmerung, und Dunkelheit kroch über die Berghänge. Cuscos Lichter begannen im Tal und am Wegrand zu leuchten. Schließlich blieb Flor vor einer geschwungenen Holztür stehen, die im matten Licht einer Laterne blassblau glänzte, und klopfte an.

Mit einem Knarren wurde die Tür geöffnet, und die Gestalt eines weißhaarigen Mannes erschien im schwachen Lichtkegel.

»Munay T'ika!«, rief er überrascht aus, als er Flor sah.

Malinka traute ihren Augen nicht. »Felipe?«

Der Mann drehte sich zu ihr, und seine Augen wurden groß.

»Malinkachay! Das ist doch unmöglich!« Er breitete die Arme aus, und Malinka ließ sich bereitwillig drücken, während ihr Kopf versuchte, das hier einzuordnen. Felipe Qorisonqo! Der alte Buchhändler war der Letzte, den sie hier und jetzt erwartet hatte.

»Bist du denn nicht mehr in Arequipa? Was bringt dich nach Cusco?«

»Fragen, Malinkachay, alles Fragen, die ich dir auch stellen sollte«, seufzte Felipe. »Und wen habt ihr da noch mitgebracht?«

»Ich heiße Matteo«, sagte Matteo und reichte dem alten Mann etwas verwirrt die Hand. »Offenbar bin ich der Einzige, den Sie noch nicht kennen.«

Felipe hielt Matteos Hand fest, als dieser sie schon wieder zurückziehen wollte, und sah ihm prüfend ins Gesicht. »Ich gebe zu, das Licht ist nicht besonders gut«, murmelte er, »aber, mein Junge, kann es sein, dass du …?« Er brach ab und blickte zu Flor.

»Er ist verflucht worden«, bestätigte sie. »Wir sind hier, um die Fäden zusammenzuführen.«

Felipe nickte langsam. »Kommt herein, meine Freunde. Auch du, Chaskichay. In meinem Haus ist Platz für alle.«

Matteo stieß Malinka an, während sie durch den halbdunklen Flur gingen. »Woher kennst du den?«

»Aus Arequipa«, flüsterte sie zurück. »Ich wusste nicht, dass er jetzt hier ist.« Sie ließ den Blick über die Regale gleiten, die die Wände zu beiden Seiten säumten, von oben bis unten mit Büchern vollgestellt. »Er ist Buchhändler, und wir haben uns immer bei ihm getroffen, als ich mein Auslandsjahr gemacht habe.«

»Wir?«

Sie nickte. »Wir hatten einen Literaturzirkel.«

Sie erreichten das Wohnzimmer. Auch hier waren nahezu alle Wände mit Bücherregalen bedeckt. Ein gewaltiger Schreibtisch aus dunklem Holz verlor sich im Halbdunkel, das von antiquarisch wirkenden Stehlampen erhellt wurde; Berge von Papier stapelten sich auf der Arbeitsfläche. Eine gepolsterte Sitzgruppe stand in der Mitte des Zimmers. Flor hatte bereits

Platz genommen – auf dem gewaltigen Sofa wirkte sie noch zierlicher –, und Chaski hatte es sich auf dem dunkelroten Teppich bequem gemacht.

»Setzt euch, setzt euch«, rief Felipe erklang irgendwo von jenseits des Lichtkreises. »Ich bin gleich bei euch.«

Sie setzten sich, und Malinka wandte sich an Flor. »Ich weiß, dass du keine große Freundin von Antworten bist, aber woher kennst du Felipe?«

Flor lächelte kurz. »Das kannst du ihn gleich fragen. Ich darf dir nicht zu viel verraten, sonst bekommen wir Probleme.«

Felipe kam mit einem großen Tablett herein und stellte es schwungvoll auf den flachen Tisch in der Mitte. »Als ob ich es geahnt habe. Ich habe doch gerade heute *empanadas* gemacht«, sagte er nicht ohne Stolz und wies auf den Berg goldgelber Teigtaschen. »Greift zu! Hier ist auch Tee«, er tippte auf die beiden hohen Thermoskannen, »bedient euch einfach.«

Er nahm Platz und lehnte sich zurück. »Malinkachay! Dass wir uns endlich wiedersehen! Wie lange ist es jetzt her?«

»Fast drei Jahre«, antwortete Malinka und angelte sich eine *empanada.* »Ich bin mit dem Studium fertig, und nächstes Semester gebe ich meine erste eigene Lehrveranstaltung. Andine Ikonographie.« Sie fühlte ihr eigenes Strahlen. »Nebenher arbeite ich in der Unibibliothek.«

»Ja, ja, das weiß ich«, sagte Felipe grinsend.

Malinka ließ ihre *empanada* sinken. »Was? Woher?«

»Ich bin nach Cusco gekommen, um ein paar Dinge zu erforschen.« Er machte eine unbestimmte Handbewegung. »Sag mir, Malinkachay: Hast du das Spiegelbuch dabei?«

Jetzt konnte sie ihn nur noch anstarren.

Neben ihr beugte sich Matteo vor, sie spürte seine Anspannung. »Und woher wissen Sie *davon*?« Alle Erschöpfung konnte die Schärfe nicht ganz aus seinem Tonfall waschen.

»Das erkläre ich gern.« Felipe hob beschwichtigend die Hände. »Ich bin nach Cusco gekommen, weil es ein guter Ort ist, wenn man mehr über die Vergangenheit herausfinden will.« Er gestikulierte vage in Richtung seiner Bücherregale. »Seit ich hier bin, arbeite ich mit einem kleinen ethnohistorischen Institut zusammen, das sich vor allem dafür einsetzt, dass alte Manuskripte und ähnliches Material aus internationalen Sammlungen zurück nach Peru gebracht werden. Oder dass zumindest Kooperationen, Digitalisierungen und so weiter zustande kommen.«

Malinka schnappte nach Luft. Plötzlich hatte sie eine vage Ahnung, worauf das hinauslief.

»Im Rahmen dessen wurden wir auf die Falkenhayn-Sammlung in Berlin aufmerksam.«

»Die Mail aus Peru!«, platzte sie heraus. »Das war dein Institut? Deshalb haben die nach mir gefragt?«

Felipe lächelte, es wirkte beinahe verschämt. »Die Bibliothek führt ihre Mitarbeiterinnen ja auf der Website auf, dabei habe ich deinen Namen gefunden und angeregt, dass wir dich ins Boot holen. Ich dachte mir, dass so ein Projekt dich begeistern würde. Und vor allem war ich mir sicher, dass das Spiegelbuch Teil dieser Sammlung ist … und dass es zu dir *sprechen* würde.«

»Sprechen«, sagte Matteo gedehnt.

»Leider haben wir jetzt schon eine Weile nichts von der Bibliothek gehört«, setzte Felipe hinzu. »Ich war nicht einmal sicher, ob die Nachricht dich erreicht hat.«

»Ja. Und nein.« Malinka seufzte. »Ich sollte mich tatsächlich darum kümmern, die Bücher aus dieser Sammlung zu ordnen – sie sind nicht groß katalogisiert. Aber das Spiegelbuch ist bei Matteo gelandet. Und somit auch der Fluch.« Sie biss sich auf die Unterlippe. »War der für mich bestimmt, Felipe? Hätte er eigentlich mich treffen sollen?«

Felipe sah sie überrascht an und schüttelte energisch den Kopf. »Unsinn, Malinkachay. Der Fluch soll das Buch beschützen und nichts weiter. Er trifft nur jene, die es in falscher Absicht berühren. Die es verbergen und seine Geschichten verschweigen wollen.«

Zu ihrer Überraschung sah sie Matteo leicht den Kopf senken.

»Aber das wusstest du?«, fragte sie leise in Felipes Richtung. »Du konntest nicht ausschließen, dass ich vielleicht diesen Fehler mache. Oder jemand anders. Du hast das in Kauf genommen?«

Seine Kiefermuskeln spannten sich an. »Ich wollte nicht, dass irgendjemand zu Schaden kommt. Ich wollte nur, dass du endlich zurückkehrst.«

Jetzt war es an ihr, hilflos den Kopf zu schütteln. »Und das war der beste Weg?«

»Nein«, gab Felipe zu. »Aber es war *ein* Weg. Vor allem, da es um *dich* geht.« Er seufzte. »Darf ich es sehen?«

Unwillkürlich tauschte sie einen Blick mit Matteo, las Erstaunen in seinen Augen. Offenbar hatte er nicht erwartet, dass sie sich hierfür stumm mit ihm abstimmen würde. Doch er nickte, und Malinka holte das Spiegelbuch aus ihrer Tasche.

Felipe nahm es andächtig in beide Hände. Wieder und wieder strich er über den Ledereinband, bevor er es ganz vorsichtig aufschlug und darin blätterte. Seine Augen glänzten. »Nach so langer Zeit«, flüsterte er. »Nun ist es hier … und ich hatte recht.« Er blinzelte und strahlte Malinka an. »Was dich betrifft, hatte ich recht.«

»Womit?«, fragte sie ratlos.

»Dass du die nächste Yuyaq sein kannst. Ich habe das schon damals geahnt.«

In Malinkas Kopf ratterte es. »Dass ich *was?*«

»Ich war es, der den *apus* von dir erzählte.« Er sah sie eindringlich an. »Die Geschichten, die zu dir kamen, als du bei uns in der Gruppe warst, Malinkachay. Ich wusste, du hast eine besondere Gabe, ihr Vertrauen zu gewinnen. Nicht jeder kann so schreiben. Und ich habe den *apus* von dir erzählt. Zudem kamst du von dort, wohin Bogislaus von Falkenhayn das Spiegelbuch entführt hat; ein gutes Zeichen.«

»Bogislaus von Falkenhayn?« Matteo runzelte die Stirn. »Der mit der Sammlung – und dieser Forscher?«

Felipe nickte.

»Ich kann nicht die Yuyaq sein!«, entfuhr es Malinka. »Und das Geschichtenerzählen habe ich verloren …« Sie unterbrach sich und wurde rot. »Woher weißt du das überhaupt alles? Der Yuyaq, das Spiegelbuch …«

»Ich bin oben in K'itakachun aufgewachsen, Malinkachay. Dort tragen die Leute die Geschichte des Spiegelbuchs auf den Lippen, denn es ist das Dorf, in dem Yawar lange Zeit gelebt hat. Das Verlorene Buch, so nennen sie es, auch wenn er niemals mehr zurückkehren konnte, aber seine Geschichte hat sich ihre Heimat selbst gesucht. Und so wissen alle, was geschehen ist, oder zumindest einen Teil davon: dass Isabel sich vor den *apus* als neue Yuyaq behauptete und die Hüterin des Spiegelbuchs wurde, dass sie die Verlorenen Geschichten im ganzen Land aufgespürt hat.«

»Und Isabels Tochter hat ernsthaft mit Falkenhayn geflirtet?«, hakte Matteo nach. »Und ihm das Spiegelbuch mitgegeben?«

Wieder nickte Felipe. »Ja, auch das ist so geschehen. Seit Wayra es fortgegeben hat – eine weitere Geschichte, die noch erzählt werden müsste –, hat es keinen Yuyaq mehr gegeben. Haben die Verlorenen Geschichten eine Heimat? Ja, im Spiegelbuch, aber das ist fern von uns gewesen. Isabel hat dafür gekämpft, dass sie auch in unseren Herzen leben, doch die Zeit hat die Geschichten daraus vertrieben. Darum ist es so wichtig, dass das Spiegelbuch wieder zurückkommt. Es geht um Vertrauen, Malinkachay, und um Gleichgewicht. Ein Fremder hat genommen, ein Fremder muss geben. Nur so kann das Gleichgewicht wiederhergestellt werden.«

»Aber woher wusstest du, wo sich das Spiegelbuch befindet?«

»Ich konnte es nur vermuten, denn ich habe Falkenhayns Tagebuch in meinem Archiv.« Felipe stand auf und ging langsam hinüber zu einem seiner Regale. Suchend ließ er seine Hand über die Buchrücken gleiten und zog schließlich einen schweren Folianten heraus. »Im Laufe eines Lebens ergibt sich dies und das. Bücher sind wie Geschichten; sie suchen sich ihren Weg zu Menschen, denen sie vertrauen. Wartet.« Er blies Staub von dem Buch und blätterte vorsichtig in den vergilbten Seiten. »Hier, das dürfte es sein.« Mit einer Hand schob er das Tablett auf dem Tisch beiseite und legte das Buch auf die freie Fläche.

Matteo und Malinka beugten sich gleichzeitig nach vorne. Die dünne, etwas schräg stehende Schrift, die die Seiten bedeckte, ließ sich erstaunlich gut lesen.

31. Juli

Heute bin ich mit dem Mädchen aus dem Dorf hinunter an den Fluss gegangen. Ihr Name ist Wayra. Sie spricht besser Spanisch, als ich dachte. Mir sah es so aus, als ob die Leute in dieser Einsamkeit hier sich noch immer hinter den Mauern ihrer alten Sprache verbergen – das Ketschua, eine raue und gackernde Sprache, wie ich bislang meinte, eine Sprache für zahnlose Weiber.

Wayra mit den sonnengoldenen Augen hat mir einige Worte auf Ketschua beigebracht heute, die ich noch nicht kannte. Aus ihrem Mund haben diese Worte eine neue Farbe: urpichallay *heißt »mein Täubchen«. Das Ketschua kennt viel zarte, poetische Worte.*

Wayras Mutter war spanischstämmig. Sie nannte mir sogar den Namen ihrer Familie: Goyeneche. Das hat mich verwirrt, ich habe einen Herrn Goyeneche in Arequipa getroffen, den unglücklichen kinderlosen Buchbinder. Leider habe ich nicht vor, erneut nach Arequipa zu fahren, ansonsten könnte ich fragen, ob es in jenem Haus eine verlorene Tochter gibt. Aber was sollte denn ein Mädchen aus gutem Hause hier hinauf in diese Einöde verschlagen, ganz ohne Mann? Das scheint mir selbst in diesem Land der wilden Schönheit etwas ungewöhnlich. Aber es ist auch möglich, dass Wayra mir nur eine Geschichte erzählt. Geschichten sind wichtig hier im Dorf. Als ich sie gefragt habe, warum ihre Mutter ausgerechnet hierhergekommen sein soll, leuchteten Wayras Augen, und sie versprach, dass sie mir etwas zeigen würde.

Bevor ich ging, habe ich versucht, sie zu küssen. Sie hat den Kopf zurückgebogen und gelacht. Diese Sonnenaugen verfolgen mich. Ich werde heute Nacht wohl von ihr träumen.

»Was für ein Schnösel!«, entfuhr es Matteo.

»Neunzehntes Jahrhundert, was willst du?« Malinka blätterte um. Sie hatte das Gefühl, dass sie noch nicht alles wussten.

1. August

Heute wollte ich eigentlich genauer über meine bisherigen Pflanzenproben berichten. Mir scheint, ich habe die Samen der wilden Gurken gefunden, die in der Nähe des Dorfes wachsen, aber ich habe noch immer nicht herausgefunden, wie die Einheimischen sie nennen.

Wayra ist mir dazwischengekommen. Sie hat an meine Tür geklopft. Ich glaube, das ist sogar hier oben für ein alleinstehendes Mädchen ungehörig, aber sie schert sich nicht viel darum. Ich muss gestehen: In Preußen käme sie mir reichlich ungehobelt vor, aber hier, in der rauen Bergwelt, abgeschieden von jeglicher Zivilisation und Moderne, hat dieses wilde Mädchen für mich einen ungeheuren Reiz. Was, wenn ich sie mit mir nähme?

Ich schweife ab. Dabei muss ich sparsam mit dem Papier sein.

Wayra ist mit einem Buch gekommen. Was für eine Arbeit! Das nährt meinen Verdacht, dass ihre Mutter vielleicht doch etwas mit dem Herrn Goyeneche aus Arequipa zu tun haben mag. Selbst in Lima haben alle nur von seiner Buchbindekunst gesprochen. Wer etwas auf sich hält, der besorgt sich ein Buch bei ihm, ein Unterfangen, das in den letzten Jahren besonders schwierig und kostspielig geworden sein soll, da er aus Gram und Gicht kaum noch arbeitet.

In jedem Fall ungeheuer, was ich heute in den Händen halten durfte: ein kleines Buch, in Leder eingeschlagen, aber was für ein Leder! Eine Farbe wie die Bergseen, die ich auf meiner Reise gesehen habe. Ein Türkis von tiefster Schönheit. Ich rätsle, mit welcher Farbe der Einband gemacht ist. Auch mit hochwertigem Indigo wäre dieser Ton meiner Meinung nach nicht zu erreichen. Selbst der Analytiker in mir vermag bei diesem Anblick an nichts anderes zu denken als an die glitzernde Wasseroberfläche des eiskalten Wassers unter dem Andenhimmel. Ich durfte das Buch in Händen halten und darin blättern. Es ist gefüllt mit rot beschriebenen Seiten in einer zierlichen Frauenhandschrift, aber dazwischen habe ich auch Bilder gefunden und andere Schrift in dunkelgrauer Tinte. [Anmerkung: Ich muss erfahren, auf welchem Wege die Einheimischen ihre Tinte herstellen, denn meine Vorräte werden bald aufgebraucht sein, und wer weiß, wie lange ich noch in dieser Einöde bleiben werde?]

Wayra erklärte mir, dass das Buch Geschichten enthält, die ihr Volk nicht vergessen darf, und dass ihre Mutter die Geschichten gehütet hat. [Anmerkung: Vielleicht habe ich sie auch falsch verstanden. Zu dumm, dass mein Wörterbuch in den Fluss gefallen ist. Ich muss in Lima nachschlagen, ob »cuidar« noch eine andere Bedeutung haben kann, Geschichten hüten scheint mir doch ein sehr drolliges Bild zu sein, als nähme man die Erzählungen wie wollige Lamas wahr. Selbst diese Leute hier müssen entwickelt genug sein, um es besser zu wissen. Oder bin ich am Ende doch unter metapherfreudige Poeten geraten? Ich fühle mich arrogant, wenn ich dies schreibe.] Ich weiß nicht genau, warum sie mir das Buch mit so viel Nachdruck gezeigt hat. Vielleicht meinte sie, dass ich als gelehrter Mann mehr davon verstehe als sie.

»Sie muss wirklich vernarrt in ihn gewesen sein«, kommentierte Matteo.

Malinka fuhr mit ihrem Finger über die Seite. »Hier geht's weiter.«

3. August

Gestern bin ich nicht zum Schreiben gekommen. Zur Auswertung der Pflanzenproben allerdings auch nicht. Ich war mit Wayra spazieren. Diesmal hat sie sich nicht weggedreht, als ich sie geküsst habe.

[Anmerkung: Ich werde den Bericht des französischen Gesandten korrigieren müssen, in dem er behauptet, die indigenen Frauen wären kalt wie das Eis der Hochanden. Er hat ganz und gar unrecht.] Ich bin mir bewusst, dass ich mich wie ein ziemlicher Flegel benehme. Aber ich kann es mir erlauben, denn Gott sei Dank sind Wayras Eltern nicht mehr am Leben, und so hat niemand ein allzu strenges Auge auf sie. Dennoch bin ich momentan zu abgelenkt, um sinnvoll wissenschaftlich arbeiten zu können. Das Mädchen hat es mir sehr angetan, sie scheint so verständig wie ein europäisches Weib zu sein, vielleicht sogar noch mehr. Aber mit mir nehmen kann ich sie schlecht, ich würde mich über Preußens Grenzen hinaus zum Gespött machen, ganz abgesehen davon, was Sophie und ihre Familie von mir denken müssten. Wobei der Gedanke mir ehrlich gesagt keine Ruhe lässt. Wenn sie nur nicht diese Sonnenaugen hätte.

Ich denke, ich werde so bald wie möglich abreisen. Ob es sich bei den Pflanzenproben um Verwandte von cucumis sativus *handelt, kann ich auch in Lima herausfinden.*

»Der und seine Pflanzenproben.« Malinka verzog das Gesicht. »Aber spannend ist das schon. Ich wusste nicht, dass vor Humboldt schon preußische Forscher hier herumgegurkt sind.«

»Es gibt sicher gute Gründe, warum man seinen Namen vergessen hat«, sagte Matteo.

9. August

Unmöglich, bei diesen Bedingungen zu schreiben. Ich war die letzten Tage auf einem störrischen Maulesel und in Begleitung eines noch störrischeren einheimischen Führers und einiger anderer Indigener unterwegs. Nun machen wir eine längere Rast. Ich kann keinen Tag mehr auf diesem schrecklichen Tier zubringen, aber wir haben ein beschauliches Dörfchen erreicht, die genauen Koordinaten werde ich später eintragen. Hier ist das Verweilen eine Freude, fast scheint der Ort zivilisiert.

Wayra hat geweint, als ich ihr sagte, dass ich fortgehe. Es wäre unmöglich gewesen, das Dorf zu verlassen, ohne dass sie es merkt. Ich habe ihr gesagt, dass dies nichts mit ihr zu tun hat. Ob sie mir geglaubt hat, weiß ich nicht.

Zum Abschied hat sie mir das Buch geschenkt. Ich war sehr gerührt. Es ist ein wirklich schönes Stück. Ich habe ihr im Gegenzug meine Lupe gelassen. Sie war immer sehr fasziniert von diesem Gerät und ich kann mir in Lima hoffentlich eine neue kaufen.

Ich trage das Buch in einer der Satteltaschen. Es ist besser, ich schaue es nicht an. Schließlich muss ich mich langsam wieder auf meine Forschung konzentrieren.

[Anmerkung: Jetzt habe ich es doch noch einmal in Ruhe angesehen. Es scheint auch größtenteils auf Ketschua geschrieben. Ich denke, ich werde es zurück in Europa einem fähigen Philologen geben, denn ich weiß ja doch nichts damit anzufangen und Sophie wird es missfallen, wenn ich darauf bestehe, das Buch als Andenken zu behalten. Ich denke, Roderich oder Sverrison könnten etwas damit anfangen, aber das werde ich sehen, wenn ich zurück bin.]

»Ich kann nicht sagen, dass ich ihm den wunden Hintern nicht gönne.« Matteo sah von dem Buch auf. »Aber was ich nicht verstehe: Warum hat ihn der Fluch nicht getroffen? Ich meine, das wäre doch nur logisch gewesen?«

»Ihr seid noch nicht am Ende seiner Geschichte«, antwortete Felipe.

Matteo zuckte mit den Schultern und beugte sich wieder über das Buch. Auch Malinka las gebannt weiter.

13. August

Wir werden bald Lima erreichen. Einer der Einheimischen hat meine Pflanzenproben geklaut. Ich habe Pepe im Verdacht, kann aber nichts beweisen. Habe Gerüchte von einer Expedition in den Süden gehört. Ich überlege, mich anzuschließen, auch wenn die Atacamawüste nicht eben das anziehendste Gebiet für einen ausgebildeten Botaniker ist. Andererseits sind meine geologischen Kenntnisse solide genug, und Bonnefevre wird vor Neid sterben. Auf diese Weise werde ich möglicherweise auch noch einmal in Arequipa Halt machen. Ob ich den alten Goyeneche aufsuchen soll? Aber wenn Wayra wirklich seine Enkelin ist, möchte ich ihm nur ungern gestehen, was zwischen ihr und mir vorgefallen ist. Nun, das hat auch noch Zeit.

»Ist er jemals wieder in Arequipa gewesen?«, fragte Malinka.

»Lest selbst.« Felipe lehnte sich zurück und beobachtete sie.

Mit spitzen Fingern blätterte Malinka ein weiteres Mal um. Nur anderthalb Seiten waren noch mit Schrift bedeckt.

21. August

Es ist entschieden, ich fahre nach Hause. Bereits morgen verlässt ein Schiff Lima in Richtung Norden. Meine Entscheidung ist meinem Gesundheitszustand geschuldet. Ich dachte, die Übelkeit würde mit dem Abstieg aus dem Hochland nachlassen, doch das scheint nicht der Fall zu sein. Ich fühle mich krank, aber der spanische Arzt, den ich hier konsultiert habe [Anmerkung: Es ist nicht einfach, jemanden zu finden, der an die Heilkraft der Wissenschaft statt der von Nagetieren und Berggöttern glaubt], konnte nichts finden. Ich möchte mich lieber in sachkundigen Gewahrsam begeben. Möglicherweise geht es mir besser, wenn wir Mexiko erreichen. Ansonsten muss ich von dort direkt weiter in die Heimat. Es schmerzt mich, Bonnefevre diesen Triumph zuzugestehen, aber mir bleibt keine Wahl ... Wenigstens habe ich noch die Proben aus dem Norden, die ich vor meiner Exkursion hier in Lima gelassen habe. Ich werde also nicht mit völlig leeren Händen zurückkehren.

Ich kann mich nicht mehr an Sophies Augenfarbe erinnern. Nur an Wayra. Habe heute Nacht geträumt, dass ich zurück ins Dorf gehe. Irres

Delirium. Ich muss wieder regelmäßig arbeiten, dieses Land macht mich sonst wahnsinnig.

»Aus«, sagte Matteo.

Felipe nickte. »Er ist nach Preußen zurückgekehrt, genauer gesagt nach Berlin, und nach meinen Recherchen ist er dort nur wenige Monate später gestorben. Man weiß nicht genau, warum, aber er hat sein Tagebuch in Lima zurückgelassen.«

»Man weiß nicht genau, warum? Wenn ich eine Verlobte in Preußen sitzen gehabt hätte, hätte ich mein Tagebuch auch nicht wieder mitgebracht.« Matteo blickte auf die dicht beschriebene letzte Seite.

Felipe lächelte. »Immerhin, das Spiegelbuch hat er mitgenommen, und ich habe daher vermutet, dass es sich in einer eurer Bibliotheken befindet, zusammen mit Falkenhayns übrigem Nachlass.«

»Und woher kennst du Flor?«, fragte Malinka.

»Munay T'ika? Nun, eines nach dem anderen, Malinkachay. Ich sagte doch, ich bin in K'itakachun aufgewachsen. Munay T'ika ist eine meiner Kindheitsgefährtinnen.«

»Ähm«, machte Matteo und schaute verwirrt zwischen Flor und Felipe hin und her. »Ich will nicht sagen, dass Sie unglaublich alt aussehen, aber einen kleinen Unterschied gibt es wohl doch … Und warum Munay T'ika?«

»Das ist mein Name«, sagte Flor. Sie lächelte. »Ich sagte euch doch, dass mein Vater Garcilaso ist.«

»Ja«, erwiderte Malinka stirnrunzelnd. »Aber nicht, *was* er ist.«

»Auch das wird er dir selbst sagen, wenn die Zeit reif dafür ist, Malinka.«

»Mir ist das alles zu wirr.«

»Ich werde dir erklären, was ich kann«, sagte Felipe sanft. »Ich hatte von Anfang an das Gefühl, dass du eine besondere Gabe, ein spezielles Verhältnis zu den Geschichten hast. Ich berichtete den *apus* davon.«

»Aber wie könnte *ich* die Yuyaq sein? Ich bin nicht von hier!«

»Mir schien das unwichtig zu sein«, erwiderte Felipe. »Aber Mismi war nicht sonderlich angetan, das gebe ich zu. Ich wollte mit dir sprechen, behutsam, denn du hättest seine Herausforderung annehmen müssen wie einst Isabel. Aber ich erinnere mich, dass du hinauf ins Colca-Tal gefahren bist, und danach bist du nie wieder zu unseren Treffen gekommen …«

»Ich habe das Geschichtenerzählen verloren«, sagte Malinka leise.

»Das erwähntest du bereits. Aber diese Gabe ist nichts, was man verliert. Gaben kann man überhaupt nicht verlieren.« Felipe sah sie scharf an. »Man kann sie nur fortgeben.«

Malinka senkte den Blick. »Ja«, murmelte sie. »Ich fürchte, das habe ich getan.«

Felipe nickte langsam, sagte aber nichts, und sie begriff, dass sie weitersprechen musste.

»Ich habe sie Mismi gegeben.«

»Mismi. Das hätte ich mir denken können, dass er damit zu tun hat. Im Tausch wogegen?«

Malinka schaute nicht hoch, ihre Wangen brannten ebenso wie ihre Augen.

»Fidel«, sagte sie zaghaft.

»Ach, Malinkachay.« Felipe beugte sich vor und berührte sie sacht an der Schulter. »In solchen Dingen einen *apu* um Hilfe zu bitten, das ist ein schweres Unterfangen. Was ist passiert, *niñachay?* Ich sehe dir an, dass es kein gutes Ende genommen hat mit euch beiden, wenn es denn überhaupt einen Anfang genommen hat.«

Malinka nickte langsam und hob wieder den Kopf. »Wir waren schon zusammen, eine Zeit«, sagte sie. »Aber Fidel hat immer gesagt, dass er sich nicht verlieben könne. Dass sein Herz …«

»Dass sein Herz als Vicuña in den Weiten der Puna jagt, in der Hochebene der Anden«, vollendete Felipe den Satz.

Sie starrte ihn an, dumpfe Fassungslosigkeit pochte in ihr. »Woher weißt du das?«

»Auch das ist Wissen aus K'itakachun. Was hat dir Fidel erzählt? Kennst du nicht die Geschichte dazu? Mismi vermag von den Menschen zu nehmen, was sie ihm anbieten, und er gibt den Dingen eine Gestalt. Ihrem Schmerz, ihrer Trauer, manchmal ihrer Hoffnung, ihren Gaben. Auch ihren Herzen, wenn sie ihm diese geben. Und es gibt eine Herde von Vicuñas, die manchmal durch das Tal streift, anmutig und lautlos, Vicuñas, die sich dort eigentlich gar nicht aufhalten sollten. Und die Menschen im Dorf wissen, dass diese Vicuñas Mismi gehören.«

Matteo atmete tief durch. »Ich habe sie gesehen«, sagte er. »Ich habe von ihnen geträumt. Ein Teil von mir ist auch dort.«

Felipe blickte ihn aufmerksam an. »Das ist gut möglich«, sagte er. »Wenn der Fluch dir an der Seele nagt, mag ein Teil von ihr in Mismis Macht sein. Es wird sich zeigen, ob du das Vertrauen des Vicuñas gewinnen kannst. Oder besser gesagt: Ob Malinka es kann. Denn die Vicuñas sind wie Geschichten.«

Malinka hatte Matteo bei seinem Satz erstaunt angesehen. Jetzt schaute sie wieder zu Felipe. »Und warum sollte Fidel sein Herz gegeben haben?«

»Um das herauszufinden«, sagte Felipe, »seid ihr in Cusco, denke ich. Wenn es einen Ort gibt, an dem die Menschen das Wesen der *apus* und der Pakte mit ihnen verstehen, dann ist es dieser: der Nabel der Welt. Morgen, wenn ihr ausgeruht seid, könnt ihr auf die Suche nach einer Antwort gehen. Im Herzen der Stadt sollte sie zu finden sein. Ich werde jetzt nach oben gehen und das Gästezimmer für euch vorbereiten. Es ist spät, und ich schätze, dass ihr müde seid.« Er stand auf, nickte ihnen zu und verschwand in der Dunkelheit.

»Nun«, sagte Chaski und gähnte. »Das klingt, als sei es auch für uns Zeit.«

»Zeit wofür?«, fragte Malinka verwirrt.

»Wir verlassen euch hier«, sagte Flor. »Wir haben getan, was wir vorhatten.« Sie lächelte beinahe schelmisch. »Mismi wird es nicht gerne sehen, wenn wir euch noch mehr helfen.« Sie erhob sich.

»Aber es ist mitten in der Nacht!«, protestierte Malinka. »Wo werdet ihr schlafen?«

»Macht euch darum keine Sorgen«, sagte Flor. »Ihr wisst doch, dass Chaskis Weg der Wind ist.«

Sie beugte sich zu Malinka und schob ihr etwas in die Hand. Malinka spürte raues Leder und etwas Hartes darin, um das Flor mit sanftem Nachdruck ihre Finger schloss.

»Das ist für dich«, wisperte sie und sah ihr tief in die Augen. »Öffne es, wenn du einmal Hilfe brauchst. Nicht vorher.«

Malinka nickte verwirrt. Sie spürte, dass es nicht der richtige Moment war, um Fragen zu stellen. »Danke«, sagte sie einfach.

Flor lächelte, beugte sich vor und umarmte sie. Dann machte sie das Gleiche bei Matteo.

»Lebt wohl«, sagte sie. »Passt auf euch auf.«

»Grüß deinen Vater von uns«, bemerkte Matteo trocken.

Flor und Chaski waren bereits an der Tür zum Flur.

»Meinen Vater?« Sie lachte leise. »Die Grüße, denke ich, könnt ihr ihm auch bald persönlich bestellen.«

***

»Du hast mir nichts von dem Traum mit den Vicuñas erzählt«, meinte Malinka, als sie am nächsten Tag durch Cusco spazierten.

Matteo verzog das Gesicht. »Weil ich das albern fand.«

»Siehst du? So ging es mir mit der Mismi-Geschichte.« Sie blieb stehen und musterte ihn. Er war aschfahl, was die Schatten unter seinen Augen noch dunkler wirken ließ. »Sicher, dass wir weiterwollen? Du kippst doch gleich um.«

»Soll ich den ganzen Tag bei Felipe auf dem Sofa sitzen?« Matteo ging entschlossen weiter, und sie folgte ihm kopfschüttelnd.

Cusco war über die Jahre bis zu den Flanken des Talkessels hinaufgewachsen. Malinka und Matteo marschierten über holprig gepflasterte Straßen, vorbei an *chicharronerías,* aus denen der Geruch von Frittierfett drang, und kleinen Gemischtwarenläden, wo müde Verkäuferinnen im Halbschatten zwischen Bergen aus Obst und Konserven saßen.

Malinka wusste, dass nur wenige Blöcke entfernt das touristische Cusco begann, und sie hatte wenig Lust, dorthin zu gehen. Aber Felipe hatte angedeutet, dass sie am ehesten im Zentrum der Stadt Antworten auf ihre Fragen finden würden. Also näherten sie sich dem Herzen Cuscos, bis sie auf der Plaza standen, gegenüber der Kathedrale und der Kirche San Francisco, beide aus dem gleichen braungrauen Stein erbaut, beide, wie Malinka wusste, auf den Fundamenten inkaischer Gebäude. Menschenströme flossen über die Plaza.

»Was machst du, wenn du Fidel sein Herz zurückgeben kannst?«, fragte Matteo plötzlich. »Ich meine: Willst du noch was von dem?«

Sie lächelte und schüttelte den Kopf. »Nein. Schon lang nicht mehr.«

»Ich dachte, wenn man für jemanden das Geschichtenerzählen hergibt, dann müsste das was Ernsteres sein.«

Sie blieb kurz stehen, und diesmal war es nicht nur, damit Matteo mit ihr Schritt halten konnte.

»Ja«, sagte sie. »Das dachte ich auch. Aber ich hab mich offenbar geirrt. Damals war ich sehr verliebt in Fidel. In ihn, oder in die schöne Geschichte, die das mit uns ergeben hätte.«

»In die Geschichte«, sagte Matteo gedehnt.

Sie nickte. »Wir haben auf dem Dorfplatz von K'itakachun getanzt. Er hatte mich zur Fiesta in seinem Dorf eingeladen. Ich hab ihn vorher nur als guten Freund betrachtet, und es war … als ob es stimmt, was sie über diesen Tanz und die Musik erzählen: Dass es der Tanz der Liebe ist, dass die *apus* herrschen, während die Musik spielt. Dass sie Herzen zu stehlen verstehen, während die Röcke wirbeln.«

Langsam gingen sie weiter. Malinka wusste nicht genau, warum, aber ein Teil von ihr musste das Bedürfnis unterdrücken, nach Matteos Hand zu greifen. Es war, als ob es ihr dann leichter gefallen wäre, über die Geschichte mit Fidel zu reden. Energisch schob sie den Gedanken beiseite.

»Vielleicht«, sagte Matteo nachdenklich, »war das alles nur ein Trick der *apus?«*

»Was?«

Er schaute sie schräg von der Seite an. »Mismi wollte nicht, dass du die neue Yuyaq wirst. Vielleicht wollte er, dass du selbst darauf verzichtest. Und darum hat er dafür gesorgt, dass du dich in Fidel verliebst.«

Sie biss sich auf die Lippen. »Meinst du, der hat vor mir gewusst, dass ich auf die Idee kommen würde, einen Pakt mit ihm zu schließen?«

»Vielleicht kommt sowas hier öfter vor«, sagte Matteo mit einem schiefen Lächeln. »Und immerhin, das ist ein *apu*. Wahrscheinlich versteht der schon was von Menschen.«

Sie waren in der Mitte der Plaza angekommen und blickten sich nachdenklich um.

Malinka deutete auf die Stufen. »Pause?«

Matteo nickte, und sie setzten sich. Um sie her schlenderten Touristen über die Plaza, gefolgt von breit grinsenden Souvenirverkäufern und alten Frauen in bunten Trachten, die erschöpfte Lamas hinter sich herzogen und die Touristen zu einem gemeinsamen Foto überreden wollten.

»Wirklich authentisch ist das hier alles nicht mehr«, meinte Matteo.

»Was ist schon authentisch?«

»Das hier ist zumindest verdammt kommerziell.«

Sie zuckte mit den Schultern. »Darum mag ich Cusco auch nicht besonders. Aber ich würde es gerne mögen.«

Matteo seufzte. »Gut, aber ich schätze, das bringt uns nicht weiter. Wie gesagt: ein Trick der *apus*. Hast du darüber schon mal nachgedacht?«

Sie schüttelte den Kopf.

»Du hast doch gesagt: Wenn die Musik spielt, regiert nur noch der Wille der *apus*. Oder so ähnlich.«

»Allerdings erklärt das noch immer nicht, warum Fidel sein Herz als Vicuña fortgegeben haben soll.«

Ein Straßenverkäufer näherte sich ihnen. »Postkarten, *señorita?* Wunderschöne historische Postkarten. Cusco, Machu Picchu, Puno, Arequipa! Sehen Sie sie sich ruhig an!«

Malinka wollte zuerst abwinken, überlegte es sich aber anders und betrachtete die teilweise schon arg zerfledderten Schwarzweißfotografien, die der Verkäufer in seinem Bauchladen trug.

»Nehmen Sie sie in die Hand«, drängte er mit einem breiten Grinsen. »Schauen Sie sie an, *sin compromiso,* ganz unverbindlich, *señorita!* Ich habe alles. Hier ist Machu Picchu, hier ist der Kondor, hier sind die Lamas ...«

»Haben Sie den Mismi?«, fragte Malinka, ohne nachzudenken. »Oder seine Vicuñas?«

Das Grinsen verschwand aus dem Gesicht des Verkäufers und machte dem Ausdruck von Überraschung Platz. »Vicuñas, *señorita?*«

»Man sagt, dass der Mismi seine Vicuñas hat«, wiederholte Malinka und fixierte den Verkäufer entschlossen.

Er blickte sie lange an. Er war ein untersetzter kleiner Mann unbestimmbaren Alters, seine Gesichtszüge trugen die Spuren eines arbeitsreichen Lebens, aber seine Augen leuchteten. »Unheilvolle Vicuñas, *señorita.* Sie meinen die *manada de Caylloma*, die Herde von Caylloma?«

Malinka erwiderte aufmerksam seinen Blick. »Ich weiß nicht, wie man sie nennt.«

»Verlorene Seelen, *señorita.*« Der Verkäufer flüsterte es fast. »Ich komme selbst aus Caylloma. Aber von diesen Tieren gibt es keine Bilder, *señorita*, wie sollten wir von ihnen Fotos machen?«

Er blickte kurz nach links und rechts, als befürchte er, dass ihnen jemand zuhören könnte, für dessen Ohren die Geschichte nicht bestimmt war. Dann sprach er weiter, leise, und seine Stimme verfiel in den typischen singenden Tonfall des Quechua, auch wenn er weiterhin im Spanischen blieb. »Traurig, traurig ist die *manada de Caylloma!* Sie sagen, dass Mismi ihr Herr ist, weil er auch der Herr des Amazonas ist: Zu seinen Füßen entspringt der Apurímac, der sprechende *apu*, der zum Ucayali wird und später zum Amazonas. Mismi besitzt seine Geister in allen drei Welten, *señorita*, so erzählen sie, so habe ich es gelernt. Er hat die Fische im Wasser, die Vicuñas zu seinen Füßen und die Vögel in der Luft. Gefährlich, gefährlich ist es, mit dem Mismi einen Handel zu schließen, so sagen sie, *señorita!* Er nimmt deine Seele, dein Herz, deine Freude, und gibt sie zu seiner *manada* … Keine Ruhe hat sie mehr in dieser Welt!«

»Aber er bietet eine Gegengabe«, sagte Malinka leise. Das lebhafte Treiben der Plaza schien längst verblasst zu sein. Es gab nur noch sie und den Postkartenverkäufer, der sie mit einer Mischung aus Ernst und Verwunderung ansah.

Bei ihren Worten nickte er. »Ja, es gibt eine Gegengabe, es muss doch immer eine geben, sonst wären die Dinge nicht mehr im Gleichgewicht. Aber etwas müssen Sie wissen, *señorita.* Es gibt solche und solche *apus.* Und Mismi ist ein großer *apu,* ein mächtiger *apu,* aber er ist auch ein grimmiger, missgünstiger *apu.* Er gibt nicht gern, er hat ein grimmiges Herz. Du sagst ihm, *apuchallay,* mein Herr, Mismi, gib mir ein Haus, ich bitte dich. Und er gibt dir ein Haus, aber kalt wird es darin sein, schlecht gemacht sind seine Wände. Oder du bittest ihn um ein Mädchen, um ein hübsches Mädchen, das dir so gut gefällt …« Er unterbrach sich. »Oder einen jungen Mann, *señorita,* auch das ist möglich, und Mismi wird ihn dir geben, aber er gibt dir nicht das Herz, nicht die Liebe. Oder er gibt dir das Herz, aber nicht den jungen Mann, den gibt er in andere Hände.«

Malinka schluckte. Ihr Herz raste. Sie hatte das Gefühl, einer Antwort sehr nahe zu sein. Jetzt musste sie alles auf eine Karte setzen. »Und warum«, fragte sie leise, »sollte jemand dem Mismi sein Herz geben?«

Der Postkartenverkäufer schaute sie an und schwieg für eine Weile. »Das ist eine schwere Frage, *señorita*«, sagte er schließlich. »Man sagt, dass manche Leute das getan haben. Aber es steht kein glückliches Schicksal dahinter. Wenn sie unglücklich sind, sehr unglücklich, dann können sie dem *apu* ihr Herz geben. Es ist, als ob sie sich in seine Erde pflanzen, *jinachu manachu?* Sie werden sich auf ewig an ihn binden, wenn ihr Herz in Mismis Höhen jagt. Sie werden sein *mallku,* sein Gehilfe und Bote, *señorita.*«

Malinka war, als ob ihr Herzschlag für einen Moment aussetzte. »Sein *mallku*«, flüsterte sie tonlos.

»Jeder *apu* hat seinen Gehilfen, das ist es, was sie sagen, *señorita.*«

Ihr war schwindlig. »Aber Mismi *hat* doch schon einen Gehilfen.«

»Gewiss«, sagte der Postkartenverkäufer.

»Ist denn jeder *mallku* ein Mensch, der sein Herz einem *apu* gegeben hat?«

Der Postkartenverkäufer lächelte, ein trauriges, bitteres Lächeln. »Nein, *señorita.* Aber es gibt solche *mallkus,* verborgene *mallkus,* verlorene Seelen, die im Dienste der *apus* zurückkehren. Sie sind an ihre Erde gebunden, fest und untrennbar. Selten kommt es vor, dass jemand sein Schicksal so mit einem *apu* zu verknüpfen wagt. In alten Geschichten nur habe ich davon gehört.«

»Aber was, wenn das jemand tut?«, fragte Malinka. »Kann er sein Herz zurückbekommen?«

Der Postkartenverkäufer zuckte mit den Achseln. »Wer weiß das, *señorita?* Nur der *apu* selbst kann darüber entscheiden.« Er zögerte kurz und reichte ihr eine seiner Ansichtskarten. »Hier, *señorita.* Ich schenke sie Ihnen.«

Sie nahm die Karte entgegen und spürte, dass ihre Augen sich weiteten.

Die Schwarzweißfotografie zeigte eine steinerne Brücke, die sich über einen Fluss spannte, und im Hintergrund war der nahezu perfekt geformte Kegel eines schneebedeckten Vulkans zu erkennen.

»Das ist Puente Bolognesi«, murmelte sie. »In Arequipa.«

Der Postkartenverkäufer nickte. »Puente Bolognesi, Puente Viejo, ein Ort, der viele Namen hat. Befragen Sie ihn, *señorita.*«

Bevor sie noch etwas sagen oder vielleicht eine Münze aus der Tasche kramen konnte, war er verschwunden. Sie sah wieder auf die Fotografie.

»Ich denke«, sagte sie leise, und Matteo musste sich vorbeugen, um sie zu verstehen, »dass ich dort Garcilaso begegnen werde.« Sie drehte sich zu ihm. »Immer, wenn ich von ihm geträumt habe, hat er gesagt, dass ich dorthin zurückkehren soll.«

»Dann fahren wir also nach Arequipa?«

Malinka grinste. »Das ist nicht wirklich eine Überraschung, oder?«

Peru

um ca. 1770

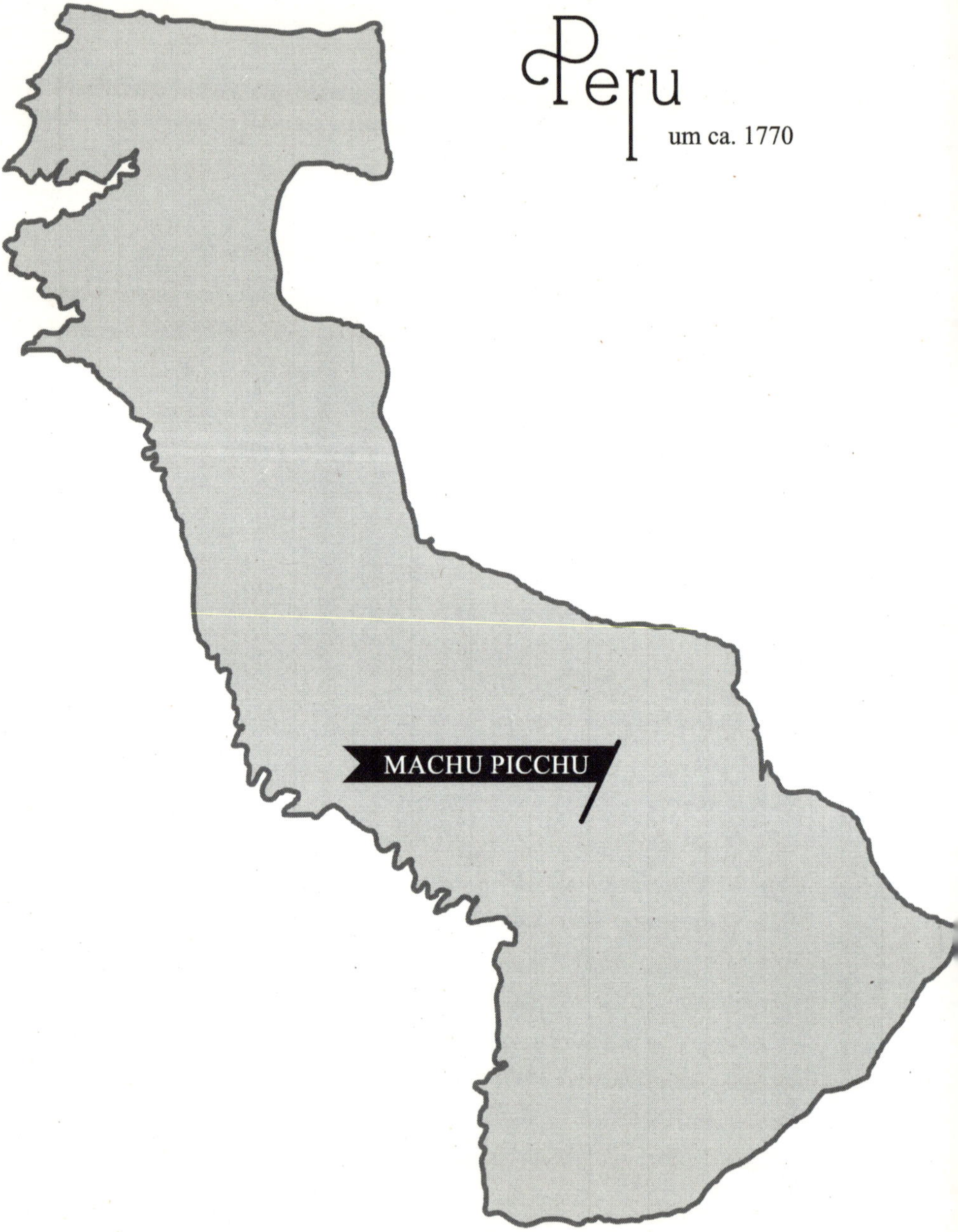

27.

Pakasqa

Verborgen

In der Nähe von Ollantaytambo stand Isabel hüfttief im eiskalten Wasser des Río Urubamba. Ihre Zähne klapperten, aber es tat gut, sich den Staub vom Körper spülen zu lassen. Sie fühlte sich sauberer, als sie ans Ufer watete und sich in den Poncho wickelte. Ihr Kleid hatte sie auch im Fluss gewaschen; jetzt hing es über einem Ast und trocknete in der kräftigen Hochlandsonne.

Chaski hatte es sich neben ihr im trockenen Gras gemütlich gemacht. Isabel packte die Sachen aus, die ihnen die Menschen auf der Plaza von Ollantaytambo geschenkt hatten: in Maisblätter gewickelte *tamales*, eine Köstlichkeit aus Maisteig mit Fleisch und Oliven darin, eine Handvoll *canchita*, salziger, gerösteter Mais, und einige *tunas*, die betörend süßen und saftigen Kaktusfeigen.

Sie kramte das Messer hervor, das ihr der Silberschmied von Cajamarca geschenkt hatte, und begann, die harte Schale der *tunas* aufzuschneiden. Sie war darin nicht ganz so geschickt und flink wie die alten Frauen, die das mit leuchtenden Augen und ohne hinzusehen taten, aber immerhin gelang es ihr. Sie bot Chaski eine *tuna* an, und er kaute genüsslich, während Isabel selbst nach der nächsten Frucht griff.

»Was würde wohl dein Vater sagen, wenn er dich jetzt so sehen könnte?«, fragte das Alpaka und legte den Kopf schief. »Du bist eine richtige Landstreicherin geworden. Du kannst mit einem Messer *tunas* aufschneiden und verdienst dein Leben wie eine Kantinensängerin.«

Isabel zog die Augenbrauen hoch. »Und?«

»Ich finde das großartig«, sagte Chaski. »Noch vor kurzer Zeit sah es gar nicht danach aus, als ob du das jemals lernen würdest, Prinzesschen.

Wenn ich nur daran denke, dass du damals nicht einmal dein Kleid … «

Sie gab ihm einen scherzhaften Klaps auf die Nase. »Hör auf, oder ich mache *chicharrón* aus dir. Außerdem sollst du mich nicht Prinzesschen nennen.«

»Glaub mir, so gut bist du noch nicht mit dem Messer, dass du *chicharrón* aus mir machen könntest.«

Isabel musste lachen. Dann wurde sie wieder ernst. »Ich weiß nicht, was mein Vater dazu sagen würde. Manchmal frage ich mich, ob er wohl grübelt, was aus mir geworden ist.« Leise setzte sie hinzu: »Und ob er mich vermisst.«

Chaski blickte sie neugierig an. »Tja, das kann ich dir nicht sagen. Vermisst du ihn denn?«

Isabel überlegte, aber was ihr durch den Kopf ging, war schwer in Worte zu fassen.

Sie vermisste den Menschen, der ihr Vater für sie gewesen war. Und das Gefühl von Unbeschwertheit und Freude, das ihr Leben einst begleitet hatte.

Aber bedeutete vermissen nicht auch, dass man zu etwas zurückkehren wollte? Ganz abgesehen davon, dass das unmöglich war – sie verspürte keinerlei Lust dazu. Ihr Leben, wie sie es in diesem Moment führte, war das beste und das einzig denkbare für sie, denn es spielte keine Rolle, wo sie morgen sein würde, ebenso wenig, wo sie vor einer Woche gewesen war. Sie glitt dahin auf einem Weg aus Wind und Spinnweben, und etwas anderes konnte sie sich nicht vorstellen.

Das brachte sie auf einen Gedanken, den sie bis jetzt noch nicht gehabt hatte.

»Chaski«, fragte sie, »was wird sein, wenn wir ans Ziel gekommen sind?«

Er betrachtete sie aus seinen braunen Augen. »Das meinst du jetzt wie?«

Sie zögerte. »Dann habe ich meine Aufgabe erfüllt. Aber was wird danach aus mir?«

Chaski wedelte nachdenklich mit einem Ohr. »Kantinensängerin«, schlug er vor. »*Tuna*-Verkäuferin.«

Gegen ihren Willen musste sie lachen. »Im Ernst.«

»Wer sagt, dass ich einen Witz gemacht habe?« Er bleckte kurz die Zähne. »Prinzesschen, wenn wir ans Ziel gekommen sind, dann wirst du, soweit ich das überblicke, die neue Yuyaq sein. Es wird weiterhin deine Aufgabe sein, auf dieses Kleinod im türkisfarbenen Ledereinband aufzupassen.«

»Aber wo werde ich hingehen?«, fragte sie leise.

»Meines Wissens«, sagte Chaski, »gibt es niemanden, der dir in dieser Hinsicht etwas zu sagen hätte.«

Das brachte sie zu ihrer nächsten Frage. »Und du, was wirst du machen?«

Chaski schaute sie von der Seite an. »Ach, daher weht der Wind? Würdest du mich etwa vermissen?«

Verlegen senkte sie den Blick. *Sei nicht albern,* schalt sie sich.

»Ich fürchte schon«, murmelte sie und setzte zu einer Erklärung an, während sie spürte, dass ihre Wangen sich jetzt doch röteten.

Chaski stupste sie beinahe liebevoll mit seiner Nase an. »Schau mal, wir bekommen Besuch. Das heißt, wir können die Sentimentalitäten auf später verschieben.«

Isabel sah auf.

Eine Gestalt näherte sich ihnen, hager und hoch aufgeschossen. Sie trug einen langen Mantel aus abgewetztem dunkelgrauem Stoff und einen Schlapphut von der gleichen Farbe, der das Gesicht vollkommen verdeckte.

Isabel setzte sich auf. Ihr Kleid war noch nicht getrocknet, und sie trug nichts außer ihrem Poncho.

Ein ungutes Gefühl durchfuhr Isabel. Sie griff mit einer Hand an ihren Hals, wo das Andenkreuz hing – das beruhigte sie, obwohl sie gleichzeitig versuchte, sich davon zu überzeugen, dass sich ein ganz normaler Mensch näherte, ein reisender Händler vielleicht, oder jemand aus dem Dorf.

Neben ihr versteifte sich Chaski und reckte den Hals.

»Er war auch auf der Plaza«, zischte er. »Erinnerst du dich?«

Sie nickte stumm. Jetzt, da er es sagte, wurde ihr klar, dass sie die schemenhafte Gestalt heute schon einmal gesehen hatte, halb verborgen hinter den anderen Zuhörern, wie jemand, der nicht bemerkt werden wollte. Und mehr noch: Das Rascheln in den Schatten, die kalte Ahnung in der Dunkelheit …

»Wer ist er?«, raunte sie Chaski zu, ohne den Blick von dem Fremden zu nehmen.

Auch das Alpaka rührte sich nicht. Sie konnte seine Anspannung spüren.

»Ich denke«, flüsterte er zurück, »das weißt du so gut wie ich.«

Der Fremde war jetzt in Hörweite. Er schob den Schlapphut leicht zurück, aber es war nur eine Geste, denn von seinem Gesicht gab er nicht wirklich etwas frei. »Was für ein herzliches Willkommen«, sagte er mit einer knarrenden und spöttischen Stimme.

Isabel straffte sich. »Wer bist du?«

»Aber, Isabel. Ich dachte, das wäre dir klar?« Leises Lachen mischte sich in den abschätzigen Tonfall, dann nahm der Fremde ungefragt Platz ihr gegenüber. Sie hörte, dass Chaski ein seltsames Geräusch von sich gab – eine Mischung aus Zischen und Grollen, das tief aus seiner Kehle aufzusteigen schien. Unwillkürlich warf sie einen Seitenblick auf ihren Begleiter und schrak zusammen. Seine braunen Augen hatten sich zu Schlitzen verengt, die Ohren hatte er angelegt. Sie hatte nicht gewusst, dass ein Alpaka einen dermaßen bedrohlichen Anblick bieten konnte.

Auch der Fremde hatte sich Chaski zugewandt. Jetzt sah sie gelbe Augen unter der Hutkrempe hervorblitzen.

»Chaski, was für eine Freude.« Seine Stimme regnete durch den Wind wie glühende Asche. »Ich sehe, auch du bist entzückt, mich zu sehen.«

»Was willst du?«, fragte Chaski langsam. Er presste jedes einzelne Wort zwischen den Zähnen hervor.

Isabel legte ihm eine Hand auf den Hals. Seine Muskeln waren angespannt, und sie hatte das Gefühl, dass er dem fremden Besucher jeden Moment an die Kehle springen konnte – und ein weiteres, ebenso undeutliches Gefühl sagte ihr, dass dies für Chaski tragischer enden würde als für den Fremden.

»Was ich will?« Der Fremde brach einen langen Grashalm ab und schob ihn sich in den Mundwinkel, zumindest vermutete Isabel, dass sich in dem undurchdringlichen Schatten unter seinem Hut irgendwo ein Mundwinkel befand. »Nun, zuallererst will ich vielleicht eine *tuna?* Isabel, ich höre, du kannst bereits sehr geschickt mit dem Messer umgehen. Wie wäre es, wenn du mir eine *tuna* schälst?«

Die Worte, die er aneinanderreihte, drückten Freundlichkeit aus, aber seine Stimme klang nach gehässigem Grinsen. Und jenseits davon nahm Isabel noch etwas anderes wahr: unterschwellige Drohung, die es ihr kalt den Rücken hinunterlaufen ließ.

Ohne ihn aus den Augen zu lassen, griff sie nach dem Messer und einer weiteren *tuna*. Tausend Worte jagten ihr durch den Kopf, aber als sie den Mund öffnete, kam eines heraus, das sie selbst überraschte.

»Usphasonqo«, sagte sie, und im selben Moment wusste sie, dass sie recht hatte. Die diffuse Befürchtung, wer der Fremde wohl sein könnte, verwandelte sich in Gewissheit. Natürlich war er es, wie hatte sie das nicht gleich erkennen können? Er passte genau auf die Beschreibung, die Yawar ihr von dem boshaften Gehilfen Mismis gegeben hatte. Mehr noch: In seiner Gegenwart kehrte das ungute Gefühl zurück, das Isabel zuerst in Lima erfasst hatte. Usphasonqo musste ihr schon länger gefolgt sein. Vielleicht seit Beginn ihrer Reise. Ein erneuter Schauer glitt über Isabels Rücken.

Sie schluckte. »Ich schätze, du bist nicht nur hier, um mit uns *tunas* zu essen.«

»Schweben dir noch andere Unternehmungen vor?« Die Stimme des *mallku* troff vor Hohn. »Ich darf dich ja leider nicht anrühren, solange du das Andenkreuz trägst …«

Isabels Finger krampften sich um das Messer, und Chaski gab erneut ein drohendes Zischen von sich. »Du würdest sie auch sonst nicht anrühren. Nicht, solange ich da bin.«

Usphasonqo lachte. »Wie reizend, ein Alpaka mit Beschützerinstinkt.«

»Das«, knurrte Chaski leise, »ist meine Aufgabe.«

»Deine Aufgabe?« Selbst Usphasonqos Schmunzeln hatte etwas Verletzendes. »Nein, mein Lieber, das ist es nicht. Du bist nur das Reittier.«

Chaski bleckte die Zähne, und Isabel merkte, dass sie ihm nicht einmal beruhigend die Hand auf den Rücken legen konnte, weil sie in der einen Hand das Messer hielt und in der anderen die *tuna*.

»Hör auf damit«, sagte sie zu Usphasonqo und reichte ihm mit spitzen Fingern die aufgeschnittene *tuna*. »Sag uns lieber, was du willst.«

Der *mallku* nahm die Frucht entgegen und ließ betont langsam seine Fingerspitzen über Isabels gleiten. Sie war nicht einmal sicher, ob es wirklich Finger waren; sie sah nur hagere Schemen und spürte ein leichtes Kratzen, als hätten dünne Krallen sie berührt. Sie schauderte. Ihre andere Hand umklammerte das Messer so fest, dass ihre Fingerknöchel weiß hervortraten.

»In erster Linie bin ich hier, um euch eure nächste Station zu verraten«, sagte Usphasonqo lässig. Er biss einmal in die *tuna* und warf sie dann mit einer betont verächtlichen Bewegung hinter sich. Isabel atmete tief durch und versuchte, nicht daran zu denken, wie sehr sie selbst sich über die köstliche Süße der Kaktusfeige gefreut hätte.

Usphasonqo schob seinen Hut eine Spur höher. Jetzt glühten seine gelben Augen Isabel direkt an. »Das ist sehr aufmerksam von Mismi, findest du nicht?«

»Ungemein«, sagte sie unbewegt und hielt seinem Blick stand. »Wo müssen wir hin?«

Usphasonqo lachte leise. »Was für ein störrisches kleines Mädchen du bist. Wie ein Vicuña, das sich nichts sagen lassen will. Nun … Wo sonst sollten sich Verlorene Geschichten verbergen, wenn nicht in der Verlorenen Stadt?«

»Die Verlorene Stadt?«, fragte Isabel verständnislos.

Usphasonqo hob die Schultern. Dann lehnte er sich mit dem Rücken an den schlanken Stamm des Baumes, in dessen bescheidenem Schatten sie saßen, und verschränkte die Arme hinter dem Kopf. »Die Leute von hier«, sagte er nachdrücklich, »wissen ganz genau, was damit gemeint ist. Die vergessene Zitadelle … Aber ihr, ihr habt das offenbar vergessen. Oder es vielleicht auch nie gewusst? Das läuft aufs Gleiche hinaus, Mädchen mit den Sonnenaugen. Unsere Erde wird dir nie gehören. Deine Wurzeln liegen anderswo.«

»Das mag sein«, antwortete Isabel leise, aber mit fester Stimme. »Aber auch ich liebe diese Erde, *mallku.«* Sie fixierte ihn. »Und auch ich bin auf dieser Seite des Ozeans geboren. Ein Kind der Anden.«

Sie wusste nicht genau, woran es lag, aber sie spürte, dass Chaski sich neben ihr entspannte.

Usphasonqo zog scharf die Luft ein. »Du wirst nie ein Kind der Anden sein«, sagte er durch zusammengepresste Zähne, genau so, wie Chaski ihn eben noch angefaucht hatte. »Dein Quechua torkelt unbeholfen daher wie ein betrunkener Vogel.«

»Das mag sein.« Isabel lehnte sich zurück. Etwas in ihr lachte darüber, dass der *mallku* ihr je Angst eingejagt hatte. »Aber ich bin ein Patenkind des Mismi.« Mit der Spitze des Messers deutete sie flüchtig auf das Andenkreuz um ihren Hals.

Sie hörte den *mallku* mit den Zähnen knirschen. »Was ihm missfällt, kleines Mädchen, was ihm sehr missfällt. Das war ein übler Streich von Yawar, durchaus. Doch wir werden diesen Fehler bald bereinigen. Du kannst niemals die Yuyaq sein.«

Isabel dachte an die verängstigte Geschichte aus Ollantaytambo. »Die Geschichten vertrauen mir, Usphasonqo. Du warst doch eben da in den Schatten, *jinachu manachu?* Du hast es gesehen«, sagte sie herausfordernd.

Usphasonqo schnellte in die Höhe und blickte aus dem Stand auf Isabel herab. Seine Stimme war ein raues Knurren geworden. »Wenn eine Geschichte, in die Enge getrieben und benebelt vom Uringestank ihrer eigenen Angst, sich in deine Arme flüchtet, dann ist das kein Vertrauen. Das ist nur eine flüchtige Entscheidung. Nichts von Wert! Sie mögen ja neugierig an dir schnuppern, Fremdenkind, aber haben sie je mit dir gesprochen?« Er lachte hart auf und fuhr fort: »Nun, dies ist Mismis Botschaft für den heutigen Tag: Finde die Verlorene Stadt. Ohne jemanden von hier zu fragen. Weder Mensch noch *apu*.« Er bedachte Chaski mit einem spöttischen Seitenblick. »Und auch kein magisches Alpaka. Nicht, dass dieses hier es wüsste.«

Isabel schaute zu ihm hoch. »Gut«, sagte sie und lächelte, wohlwissend, dass sie ihn mit dieser Reaktion mehr ärgerte als mit jeder anderen. »Und das ist alles?«

»Das Lachen wird dir vergehen, Mädchen«, zischte Usphasonqo.

»Das werden wir sehen«, antwortete Isabel selbstsicher.

»Oh, darauf hoffe ich sogar.« Usphasonqo lachte. »Einen angenehmen Tag wünsche ich noch.«

Er tippte an die Krempe seines Hutes, drehte sich um und entfernte sich mit der gleichen Gemütlichkeit, mit der er gekommen war.

Erst, als er hinter der Hügelkuppe verschwunden war, begann Isabel zu zittern. Ihr wurde bewusst, dass sie noch immer das Messer in der Hand hielt. Ihre Knöchel schmerzten, als sie es losließ.

»Was für ein unerträglicher –« Sie brach ab. »Weißt du, was er für eine Verlorene Stadt meint?«

Chaski schüttelte den Kopf. Auf einmal wirkte er sehr müde und auf seltsame Weise kleinlaut. Er hatte den Blick auf den Boden geheftet und schaute auch nach ihrer Frage nicht auf.

»Nein, das weiß ich nicht«, murmelte er, mehr an die trockenen Grashalme unter ihm gewandt als an Isabel. »So unrecht hat Usphasonqo gar nicht. Es gibt nicht besonders viel, was ich weiß oder für dich tun kann.«

Er klang so ehrlich niedergeschlagen, dass es Isabel ins Herz schnitt. Sie streckte die Hand aus und strich behutsam über Chaskis wolligen Hals.

»Was ist denn jetzt mit dir los?«, fragte sie überrascht. »Das sind ja ganz neue Töne. Du wirst dich doch von diesem widerlichen Kerl nicht einschüchtern lassen?«

Chaski räusperte sich. »Ich lasse mich nicht einschüchtern. Aber in einigen Punkten hat er nun mal recht. Ich bin kein *mallku* und werde nie einer sein. Zauberkräfte? Ja, Schnelligkeit. Besonders viel ist das nicht.«

Vorsichtig rückte Isabel näher an ihn heran. Noch nie hatte sie ihren Reisegefährten so bedrückt erlebt. Mit einem Seufzer lehnte sie sich gegen Chaski und kraulte ihn hinter den Ohren. »Wenn du kein *mallku* bist«, fragte sie, »was bist du eigentlich dann?«

»Ach, das.« Chaski reckte seinen Kopf wieder. »Nun ja, irgendwann hätte ich dir die Geschichte wohl ohnehin erzählt. Ich bin ein Kondorkind.«

Isabel zog überrascht ihre Hand zurück. »Du bist was?«

»Jetzt hör nicht gleich damit auf«, beschwerte sich Chaski. »Ich erklär dir ja alles. Kondorkinder, so nennen wir einfach die Kinder, die aus der Beziehung eines *mallkus*, eines Götterboten, mit einem sterblichen Wesen entspringen. Du hast ja gesehen, dass Yanaphuru oder auch Usphasonqo in Menschengestalt auftreten, aber in der Welt der *apus* haben sie die Gestalt von Kondoren, den Herren des Andenhimmels. Doch sie interessieren sich auch für die Welt der sterblichen Wesen. Und meistens geraten sie an Menschen. Weiß der Kondor, aber gerade Menschen scheinen für *mallkus* ungeheuer attraktiv zu sein.«

»Dein Vater ist also ein *mallku*?«, fragte Isabel.

»Meine Mutter«, korrigierte Chaski. »Und mein Vater war ein Alpaka. Das ist lange her. Sein Herr war ein einfacher Hirte, und sie sind alle misstrauisch geworden, als meine Mutter mich – plumps – bei meinem Vater im Stall gelassen hat.« Er kicherte. »Keine einzige Stute in der Nähe und plötzlich ein Alpakafohlen mit sonnenfarbenem Fell. Nun, sonnenfarben, das sagen die Menschen gern. Ihr habt ja diesen Hang zu – wie nennt ihr es gleich – Poesie.«

Seine Stimme hatte nun fast wieder ihren vertrauten Klang wiedergewonnen, und Isabel war erleichtert. »Und was ist dann passiert?«

»Dann haben sie mich an den Hof des Inkas gebracht«, sagte Chaski trocken. »Schau nicht so. Ja, das ist eine Weile her. Na und? Hättest du mir die dreihundert Jahre angesehen?«

Sie musste lachen und schüttelte den Kopf.

»Na ja, dort habe ich eine Weile Schabernack getrieben«, fuhr Chaski fort. »Und eines Tages bin ich ausgebüxt, besessen von dem Gedanken, meine Mutter zu finden.«

Er starrte ins Leere, und Isabel musste unwillkürlich an die Geschichte von Feuerkind denken, die Yawar ihr erzählt hatte: das Produkt einer Liebe zwischen einem Berggott und einem Stern.

»Hast du sie gefunden?«, fragte sie sanft.

Chaski seufzte auf eine erstaunlich menschliche Art. »Ja, ich habe sie gefunden. Damals wollte ich gern ein *mallku* werden, weißt du. Die Gestalt wechseln können. Fliegen. Aber Kondorkinder sind keine Gestaltwandler. Sie haben niemals Zugang zu den großen Kräften, die ihre Eltern besitzen.« Er räusperte sich. »Natürlich war ich nicht allzu begeistert, als ich das herausgefunden habe.«

Isabel kraulte ihn weiter hinter den Ohren. »Und deine Mutter gehörte auch zu Sabancaya?«

»Du fragst mir noch ein Loch in den Bauch«, grummelte Chaski, obwohl es nicht so klang, als ob ihr Interesse ihn wirklich störte. »Das würde jetzt alles zu weit führen. Sabancaya hat mich aufgenommen, nachdem ich sehr viel Unordnung angerichtet hatte, und das erzähle ich dir ein andermal, wenn wir gerade nicht auf der Suche nach einer vergessenen Stadt sind. Denn um auf deine Frage zurückzukommen: Ich habe keine Ahnung, was wir tun sollen.«

»Was passiert, wenn wir doch jemanden fragen?«

»Ich schätze, Mismi sieht es nicht gern, wenn du schummelst.«

»Und nun?«

»Also, wenn du ernsthaft mir die Entscheidung überlassen willst ...« Er machte eine Pause und warf einen Seitenblick auf die Überreste ihres Proviants.

Isabel gluckste. Spontan beugte sie sich vor und drückte dem Alpaka einen Kuss zwischen die Ohren. »Chaski, du bist großartig.«

Chaski räusperte sich. Wenn Alpakas erröten könnten, dann hätte er es jetzt vermutlich getan. »Und du bist wieder einmal viel zu sentimental, Prinzesschen. Los, eine *tuna* für mich. Die Dinger sind lecker.«

***

Einige Zeit später war Isabels Kleid getrocknet und keine einzige *tuna* mehr übrig, aber der Lösung ihres Problems waren sie kein Stück nähergekommen. Isabel hatte nicht die geringste Ahnung, wo sich hier eine Verlorene Stadt befinden sollte. Sie blätterte ratlos im Spiegelbuch, aber es gab keine Verlorene Geschichte bislang, die ihr irgendwelchen Aufschluss darüber hätte geben können, und sie konnte sich auch nicht daran erinnern, von Yawar oder irgendjemandem auf ihrer Reise entsprechende Andeutungen gehört zu haben. Dabei zweifelte sie nicht daran, dass es hier verborgene Orte gab, in der Morgensonne schlummernde Ruinen, von denen nur die Lamahirten wussten und die reisenden Händler, die barfuß oder in einfachen schwarzen Sandalen über zugewachsene Steinstufen huschten, die noch von dem Reich der Inka zu erzählen wussten.

Aber wie sollte sie diesen Ort finden, wenn sie keinen um Rat fragen durfte? Sie erinnerte sich an Usphasonqos Worte, an seinen Spott. Vielleicht, weil es nur ein Widerhall ihrer eigenen Zweifel war, die ihr vor allem in Lima in der Kehle gebrannt hatten. Die Verlorenen Geschichten …

Aber haben sie je mit dir gesprochen?

Die Worte wollten wie nächtliche Ratten an Isabels Seele nagen. Doch sie glitten ab, und mit einem Mal hob Isabel den Kopf.

»Vielleicht«, sagte sie in die beginnende Dämmerung, »können uns die Geschichten führen.«

Chaski sah sie verwirrt von der Seite an. »Was meinst du?«

Isabel klappte das Buch wieder zu. Die Idee vibrierte in ihr mit der Schüchternheit eines jungen Schmetterlings, aber sie war da, und sie fühlte sich richtig an.

»Die Geschichten«, wiederholte Isabel. »Usphasonqo hat doch gesagt, dass diese Verlorene Stadt ein Zufluchtsort der Verlorenen Geschichten ist. Wer sollte uns also dorthin führen können, wenn nicht sie?«

Chaski räusperte sich und stand umständlich auf, schüttelte sich, sodass Reste von Erde und trockenem Gras aus seinem Pelz stoben, und sah Isabel dann noch immer etwas verwirrt in die Augen. »Du möchtest die Verlorenen Geschichten darum bitten, etwas zu tun?«

»Sie sind lebendige Wesen«, antwortete sie. »Warum sollte ich sie nicht wie solche behandeln? Und sie haben ein Interesse daran, uns zu helfen.«

Das Alpaka scharrte nachdenklich mit dem linken Hinterfuß. »Es ist eine Idee«, sagte Chaski gedehnt. »Versuch es.«

Isabel nickte. Behutsam ließ sie das Spiegelbuch in den Leinensack gleiten, dann sah sie sich um. Natürlich konnte sie die Geschichten nicht sehen, aber sie wusste, dass sie da waren, und gerade jetzt, da das klare Licht in ein milchig-goldenes Zwielicht überging, spürte sie ihre Anwesenheit deutlicher denn je. Sie waren da, auf eine schwer zu erklärende, nicht fassbare Weise. Wie angehaltene Atemzüge schwebten sie irgendwo um sie herum.

Kolibris, dachte Isabel mit einem kleinen Lächeln. Unsichtbare Kolibris, und doch bunt und schillernd.

Sie warf einen Blick in den Sack. Ob sie Q'enti brauchen würde? Bisher hatte sie den Kontakt zu den Geschichten immer über den Klang des Charangos hergestellt, hatte sie auf diese Weise aus ihren Ritzen und Schattenräumen gelockt. Aber ihr Herz sagte ihr, dass sie es diesmal anders versuchen musste.

Sie schloss die Augen und versuchte, sich auf die Gegenwart der Geschichten zu konzentrieren, sie so deutlich wie möglich wahrzunehmen. Sie konnte sie weder sehen noch hören, riechen oder schmecken, aber sie spürte die Präsenz über ihre Seele perlen. Und plötzlich war es Isabel, als fühle sie das leise Wispern, nicht als Klang, sondern wie das Kitzeln abendschwerer Sonnenstrahlen.

Sie waren da, und sie beobachteten Isabel.

Helft mir, Verlorene Geschichten, dachte sie. Nicht wie einen normalen Gedanken, sondern wie eine Botschaft: Sie versuchte, einen weiteren Kolibri hinaus ins Dämmerlicht zu schicken, goldglänzend wie ihre Augen, mit all der möglichen Überzeugungskraft in seinem Flügelschwirren.

Für einen Moment stand sie da und war ganz sicher, dass sie nichts bewirkt hatte, dass ihre Idee doch großer Unsinn gewesen war.

Dann verdichtete sich das Wispern.

Etwas huschte wie die Berührung von Federn über ihre Seele, und sie spürte, wie ihr vor Überraschung die Tränen in die Augen schossen. Die Welt verschwamm, als sie die Augen öffnete, aber das Wispern blieb.

Die Luft surrte lautlos.

Sie leuchtete.

Kleine Körper schienen Kontur anzunehmen.

Instinktiv fasste Isabel mit der Hand um den dunklen Stein des Andenkreuzes, und die Farben wurden klarer, leuchteten vor ihr auf wie die Erinnerungen an halbvergessene Träume.

»Ich sehe euch«, flüsterte sie, eigentlich kaum hörbar, sie bewegte nur die Lippen, sandte den Abdruck der Wörter in die Freiheit.

Sie umschwirrten sie, kreisten, flatterten. Das Gewirr der unhörbaren Stimmen war fast unerträglich, und ein Lächeln breitete sich in Isabel aus, lief wie eine Welle über ihr Gesicht, weil es in ihrem Inneren allein keinen Platz fand. Es war unglaublich. Niemals zuvor hatte sie das Gefühl gehabt, mit dem gesamten Körper zu lächeln.

»Chaski«, flüsterte sie, unsicher, ob er sie hören konnte, aber einen Moment später spürte sie ihn direkt neben sich stehen. Sie warf ihm nur einen Blick aus den Augenwinkeln zu, weil sie nicht wagte, den Kopf zu drehen, aus Angst, die Erscheinung der Geschichten könne verschwinden.

»Steig auf«, raunte Chaski.

Ihre schweißnassen Hände glitten beinah von seinem Hals ab, als sie sich auf Chaskis Rücken schwang. Die Geschichten folgten ihrer Bewegung, tanzten wie ein winziger Wirbelsturm, und dann, in eben jenem Augenblick, in dem die Sonne hinter den Berggipfeln verschwand, fingen sie an, vor Isabel und Chaski her zu schweben, in langen und verschlungenen Bewegungen, als folgten sie einem genau einstudierten Tanz.

Isabel klammerte sich an Chaski, als dieser sich in Bewegung setzte. Noch immer liefen ihr die Tränen übers Gesicht, aber sie empfand nicht einmal das Bedürfnis, sie abzuwischen.

»Sie führen uns, Chaski!«, flüsterte sie in eines der weichen Alpakaohren vor ihr. »Sie führen uns tatsächlich!«

Samten und vollkommen legte sich die Nacht über das Heilige Tal und mit ihr das Schweigen. Goldgelbe Lichtpunkte glommen dort auf, wo die Menschen in ihren Häusern saßen, gefeit gegen die Kälte des Hochlands.

Niemand sah die Erscheinung, die sich ihren Weg durch die Nacht bahnte, vorbei an den Häusern von Ollantaytambo und seinen Ruinen, gewaltigen Treppen aus grauem Stein. Niemand sah das überwältigt weinende Mädchen, das auf dem Rücken eines Alpakas ritt, dessen Fell im Mondschein wie pures Sonnenlicht zu glänzen schien, und erst recht nicht den Reigen der Verlorenen Geschichten, die gleich tanzendem Sternenstaub vor den beiden her glitten, wispernd, singend, vibrierend, einen vergessenen Pfad weisend, den die Schritte des Alpakas sicher unter Geröll und Gestrüpp fanden.

Isabel konnte später nicht mehr sagen, woran sie sich aus dieser Nacht noch erinnern konnte. Sie war sich sicher, dass sie gesehen hatte, wie die Lichter des Tals unter ihr immer kleiner wurden und sie den Sternen auf ihrem Weg näher kam, aber als Bild war das nicht in ihrer Erinnerung eingebrannt. Diese war nur vom glücklichen Wispern der Geschichten erfüllt, der Geschichten, die zurück nach Hause kehrten – ein Zuhause, das nicht in Widerspruch stand zu der Zuflucht, die sie auf den Seiten des Spiegelbuchs gefunden hatten, sondern eine Ergänzung dazu war.

Ein Ort, an dem sie ihren Familien begegnen würden.

Isabel kam erst zu sich, als sie eine Anhöhe erreichten und Chaski stehen blieb. Über ihnen hatte der Himmel bereits die Farbe von flüssigem Blei angenommen. Als ob Chaskis Stillstand Isabel aus einem Traum aufweckte, spürte sie mit einem Mal ihren ganzen schmerzenden Körper und die Erschöpfung einer Nacht, in der sie keinen Schlaf gefunden hatte.

Aber das war es nicht, was ihr den Atem verschlug.

Es war der Anblick vor ihren Augen.

Sie blickten hinab in ein Tal, eingerahmt von mächtigen Berggipfeln, und ihre Flanken waren von sattem Grün bedeckt, Wälder, auf denen der Nebel lag.

Und direkt vor ihnen lag ein Plateau, das sich an einen steilen hohen Felsen schmiegte und nach allen Seiten schroff abfiel. Langgestreckte Terrassenanlagen mussten sich einst wie Treppen über die Flanken des Hochplateaus verteilt haben, aber die meisten von ihnen waren schon lange von undurchdringlichem Grün überwuchert worden. Den größten Teil des Plateaus nahmen die Ruinen ein: schmucklose Hausmauern aus hellem Stein, ein dachloses Labyrinth auf hellem Grün. Jetzt kletterte die Sonne über die ersten Berggipfel, und das Licht fiel über die vergessene Zitadelle, tauchte sie in einen Schimmer aus Blau, der sie noch unwirklicher erscheinen ließ. Es war ein Ort, den seit langer Zeit niemand mehr betreten hatte außer den Lamas, die im Schatten der steinernen Terrassenmauern grasten. Es war ein Ort, an den nicht einmal das Rauschen des Río Urubamba drang, der sich weit unten wie eine silberne Schlange durch ein Tal aus tiefem Grün wand. Es war der Ort, an dem die Verlorenen Geschichten ihre letzte Zuflucht gefunden hatten, an dem sie zwischen den alten Mauern wogten und tanzten und Erinnerungen wie Staubkörner im Sonnenlicht tanzen ließen.

Dies war der Ort, an den Isabel und Chaski letztendlich hatten gelangen müssen. Die Verlorenen Geschichten, die sie hergeführt hatten, huschten um Isabel herum wie ein Hauch aus sonniger Morgenluft – und sie lachten, wie nur Geschichten lachen können, kristallklar und doch lautlos.

Sie hatten die Verlorene Stadt gefunden.

Peru

im 21. Jahrhundert

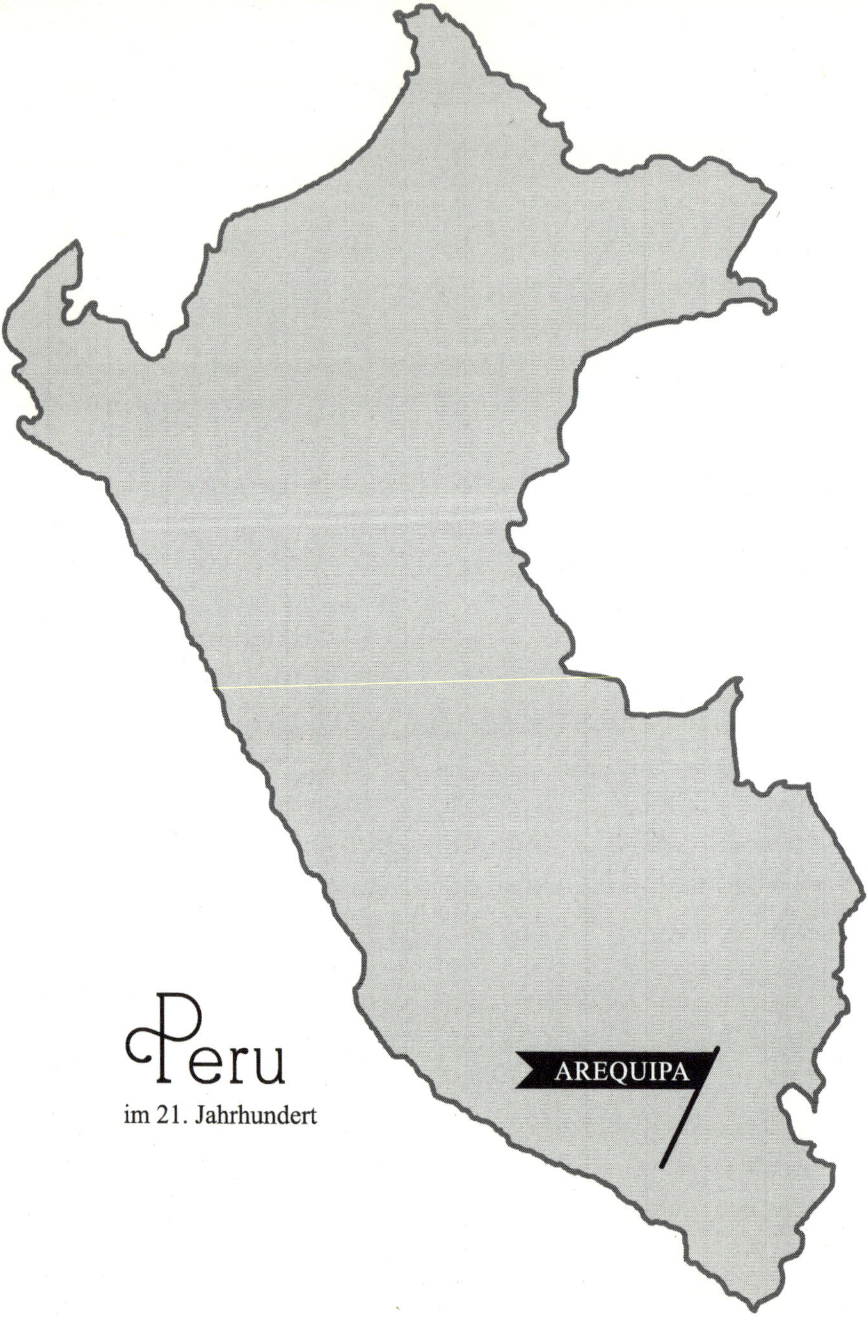

28.

Arequipa

Manchmal träumte sie von dem Regen. Regen, der auf das Blechdach von Fidels Haus trommelte, hart und monoton. Tropfen von eisiger Kälte.

Im Nachhinein kam es ihr vor, als hätte jener Regen ihr einen Trauermarsch gespielt. Es war zum Klang des unbarmherzigen Prasselns, zu dem sie – gehüllt in eine grobe Alpakadecke und mit einer Tasse schon erkalteten Coca-Tees vor sich – ihre allerletzte Geschichte geschrieben hatte. Sie wusste, dass sich vor dem Haus die Straßen von K'itakachun in Sturzbäche aus Lehm verwandelt hatten, dass im Nebenzimmer Fidel schlief, dass irgendwo auf den nackten Flanken dieser Berge seine Eltern in ihrer estancia *saßen, einem kleinen Gehöft auf den Hochweiden, wo sie die Alpakas hüteten, wo Kälte und Regen noch unbarmherziger sein mussten.*

Sie wusste auch, dass der Morgen kommen würde, mit strahlend blauem Himmel und einer kraftvollen Sonne, dass nur die schlammigen Wege im Dorf noch an den Regen dieser Nacht erinnern würden.

Sie wusste, dass sie einen Spaziergang machen würde.

Sie schrieb und schrieb, ließ ihre Augen prüfend über das Geschriebene gleiten. Es war eine gute Geschichte, die da vor ihr lag.

Malinka gab sich dem gleichmäßigen Trommeln des Regens hin.

Der apu *würde den Wert ihrer Gabe erkennen, wenn es ihn denn gab.*

Sie verabschiedeten sich von Felipe, der sie beide gerührt in die Arme schloss und Malinka auf einem kleinen Zettel seine neue Adresse notierte.

Danach gingen sie die Stufen hinunter, bis sie an einer Straßenecke ein Taxi nehmen konnten, und fuhren zum *Terminal Terrestre,* dem Busbahnhof von Cusco, an dem Matteo einen weiteren Kulturschock erlebte, während Malinka ein breites Grinsen im Gesicht hatte.

Das *Terminal* in Cusco beherbergte die Schalter sämtlicher Busgesellschaften, die von und nach Cusco verkehrten. Schreiend bunte Schilder wiesen auf wohlklingende Firmennamen hin, unscharfe Fotos im Hintergrund zeigten die angeblich luxuriösen Fahrzeuge der einzelnen Unternehmen. Daneben boten vollgestopfte Lädchen alles feil, was man kurz vor der Abfahrt eines Busses möglicherweise noch erwerben wollte: quietschbunte Limonade, trauriges Obst und debil grinsende Plastikpuppen. Auf Reihen von Plastikschalensitzen zwängten sich die Wartenden, blasse Touristen ebenso wie Hochlandfrauen, gehüllt in karierte Wolldecken und mit den unvermeidlichen, ebenfalls karierten Plastiktaschen vor sich; stoisch harrten sie der Dinge, die da kommen würden.

Aber es war nicht die Optik, die Matteo ins Taumeln brachte, sondern der Geräuschpegel, der nahe an den Markt in Cajamarca heranreichte. Über jeden Schaltertresen beugte sich mindestens ein Mitarbeiter in die Halle hinein und pries aus Leibeskräften die Zielorte seiner Busgesellschaft an.

»Lima, Lima, Lima, Lima!«

»Puno! Juliaca! Puno! Juliaca!«

»Arequipa, Arequipa! Gleich fährt der Bus los! Arequipa, Arequipa!«

»Die sind doch alle bekloppt«, murmelte Matteo und hielt sich mit der Hand am Eingangsgeländer fest. »Und womit fahren wir jetzt?«

Malinka zuckte mit den Schultern. »Am besten nehmen wir eine etwas bessere Gesellschaft, *bus cama* oder so. Wir können uns jetzt ruhig was Gemütliches gönnen.«

Matteo verließ sich auf ihre Erfahrungswerte, und nach zähen Verhandlungen mit einem übermotivierten Ticketverkäufer hielten sie schließlich zwei Fahrkarten in einem sogenannten *servicio imperial* in den Händen, der in zwanzig Minuten losfahren sollte.

Der Bus – doppelstöckig, mit funktionierender Toilette und einer lächelnden Busbegleiterin – erwies sich tatsächlich als überdurchschnittlich bequem, und sie kuschelten sich in ihre Sitze mit verstellbarer Rückenlehne und beobachteten den Einbruch der Dämmerung draußen.

»Wie lange fahren wir?«, fragte Matteo.

»Acht Stunden, wenn nichts dazwischenkommt.«

»Du meinst, wenn Usphasonqo uns nicht von der Fahrbahn schubst?«

»Hör auf, besonders witzig ist das nicht.«

»Es war auch nicht so gemeint.«

Malinka seufzte und machte es sich so bequem wie möglich. Die Busbegleiterin hatte dünne, aber weiche Decken ausgeteilt, in die man sich notdürftig einwickeln und so der ebenfalls tadellos funktionierenden Klimaanlage trotzen konnte.

Der Bus setzte sich in Bewegung. Malinka würde in die Stadt zurückkehren, in der sie eines der glücklichsten und zugleich traurigsten Jahre ihres bisherigen Lebens verbracht hatte, an einen Ort, der ein zweites Zuhause für sie geworden war. Wie würde es sein, wieder durch Arequipas Straßen zu gehen? Zugleich wurde ihr klar, dass sie sich dem Ende ihrer Reise näherten, und dass sie keine Ahnung hatte, ob sie Mismis Aufgabe zu seiner vollen Zufriedenheit gelöst hatte.

Das gleichmäßige Schaukeln des Busses wiegte Malinka schließlich in den Schlaf.

***

Als sie das nächste Mal die Augen öffnete, bog der Bus gerade ins *Terminal Terrestre* von Arequipa ein. Schlaftrunken schälte Malinka sich aus ihrer Decke.

Noch war die Stadt in fahles Morgenlicht getaucht, das sie wie eine verblasste Schwarzweißfotografie erscheinen ließ. Aber die bunten Häuser, die sich an die nackten Felsen jenseits des *Terminals* klammerten, leuchteten bereits jetzt, und auf dem Vulkankegel des Mistis glänzte tatsächlich der reinweiße Schnee, der den Berg sonst meist nur noch auf alten Postkarten bedeckte.

Matteo sah nicht so aus, als ob er gut geschlafen hätte. Malinka betrachtete ihn besorgt, während sie aus dem Bus kletterten, und griff nach seinem Arm, als er taumelte.

»Verdammt«, murmelte Matteo und schaute sie müde an. »Das wird überhaupt nicht mehr besser.«

Die Unsicherheit in seiner Stimme war neu.

Malinka drückte beruhigend seinen Arm. »Das wird schon. Wir suchen jetzt ein Quartier, und dann legst du dich erstmal hin, würde ich sagen.«

Matteo nickte. Er hatte Ringe unter den Augen, und sie hatte das Gefühl, dass er im Vergleich zum Vorabend um Jahre gealtert wirkte, was ihr Angst machte.

Sie erinnerte sich an die kleine Pension, in der sie damals übergangsweise gewohnt hatte, und wies den eilfertigen Taxifahrer an, sie dorthin zu bringen. Matteo sagte während der gesamten Fahrt nichts, lehnte sich aber wortlos an ihre Schulter.

Noch vor ein paar Tagen, dachte Malinka, *hätte er sich auf jeden Fall in die andere Richtung gelehnt, selbst wenn es bedeutet hätte, dass sein Kopf im Halbschlaf gegen das Autofenster schlägt.*

Die Pension war genauso schlicht und gemütlich, wie Malinka sie in Erinnerung hatte: kleine Zimmer in einem Kolonialhaus, die sich um einen schattigen Innenhof gruppierten. Sie nahmen ein Doppelzimmer mit getrennten Betten, und Malinka lud Matteo auf einem davon ab.

»Gehst du zu der Brücke?«, murmelte er, ohne die Augen aufzumachen.

»Ich denke schon. Soll ich dir erst mal einen Tee holen? Oder was zu essen? Du siehst gar nicht gut aus.«

Jetzt blinzelte er doch. »Seh ich aus, wie ich mich fühle? Großartig.«

Sie lächelte schief.

Matteo räusperte sich. »Kannst du noch kurz bleiben?«, fragte er schwach und rutschte auf eher symbolische Weise zur Seite.

Malinka ließ sich auf der Bettkante nieder. Matteo suchte ihren Blick. »Langsam hab ich wirklich Angst«, sagte er.

Sie spürte, wie ihre Hände sich miteinander verschränkten. Es war nur logisch, er brauchte etwas, woran er sich festhalten konnte.

Behutsam drückte sie seine Finger. »Das musst du nicht«, sagte sie. »Wir kriegen das hin. Wir sind doch schon fast da.« Mit gespielter Gekränktheit setzte sie hinzu: »Oder traust du mir nicht zu, die Herausforderung des Mismi zu bestehen?«

Matteo lächelte matt. »Mittlerweile schon. Aber trotzdem.«

Sie spürte, wie sich seine Finger verkrampften, und dann setzte er ungewohnt scheu hinzu: »Das ist wahrscheinlich albern, aber weißt du was? Seit du von Fidel erzählt hast …« Er brach ab, schluckte schwer und fuhr noch etwas leiser fort: »Wenn Mismi dir anbietet, dass du Fidels Herz bekommen kannst … Also, ich meine, anstatt meinen Fluch …«

»*Hör auf*«, unterbrach Malinka ihn scharf. »Das ist Blödsinn!«

Er zuckte müde mit den Schultern.

»Das würde ich nicht tun«, sagte sie. »Hey, hör auf, dir solchen Unsinn auszudenken. Wir sind hier, damit du deinen Fluch loswirst.«

»Und du die Geschichten wiederbekommst.«

»Richtig. Und die will ich auch wiederhaben. Aber nicht Fidel.«

»Du warst doch in ihn verliebt.«

»Betonung auf *war*. Außerdem hat er nichts hiermit zu tun. Wenn er ein *mallku* werden will, dann ist das seine Entscheidung. Ich kann ihm da nicht helfen.« Sie tätschelte sacht Matteos Unterarm. »Ich helfe *dir*. Das war so ausgemacht, daran ändert sich nichts. Es gibt überhaupt keinen Grund, warum du Angst haben müsstest. Bis jetzt haben wir alles geschafft, und wenn ich jetzt noch Garcilaso finde …«

»Ich bin es nicht gewohnt, von anderen abhängig zu sein. Das fühlt sich echt unschön an.«

»Ich weiß«, sagte sie sanft. »Aber das wird auch wieder anders. Komm, in ein paar Tagen ist das hier vorbei.« Sie machte eine Pause. »Dann fliegst du nach Hause und redest mit Helena.«

Matteo starrte an die Decke. »Ich weiß nicht, ob das noch etwas bringt«, sagte er mit rauer Stimme.

»Was meinst du?«

Seine Kiefermuskeln spannten sich an. »Dass sie vielleicht recht damit hatte, dass es schon viel zu lange nur noch um mich ging.« Er machte eine Pause, sein Blick flackerte zu Malinka und zurück zur Zimmerdecke. »Und du hattest auch recht.«

Sie schwieg, weil sie nicht genau wusste, was sie dazu hätte sagen sollen.

»Ich hab mich darauf verlassen«, murmelte Matteo nach einer Weile. »Dass sie immer da ist, mich immer versteht und unterstützt. Es war selbstverständlich am Ende. Und sogar jetzt …« Ein tiefes Durchatmen. »Ich hab erwartet, dass sie mir schreibt, aber ich habe ihr auch nicht geschrieben.«

»Du kannst das immer noch tun, weißt du? Mal fragen, wie's ihr so geht.«

»Vielleicht ist es einfach vorbei und ich sollte das akzeptieren.«

Malinka seufzte. »Ich bin keine Expertin, was solche Sachen betrifft, aber wie wäre es, wenn du's einfach probierst? Ich meine … Wenn sie immer da war, bist vielleicht echt mal du an der Reihe.«

Natürlich sagte er nichts dazu.

Sie löste behutsam ihre Hand aus seiner. »Vermutlich ist Schlafen erst mal ein guter Plan. Ich gehe auf die Brücke, und du ruhst dich aus. In Ordnung?«

Matteo nickte wortlos. Dann setzte er sich mühsam auf, ohne sie aus den Augen zu lassen, schlang die Arme um Malinka und zog sie behutsam, aber entschieden an sich. Sie wäre fast vornübergekippt, fing sich aber und richtete sich auf, sodass sie ihn mit sich hochzog. Mit einem Seufzer erwiderte sie die Umarmung und drückte ihn an sich. Das hier fühlte sich richtig an. Sie spürte, wie er seine Stirn an ihre Schulter drückte, als ob er bei ihr Schutz suchte.

Schließlich ließen sie sich wieder los.

»Pass auf dich auf«, murmelte Matteo.

Sie lächelte. »Das ist Arequipa. Hier passiert mir nichts.«

»Wenn du das sagst.« Er ließ sich zurück auf das Bett sinken, schloss die Augen, und sie stand auf, nahm ihre Umhängetasche an sich und ging aus dem Zimmer.

***

Arequipa war genau so, wie Malinka es in Erinnerung gehabt hatte, und all die Zeit, die sie auf der anderen Seite des Ozeans und in ihrem alten, vertrauten Leben zugebracht hatte, schien auf einmal nie stattgefunden zu haben. Es war, als bestünde kein zeitlicher Bruch zwischen dem letzten Mal, an dem sie in der Frische des heraufdämmernden Morgens durch die noch müden Straßen der Innenstadt spaziert war. Noch fehlten die schier endlosen Kolonnen aus gelben Taxis und bunten *combis,* die sich durch die viel zu engen Gassen zwängten, bis man der Plaza nahe genug war: Im Umkreis von einigen Blöcken durfte sich kein *combi* über die gepflasterten Straßen des Stadtkerns bewegen.

Malinka schritt an der langen, abweisenden Mauer von Santa Catalina entlang, der gewaltigen Klosteranlage, an deren Eingang die Touristen Schlange standen.

Nur wenige Schritte später malte sich das Lächeln wie von selbst auf Malinkas Gesicht, und eine Welle von Glück spülte alle Verwirrung weg, die sie seit dem Verlassen der Pension in sich getragen hatte.

Da war sie, die Plaza de Armas, das Herzstück Arequipas, an drei Seiten eingerahmt von weißen Arkadengängen. An der Stirnseite erstreckte sich die Kathedrale, ein Meisterwerk ganz aus *sillar,* deren schlanke Türme stolz in den Morgenhimmel ragten. In der Mitte der Plaza befand sich nach wie vor der Springbrunnen mit dem Tuturutu, der kleinen Figur eines Trompeters. Kleine Grünflächen machten den Platz unter den sich sanft im Wind wiegenden Jacaranda-Bäumen zu einem Ort, an dem man sich gerne aufhielt. Eine graue Wolke von Tauben spazierte gurrend über die Plaza. Malinka drehte sich einmal im Kreis und lächelte. Es war wie Nachhausekommen. Die weißen Tuffsteinwände leuchteten im Sonnenschein, und alles hier gab ihr Mut und Zuversicht. Beschwingt marschierte sie über die Plaza, ignorierte die Kellner, die mit Speisekarten winkend vor den Touristenlokalen in den Arkadengängen standen, dann bog sie nach rechts in die Straße ein, die hinab zum Fluss und zum Puente Bolognesi führte. Es war eine leicht abschüssige Straße, mit den charakteristischen viel zu schmalen Bürgersteigen. Hier saßen die Sattler und Gitarrenbauer, warum auch immer diese beiden Zünfte sich in einer Straße zusammenfinden mochten.

Schließlich erreichte Malinka die Brücke.

Langsam ging sie in die Mitte und lehnte sich an die steinerne Brüstung. Der Río Chili führte nur wenig Wasser, und es war braun und trübe, aber dennoch tat es Malinka gut, in den dahinwirbelnden Fluss zu blicken. Plötzlich kamen ihr Zweifel, ob sie Garcilaso hier wirklich treffen würde. In ihren Träumen war es immer Abend gewesen, niemals mitten am Tag.

»Ich grüße dich, Malinka. Es ist schön, dass du wieder hier bist.«

Sie schrak leicht zusammen und blickte auf.

Garcilaso lehnte direkt neben ihr und lächelte sie an. Er trug seinen langen schwarzen Mantel und den vertrauten weißen Schal.

»Ich freue mich auch«, sagte sie unsicher und beschloss, dass dies der Moment war, um die Frage zu stellen, die sie schon die längste Zeit bewegte. »Wer bist du?«

»Ich glaube, dass du es ahnst«, antwortete Garcilaso. »Da Usphasonqo sich zu erkennen gegeben hat, werde ich es nun auch tun. Ich bin der *mallku* Sabancayas. Yanaphuru ist mein Name in der Welt der *apus,* Garcilaso nenne ich mich hier.«

Sie lächelte. »Wie Garcilaso de la Vega?«

Er nickte. »Es schien mir ein guter Name.«

»Was fehlt jetzt noch?«, fragte sie. »Ich bin verwirrt … Ich weiß nicht, was wir noch tun müssen.« Malinka unterbrach sich. »Was *ich* noch tun muss.«

»Denk darüber nach. Was ist euch auf all euren Stationen immer wieder begegnet?«

Sie runzelte die Stirn. »Isabel und Yawar. Diese Geschichte …«

»Es sind Bruchstücke.« Garcilaso nickte. »Wenn jemand sie zusammenfügen kann, dann du.«

»Wird die Geschichte mir vertrauen?«

»Das liegt bei dir, Malinkachay.«

»Und dann … müssen wir zu Mismi?«

Wieder nickte Garcilaso. »Darauf wird es hinauslaufen, ja. Was dann geschieht … es liegt bei euch. Mismi wird nicht glücklich sein. Zum zweiten Mal sieht er das Spiegelbuch in den Händen einer Fremden, der er es nicht anvertrauen will, und zum zweiten Mal hat diese Fremde ihn fast schon besiegt. Und da ist Usphasonqo. Noch hält er sich an die Regeln, aber sei vorsichtig.«

»Kannst du uns helfen?«, fragte Malinka.

Garcilaso zögerte. »Ich habe euch bereits geholfen«, sagte er. »In Lima habe ich eingegriffen, als Matteo nach dir suchen musste.«

»*Yanaphuru*«, sagte sie. »Mit der schwarzen Feder.«

»Auf der Straße nach Huancayo sandte ich euch meine Tochter, damit sie euren Weg begleitet. Ich werde dir noch einmal helfen können, Malinkachay, wenn du mich zu Hilfe rufst, aber du musst dir gut überlegen, in welchem Moment du das tust.«

Sie nickte langsam. »Und Flor … Munay T'ika … Sie ist deine Tochter?«

»Sie ist meine und Yanakachis Tochter. Ein Kondorkind.«

»Yanakachi?«

Er lächelte. »Yawars Mutter, Malinkachay.«

Sie hob fragend die Augenbrauen.

»Was du wissen musst, wird von selbst zu dir kommen«, sagte Garcilaso beruhigend und legte ihr eine Hand auf die Schulter. »Du musst Vertrauen in dich selbst haben. Manche Dinge, Malinkachay, kannst du nur alleine bewerkstelligen, und keine Macht eines *apus* wird dir dabei helfen.«

»Zum Beispiel?«, fragte sie, aber Garcilaso lächelte nur.

»Ich werde jetzt zu meiner Herrin zurückkehren. Sei unbesorgt. Ich bin mir sicher, dass ihr Erfolg haben könnt.«

Er nickte ihr zu, dann kletterte er auf die Brüstung, breitete die Arme aus und schwang sich mit einem einzigen Satz hinauf in das Blau von Arequipas Himmel. Malinka blickte ihm mit offenem Mund nach. In dem Moment, in dem Garcilaso sich abstieß, veränderte er sich; sein Mantel wurde schwarzes Gefieder, der seidene Schal zur Halskrause, und es war ein Kondor, der sich mit kräftigen Flügelschlägen in die Lüfte schwang.

Natürlich, dachte Malinka, *deshalb war beides auf dem Bild in Lima zu sehen ...*

Sie hatte das Gefühl, dass sie schon längst hätte begreifen müssen, mit wem sie es zu tun hatten. Unwillkürlich hob sie die Hand und winkte dem Kondor nach, dann machte sie sich zurück auf den Weg in die Pension.

Sie musste schreiben.

***

Sie ging nicht zurück in das Zimmer, sondern setzte sich auf die sonnige Dachterrasse, holte das Spiegelbuch aus ihrer Umhängetasche, dazu die schwarze Feder und das Fläschchen mit der roten Tinte. In das Spiegelbuch schreiben ... Es kam ihr nach wie vor vermessen vor. Doch es ging nicht um sie. Es ging um die Geschichte, verloren und verschwiegen, die eine Zuflucht finden musste.

Malinka atmete tief durch. In Iquitos hatte sie zuletzt versucht zu schreiben, doch seitdem hatte sie nicht das Gefühl gehabt, den Geschichten viel näher gekommen zu sein.

Bis zu dem Erlebnis in Paukarllaqta. Bei dem Gedanken lief es ihr noch immer kalt den Rücken hinunter.

Sie schloss die Augen und dachte an Flors Worte.

Die Geschichte streift durch das Land, aber ihr seid ihr auf den Fersen.

Vermutlich war es eher umgekehrt. Was *wusste* Malinka tatsächlich über diese alte Geschichte, über Yawar und Isabel? Was war ihnen begegnet? In welchem Moment hatte diese streifende Geschichte ihr Gesicht aufblitzen lassen, was hatte sie von sich preisgegeben?

Malinka konzentrierte sich.

Sie verstand, dass die Geschichte da sein musste. Dass sie Malinka beobachtete. Und dass es hier und jetzt nur an ihr selbst lag, ob die Geschichte sich ihr nähern würde.

Es war nicht Mismi, der ihr ihre Gabe zurückgeben musste. Das begriff sie, sobald sie die Linien des ersten Buchstabens auf eine leere Seite des Spiegelbuchs zog.

Er hatte ihr das Geschichtenerzählen genommen, weil sie es ihm gegeben hatte, und seitdem streifte es ebenso ziellos durch das Land wie die Vicuñas, die einen Teil von Matteos Seele und Fidels Herz in sich trugen.

Nur dass es, wie Malinka in diesem Augenblick klar wurde, in ihrem Fall keine Vicuñas waren, keine Vicuñas sein konnten.

Sie holte tief Luft, konzentrierte sich, versuchte, die Geschichte wahrzunehmen, die in der Hitze der Mittagssonne auf sie lauerte, auf sie lauern musste.

Dann begann sie zu schreiben.

Am Anfang war das Licht, das mit der Kraft eines fauchenden Pumas in ihren Schlaf sprang ...

Es war wie ein Rausch.

Sie spürte die Worte zu sich kommen, bunte Perlen, die sich zu einem Mosaik fügten. Die Hand mit der Feder glitt über die Seiten, die Tinte floss, ohne zu klecksen, die Geschichte umkreiste Malinka, neckte sie, spielte mit ihr; sie ließ sich anschauen, bewundern, kraulen, und Malinka spürte, wie die einzelnen Teile sich zusammenfügten, wie ein Bild vor ihr entstand. Sie spürte ihr eigenes Lächeln, während sie schrieb, sie nahm aus den Augenwinkeln wahr, dass die Schatten wanderten und die Zeit verrann, dass die Sonne sie verbrannte und ihre Kehle trocken war. Aber nichts in der Welt hätte sie jetzt noch zum Aufhören bewegt.

Sie schrieb von Yanakachi und Yawar, von dem verletzten Kondor im Regen und von der Ankunft des alten Spiegelbuchs. Sie schrieb von Mismis Fluch und der Hilfe Sabancayas, und sie folgte Yawars Weg nach Arequipa und erlebte sein Heranwachsen an der Seite von Isabel. Sie schrieb und schrieb, und der dumpf pochende Schmerz in ihrem Handgelenk war der gleiche, den Isabel mehr als zweihundert Jahre zuvor empfunden haben musste, auf einer anderen Dachterrasse Arequipas oder vielleicht sogar auf dieser hier, wer konnte das wissen. Sie spürte die Tränen kaum, die ihr über die Wangen liefen. Die Sonne trocknete sie ohnehin schneller, als Malinka sie hätte wegwischen können.

Seite um Seite füllte sich. Ihr ging auf, dass die Tinte aus der Feder immerfort weiterfloss, dass sie das Tintenfass nicht mehr angerührt hatte, seit sie zu schreiben begonnen hatte, und dass die Geschichte nun wie eine schnurrende Katze auf ihrem Schoß zusammengerollt lag, vertrauensvoll und glücklich. Malinka schrieb. Sie ging mit Isabel und Chaski auf die Reise durch Peru, eine Reise, die sie mit Matteo in groben Zügen selbst gemacht hatte. Das leise Geräusch vorbeifahrender Autos und trötender Hupen verschwamm in der Ferne, und stattdessen schien der zitternde Klang von Charango-Saiten in der Luft zu schweben.

Wort um Wort, Satz um Satz.

Als Malinka die Feder absetzte, gewannen die Tränen endgültig die Oberhand, und sie spürte, wie das Schluchzen ihren Körper schüttelte. Noch nie war sie so erschöpft und zugleich so glücklich gewesen. Ihr T-Shirt klebte ihr schweißnass am Körper. Ihr Handgelenk fühlte sich dick und heiß an.

Nichts davon spielte eine Rolle.

Sie sah auf und blickte auf den Misti, Arequipas Hausvulkan, der jetzt von der Abendsonne in ein unwirklich kupfernes Licht getaucht war, ein

Schimmer, der auch über den *sillar*-Dächern der Stadt lag und sie ganz auszufüllen schien.

Und dann, plötzlich, eine tausendfarbig schillernde Wolke, die sich auf sie niedersenkte. Unzählige Facetten leuchteten in allen Farben. Schlagartig erkannte sie, woraus die Wolke bestand.

»Kolibris«, hauchte sie fasziniert. »*Q'entikuna,* tausende kleiner Geister …«

Die Vögel waren jetzt ganz nah, umschwirrten sie. Das feine Sirren ihrer Flügel verschluckte alle anderen Geräusche um sie herum. Malinka hob instinktiv die Arme, um sich vor den langen spitzen Schnäbeln zu schützen, aber nichts passierte; nur flüchtige Flügelspitzen streiften sie ab und zu. Um sie herum tanzten schillernde Farben und das blanke Schwarz winziger Knopfaugen.

Langsam ließ sie die Arme sinken.

Einer davon, formte sich die Gewissheit in ihrem Kopf, *ist meiner.*

Malinka drehte sich, blickte in den Farbenreigen, spürte Schwindel.

»*Kutimuy, q'entichay qelqarinaypaq*«, flüsterte sie und spürte kaum, dass sie die Worte auf Quechua wählte. »Komm zurück, mein kleiner Kolibri des Schreibens. Komm zurück, ich hab auf dich gewartet …«

Sie streckte den rechten Arm aus, schloss die Augen.

»*Kutimuy* …«

Als sie die Augen wieder öffnete, sah sie ihn: ein kleiner, tiefblauer Körper, wie der Nachthimmel mit mattgoldenem Schimmer, bewegte sich vor ihr auf und nieder. Die blanken Vogelaugen musterten sie aufmerksam. Unwillkürlich hielt sie den Atem an. Die Silhouetten der anderen Kolibris verschwammen vor ihren Augen; da war nur noch dieser eine, vor ihr in der Luft verharrend, flügelsirrend, der sie nicht aus den Augen ließ.

Dann kam Bewegung in seinen Flug, er schwirrte auf Malinka zu, in einer Spirale um ihren ausgestreckten Arm und um ihren Kopf herum. Seine Flügelspitzen streiften ihre Schläfen und ihren Hals, kitzelten. Ein befreiendes Lachen stieg in ihr auf, und ein Gefühl des Glücks explodierte in ihr wie ein Feuerwerkskörper. Sie spürte das feine Kratzen der winzigen Krallen, als der Kolibri sich auf ihrem Handrücken niederließ, und im nächsten Moment hüllte der Farbenwirbel sie ganz ein, vollkommen und wunderbar.

Als sie die Augen öffnete, war sie allein auf der Dachterrasse. Das Spiegelbuch lag zu ihren Füßen, die Tränen liefen ihr noch immer übers Gesicht, und gleichzeitig musste sie lachen.

Das kupferne Licht war verschwunden, die Nacht hatte begonnen, sich auf Arequipa herabzusenken.

Malinka hob das Buch auf und wischte sich flüchtig mit einem Arm übers Gesicht. Sie fühlte sich auf wundersame Weise vollständig.

Auf der Treppe nach unten stolperte sie beinahe, und erst jetzt bemerkte sie, wie weich ihre Knie waren, dass ihr Magen knurrte und ihr ganzer Körper sich anfühlte, als hätte sie die Reise durch Peru an diesem Tag nicht nur gedanklich unternommen.

Matteo saß auf dem Bett und schrak zusammen, als sie hereinkam. »Verdammt, wo warst du? Ich hab schon gedacht …« Er unterbrach sich, starrte sie an und stand auf. »Was ist passiert? Bist du in Ordnung?«

Malinka wurde klar, dass sie – tränenüberströmt, sonnenverbrannt und vollkommen erschöpft – wohl nicht so aussah, als ob sie wirklich gute Nachrichten brachte.

Sie hielt das Buch in die Höhe. »Die Geschichten«, brachte sie hervor. »Ich hab sie wieder.«

Peru
um ca. 1770
K'ITAKACHUN

29.

Tinkuy

Zusammentreffen

Auf dem Rest ihres Weges sollte Isabel die Verlorene Stadt im Herzen tragen. Vielleicht würde niemals jemand den Weg dorthin finden, den nicht eine frei streifende Geschichte über die uralten Pfade führte. Langsam schritt Isabel durch die Ruinen, während die Sonne über ihnen aufging und ein bläulicher Schleier aus Licht über den Steinen lag. Isabel trug das Spiegelbuch geöffnet in beiden Händen. Etwas geschah, etwas Grundlegendes, und sie konnte spüren, wie die Geschichten aus den Winkeln der alten Zitadelle zu ihr kamen, ohne den Umweg über Feder und Tinte zu nehmen.

Sie spürte Blicke auf sich und wusste, dass es die *apus* des Ortes waren, an dem sie sich befand. Vielleicht würden sie Mismi berichten. Vielleicht hatte Isabel den großen Herrn des Südens nun gnädiger gestimmt.

Als sie zu Chaski zurückkehrte, spürte sie nur noch bleierne Müdigkeit. Sie schlief mehrere Stunden auf dem weichen Gras einer alten Terrasse und erwachte ausgeruht, hungrig und mit einer großen Gewissheit. Die Wege, die jetzt noch vor ihnen lagen, würden um ein Vielfaches einfacher sein. Die Verlorenen Geschichten hatten sie akzeptiert, und wohin auch immer sie kam, sie würde erkannt werden.

***

Der letzte Teil ihrer Reise führte sie zurück über das Heilige Tal und durch die Straßen von Cusco, der alten Hauptstadt der Inka, ein Meer aus rotbraunen Dächern in einem weitläufigen Talkessel. Kirchen aus braunem Stein waren auf den Fundamenten alter Tempel emporgewachsen, weißgekalkte Mauern spanischer Art schmiegten sich auf die riesigen Quader, aus denen einst die Inka Bauten errichtet hatten, die jedem Erdbeben trotzten. Damals war Cusco der Nabel der Welt gewesen, und Chaski zeigte Isabel, an welchem Ort die Linien zusammenkamen, die nach Vorstellung der früheren Einwohner das Reich der vier Gegenden, Tawantinsuyu, geteilt und verbunden hatten. Das Quechua flirrte wie Sonnenlicht in den Straßen von Cusco, als sei es noch eine Verlorene Geschichte mehr.

Aus Cusco traten Isabel und Chaski den Weg in die Höhe an, hinauf in das karge Hochland der Puna, der endlosen, von gelbem *ichhu*-Gras bedeckten Hochebene, dem Himmel so nah, dass seine Kälte furchtbar zu spüren war. Die Puna war ein Land des Windes. Nur wenige Dörfchen und Gehöfte säumten Isabels Weg, wohl aber große Herden von Lamas und Alpakas, die ihr und Chaski beim Vorbeiziehen neugierig nachsahen.

Dann standen sie am Rand des Titicacasees, und sein Blau war tief und vollkommen. Für Stunden saß Isabel am Ufer des Sees und blickte hinaus in das leuchtende Blau, nahm mit zusammengekniffenen Augen die unwirklichen Silhouetten schneebedeckter Gipfel wahr, die sich weit jenseits der riesigen Wasserfläche erstreckten. Die Wellen gluckst en und trugen Isabel neue Geschichten zu. Auch der See hatte von ihr gehört.

Chaski trug sie voran Richtung Südwesten, und es war ein seltsames Gefühl zu wissen, dass sie sich wieder Arequipa näherten, ein gewaltiger Kreis, kurz davor, sich zu schließen. Dabei wusste etwas in Isabel mit Bestimmtheit, dass sie die Weiße Stadt nicht mehr betreten würde.

Von der Puna stiegen sie hinab in das Tal, das der Río Colca durchfloss, rauer Boden zwischen nacktem Fels, eine Schönheit von grimmiger Wildheit, die Isabel ins Herz schnitt.

Auf dem letzten Stück stieg sie ab und ging zu Fuß, einige Schritte vor Chaski, der ihr so langsam wie möglich folgte. Sie hielt sich gerade, das Kinn entschlossen gereckt. Sie war die neue Yuyaq, und sie wusste bei jedem Schritt, dass Mismis Blick bereits auf ihr ruhte.

Aber sie dachte nicht an den *apu,* während sie ihren Blick über die karge Landschaft und die schlammbraunen Wasser des Río Colca gleiten ließ.

Dies war die Erde, auf der Yawar groß geworden war, dies waren die Ufer, an denen er gespielt hatte, unbesorgt wie auf einer Insel zwischen Vergangenheit und Zukunft. Wenn Isabel die Augen zusammenkniff, war es, als könne sie seine Silhouette unten am Fluss entdecken: ein kleiner Junge, der von Stein zu Stein hüpfte.

Ihr Herz krampfte sich zusammen, und gleichzeitig fühlte sie sich seltsam ruhig und zufrieden.

Der Pfad führte schließlich leicht bergan, weg vom Fluss, und Chaski blieb stehen.

»Wir sind da«, sagte er leise.

Seine Bemerkung wäre nicht nötig gewesen. Isabel zog ihren Poncho enger um sich. Auch wenn sie von der Puna nach unten gestiegen waren, sie befanden sich noch immer in großer Höhe, und entsprechend rau und kalt war die Luft.

Isabel ließ den Blick über das Bergmassiv gleiten, zu dessen Füßen sie stand. Mismis Körper spannte sich über das Tal wie ein großes, schlafendes Tier unter einer Decke aus Schnee, weißer als alles, was sie bisher gesehen hatte.

»*Apu* Mismi«, sagte sie mit klarer Stimme. Aus ihrem Sack holte sie das Spiegelbuch und bot es dem unsichtbaren Gegenüber dar. Ihre Hände zitterten nicht. »Hier bin ich. Ich bringe das Spiegelbuch und alle Geschichten, die ihre Heimat verloren hatten.« Nach einer kurzen Pause fügte sie hinzu: »Der Fluch kann gelöst werden.«

Einen Augenblick lang geschah nichts, dann spürte sie ein Grollen – mehr, als dass sie es hörte –, das tief aus der Erde zu kommen schien. Für einen Moment geriet Isabel ins Taumeln.

Mit einem Mal schwebte Mismis Antwort in der Luft, mächtig, umfassend. Sie klang nach widerwilliger Bewunderung.

Ich sehe es, Yuyaq.

»Du erkennst mich an?«

Wieder das Grollen, das durch den Boden unter ihr lief. Diesmal erinnerte es sie an ein bitteres Lachen.

Ich habe keine Wahl. Der *apu* machte eine kurze Pause. *Ich hätte nicht geglaubt, dass du es schaffst. Es ist nicht dasselbe. Aber es ist besser als nichts.*

»Was geschieht jetzt?«, fragte sie leise.

Der Fluch wird gelöst, antwortete Mismi würdevoll. *So muss es sein. Dies war meine Bedingung, und sie ist erfüllt worden. Ich rufe ihn zurück. Aber ich werde bereit sein, ihn erneut loszulassen, sollte ein ähnlicher Frevel geschehen.*

»Niemand wird es wagen«, sagte Isabel und lächelte. »Gibt es etwas, was ich noch tun muss?«

Der *apu* grollte. *Du bist die Hüterin des Buches. Es ist deine Aufgabe, die Geschichten zu beschützen – und sie zu erzählen. Du hast bewiesen, dass du beides kannst.*

»An welchen Ort soll ich gehen?«, fragte sie.

Diesmal fiel das Grollen um einiges stärker aus.

Es ist nicht meine Aufgabe, dir das zu sagen, entgegnete Mismi knapp. *Du selbst wirst es wissen.*

Ein letztes Mal grollte der Boden, und Isabel spürte, wie sich etwas von ihr löste, etwas, das wie die dunkle Ahnung einer aufkommenden Krankheit an ihren Fersen gehangen hatte. Ihr war, als sähe sie einen Schatten bergan huschen und verschwinden.

Dann herrschte Stille.

Sie hatte erwartet, dass in diesem Moment eine große Last von ihr abfallen würde, dass sie sich unendlich erleichtert und glücklich fühlen würde, aber alles, was sie empfand, war ein kleines Lächeln tief in ihrem Inneren und eine große Ratlosigkeit.

Sie wandte sich an Chaski. »Und was tun wir jetzt?«

»Wirst du jetzt *alle* um dich herum mit dieser Frage quälen?«, antwortete er mit einem Seufzer. »Nun, dann mache ich am besten einen

Vorschlag, damit du gleich damit aufhörst. Wie wäre es, wenn wir meine Herrin besuchen?«

***

Es war, als kehre Isabel an einen Ort zurück, an den sie sich hätte erinnern müssen. Erst als sie im Innern Sabancayas stand, fiel die Last von ihren Schultern, wie sie es vor Mismi erwartet hatte.

Yawar hatte von diesem Ort gesprochen, und unwillkürlich suchten Isabels Augen ihre Umgebung nach jedem kleinen Detail ab, das ihr möglicherweise bekannt vorkommen konnte.

Aber es waren nicht das sanfte Eisblau der riesigen Grotte, nicht das geheimnisvolle Schillern der kristallenen Wände, die ein Gefühl von Vertrautheit in ihr hervorriefen.

Es war die zierliche Frau, die an einer Säule aus bläulichem Stein lehnte und Isabel mit einer Mischung aus Neugier und Schmerz entgegenblickte. Obwohl Isabel ihr nie zuvor begegnet war, erkannte sie die Frau, und sie sah an deren dunklen Augen, dass es der anderen ebenso ging.

»Yanakachi«, sagte Isabel laut und ging auf die Frau zu.

Yawars Mutter lächelte. Es war das traurigste Lächeln, das Isabel je gesehen hatte. Es sprach von einer ungeheuren Erschöpfung und blieb auf Yanakachis Zügen, während sie der Frau entgegentrat, die ihr Sohn geliebt hatte. So standen sie direkt voreinander und wurden sich ihrer Unterschiede bewusst: Yanakachi mit dem langen schwarzen Haar wie aus glatter Seide, klein und zerbrechlich, die das Kinn heben musste, um Isabel in die Augen zu sehen. Isabel mit ihrem ewig zerzausten Haar, die nicht anders konnte, als vor Yanakachi den Kopf zu neigen.

Einen Moment lang maßen sie sich schweigend mit ihren Blicken, dann umarmten sie einander, der einzige Gruß, dessen Austausch ihnen angemessen schien.

»Erzähl mir«, flüsterte Yanakachi auf Quechua an Isabels Schulter, und ihre Stimme zitterte. »Erzähl mir alles.«

Isabel wusste, wo sie zu beginnen hatte.

»Eines Morgens in Arequipa«, sagte sie. »Es war ein Sonntag. Da kam Adelita und sagte zu meinem Vater, es seien Gäste gekommen …«

***

Yanakachi lebte in einer kleinen Seitenhöhle, die für menschliche Bedürfnisse eingerichtet schien. Dort ließen sie sich auf etwas nieder, das einem Bett sehr nahe kam. Es war eine große weiche Fläche, in der man leicht versank, wie ein Block aus *sillar,* dem jemand die Konsistenz von Federn gegeben hatte. Isabel und Yanakachi kauerten sich darauf, und für Stunden gab es nichts mehr außer dem Fluss von Isabels Worten, stetig und kraftvoll. Sie weinten beide, ohne sich die Tränen abzuwischen, und Isabel wusste, dass sie auf diese Weise Yawar zumindest für kurze Zeit zurück zu seiner Mutter brachte. Isabel breitete sein Leben vor Yanakachi aus, so wie sie es mit ihm geteilt hatte, und während sie sprach, glaubte sie, den heranwachsenden Jungen durch die Höhle huschen zu sehen, wie sie seine kindliche Silhouette am Flussufer entdeckt hatte. Das tröstete sie. Es war wie das Versprechen, dass Yawar auf irgendeine Art und Weise noch in ihrer Nähe war, und sei es nur in den Worten, die sie über ihn sprach.

Als Isabel schließlich geendet hatte, war ein enormer Druck von ihr gewichen, den sie vorher nicht wahrgenommen hatte. Sie ließ sich zurück auf das weiche Lager sinken und die Erschöpfung über sich zusammenschlagen.

Dann spürte sie einen misstrauischen Blick auf sich ruhen und richtete sich auf.

Ein kleines Mädchen hatte sich an den Eingang der Seitenhöhle gedrückt und schaute neugierig um die Ecke. Es hatte Yanakachis zierliche Gestalt, aber die Augen waren noch größer, dunkler und ausdrucksvoller, und mitten auf dem pechschwarzen Schopf entdeckte Isabel eine schneeweiße Strähne. Der furchtlose Blick des Kindes erinnerte sie an sich selbst, wie sie sich ins Empfangszimmer ihres Vaters schlich, und sie lächelte.

Yanakachi war ihrem Blick gefolgt. Auch sie lächelte, setzte sich auf und winkte das Mädchen mit einer Handbewegung zu sich.

»Das ist Munay T'ika«, sagte sie. »Komm her, *sonqollay.* Dies hier ist eine Freundin.«

»Ist sie …?«, fragte Isabel, und Yanakachi nickte. Die Kleine kletterte auf ihren Schoß und schmiegte sich an sie, ohne ihren Blick von Isabel zu nehmen.

»Meine Tochter«, sagte Yanakachi, »und Yanaphurus.«

Wieder lächelte Isabel. »Ein Kondorkind.«

Yanakachi errötete. »Ja, so ist es.« Sie schlang die Arme um ihre Tochter und fügte leise hinzu: »Wenn ich sie nicht hätte, wäre ich vor Schmerz wahnsinnig geworden. So seltsam es klingen mag, aber … Es ist, als hätte ich einen zweiten Anfang gefunden.«

»Das hast du«, sagte Isabel. »Was wirst du tun, Yanakachi? Der Fluch ist gelöst. Du könntest ins Dorf zurückkehren, *jinachu manachu?*«

Gedankenverloren pustete Yanakachi über Munay T'ikas Kopf, sodass die feinen schwarzen Haare flogen.

»Warum sollte ich?«, antwortete sie schließlich und blickte Isabel direkt an. »Es ist richtig, der Fluch hat keine Macht mehr über mich. Aber was habe ich in *jener* Welt gefunden? Nur Schmerz und Verlust. Llanthu, Yawar … Ich würde das nicht ein weiteres Mal ertragen.« Sie atmete tief durch. »Ich werde bei Sabancaya bleiben, bei Yanaphuru und meinem Kind. Vielleicht ist das feige, aber ich habe nichts weiter von der Welt dort draußen zu erwarten.«

»Es ist nicht feige«, antwortete Isabel. »Ich verstehe dich gut.«

Yanakachi betrachtete sie lange. »Auch du könntest bleiben, wenn du das wolltest«, sagte sie schließlich.

Für einen kurzen Moment dachte Isabel ernsthaft über dieses Angebot nach. Es stimmte, die kühle Stille der Grotte erfüllte sie mit einem wohltuenden Gefühl von Frieden, als lindere sie das Brennen ihrer Wunden. Aber sie spürte, dass dies nicht genug war. Schließlich schüttelte sie den Kopf.

»Ich danke dir, Yanakachi. Aber das hier ist nicht mein Platz.«

»Wohin wirst du gehen?«, fragte Yanakachi, und sie stellte damit genau die Frage, die Isabel umtrieb, seit sie das Ende ihrer Mission hatte nahen fühlen. Erst jetzt, da sie die Frage das erste Mal aus dem Mund eines anderen Menschen hörte, wurde ihr klar, dass sie im Grunde schon lange eine Antwort darauf hatte.

»Ich werde nach Huamanga gehen«, sagte sie, ohne zu zögern. »Zu den Rebellen.« Sie machte eine Pause. »Auch sie nennen sich Kondorkinder, nicht wahr?«

In Yanakachis Augen blitzte Überraschung auf, aber nur kurz, so als würde ihr klar, dass auch sie diese Antwort schon gekannt hatte.

»Yawar hätte es so gewollt«, fügte Isabel hinzu.

»Ja, das glaube ich.« Yanakachis Blick wurde dunkel. »Und du, willst du das auch?«

Isabel nickte stumm. Sie erinnerte sich an das kleine Mädchen in teuren Seidenkleidern, das auf einer sonnenüberfluteten Dachterrasse in Arequipa stand. Aber sie hatte kaum noch etwas mit diesem Mädchen gemein. Es gab keinen Ort mehr, an den sie zurückkehren konnte, es gab nur den Weg nach vorn.

Vielleicht fand sie dort ein Zuhause, zumindest aber eine Aufgabe.

»Es ist eine weite Reise von hier bis Huamanga«, gab Yanakachi zu bedenken.

Isabel zuckte mit den Schultern. Zum ersten Mal hatte sie keine Angst mehr vor dem, was vor ihr lag. Die Zukunft war ein unbeschriebenes Blatt, und die Feder mit der Tinte dazu lag in ihren Händen. Erwartung kribbelte in ihr.

Ja, dachte sie. *Das fühlt sich richtig an.*

Sie setzte zu einer Erwiderung an, doch jemand hinter ihr räusperte sich.

»Ein weiter Weg, ich bitte dich.« Chaski stand im Eingang und klopfte fast verlegen mit seinem Vorderfuß auf den Steinboden. »Das sollte kein Problem für jemanden sein, der ein so exzellentes Reittier wie mich dabei hat.«

Isabel spürte das Lächeln wie ein Leuchten in ihrem eigenen Gesicht: Sonnenfunken, die sich in den braunen Augen des Alpakas spiegelten.

Peru

im 21. Jahrhundert

30.

K'itakachun

»Ich werde bald nach Hause kommen«, sagt Matteo in die wattige Stille hinein.

Helena lächelt nachsichtig. Sie trägt ein ärmelloses Oberteil und Dreiviertelhosen. Er weiß, dass sie so unwirklich ist wie die Erinnerung an den Strand, an dem sie sich befinden. Er weiß, dass er träumt. Dass er dem Tod nah ist.

»Vielleicht aber«, sagt sie, »wirst du auch sterben.«

Er schüttelt matt den Kopf. »Darüber will ich nicht reden.«

»Du bist verflucht.«

»Und du glaubst nicht daran.«

Sie zuckt mit den Schultern. Da ist Schmerz in ihren Augen. »Matti, ich bin nur hier, um mich von dir zu verabschieden.«

»Erzählst du mir von dir?«

Helena runzelt die Stirn. »Du bist verflucht«, wiederholt sie. Es klingt beinahe ratlos.

Und er wiederholt ebenfalls, was er bereits gesagt hat, wie eine Beschwörung, die nun an der richtigen Stelle wirkt: »Darüber will ich nicht reden. Erzählst du mir von dir?«

Sie mustert ihn, nachdenklich, der Anflug eines Lächelns huscht über ihre Lippen, bevor sie sich umdreht und geht. Direkt am Wasser geht sie entlang, die Wellen lecken an ihren Füßen. Er will ihr folgen, aber seine Beine sinken im Sand ein, der weder warm noch kalt ist, sondern nur unwirklich. Gekrümmt liegt Matteo da, seine Stirn berührt den Boden, und die Erschöpfung des wirklichen Lebens hat ihn eingeholt. Endlich schaut er auf, blickt Helena nach und versteht plötzlich, dass ein Traum nicht genügt. Dass es Fragen gibt, die er im wirklichen Leben stellen muss.

Doch für den Moment gibt er sich dem Luxus hin, von einem Meeresrauschen zu träumen, das nirgends erklingt.

An seinen Fersen knabbert der Fluch.

»Vicuñas«, sagte Matteo und deutete aus dem Fenster. Malinka beugte sich hinüber und nickte. Draußen, auf der kargen Hochebene, schimmerten die cremefarbenen Körper der zierlichen Vicuñas.

»Die haben aber nichts mit Mismi zu tun?«, vergewisserte sich Matteo. Er wirkte ein bisschen lebhafter als noch am Vortag, obwohl es ihm nicht wirklich besser gehen konnte und Malinka befürchtete, dass jetzt wieder einmal die Höhe dazukommen würde – von den zweitausenddreihundert Metern Höhe, auf denen Arequipa lag, waren sie gerade auf dem Weg zu einem fünftausend Meter hohen Pass, würden dann ein Stück hinunterfahren, nur um dann den Weg hinauf nach K'itakachun anzutreten, das wiederum auf fast viertausend Metern lag.

Dennoch: Dass die Geschichten zu Malinka zurückgekehrt waren, schien auch Matteo neue Hoffnung gegeben zu haben. Ihr Handgelenk war jetzt wirklich rot und geschwollen, aber das Glücksgefühl vom Vortag war noch immer da. Als sie im Bad in den Spiegel geschaut hatte, hatte sie den Glanz der Kolibrifedern aus ihren Augen leuchten sehen.

Ich bin wieder komplett, hatte sie gedacht und ihrem Spiegelbild zugelächelt.

Als der Bus den Pass überquert hatte, tat sich das Colca-Tal vor ihnen auf, und Malinkas Herz hüpfte. Der Río Colca, der sich weiter unten in den majestätischen Colca-Canyon grub, war hier breit und würdevoll, und das Tal leuchtete in allen erdenklichen Grüntönen. Malinka kannte jedes einzelne Dorf an beiden Ufern des Río Colca, und sie hibbelte so sehr auf ihrem Sitz, dass Matteo sie schließlich auf den Fensterplatz ließ.

»Da!«, rief sie und klopfte mit den Knöcheln ans Fenster. »Siehst du das? Das ist Chivay, der Hauptort des Tals. Und das Blaue da ist das Stadion, sie haben es in Form einer *montera* gebaut. Das ist die Mütze, die die Männer beim Wititi-Tanzen tragen.«

Matteo warf ihr einen amüsierten Blick zu. »Das ist ja direkt mal Wissen, das nicht aus Büchern kommt.«

Sie boxte ihn in die Seite. »Ich geb dir gleich eins über den Schädel mit meinen Büchern!«

Langsam, aber stetig näherten sie sich Chivay, das immer wieder in einer Kehre aus ihrem Blickfeld verschwand und einige Meter tiefer hinter der nächsten Kurve wieder auftauchte. In Chivay angekommen hielt der Bus, und die meisten Leute stiegen aus. Es gab kaum Busgesellschaften, die von Arequipa aus direkt in die höher gelegenen Orte des Tals fuhren, bis nach Caylloma, wo es eine Mine gab – kein Ziel, das für Touristen sonderlich interessant war. Entsprechend neugierige Blicke streiften Malinka und Matteo.

Dann quälte der Bus sich die staubige Straße in die höheren Lagen empor, und das Grün des Tals blieb zurück, wurde ersetzt durch eine Vielzahl von Braun- und Ockertönen und einem zusehends bewölkten, tiefhängenden Himmel. Die Leute, die weiter unten im Colca-Tal lebten, sprachen von diesen höhergelegenen Gebieten, den *partes altas,* oft mit einer Mischung aus Geringschätzigkeit und Befremden. Es war eine wilde Gegend, munkelte man, deren Bewohner noch altes Wissen bewahrten, das in den tieferen Regionen des Tals lange vergessen worden war.

Malinka stand schließlich auf und trommelte mit der linken Faust an die Verbindungstür zum Busfahrer – der rechten Hand mit dem geschwollenen Gelenk wollte sie das lieber nicht zumuten.

»*¡Baja K'itakachun!* Wir steigen in K'itakachun aus!«, rief sie.

Etwas irritiert öffnete der Busbegleiter ihr die Tür. »Wir fahren an K'itakachun nur vorbei. Ihr steigt am besten hier aus«, sagte er.

Sie klaubten ihre Sachen zusammen und kletterten aus dem Bus.

Matteo ging in die Knie, kaum dass er ausgestiegen war. Malinka packte ihn an den Armen, versuchte ihn abzustützen. »Was ist?«

»Es ist … *heftig*«, brachte er hervor und hielt sich an ihr fest. »Es tut weh.«

Schweiß glänzte auf seiner Stirn. Auf Malinkas Arm gestützt schaffte er es schließlich, sich aufzurichten.

»Das muss Mismis Nähe sein«, sagte sie leise.

Er atmete tief ein. »Wahrscheinlich. Und das Dorf?«

»Direkt vor uns«, sagte Malinka.

Ein schmaler Pfad führte von der Hauptstraße hinab in Richtung Fluss, und entlang seiner Ufer schmiegten sich die kleinen Steinhäuser von K'itakachun. Der Weg war nicht besonders steil, aber sie konnten nicht sehr schnell gehen. Malinka kam es wie ein Wunder vor, dass Matteo überhaupt vorwärtskam. Er stützte sich fast mit seinem ganzen Gewicht auf sie und atmete schwer, biss aber die Zähne zusammen und schüttelte jedes Mal den Kopf, wenn sie ihm eine Pause anbot.

Zum ersten Mal fragte sie sich, ob er vielleicht doch an seinem Fluch sterben würde, bevor sie es schaffte, etwas dagegen zu unternehmen. Der Gedanke erfüllte sie mit lähmendem Entsetzen.

Schließlich erreichten sie den steinernen Rundbogen, der sich über den Weg spannte und die Besucher in K'itakachun willkommen hieß.

Zwei Männer beobachteten sie vom Eingang eines Ladens aus und kamen vorsichtig näher.

»Können wir helfen? Geht es Ihrem Freund nicht gut?«, fragte der erste, der seine braune Wollmütze etwas nervös in den Fingern knetete.

»Er sollte sich irgendwo hinsetzen«, antwortete Malinka. »Hinlegen am besten.«

»*Soroche* ist das, kein Zweifel«, sagte der Mann.

Der andere musterte Malinka eingehend. »Aber Sie kenne ich doch, *señorita.* Sie waren schon einmal hier, nicht wahr? Sie sind eine Freundin von Fidel Ceniza Soncco, *jinachu manachu?«*

Malinka zuckte leicht zusammen. »Ja, das stimmt.«

Der Mann klatschte in die Hände. »Dann werde ich Fidel Bescheid sagen, dass Sie angekommen sind, *señorita!«*

Bevor sie etwas erwidern konnte, hatte er sich umgedreht und lief die Straße hinunter.

Der andere Mann gab ihnen ein Zeichen, ihm zu folgen, und griff dann hilfsbereit nach Matteos Arm, was es Malinka etwas erleichterte, ihn voranzubewegen.

»Fidel ist hier?«, zischte Matteo. »Ich dachte, er wohnt in Arequipa?«

»Ich wusste nicht, dass er hier ist«, verteidigte sich Malinka – oder zumindest hatte sie absurderweise das Gefühl, dass sie sich verteidigte.

Sie kamen auf einer wackeligen Holzbank in dem kleinen Gemischtwarenladen zu sitzen, und die besorgte Inhaberin brachte ihnen fast augenblicklich zwei dampfende Tassen mit *mate de coca.*

Dann schob sich eine Gestalt in den Eingang, und Malinka sah auf.

»Hallo, Malinka«, sagte Fidel.

Er war noch immer genauso schlaksig, und seine Augen waren so hellbraun, wie Malinka sie in Erinnerung hatte –Augen, in deren Blick sie damals zu schmelzen geglaubt hatte. Jetzt war von diesem Gefühl nichts mehr übrig. Sie stand auf und ging ihm entgegen, brachte es aber nicht über sich, ihn mit dem gehauchten Kuss auf die Wange zu begrüßen, der unter Freunden üblich gewesen wäre.

Nein, dachte sie. *Es ist einfach zu viel schiefgegangen.*

»Hallo, Fidel«, sagte sie.

»Da bist du also.« Er schien nicht im Mindesten überrascht, und das irritierte sie. Er lächelte sie im Gegenteil sogar an, als hätte er auf sie gewartet. »Ich glaube, deinem Freund geht es nicht gut?«

Sie schüttelte nur leicht den Kopf. Fidel sagte *enamorado,* und eigentlich hätte sie klarstellen sollen, dass Matteo das nicht war, aber momentan hatte sie keine Lust dazu.

»Gehen wir zu mir nach Hause«, bot Fidel schließlich an.

***

Das Haus war so, wie Malinka es in Erinnerung hatte: eine kleine steinerne Hütte am äußeren Ende des Dorfes mit Blick auf die Flanken des Mismi. Direkt hinter dem Haus führte ein schmaler Pfad hinauf zum Berg.

Malinka hatte auch schon in Erfahrung gebracht, dass Fidel Arequipa verlassen hatte und dauerhaft nach K'itakachun zurückgekehrt war.

Im Haus bot er ihnen zwei Stühle an, lehnte sich selbst an die Wand und vergrub die Hände in den Taschen.

»Meine Familie ist auf der *estancia,* oben bei den Tieren«, sagte er.

Malinka nickte. Ihr war nicht nach Smalltalk zumute. »Wir müssen zum Mismi. Matteo ist verflucht worden.«

»Ja«, antwortete Fidel ruhig und erwiderte ihren Blick. »Das weiß ich.«

Sie hob die Augenbrauen. »*Woher* weißt du das?«

Kurz überlegte sie, ob Felipe ihn benachrichtigt hatte, aber dann wurde ihr klar, dass das unmöglich war: In K'itakachun gab es weder Handyempfang noch Internet.

»Mein Vater hat es mir verraten«, sagte Fidel gleichmütig, aber in seinen Augen glomm etwas auf, das sie beunruhigte.

»Ich denke, dein Vater ist auf der *estancia?«,* fragte sie stirnrunzelnd.

»Nein.« Jetzt lächelte Fidel, aber es war kein Ausdruck von Freude. »Mein Vater ist Usphasonqo.«

Malinka erstarrte.

Unwillkürlich suchte ihre Hand die von Matteo, aber ihre Augen blieben auf Fidel gerichtet.

»Was?«, flüsterte sie und wusste im selben Moment nicht nur, dass er die Wahrheit sagte, sondern auch, dass auf einmal so vieles Sinn ergab.

Plötzlich verstand sie, warum er sein Herz Mismi gegeben hatte, damit es ihm nicht unter den Menschen abhandenkam, warum es als Vicuña weit fort von ihm sicher war und warum seine Augen von diesem unglaublich hellen Braun waren: Er trug das Gelb von Usphasonqos Blick darin.

Sie begriff auch seinen Nachnamen.

Ceniza Soncco – Aschenherz. Genau das Gleiche, was auch Usphasonqo bedeutete. *Uspha, ceniza, Asche.*

Malinka lief es kalt den Rücken hinunter, und sie erinnerte sich an ein Wort, das Garcilaso benutzt hatte, und auch die Geschichte von Yawar und Isabel hatte es ihr zugeflüstert.

»Du bist ein Kondorkind«, flüsterte sie.

Fidel nickte.

»Darum wollte Mismi, dass ich mich in dich verliebe«, fuhr sie fort. Die Dinge ergaben Sinn, sobald sie sie aussprach. »Er konnte bei unserem Pakt nur gewinnen. *Jinachu manachu?* Es bestand keine Gefahr für ihn, dass du dich auch in mich verliebst. Zu keinem Zeitpunkt.« Während sie sprach, spürte sie Zorn in sich aufsteigen, aber es war auch Zorn über sie selbst. »Er würde das Geschichtenerzählen behalten und ich mit leeren Händen dastehen. So war es doch, oder?«

Fidel zuckte gleichmütig mit den Schultern. »Weißt du, Malinka, gern hatte ich dich immer.«

»Und du *wusstest,* dass ich mit ihm einen Pakt hatte.«

Wieder nickte Fidel. »Ich fand es erstaunlich, dass du zu einem unserer *apus* gingst. Auch mein Vater hat dich schon damals beobachtet.«

Sie biss sich auf die Lippen. »Und jetzt?«, fragte sie. »Was machen wir jetzt? Wir sind hier, um mit Mismi zu sprechen. Ich habe das Spiegelbuch, und ich habe das Geschichtenerzählen wieder. Felipe glaubt, ich könnte die neue Yuyaq sein.«

»Du bist nicht von hier«, sagte Fidel geringschätzig. »Du wirst unsere Geschichten verraten. Und Mismi sieht das genauso.«

»Ich will auch gar nicht die Yuyaq sein. Aber Mismi muss den Fluch von Matteo nehmen. Wir haben seine Herausforderung gemeistert.«

»*Gemeistert?*«

Ein abfälliges Lachen ertönte von der Tür. Sie musste sich nicht umdrehen, um zu wissen, dass es Usphasonqo selbst war.

»Ihr seid hier, das ist wohl wahr«, sagte der *mallku* und glitt ins Zimmer, baute sich vor ihnen auf und fixierte sie. Instinktiv kam Malinka auf die Füße. Sie trat einen Schritt nach vorne, sodass sie mit verschränkten

Armen vor Matteo stand. Usphasonqo registrierte das mit einem spöttischen Lächeln und fuhr fort: »Und ihr habt das Spiegelbuch, auch das ist wahr. Aber dass das genug ist, hat nie jemand behauptet.«

Malinka hielt seinem Blick stand. »Ich habe die Geschichte von Yawar und Isabel aufgeschrieben.«

»Aber du hast sie nicht erzählt, Mädchen.«

»Das kann ich jederzeit tun.«

»Das *wirst* du aber nicht.« Der *mallku* funkelte sie an. »Du wirst mir das Spiegelbuch geben, und ich werde es Mismi bringen, damit er einen neuen Yuyaq sucht.«

Sie maßen sich stumm mit Blicken.

»Und *er*«, setzte Usphasonqo leise hinzu und zeigte auf Matteo, »wird an seinem Fluch verrecken.«

»Das ist gegen die Regeln«, sagte Malinka.

»Die Regeln?« Usphasonqo lachte kurz auf. »Als ob du die kennen würdest. Gib mir das Buch, das wäre zumindest ein guter Anfang.«

Sie legte eine Hand auf die Umhängetasche, in der sich das Buch befand. »Niemals«, sagte sie hart. »Und du wirst es dir nicht holen können. Nicht, solange ich *dies* hier trage.« Sie reckte das Kinn, damit er umso besser das Andenkreuz um ihren Hals sehen konnte.

»Dann«, sagte Usphasonqo leise und drohend, »wirst du eben damit aufhören, es zu tragen.«

Sie hatte die Bewegung nicht wahrgenommen, aber plötzlich stand Fidel hinter ihr. Er umfasste sie, presste sie an sich und hielt ihr die Arme gegen den Körper, mit der freien Hand riss er an ihrer Halskette. Das Leder grub sich in ihre Haut, und sie schrie.

Hinter sich nahm sie wahr, wie Matteo sich auf der Bank aufzurichten versuchte, aber Usphasonqo schleuderte ihn mit einer harten Bewegung zu Boden. Malinka trat nach hinten und hatte das Gefühl, dass Fidels Finger an ihrem Hals sie mit ihrer Kette strangulierten. Dann bekam sie ruckartig ihre Arme frei, riss sich los, fuhr herum und versuchte, Fidel zurückzustoßen. Er musterte sie aus seinen Augen, die noch heller als zuvor zu sein schienen, und warf sich auf sie, sodass sie nach hinten taumelte und mit dem Hinterkopf auf dem Boden aufschlug. Obwohl ihr der Schmerz durch den ganzen Körper zuckte, hob sie instinktiv die Hände, um Fidel abzuwehren.

»Gib es mir«, hörte sie ihn über sich keuchen. »Ich sorge dafür, dass dir nichts passiert.«

Er saß rittlings auf ihr, blockierte ihre Arme mit den Knien und sah ihr fest in die Augen.

»Lass mich los!«, zischte sie.

Fidel schüttelte leicht den Kopf und griff erneut nach ihrer Kette.

Malinka warf sich hin und her, aber sie hatte kaum Bewegungsspielraum, und dann spürte sie das ruckartige Reißen des Lederbandes und sah Mismis Andenkreuz in Fidels Händen.

Für einen Moment starrte Fidel fasziniert darauf, und sie nutzte seine Ablenkung, um ihre rechte Hand loszureißen und nach dem Andenkreuz zu greifen. Aber Fidel war schneller, schleuderte es in die andere Ecke des Zimmers und packte Malinka an ihrem geschwollenen Handgelenk. Sie schrie unterdrückt auf. Eine Sekunde später hatte Fidel ihre Hände fest auf den Boden neben ihren Kopf gedrückt.

»Gut gemacht«, sagte Usphasonqo trocken.

Fidel schaute zu ihm hoch. »Und jetzt?«

»Jetzt bin ich an der Reihe«, sagte der *mallku.* Er beugte sich ebenfalls über sie und zog die Umhängetasche zwischen ihr und Fidel hervor, zerriss mit einer verächtlichen Bewegung den Trageriemen und öffnete sie. »Sieh an, da ist es. Das Spiegelbuch. Mismi wird sehr erfreut sein.«

»Das wird er nicht«, zischte sie. »Weil er weiß, dass du ein falsches Spiel treibst.«

»Ein falsches Spiel? Ich respektiere alle Regeln, mein Herz. Habe ich dich angerührt, solange du das Andenkreuz getragen hast? Jetzt sorge ich dafür, dass du uns nie wieder in die Quere kommst.«

»Was wirst du tun?«, fragte Fidel leise. Er schien verunsichert.

Usphasonqo musterte ihn geringschätzig. »Was glaubst du, hm? Wir können nicht riskieren, dass sie die falschen Geschichten erzählt. *Unsere* Geschichten. Geschichten, auf die sie kein Recht hat.«

Er packte Malinka an ihrem geschwollenen Handgelenk und riss sie hoch. Fidel kippte förmlich von ihr herunter. Sie versuchte sich loszureißen, aber der *mallku* verstärkte seinen Griff und drückte sie an sich. Sein grauer Mantel legte sich um sie, und Malinka hatte das Gefühl, vor Schmerz und Schwindel ohnmächtig werden zu müssen.

»Lass mich los«, brachte sie hervor und spürte Usphasonqos zweiten Arm, der sich um ihren Oberkörper legte. Die gelben Augen sahen ihr spöttisch ins Gesicht.

»Das werde ich«, sagte der *mallku* beinahe sanft. »Und es wird an der Kante einer Klippe sein, mein Herz.«

Malinka schüttelte verzweifelt den Kopf, aber sie wusste, dass sie dem eisernen Griff des *mallkus* nichts entgegenzusetzen hatte. Tränen stiegen ihr in die Augen.

»Ihr sollte kein Leid geschehen«, warf Fidel unsicher ein, doch Usphasonqo lachte nur.

Malinka fühlte sich emporgehoben, als der *mallku* sie in Richtung Tür schleifte. Ihre schwachen Tritte gingen ins Leere.

»*Yanaphuru. Yanapaway.*« Yanaphuru, hilf.

Die Worte waren kaum mehr als ein Wispern, aber Malinka hörte sie, und Fidel und Usphasonqo hörten sie ebenfalls.

Matteo lag auf dem Boden. Er war zu Malinkas Tasche gerobbt, die Usphasonqo achtlos beiseite geworfen hatte, und hatte etwas aus ihr hervorgezogen: einen kleinen, rauen Lederbeutel.

Flors Beutel, dachte Malinka. Und im selben Moment wusste sie, was sich darin befand, und auch, dass Matteo es ebenfalls wusste. Sie sah ihn den Beutel öffnen und das weiße Andenkreuz zutage fördern, das Flor um ihren Hals getragen hatte, das Zeichen Sabancayas.

Garcilasos – oder besser: Yanaphurus – Gestalt füllte den Türrahmen aus und schob sich in die Hütte. »Lass Malinka los.«

Seine Stimme strahlte eine Autorität aus, die sogar Usphasonqo zögern ließ. Was dann geschah, nahm Malinka nicht genau wahr, sie sah nur das Schlagen schwarzer Flügel, spürte, wie Usphasonqos Griff sie widerwillig freigab, dann fiel sie Yanaphuru in die Arme und fühlte ihre Beine unter sich nachgeben.

»Was sucht ihr hier?«, zischte Usphasonqo.

Malinka öffnete die Augen. Ohne hinzusehen wusste sie, dass Flor ebenfalls gekommen war, gemeinsam mit ihrem Vater, weil Matteo sie gerufen hatte.

»Was du hier treibst, Usphasonqo, ist widerwärtig.« Yanaphuru sprach mit zusammengebissenen Zähnen.

»Als ob du besser wärst, mein Bruder. Auch du hast genug Bastarde unter den Menschen. Und wenn deiner den beiden hilft, dann darf meiner doch wohl mir helfen.«

Yanaphuru ließ Malinka behutsam auf einen Stuhl gleiten und stellte sich zwischen sie und Usphasonqo. »Sie sind hier, um mit Mismi zu sprechen. Und das werden sie tun.«

»Du hast mit Mismi nichts zu schaffen!«

»Sie hat das Spiegelbuch«, sagte Yanaphuru knapp. »Sie will es zurückgeben, und sie hat jedes Recht, den Fluch aufzuheben. Munay T'ika, bitte, gib Malinka das Buch.«

Malinka sah verwirrt auf, als Flor ihr wortlos das Spiegelbuch reichte. »Was soll ich tun?«, murmelte sie.

»Du hast die Geschichte *geschrieben«,* sagte Flor leise. »Nun musst du sie erzählen.«

Malinka sah von einem zum anderen: Usphasonqo, der mit vor Wut glühenden Augen dastand; Fidel, der sich etwas unbehaglich an die Wand drückte; Yanaphuru in würdevoller Erwartung. Und Matteo, zusammengekauert auf dem Boden, der noch immer das weiße Andenkreuz umklammerte.

Malinka holte tief Luft und stand auf.

Das Buch lag weich in ihrer Hand, aber sie wusste, dass sie es nicht aufzuschlagen brauchte.

Hierbei ging es nicht ums Lesen.

Für einen Moment sah sie wieder den Markt von Cajamarca vor sich und die Blicke der Marktfrauen, denen sie ihre Geschichte erzählt hatte. Diesmal hatte sie ein anderes Publikum, und es war eine andere Geschichte.

Malinka schloss die Augen.

»Am Anfang war das Licht«, sagte sie, »das mit der Kraft eines fauchenden Pumas in ihren Schlaf sprang …«

Sie hatte keine Ahnung, auf welcher Sprache sie erzählte. War es Spanisch? Quechua? Deutsch? Wechselte sie?

Alles, was sie spürte, war, dass die Geschichte sie durchfloss, in ihren Adern pulsierte, als wäre ihr Blut die Tinte, mit der sie im Spiegelbuch geschrieben stand. Die Geschichte erzählte sich selbst. Malinkas Stimme füllte den Raum, die Worte tanzten um sie her, und ihr Kolibri schwirrte glücklich in ihrer Seele.

Es kostete Kraft, unglaublich viel Kraft, aber sie wusste, nachdem sie am Vortag das Vertrauen der Geschichte gewonnen hatte, nachdem sie ihre Gabe zurückerobert hatte, musste sie vor keiner Herausforderung mehr Angst haben. Sie spürte, wie ihr Körper sich straffte mit jedem Wort, das sie sprach, mit jedem Satz, den sie zur Geschichte hinzufügte. Usphasonqos beißender Spott, Fidels Unsicherheit, all das war weit weg.

Und dann, als sie die letzten Worte sprach und das Gefühl hatte, von einer weiten Reise zurückzukehren, sprach Mismi.

Seine Worte waren ein dumpfes Grollen, das durch den Boden lief und die Tür der Hütte mit einem lauten Knarren aufspringen ließ.

Die Silhouette eines Tiers zeichnete sich im hereinfallenden Dämmerlicht ab, und für einen Moment glaubte Malinka, es sei Chaski, der zu ihnen stieß. Aber dann sah sie, dass die Gestalt zierlicher und kleiner war, dass ihr Fell von einem helleren Gold war als das des Alpakas. Sie blickte in große dunkle Augen und begriff.

Das Vicuña kam nicht herein. Es stand nur da und blickte in die Hütte, und sein Blick suchte Matteos.

Malinka hielt den Atem an. Sie wagte nicht, sich zu bewegen, das Vicuña aus den Augen zu lassen, weil sie die seltsame Gewissheit hatte, dass es dann verschwinden würde. Matteos Bewegung bemerkte sie nur aus den Augenwinkeln, sah, wie er versuchte, sich aufzurichten, taumelte und es endlich schaffte. Das Andenkreuz hielt er dabei fest in der geballten Faust. Er erhob sich wie jemand, der nach einer langen Krankheit zum ersten Mal das Bett verlässt, und ging mit wackeligen Beinen auf das Vicuña zu, das ihm ruhig entgegensah.

Dann standen sie beide nur einen halben Schritt voneinander entfernt, blickten einander in die Augen, und schließlich streckte Matteo langsam, ganz langsam die Hand aus.

Malinka schloss die Augen.

Dies war ein Moment, der Matteo allein gehörte.

Es war seine Seele. Es war sein Leben.

Auch durch ihre geschlossenen Lider blendete sie das goldene Licht, das die Hütte auf einmal ausfüllte, und Malinka hob den Arm, um sich zu schützen.

Erneut lief Mismis Stimme wie ein Grollen durch den Raum, und diesmal hörte sie Worte. *Usphasonqo, ich habe dir nicht befohlen, sie aufzuhalten.*

»Ich weiß, Herr.« Zum ersten Mal hörte sie so etwas wie Unsicherheit in Usphasonqos Stimme.

Sie senkte den Arm und öffnete die Augen. Das Vicuña war verschwunden, und Matteo lehnte schwer atmend am Türrahmen. Im Dämmerlicht konnte sie es nicht genau erkennen, aber sie wusste, dass sein Gesicht dabei war, wieder eine gesündere Farbe anzunehmen, dass die Kraft in seinen Körper zurückkehrte. Der Riss in ihm war geschlossen, denn der Teil, den Mismi sich genommen hatte, war wieder zurück. Matteo sah auf und lächelte sie an, und Malinka fühlte sich von der wohligen Erkenntnis durchströmt, dass sie gewonnen hatten.

»*Jatun apu Mismi*«, flüsterte sie, »was passiert nun?«

Für einen Moment herrschte Stille.

Der Fluch ist aufgehoben, sagte der *apu* würdevoll, *und wenn du es willst ... wenn du es einforderst ... Du könntest die neue Yuyaq sein.*

»Das würde dir missfallen.«

Wieder spürte sie ein Grollen unter ihren Füßen. *Mir missfällt auch, dass mein eigener* mallku *und sein Sohn mir zuwiderhandeln. Wem soll ich noch vertrauen? Mir wäre es lieb, wenn meine Kinder ihre Geschichten selbst erzählen würden. Wir brauchen keine Fremden dazu.*

»Das ist wahr.« Malinka atmete tief durch. »Ich bin nicht hier, um die Yuyaq zu werden. Ich bin hier, um das Spiegelbuch zurückzubringen. Es gehört nicht in ein dunkles Archiv. Und nicht nach Europa.« Sie senkte den Kopf. »Aber ich bitte um Erlaubnis, eure Geschichten erzählen zu dürfen, *jatun apu.* Nicht stehlen, nicht verraten, aber ich will sie erzählen. Mit Liebe, Achtung und Ehrlichkeit.«

O ja, erwiderte Mismi, und sie ahnte Belustigung in seiner Stimme. *Ich sehe die Geschichten in deinem Gefolge. Bunte Kolibris! Du wirst ein langes Leben brauchen, um sie alle erzählen zu können. Auf beiden Seiten des Ozeans.*

»Ja«, sagte sie leise, »das werde ich.«

Sie drehte sich zu Munay T'ika und reichte ihr das Spiegelbuch.

»Ich denke, du solltest es haben«, sagte sie. »Du wirst wissen, was damit zu tun ist.«

Munay T'ika nickte langsam. »Es hat lange genug geschlafen, das Spiegelbuch. Ihr habt es aufgeweckt, und das ist gut so. Nun wird es nicht mehr schlafen, wir werden es am Leben halten. Es wird sein Zuhause finden in den Schulen und Wohnzimmern des Tals. Seine Geschichten werden mit Stolz erzählt werden.«

»Ja, das hoffe ich«, antwortete Malinka leise. »Das Gleiche werde ich tun.«

Es ist gut, sagte Mismi. *Gehe in Frieden. Lass uns das Buch, und nimm die Geschichten mit dir. Sie sind frei. Kolibris vermögen überall zu schwirren.*

Malinka lächelte und wusste, dass der *apu* es sehen konnte.

Sie ging an Fidel vorbei, der den Blick auf den Boden geheftet hatte, und an Usphasonqo, der sich ebenfalls wie beschämt abwandte.

Draußen war es dunkel geworden.

Munay T'ika und Yanaphuru folgten ihnen hinaus in die eisige Kälte K'itakachuns. Yanaphuru reichte Malinka ihre Umhängetasche und ihnen beiden ihre Rucksäcke, und Flor gab ihnen die zwei Andenkreuze.

»Es gibt eine kleine Pension hier«, sagte Yanaphuru. »Ihr könnt sie nicht verfehlen.«

Malinka nickte.

»Ich bin stolz auf euch«, sagte Sabancayas *mallku* warm und blickte ihr ins Gesicht. »Ich habe gewusst, dass ihr es schaffen könnt.«

»Danke für alles«, antwortete sie leise. »Wenn ihr nicht gewesen wärt ...«

»Es war uns eine Freude – Malinkachay.« Yanaphuru umarmte Malinka und wandte sich dann an Matteo, dem er beide Hände auf die Schultern legte. »Ich freue mich, dir in die Augen zu sehen, ohne dass mir der Fluch daraus entgegenblickt, mein Junge.«

»Danke«, entgegnete Matteo schlicht.

Der *mallku* schmunzelte. »Ich freue mich auch, dass du einige Worte Quechua gelernt hast.«

Matteo lächelte schief zurück. »Ich bin sicher, dass Malinka mir noch einige mehr beibringen wird.«

Yanaphuru nickte würdevoll.

»Lebt wohl«, sagte Munay T'ika. Sie legte erst Malinka das schwarze Andenkreuz um, dann trat sie zu Matteo und gab ihm das weiße. Anschließend umarmte sie beide.

»Geht zur Pension, beeilt euch«, sagte Yanaphuru. »Ihr werdet euch sonst erkälten.«

Matteo hakte sich bei ihr unter, als sei es das Natürlichste von der Welt, und nach einem letzten Blickwechsel drehten sie sich um und gingen langsam fort. Yanaphuru und seine Tochter sahen ihnen nach.

»Das mit dem Quechua fand ich auch gut«, sagte Malinka leise.

Matteo drückte sanft ihren Arm. »Muss ich mich jetzt eigentlich bedanken und sagen, dass du mir das Leben gerettet hast?«

Sie spürte in sich hinein und spürte ein warmes Flattern in ihrem Inneren: die abertausend Geschwister ihres Kolibris, die in ihrer Seele tanzten.

Geschichten.

Glück.

»Ich glaube«, meinte sie, »wir sind quitt.«

Sie schritten die Gasse hinunter, und die Sterne über K'itakachun strahlten wie ein Meer aus silbernen Augen, kalt und klar und vollkommen, und Malinka wusste, dass sich dieses Licht mit der Lautlosigkeit eines samtpfotenen Pumas in ihren Schlaf stehlen würde, in dieser Nacht und in allen weiteren.

Peru

um ca. 1780

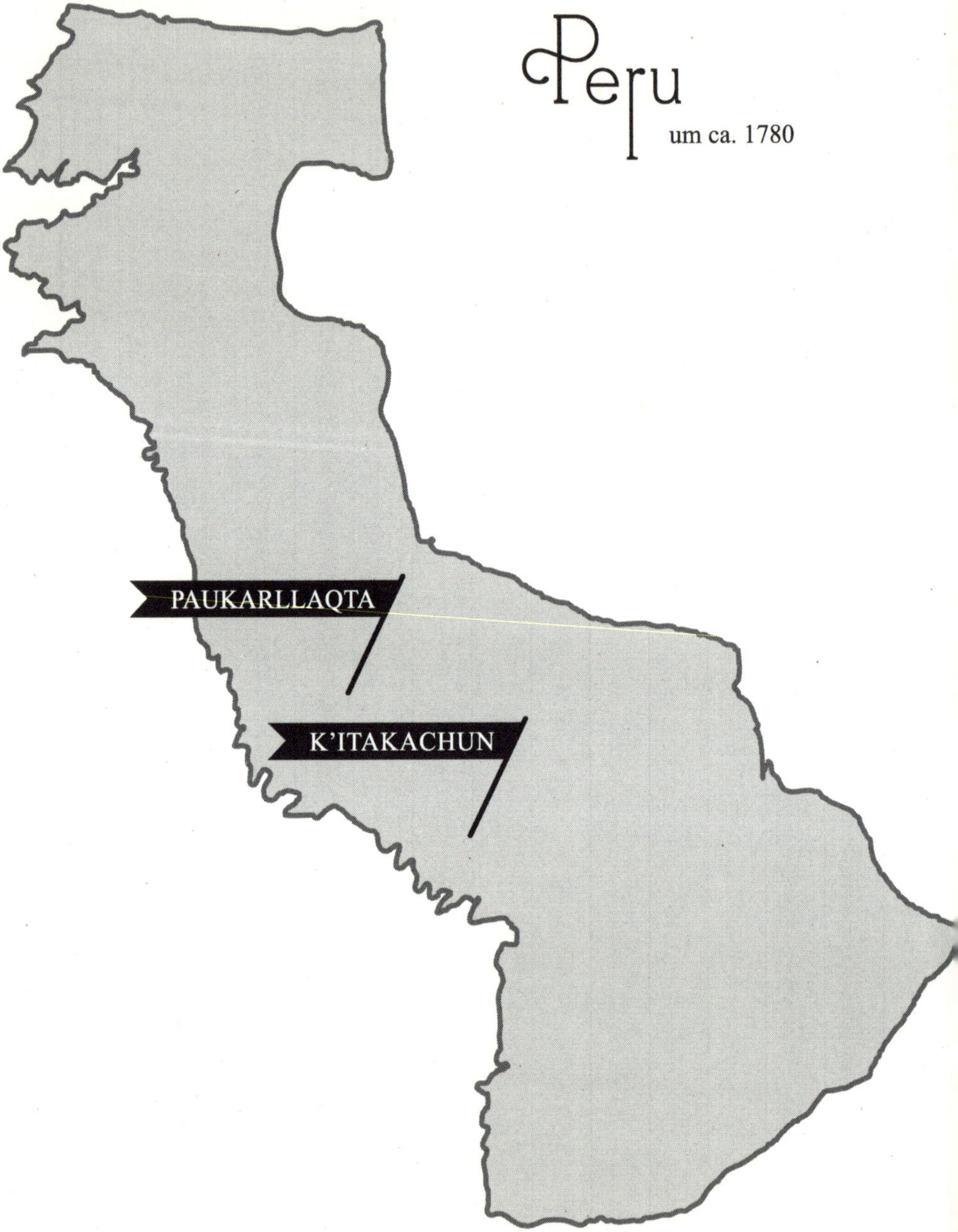

Epilog

Waman

Falke

»Mama Chavela! Mama Chavela!«

Nackte Kinderfüße trommelten auf dem trockenen Lehmboden. Noch hatte die Regenzeit nicht begonnen, nur ihren Duft brachte der Wind bereits mit, und graue Novemberwolken türmten sich über Paukarllaqta.

Isabel runzelte die Stirn und stand auf, um den Kindern entgegenzusehen. Sie war an die Besuche der kleinen Gruppe gewöhnt – die Kinder liebten es, Isabels Geschichten und Lieder zu hören und ihr mit kaum verhaltenem Kichern beim Weben zuzusehen, was ihr noch immer nicht leicht von der Hand ging. Doch so aufgeregt hatte sie die Kleinen noch nie erlebt.

Kusi und Paskar erreichten die Hütte ein paar Schritte vor Titu, der wie immer hinterherjapste.

»Meine Güte, ihr Rabauken! Was ist passiert?«

»Tupac Amaru hat einen *corregidor* hinrichten lassen!«, platzte Paskar heraus, und Kusi nickte, dass ihre dünnen schwarzen Zöpfe flogen.

»Vor aller Leute Augen, sagen sie! Und dass ein unglaublicher Aufruhr herrscht!«

»Und der König hat es befohlen!«, setzte Titu hinzu.

Isabel sah zwischen den dreien hin und her. »Ihr tischt mir doch Erfundenes auf«, sagte sie streng. »Tupac Amaru ist vor dreihundert Jahren gestorben, und der König würde gewiss nicht –«

»Nein, nein, nein!«, krähte Kusi dazwischen. »Es ist ein neuer Tupac Amaru gekommen!«

»Ein lebendiger!«, stellte Titu klar. »Und zwei *obrajes* hat er angezündet und alle Arbeiter befreit!«

Isabel runzelte die Stirn. Tupac Amaru, den letzten rebellischen Inkaherrscher, konnte sie sich durchaus als Held in den Fantasien der Kinder vorstellen. Doch *obrajes,* die berüchtigten Tuchfabriken mit ihren brutalen Bedingungen, schienen ihr weniger ins Bild zu passen.

»Mein *tayta* sagt, jetzt wird es einen Aufstand geben, der dieses Land verändert«, rief Kusi mit leuchtenden Augen.

»Und mein *tayta* will vielleicht mitkämpfen«, sagte Titu mit kaum verhaltenem Stolz. »Er sagt, auf diesen Moment haben alle gewartet!«

Paskar sagte nichts, schließlich war er Kusis Bruder und hatte keine andere Aussage seines *tayta* vorzuweisen, aber er nickte nachdrücklich.

Isabel zwang sich zu einem Lächeln. »Das sind große Neuigkeiten. Wartet, ich werde schauen, ob ich noch etwas Chicha für euch habe, was meint ihr?«

Diesmal nickten alle drei gleichzeitig, und Isabel ging, um den großen Krug zu füllen. Die Kinder nahmen ihn begeistert entgegen und tranken in tiefen Zügen, immer darauf bedacht, dass niemand mehr bekam, als ihm zustand. Schließlich reichte Kusi den leeren Krug zurück, und unter Kichern und Dankesrufen stoben die Kinder davon.

Einen Augenblick lang sah Isabel ihnen nach, dann trat sie wieder ins Haus, strich mit den Fingern gedankenverloren über den rauen Ton.

Hatten die Kinder die Wahrheit gesagt? Hatten sich wirklich neue Rebellen erhoben? Es klang nach einer Geschichte, wie sie hätte im Spiegelbuch stehen können, verwaschene Hoffnungen aus einer anderen Zeit.

»Du hast es also schon gehört.«

Isabel fuhr zusammen und blickte auf.

Tutañawi lehnte im Türrahmen, war lautlos wie ein Schatten hereingeglitten. Das Lächeln auf seinem Gesicht war wie immer nur angedeutet. Sie hatte lange gebraucht, um aus der Härte seines Blicks auch die Wärme herauslesen zu können, die da war, wenn er sie anschaute.

»Ist es denn wahr?«, fragte sie und blieb vor ihm stehen. »Tupac Amaru?«

Er schnaubte verächtlich. »José Gabriel Condorcanqui. Ein Nachfahre des letzten Inka, deshalb nennt er sich Tupac Amaru. Ein reicher Mestizo, von Jesuiten erzogen und von seinem Erbe besessen.«

Isabel hob die Augenbrauen.

»Ein Hochstapler, der nur seinen eigenen Vorteil im Sinn hat«, setzte Tutañawi hinzu.

»Aber das mit der Hinrichtung stimmt? Er hat einen *corregidor* töten lassen?«

»Antonio de Arriaga. In Tinta hat er ihn aufhängen lassen.« Tutañawi zögerte. »Und auch zum Aufstand hat er tatsächlich gerufen. Doch das wird nichts bewirken, schätze ich. Es werden Truppen aus Lima kommen, und die Bewegung wird sich zerstreuen. So ist es doch immer gewesen.«

»Denkst du das wirklich?«, fragte Isabel leise.

Jetzt war es an ihm, die Augenbrauen zu heben. »Bist du anderer Meinung?«

Sie senkte den Blick.

Niemand war ihr gegenüber skeptischer gewesen als Tutañawi in jener Zeit, in der sie nach Paukarllaqta gekommen war, zwei Tagesreisen von der Stadt Huamanga entfernt, ein Rückzugsort der Kondorkinder.

Es hatte eine Weile gedauert, bis die Rebellen Isabel ihr Vertrauen geschenkt hatten. Das Spiegelbuch, ihr unbeholfenes Quechua und ihr Charango hatten ihr geholfen, das Eis zu brechen und das Vertrauen der Gemeinschaft zu gewinnen, doch Tutañawi war am längsten misstrauisch geblieben. Isabel wusste nicht mehr sicher, an welchem Punkt sich das geändert hatte. Aber etwas an ihrer Liebe zu dem Leben in den Anden musste ihn bewegt haben, und umgekehrt traf etwas an seinem zuweilen schroffen, lakonischen Wesen einen Nerv in ihr.

Tutañawi war nicht Yawar, und er musste es auch nicht sein. Doch Isabel hätte ihn nicht mehr missen mögen. Er gab ihr Halt, wenn die Albträume mit ihren Schattenfingern nach ihr griffen, wenn der alte Schmerz so kraftvoll in ihr aufbrandete, dass er ihr die Brust zu zersprengen drohte. Sie war innerlich noch längst nicht zur Ruhe gekommen, so sehr sie es sich wünschte. Seit dem Ende ihrer Reise lauerte die Vergangenheit in den Schatten und ließ sie nicht aus den Augen.

Jetzt sah sie ihn wieder an. »Hochstapler oder nicht, wenn er einen königlichen Beamten getötet hat, wird das Folgen haben. Das ist nicht wie die kleinen Revolten der letzten Jahre.« Sie zögerte. »Es ist bedeutsam.«

»Denkst du, dass er Erfolg haben wird?«

Unwillkürlich schüttelte sie den Kopf. »Nein. Und eben das macht mir Sorgen.« Manchmal überraschte es sie, mit welcher Leichtigkeit sie jetzt über die große Landespolitik redete, an die sie früher keinen Gedanken verschwendet hatte.

Tutañawi griff behutsam nach ihrem Kinn, um mit einem Finger darüber zu streichen, ganz sacht, eine mehr angedeutete Zärtlichkeit.

»Wie ist das für dich?«, fragte er. Kosenamen waren nicht seine Sache. *Sonqollay* oder *Isabelchay* waren Worte, die sie von ihm nie zu hören bekommen würde, und dafür war sie insgeheim dankbar. »Es ist ja dein Volk, auf das sie Jagd machen wollen.«

»Mein Volk?«

»Spanier«, sagte Tutañawi sanft. »Spanischstämmige.«

Sie legte ihre Hand auf seine. »Ich habe seit Jahren kein Wort mehr auf Spanisch gesprochen. Mein Platz ist hier, Tutañawi. Warum glaubst du, dass ich zu den Spaniern gehöre?«

»Weil es eine Zeit mit ihnen gibt, an die du dich erinnern kannst.«

Für einen Moment stand ihr Arequipas Sonnenschein vor Augen, dröhnende Kirchenglocken, das Rascheln von Seide.

»Das spielt keine Rolle«, sagte sie rau. »Veränderungen stehen bevor.«

»Was soll denn geschehen?«

Isabel biss sich auf die Unterlippe. »Wenn der Aufstand scheitert, werden sie nicht nur Tupac Amaru bestrafen und jene, die ihm gefolgt sind, sondern womöglich uns alle.« Sie ließ ihre Hand wieder sinken. »Alle, die ihm hätten folgen können.« Es war, als brannten wieder die sonnenheißen Steine unter ihr, die sie in den Albträumen noch immer spürte. Jene Steine, auf die Yawar am Ende seiner Flucht gestürzt war.

»Du siehst Gespenster«, sagte Tutañawi beruhigend. Er stellte den Krug weg und zog sie mit einer schlichten Bewegung in seine Arme.

Mit einem Seufzer ließ Isabel sich gegen ihn sinken.

»Der Vizekönig wird feststellen, dass es sich nur um einen kleinen Unruhestifter handelt. Einen Blender, einen Kaziken, der seine eigenen Privilegien durchsetzen will. Wer sollte denken, dass diese Sache etwas mit uns zu tun hat?«

»Einige Männer wollen nach Süden gehen und sich Tupac Amaru anschließen«, wandte sie ein.

»Sollen sie. Bis sie dort ankommen, ist längst alles vorbei, und sie werden unverrichteter Dinge zurückkommen, ohne dass ihnen irgendetwas passiert.«

Isabel vergrub ihr Gesicht an Tutañawis Brust.

»Ich habe kein gutes Gefühl«, sagte sie, und dabei blieb es.

***

Die Nachrichten, die sie in den nächsten Wochen aus dem Süden erreichten, bestätigten Isabels dunkle Vorahnungen, dass der Aufstand bedeutsamer war als alle vorhergehenden. Der Vizekönig hatte Truppen aus Lima entsandt, die sich nahe Tinta von mehreren tausend Rebellen eingekesselt fanden und in die Dorfkirche von Sangarará flohen; warum die Kirche danach in Flammen aufging, darüber kursierten verschiedene Geschichten. Die Rebellen jedenfalls zogen weiter gen Süden, unterwarfen Ortschaft um Ortschaft auf dem Weg zum Titicacasee und kehrten schließlich zurück, um Cusco zu belagern.

Immer mehr Männer in Paukarllaqta sprachen davon, nach Cusco zu gehen und sich Tupac Amaru anzuschließen. Doch im Januar, zwischen Regen und Schlamm, scheiterte die Belagerung, und aus dem Aufstand wurde ein Krieg.

An Isabel nagten weiter die Sorgen. Ihr fiel auf, dass sie fast nur noch dunkle Wolle für ihre Webarbeiten verwendete, Farben, die sie sonst nie angerührt hatte. Sie trug einen neuen Schatten auf der Seele, der sich mit den alten zu verbünden schien.

Dann kam die Nachricht, die das Dorf mit der Gewalt einer Schlammlawine überrollte. Die Hirten brachten sie vom Markt in Huamanga mit, trieben sie vor sich her wie eine Lamaherde, schrien sie durch die Straßen des Dorfes, als sie aus der Stadt zurückkehrten. »Tupac Amaru ist tot! Sie haben ihn getötet!«

Rasch nahmen die formlosen Worte Gestalt an und geisterten durch Gassen, Winkel und Häuser, bis auch der letzte Mensch in Paukarllaqta das Geschehene zu berichten wusste, als wäre er selbst dabei gewesen. Sie hatten Tupac Amaru gefasst und ihn mitsamt seiner Getreuen auf dem Hauptplatz von Cusco hingerichtet. Man erzählte sich, dass sie Tupac Amarus Frau, der tapferen Micaela Bastidas, die Zunge hatten herausreißen wollen und versagt hatten, weil sie die Zähne so fest zusammenbiss. Man erzählte sich auch, dass Tupac Amaru selbst durch Vierteilen hatte sterben sollen, und dass sie ihn an vier Pferde gebunden hatten, die in unterschiedliche Richtungen davonstieben sollten. Aber selbst die Kraft von vier Pferden hatte es nicht vermocht, ihn zu zerreißen, und so hatte man ihn am Ende enthauptet.

Man ließ diese Geschichte wandern wie einen randvollen Krug mit Chicha, und Isabel öffnete ihr die Tür und nahm sie im Spiegelbuch auf, zwischen den anderen Geschichten von Schweiß und Blut, die sich bereits auf den Seiten zusammenkauerten. Sie blickte dem Neuankömmling in die roten Tintenaugen und wusste, dass diese Geschichte noch nicht zu Ende erzählt war.

»Es wird Folgen haben.«

Selbst Tutañawi gab das jetzt zu. Die Anden schienen den Atem anzuhalten.

Es waren Worte, keine Soldaten, die zuerst nach Paukarllaqta kamen: Verordnungen. Verbote.

Sie kamen nacheinander mit den Händlern aus Huamanga herauf und brachen wie ein Heuschreckenschwarm in den Alltag des Dorfes.

»Niemand darf mehr über die Inka sprechen!«

»Sie verbieten uns unsere Kleidung. Wie die Spanier sollen wir jetzt einhergehen.«

»Was haben sie davon? War es nicht immer besonders wichtig, dass wir uns anders kleiden als sie?«

»Wie wollen sie denn jetzt noch wissen, wer Indio ist und wer nicht?«

Verwirrtes Murmeln machte sich in den Straßen breit, bis das nächste Verbot folgte, und das war schlimmer als alles, was Isabel sich auszumalen gewagt hatte. Diese Nachricht lief nur noch in Wellen des Flüsterns durchs Dorf. Niemand mochte die Stimme heben, niemand es glauben.

»Sie haben das Quechua verboten!«

Wenn Fassungslosigkeit ein Gesicht haben konnte, dann war es das jedes einzelnen Menschen von Paukarllaqta.

»Das kann nicht die Wahrheit sein.«

»Warum sollten sie das beschließen?«

»Es sollen nun alle Spanisch sprechen!«

Auf der Plaza und an den Straßenecken sammelten sich wispernde Grüppchen, die sich ratlos immer wieder die gleichen Fragen stellten und doch im Grunde die Antwort sehr wohl wussten: Man verbot ihnen nicht nur eine Sprache, sondern alles, was sie waren. Ihr ganzes Leben glitt dahin im sanften, musikalischen Rhythmus des Quechua, einer Sprache, die die Welt aus einem Blickwinkel beäugte, den die Menschen des Spanischen niemals eingenommen hatten und niemals verstehen würden. Quechua, das waren ihre Lieder und Geschichten, ihre Witze und Flüche, das waren die ersten Worte, die ein Kind lernte, und die letzten, die ein Sterbender hörte. Selbst in der kleinen Dorfkirche betete man auf Quechua, und den neuen Gott auf dem Holzkreuz hatte es nie gestört.

Ein Gesetz, das sie zum Verstummen bringen sollte, war die wirksamste Waffe von allen, um einer neuen Rebellion vorzubeugen.

Am Anfang herrschte nur Verwirrung über das neue Verbot, doch niemand glaubte daran, dass man ihm ernsthaft würde Folge leisten müssen. Aber dann kamen die Soldaten aus Huamanga, und die Präfekten, die das Dorf zu kontrollieren begannen. Plötzlich gab es Geld- und Prügelstrafen, und die bunten Worte des Quechua tränkten sich langsam mit dem Blut derer, die es weiter zu sprechen wagten. Isabel trat einmal auf der Hauptstraße des Dorfes einem Soldaten entgegen, der, eine Rute in der Hand, auf Kusis Mutter einprügeln wollte. Entschieden sprang Isabel dazwischen.

»*Paqtatakuy! Asna alqotajina p'anaykiman!«,* fauchte sie den Mann an - »Vorsicht! Ich könnte dich schlagen wie einen stinkenden Hund!«, und er taumelte zurück. Obwohl Isabel sich mittlerweile nach Art der Hochlandfrauen kleidete und ihr Haar in einem langen Zopf zu bändigen versuchte, war ihr doch weiterhin anzusehen, dass sie nicht hier oben geboren war, und aus ihrem Mund Quechua zu hören, überraschte den Soldaten so sehr, dass er von seinem Prügeln abließ.

In den Wirren dieser Tage kehrten Isabels Albträume mit neuer Macht zurück, brannten ihr morgens als bittere Übelkeit in der Kehle und mischten sich mit den langen Schatten ihrer Befürchtungen. Es konnte so nicht weitergehen, erkannte sie. Mit den Veränderungen in den Anden war das Spiegelbuch in größerer Gefahr als je zuvor, und so erschöpft, wie Isabel sich zuletzt fühlte, bezweifelte sie, dass sie die Richtige war, um es weiter zu beschützen. Der Entschluss fühlte sich nicht gut an, aber sie musste ihn treffen, bevor es zu spät war.

»Du siehst nicht so aus, als würde Tutañawi dir sonderlich angenehme Nächte bescheren«, bemerkte Chaski, als sie im Morgengrauen zu ihm kam.

Isabel überging seine Bemerkung. »Chaski, wir werden noch einmal auf Reisen gehen.«

Er starrte sie aus seinen braunen Augen an. »Was meinst du damit, Prinzesschen?«

»Wir gehen zu Mismi.« Sie atmete tief durch. »Wir können das Spiegelbuch nicht länger hier behalten. Ich habe ein schlechtes Gefühl.«

Das Alpaka musterte sie mit hängenden Ohren. »Wahrscheinlich bist du einfach schwanger.«

»Sei nicht albern.«

»Du willst das Buch ernsthaft aufgeben?«

Isabel seufzte und lehnte ihre Stirn an Chaskis weichen Hals. Mit einem Mal kribbelte ein Schluchzen in ihrer Kehle, das Isabel mühsam niederringen musste. »Ich will nicht, aber ich sehe keine andere Möglichkeit. Ich bin so müde, Chaski. Um mich herum versinkt alles im Dunkel. Ich kann das nicht. Vielleicht hat Mismi von Anfang an recht gehabt, und ich hätte niemals zur Yuyaq werden sollen.«

Sie befürchtete erneute Widerworte, aber stattdessen hörte sie Chaski seufzen. »Im Moment bist du die Yuyaq, und es ist deine Entscheidung. Ich werde dich zu Mismi bringen.«

***

Der Wind, der nun zu Füßen Mismis wehte, war rauer, aber Isabel stand mit der gleichen Entschlossenheit an den Flanken des *apus* wie damals.

Wieder vernahm sie ein dumpfes Grollen, das den Boden unter ihren Füßen zum Schwingen brachte.

»Ich bitte dich um deinen Schutz, *jatun apu.* Das Spiegelbuch ist nicht mehr sicher. Sie zerstören alles, was mit dem Quechua zu tun hat.«

Du willst, sagte Mismi, *deine Aufgabe als Yuyaq aufgeben?*

Sie schüttelte den Kopf, und Chaski hinter ihr schnaubte leise.

»Ich will es nicht, *jatun apu.* Aber ich fürchte um das Spiegelbuch. Es ist in Gefahr, wenn es in dieser Welt bleibt. Und …« Sie zögerte. Das Eingeständnis ihrer Schwäche würde Mismi eine Genugtuung bringen, auf die er lange gewartet hatte. »Es sind viele Kämpfe zu schlagen. Das weiß ich, seit ich bei den Kondorkindern lebe. Die Vergangenheit zehrt an mir. Ich bin zu schwach, um eine gute Yuyaq zu sein. Ich will es nicht so weit kommen lassen, dass meine Schwäche das Spiegelbuch gefährdet.«

Der *apu* schwieg, und Isabel wartete auf das Grollen, das seinen Zorn ankündigen würde – oder seinen Triumph.

Doch als er schließlich sprach, war seine Stimme weich. *Yuyaq, der Platz dieses Buches ist in der Welt, nicht mehr in meinen Händen. Gerade jetzt brauchen die Menschen ihre Geschichten mehr denn je. Gewiss, die Zeiten ändern sich. Doch die Verlorenen Geschichten sollen mit Stolz erzählt, nicht mit Scham verborgen werden. Die Tinte spricht ihre eigene Sprache. Meine Macht fließt in ihr.* Seine Worte gewannen an Kraft. *Aber wenn es dich beruhigt, soll mein Fluch zwischen den Seiten des Buchs schlafen, bereit, jene anzuspringen, die es zu Unrecht berühren.*

Isabel hob den Kopf, als ein Schatten in ihr Blickfeld huschte.

Sie erkannte ihn.

Er kam näher, verharrte, nahm Anlauf und sprang sie an – nicht sie, sondern das Spiegelbuch. Er versank im Türkisblau des Einbands, es war, als zitterten die Seiten, und dann herrschte Stille.

Isabel blickte auf das Buch, stellte sich vor, dass sie den Fluch darin atmen fühlte.

»Ist das denn genug, *jatun apu?*«, flüsterte sie und hätte sich auf die Lippen beißen mögen. Es stand ihr nicht zu, Mismis Stärke anzuzweifeln.

Zu ihrer Überraschung schwang ein Lachen im nächsten Grollen mit. *Keineswegs, Yuyaq. Genug ist es nur, wenn ich weiter auf deine Hilfe zählen darf.*

»Ich bin schwach«, wisperte sie und senkte den Blick.

Du bist stark, widersprach Mismi, *aber es ist wahr, dass die Vergangenheit an dir zehrt. Du trägst Furcht und Schmerz wie schweres Gestein in deiner Seele. Leg beides ab, Yuyaq. Lass es hier. Dann wirst du stark genug sein, das Buch zu schützen.*

Sie lächelte traurig. »Wenn ich das so einfach könnte, *jatun apu.*«

Du kannst es, Yuyaq. Wenn du es willst.

Sie schloss die Augen. Natürlich wollte sie – aber konnte sie auch? Alles, was ihr wehtat, was ihr Angst machte, einfach ablegen wie ein altes Kleidungsstück? Die Vorstellung hatte etwas Tröstliches.

»Ja, *jatun apu.* Ich will es unbedingt.«

Isabel hatte das Gefühl, dass etwas von ihr weggerissen wurde, schmerzhaft und heftig, und taumelte zurück. Tränen drängten in ihr nach oben, und als sie die Augen öffnete, streiften schwere weiße Flügel ihr Gesicht. Sie wischte sich mit dem Arm über die Augen und sah nach oben.

Ein schneeweißer Falke kreiste wenige Meter über ihr und blickte auf sie herab. Sie erwiderte den Blick, fühlte seltsame Verbundenheit mit dem Vogel und in sich eine Leere, wohltuend, frisch, die ihr Leichtigkeit gab. Die Bitterkeit war verschwunden.

Isabel dachte an Yawar, um zu prüfen, ob Mismi ihr diese Erinnerung gelassen hatte, und sie stellte fest, dass alles noch da war.

Nur Schmerz und Furcht waren fort.

Plötzlich verstand Isabel: Sie kreisten als Falke über ihr.

Der Raubvogel gab einen langen, klagenden Schrei von sich, als wolle er sie dafür loben, dass sie endlich die Zusammenhänge erkannt hatte. Dann stieg er höher und verlor sich bald in der Wolkendecke, die über den Gipfeln waberte.

Isabel atmete tief durch. »Ich danke dir, *jatun apu.*«

Ich danke dir, *Yuyaq.* Eine neue Wärme lag in Mismis Stimme. *Du hast mir gezeigt, dass du deiner Aufgabe würdig bist. Es ist meine Pflicht, dir zu helfen. Nun kehre zurück nach Paukarllaqta. Es gibt viel zu tun.*

Sie nickte und dachte an seine Worte. Er hatte recht. Das Spiegelbuch gehörte dorthin, wo die Menschen waren, und nicht nur das Buch selbst. Isabel hütete mehr als nur ein Buch, sie hütete all seine Geschichten, und sie trug sie nicht nur in Tintengestalt auf Papier mit sich, sondern verheißungsvoll wispernd in ihrem Herzen. Bis zu ihrem letzten Atemzug würde sie dafür sorgen, dass diese Geschichten lebendig und unvergessen blieben. Endlich fühlte sie sich wieder stark genug dafür.

»Ich werde dich nicht enttäuschen«, flüsterte sie. »Die Geschichten …«

Zu ihrer Überraschung war es wieder ein Lachen, das sie unterbrach. *Ich spreche nicht nur von den Geschichten, Yuyaq. Ich spreche auch von dem Kind unter deinem Herzen.*

Diesmal glitt ihre Hand tiefer auf ihren Bauch.

»Was?«, murmelte sie und spürte, dass ihre Augen groß wurden.

»Ich hab's dir doch gesagt, Prinzesschen«, beklagte sich Chaski hinter ihr. »Aber mir glaubt ja keiner.«

Ungläubiges Glück breitete sich in ihr aus.

»Bist du sicher, *jatun apu?*«, flüsterte sie und ihr war, als nehme sie ein würdevolles Nicken Mismis wahr – es war da, ohne dass sie es sah. Und nun, da sie weder Schmerz noch Furcht in sich trug, wusste sie auch, dass es stimmte. Sie lächelte. »Tutañawi wird glücklich sein.«

Chaski schnaubte. »Steig auf, Prinzesschen. In deinem Zustand solltest du nicht mehr viel laufen.«

»Jetzt hör aber auf!«

Sie lehnte sich nach vorne gegen den wolligen warmen Hals, und während Chaski zunächst mit vorsichtigen Schritten den Abstieg begann, drehte sie sich ein letztes Mal zu dem *apu* um, der nun fast völlig in Nebel gehüllt vor ihr lag. Es war wie der Abschied von einem Freund: Sie hatte den Widerwillen in seinem Vertrauen besiegt.

Und sie hatte die Kraft bekommen, sich ganz auf ihre Zukunft zu konzentrieren.

Isabel nickte stumm zu ihren eigenen Gedanken. Ja, es gab viel zu tun in Paukarllaqta, und nicht nur dort. Das Spiegelbuch würde nicht verloren gehen, nicht, solange sie es verhindern konnte, und nicht, solange es Menschen gab, die ihre Liebe zu dem rauen Boden dieses Landes teilten.

Isabel blickte in die andere Richtung zu den Ufern des Río Colca.

Ihr war, als sehe sie erneut einen kleinen Jungen über die Steine am Ufer springen. Er blieb stehen, sah auf und winkte ihr zu, und sie begriff, dass er noch immer hier war.

Isabel lächelte.
Dann hob sie die Hand und winkte zurück.

Glossar

Quechuanamen und ihre Bedeutung

Name	Bedeutung
Llanthu	»Schatten«
Munay T'ika	»hübsche Blume«. Ihr spanischer Name, Flor, bedeutet ebenfalls »Blume«.
Qorisonqo	»Goldherz«
Tullu	»Knochen«
Tutañawi	»Nachtauge«
Usphasonqo	»Aschenherz«
Wayra	»Wind«
Yanakachi	»schwarzes Salz«
Yanaphuru	»schwarze Feder«
Yawar	»Blut«

Begriffe auf Spanisch und Quechua

Wort	Sprache	Erklärung
anchhuway	Quechua	»lass mich«
apu	Quechua	»Herr«, Bezeichnung für Berggipfel und die Vorstellung der mit ihnen verbundenen Geist- oder Gottwesen

¡Baja!	Spanisch	»Steigt aus!« Weil peruanische → *combis* keine festen Haltestellen bedienen, ruft man »¡Baja!«, damit an der gewünschten Stelle zum Aussteigen gehalten wird.
batán	Spanisch	steinerne Platte, auf der mit einem abgerundeten Stein Mais, Getreide, Chili u.ä. gemahlen werden
brichero	Spanisch	bezeichnet in Peru einen Latino, der gezielt mit ausländischen Frauen flirtet
caserito, caserita	Spanisch	wörtlich »Hausbesitzer:in«; auf Perus Märkten gebräuchliche Anrede für die Einkaufenden
-cha(y)	Quechua	Die Nachsilbe *-cha* bezeichnet die Verkleinerungs- oder Koseform. *-chay* drückt zusätzlich Besitz aus: *Isabelchay* - »meine kleine Isabel«
charango	Spanisch	kleines gitarrenähnliches Saiteninstrument, früher aus dem Körper eines Gürteltiers hergestellt, heute aus Holz
chaski	Quechua	Läuferbote zu Inkazeiten
chicha	Spanisch	fermentiertes Maisbier, traditionelles Getränk in den Anden

chicha morada	Spanisch	→ *chicha* aus lilafarbenem Mais, oft nicht fermentiert; heute auch als Instantgetränk verbreitet
chifa	Spanisch	bezeichnet sowohl einen gastronomischen Stil (Verbindung asiatischer, v.a. kantonesischer, und andiner Einflüsse) als auch die Restaurants dazu
chomba	Spanisch	Bezeichnung für einen großen, gewölbten Krug, in dem → *chicha* zubereitet und aufbewahrt wird
ch'arki	Quechua	getrocknetes Fleisch (auf Spanisch »*cecina*«)
chuño	Quechua	getrocknete und damit extrem haltbar gemachte Kartoffel
cobrador, cobradora	Spanisch	Person, die in den → *combis* die Aufgabe hat, das Fahrgeld der Passagiere einzusammeln, Ein- und Ausstieg zu koordinieren und die Haltepunkte auszurufen

coca	Quechua, Spanisch	*(Erythroxylum coca),* Gewächs in den Anden, dessen Blätter traditionell gekaut werden. In vorspanischer Zeit rituell verwendet; die Spanier verbreiteten Coca unter den Minenarbeitern, da es Hunger und Müdigkeit dämpft. In den Andenländern ist das Kauen von Coca-Blättern und der Genuss von → *mate de coca* weiterhin verbreitet. Da aus Coca-Blättern auch die Basispaste für Kokain gewonnen werden kann, fallen sie unter das UN-Drogengesetz.
combi	Spanisch	Kleinbus, der als öffentliches Transportmittel auf festen Linien verkehrt, aber an jedem beliebigen Punkt zwecks Ein- oder Ausstieg angehalten werden kann – auch wenn die Autoritäten oftmals verzweifelt um die Etablierung offizieller Haltestellen bemüht sind
corregidor	Spanisch	Verwaltungsbeamter im spanischen Kolonialreich, der auch juristische Kompetenzen hatte

cuadra	Spanisch	»Block«, dient zur Orientierungs- und Entfernungsangabe in den Städten Perus, die oftmals auf schachbrettartigen Grundrissen aus der Kolonialzeit basieren (»das ist nur zwei *cuadras* von hier«)
cumbia	Spanisch	ursprünglich aus Kolumbien stammende Musikform; in Peru sehr beliebt
curandero, curandera	Spanisch	»Heiler:in« in einem schamanistischen Sinn
cuy	Quechua, Spanisch	»Meerschweinchen«
depósito	Spanisch	*hier:* Einzahlung oder Hinterlegung in einer Bank
enamorado, enamorada	Spanisch	»fester Freund«, »feste Freundin«
gringo, gringa	Spanisch	in Peru nicht zwingend abfällig gemeinte Bezeichnung für Ausländer:innen, meist US-Amerikaner:innen
hija, hijo; hijita, hijito	Spanisch	»Tochter« und »Sohn« bzw. »Töchterchen« und »Söhnchen«; auch klassische Anreden, die Ältere im Gespräch mit Jüngeren benutzen
jinachu manachu	Quechua	»Ist es so oder nicht?«

joven	Spanisch	»junger Mann«, als Anrede benutzt
llaqta	Quechua	»Dorf«
Lomo saltado	Spanisch	Gericht der peruanischen → *Chifa*-Küche aus geschnetzeltem Schweinefleisch mit Zwiebeln, Tomaten, Pommes frites und Reis
manjar dulce	Spanisch	süße Creme aus karamellisierter Milch, in anderen Ländern als *dulce de leche* bekannt
mallku	Quechua, Aymara	bezeichnet hier im Buch den Helfer eines → *apus;* allgemein: andine Gottheit der Berggipfel, Bindeglied zwischen *apus* und Menschen; mit dem Kondor assoziiert
mate	Quechua, Spanisch	in der peruanischen Umgangssprache Bezeichnung für alle Getränke, bei denen Kräuter in heißem Wasser ziehen; nur schwarzer Tee heißt einfach *té*
Moche	Spanisch	vorspanische Kultur der peruanischen Nordküste, bekannt für ihre Keramik
muña	Quechua, Spanisch	andine Pflanze, die mit der Minze verwandt ist und gern als → *mate* getrunken wird
ñan	Quechua	»Weg«

Ni modo	Spanisch	umgangssprachlicher Ausdruck, bedeutet in etwa: »Ist halt so«, »da kann man nichts machen«
pasada del cuy	Spanisch	→ *curandero*-Ritual; mit dem Bewegen eines Meerschweinchens über den Körper des Patienten oder der Patientin soll die Ursache für dessen oder deren Krankheit herausgefunden werden
phuru	Quechua	»Feder«
pisillata rimayta yachani	Quechua	»ich kann nur ein bisschen sprechen« (im Sinne von: ich kenne die Sprache nur wenig)
pueblo joven	Spanisch	Slum, Vorort; dort leben meist die Migrant:innen aus dem Andenhochland
puka	Quechua	»rot«
qelqay, qelqariy	Quechua	»schreiben«
Qhapaq Ñan	Quechua	»Großer Weg«, Name des Straßensystems im Inkastaat, dessen Reste noch heute erhalten sind

Quechua	Quechua	einst *lingua franca* der Inka, heute eine offizielle Landessprache in Peru und Bolivien; stark im Rückgang, für viele assoziiert mit Armut und Rückständigkeit; sehr regelmäßige Sprache, agglutinierend wie z.B. das Türkische, deren Gebrauch aber auch sehr intuitiv ist, was sie trotz ihrer Regelmäßigkeit nicht leicht zu erlernen macht
rirpu patara	Quechua	»Spiegelbuch«
¡santísima virgen!	Spanisch	»heilige Jungfrau!«
selva	Spanisch	Regenwald (bezeichnet in Peru das Amazonasgebiet)
Sendero Luminoso	Spanisch	»Leuchtender Pfad«, maoistische Terrorbewegung, deren Aktivitäten im Peru der 1980er Jahre einen blutigen Höhepunkt erreichten
sierra	Spanisch	Gebirge (bezeichnet in Peru die Andenregion)
sillar	Spanisch	weißes, vulkanisches Tuffgestein
sinchi	Quechua	wörtlich »stark«, in Peru eine Spezialeinheit der Regierung, die in den 1980er Jahren zur Bekämpfung des → *Sendero Luminoso* entsandt wurde

songo, songollay	Quechua	»Herz«, »mein Herz«
soroche	Quechua, Spanisch	Höhenkrankheit, gegen die beispielsweise → *coca* hilft. Sie äußert sich z.B. in Schwindelgefühl und Übelkeit.
sumaq sipas	Quechua	»schönes Fräulein«
supay	Quechua	Wesen, das die Unterwelt bewohnt; nach der Eroberung mit dem christlichen Teufel gleichgesetzt
tamal	Spanisch	mit verschiedenen Zutaten gefüllte Masse aus Maismehl, wird in Maisblätter gewickelt serviert und verkauft
Vicuña	Spanisch, Quechua	wildlebender Verwandter des Lamas, sehr zierlich, hat die feinste tierische Wolle
yana	Quechua	»schwarz«; gleichzeitig das Konzept der sich gegenseitig zu einem Ganzen vervollständigenden Gegensätze
Yuyaq	Quechua	»der/die sich erinnert«

Danksagung

Als ich am 1. November 2009 anfing, an den »Kondorkindern« zu schreiben, wusste davon niemand, und ich selbst beinahe auch nicht.

Es war NaNoWriMo (*National Novel Writing Month*), in dem Autor:innen weltweit versuchen, binnen einem Monat 50.000 Wörter an einem Roman zu schreiben. Das war mein Ziel, und ich wusste, dass mein Roman »Kondorkinder« hieß und meine Hauptfiguren quer durch Peru einem großen Geheimnis hinterherreisten. Welches das aber sein sollte – ich hatte keine Ahnung.

Zwanzig Tage und 50.000 Wörter später wusste ich es noch immer nicht. Ende November ließ ich Matteo und Malinka daher für viele Monate auf einer nebligen Andenstraße zurück, was sie mir vermutlich bis heute nicht verziehen haben. Aber ich hatte nicht die geringste Ahnung, wie es weitergehen sollte. Das Dokument blieb geschlossen, die Geschichte allerdings ließ mich nicht los. Ich grübelte und plante.

Im Sommer 2010 wurde ich Mitglied im Tintenzirkel, einem Forum für Fantasyautor:innen, und als ich in jenem November erneut am NaNo-WriMo teilnahm, war ich nicht mehr allein und das Schreiben nicht länger ein Geheimnis. Ich wusste jetzt, wohin der Weg durch den Nebel führte, und brachte die »Kondorkinder« tatsächlich zu einem Abschluss. Die eigentliche Reise aber fing da erst an: Überarbeitung und Verlagssuche, Manuskriptanforderung und Zusage, Veröffentlichung und Lesungen, Glück und Leser:innenfeedback – und dann Tränen und Stille, weil der kleine Verlag seine Pforten schloss, die »Kondorkinder« aus dem Handel verschwanden und mir für eine kleine Weile selbst die Geschichten abhandenkamen.

Nun, ein paar Jahre später, bekommen die »Kondorkinder« eine zweite Chance, und ich durfte ihnen noch einmal gründlich das Gefieder glätten. Das war alles andere als einfach. Meine Bossgegner waren ein zehn Jahre altes Manuskript voller Schwächen, eine globale Pandemie und der Berliner Flughafen. (Ich fand mich sehr schlau, als ich meiner Verlegerin versprach, mit der Überarbeitung vor dem BER fertig zu werden – wenige Tage später wurde der endgültige Eröffnungstermin verkündet, und plötzlich hatte ich eine Deadline. Anders gesagt, wenn sich jemand fragt, warum dieser Flughafen tatsächlich fertiggestellt wurde: Mein Buch und ich haben dafür gesorgt!)

Ich komme also nicht drumherum, den BER in dieser Danksagung zu erwähnen, aber wirklich wichtig sind die Menschen, die dieses Buch und mich begleitet haben.

Es gäbe die »Kondorkinder« nicht ohne Peru und nicht ohne die Freund:innen, die dafür gesorgt haben, dass ich das Land und seine Geschichten kennen und lieben lernte. Um sie alle zu nennen, müsste ich ein eigenes Buch schreiben, aber einige will ich erwähnen: Paola Chiuche, die mich als Volontärin in ein Vicuña-Projekt holte und über all die Jahre beharrlich an mich glaubte. Luz Marina Huanca, die bei mir in Berlin war, als der erste Verlag das Gesamtmanuskript anforderte, und begeistert mir mir feierte. *Gracias por todo, chicas, las quiero y las extraño un montón.*

Mario Salas Portugal führte eine winzige Sprachschule im Herzen Arequipas, wo ich zumindest in Grundzügen Quechua lernen durfte: *añayki tukuy sonqoywan, yachachiq.*

Danke von Herzen an all meine Testleser:innen. Dag Roth und Susanne Eisele versorgten mich mit wertvollem Feedback zum neuen, gründlich überarbeiteten Manuskript; Anja Blaszczyk, Bianca Scraback, Conni und Si-yü Steuber lasen damals die Urfassung. Felicitas Heine und Tanja Rast gebührt mindestens doppelter Dank, weil sie für beide Fassungen als gründliche Testleserinnen fungierten (und gerade die erste Fassung wäre ohne Tanja, mitternächtliche Telefonate und einen legendären Korrekturmarathon niemals flügge geworden).

Meine Agentin Michaela Gröner nahm das angestaubte Manuskript unter ihre Fittiche, um eine neue Verlagsheimat dafür zu finden. Liebe Micha, ich kann schwer in Worte fassen, wie viel dein Rückhalt und deine professionelle Unterstützung für mich und mein Schreiben bedeuten. Danke für alles.

Grit Richter verliebte sich in die »Kondorkinder«, bevor sie sie überhaupt gelesen hatte. Nicht nur hat die Geschichte in ihrem Verlagsprogramm ein neues Zuhause gefunden – sie darf nun auch endlich so erscheinen, wie sie ursprünglich geplant war: ein einziges Buch mit zwei verwobenen Handlungssträngen. Liebe Grit, ich danke dir von Herzen für deine Begeisterung und dein Vertrauen in dieses Projekt, vor allem aber für deine Geduld.

Melanie Vogltanz übernahm das Lektorat, und durch ihre ebenso durchdachten wie einfühlsamen Anmerkungen hat das Manuskript noch einmal so viel gewonnen. Danke für dein Adlerauge, Melanie – und all die Kommentare, die mir gezeigt haben, dass Figuren, Dialoge und Handlung genauso funktionieren, wie sie sollen.

Danke meinen Eltern und meinen Freund:innen, die stets verstanden haben, wie viel das Schreiben für mich bedeutet, und die mich darin bestärkten, auf die Suche nach meinen verlorenen Geschichten zu gehen.

Sabrina Železný
Berlin, März 2021

Anmerkung

Beinahe alle Schauplätze in diesem Buch sind real existierende Städte Perus. Auch Mismi und Sabancaya sind wirkliche Berge, die in der Nähe der Stadt Arequipa liegen.

Der Glaube an *apus* ist ebenso wenig erfunden wie die Vorstellung, dass der Kondor ein Bote der Götter ist. Auf Aymara heißt er *mallku,* diesen Namen tragen darum im Roman die Helfer der *apus*. Was einen *mallku* ausmacht und welche Vorstellungen mit ihm verbunden sind, habe ich allerdings etwas freier gestaltet.

Die Ausweisung des Jesuitenordens 1767 ist genauso ein historischer Fakt wie die Rebellion von José Gabriel Condorcanqui (Túpac Amaru II.), die im Jahr 1780 begann. Ebenfalls real sind der »Leuchtende Pfad«, die *Sinchis* und das Lied »Flor de Retama«. Auch das kurz erwähnte Massaker von Bagua 2009 hat leider wirklich stattgefunden.

Eine Rebell:innenbewegung namens »Kondorkinder« hat es dagegen nicht gegeben. Gerade aus dem 18. Jahrhundert wissen wir aber dennoch von indigenen Akteur:innen, die für indigene Rechte eintraten – und in einigen Fällen durch den Jesuitenorden ausgebildet wurden.

»Kondorkind« als Bezeichnung für das Kind eines *mallku* und eines sterblichen Wesens ist ebenfalls meine Erfindung.

Fiktiv sind auch der weiße Falke und der Unfall bei der Eisenbahnstrecke (die es wiederum samt aller Brücken und Tunnel wirklich gibt).

Der Forscher Antonio Raimondi war wirklich in Chavín, aber den zitierten Tagebucheintrag gibt es ebenso wenig wie den preußischen Forscher Bogislaus von Falkenhayn und seine wilden Gurken.

Das Dorf K'itakachun existiert so nicht, es ist aber an verschiedene reale Dörfer in den höheren Gebieten des Colca-Tals angelehnt.

Mehr von Sabrina Železný

Feuerschwingen

Gold! Für Inka und Iberer der wichtigste Rohstoff ihrer Weltraumflotten, seit sie die Erde verließen – und ein Zankapfel, der die alte Feindschaft ihrer Völker neu befeuert.

Umso verbissener suchen zwei ungleiche Männer nach dem sagenhaften Eldorado. Manco, Sonnenstaffelpilot der Inka, wittert ein Abenteuer, während Gonzalo,suspendierter Kommandant einer iberischen Sterngaleone, den eigenen Ruf retten will. Doch als Manco und Gonzalo auf der Erde stranden, müssen sie zähneknirschend zusammenarbeiten. Plötzlich steht mehr auf dem Spiel als Rätsel und Reichtum, aber kann das Zweckbündnis der beiden anders als mit Verrat enden?

FEUER
SCHWINGEN
SABRINA
ŽELEZNÝ
ohneohren
VERLAG

HERAUSGEBERINNEN
KATHARINA FIONA BODE & GRIT RICHTER
KEMET
DIE GÖTTER ÄGYPTENS
MELANIE VOGLTANZ
ROAD TO OMBOS
SETH IST GEFALLEN
art skript PHANTASTIK
TOTEN GEISTER
EIN FALL FÜR MAFED UND BARNELL
MYSTERY CRIME

Ein Abenteuer der etwas anderen Art!

Der Earl von Gaudibert

Der englische Gentleman Graham McPherson liebt es, in seinem Club von angeblichen Abenteuern auf dem Mond zu erzählen. Niemand zweifelt an seinen Ausführungen, bis ein neues Clubmitglied ihn der Lüge bezichtigt und zu einer folgenschweren Wette herausfordert: Bis zum nächsten Vollmond soll McPherson seine Behauptungen beweisen. Keine leichte Aufgabe, immerhin schreiben wir das Jahr 1895. Doch mit der Unterstützung des Profibetrügers Suggs und der schlagkräftigen Thailänderin Gann Li-Pen, ersinnt er einen ebenso verzweifelten wie tollkühnen Plan.

Und die Abenteuer werden fortgesetzt!

Etwa dreizehn Monate nach dem für alle Beteiligten unerwarteten Ausgang seiner Wette könnte das Leben für Graham McPherson eigentlich einfach und bequem sein. Würde da nicht eines Nachts ein alter Bekannter vor seiner Haustür stehen und behaupten, übersinnliche Mächte trachteten ihm nach einer fehlgeschlagenen Seance nach seinem Leben. Und schon hängt der Earl von Gaudibert im nächsten Abenteuer, das ihn diesmal hineinkatapultiert in die Welt der Penny Dreadfuls und Schauerromantik mit ihren wabernden Nebeln, unheimlichen Schatten, Gruseltheater, verfluchten Seelen und tragischer Liebe. Und auch wenn es für einen überzeugten Rationalisten wie ihn undenkbar erscheint, zeichnet sich immer mehr ab, dass tatsächlich etwas nicht mit rechten Dingen zugeht…

M.W. LUDWIG
Der Earl von
Gaudibert
gegen die Mächte der
Finsternis
TEIL 1
Der Fluch des Vincent St. John-Smythe
M.W. LUDWIG
Der Earl von
Gaudibert
EINE NOVELLE
M.W. LUDWIG
Der Earl von
Gaudibert
gegen die Mächte der
Finsternis
TEIL 2
M. W. LUDWIG
DER EARL VON GAUDIBERT GEGEN
DIE MÄCHTE DER FINSTERNIS
M.W. LUDWIG
DER EARL VON GAUDIBERT
M.W. LUDWIG
Der Earl von
Gaudibert
PHANTASTIK